NARRATIVA

TRE60

Della stessa autrice in edizione Tre60

Il mio destino sei tu
Volevo tanto che fossi tu

Megan Maxwell

PARADISO CERCASI

Romanzo

TRADUZIONE DI
SARA CAVARERO

tre60

Per informazioni sulle novità
del Gruppo Editoriale Mauri Spagnol visita:
www.illibraio.it

Tre60 è un marchio di
TEA - Tascabili degli Editori Associati s.r.l., Milano
Gruppo editoriale Mauri Spagnol
www.tre60libri.it

Titolo originale
Melocotón loco

Prima edizione Narrativa Tre60 maggio 2018

PARADISO CERCASI

Questo romanzo è dedicato a tutte le persone
che credono nel colpo di fulmine.
Non c'è niente di più bello di quel magico momento.
Lo dedico a voi! Baci

Megan

1

Londra, 22 giugno 2005

«Pato... Vieni! Voglio farti vedere una cosa!» urlò Lucy aprendo la porta della stanza di sua sorella.

«Cavoli, Nana! Perché entri senza avvisare?» protestò l'altra con aria assopita mentre posava lo specchio che aveva in mano.

Lucy, notando quel che stava facendo sua sorella, si avvicinò e le disse affettuosamente: «Non preoccuparti. Domani sarai super! Sono sicura che il dottor Jacobs ha fatto un buon lavoro e la cicatrice non si noterà».

Pato, così era soprannominata Ana Elizabeth, sorrise. Avere una garza sulla fronte il giorno del matrimonio di Lucy era quel che meno la preoccupava; e neppure temeva che la cicatrice si potesse notare con il passare del tempo. A preoccuparla era come si era ferita. Cosa che non aveva raccontato.

«Vieni, vieni, vieni... mi hanno appena portato il vestito da sposa e voglio che lo guardiamo insieme.»

«Adesso?»

«Sì, adesso» pretese Lucy. «Mamma e Elsa l'hanno portato su in camera mia e... e... Dai! Andiamo!»

Ana, lasciandosi trasportare dall'euforia, sorrise e corse fino alla camera di Lucy. Una volta arrivate davanti alla porta, la sorella si fermò e, coprendosi gli occhi, disse con tono implorante: «Apri tu, e prima che io lo veda, dimmi se è bello come l'ultima volta che l'ho provato a Parigi».

«Ma Nana...» protestò Ana.

«Fallo, fallo, fallo... Pato, per favoreeeeeee.»

Ana, dopo aver sospirato rassegnata per via della testardaggine della sorella, aprì la porta. Davanti a lei, appeso con una gruccia alla tenda, c'era l'oggetto d'adorazione di Lucy.

Il suo abito da sposa. Lo osservò per qualche secondo e poi sorrise, sebbene a lei non piacessero quei vestiti così pomposi. Lucy sarebbe stata bellissima con quell'abito color panna in stile impero.

«È splendido. Starai benissimo.»

A quel punto la futura sposa si scostò le mani dagli occhi, entrò nella stanza e, dopo aver fatto qualche piccolo saltello, cosa tipica di lei, iniziò a urlare.

«Lo adoro! Lo adoro! Oh Diooooooooo, sarò bellissima!»

«Senza dubbio» sorrise Ana; se c'era una qualità che la distingueva dalla sorella era proprio l'egocentrimo.

Incapace di contenere la gioia, Lucy continuò a saltellare fin quando non disse di nuovo: «Te l'ho già detto che lo amo, che mi fa impazzire e che adoro il mio vestito di Balenciaga?»

«Sì.»

«Stephanie e Myriam moriranno d'invidia quando lo vedranno.»

Ana annuì. Quelle ragazze erano le migliori amiche di sua sorella, viziate e vanitose come lei, cui non interessavano altro che la bellezza, la moda e gli uomini. In quest'ordine.

«Vieni… toccalo. Al tatto è stupendo, non è vero?»

«Sì, pazzesco.»

«E guarda il velo. Ohhh, sarò uno spettacolo con il velo!»

Per oltre venti minuti, Lucy urlò e saltellò davanti al suo vestito da sposa mentre Ana, seduta sul letto, ascoltava e si godeva quella follia. Lucy era molto esuberante, a volte stressante, ma sapeva che quando si sarebbero separate ne avrebbe inevitabilmente sentito la mancanza. Quando infine la futura signora Edwards si calmò, si sedette accanto alla sorella e le chiese: «Pato, sistemerai le cose con Warren, vero?»

«No.»

«Cavoli! Devi farlo.»

«No» rispose Ana decisa. «E non verrà al matrimonio. Gliel'ho proibito.»

Lucy spalancò gli occhi ed esclamò: «La mamma andrà su tutte le furie quando lo scoprirà. Adora Warren e…»

«Ascolta, Nana, tra noi è finita. E per quanto la mamma possa adorare Warren, non è lei a doverlo sopportare.» Poi, mentendo, si grattò l'orecchio mentre diceva: «Abbiamo deciso insieme di lasciarci e non voglio vederlo».

«Ma ascolta... pensaci» insistette Lucy. «Warren è bello, è un ottimo partito e...»

«Non è Warren quello che voglio dalla vita, Nana» sospirò la sorella seccata.

«Ma lui e i suoi genitori sono amici della nostra famiglia da sempre e...»

«Spero che continuino a esserlo, ma io non lo voglio rivedere» chiarì. «E per favore... aiutami a farlo capire a mamma e papà, anche se, immagino già l'isterismo di mamma.»

«Ma cosa ha fatto? Cosa è successo per farti rompere con il bellissimo Warren?»

«Nana, non ne voglio parlare» disse Ana fissandola negli occhi.

Lucy abbracciò la sorella. Era la migliore, anche se la maggior parte delle sue amiche la consideravano un'extraterrestre perché non le piacevano né il rosa né andare dal parrucchiere tutti i giorni.

«D'accordo, sono una noiosa.»

Ana, alla fine, abbozzò un sorriso e a quel punto Lucy le chiese: «Quando intendi mettere al corrente dei tuoi piani mamma e papà?»

«Non lo so.»

«Caspiterina, Patoooooooooo!»

«È che non trovo il momento giusto e non voglio rovinarti il matrimonio.»

«Devi dirglielo subito. Domani mi sposo, me ne andrò in viaggio di nozze e non sarò qui a sostenerti.»

«Lo so.»

Ana sorrise di nuovo. Adorava sua sorella sebbene non avesse nulla a che fare con lei o con il suo modo di vedere la vita. Pensò di dirle la verità su Warren, ma alla fine decise di risparmiarle quella sofferenza.

«Glielo devi dire oggi.»

«D'accordo, d'accordo...»

Lucy la guardò e annuì. «Non preoccuparti, Pato; lo capiranno, sicuro. Mamma ci rallegrerà con una delle sue scenette isteriche piene di singhiozzi ed espressioni del tipo 'cosa dirà la gente', ma papà ti capirà e la calmerà. Vedrai.»

«Lo spero.» Poi, dopo aver guardato di nuovo il vestito da sposa, chiese: «Sei sicura che Christopher sia l'uomo della tua vita?»

«Sì, sicurissima.»

Non si poteva dire che Ana stravedesse per Christopher Edwards, il suo futuro cognato. Era troppo semplice e mansueto per Lucy. In quei loro due anni di relazione, aveva provato a parlarne con lei, ma la sorella era troppo affascinata da quel bel giovane che lavorava con suo padre. Non c'era nulla da fare.

«Hai soltanto ventun anni, Nana. Perché tutta questa fretta di sposarti?»

«Perché voglio essere una sposa giovane, bella e divina.»

Ana non si sorprese di quella risposta e, dopo aver alzato gli occhi al cielo, proseguì: «Stai ancora studiando. Non hai viaggiato, non hai vissuto. Perché sposarti così presto?»

«Ma scusa, hai visto quel vestito di Balenciaga? Ti pare poco tarparti le ali per un vestito del genere?»

«Oh Dio, Nana... sei una causa persa!»

«Ma, dai... lo amo, voglio una festa grandiosa, il viaggio di nozze, il vestito divino, la mia indipendenza da papà e mamma, ti sembra poco?»

«E lui ti ama?»

Senza alcuna intenzione di offendersi, la futura sposa si alzò dal letto e, indicando se stessa, sussurrò: «E come potrebbe non amarmi? Ma mi hai vista? Hai visto come mi stanno questi jeans di Versace con le scarpe di Jimmy Choo?»

«Sì, tesoro, sì. Io ho visto, ma mi faresti il piacere di rispondere alla mia domanda?»

Scostando i capelli setosi, così diversi da quelli corti della sorella, l'orgogliosa e futura signora Edwards rispose: «Ti dirò come la vedo. Sono la figlia del direttore generale della BBC, Frank Barners. Le mie misure sono perfette. Sono bella, giovane e ho classe. La mia pelle è tersa e non ho un solo poro dilatato. I miei capelli sono setosi e curati. Non ho la pelle a buccia d'arancia, né le smagliature, né altro che stoni con il mio corpo sinuoso e ben curato. Vesto la taglia 38 delle migliori sartorie e sono divertente e loquace. Cos'altro può chiedere?»

Senza sorprendersi per quella tirata, Ana pensò: *Alla faccia della modestia*, ma toccandosi la garza sulla fronte, sorrise. Stava per rispondere quando si aprì la porta e comparvero i suoi genitori, Frank e Teresa.

Lucy, dimenticandosi della conversazione che stava intrattenendo con la sorella, corse verso il padre e urlò: «Papà! Domani sarò uno schianto. Il vestito di Balenciaga è l'abito da sposa più bello che abbia mai visto in vita mia!»

Frank Barners, un elegante e raffinato uomo d'affari, scambiò un'occhiata con sua figlia Ana che gli sorrise.

«Credo che tu sia molto più bella del vestito, Lucy» disse.

«Grazie papinoooo!» urlò la diretta interessata.

«Nana... non per dire, ma ti piace proprio essere adulata» scherzò Ana davanti alla sviolinata del padre.

«Pato, sei gelosa?» chiese Lucy.

A quel punto intervenne Teresa Domínguez, che guardando sua figlia maggiore, disse: «Prima o poi la smetterete di chiamarvi con questi soprannomi orribili, Pato e Nana? Ma quante volte vi ho detto di usare i vostri nomi Ana Elizabeth e Lucy Marie?» Poi, senza aspettare risposta, chiese: «Tra l'altro, Ana Elizabeth, stai bene, tesoro?»

«Sì, mamma, non preoccuparti.»

«Che disdetta! Certo che cadere il giorno prima del matrimonio...» brontolò la donna.

Preoccupato, Frank si avvicinò alla figlia e, toccandole la testa, mentre osservava la garza che aveva in fronte e lo zigomo leggermente gonfio, le chiese: «Non ti gira la testa, vero?»

«No, papà, davvero. E tu mamma stai tranquilla. Ho parlato con Karen, la truccatrice, e mi ha detto che per lo zigomo ci pensa lei domani a mascherarlo.»

«Figliola... quel che importa è che tu stia bene» chiarì il padre.

«E sto bene» rispose lei sorridendo. «E domani, per il matrimonio, starò ancora meglio.»

«Tra l'altro, Ana Elizabeth» – disse sua madre cambiando

tono – «ho appena parlato con Warren Follen e mi ha detto che non ci sarà al matrimonio. Tu c'entri qualcosa in tutto questo?»

La diretta interessata guardò sua madre, scostandosi la frangetta da una parte.

«Certo che c'entro, mamma. Abbiamo rotto e gli ho detto che non voglio che venga al matrimonio. Qualche problema?»

«Qualche, no. Molti!»

«Tesoro...» Frank frenò la moglie.

Ma Teresa finse di non sentire quel richiamo e si mise a urlare, affrontando la figlia: «Non so cosa tu abbia in zucca! Warren e i suoi genitori sono persone influenti qui a Londra e amici di sempre e... e non mi sembra una buona idea che lui non ci sia. E poi, pensa: tua sorella minore si sposerà prima di te!»

A quel commento Ana scoppiò a ridere e, indifferente alle smorfie della madre, replicò: «Mamma, ho soltanto due anni più di Nana. Ventitré! Se qualcuno ti sentisse, penserebbe che...»

«Esatto. Penserebbe che sei una giovane frustrata e una futura zitella. E poi fattene una ragione, tu non hai mai avuto la facilità di Lucy Marie nel rapportarti con gli altri e...»

«Sì, mamma, lo so. Lei è la figlia bella e io quella brutta. Lo so... lo so...»

«Tu non sei brutta» protestò Lucy intercedendo per sua sorella.

«Ma che razza di stupidaggini state dicendo?» urlò Frank. «Chi ha osato dire che Ana è brutta? Sono semplicemente due ragazze diverse. Nient'altro.»

«Papà, non preoccuparti» disse Ana ridendo, ma sua madre non si diede per vinta.

«Io non ho detto e non dirò mai che Ana Elizabeth è brutta. Non lo è. Però guardala. Credi forse che qualcuno si accorgerà mai di lei?»

Frank rivolse lo sguardo verso le figlie e sorrise: Lucy era tutto colore, femminilità, lunghi riccioli setosi, glamour e batter di ciglia, mentre Ana, era jeans, capelli corti e scuri, e occhiali retrò. Due stili molto diversi.

Ana, divertita dalle espressioni del padre, fu sul punto di dire qualcosa, ma la madre la precedette: «Come ti è venuto in mente di rompere con Warren proprio adesso? È un ottimo partito. Suo padre è un pezzo grosso, attivamente impegnato in politica...»

«Mamma, a me proprio non interessa, zero. Quando ti renderai conto che io non do la stessa priorità che dai tu a certe cose?» protestò.

«Warren è ricco» continuò comunque la madre. «Di buona famiglia, affascinante, ti ama così come sei e ha delle aziende tutte sue. Cos'altro puoi volere?»

«Altre cose, mamma, altre cose» mormorò Ana disincantata.

Suo padre la guardò con affetto. Percepire tristezza nello sguardo della figlia lo stava straziando. Cosa le prendeva?

«Non so perché hai rotto con lui. Ripeto che Warren è un eccellente partito; e poi lo conosciamo da sempre e sappiamo che ti tratterebbe come una regina.»

Ana prese una boccata d'aria e sbuffò. Il meraviglioso Warren, di meraviglioso aveva soltanto il nome.

«Ascolta, mamma, quel meraviglioso Warren che tanto adori, non rientra nei miei piani!» sibilò con rabbia. «Quindi considera chiuso l'argomento e non insistere perché non tornerò sui miei passi.»

A quel punto Teresa si sedette con fare drammatico sulla sedia accanto al vestito di Balenciaga e gemette. Warren era uno splendido candidato per sua figlia e non aveva intenzione di farselo scappare.

Ana, ancora toccata dall'accaduto, ma convinta che quello fosse il momento migliore per dare la notizia che aveva da dare, guardò sua sorella che annuì. Si mise accanto a lei e le prese la mano. Quel gesto non passò inosservato a Frank.

«Ora che siamo qui tutti e quattro, vorrei dirvi una cosa importante.»

«Non sarai incinta?» la interruppe sua madre.

«Mamma, per favoreeeeee!» esclamò. Poi, guardandola, le chiese a mo' di sfida: «E se anche lo fossi? Cos'è, sarebbe un peccato?»

«Sarebbe una vergogna!» urlò isterica la donna.

«Ma dai, mamma, per favore.»

«Dimmi almeno che è di Warren» pregò quella speranzosa.

«No, mamma.»

Con una teatralità degna delle migliori tragedie di Shakespeare, Teresa urlò: «Per l'amor del cielo, Frank! Non è di Warren! Nostra figlia incinta e zitella. È un disastro. Saremo lo zimbello di tutta Londra».

Ana sorrise. Sua madre e le sue crisi isteriche... Ma nel notare l'espressione del padre fece cenno di no con il capo, e lui, sollevato, annuì.

Lucy sbuffò. Sua madre era un'isterica, ma anche sua sorella sapeva essere pesante. Non riuscendo a starsene lì senza fare o dire qualcosa, la guardò e sussurrò: «Tesoruccio caro, fammi il piacere di non creare altro caos. Dì a mamma che non è vero o le verrà un infarto e domani invece di andare a un matrimonio andremo a un funerale».

«Ascolta, mamma» chiarì Ana. «Non sono incinta. Volevo soltanto dire a te e a papà che ho bisogno di fare un cambiamento nella mia vita. Quindi il mese prossimo mi trasferisco a vivere in Spagna.»

«Cosa? Vai in Spagna?!» urlò isterica Teresa.

Frank annuì e prese la mano di sua moglie, mentre la figlia proseguiva: «Ho trovato un lavoro come fotografa di una rivista di moda e...»

«Non è possibile!» gemette di nuovo Teresa. «Tu ti devi sposare, avere dei figli e...»

«E basta mamma!» urlò Ana sempre più arrabbiata. «Hai intenzione di piangere e fare una sceneggiata a ogni mia parola?»

«Oh, Ana Elizabeth, questo tuo modo di essere sta mandando all'aria tutti i piani che avevo per te! Pensavo che ti saresti sposata con Warren, che avresti avuto dei bellissimi bambini, che avremmo bevuto il tè insieme e che avresti vissuto a Kensington in una casa carina e luminosa.»

«Be' mi dispiace. Ho i miei piani personali per la mia vita» affermò lei.

Frank stava per parlare, ma sua moglie lo precedette urlando: «Tu non hai bisogno di lavorare in una rivista! Io e tuo padre ti abbiamo dato la migliore istruzione possibile! Sei un avvocato! Parli tre lingue. Perché dovresti andare a lavorare come fotografa?»

«Perché mi piace, mamma. E se ho finito l'università è stato perché era quello che volevi tu, non quello che volevo io.»

«Ma... mi avevi detto che ti piaceva» insistette la donna.

«E mi piace, mamma. Ma quello che davvero mi appassiona è la fotografia. Voglio fare la fotografa.»

«Ah no, non se ne parla! Prima lasci il tuo fidanzato e adesso te ne vai in Spagna? Non se ne parla.»

«Lo farò, mamma. Che tu lo voglia o no, andrò a vivere a Madrid.»

«Toglitelo dalla testa!» si oppose Teresa gesticolando.

«Mamma, non m'interessa quello che dici. Ho ventitré anni, sono maggiorenne e credo sia arrivato il momento che inizi a prendere le mie decisioni da sola.»

«Dispiaceri. Non sai far altro che darmi dispiaceri. Ma perché non puoi essere una brava figlia come Lucy?» Ana fu sul punto di ribattere, ma sua madre proseguì: «E come se non bastasse, vuoi andartene a vivere a Madrid, una città in cui non ho bei ricordi e... e...»

Ana sospirò. Sua madre era spagnola, proprio di Madrid. Ma dopo aver conosciuto suo padre e averlo sposato, se n'era andata a Londra per vivere nella sua elegante casa di Saint James, dimenticandosi che in gioventù, dopo essere uscita dall'orfanotrofio, aveva vissuto in un appartamentino di settanta metri quadrati a Villaverde.

«Mamma, adesso smettila. Per favore, vuoi stare ad ascoltare Pato?»

«Sapete che mi è sempre piaciuta la fotografia e ho fatto diversi corsi che m'interessavano al di là dei miei studi di Giurisprudenza. Ho cercato di essere una brava figlia, anche se la mamma pensa il contrario, e ho soltanto bisogno di cambiare vita» disse in un lamento. «Voglio ricominciare da capo in un posto nuovo, ed è per questo che ho accettato il lavoro a Madrid, perché voglio fare esperienza e aprire un mio studio fotografico.»

«Quello te lo posso aprire io, tesoro» rispose il padre emozionato. «Se vuoi, posso farti aprire il tuo studio di fotografia senza bisogno che tu vada a lavorare per altri e...»

«Papà» lo interruppe. «Mi hai sempre parlato di quanto è

importante lottare per ciò che si vuole. Mi hai sempre detto che una delle cose di cui sei più orgoglioso a livello personale è essere riuscito a farti una posizione nel tuo lavoro. Ed è quello che voglio fare io. Voglio raggiungere i miei obiettivi da sola e non perché sono la figlia di... Per favore, cerca di capire, ho bisogno di farlo e... e... di andarmene da Londra.»

Consapevole che a sua figlia stava succedendo qualcosa, si appartò un istante con lei e le chiese: «Tesoro, ma come mai vuoi andartene? Cosa è successo?»

«Niente, papà» mentì. «Non mi è successo niente. Ma voglio ricominciare da capo in un posto dove posso essere me stessa.»

Andarmene da Londra. Quella frase aveva colpito il cuore di Frank. Sua figlia stava attraversando un brutto momento ed era certo che avesse a che fare con la rottura con Warren. Cosa stava succedendo? Sebbene il non sapere lo inquietasse, non voleva nemmeno essere indiscreto e fare troppe domande. Se Ana aveva qualcosa da raccontare, lo avrebbe fatto lei stessa. Ma non voleva vedere soffrire la sua piccola, e negli ultimi mesi, soprattutto negli ultimi giorni, la ragazza non stava bene; glielo si leggeva negli occhi. Questo gli straziava il cuore. Ana era una lottatrice, non una materialista come Lucy. Aveva sempre cercato di ottenere le cose con i propri mezzi e Frank ne era orgoglioso. Dopo aver guardato quell'isterica di sua moglie, fissò la figlia e, convinto che fosse la cosa più giusta, disse: «D'accordo, Ana. Appoggerò la tua decisione, ma promettimi una cosa».

«Cosa, papà?»

«Che ogni volta che avrai bisogno di aiuto, verrai da me.»

«Certo, papà. Te lo prometto.»

Detto questo, si fusero in un affettuoso abbraccio mentre Teresa, come c'era da aspettarsi, svenne di fronte all'imminente partenza della figlia.

2

Madrid, sette anni dopo

L'assordante rumore delle sirene fece sì che molti dei vicini di plaza de Santa Ana si affacciassero per vedere cosa stava succedendo. Spaventati, videro uscire del fumo da uno degli appartamenti e i pompieri che assediavano la piazza. Qualche istante dopo, la polizia iniziò a entrare nei portoni adiacenti per fare evacuare gli inquilini.

In uno degli edifici c'era Ana intenta a lavorare nel suo studio fotografico. Inconsapevole di ciò che stava accadendo, si stava godendo gli scatti fotografici per una marca italiana di lingerie. Le modelle erano amiche, i truccatori angeli e, per una volta, sembravano tutti rilassati e felici. Con la musica di Prince ad animare la sessione fotografica, Ana si diresse alle modelle con la reflex in mano: «Ragazze muovetevi al suono della musica e alzate le braccia sopra la testa mentre mi guardate». Le ragazze obbedirono subito e, mentre scattava, Ana sussurrava: «Molto bene… molto bene… Siete bellissime».

«Vengo bene? Sto bene?» chiese una delle modelle.

«Sì, Iris» annuì Ana. «Stai venendo bellissima.»

Nekane, l'aiutante di Ana, alzò gli occhi al cielo. Iris era la quintessenza dell'egocentrismo. La conosceva fin dai suoi esordi in quel mondo, e dopo essere entrata nella miglior agenzia spagnola di modelle, credeva di essere l'erede di Naomi Campbell.

Dopo varie fotografie, Ana si girò verso la sua aiutante.

«Neka, preparami…» ma non fece in tempo a finire la frase. Qualcuno stava suonando forte il campanello e Nekane andò ad aprire. Due secondi dopo, rientrò con l'aria spaventata insieme a un poliziotto.

«Dobbiamo subito uscire. C'è del fuoco sul piano e…»

Appena sentita la parola *fuoco* le modelle e i due truccatori uscirono a gambe levate; certamente, Iris per prima e sgomitando.

Il poliziotto, ancora stupito per come erano usciti gli altri, guardò le due ragazze ferme davanti a lui.

«Signorine, dovete abbandonare subito l'appartamento!»

Senza perdere tempo, Ana prese alcuni cappotti e, con ancora in mano la macchina fotografica, fece fretta all'amica.

«Dai, Neka, dobbiamo uscire.»

Abbandonarono subito l'appartamento insieme al poliziotto e videro che la scala era piena di fumo. La cosa le spaventò! Sembrava molto più grave di quanto avessero pensato. Una volta uscite dal portone, ancora guidate dal poliziotto, rimasero su un lato della piazza. Qualche secondo dopo, notando come i poliziotti e i pompieri guardavano in direzione loro e delle modelle, Ana consegnò in tutta fretta i cappotti alle ragazze. Vista l'urgenza della situazione erano uscite in tanga e reggiseno.

«Il fumo esce da casa di Encarna» mormorò Nekane angosciata.

«Spero stia bene» sussurrò Ana terrorizzata. Se c'era qualcosa che la spaventava era proprio il fuoco. E vederlo così vicino e minaccioso la terrorizzava.

Mentre i pompieri lavoravano, Ana, con la macchina fotografica in mano, iniziò a scattare quel che vedeva. Immagini di persone spaventate, foto dei pompieri in azione, fin quando di colpo il suo obiettivo non si fermò su un pompiere che, su una scala mobile, si avvicinava a un balcone.

«Neka... lì c'è Encarna» annunciò atterrita.

L'amica le tolse di mano la reflex, osservò la situazione attraverso l'obiettivo e poi gliela rese con le mani tremanti.

«Non c'è niente di cui preoccuparsi» le assicurò. «Quel pompiere l'aiuterà. Vedrai!»

Con la pelle d'oca e il cuore che batteva all'impazzata, Ana vide il pompiere parlare con Encarna; da come gesticolava si intuiva che le stava dicendo di stare tranquilla. Alla fine la donna gli diede retta e un paio di minuti dopo l'uomo la raggiunse, la sollevò e la infilò nel carrello mobile della scala. Tutti quelli che avevano osservato a bocca aperta la scena proruppero in un applauso, emozionati.

«Vedi?» si congratulò Nekane. «Ti avevo detto che quell'uomo l'avrebbe salvata.»

I pompieri lavorarono per più di un'ora senza sosta, fin quando il fuoco che aveva causato quel gran fumo non venne spento. Quando i soccorritori permisero ad Ana e a Nekane di avvicinarsi alla loro vicina, la donna nel vederle si mise a piangere.

«Che Dio sia benedetto, amorini! Che spavento! Che spavento!»

«Stai bene, Encarna?» chiese Ana abbracciandola.

«Sì, bellezza. Ma ho rischiato di non poterlo raccontare. Mamma mia che paura!» esclamò tra singhiozzi e asciugandosi gli occhi con un fazzoletto.

«Non pensarci, Encarna. Non ti è successo niente e stai bene» affermò sorridendo Nekane.

«Ma cosa è capitato? Da dove è partito l'incendio?» chiese Ana continuando ad abbracciare la donna.

«Dalla cucina. Vi stavo preparando le frittelle che vi avevo promesso» spiegò, e le ragazze sorrisero. «Poi, siccome stava iniziando la telenovela, sono corsa in sala da pranzo per non perdermene nemmeno un secondo. Ero convinta di aver spento il fuoco, ma non l'avevo fatto. Quando me ne sono accorta, la cucina era in fiamme e...»

«Certo, Encarna, che te le inventi proprio tutte per farti prendere in braccio da un pompiere...» scherzò Nekane cercando di farla sorridere.

In effetti il commento raggiunse lo scopo e la donna si avvicinò ancora di più a loro e sussurrò: «Avete visto che bei fusti che sono venuti?»

«E come no» sorrise Nekane vedendo diversi pompieri che flirtavano con le modelle. «Sto vedendo certi *pezzi di gnocchi* che non ti dico.»

Ana rise e scattò qualche foto ai pompieri. Nekane era simpatica. Ma Encarna non aveva capito quel che la ragazza aveva voluto dire.

«*Pezzi di gnocchi*? E cosa sono?» chiese.

Nekane, divertita, squadrò da capo a piedi uno dei pompieri che stava lavorando davanti a loro.

«È un modo di dire della mia bellissima terra» chiarì. «Quando dalle mie parti si vede un bel ragazzo di solito si dice: 'Però, che gran pezzo di gnocco quello lì'.»

«Ah però, cosa devo sentire» disse Encarna ridendo e poi, indicando vari pompieri, aggiunse: «Guarda come flirtano con quelle ragazze. Sono le vostre modelle, vero?» Annuirono entrambe e la donna sussurrò: «Beata giovinezza!»

Ana sorrise. Era da un po' che guardava come alcuni pompieri e dei poliziotti più giovani si avvicinavano alle modelle.

«Guarda com'è felice Iris» disse guardando Nekane.

«Mamma mia!» scoppiò a ridere l'altra. «Guarda com'è dedita alla causa.»

«Posso dire una cosa?» chiese Encarna.

«Certo!» risposero entrambe.

«Riguarda la tua amica, Nekane.»

«Bah, diciamo piuttosto che è una conoscente. E se intendi dirmi che è un'oca giuliva, lo so già!»

Encarna, consapevole di quel che pensava Nekane, annuì e, toccandosi il mento, aggiunse senza peli sulla lingua: «Per me quella tua amica è viscida».

«Ah però. Poi dicono che le più acide siamo noi con tatuaggi e piercing» scherzò Nekane facendo ridere la sua amica.

«Ma insomma» intervenne di nuovo Encarna. «Avete visto come si apre il cappotto per far vedere le cosce?»

«E non soltanto le cosce. Che spudorata» sospirò Nekane.

«Neka!» protestò Ana.

«Macché Neka e Neka» tagliò corto Encarna. «Perché diavolo mostra tutta la mercanzia a quegli uomini? Che svergognata!»

«Encarna!» esclamò Ana ridendo.

«È una bella furbetta, va'» concordò Nekane. «Ma quando con quei suoi occhietti mi ha chiesto di ospitarla in casa qualche mese non ho potuto dirle di no, anche se me ne sto già pentendo.»

Le tre rimasero per un po' a osservare come quella tirava fuori tutto il suo repertorio di sguardi da cerbiatto, faccine e posizioni sensuali davanti a qualsiasi pompiere o poliziotto di bell'aspetto si avvicinasse. Sembrava che Iris se la stesse spassando vicino a quegli uomini che sbavavano per lei. Erano impegnate a godersi lo spettacolo quando uno dei pompieri si avvicinò a loro. Era quello che aveva aiutato Encarna.

La donna, nel riconoscerlo, si riprese subito e lo abbracciò.

«Grazie tesoro per avermi tirata fuori da quell'inferno sana e salva.»

Con quel pompiere a pochi centimetri scarsi da lei, Ana sentì dei brividi e poi un crampo allo stomaco nel vedere come sorrideva e come sulle guance gli si marcavano due fossette. Era enorme e virile. E quando si tolse il casco che indossava, constatò che aveva i capelli scuri, incredibili occhi azzurri, un naso perfetto e labbra carnose e tentatrici. *Che carino!* pensò. Davanti a lei aveva il più incredibile sogno erotico di chissà quante donne. Un pompiere così sexy e in forma da togliere il fiato. Ma mantenendo l'aplomb non si scostò nemmeno mentre lui, senza rivolgerle lo sguardo, rispondeva a Encarna: «Di niente, signora. È il mio lavoro e lo faccio con piacere. Ma deve promettermi che d'ora in poi farà più attenzione in cucina e soprattutto che si ricorderà di togliere la padella dal fuoco, d'accordo?»

La galiziana annuì e, prendendolo sottobraccio, sussurrò: «Ti piacciono le frittelle?»

L'espressione del pompiere divenne sognante.

«Be' sì. Mi piacciono molt...»

Senza lasciargli finire la frase, la donna aggiunse: «Non appena la cucina sarà a posto, te ne preparerò un vassoio tutto per te e i tuoi colleghi e ve lo porterò in caserma». Poi, guardando le giovani che aveva accanto, aggiunse: «E mi porterò dietro queste due bellezze che tra l'altro sono single e senza fidanzato, ma con un loro lavoro».

Le due rimasero attonite per via delle parole che Encarna aveva appena pronunciato, e intanto Ana sentiva che un calore inatteso le percorreva lo stomaco. Prima che potessero protestare, quell'incredibile tipo di quasi due metri le guardò e rispose con un sorriso malizioso: «Saremo felici di accogliervi in caserma».

«Capo! Quando vuole possiamo andare!» urlò uno degli altri uomini.

Mentre il pompiere annuiva, si avvicinò un altro collega.

«Rodrigo! Dobbiamo rispondere a un'altra chiamata» gli disse.

Nel sentire il suo nome, il giovane pompiere si voltò e, dopo aver fatto un occhiolino complice a Encarna, disse allontanandosi: «La prendo in parola. Aspetto quelle frittelle!»

Quando si fu allontanato a sufficienza, le ragazze guardarono la donna.

«Santiddio, Encarna» sibilò Nekane. «Ma come diavolo ti è venuto in mente di dire una cosa del genere?»

«No, dico, ragazze, ma avete visto quanto è caruccio quello lì?»

«Certo...» protestò Ana seguendo i movimenti del pompiere. «Perché hai detto una cosa del genere? Ora ci ricorderà come le zitelle senza fidanzato.»

La donna le guardò con un sorriso malizioso e poi, lasciandole senza parole, mormorò: «Ma non siate così all'antica, ragazze. *Gnocchi* come quello non si vedono tutto i giorni».

Quella sera e le seguenti, Encarna rimase a dormire nell'appartamento-studio di Ana e Nekane. Casa sua, e in particolar modo la cucina, non era in condizioni di essere abitata e, sebbene non fosse capitato nulla, l'odore di fumo rendeva impossibile dormirci.

Mentre cenavano sul tavolino basso del tinello, Encarna scrutò con nonchalance Iris che parlava al cellulare. Di sicuro quella ragazza era carinissima. Alta, capelli biondi da pubblicità, occhi verdi a mandorla, seni sodi e un corpo da urlo, ma tolto questo era insignificante! Tuttavia, si guardò bene dal dire qualcosa che potesse suonare offensivo.

Emozionata, Iris parlava e parlava con un'amica. Le stava raccontando che aveva preso appuntamento per sabato con un gruppo di pompieri madrileni per andare prima a cena e poi a far festa al Garamond, e stava cercando di convincere l'altra ad andare con lei. Indifferente al fatto che la stessero ascoltando, le raccontò che quei pompieri sbavavano guardandole il décolleté e le gambe, e che le avevano addirittura fatto dei complimenti espliciti. Non omise nemmeno che alcuni di loro erano vergognosamente belli. Dopo aver descritto all'amica lo splendido vestito che avrebbe indossato per far colpo su di loro e le scarpe con tacco dieci che intendeva mettere, agganciò.

«Che succede?» chiese mettendosi i capelli dietro l'orecchio con il mignolo, notando che la stavano osservando.

Ana ed Encarna non risposero, ma Nekane non riuscì a trattenersi.

«Certo che hai il cervello più piccolo di quello di un moscerino. Ma tu a Madrid ci sei venuta per lavorare oppure per conquistare qualsiasi uomo ti dica che sei bella da paura?»

«Entrambe le cose. E scusa, bellezza, ma ho abbastanza cervello da unire tutti e due gli aspetti.»

«Ne sei certa?»

Iris la guardò mentre masticava un pezzo di tacchino.

«Ovvio» rispose. «Comunque...»

«Zitta, zitta, zitta...»

«Volevo soltanto dire che sabato potreste venire anche voi» aggiunse la modella con aria seria.

«Anch'io?» chiese Encarna allegra. Ma notando l'espressione di Iris, rivolse lo sguardo alle due ragazze che tanto stimava e disse scherzosa: «Io non ci andrò, ma voi due sì. Vi meritate di uscire con quei pompieri e di divertirvi».

Nekane e Ana si scambiarono uno sguardo e annuirono con aria complice. E perché no?

Sabato sera un gruppo di sette ragazze raggiunse il ristorante dove avevano appuntamento con alcuni pompieri. Questi le accolsero felici e, dopo baci e presentazioni, alcune più effusive di altre, il bel gruppetto si sedette intorno a un enorme tavolo e iniziò a cenare.

Come Nekane e Ana già si aspettavano, i pompieri si concentrarono sulle cinque belle modelle. Non che loro fossero brutte, ma le altre erano appunto modelle! Ed era difficile competere con la loro immagine, i loro sguardi e loro insinuazioni.

«Che ne dici se quando arriviamo al Garamond ci stacchiamo dal gruppo?» chiese Nekane.

«Perfetto!» annuì Ana, felice.

«È che, se passo ancora un po' di tempo con queste vamp, alla fine mi vedrai al telegiornale. Ma hai visto come si comportano da stupide?»

Ana sorrise. In un certo senso, l'egocentrismo e il modo di essere di quelle ragazze le ricordavano sua sorella e la cosa la divertiva, ma decise di cambiare argomento.

«Andrés lavora sempre al Garamond?»

«Sì.»

«Perfetto! Da bere gratis!» si rallegrò Ana.

Una volta finiti i dolci, si trasferirono nell'altro locale, prendendo diverse macchine. Lì i pompieri trovarono altri amici e il gruppo si ingrandì. Ana e Nekane si guardarono. Era il momento di fuggire e cercare il loro amico.

Andrés fu felicissimo di vederle e le invitò subito a bere. Era pazzo di Nekane, anche se lei non aveva interesse per lui. Poco dopo, le ragazze iniziarono a chiacchierare con un gruppo. Ana notò un tipo, uno svizzero dai capelli chiari, occhi azzurri e sorriso affascinante. Si chiamava Orson. Era in Spagna per un viaggio di piacere e quella era la sua ultima notte nel Paese. Chiacchierò animatamente con lui fin quando Nekane non le diede una gomitata per attirare la sua attenzione.

«Mio Diooooooooo! Ma quello con cui sta parlando quella scema di Iris è vero o è una visione?»

Voltandosi, Ana si concentrò su due tipi enormi che stavano parlando con Iris all'altro capo della sala.

«Quale dei due armadi?»

«Lo *gnocco* bruno con i pantaloni neri, la maglietta chiara e il culo sporgente.»

Ana lo osservò.

«Però... guarda che belle chiappe» sussurrò. Poi, guardando il suo amico, aggiunse: «Il tipo vicino a quello che dici, quello con i jeans scuri e il maglione color cachi, mi ricorda qualcuno».

Lo osservarono un istante entrambe, finché non ricordarono chi era.

«Rodrigo! Ah, sì! Il pompiere.»

«Sì... è lui. Mamma mia quanto è fico!» esclamò Ana che nel vederlo sentì di nuovo stringersi lo stomaco.

«Un bel pezzo di *gnocco*» fischiò Nekane. «Anche se... a me piace di più l'altro. È così sexy! Ascolta… e se andassimo a rovinare la piazza alla diva e ce li facessimo presentare?»

Incoraggiata dal momento e dalla presenza di quell'uomo che l'attraeva, Ana disse a Orson che sarebbe tornata subito. Lo svizzero annuì e continuò a parlare con il resto del gruppo mentre le due ragazze si avvicinavano agli altri.

«Iris» disse Nekane con aria divertita. «Ci presenti?»

Sentendo il suo nome, la ragazza si girò, le guardò e, con un sorriso falso, procedette: «Queste sono Nekane e Ana. E loro sono Calvin e Rodrigo».

Senza aspettare, le giovani si misero in punta di piedi, decise a baciarli sulla guancia. I due si scambiarono uno sguardo, divertiti. Quando si furono salutati, Ana si appoggiò al braccio di Rodrigo per non cadere e commentò, con finta disinvoltura: «Te ti conosciamo già».

L'uomo posò i suoi meravigliosi occhi azzurri su di lei mentre in contemporanea si formavano le fossette.

«Sì? E come mai?»

Ana deglutì mentre quel fantastico tipo la guardava e istintivamente si inumidì le labbra. Rodrigo era un uomo sexy e la cosa le piaceva parecchio. Ma per qualche inspiegabile ragione la presenza di quell'uomo da urlo la faceva sentire goffa e troppo nervosa. Ma cosa le prendeva? Alla fine si scostò la frangia dal viso e rispose: «L'altro giorno eravamo con te quando hai salvato la nostra vicina, quella cui avevano preso fuoco i fornelli».

«Ah sì! Encarna ti sarà eternamente grata» rincarò Nekane.

«La galiziana delle frittelle?» chiese Rodrigo con tono scherzoso.

«Sì» annuirono le due all'unisono.

«Allora voi dovete essere… le due single che lavorano nello studio accanto, ricordo bene?»

Di fronte a quel commento e vedendo l'ironia nello sguardo di Rodrigo, Ana fece un passo indietro e pensò: *Sexy, ma idiota.*

«Abbiamo uno studio fotografico» chiarì Nekane nel notare l'espressione dell'amica.

Il ragazzo che era lì insieme a Rodrigo rimase per un istante a osservare la ragazza con il grande chignon in stile anni '60, salopette rosa e una grande cintura.

«Posso chiederti da cosa sei mascherata?» le disse.

Nekane lo fulminò con lo sguardo e sibilò: «Posso chiederti in che mondo vivi, cafone?»

Calvin, senza parole, rispose: «Ehi, scusa. Non volevo offenderti, ma è che qui ci sono poche ragazze vestite come te e...»

«Ascolta, bello, punto uno: non sono mascherata. Punto due: quello che vedi è il mio modo di vestirmi; e punto tre: non te ne intendi un accidenti di moda altrimenti lo sapresti che il mio stile retrò e irriverente si ispira agli anni '50 e '60.»

«Adesso ci sono» rispose lui con uno spettacolare sorriso. «Sei vestita come quella giovane cantante inglese, scomparsa qualche anno fa. Ma sì, dai, quella che...»

«Amy Winehouse» sussurrò Nekane.

«Esatto!» esclamò ridendo. E avvicinandosi a lei, disse: «Dai, facciamo pace. Riconosco che sono un cafone e permettimi di offrirti qualcosa da bere».

Nekane sorrise e fece spallucce.

«D'accordo... ma sia chiaro che non discuto con te perché ho sete.»

Rodrigo, nel vedere che i due si allontanavano, guardò la giovane brunetta lì di fianco a lui in silenzio e, avvicinandosi un po', le chiese: «Ana, sei fotografa?»

«Sì.»

Poi si appoggiò con una spalla al muro e le chiese con voce sensuale: «E che tipo di lavori fai?»

«Di tutto un po'.» Ma notando che lui la stava guardando direttamente negli occhi in attesa di qualche parola di più, continuò senza impappinarsi: «Con questa crisi non si può essere molto selettivi, ma non ci lamentiamo. Abbiamo buone firme nel nostro portfolio e la maggior parte dei lavori che realizziamo sono per riviste di moda o cataloghi».

«Interessante!» annuì Rodrigo e Ana sorrise. «Come si chiama il tuo studio?»

«Objetivo 2.»

I due parlarono di fotografia per un bel po'. Rodrigo ne era affascinato e Ana gli spiegò varie tecniche per scattare belle fotografie, sebbene i nervi le stringessero lo stomaco. Mezz'ora dopo, quando Iris si accorse che i due stavano ancora parlando e che il suo obiettivo si avvicinava sempre di più ad Ana, decise di porre fine alla cosa e, avvicinandosi con passo sicuro, si mise tra loro e con voce accattivante si rivolse al pompiere: «Ti ho detto che sono una modella?»

Sei una puttanella ecco cosa sei, pensò Ana infastidita notando che Rodrigo non la stava più guardando e rispondeva invece con tono malizioso: «Sì, bellezza, lo so».

«Lavoro per l'agenzia Woman Perfect e l'altro giorno, quando è scoppiato l'incendio, eravamo nel bel mezzo di un servizio di lingerie femminile» disse e fece un'espressione infantile. «Per quello indossavo soltanto il cappotto... senza niente sotto.»

Rodrigo sorrise come un lupo affamato. Cinque minuti dopo, Ana si sentì fuori luogo. *Uomini!* Rodrigo non le rivolse più un solo sguardo. Era diventata invisibile. Aveva occhi e parole soltanto per la modella, così decise di tornare dallo svizzero che sorrise felice di rivederla.

Un'ora dopo, mentre beveva un bicchiere, osservò con nonchalance Nekane che chiacchierava con il giovane pompiere dal sedere sporgente e sorrise. La sua amica aveva fatto una conquista niente male. Poi guardò con disprezzo quell'idiota di Iris. *Maiala!* Con le sue movenze e le sue insinuazioni aveva catturato l'attenzione dell'unico uomo in quella sala che l'avesse interessata. Ma siccome era una donna pratica, decise di lasciar perdere e di concentrarsi sullo svizzero. Era molto piacevole e simpatico.

Verso le cinque del mattino i gruppi iniziarono a sciogliersi e, quando Nekane le fece cenno che se ne andava con il pompiere, Ana annuì. Erano due donne libere e decidevano chi volevano frequentare. Dopo di loro vide andare via Iris e Rodrigo e, venti minuti dopo, lo svizzero dagli splendidi occhi azzurri le propose di andare al suo hotel. Ana accettò. Davanti a lei si prospettava una notte eccitante. E andò così. Orson si dimostrò un magnifico amante e si divertirono stupendamente entrambi.

Ana rientrò a casa alle nove del mattino. Era stanca e felice. Dopo aver posato la borsa sul divano, si tolse i tacchi e li buttò in sala. Scalza, si diresse in cucina, che era separata dalla sala da un bancone e si preparò un caffellatte. Dopo averlo scaldato nel microonde, lo tirò fuori e si sedette comodamente sul divano a berselo con una madeleine per poi andarsene a letto. Era stravolta. Ma di colpo la porta del bagno si aprì e la madeleine le scivolò dalla mano nel vedere uscire Rodrigo, il pompiere, nudo!

«Ma tu cosa ci fai qui?!» urlò scioccata.

Quel fantastico tipo la guardò sorpreso e ad Ana si seccò la gola. Quell'uomo trasudava forza, sensualità e desiderio da ogni poro della pelle e continuava a starsene lì senza nascondere un solo centimetro del suo corpo.

«Stavo per chiederti la stessa cosa» rispose lui aggrottando la fronte.

Ana, con le gambe molli, si alzò dal divano e appoggiò la tazza sul tavolino prima che le scivolasse di mano. Cosa ci faceva quel gran fico nudo nel suo soggiorno? Cercò di prendere un cuscino dal divano, glielo lanciò in malo modo perché coprisse le sue intimità, e urlò: «Questa è casa mia, quello è il mio bagno e quello che sta coprendo il tuo *aggeggio* è il mio cuscino!»

«Prendilo, io non te l'ho chiesto» disse lui restituendole il cuscino.

Senza parole per la sfacciataggine di Rodrigo, Ana chiuse comicamente gli occhi.

«Mio Dioooooo, vuoi coprirti?» insistette.

Sebbene la situazione fosse divertente, lui le diede retta e, sospirando, le disse: «Mi sono coperto. Puoi guardare».

Ana aprì prima un occhio e poi l'altro. Si era coperto. E dopo aver guardato di nuovo quell'imponente figura, gli chiese: «Ti ha portato qui Iris, vero?» Lui annuì e lei urlò: «Iris! Esci subito dalla stanza perché se vengo io ti giuro che te ne pentirai».

Due secondi dopo, la modella comparve con aria allucinata e con indosso soltanto una camicetta aperta.

«Ma come ti è venuto in mente di portare un uomo a casa mia?!» sbottò Ana fuori di sé. «Ma sei scema o cosa? Da quanto lo conosci per portarlo qui?»

Rodrigo avrebbe voluto dirle che lui non era uno qualsiasi, ma non poté farlo; in primis perché Ana era furibonda e poi perché in un certo senso aveva ragione. Non lo conoscevano affatto.

«La smetti di urlare così ti spiego?» rispose Iris senza mutare la sua espressione stupita.

«E cosa mi devi spiegare? Che sei andata a letto con lui a casa mia? Guarda, bella, che fin lì ci arrivo.»

Rodrigo, prima che una delle due si rimettesse a urlare, disse, guardando Iris: «Ha ragione lei. Se mi avessi detto che questa non era casa tua, non sarei venuto».

«Tu stai zitto e copriti» lo incalzò Ana. «Qui nessuno ha chiesto la tua opinione.»

«Ma io… credevo di…» insistette la modella.

«Tu hai davvero poco da credere…!» gridò Ana senza poter evitare di notare il tatuaggio che il pompiere aveva sul braccio e che risaliva fino al collo. *Sexy!* pensò. Ma chiuse gli occhi e proseguì: «Ascoltami. Qui non voglio più nessuno, d'accordo? Ma se io stessa non mi porto a casa gli uomini con cui vado a letto una notte, perché mai dovresti farlo tu?»

«Continua ad avere ragione lei» annuì Rodrigo sorpreso dalla sincerità di quella brunetta arrabbiata.

«Cavoli, mi spiace!» buttò lì Iris, indignata, e poi sparì nella stanza lasciando i due da soli in sala.

Di pessimo umore, Ana si voltò verso di lui e lo guardò infastidita.

«*Lei*?! Quella *lei* sarei io?» chiese.

«Sì.»

«E si può sapere perché non mi chiami con il mio nome?»

«Perché non ricordo come ti chiami. Ti pare una buona risposta?» disse lui alzando la voce.

La cosa ferì Ana. Qualche ora prima avevano parlato per un bel po' di fotografia. Le era persino sembrato che la corteggiasse quando le aveva accarezzato i capelli e glieli aveva scompigliati. E non ricordava il suo nome? Confusa dall'accaduto, girò sui tacchi decisa a dirigersi verso la sua stanza, ma prima di uscire dalla sala si voltò, e indicandolo con il dito, gli disse: «Ti… fuori… voglio… Intendevo, ti voglio fuori da casa mia tra cinque minuti. Se esco dalla mia stanza e sei ancora qui impalato, non mi interessa se sei nudo o vestito, ma ti butto fuori! Ah! E il cuscino lascialo in bagno che poi lo lavo, capito?»

Dopo aver detto questo, scomparve nel corridoio, e ciò che il pompiere sentì fu il forte sbattere di una porta. Rodrigo sorrise, ancora esterrefatto. In trentaquattro anni era la prima volta che gli succedeva una cosa del genere. Ma dato che non era disposto a farsi cacciare di casa nudo da quella furia, entrò nella camera di Iris, e dopo aver resistito alle moine e alle assurde insinuazioni della modella, si vestì e se ne andò.

Dopo un paio di giorni, la situazione a casa di Ana si placò. Nekane chiarì a Iris che non poteva portare a dormire lì nessuno sconosciuto. Una cosa era che la passassero a prendere o a bersi un caffè, e un'altra ben diversa era che un individuo su cui non sapevano nulla girasse liberamente per casa.

Il tempo trascorse e Nekane, incoraggiata dall'amica, iniziò a frequentare Calvin, il pompiere dal sedere sporgente. Si divertivano molto insieme, e sebbene le loro vite non avessero nulla in comune, si attraevano come due calamite.

Un giorno Madrid fu sorpresa da una forte nevicata e la città, ovviamente, collassò. Di sera, quando ormai era buio, mentre Ana e Nekane stavano lì a guardare la televisione sotto le loro copertine, suonò il citofono di casa.

Ana si alzò a rispondere.

«Chi è?»

«Sono Rodrigo, Iris scende?»

Nel sentire quella voce, Ana non poté evitare di ricordare quando l'aveva visto nudo e, appoggiandosi accaldata alla parete, rispose: «Un attimo».

Agganciò il citofono e si incamminò verso il bagno, poi bussò alla porta.

«Sotto c'è il pompiere che ti aspetta. Muoviti.»

«Il capo?»

«E io che ne so...» protestò Ana che non era disposta a reggerle il gioco.

Iris aprì la porta, non era ancora pronta e aveva i capelli bagnati.

«Non mi sono ancora truccata. Digli di aspettare» disse e si richiuse dentro.

Ana, mentre camminava di nuovo verso la porta per consegnare il messaggio, guardò dalla finestra e sentì freddo vedendo quanto nevicava. Come poteva lasciarlo giù in strada mentre l'altra finiva di prepararsi?

«Rodrigo, sei lì?» disse una volta raggiunto il citofono.

«Sì.»

«Dovrai aspettare un po' perché non è ancora pronta.»

Lo sentì imprecare e la cosa la fece sorridere, ma rimase di sasso quando lui le chiese: «Potrei salire e aspettare sopra?»

«No.»

«Fa un freddo allucinante e in più nevica.»

«Peggio per te» rispose Ana sollevando il mento.

Rodrigo annuì senza parole.

«Grazie, simpaticona.»

Dopo aver riagganciato, tornò in sala.

«Chi era?» chiese Nekane.

«Rodrigo» sussurrò Ana sedendosi davanti al televisore. «È venuto a prendere Iris e, siccome non è ancora pronta, gli ho detto di aspettare sotto.»

Nekane guardò verso la finestra e immaginò quanto dovesse far freddo sotto la neve.

«Poveraccio. Si prenderà un brutto raffreddore.»

«Non è un problema mio. Deve soltanto coprirsi.»

Ma venti minuti dopo, la voce della coscienza di Ana la fece alzare e riprendere in mano la cornetta del citofono.

«Rodrigo, sei ancora lì?»

Non rispose nessuno. Chiese di nuovo, ma non ci fu risposta. Si sentiva in colpa, quindi, dopo aver riagganciato, indossò degli stivali e un cappottone.

«Ma dove vai con questo tempo?» le chiese Nekane.

«A cercarlo. Non sopporto che stia prendendo freddo a causa mia, mentre quella cretina di Iris è lì che si prepara con tutta la calma del mondo.»

Non appena l'ascensore raggiunse il piano terra, Ana percepì il freddo glaciale e, dopo aver aperto il portone di ingresso, constatò che Rodrigo non era lì. Dove si era cacciato? Guardò a destra e non vide nessuno. Poi guardò a sinistra e la sua attenzione fu catturata da un movimento all'interno di un'auto; dopo essersi tolta dal viso i fiocchi di neve, si rese conto che era lui. Raggiunse in fretta la macchina e bussò al finestrino. Lui, vedendosela lì davanti, lo abbassò.

«Hai intenzione di prenderti una polmonite?» le chiese.

«Dai, vieni su» rispose lei con espressione seria.

Poi Ana si voltò e si mise a correre lungo il marciapiedi. Rodrigo, inizialmente attonito, uscì dall'auto e schiacciò la chiusura automatica per bloccare le portiere. A quel punto sentì un colpo. Voltandosi, vide la giovane stesa a terra. La raggiunse di corsa.

«Ti sei fatta male?»

«Ohhh Dio...! Che culata» si lamentò lei.

«Alla faccia, che botta che hai preso. Ma non lo sai che quando per terra c'è il ghiaccio non si può correre?»

Ana stava per rispondere, ma una fitta in corrispondenza del coccige la zittì. Dolorante, non soltanto per la caduta, si stava rialzando quando percepì che lui la stava prendendo in braccio per sollevarla da terra.

«Che stai facendo? Lasciami giù!»

Rodrigo non le diede retta. La portò in braccio verso il portone, come fosse una piuma, la guardò con aria inflessibile e disse: «Apri la porta e ti lascerò a terra».

Essere così vicina a lui, percepire il suo profumo, sentire la sua forza e le sue possenti mani che l'afferravano, le sconvolsero i sensi. Ma ripresasi, tirò fuori di tasca le chiavi e aprì goffamente il portone. Una volta entrati, Rodrigo la mise giù. Lei si diresse all'ascensore senza guardarlo e, quando le porte si chiusero, l'uomo fu sul punto di dire qualcosa, ma Ana lo guardò fisso negli occhi e sussurrò: «Non provare a rivolgermi la parola, chiaro?»

«Ma insomma, che ti prende?» Era sempre più sorpreso da come lei gli parlava.

Siccome non voleva continuare a guardare quei grandi occhi azzurri e quelle fossette che la portavano sulla via della perdizione, la ragazza abbassò lo sguardo verso terra.

«Ma sei sordo o cosa?»

Rodrigo aggrottò la fronte e decise di non aprire bocca. Ma cosa aveva contro di lui la Signorina Caratteraccio? Quando entrarono in casa, il caldo dell'ambiente fece sospirare entrambi di piacere. Nekane lo salutò e dopo due minuti erano tutti e tre seduti in sala a guardare un film. Improvvisamente si sentì il trillare di un uccello e Rodrigo si accorse che c'era una bella gabbia rotonda e bianca sul piano della cucina.

«Però! Non sapevo aveste un uccello.»

«Be', adesso lo sai» rispose Ana senza guardarlo.

Che cafona che era quella brunetta! Ma non aveva intenzione di starsene zitto, quindi sorridendo chiese: «Come si chiama?»

Nekane stava per rispondere, ma Ana la afferrò da un braccio e rispose, questa volta guardandolo: «*Pio*».

«*Pio?!*»

«Sì.»

Quel nome gli parve simpatico e ancor più la faccia della ragazza.

«Il tuo uccellino si chiama *Pio*?»

«Esatto» replicò Ana. «Qualcosa in contrario?»

Rodrigo sollevò le mani e fece cenno di no con la testa. Ma che problema aveva con lui quella ragazza? Dieci minuti dopo, non riuscendo a stare zitto, disse: «Bello questo film, *Resident Evil*».

Annuirono entrambe con un cenno, ma non proferirono parola.

«La colonna sonora è da urlo, vero?» insistette.

«Pazzesca» ne convenne Nekane.

«Vi piacciono i Metallica?»

Assentirono nuovamente entrambe.

«Mi fa piacere sapere che apprezzate la buona musica» continuò sempre più sorpreso. «Non come la maggior parte delle donne cui piacciono i cantanti bellocci e melensi che vanno tanto di moda e che gorgheggiano canzonette d'amore.»

Nekane stava per rispondere, ma Ana la precedette.

«Quando parli di bellocci e melensi a chi ti riferisci?»

Rodrigo sorrise e si passò la mano tra i suoi cortissimi capelli scuri.

«Be' a uno qualsiasi di quelli che cantano canzonette romantiche.»

«Ad esempio?» chiese Nekane sorridendo.

Notando come lo guardavano, in particolare come lo osservava Ana, intuì di aver fatto una gaffe e preferì stare zitto. Ma lei contrattaccò con l'aria corrucciata.

«Anche se non ti sembrerà vero, il nostro cervello è in grado di farsi piacere la musica di Marilyn Manson, Method Man o dei Depeche Mode e contemporaneamente anche le canzoni di Alejandro Sanz, di Luis Fonsi e di Luis Miguel. C'è qualche problema?»

«Ti piace Luis Miguel?» scherzò il pompiere. Ana sbuffò ma non rispose e Rodrigo, stanco di discutere con lei, aggiunse: «Non so perché fai così, ma meglio lasciar perdere».

«Sì ecco, stai zitto» sibilò Ana infilandosi in bocca una manciata di popcorn.

Nekane guardò la sua amica. Cosa le prendeva? Improvvisamente squillò il telefono e Ana allungò il braccio per rispondere.

«Sì?»

«Ciao Pato! Come sta la mia sorella preferita?»

Nel sentire la voce di Lucy, Ana cambiò espressione e sorrise e, dimenticandosi di tutto, si alzò e se ne andò a parlare in camera sua.

Rodrigo la seguì con lo sguardo fin quando non scomparve nel corridoio e poi, voltandosi verso Nekane, sussurrò: «Non ho mai pensato che in un corpo così piccolo ci potesse stare un tale caratteraccio».

Lei sorrise, ma siccome non voleva polemizzare, continuò a guardare il film.

«Perché le sto antipatico?» chiese a quel punto lui.

Nekane si mise in bocca una manciata di popcorn e lo guardò.

«Se a te non piace Luis Miguel, allora tu non puoi piacere a lei» affermò sconvolgendolo.

Una volta in camera, Ana si sedette sul letto con cautela, per via della botta che aveva preso.

«Come stai?» chiese sorridente a sua sorella.

«Bene... stupendamente. E tu? Che racconti? Verrai a Natale?»

«Ma certo, sciocca» rispose Ana chiudendo gli occhi. «Ho detto a papà l'altro giorno che ho già comprato il biglietto e arriverò lì il 24 e resterò fino al 2.»

«Tu, tutto bene? Qualcosa di importante da raccontare?»

«No.»

«Sicura, Pato?»

Sorpresa da quella domanda, rispose: «Ok, ho capito. Sei tu che hai qualcosa di importante da raccontarmi».

«Sì!» urlò all'altro capo del telefono. «Ho tantissima voglia di vederti per raccontarti un milione di cose. Tra l'altro, sappi che mi sono tagliata i capelli come Scarlett Johansson nella pubblicità di *The One* di Dolce&Gabbana e sto da Dio. Ah! Un'altra cosa, quando vieni ti porto in una nuova spa che ha aperto una mia amica. È un gioiello.»

«E lì tutto bene? Mamma e papà a posto?»

«Sì, bene, nei limiti del possibile» rispose Nana. «Mamma un tormento come sempre, ma il resto tutto ok.»

«Dai, sputa il rospo. Cosa succede?»

«Sei pronta?»

«Oh, mio Dio! Non lo so» scherzò Ana. «Dai, coraggio, raccontami quello che vuoi raccontarmi.»

«Mi sposo!»

«Ti sposi?»

«Sì.»

«Di nuovo?»

«Sì» assentì nuovamente sua sorella, emozionata.

«Ma, con chi?» le chiese stupita.

«Con un uomo.»

«Cazzo, Nana...! Questo lo immaginavo. Non ti saresti sposata con una vongola, ci arrivavo da sola» scherzò.

«Si chiama Tom Billman. È un giocatore di polo che ho conosciuto e... oh mio Dio! Sono pazza di lui!»

Ana sospirò. Nei sette anni trascorsi, sua sorella si era separata da Christopher, aveva avuto una storia con un giocatore di calcio e svariati fidanzati. Tutto quello aveva tolto il sonno alla madre.

«Allora, vediamo, Nana, perché ti vuoi sposare di nuovo?»

«Perché Tom mi piace molto, e perché ho visto uno splendido vestito di Rosa Clará che mi starà benissimo.» Poi, senza darle il tempo di dire nulla, emise una specie di gemito: «Ma ho paura a dirlo alla mamma. Sicuro che farà una delle sue sceneggiate».

«Nana... ascoltami. Per prima cosa, non piangere...»

«Non posso evitarlo, Pato» disse singhiozzando. «Ho bisogno che tu venga a Natale per parlarne a mamma e a papà. Se ci sei tu vicino a me, so che potrò farcela...»

«Stai tranquilla, tesoro. Sarò lì ad appoggiarti. Ma credo che ci dovresti pensare bene.»

«Ci ho già pensato. Voglio sposarlo e stop.»

Ana sospirò. Sua sorella e i suoi capricci non sarebbero mai cambiati.

«D'accordo, d'accordo...»

Rimasero a parlare di quella nuova follia per più di un'ora, sino a quando Ana agganciò e tornò in sala. Quando aprì la porta, davanti al televisore, c'era soltanto Nekane. Dov'era finito Rodrigo? Quando si sedette accanto all'amica, infilò la mano dentro i popcorn e l'altra, senza che lei dovesse chiedere nulla, le disse: «Tranquilla... se ne sono andati».

Ana annuì e si mise un'altra manciata di popcorn in bocca, ma percepì una strana amarezza nello stomaco pensando che Rodrigo se n'era andato. Cosa le stava prendendo?

E tutto andò di male in peggio. Da quel giorno, ogni volta che Rodrigo spuntava in casa per prendere Iris, sentiva qualcosa. La sua presenza la sconvolgeva così tanto che diventava nervosa come una studentella, inciampava sulle cose e aveva le gambe piene di lividi. Lo osservava con nonchalance. Quel pompiere che la guardava a malapena riusciva a farle stringere lo stomaco e a farle palpitare il cuore. Ma perché lo trovava così sexy? Poi un giorno, dopo essersi quasi affettata un dito mentre tagliava il prosciutto, andò in bagno, si guardò allo specchio e sussurrò decisa: «D'accordo. Mi arrendo. Mi piace Rodrigo».

Qualche giorno dopo, Ana e Nekane erano immerse in una sessione fotografica insieme a un creativo che chiamavano Popov; stavano ridendo, mentre lavoravano. La ditta di gelati Caracola aveva commissionato scatti per il suo nuovo catalogo. Gelati ai gusti vaniglia, pistacchio, torrone, fragola e cioccolato dovevano trasmettere la loro essenza attraverso l'immagine e tentare l'acquirente.

Con attenzione, le ragazze preparavano purè di patate che poi mischiavano a vari colori fino a ottenere una consistenza simile a quella del gelato. Poi elaboravano delle generose palline e le collocavano con attenzione in bei bicchieri di vetro adorni di fiori freschi.

«Adoro questa canzone di Amy» disse Nekane mettendosi a ballare al ritmo di *Rehab*.

«È molto bella» concordò Popov. «A Esmeralda, la mia fidanzata, piace da matti.»

«La mia preferita tra quelle di Amy è *Me and Mrs. Jones*» intervenne Ana. «Mi piaceva un sacco il modo sfacciato in cui la cantava. Specialmente il pezzo in cui dice 'Sei una merda'. È fantastica!»

«*Bonjour finesse!*» scherzò Popov. «Che romantica!»

Tutti scoppiarono a ridere.

«È una canzone molto irriverente» sottolineò Nekane. «Dedicarla a un tizio vuol dire cantargliele per bene e metterlo KO. Anche se è una canzone stupenda.»

Rimasero per un bel po' ad ascoltare il CD di Amy Winehouse fin quando non finì e Popov lo cambiò subito. Adesso era il suo turno.

«Uff! Ho una fame da lupo» brontolò Ana passando il dito nel recipiente per finire quel che restava di purè.

«Ultimamente sembri un piraña» disse Nekane sorridendo. «Divori tutto.»

Ad Ana quel commento parve divertente, ma si distrasse vedendo cosa stava facendo l'amico.

«Popov non metterci tutto quel verde, se no più che al pistacchio sembrerà un gelato al muschio.»

Lui scoppiò a ridere e rispose: «Stai zitta, Plumcake, questo verde dà una tonalità molto chiara e bisogna metterne abbastanza per ottenere il colore desiderato. Vedrai come viene bene.» Ma appena sentì la nuova canzone, smise di fare quel che stava facendo e, guardando Ana, le chiese: «Balli, Plumcake?»

Lei annuì.

«Beneeeeeeee, iniziamo a fare i grezzi» brontolò allegramente Nekane alzando gli occhi al cielo.

Poco dopo, mentre ballavano, si misero a cantare Luis Miguel.

Se te olvida que me quieres a pesar de lo que dices
Pues llevamos en el alma cicatrices imposibles de borrar.
Se te olvida que hasta puedo hacerte mal si me decido
Pues tu amor lo tengo muy comprometido, pero a fuerzas no será…

«Ah però! Mi sono appena accorta che dobbiamo preparare pistacchio con pezzetti di cioccolato» disse Nekane interrompendo la musica. «Inizio a tirare fuori le codette di cioccolato e appena mi passi il purè verde mischio tutto insieme, d'accordo?»

«Certo, che sei proprio una guastafeste. Non hai visto che ci stavamo divertendo con Luis Miguel?» brontolò Popov sorridendo.

«No… no, io oggi non sono in vena di romanticismi.»

«Questo è perché non ti sei mai innamorata o non hai mai beccato un tipo romantico» affermò Popov. « Se quella patatina fritta che hai al posto del cuore avesse mai provato qualcosa, ti assicuro che sentendo Luis Miguel diventeresti scema.»

«Ma smettila!» esclamò Nekane tra le risate. Poi, avvicinandosi a Popov, aggiunse: «Devo confessare che qualche sua canzone mi piace. Ma non lo ripeterò mai fuori da queste pareti, o i miei amici mi prenderebbero in giro».

Ana rise di gusto.

«Che ne dite se andiamo avanti qui e poi proseguite con il vostro party?» proseguì Nekane. «Ho un appuntamento e devo farmi una doccia e farmi bella, e questo tipo di restauro ha bisogno del suo tempo.»

«E dire che sei così attraente in versione *nature*…» scherzò Popov.

«Miglioro se ben lucidata e verniciata» si burlò Nekane.

«E si può sapere con chi hai questo superappuntamento?» chiese Popov buttando nel purè una polverina giallognola.

«Con un pompiere» rispose Ana ridendo.

«Spiona!»

«Ma cosa stai dicendo?»

«Proprio quel che hai sentito, bello. Non crederai di essere l'unico a fare superconquiste. Va bene che la tua Esmeralda è molto carina, una bella brunetta, ma il mio Calvin… è qualcosa di divino.»

«Però la tipa … non se la tira niente niente!» esclamò Popov con un sorriso. «Dai, metti della musica un po' romantica che altrimenti mi blocco e non riesco a lavorare.»

«Ma non mettetevi a ballare» li avvisò Nekane. «Intesi?»

«Va bene, te lo prometto» disse Popov sbellicandosi dalle risate.

Nekane schiacciò PLAY e la canzone di Luis Miguel proseguì.

«Coraggio, coraggio, muoviamoci con questi gelati, che prima finiamo prima questa qui se ne va a farsi bella e noi possiamo ballare questo pezzo che ci piace tanto e che dice: *Si no existierasssssss yo te inventaríaaaaaaa*» incalzò Ana.

Continuarono tra risate con le loro miscele fino a ottenere quel che volevano. Una volta raggiunto l'obiettivo, dopo aver decorato le coppe, le portarono in una parte dello studio dove Ana accese le luci e iniziò a realizzare il suo lavoro. Scattò centinaia di fotografie che poi guardavano a video per verificare i risultati. Ognuno dava la sua opinione in base a quel che vedeva e le foto venivano poi scattate da altre angolazioni. Un paio di ore dopo, si sentì uscire una canzone dagli altoparlanti e i tre, dimenticandosi di tutto, si misero a cantare a squarciagola in studio, sotto le luci.

Confidente de mis sueñosssssssss
de mis pasos cada díaaaaaaaaa
su mirada mi camino, y su vida ya mi vidaaaaaa
o tú o ningunaaaaaaaaaa, no tengo salidaaaaaaaa
pues detrás de ti mi amor, tan solo hay bruma
si no existierasssssss yo te inventaría
pues sin duda algunaaaa
o tú..., o tú, o ningunaaaaaaaa.

Erano talmente presi dal cantare che non si accorsero che in studio stavano entrando altre tre persone. Iris, un po' imbarazzata, osservò lo spettacolo mentre Calvin e Rodrigo, attoniti, non battevano ciglio. Non si mossero. Rimasero dov'erano sino alla fine della canzone e poi applaudirono.

Nel sentire gli applausi, i tre cantanti si voltarono e rimasero come degli stoccafissi. Ana, rossa come un peperone, vide che Rodrigo la guardava e sorrideva. *Maledetto!* E Nekane che non sapeva dove andarsi a nascondere per la vergogna, rimase di sasso quando Calvin si avvicinò a lei e, dandole un bacio sulle labbra, le chiese: «Sapevi che adoro Luis Miguel?»

«No» rispose lei accaldata.

«È un mio amico» affermò lui.

«Che bello!» buttò lì disgustata.

«Anche la mia fidanzata lo adora» s'intromise il creativo. E poi, porgendo la mano, si presentò: «Sono Popov, e tu?»

«Calvin Rivero, e prima che tu me lo chieda, sì, sono nato in Spagna. Mio padre è messicano e mia madre spagnola.»

«Molto piacere, Calvin» disse il giovane sorridendo. «E siccome siamo in vena di confidenze, il mio nome per intero è Pepe Gómez Popov. Mia madre è russa e mio padre spagnolo.»

«E ti chiami Pepe?»

«Sì, mio padre vinse la scommessa. Se fosse nato un maschio avrebbe scelto lui, se invece fosse stata una bambina, avrebbe scelto mia madre. Ma sul lavoro mi chiamano tutti Popov. È più originale.»

Tutti scoppiarono a ridere.

«Tra l'altro, e visto che fai parte dei nostri» – aggiunse Popov – «l'11 maggio dell'anno prossimo Luismi canterà a Madrid. La mia fidanzata, io e Ana ci andremo, venite anche voi?»

«Oddio, che orrore!» li prese in giro Iris, ottenendo uno sguardo glaciale da parte di Ana.

«Ha parlato quella che ascolta la Grande Musica!» rispose Nekane.

La modella fu sul punto di ribattere, ma Calvin, precedendola, guardò la sua ragazza e disse: «Io ci sto! E ovviamente anche la mia principessa».

Nekane sarebbe voluta morire. Cosa ci andava a fare lei a un concerto di Luis Miguel? Improvvisamente tutti gli sguardi si concentrarono su Rodrigo che li osservava in silenzio.

«Non contate su di me» fece alzando la mano. «Mi piace un altro genere di musica.» E fissando lo sguardo su Ana, aggiunse: «Che vi piaccia o no, Luis Miguel non fa per me».

Ana diede un colpo con il ginocchio sul tavolino mentre si mordeva la lingua per non insultarlo.

A quel punto squillò il telefono di Popov, ma prima di rispondere, lui tese la mano verso Rodrigo.

«Sono Popov, e anche se non ci credi, non sai cosa ti perdi a non ascoltare quel tipo di musica. Le tipe impazziscono.»

«Piacere, Rodrigo» rispose l'altro ridendo e stringendogli la mano.

Poi il creativo uscì dalla stanza per parlare al telefono. Ana, che era ancora imbarazzata perché li avevano colti in flagrante, fu sul punto di dire qualcosa, ma Iris la precedette: «Vado a cambiarmi, vieni, Rodrigo?»

Ana li guardò.

«Io magari aspetto qui» disse lui.

Iris si scambiò uno sguardo assassino con Ana e sparì dalla stanza. Nekane, felicissima, stava mostrando lo studio a Calvin quando in sottofondo si cominciò a sentire *La Bikina*, interpretata da Luis Miguel. Calvin si mise a cantarla. Nekane lo guardò con gli occhi fuori dalle orbite e alla fine sorrise. Rodrigo, dal canto suo, alzò gli occhi al cielo. *Calvin e le sue canzonette*... Ma quando volse lo sguardo verso Ana, vide che se ne stava andando senza dire nulla, quindi si avvicinò a lei e, abbassandosi, la salutò all'orecchio: «Ciao, Ana».

Questa volta non aveva via di fuga. Quando sentì che menzionava il suo nome, l'avrebbe volentieri mandato a quel paese, ma trattenne i suoi impulsi, serrò le labbra e rispose: «Ciao, Rodrigo».

Per qualche secondo nessuno dei due disse nulla o si mosse, fin quando non fu lui a rompere il silenzio.

«Hai un bello studio.»

«Grazie» rispose bruscamente, cercando di concentrarsi sulle fotografie che stava guardando sul computer mentre ascoltava Calvin cantare.

Rodrigo si avvicinò curioso al tavolo, dove si trovavano le coppe.

«Gelato?»

«Sì.»

Vedendo che lei non spostava lo sguardo dal monitor, insistette: «E con la luce delle lampade non si scioglie?»

«È purè di patate» confessò Ana.

Rodrigo, attonito, lo esaminò da vicino e dubitò con un affascinante sorriso: «Sul serio?»

«Sì. Quando facciamo servizi sui gelati, usiamo purè di patate e lo coloriamo con dei pigmenti fin quando non raggiunge la tonalità esatta. Con le luci è impossibile usare del vero gelato.»

«Però! Che bizzarro. Non l'avrei mai immaginato.»

«È proprio questo il punto, che il tuo occhio non se ne renda conto e che tu abbia voglia di mangiarti quel gelato anche se è fatto di purè e coloranti.»

Vedendo che finalmente Ana sorrideva, Rodrigo si avvicinò a lei e, abbassandosi di nuovo per essere più vicino, le disse all'orecchio: «Mi dispiace per quel che è accaduto quel giorno. Avrei voluto parlartene migliaia di volte, ma non ho mai trovato il momento giusto. Se avessi saputo che non era l'appartamento di Iris, non ci sarei mai andato. Ti chiedo davvero scusa».

Alla fine Ana cedette. Perché doveva continuare a essere arrabbiata? Alzò lo sguardo. Di fronte a lei c'era l'uomo più sexy che avesse mai visto in tutta la sua vita, con indosso un paio di jeans e una giacca militare che aderiva alle sue spalle larghe. Deglutì con difficoltà e, muovendosi con cautela per non buttar giù niente, si tolse gli occhiali, li appoggiò accanto al computer e si alzò dallo sgabello. Mentre osservava il tatuaggio che usciva dal colletto della giacca color cachi, sussurrò: «D'accordo, d'accordo... anch'io ti chiedo scusa».

«L'hai poi lavato il cuscino?» domandò lui sarcastico.

«Certo.» E sentendosi infantile, aggiunse: «Mi sono comportata come una sciocca. Ero stanca e non mi aspettavo di vedere uscire dal mio bagno un uomo nudo. Cerca di capirmi!»

«Ti capisco... ti capisco.» Arcuando le sopracciglia, le allungò una mano e disse: «Amici?»

«Amici» annuì lei non riuscendo a evitare di posare lo sguardo sulle sue fossette.

«Anche se non mi piace quello che sta cantando?»

Ana rise sentendo Luis Miguel e, con un sorriso affascinante, replicò, dando una ginocchiata contro il tavolo: «D'accordo, anche se devo confessarti che questo ti fa perdere un sacco di punti».

Rodrigo sorrise e lei, percependo la sua enorme mano, sentì le ginocchia molli mentre lui le diceva con voce dolce e accattivante: «Mi prometti che d'ora in poi mi parlerai normalmente e non fuggirai via ogni volta che mi vedi?»

«Te lo prometto.»

Sorrise tenendosi alla sedia con la mano libera. Se avesse lasciato andare la presa, di sicuro sarebbe caduta. Quell'uomo la mandava in tilt e, come sempre, si sentì avvolgere da una vampata di calore. Il suo corpo reagiva in modo strano davanti a lui, e lei non era in grado di controllarlo. Bastava vederlo e, se non si teneva a qualcosa, era capace di svenire. Si guardarono entrambi per qualche istante, tenendosi ancora la mano, poi entrò Popov che, nel vedere Calvin che cantava *La Bikina*, si unì a lui.

«Lavori sempre così?»

Ana lasciò andare la mano e, cercando di mettere insieme una frase intera, rispose: «Dipende. Popov è un creativo molto simpatico. E poi se suona Luismi, lasciamo perdere!»

Sorrisero entrambi e Ana si sedette sullo sgabello. Quell'uomo dal fisico imponente le stava di nuovo concedendo tutta la sua attenzione, e la cosa le fece contrarre lo stomaco. Averlo così vicino e sentire il suo profumo la stava facendo impazzire. Ma impazzire di desiderio. Per un po' gli mostrò sul computer le fotografie che aveva scattato durante quella sessione, e lui rimase senza parole. Sembravano davvero gelati appena usciti dal congelatore.

Quando la canzone terminò, Calvin, Nekane e Popov li raggiunsero.

«Io vado, Plumcake. Esmeralda non sta molto bene e voglio arrivare a casa presto.»

Ana si alzò e diede un bacio al suo amico.

«Bene… perfetto, e adesso me ne resto qui tutta sola a sistemare, giusto?» Poi, vedendo l'espressione di Popov, aggiunse: «Dai, tranquillo… vai e dai un sacco di baci a Esmeralda da parte mia».

«Lunedì alle nove guardiamo le foto, la consegna è per martedì, d'accordo?»

Quando Popov se ne andò, Rodrigo guardò Ana e le chiese: «Ti ha chiamata Plumcake?»

«Sì» rispose Nekane al posto dell'amica.

«Perché?»

Nekane stava per rispondere, ma Ana la interruppe.

«Perché un giorno mi sono abbuffata di plumcake al cioccolato.»

A quel punto comparve Iris. Era impeccabile come sempre. Spettacolare. Bellissima con un vestito di paillettes argentate e tacchi da urlo. Li raggiunse con passo sensuale, afferrò dal braccio Rodrigo in modo possessivo e gli fece una smorfia con le labbra.

«Sono pronta, andiamo?»

«Certo, bellezza» rispose lui affascinato.

Ana avrebbe voluto cancellare dalle loro labbra quegli assurdi sorrisi.

«Sto bene, capo?» chiese allora Iris.

Rodrigo, senza più guardare nessuno, le fece fare un giro su se stessa e poi le diede un veloce bacio sulle labbra.

«Sbalorditiva.»

«Lo so» applaudì Iris, lasciandoli senza parole.

Ana e Nekane si guardarono. Quest'ultima fece una smorfia e tutt'e due si misero a ridere. Ma due minuti dopo, l'espressione di Ana cambiò quando Rodrigo, guardandola, le fece l'occhiolino con sguardo ammiccante. Come c'era da aspettarsi, le gambe le tremarono e soltanto grazie ai riflessi di lui, che l'afferrò, riuscì a evitare di cadere. Accaldata, guardò l'uomo che la reggeva dalla vita e, dopo aver balbettato un «grazie», si appoggiò alla sedia e gli rivolse un sorriso. Nekane, che la conosceva, vedendo la sua espressione, inspirò a fondo. C'era qualcosa che la sua amica le doveva raccontare? E stava per parlare quando Rodrigo disse: «Calvin, ho un appuntamento con Fran che è arrivato da Murcia. Venite?»

«Davvero?» disse Calvin ridendo. «Di sicuro non me lo perdo per niente al mondo.»

«Io non ci vengo» rispose subito Nekane; non sarebbe uscita con Iris per niente al mondo. E notando che Ana la guardava, aggiunse, senza prestarle alcuna attenzione: «Calvin, davvero, devi scusarmi, ma ho un mal di testa terribile. Stavo per chiamarti e dirti che non ci potevamo vedere, ma poi sei piombato qui e...»

«Be' non sembrava fino a poco fa quando urlavi come una pazza» fece notare Iris.

Nekane preferì non rispondere e si limitò a battere le ciglia.

«Ti senti male, principessa?» chiese Calvin preoccupato.

La brunetta annuì con un'espressione da cane bastonato. Ana si tappò la bocca con le mani per non scoppiare a ridere.

«Ascolta, Calvin. Punto uno: ti ho già detto mille volte di non chiamarmi *principessa*.»

«Lo so, principessa» ammise lui.

Nekane sospirò e proseguì: «Punto due: esci con i tuoi amici. Domani ci sentiamo e se sto meglio ci vediamo, d'accordo?»

«Sei sicura?»

«Sì, sicurissima. E poi voglio aiutare Ana a sistemare.»

Dieci minuti dopo i tre erano scomparsi e, mentre sistemavano lo studio, Ana, ancora sconvolta, chiese a Nekane: «Ma tu stasera non dovevi uscire con Calvin?»

«Sì, ma visto che mi sarei dovuta sorbire anche quella cretina di Iris, lascio perdere! Preferisco restarmene qui con te e guardare un film.»

«Wow! Un programmone!»

«E poi dobbiamo parlare seriamente.»

«Dobbiamo parlare? Che succede?» chiese Ana.

«Ho notato qualcosa che non mi hai raccontato.»

«Cosa?»

«Non hai nulla da confessare?»

«No, *principessa*.»

«Non raccontarmi palle… non raccontarmi palle» scherzò Nekane. Poi, vedendo l'amica ridere, insistette: «Vediamo un po', perché hai detto quella stupidaggine su Popov che ti chiama Plumcake per via di un'abbuffata?»

«Perché è la prima cosa che mi è venuta in mente.»

«Non vuoi essere collegata a tuo padre, vero?»

Ana respirò a fondo e disse: «Se lo sai già, allora perché me lo chiedi?»

«Perché sono una noiosa» ironizzò.

«Sai che voglio essere semplicemente Ana» aggiunse lei sorridendo. «Non voglio che sappiano chi è mio padre e che inizino a trattarmi in modo diverso. E sì, ho bisogno che la gente si comporti normalmente con me. Quindi continua a tenere la boccuccia chiusa, d'accordo?»

«D'accordooooooo. Punto uno chiarito. Adesso passiamo al due.»

«Due?»

«Ripeto: hai qualcosa da confessare?»

«No.»

«D'accordo, allora sarò superdiretta. Sono giorni che osservo come ti comporti ogni volta che spunta in casa quel tipo, Rodrigo, e non capivo. Ma oggi la tua faccia e la tua goffaggine del tutto fuori controllo hanno parlato al posto tuo. A te Rodrigo ti piace in sacco, non è vero?»

Nel sentire quelle parole, ad Ana cadde a terra una delle coppe di purè. Si notava così tanto?

«Ma che diavolo dici?»

Nekane si avvicinò all'amica e le appoggiò una mano sulla spalla.

«Ascolta... ti conosco come se ti avessi partorita! Sono giorni che osservo come reagisci ogni volta che quel pezzo di gnocco appare in casa. Quando non scappi via di corsa o non ti stampi contro qualche mobile, ti cade quel che hai in mano, guarda adesso cos'è successo.» Indicò la coppa a terra. «Oppure ti succede come l'altro giorno che, quando hai sentito la sua voce, quasi ti tagliavi un dito affettando il prosciutto. Che diavolo ti prende?»

Demoralizzata, Ana si sedette a terra e Nekane la imitò. Perché mai continuare a mentire? E così alla fine, decise di essere sincera e confessare: «Ti giuro che mi basta vederlo per diventare goffa e stupida. Ma cosa caspita mi succede con lui? Mi va addirittura sottosopra lo stomaco».

«Lo sapevo. Non puoi mentirmi.»

«Mi sudano le mani. Mi trema la voce. Il cuore inizia a palpitare» proseguì Ana. «Ti basta sapere che ho già sognato più di una volta che andavamo a letto insieme.» Nekane scoppiò a ridere. «E non lo capisco, davvero. Sono abituata a lavorare con modelli bellissimi, dai corpi perfetti, tipi per cui si fermerebbe il traffico, ma... ma Rodrigo con quelle sue fossette e quegli occhi azzurri che mi fanno impazzire, e la sua forza così virile, è... è diverso... e... io... io...»

«Ammetti che quel tipo di macho un po' grezzo ti attizza e parecchio. Non ti piacciono i tipi da copertina e lo sappiamo entrambe.»

«Lo ammetto... Mi prende un sacco.»

«Tra l'altro, il capo avrà qualche tatuaggio?»

«Sì... uno e molto sexy» annuì nel ricordare quello che aveva visto. «E se Iris non si fosse intromessa quella sera al Garamond, di certo gliel'avrei già toccato e leccato.»

«Ma è semplicissimo. Portaglielo via!»

«Sì... certo, semplicissimo. Se qualcosa mi è ben chiaro è che è inutile mettermi a competere contro quelle gambe chilometriche e quel corpo da paura!»

«Se non ci provi non lo saprai mai!»

Ana sospirò.

«Il fatto è che se penso a lui vado in escandescenza. Quanto vorrei portarmelo nel mio letto, mordergli quelle labbra, spogliarlo e...»

«Wowwwwww, sei cotta, ragazzaaaaaaaa!»

«Sì, per la prima volta dopo tanti anni mi sento come se fossi un uomo.» Scoppiarono entrambe a ridere. «Lo desidero e me lo vorrei portare a letto.»

«E allora lanciati perché, per quella capricciosa di Iris, Rodrigo non è che uno in più. La furba non è che si è andata a cercare un pompiere qualsiasi; no, no; ha puntato proprio il capo. Davvero una calcolatrice! Ma non solo: non appena ne troverà un altro che le dirà più spesso quanto è bella e fantastica, si dimenticherà di Rodrigo. Ormai la conosci.»

Ana annuì. Nekane aveva ragione. Da quando Iris era a Madrid aveva avuto diverse storie e nessuno era stato uno splendido fruttivendolo.

«E dai, provaci. O hai intenzione di restare con il dubbio di come deve essere un appassionante incontro sessuale con uno gnocco del genere? Pensa a quei muscoli che stringono il tuo bel corpicino mentre ti guarda fisso negli occhi e ti porta dritta a letto. Dai, non negarlo, la cosa ti eccita di brutto.»

Dopo essere scoppiata a ridere, Ana annuì e, guardando la sua amica, disse: «Non lo nego. Ma negherò invece che abbiamo avuto questa conversazione di fronte a chiunque che non sia tu. Con questo intendo dire...»

«Con questo intendi dire che è un segreto» la interruppe Nekane che, alzandosi dal pavimento, allungò la mano all'amica. «Tranquilla. Le nostre confidenze muoiono qui. Ma lanciati prima di diventare una nonnina!»

Detto questo, entrambe continuarono a sistemare lo studio scherzando.

3

Il 1° dicembre, Ana e Nekane erano all'Escorial con diverse modelle per un reportage fotografico per Guess. Quello che era parso un lavoro semplice, si stava via via trasformando in qualcosa di complesso e tortuoso da portare a termine. Quella mattina, Ana non si sentiva molto bene e sembrava che le modelle non volessero collaborare.

«Per favore Emma, dai, cambia espressione e fai un sorriso da ragazzina» la incoraggiò Ana con la macchina fotografica in mano.

La modella sbuffò e urlò: «Ho freddo!»

«E perché io no?» saltò su Nekane. «O credi forse che mia madre mi abbia partorita in un igloo? Quindi vedi di sorridere, guarda la macchina fotografica e smettila una buona volta di continuare a lamentarti.»

Ana sorrise e, avvicinandosi all'amica, le sussurrò: «Tua madre ti ha partorita in un igloo?»

Risero entrambe.

«E che ne so, tesoro... Era tanto per dire qualcosa» disse Nekane allegra. «Dai... falle riposare e andiamo a prenderci un caffè. Magari si riprendono un po'.»

«Ottima idea!» annuì Ana che guardando le modelle disse: «Cinque minuti per un caffè e per scaldarsi un po', e poi riprendiamo».

Mentre le sei modelle correvano alla bell'e meglio su quei loro tacchi impossibili verso le macchine per proteggersi dal freddo, Ana e Nekane si avvicinarono a un pergolato; si sedettero e tirarono fuori del caffè da un thermos.

«Hai visto l'ultimo numero della rivista di Raúl?»

«Sì» annuì Ana prendendola. «Le foto degli spettri che ha pubblicato sono da far venire la pelle d'oca.»

Nekane si avvicinò all'amica per dare un'occhiata alla rivista.

«Non so se potrei lavorare per una rivista così» commentò. «Fifona come sono, avrei sempre il terrore che un fantasma del mio passato possa spuntare nel mezzo della notte a tagliarmi la gola.»

Ana abbozzò un sorriso e posò la rivista sul tavolino.

«Ma smettila! Sei proprio scema. Tra l'altro, Raúl sta organizzando una mostra per il sesto anniversario della rivista. Mi ha detto che sarà l'anno prossimo e sai bene che non possiamo mancare.»

«D'accordo, d'accordo, ci andremo. Ma quegli amici così strampalati e dall'aria sinistra mi innervosiscono un po'.» Poi, cambiando argomento, disse: «Domani mi accompagni al negozio di Félix? Voglio finire il tatuaggio».

«Certo» annuì Ana. «Non soltanto, stavo anche pensando di tatuarmi un anello al dito, mi piace l'effetto che fa.»

«Tua madre ti ucciderà» scherzò Nekane e scoppiarono entrambe a ridere.

Due minuti dopo, con le mani e il corpo meno freddi, Nekane guardò l'amica e, vedendola con l'aria corrucciata, le chiese: «Che ti prende?»

Ana si toccò la testa.

«Credo di star covando un'influenzaccia tremenda.»

«Beneeeeeeeeeeee... non è che ti sarai presa la stessa influenza di Esmeralda?»

Ana gemette.

«La povera Esmeralda è stata malissimo, vomito e tutto il resto.»

«Oh no, non dirmelo.»

«Sì tesoro, devo proprio dirtelo. L'influenza di quest'anno è forte e pesante.»

Convinta che non se la sarebbe presa, guardò l'amica e aggiunse: «La cosa peggiore non è prenderla; è portarmela a Londra. Se spunto a casa mia un po' debilitata, mia madre mi stresserà per tutta la permanenza. E sai cosa significa sopportarla?»

Nekane sorrise.

«E con lo sfondo della faccenda di tua sorella. Non sai cosa darei per vedere la faccia di tua madre quando le dirà che si sposa di nuovo.»

«Uff, zitta, zitta» brontolò Ana che afferrò la borsa alla ricerca di un ibuprofene. «Io pagherei per non sentire i suoi ululati agonizzanti. Perché ti dirò una cosa: quella notizia ucciderà mia madre.»

«Tua sorella ha proprio coraggio. Sposarsi di nuovo!»

«Eh sì... Sembra ci goda a vivere sempre al centro della polemica» annuì Ana mettendosi in bocca la pastiglia.

«E tuo padre? Lui cosa dice?»

Ana, trasognata, pensò che se al mondo c'era qualcuno di davvero paziente, quello era suo padre.

«Brontolerà, ma appena Nana gli farà gli occhi dolci e gli dirà: 'Papino sei il top' avrà la meglio e lui sarà dalla sua parte. È un pezzo di pane!»

«Santo Frank!» scherzò Nekane.

Improvvisamente Ana afferrò il braccio dell'amica e, spingendosi in avanti, iniziò a vomitare. Nekane, spaventata, si alzò e le appoggiò subito una mano sulla fronte, come faceva sua mamma con lei quando era piccola. Quando Ana sembrò aver finito e si tirò su era pallida.

«Ana... Ana... temo che ti sia presa l'influenza di Esmeralda.»

«Acqua. Dammi dell'acqua.»

Senza perdere tempo, Nekane prese una bottiglia, riempì un bicchierino e glielo porse.

«Bevi piano, che non ti faccia male.»

Seguendo le istruzioni dell'amica, Ana bevette a piccoli sorsi e poi appoggiò il bicchiere sul tavolino.

«Stai bene?»

«Be' direi di no, ma devo star bene. Credo che l'influenza e il freddo non siano grandi amici.» Poi, alzandosi, aggiunse: «Forza, finiamo la sessione prima che peggiori e non abbia più nemmeno la forza di scattare una fotografia».

Nekane raggruppò subito le modelle, fece ripartire la musica dei Coldplay e la sessione riprese. Da quel momento in poi tutto iniziò a migliorare. Le modelle, vedendo le condizioni di

Ana, iniziarono a collaborare e riuscirono a fare in due ore quel che non erano riuscite a fare nelle quattro precedenti.

Quella sera, di ritorno a casa, erano congelate. Ana si prese un altro ibuprofene e iniziò a sentirsi meglio. Dopo una doccia, quando ormai erano sdraiate sul divano, squillò il telefono e Ana rispose.

«Ciao *amica* Ana, c'è Iris?»

Tirandosi su nel sentire quella voce tanto maschile, Ana sorrise.

«Ciao *amico* Rodrigo! No, non c'è e non so dove sia. Hai provato al cellulare?»

Nekane si agitò e iniziò a farle cenno di lanciarsi, mentre Ana negava con la testa.

«L'ho chiamata, ma non risponde.»

«Be', mi dispiace. Ma se hai voglia di fare due chiacchiere, sono qui. Sono tutta tua!»

Nekane alzò il pollice. Ottima insinuazione!

«Fai attenzione a quel che dici, bellezza» scherzò lui con voce profonda. «Perché questo 'tutta tua' potrei prenderlo alla lettera e poi non potresti più tirarti indietro.»

A quelle parole, il telefono le cadde di mano, anche se lo riprese in fretta. Ma come poteva essere così goffa? Improvvisamente, tutta la sicurezza di qualche secondo prima, scomparve.

«Sei ancora lì?» le chiese Rodrigo.

«Sì... sì... sono qui.»

Rodrigo, che aveva percepito il cambiamento di tono nella voce di Ana, sorrise.

«Dai, bellezza, non ti spaventare. Stavo scherzando. Era una spacconata da maschio.»

«Lo so... lo so...» mormorò lei accaldata.

In quel preciso istante si sentì la porta e dopo pochi secondi Iris apparve lì davanti a loro.

«Rodrigo, è appena arrivata Iris, te la passo.»

La modella parve felice di sentire quel nome e strappò il telefono ad Ana.

«Ciao capo! Stavo proprio pensando a te.»

E poi non sentirono più nulla perché entrò nella sua stanza e chiuse la porta.

«Certo che tu non sai proprio conquistartelo un tipo come Rodrigo» disse Nekane guardando l'amica. «Ti fa fuori in un boccone! Non appena fa la minima insinuazione, te la fai addosso! Ma scusa, non crederai di riuscire a portartelo a letto facendo così?»

Ana scoppiò a ridere e si alzò.

«Prima che inizi con le tue più tremende perversioni, me ne vado a dormire. Mi sta scoppiando la testa. Buonanotte Nekaaaaaaaaaa.»

«Scappa, scappa... che quando non vuoi parlare di qualcosa, lo sai fare proprio bene.»

Quando Ana ebbe chiuso la porta della sua stanza, si guardò allo specchio e chiuse gli occhi spaventata.

«Che disastro!»

Si infilò a letto e spense la luce. Aveva bisogno di riposare, o le sarebbe esplosa la testa.

Si svegliò all'alba spaventata. Stava sudando e si sentiva malissimo. Dopo aver cercato le pantofole al buio, mezza addormentata, si infilò la vestaglia e andò in sala. Era tutto silenzioso. Dormivano tutte. Con gli occhi ancora socchiusi, aprì il frigorifero e tirò fuori una confezione di latte. Poi prese un bicchiere, lo riempì e lo infilò un minuto nel microonde. Dopo averlo bevuto, mise il bicchiere nella lavapiatti e ritornò in camera sua. Ma prima fece una deviazione in bagno. Si sedette sulla tazza del water e poco dopo constatò che era finita la carta igienica. Si alzò dalla tazza come un automa, aprì l'armadietto e prese un rotolo nuovo, ma quando chiuse le ante, i suoi occhi socchiusi videro qualcosa e rimase paralizzata. Aprì di nuovo la porta dell'armadietto e sbatté le ciglia per qualche secondo.

«Oh, mio Dio. Oh, mio Diooooooooooo!»

Lasciò lì il rotolo e si diresse ad aprire la porta del bagno, ma i pantaloni del pigiama a metà gamba la fecero ricadere sulla tazza, e nel frattempo cadde il recipiente in cui c'erano gli spazzolini da denti e due bottigliette di profumo. Il rumore del vetro contro il pavimento fu fortissimo e, prima che Ana potesse alzarsi, Nekane entrò spaventata con i capelli tutti scarmigliati.

«Che succede?»

Ma Ana, sconvolta, non rispose e, tirandosi su le mutande

e poi i pantaloni del pigiama, corse in camera sua. Nekane la seguì. Ma cosa le prendeva? Non appena entrata in camera, Ana si avvicinò al calendario di Gerard Butler che aveva appeso alla parete e, dopo aver posato il dito su una data e averne guardata un'altra, urlò: «Cazzooooooooo!»

Nekane, attonita nel vedere che Ana si portava una mano alla testa e iniziava a inanellare un'orribile litania di insulti in inglese e in spagnolo, uno peggio dell'altro, l'afferrò da un braccio e la fece sedere sul letto.

«D'accordo... adesso basta! Cosa diavolo sta succedendo?»

Pallida come un lenzuolo e respirando a fatica, Ana la guardò.

«Non lo so, ma vestiti perché andiamo alla ricerca di una farmacia di guardia.»

Alle quattro e mezzo del mattino, le due amiche, dopo essere uscite in cerca di una farmacia e averla trovata, erano sedute in bagno con aria indescrivibile.

«Il tempo che dice qui è passato» disse Nekane. «Guarda l'esito.»

«No... non posso.»

«Vuoi che guardi io?»

«No!»

Nekane annuì e, dopo un altro paio di minuti, insistette: «Ana, se sei incinta, lo sarai adesso, tra cinque minuti, e anche tra sei ore. O lo guardi tu o lo guardo io».

Con le palpitazioni, la ragazza allungò una mano e prese il test e poi, prima di guardarlo, sussurrò, ricordandosi di sua madre: «Credo che mi verrà un infarto».

«L'infarto finirà per venire a me se continui a dire stupidaggini. Guarda questo maledetto test una volta per tutte.»

Ana girò quell'apparecchio dalla forma allungata che aveva in mano. Nel vedere le due righine, spaventata, e pur avendo letto il foglietto illustrativo venti volte, chiese: «Cosa vuol dire?»

Nekane, guardando quel che Ana le porgeva, si morse un labbro.

«Che sei incinta, tesoro.»

Buttandolo via come se le bruciassero le mani, Ana esclamò:

«Non può essere! Impossibile! Deve essere guasto. Passamene un altro!»

Al terzo test positivo, Ana scoppiò a piangere e l'amica l'abbracciò. Rimasero per un po' sedute sul freddo pavimento del bagno, fin quando Nekane disse: «Allora tesoruccio, come direbbe la nostra cara Encarna, abbiamo sempre risolto tutti i problemi che ci sono capitati, e risolveremo anche questo». Ana, sconvolta, annuì.

«La prima cosa da fare è tranquillizzarsi e respirare così non diventi cianotica, d'accordo?»

«D'accordo.»

Dopo averle asciugato le lacrime che le scendevano sul viso, Nekane le diede un bacio sulla guancia e proseguì: «Seconda cosa, ci alziamo dal pavimento che è gelato, d'accordo?»

Si alzarono entrambe.

«E terza cosa, andiamo in sala. Metto su una tisana che credo ci farà benone in questo momento.»

Dieci minuti dopo, Ana era seduta nel silenzio della sala immersa nei suoi pensieri, quando l'amica le porse la tazza.

«Bevi, ti farà bene.»

Ana accosentì. Quando posò la tazza sul tavolo, aveva gli occhi gonfi dal pianto.

«Cosa farò?»

«Non lo so, tesoro. Credo sia la prima volta in cui puoi decidere soltanto tu cosa fare.» E poi, con tatto, le chiese: «Sai chi è il padre?»

Ana annuì. C'era soltanto un candidato.

«Non può che essere lo svizzero che abbiamo conosciuto quella notte al Garamond. Erano tre mesi che non andavo a letto con nessuno, e per una notte che mi diverto, *trac*! Incinta. Ma... non capisco. Abbiamo usato il preservativo.»

«Queste cose possono succedere. Non è infallibile... Hai modo di localizzare lo svizzero?»

«Neka... so soltanto che si chiama Orson. L'ho conosciuto quella notte e non so altro di lui.» Poi, portandosi la mano alla testa, mormorò: «Mio Dio, sono incinta di un tizio che non so chi sia. Cosa posso dire? Come glielo spiego questo ai miei?»

«Ehi... rilassati perché ti vedo già agitata» disse Nekane notando la sua espressione sconvolta.

«Ma Neka, cosa dirò a questo bambino quando mi chiederà di suo padre? Come potrò spiegargli che è stata una storia di una sera e nient'altro? Oh, mio Dio! Ora tutti penseranno che sono una tipa facile, una leggera...»

«Bastaaaa!» tagliò corto l'amica. «Punto uno: queste cose succedono e il mondo è pieno di persone meravigliose nate da una storia di una notte. Mio nipote Carlos è uno di loro ed è il figlio più carino, più studioso e responsabile di mia sorella María.» Ana sorrise, e Nekane proseguì: «Punto due: hai trent'anni e credo che i tuoi genitori debbano rispettare qualsiasi decisione tu prenda. E punto tre, e molto importante: hai intenzione di tenere il bambino?»

«Non lo so. Sai già che io... io... sono dell'idea che la gente debba fare quel che sente della propria pelle, ma ora che so che dentro di me c'è un bambino...»

«Un'ameba... per ora non è nemmeno un feto.»

«Una vita, Neka. Dentro di me c'è una vita e io... io non so se sarò capace di... di... di...»

«Di cosa?»

«Di quello...»

«Di' la parola.»

Ana tentennò per qualche secondo, ma nel vedere gli occhi vitrei dell'amica, mormorò: «Non so se sarò capace di abortire».

Nekane annuì e si asciugò una lacrima che le era spuntata.

«Ana, un tempo, quando ne ho avuto bisogno, tu mi hai appoggiata, e ora io sono qui al cento per cento per te, qualsiasi cosa tu faccia e qualsiasi cosa tu decida.»

A quel punto Nekane crollò e scoppiò a piangere. Anni prima aveva vissuto lo stesso e alla fine aveva preso una decisione drastica. In quel momento non avrebbe potuto avere un bambino e, sebbene le avesse fatto davvero molto male, aveva abortito. Era una questione che a malapena affrontavano. Ma quella notte venne inevitabilmente a galla.

«Prendi, bevi questo» disse Ana passando la tisana all'amica. «Ti farà bene.»

Con un sorriso triste, Nekane prese la tazza e, dopo averne bevuto un sorso, si soffiò il naso.

«Mamma mia come siamo ridotte!» commentò e l'altra sorrise. «Qualsiasi cosa tu decida, hai il mio appoggio. Non soltanto, se alla fine decidi di tenerlo, conta su di me per qualsiasi cosa. Assolutamente per qualsiasi cosa. Certo, però, va detto: con questo fai definitivamente fuori tua madre.»

Ana chiuse gli occhi dopo l'ultima affermazione, ma sentendo che l'amica rideva, non poté evitare di fare lo stesso.

«Non sto a dirti cosa potrebbe dire mia madre se decidessi di tenerlo» commentò quando entrambe si furono calmate. «Che disonore! Sua figlia single e incinta e il bambino di padre ignoto. Andrà direttamente al Creatore. E mio padre, non so, non so come reagirebbe di fronte a una notizia del genere.»

«Be', hai tempo per pensarci» affermò Nekane sorridendo afflitta.

«Lo so, ed è quello che intendo fare.»

Dopo un silenzio in cui entrambe si immersero nei loro personali dolori, Ana guardò l'amica e, nel notarne lo sguardo triste, le propose: «Che ne pensi, *principessa*, se vieni nel mio letto e dormi con me?»

«Prometti di non toccarmi?» scherzò l'altra.

«Ci proverò» disse Ana ridendo.

Nekane si alzò in piedi e l'aiutò ad alzarsi e poi, mentre si dirigeva verso la stanza, sussurrò: «Allora mi pare un'idea fantastica. Sai che a me piacciono i maschi».

4

Natale arrivò e Ana partì per Londra. Nekane aveva lasciato Calvin a Madrid, a malincuore, perché quell'uomo le piaceva moltissimo, ed era andata in Navarra. All'inizio aveva pensato di restare con lui, che siccome aveva la famiglia in Messico avrebbe trascorso le feste da solo o con amici: ma alla fine avevano avuto la meglio i rimproveri di sua madre che considerava inammissibile che non trascorresse le feste natalizie con la sua famiglia.

Quando Ana arrivò all'aeroporto londinese, un uomo in divisa la salutò e la condusse fino a una macchina lussuosa dove caricò la sua valigia. Poi guidò fino alla casa paterna.

Dopo aver sbaciucchiato i suoi genitori, Ana salì in camera. Era esattamente come quando l'aveva lasciata. Adorava tornare e ritrovarla uguale. Dopo una doccia, si infilò un vestito per la cena e, mentre scendeva in sala, trovò sua sorella che le si lanciò addosso come una pazza.

«Pato, ma quanto sei bella!»

«Grazie, Nana… anche tu sei molto bella. Adoro i tuoi capelli!» E, riconoscendo il vestito che indossava, bisbigliò: «E questo abito della nuova collezione Armani ti sta d'incanto».

Lucy sorrise e toccò dolcemente i suoi capelli corti.

«Prima di tornare in Spagna, ti porterò dalla mia amica parrucchiera, Raquel, e ti farà un taglio da sogno. Quanto al vestito» – abbassò la voce – «me l'ha regalato Tom. È così carinoooooooooo!» Ana annuì e sua sorella, portandola verso un lato dell'enorme e lussuosissima sala, sussurrò: «Oh, Pato! Sono preoccupata. Sono due giorni che mamma è stranissima. Secondo papà è perché il Natale la rende ogni anno più triste e finirò per rovinarglielo del tutto quando le dirò del mio matrimonio».

Mamma mia, menomale che di me non scoprirà nulla, pensò Ana.

In quei giorni si era chiesta cosa fare. E alla fine era giunta alla conclusione che nella sua vita non c'era spazio per un bambino. Era una professionista indipendente che viaggiava molto e un bambino l'avrebbe soltanto limitata. Quindi, con tutto il dolore del mondo, aveva preso appuntamento a Madrid per il 22 gennaio in una clinica per l'interruzione della gravidanza. Ne era certa. Era la scelta migliore.

Si godette al massimo i giorni che trascorse a Londra con la sua famiglia. Uscire con sua sorella e i suoi amici la sera era stancante, ma le piaceva. Una di quelle sere incontrò per caso nello stesso locale Warren Follen, il suo ex. Per fortuna lui non la vide e Ana sospirò sollevata nel constatare che se ne andava via, tutto preso, con una ragazzina. Con i suoi genitori si godette dei bei pomeriggi davanti al camino a giocare a Monopoli, un rituale che li univa fin da quando era bambina e che di certo non sarebbe venuto a meno proprio ora.

La sera di Capodanno, mentre le sorelle cenavano nel bel salone inglese insieme ai loro genitori, Frank Barners si godeva il momento. Avere le sue belle figlie sedute a tavola con lui lo rallegrava e poteva farlo soltanto di rado. Che sua figlia Ana vivesse così lontano da lui era una spina conficcata nel cuore. Felice, si godeva la cena mentre guardava le tre donne della sua vita ridere e chiacchierare.

Dopo aver festeggiato l'arrivo del nuovo anno, i quattro, emozionati, si abbracciarono. A quel punto Teresa suggerì di spostarsi nella sala della televisione per bere qualcosa di fresco, prima che le ragazze se ne andassero a festeggiare con i loro amici. Le figlie accettarono felici.

«Sei molto magra, Ana Elizabeth. Mangi bene in Spagna?»

«Sì, mamma. Mangio di tutto, ma lo sai: bisogna mantenere la linea!»

A quel punto una pubblicità in televisione attirò l'attenzione di tutti e Teresa, tirando fuori un fazzoletto dalla manica, gemette.

«Quando eravate piccoline, c'era una pubblicità uguale. Ricordo quanto era felice Ana Elizabeth l'anno in cui Babbo Natale le portò la bambola Nancy infermiera e quella piccola cucina da cui usciva anche un po' d'acqua. Te lo ricordi Frank?»

«Sì, tesoro. E come dimenticarlo?» annuì lui orgoglioso.

«Oh, che ricordi! E guarda che tenera questa pubblicità» gemette Teresa, emozionata.

«Mamma, scusa, hai intenzione di metterti a piangere per una pubblicità?» chiese Ana, ignorando la reazione che quella stupida réclame piena di bambini sorridenti stava scatenando in lei.

«No, non piango per quello. Piango perché ho due figlie, sane e belle, e nessuna di loro mi ha dato dei nipotini da coccolare e cui poter comprare dei giochi a Natale. Tutte le mie amiche hanno nipoti e io… io sono sola! E senza la speranza di tenere mai più in braccio un bambino.»

Ana si sentì sprofondare.

«Mamma!» esclamò Lucy guardandola.

«Teresa, amore» disse Frank prendendo la mano a sua moglie. «I figli sono una benedizione di Dio e arriveranno se devono arrivare.»

«Ma io voglio dei nipoti» insistette la donna.

«E li avrai, mamma» affermò Ana con il cuore in una morsa.

«Quando?» insistette la donna.

«Un giorno, mamma… un giorno» sussurrò Ana.

«Be', a meno che non intervenga lo Spirito Santo» scherzò Lucy. Ma vedendo come la guardava sua sorella, specificò: «Lo dico perché io non ho nessuna intenzione di permettere che un bambino rovini la linea che mi sono costruita lavorandoci su in palestra per anni. E non credo che tu ti stia occupando della faccenda. Insomma, diciamo che non ti vedo molto materna».

«Mi date soltanto dei grattacapi!» urlò Teresa avvilita. «Una è Lady Scandalo e l'altra Lady Tatuaggi.»

«Be', però pur sempre *ladies*» scherzò di nuovo Lucy, ottenendo un'occhiataccia dal padre.

«Mamma non esagerare» protestò Ana. Aveva soltanto due tatuaggi e sua madre era al corrente soltanto di uno dei due.

«Perché mai ho avuto delle figlie? Perché mi abbandonassero.»

«Mammaaaaaaaa!»

«Non mi date mai una gioia.»

«Eccoci… che la tragedia abbia inizio» scherzò nervosa Ana, guardando suo padre.

«Soltanto dispiaceri! Vi piace vedermi star male e depressa e…»

«Mamma… mamma, finirà per prenderti qualcosa» sussurrò Lucy, ma l'altra andò avanti.

«Mi pento di non aver avuto un figlio maschio. Di certo lui ci avrebbe dato più gioie di voi e probabilmente avremmo già qualche nipotino a scorrazzare per questa sala.»

«Teresa» la riprese il marito. «Non dire stupidaggini. Le ragazze sono…»

«Le ragazze, ma quali ragazze? Lady Scandalo e Lady Tatuaggi ormai sono due donne che potrebbero capire che sto invecchiando e che voglio soltanto quello che vogliono tutte le donne della mia età: nipoti!»

«Mammaaaaaaaaaaa!»

«Voglio avere una vecchiaia serena e dei nipotini da sbaciucchiare prima di morire. Bambini piccoli cui insegnare quella canzone *Cinco lobitos tuvo la loba*, e cui scattare con orgoglio delle fotografie l'ultimo giorno di scuola. E invece no, sono due egoiste che pensano soltanto a se stesse e che mai…»

«Sono incinta!» urlò Ana.

Oh, mio Dio! Cosa ho dettoooooooo! pensò non appena le parole uscirono dalla sua bocca.

La guardarono tutti e la sala fu attraversata da un silenzio di tomba fin quando non si sentì un tonfo.

«Per l'amor del cielo, Teresa!» grugnì Frank correndo verso di lei.

«Mamma!» urlarono le due ragazze nel vedere la madre stesa sul tappeto.

«Prendi i sali nel secondo cassetto» disse Frank alla figlia maggiore.

Ana aprì subito il cassetto che il padre le indicò e gli allungò una bottiglietta. Lui l'aprì, lo mise sotto il naso di sua moglie e riuscì a farle riprendere i sensi.

«Oh Frank! Credo di star sognando e di aver sentito dire ad Ana Elizabeth che è incinta» disse la donna.

«No, Teresa, non stai sognando» rispose il marito.

Con cautela la fecero sedere su una poltrona e, mentre l'uomo si preoccupava delle condizioni della moglie, Lucy guardò sua sorella e urlò: «Fantastico, Pato! Che razza di notiziona! Mi avevi detto che tu non avevi nulla di importante da raccontare».

«È che non avevo intenzione di dirlo» balbettò.

«Perfetto! E adesso come gli dico che a maggio sposerò Tom Billman?»

Teresa, sconvolta, si alzò come un missile e, mentre Frank le toccava la testa, urlò: «Oh, santiddio! Hai intenzione di sposare il giocatore di polo?»

«Sì mamma, è lui Tom.»

«Ma, figlia mia, sei impazzita?»

«No, mamma.»

«Ma... ma quell'uomo è più promiscuo di...»

«Mamma... sono follemente innamorata di Tom. Sono adulta e intendo sposarlo. Discorso chiuso.»

Isterica, la donna inscenò un dramma mentre il marito sospirava. Le tre insieme erano una bomba a orologeria e lui sopportava da una vita questa situazione.

«Avete intenzione di uccidermi a forza di dispiaceri?»

«No, mamma» rispose Lucy mentre Ana continuava a essere in stato di shock per quel che aveva confessato.

«Teresa, siediti prima di ricadere a terra» la avvisò Frank.

«Ma Frank, hai sentito cosa hanno detto queste due incoscienti?»

«Sì, Teresa, ho sentito.»

Ma la donna, non contenta, si voltò e prese a urlare come un'ossessa: «Una incinta di Dio solo sa chi e l'altra che vuole sposare Tom Billman. Che scandalo! Che vergogna! Saremo lo zimbello di tutta Londra».

Frank, rattristito, guardò le figlie e, dopo essersi voltato andò dritto al mobile bar. Si servì un whisky bello forte, lo bevette in un solo sorso e si sedette.

«Ragazze, accomodatevi. Dobbiamo parlare e molto seriamente» ordinò.

Ana, ancora sorpresa per quell'informazione bomba che aveva lanciato, si sedette accanto al padre mentre sua sorella e sua madre continuavano a discutere. Perché mai aveva detto che era incinta? Era impazzita? Ma poi, guardando la televisione e vedendo le pubblicità di Natale, con bambini, giochi e regali, capì. Non voleva abortire.

«Tesoro» disse all'improvviso suo padre allontanandola dai suoi pensieri. «Stai bene?»

«Sì, papà» affermò non molto convinta, mentre lo prendeva da una mano e lui sorrideva.

«Frank...!» urlò Teresa. «Chiama il dottor Witman. Credo che mi stia per venire un infarto.»

L'uomo, dopo aver rivolto gli occhi al cielo, si alzò, fece sedere la moglie su una poltrona e, avvicinandole il suo bicchiere, disse senza darle molta retta: «Teresa, bevi un sorso di whisky e lascia perdere il dottore. Siamo in piena riunione familiare. E tu, Lucy, siediti».

«Io... Noi abbiamo appuntamento con Tom e...»

«Chiamalo e digli che oggi dovete stare con la vostra famiglia.»

«Ma papi...»

L'uomo la guardò come poche volte aveva fatto e, deciso, ripeté: «Siediti e non farmi arrabbiare».

Per la prima volta in molti anni, Lucy si sedette senza protestare, mentre Ana, sorpresa dal tono del padre e dal silenzio della madre, li osservava. Dopo qualche istante, Frank guardò le tre donne delle sua vita e le avvisò: «Parleremo tutti e quattro come persone civili, quindi Teresa ti proibisco singhiozzi, scenette melodrammatiche e tutte quelle cose che sai, oppure vai via dalla sala prima che inizi a parlare con le mie figlie, mi hai capito?»

«Sì, Frank» annuì la donna stupita.

Poi guardò le figlie e, rivolgendosi a una sconvolta e pallida Ana, le chiese: «Di quanti mesi sei?»

«Pochi, papà.»

Frank annuì e le chiese di nuovo: «E il padre cosa dice?»

Per un istante sentì il desiderio di raccontare la verità: il padre era uno svizzero di cui non sapeva nulla. Ma comunicare loro che quello era il risultato della follia di una notte, le sembrò troppo forte. Quindi, con un sorriso candido, si scostò la frangetta dal volto e rispose: «È... è felice quanto me».

«Per l'amore del cielo, Pato! Diventerò zia?»

«Sì, Nana. Così sembra» rispose sorridendo timidamente.

«E chi è il padre del mio futuro nipote?» volle sapere Teresa.

Ana la guardò e vide come la mano che reggeva il fazzoletto saliva pericolosamente verso la bocca. Sarebbe scoppiata a piangere da un momento all'altro se non le avesse detto che il padre del suo futuro nipote era il conte di Vattelapesca o il principe di Qualsiasi Posto, ma ormai non poteva fare marcia indietro. Così, su due piedi, decise di inventarsi una bella storia d'amore che poi, con il tempo, avrebbe fatto svanire.

«È... è un uomo molto affascinante.» Poi, toccandosi l'orecchio, proseguì: «Si... si chiama Rodrigo e fa il pompiere per la Comunidad di Madrid».

«Però! Mica stupida la mia sorellina. Un pompiere!» sussurrò Lucy facendole l'occhiolino.

«Un pompiere?» urlò Teresa esasperata.

«Teresa!» la riprese Frank.

«Ma Frank, lei merita di più. È una ragazza di buona famiglia. Ha studiato ed è...»

Senza lasciarla finire, Ana guardò sua madre e affermò: «Mamma, Rodrigo è una persona eccezionale, che mi ama per come sono e non per chi sono. Si prende cura di me, mi coccola, si occupa sempre di me e la cosa mi rende felice. O forse non vuoi che io sia felice? Preferisci un uomo che non pensi a me, ma che mi sposi perché sono la figlia di Frank Barners? Perché non è quello che voglio io».

«Ma figliola, ascolta...»

«No, mamma. Voglio qualcuno che la mattina mi baci se mi sveglio di cattivo umore, qualcuno che mi faccia sorridere e, soprattutto, qualcuno che passati gli anni» – disse guardando suo padre – «mi continui ad amare anche se diventassi una donna molto intransigente. Io cerco quello in un uomo, e Rodrigo me lo dà» mentì. «Lui è felice quanto me del bambino. Non l'abbiamo cercato, ma è arrivato in un momento della nostra vita in cui non possiamo fare finta di niente e disfarcene. Non hai appena detto che volevi dei nipotini? Be', ecco che ne arriva uno» affermò toccandosi la pancia piatta. «O forse essendo i figli di un semplice pompiere saranno meno belli e li amerai di meno?»

«No, tesoro... quello no» mormorò la donna. «I miei nipoti saranno i miei nipoti, di chiunque essi siano, e li amerò alla follia.»

Emozionato da quelle parole, Frank le prese la mano e gliela strinse.

«Sarà un vero piacere conoscere l'uomo che rende mia figlia tanto felice. E ti assicuro che sarò l'orgoglioso nonno del piccolino in arrivo.»

«Grazie, papà.»

Mentre si fondeva in un abbraccio con suo padre, Ana sentì tossire sua madre e si voltò a guardarla.

«Amore, mi dispiace... Certo che voglio vederti felice. Sarò nonna!»

«Così sembra, mamma» sorrise.

Teresa posò il fazzoletto, abbracciò sua figlia e la riempì di baci, facendo ridere il marito.

«Domani stesso andremo al negozio per bambini della mia amica Caroline e...»

«No, mamma» si oppose decisa. «Non andremo da nessuna parte perché non voglio che per ora nessuno sappia della gravidanza. Se la stampa lo venisse a scoprire non mi lascerebbe vivere e la mia vita in Spagna è tranquilla e pacifica. Diamo tempo al tempo e poi daremo la notizia.»

Frank prese la mano della moglie e questa annuì mentre Lucy, davanti ai tre, singhiozzava senza sosta come una sciocca.

«E a te cosa ti prende?» chiese Ana.

Sua sorella, con gli occhi gonfi come due patate e soffiandosi nel fazzoletto che le aveva passato la madre, la guardò.

«Oh, Pato! Era da tempo che non vivevo un momento così bello con voi e... e... e... mi viene da piangere. Sarò zia di un bellissimo bambino! Vi voglio bene e vorrò bene anche a lui e questo mi rende felice perché ho una famiglia meravigliosa.»

Frank sorrise. Si alzò e fece alzare anche la figlia e poi, prima di abbracciarla con amore, affermò, per l'orrore di sua moglie: «Inizia a cercare il più bel vestito da sposa che a maggio festeggeremo il tuo matrimonio con quel Tom e conosceremo il padre del nostro nipotino».

Nel sentire quelle parole, Ana rimase senza fiato. Cosa aveva fatto? Perché mai aveva detto tutte quelle bugie? Si era appena cacciata in un gran bel casino.

5

Il 2 gennaio Ana atterrò all'aeroporto di Madrid e fu felicissima di vedere che Nekane era venuta a prenderla. Dopo essersi abbracciate, salirono in macchina e s'incamminarono verso casa. Erano appena entrate quando suonarono alla porta e, aprendo, Encarna urlò, abbracciando Ana: «Buon anno Annina!»

«Buon anno a te, Encarna!» rispose felice.

«Com'è andato il viaggio?»

«Bene... molto bene. Mia madre ha detto di salutarti.»

«Ohhh, che tesoro che è Teresa.» Improvvisamente la vicina sentì squillare il telefono di casa sua e, facendo l'occhiolino alle ragazze, disse, prima di scomparire: «Ho preparato delle frittelle. Poi ve ne porto qualcuna».

Qualche ora dopo arrivò Calvin e anche lui, non appena la vide, le augurò buon anno. Quella sera i tre ragazzi cenarono insieme commentando le curiosità di Natale, anche se Ana mentì perché non raccontò a Calvin che era stata a Londra. E poi ci fu qualcosa che la colpì: l'intimità tra il ragazzo e la sua amica era maggiore rispetto a quanto avesse immaginato all'inizio. Non facevano altro che sbaciucchiarsi e farsi delle coccole, e la cosa le fece piacere. Fu felice per loro, ma provò una strana gelosia immaginandosi sola e incinta.

Durante la cena non si fece alcun riferimento alla gravidanza. Quando Calvin se ne andò, Ana chiese a Nekane: «Sbaglio o c'è un reciproco rincitrullimento in corso?»

L'altra sorrise.

«Be'... diciamo che ci piacciamo a vicenda.» Poi, vedendo l'espressione dell'amica, proseguì: «Siamo come la Bella e la Bestia; lui è il bello con la sua polo Ralph Lauren e la sua Audi argentata, e io, la bestia, così retrò. Ma, amore, dicono che gli opposti si attraggono perciò eccoci qui. A goderci il momento».

«Be' a me sembra che stiate bene insieme. Siete una bella coppia.»

«Più che bella direi curiosa!» Scoppiarono entrambe a ridere e Nekane aggiunse: «Tra l'altro oggi mi ha chiesto se ho intenzione di farmi qualche altro piercing. Stavo per mentire e dirgli di sì, che me lo volevo fare tra le narici. Poi però ho guardato quella sua faccia da bravo bambino e non me la sono sentita».

«Ma hai intenzione di farti un altro piercing?»

«Per ora no. Mi bastano quelli al sopracciglio, al naso e all'ombelico. Ma... non si sa mai!»

Si alzarono da tavola contente. Mentre entravano in cucina, Ana chiese: «Non gli avrai spifferato niente della mia gravidanza, vero?»

«No, tesoro, non sono così pettegola.»

Mentre Nekane caricava la lavapiatti, Ana si sentiva agitata. Voleva chiedere di Rodrigo; voleva avere sue notizie ma non osava indagare. Tuttavia, quando finirono e si sedettero sul divano, fu Nekane a rispondere ai suoi dubbi.

«Iris e Rodrigo arriveranno da un momento all'altro. Andavano al cinema e vista l'ora direi che saranno qui a momenti.»

«Bene... nessun problema. Quando arrivano mi nascondo nella mia stanza e ho risolto.»

«E perché ti dovresti nascondere?» Poi, vedendo l'espressione da circostanza di Ana, Nekane saltò su: «Oh mio Dio, cosa hai fatto?»

«Una cosa terribile...»

«Cosa?»

«È talmente terribile che mi vergogno a dirla.»

L'amica le piantò gli occhi addosso.

«Terribile... orribile o comunque sia me la devi dire subito. Sputa il rospo!» pretese.

Imbarazzata per quel che stava per raccontare, prese in mano un cuscino e iniziò a farlo girare.

«Be' vedi, stava tutto filando liscio a Londra. Mia madre era tranquilla, mio padre fantastico, mia sorella con le sue follie, fin quando all'improvviso non è tutto saltato in aria e in piena crisi familiare mi è preso un 'nonsocosa' vedendo delle pubblicità di bambini, di giocattoli, di morbidi orsetti rosa che ho perso la ragione e ho detto che ero incinta.»

«Cosa?»

«E non soddisfatta di questa bomba che avevo appena lanciato ho aggiunto che il padre del bambino era... un pompiere di nome Rodrigo.»

Si coprì il viso con il cuscino mentre a Nekane stava per cadere la mandibola. Cosa stava dicendo quella pazza? Ma prima che potesse fare un qualsiasi commento, Ana chiarì, da dietro il cuscino: «Si è trattato di una follia momentanea. Un'alienazione mentale. Mi deve essere presa una crisi».

«Be' direi proprio di sì...!»

«Mia madre piangeva, mio padre era arrabbiato, mia sorella urlava e io... io improvvisamente ho scatenato questo tsunami. Non so cosa mi sia preso.»

«Niente, che in effetti ti è venuta una crisi.»

«Sì, e di quelle grandi.»

Dopo qualche secondo di shock, l'amica tolse il cuscino ad Ana e le chiese: «Quindi terrai il bambino?»

«Sì» disse sicura.

«*Santissimavergine*. Quanto ne sono felice!» batté le mani emozionata, anche se qualche secondo dopo, corrugando la fronte, aggiunse: «Ma, fammi capire, perché hai messo di mezzo Rodrigo?»

«Non lo so... O sono impazzita o gli ormoni mi hanno giocato un brutto scherzo. Ma tranquilla, non è necessario che lui lo venga a sapere. Da qui a maggio, quando ci sarà il matrimonio di mia sorella, la nostra storia sarà finita e i miei genitori mi coccoleranno perché sarò a pezzi per via della nostra rottura e sarà morta lì.»

«Sarà finita?»

«Sì.»

«Rottura?»

«Sì.»

«Ma quando sarebbe iniziata?»

Notando che l'amica la guardava confusa, chiese: «Pensi che mi sia cacciata in un bel casino, vero?»

«Oh sì! Eccome se lo penso. Oh sì!»

«Ma Neka, non c'è motivo che Rodrigo lo venga a sapere.»

«La legge di Murphy, tesoro... Sai che quella è una legge maledetta. È sufficiente che tu non voglia che accada qualcosa per farla succedere! Quello che pensavi che non sarebbe mai venuto a sapere nessuno, alla fine si scopre e, voilà, ecco fatta la frittata.»

«Ma tu non dirai niente, vero?»

«Ovvio che no, ma...»

A quel punto la porta si aprì e, due secondi dopo, apparve davanti a loro la sorridente coppietta. Ana, nel vedere l'uomo che tanto le piaceva, fu sul punto di alzarsi, ma Nekane la trattenne dalla camicia e lei cadde rovinosamente sul divano.

Iris, trovandosi Ana davanti, fece un'espressione disgustata. Le stava sempre più antipatica; così, dopo aver baciato sulle labbra il suo accompagnatore, lo salutò e se ne andò in camera sua. Rodrigo, felice di vederle, si avvicinò alle ragazze e le baciò. Notando che lo fissavano, chiese: «È successo qualcosa?»

Subito entrambe negarono con un cenno del capo e alla fine Nekane mormorò: «No... perché dovrebbe essere successo qualcosa?»

Stranito da come lo osservavano, guardò negli occhi Ana e le disse: «Com'è andato il Natale?»

«Bene... Diverso.»

«Dove sei stata?»

«A casa dei miei genitori.»

Con un affascinante sorriso che le fece venire le vampate di caldo, lui puntualizzò: «Questo lo so già. Ti chiedevo dove abitano i tuoi».

Dopo averci pensato su qualche secondo, si toccò l'orecchio e disse: «In Francia. A Marsiglia».

«Sei francese?»

Nekane la guardò con gli occhi sbarrati.

«*Oui*» rispose Ana con un'espressione comica. «Metà francese. Mia madre è spagnola.»

Rodrigo annuì, sebbene avesse la sensazione che quelle due tramassero qualcosa. Si girò e, prima di uscire, disse: «Ragazze, chiudete a chiave. Buonanotte».

Non appena se ne fu andato, Nekane guardò la sua amica sconvolta e sussurrò: «Francese? *Oui?* Ma ti rendi conto di quante palle stai raccontando?»

«Mio dio! Ma cosa sto facendo?»

«L'idiota» rispose Neka.

«Ma cosa mi prende? Non ne risolvo una che già ne combino un'altra.»

«Ascolta, tesoro, le bugie hanno le gambe corte, o come direbbe mia nonna, il diavolo fa le pentole, ma non i coperchi… Francese? Ma santiddio.»

«È la prima cosa che mi è venuta in mente…»

«È troppo evidente la tua cotta per quel fico. Ma ti sei vista?»

Ana annuì.

«Devo togliermelo dalla testa» dichiarò prima che l'amica aggiungesse altro. «Incinta non ho nessuna possibilità con lui. Non penso che si degnerà di guardarmi appena inizierò a diventare grassa come una balena. Ma mi piace così tanto…!»

«Be', allora non è che voglio scoraggiarti, tesoro, ma vedi di darti una mossa se vuoi toglierti il capriccio.»

«Che capriccio?»

«Quello del pompiere.» Poi, vedendo l'espressione dell'amica, aggiunse: «Come dice quella pubblicità: 'Perché tu vali!' E se è il corpo che te lo chiede, perché no?»

«Cosa stai dicendo?»

Nekane la guardò sicura e, con un sorriso divertito sulle labbra, disse: «Siamo realiste, Ana. Le tue possibilità di conquistare quel gran pezzo di fico quando ormai la gravidanza sarà evidente sono zero. Quindi, datti da fare!»

«Ma sei impazzita?»

«Forse» rispose allegra. «Ma ascolta, lui è un uomo e sappiamo bene cosa pensano di solito gli uomini quando una donna si propone, giusto? Quindi te lo ripeto: datti da fare. Non ti dirà di no!»

«Ma Neka, non posso. Sta con…»

«Qualche giorno fa, io e Calvin abbiamo beccato Iris in un bar a fare la gattamorta con un altro; tra l'altro proprio un bel tipo. Quella è stupida quanto io sono suora.»

«Ma scherzi?»

«Ma va.» Poi, abbassando la voce, sussurrò: «Calvin mi ha detto di averlo raccontato a Rodrigo appena l'ha visto».

«Davvero? E lui cosa ha detto?»

«Le sue testuali parole sono state: 'Lei può uscire con chi vuole, e anch'io perché non abbiamo nessun legame ufficiale'».

«Fantastico!»

«Quindi, amore mio, hai un mese o due per conquistare l'uomo dei tuoi sogni e trascorrere con lui qualche calda notte di passione, prima che la tua pancia inizi a spuntare e tu inizi a camminare a gambe larghe.»

Ana sorrise. Era una vera follia, ma forse non era poi una idea così cattiva.

La notte dell'Epifania, Ana e Nekane uscirono a bere qualcosa nel locale di un'amica che le aveva invitate. Calvin aveva appuntamento con alcuni amici e andò con loro, e Nekane aveva tutte le intenzioni di divertirsi con Ana. Questa, come al solito, si era messa un paio di pantaloni neri e una camicetta, ma quando l'altra la vide, la costrinse a cambiarsi. Doveva essere bella e sexy e così le fece indossare una minigonna, un bel paio di tacchi e una camicia piuttosto scollata. Quando le ragazze raggiunsero il Virgin, trovarono degli amici e la festa fu più divertente di quanto si aspettassero. In serata fecero varie estrazioni alla lotteria e Ana fu felicissima di vincere un fine settimana per due gratuito in una spettacolare spa di Toledo.

«Che fortuna!» esclamò battendo le mani. «Ce ne andiamo in una spa!» Nekane la guardò.

«Allora, cerchiamo di capire. Io con te vado anche in capo al mondo, ma non preferiresti goderti quel fine settimana con qualcuno di speciale?»

«Tu sei speciale!»

«D'accordo… lo so che sono irresistibile» disse Nekane ridendo. «Ma mi stavo riferendo al fatto di andarci con qualcuno che possa farti un certo tipo di coccole e che ti regali momenti eccitanti che io non intendo offrirti. Ma dico, hai visto quanta bella mercanzia c'è qui stasera?»

Si guardarono entrambe intorno. Il locale era pieno di uomini interessanti, e alcuni di loro le avevano già puntate.

«Guarda quel tipo là. Che ne pensi?»

Ana lo osservò.

«Carino...»

«Soltanto carino?»

«Oh Neka...! E che ne so. Mi sembra uno normale come tanti altri. Sembra caruccio e virile ma...» Poi corrugando la fronte, esclamò: «Cazzo... questa maledetta pancera mi sta uccidendo!»

«Ti sei messa una pancera?» le chiese Nekane, incredula.

«Sì.»

«Non sarà quella rosa?» Poi vedendo l'espressione dell'amica, Neka sibilò: «Santiddio. Ma come diavolo ti è venuto in mente di metterti la pancera in una serata del genere?»

Ana avrebbe voluto dirle che non aveva intenzione di mostrare né la pancera né altro a nessuno, ma rispose: «Riuscivo a malapena ad abbottonare la gonna e mi sono dovuta mettere la pancera per entrarci. Credo che la gravidanza inizi a lasciare segni sul mio corpo».

Nekane scoppiò a ridere e Ana, infastidita, le diede un buffetto sul collo.

«E cosa diamine volevi che facessi? Hai insistito perché indossassi la minigonna e questa era l'unica che mi entrava e...»

A quel punto Nekane le fece un cenno con la mano. Tirò fuori dal suo miniabito il cellulare e, dopo aver letto il messaggio, batté le mani. Era Calvin che le chiedeva dov'erano. Gli diede subito l'indirizzo del locale e venti minuti dopo ecco che entravano Calvin, Rodrigo e altri due ragazzi.

Ana, che stava ballando come una pazza con degli amici, rimase immobile in mezzo alla pista quando vide apparire Rodrigo. Indossava dei jeans che gli stavano da urlo, una camicia bianca e una giacca nera aperta che gli dava un'aria forte e virile. Ma come faceva a essere sempre più fico? Lui, quando la vide, le fece l'occhiolino, ma poi si girò e andò al bancone con gli altri. Aveva sete.

Nekane, nel notare l'espressione dell'amica, si avvicinò a lei, e mentre si muoveva al ritmo della musica di *Pitbull*, sussurrò: «Oggi può essere il tuo grande giornoooooooooo».

«No... non dire stupidaggini.»

«Ma hai visto quanto è fico oggi?»

E certo che l'ho visto, pensò, ma rispose: «Ho detto di no... Neka. No».

«Pensaci su, sciocchina. Hai la casa tutta per te» insistette mentre smettevano entrambe di ballare. «Iris è in viaggio e io ho tutte le intenzioni di andare a dormire da Calvin perché ho voglia di divertirmi con il bel messicanino. Cosa te lo impedisce?»

«L'agitazioneee e il fatto che non indosso proprio una lingerie supersexy» gemette sentendo che lo stomaco si contraeva.

«Quell'orrribile pancera!» brontolò Nekane. «Inizia pure ad andare in bagno a toglierti quell'obbrobrio antisessuale.»

«Ma...»

«Nessun ma» tagliò corto l'altra. «Togliti la pancera, calmati e approfitta della situazione. Tra l'altro, ti ho già detto che quella camicia ti fa delle tette impressionanti?»

«Sempre colpa della gravidanza» affermò Ana ridendo e guardandosele felice.

Poi Calvin le raggiunse e, cingendo Nekane dalla vita, la riportò a ballare.

Per qualche secondo, Ana rimase come in stato di shock. Doveva cogliere l'attimo? Incapace di pensare lucidamente, andò verso il bagno dove, dopo aver fatto le piroette in quel piccolo spazio, si tolse la pancera e la mise in borsa. Quando uscì accaldata dal bagno, si guardò nello specchio e si rinfrescò la nuca.

«Ma cosa sto facendo?» si chiese.

Poi, senza darsi una risposta, si mise dietro l'orecchio il ciuffo e uscì dal bagno. Guardò con nonchalance verso il bancone dove l'oggetto dei suoi desideri chiacchierava con un gruppetto di amici e sentì di nuovo lo stomaco contrarsi. Rodrigo era imponente e con quella camicia così aderente era davvero da cardiopalma.

Sono una donna libera, voglio farlo e posso... Io posso, pensò agitata.

Due secondi dopo, e consapevole di quel che voleva davvero fare, si diresse a passo deciso verso di lui.

Vedendola arrivare, Rodrigo la guardò e le fece spazio accanto a sé.

«Cosa bevi?» le chiese.

Un triplo whisky pensò lei, ma improvvisamente si ricordò della gravidanza.

«Una Coca-Cola con ghiaccio» rispose.

«Wowwwwww! Donna dai gusti costosi ed esotici» ironizzò lui sorridente.

«Incredibile, vero?»

Rodrigo ordinò e pagò la bibita e, quando lei stava per bere il primo sorso, le fermò la mano e, battendo il suo bicchiere con quello di Ana, mormorò mentre percorreva con uno sguardo sensuale il suo décolleté: «Brindiamo perché questa sera i Re Magi ci sorprendano».

Ana sospirò. Non le era mai piaciuto sentirsi l'oggetto sessuale di nessuno, ma siccome si trattava di lui la cosa le piacque, la eccitò. E con un sorriso che non lasciava trapelare quel che pensava, rispose: «Certamente».

Il gruppo di amici parlò per un bel po' di calcio, cosa che lasciava Ana indifferente, ma pur di mettere un po' di zizzania diede loro contro su tutto; Rodrigo la osservava divertito. Quando i suoi due amici si arresero e andarono a flirtare con due ragazze, le chiese in modo molto diretto: «Ti vedi con qualcuno?»

La domanda la prese talmente alla sprovvista che rimase a guardarlo come un'ebete a bocca aperta. Quando riuscì a reagire, bevve un sorso della sua Coca-Cola e rispose: «Con alcuni e con nessuno in particolare».

«Una ragazza sveglia...» commentò Rodrigo, dopo essersi fatto scappare una risata e aver sollevato in alto il bicchiere.

«Non crederai mica che voi maschi siate gli unici a divertirvi» buttò lì Ana. «Se si è liberi di poter stare con chi si vuole, allora meglio togliere di mezzo la monotonia di una relazione fissa. E poi, che tu ci creda o no, con questo corpo minuto... ottengo sempre quel che voglio.»

Rodrigo, sorpreso, la osservò attentamente e puntò di nuovo i suoi occhi azzurri su quel provocante décolleté. E disposto a provare quel che lei sembrava offrire, fece un passo verso Ana per ridurre le distanze.

«Parli sul serio?»

«Ovvio» mormorò avendolo così vicino.

«Non pensavo fossi una donna così libera» disse lui scostandole piano dal volto il lungo ciuffo.

«Ebbene sì…» E, per mettere più legna al fuoco, Ana si avvicinò di più a lui e gli chiese: «E tu esci con qualcun'altra a parte Iris?»

A Rodrigo fu tutto chiaro. Ci stavano entrambi provando e lui non si sarebbe fatto scappare nessuna occasione. Quindi, posando la sua enorme mano sulla schiena di Ana, le rispose, mentre le accarezzava la spalla disegnando dei piccoli cerchi: «No, e non esco nemmeno con Iris. Siamo soltanto amici».

«Di letto?»

Appoggiandosi al bancone, il pompiere si inclinò verso di lei fino ad accarezzarle quasi l'orecchio con le labbra e disse con un tono dolce e incitante che fece impazzire Ana: «Diciamo di sì. Ma così come ho lei… posso averne altre».

«Si tratta di una proposta indecente?» chiese dopo essersi quasi soffocata con la Coca-Cola.

«Certo. In piena regola» affermò lui deciso.

A quel punto non ci fu bisogno di aggiungere altro. Era tutto ben chiaro a entrambi.

«A casa tua o a casa mia?» chiese Rodrigo.

Con le pupille dilatate e le mani sudate per via di quella proposta, Ana sentì quasi il cuore in gola. Senza poterlo evitare, ringraziò il cielo di essersi tolta la pancera e rispose decisa: «A casa mia. Credo sia più vicina».

Ana posò quindi la Coca-Cola sul bancone e, dopo aver cercato la sua amica Nekane, le fece un cenno con la mano. Questa, vedendo che se ne andava con Rodrigo, rimase senza parole, ma alzò il pollice a mo' di «buona fortuna!» Arrivati all'uscita del locale, il vento era freddo e diluviava.

«Sei venuto in macchina?»

«Sì» disse Rodrigo, prendendole la mano. «Andiamo, è là.»

Divertiti, corsero sotto la pioggia fin quando non raggiunsero l'auto parcheggiata in una stradina. Una volta dentro, Rodrigo accese il riscaldamento.

«Oh, Dio mio! Sono congelata!»

«Sì, fa un freddo polare.» Rodrigo sorrise e accese la radio.

«Ma vedrai che in due minuti ti riscaldi. Togliti il cappotto e dammelo. È fradicio» gli chiese lui.

Lei se lo tolse senza pensarci su, ma quando lui si voltò per lasciarlo sul sedile posteriore e s'imbatté nel volto fradicio di Ana, non poté evitare di prenderle il viso tra le mani e, avvicinando la bocca alla sua, la baciò. Quella ragazzina con i capelli bagnati e appiccicati al volto era una tentazione e, perché negarlo, quella sera era anche la sua migliore alternativa.

All'inizio fu un bacio tenero, dolce, ma via via che i secondi passavano, si intensificò per la passione di lei fino a trasformarsi in un vero e proprio turbinio emozionale.

Mio Diooooooooo....! Come baciaaaaaaaa! pensò, in preda al piacere, lasciando la borsa.

Senza far caso al luogo in cui erano, Ana fece salire il livello della sua eccitazione e, dopo dieci minuti, esaltata come poche altre volte in vita sua, si tirò su la gonna fino ai fianchi e, sconvolgendolo, si mise a cavalcioni su di lui.

«Aspetta...»

«No» rifiutò, baciandolo.

«Ana, fermati!» Nel sentire il suo tono di voce, lo guardò e lui con aria corrucciata, chiarì: «Non ho intenzione di farlo in macchina».

«Ohhhhhhhh, ma quanto sei all'antica!» scherzò lei, desiderosa di continuare.

Ana, come un vulcano in eruzione, iniziò a muovere lentamente i fianchi sulla grande erezione di lui che, inconsciamente si irrigidì e lei, provocante e disposta a raggiungere il suo obiettivo, sussurrò: «Davvero hai intenzione di farmi smettere?»

Rodrigo strinse i denti. Con gli anni aveva imparato che un letto e l'intimità di una stanza erano i posti migliori in cui dare il via libera alla sua passione; in particolare perché un uomo come lui, alto un metro e novanta, in macchina si poteva muovere a malapena. Ma quella piccola bruna dall'aria furbetta e un fantastico profumo di pesca lo stava facendo eccitare troppo e se fosse andata avanti così avrebbe avuto la meglio.

«Ascoltami» insistette un po' meno convinto. «Abbiamo entrambi delle case con dei bellissimi letti e delle stanze, per cui non c'è bisogno di fare qui quello che stiamo pensando di fare.»

«Ripeto: antico!» scherzò, a mo' di sfida, vicino al suo orecchio.

Eccitato da quel che lei gli stava proponendo di fare, alla fine sorrise e, quando Ana gli diede di nuovo dell'«antico», abbassò il suo sedile e, pronto ad accettare la sfida, disse: «Hai vinto tu».

Non appena riuscì a ottenere lo spazio necessario, sorrise e Ana, desiderosa di realizzare la sua fantasia, gli sbottonò la camicia bianca bottone dopo bottone e, quando ebbe tutto per lei quel petto muscoloso e forte, lo baciò. Toccò con piacere gli addominali scolpiti e percorse lentamente il suo corpo mentre lui faceva scivolare la mano dal collo alle spalle, alla schiena fino ad arrivare ai fianchi.

Gli sfilò la camicia, in estasi. Rodrigo era grosso, muscoloso e terribilmente affascinate e quando ebbe davanti a sé il tatuaggio che aveva tanto sognato, sorrise. Ipnotizzata da quel disegno tribale che iniziava sul braccio, saliva fino alla spalla e finiva all'inizio del collo, sospirò. Poi, senza perdere un solo secondo, ci posò sopra le dita e lo toccò.

«Lo adoro.»

Rodrigo si tirò su, avvicinò il naso al collo di lei e la baciò.

«Ti piace?»

Con la pelle d'oca per via di quello che riusciva a farle provare anche soltanto toccandole la schiena e baciandola sul collo, Ana annuì chiudendo gli occhi.

«Sì. Anch'io ho un paio di tatuaggi.»

Non potendo più fermare quell'attacco, Rodrigo, con delicatezza, le prese il volto e la baciò di nuovo. Catturò quelle labbra tentatrici e le baciò mentre le sollevava i fianchi e spingeva contro le cosce di lei la sua imponente erezione. Poi, le inclinò la testa all'indietro e si rivolse al collo, quel collo dolce e con la pelle morbida che coccolò con una miriade di minuscoli baci carichi di erotismo mentre con voce suadente le chiedeva: «E dove li hai i tatuaggi?»

Dopo aver emesso un gemito di piacere per le attenzioni che lui le stava prodigando, Ana appoggiò le mani sul suo petto muscoloso e – doveva allontanarsi da lui o sarebbe esplosa – sussurrò, mentre fuori la pioggia scendeva decisa: «Ne ho uno sulla caviglia e uno sulla spalla sinistra. Ti faccio vedere».

Rodrigo spalancò gli occhi e, senza parole, vide come lei si sbottonava la camicetta mostrando il seno prorompente compresso dentro un reggiseno scuro.

«Ti piace il mio tatuaggio?» chiese lei muovendo la spalla sinistra.

Ormai indifferente al luogo in cui erano, fissò il suo inquietante sguardo azzurro sulla spalla che Ana gli offriva e, dopo aver guardato un bel tatuaggio che raffigurava una fata con grandi ali, le mordicchiò la spalla e sussurrò: «È bello quanto te».

Confusa da quel che Rodrigo le aveva appena detto, sorrise e poi senza pudore, mentre con i polpastrelli toccava il tatuaggio di lui nella zona del collo, replicò: «Un tatuaggio carino in un bel corpo... è sexy ed eccitante». Poi senza poterlo evitare scoppiò a ridere e aggiunse: «Mia madre non me l'ha ancora perdonato».

«Mia madre era sconvolta» mormorò lui mentre le passava la lingua lentamente tra i seni che si ergevano maestosi davanti a lui.

«Uff...! Di certo la mia è stata peggio» sospirò, lasciandolo fare.

«Non credo.»

Felice per quel suo concedersi, posò le mani sulle gambe di lei e si sorprese nel constatare che aveva le autoreggenti. *Sexy!*

Eccitata, ricettiva e desiderosa nel percepire le mani di lui tra le cosce, sospirò mentre la pioggia picchettava con forza sul tetto della macchina. Quello era il momento più eccitante che avesse mai vissuto e aveva tutte le intenzioni di goderselo. Con audacia si tolse lei stessa la camicia e sbottonò il reggiseno. I suoi seni rimasero liberi all'altezza del viso di lui e lo spinse. Rodrigo cadde sullo schienale della macchina e lei, decisa, gli avvicinò un seno alla bocca e lui, capendo quel che voleva, le succhiò il capezzolo. Per un po' fu lei a gestire quel caldo gioco. Prima fu un seno, poi l'altro e quando lui fu turgido e ricettivo, lo baciò con passione.

Rimasero così per un bel po', fin quando Rodrigo, sentendosi così limitato nei movimenti, prese il portafogli e tirò fuori un preservativo. Non ce la faceva più. Se quel gioco fosse andato avanti, avrebbe eiaculato nei pantaloni, ma lui lo voleva fare dentro di lei. Ne aveva bisogno. Ana, vedendo quel gesto, ebbe la tentazione di raccontargli il suo segreto. Stava facendo bene a tenerglielo nascosto? Ma alla fine decise che quel segreto era soltanto suo e che in quel momento voleva soltanto una cosa: sentire la virilità di Rodrigo dentro di lei.

«Adoro il tuo profumo di pesca» mormorò lui mentre si infilava il preservativo.

«Pesca?»

«Sì... pesca fresca, dolce, tentatrice, matta.»

«Sarà il preservativo. È di quelli che sanno di frutta?» balbettò eccitata.

«No... sei tu» insistette lui facendola sorridere.

«Anche tu hai un buon profumo. Quale usi?»

«Indovinalo.»

Maliziosa, avvicinò il naso al suo collo e, vedendo che lui aveva finito quel che stava facendo, si alzò un po', inserì quell'enorme erezione all'entrata del suo sesso e, mentre si lasciava scivolare sopra lentamente, sussurrò: «Hugo Boss. Ricordo ancora l'odore perché lo usavano dei modelli durante una sessione fotografica».

«Hai indovinato» disse lui quasi gemendo nel percepire come la penetrava.

Quando fu del tutto dentro di lei, Ana prese fiato e, guardandolo negli occhi, farfugliò, mentre si muoveva avanti e indietro lentamente: «Oh mio Dio...! Non immagini quanto mi eccita fare quel che sto facendo».

Sdraiato sul sedile dell'auto, fece scivolare le mani sulla schiena di lei fin quando, reggendola dalla vita, mormorò mentre la stringeva forte a sé: «Non puoi nemmeno immaginare quanto ecciti me».

Incapace di resistere un solo secondo in più a quella dolce tortura, Rodrigo prese le redini della situazione e, muovendola su di sé, la fece urlare di piacere. Ana tremò. Quell'uomo la faceva impazzire, e vedendolo con le labbra socchiuse, si chinò su di lui e lo baciò. Lui le conficcò le dita nei fianchi mentre entrava e usciva da lei. Finito il bacio e bisognosa di prendere fiato, Ana si tirò su mentre lui continuava con il suo ritmo implacabile, fin quando un gemito la fece irrigidire e un'ondata di estasi la fece esplodere fino a farla cadere su di lui. Quando si accorse che lei aveva raggiunto l'orgasmo, dopo quattro forti colpi, Rodrigo si lasciò andare alla passione del momento con espressione gutturale e decisa.

Rimasero in silenzio l'uno sull'altra su quello scomodo sedile anteriore dell'auto cercando di recuperare il controllo del loro respiro. Si limitarono ad ascoltare il rumore della pioggia, fin quando per radio non si sentì una canzone che Ana, con ancora gli occhi chiusi, iniziò subito a canticchiare.

... y tú, y tú, y tú, y solamente tú
haces que mi alma se despierte con tu luz
tú, y tú, y tú...

Per un breve lasso di tempo, lui l'ascoltò mentre lei canticchiava appoggiata al suo petto poi, toccandole un braccio, sentì che era fredda. Prese subito la sua camicia, gliela posò addosso e sussurrò: «Hai una voce davvero bella, e mi pare anche che questa canzone ti piaccia».

«La adoro, è di Pablo Alborán» disse sollevando il viso dal suo petto. Poi, guardandolo, aggiunse: «La conosci?»

Lui sorrise e, dopo averle dato un dolce bacio sul palmo della mano, fece cenno di no con la testa.

«Non è il mio genere. Ti avevo detto che i romanticoni che cantano canzoni d'amore non fanno per me.»

Lo osservò con aria divertita. Chissà dove aveva la vena romantica quel gran pezzo di ragazzo. Ma, decisa a non rovinare quel bel momento, sorrise. Terminata la canzone, prese la sua borsa dal sedile del passeggero, la aprì e cercò di tirare fuori dei fazzoletti di carta; ma improvvisamente qualcosa scivolò da dentro la borsa e cadde tra loro due. Rodrigo fu più veloce di lei e, quando raccolse l'oggetto, la guardò con aria divertita.

«Ma cos'è 'sta roba?»

Rossa come un peperone, cercò di toglierglielo di mano, ma lui non glielo permise e, vedendo di cosa si trattava, le chiese di nuovo in tono burlone: «Hai una pancera in borsa?» Lei non rispose e lui aggiunse: «Wowwwwwww! Una pancera... rosa?»

Rabbrividendo imbarazzata, si sedette in tutta fretta sul sedile del passeggero, prese la sua camicia e iniziò a vestirsi dopo aver messo via il reggiseno in borsa. Non aveva intenzione di rispondere alla domanda né tantomeno di guardare la sua faccia ironica. Era una situazione imbarazzante. Ma vedendo che lui continuava a fissarla, chiarì: «E va bene, lo confesso. Indossavo quella maledetta pancera. Quando metto questa gonna devo farlo per nascondere la pancetta. Ma ero scomoda e così ho deciso di toglierla. Fine della storia». E gliela prese con uno strattone.

Rodrigo decise di non dire nulla. Era la cosa più divertente che gli fosse mai successa con una delle sue conquiste. Gli sarebbe piaciuto continuare a scherzare sulla faccenda, ma vedendo l'espressione corrucciata di lei, decise di darle tregua. Cinque minuti dopo, ormai vestiti, la guardò di nuovo e le chiese: «Sempre valida la proposta di casa tua?»

«Sì, certo». Poi, fissandolo con i suoi occhi verdi, mormorò: «A meno che la maledetta pancera non abbia spento il tuo desiderio».

A quel punto lui non resistette più e scoppiò a ridere facendo ridere così anche lei. Dopo un bel po' in cui i due continuarono a scherzare ricordando il momento dell'apparizione della pancera, Rodrigo mise in moto la macchina.

«Sappi che quella pancera… mi fa impazzire» disse lui, e a lei venne la pelle d'oca.

Così, tra le risate, guidò fino a casa di Ana dove quella sera fecero l'amore sul divano, sul piano della cucina e, infine, prima di addormentarsi, nel letto.

La mattina successiva, dopo una perfetta notte di sesso e dopo aver fatto colazione con caffellatte e qualche fetta biscottata, Rodrigo si preparò per andarsene. Mentre si infilava il cappotto, notò un gatto bianco con macchie color cannella che dormicchiava sul divano.

«Non sapevo avessi un gatto.»

Con un sorriso affettuoso, Ana mordicchiò un biscotto.

«Di solito Miau si nasconde quando viene gente. È molto timido! Ma deve essere stanco per la notte che gli abbiamo fatto passare e quindi avrà deciso di non muoversi.»

«*Miau*?!»

«Sì.»

Rodrigo scoppiò a ridere indicando la gabbia del canarino.

«Non so perché mi stupisce considerando che quello lì si chiama Pio.»

Sorrisero entrambi, poi lui si avvicinò a lei e la cinse dalla vita.

«È stato un piacere passare la notte con te.»

«Concordo.»

Si guardarono per qualche istante negli occhi e a quel punto Ana, per spezzare il momento, gli disse, premurosa: «Copriti bene che fuori fa molto freddo».

Rodrigo la lasciò andare e, dopo un veloce bacio sulle labbra, si tirò su il bavero della giacca nera, aprì la porta e andò via.

Quando Ana rimase da sola nell'ingresso, in mutande e maglietta, alzò le braccia al cielo in segno di vittoria e saltò come una pazza. La notte trascorsa con lui era stata la migliore notte di sesso che avesse mai vissuto in tutta la sua vita. Rodrigo era attento e affettuoso, sia a letto sia fuori del letto, e questo l'aveva affascinata.

«Bene, bene, bene! Un hip hip urrà per te, Ana!» urlò esaltata.

Felice per l'accaduto, schiacciò PLAY sullo stereo e si sentì a tutto volume la canzone di Don Omar, *Danza Kuduro*. Emozionata, iniziò a muovere i fianchi e le mani al ritmo di quella melodia così orecchiabile. Era talmente presa dal suo ballo da non sentire che la porta si apriva, fin quando, in una delle sue piroette non vide che dietro di lei c'erano Nekane e Rodrigo. Smise subito di ballare e spense la musica.

Il pompiere, nel notare la sua espressione e il rossore del viso, sorrise. Quella brunetta era graziosissima; poi, prendendo le chiavi della sua macchina da sopra il tavolino, disse: «Le avevo dimenticate».

Ana annuì e lui, senza dire nulla, le fece l'occhiolino, girò sui tacchi e se ne andò.

Una volta rimaste sole in sala, Nekane guardò l'amica e le chiese sorridendo: «Notte pazza?»

«Pazza no… di più.»

Nekane, entusiasta di vedere l'amica così felice, si avvicinò allo stereo, lo accese e iniziarono entrambe a ballare come delle pazze. Se lo meritavano.

Quel giorno, al pomeriggio, dopo aver mangiato insieme, chiacchierarono di come fosse andata bene.

«Ascolta...» disse Nekane guardando l'amica. «Mi sta venendo un'idea.»

«Ohhh, mamma mia...! Mi fai paura quando dici così» scherzò Ana.

«Ma no, sciocca. Ascolta.»

«Ascolto...»

«Ieri sera hai vinto un fine settimana in una spa, giusto?»

«Sì.»

«E se invitassi Rodrigo? Se una sola notte è stata così fantastica, chissà come deve essere un intero weekend!»

Ana la guardò. La sua amica era forse impazzita?

Ma prima che potesse dire qualcosa, Nekane aggiunse: «D'accordo, d'accordo, capisco perché mi guardi con quell'espressione da stoccafisso, ma perché no?»

«Be' perché non credo che ci sarà un seguito. Perché non avrei idea di cosa fare in un intero weekend con lui e...»

«Ma pensa un po'! Cosa vorrebbe dire che non sapresti cosa fare un intero weekend con lui?» disse l'amica ridendo. «Se vuoi te lo dico io cosa ci puoi fare in una spa con un bel lettone matrimoniale, massaggi e...»

«No. Non è una buona idea.»

Senza lasciarle il tempo per pensarci su, Nekane le passò il telefono con il numero di Rodrigo.

«Chiamalo e diglielo.»

«Neanche morta.»

«Non fare la timida. Ti è piaciuta la notte che hai trascorso con lui e...»

«Ma certo che mi è piaciuta la notte che abbiamo passato insieme. È stata fantastica! Ma non posso ignorare la mia situazione. E non è il momento di... di...»

«Chiamalo.»

«Ho detto di no. Discorso chiuso.» Poi, alzandosi, annunciò: «Vado in bagno».

Nekane la seguì con lo sguardo fin quando non scomparve, e una volta rimasta sola, prese il cellulare dell'amica, digitò in fretta un messaggio e lo inoltrò. Tre minuti dopo, Ana tornò.

«Bisogna riconoscere, amica mia, che a volte ti vengono in mente certe idee» commentò guardando Nekane.

«Lo so.»

Sorrisero entrambe e poco dopo squillò il cellulare di Ana. Aveva ricevuto un messaggio. Dopo averlo preso, la sua espressione cambiò quando lesse ad alta voce: «Accetto il fine settimana con te. Devi soltanto dirmi quando».

Nekane si mise ad applaudire.

«Bene! Sapevo che quel fico non avrebbe rifiutato!»

«Ma, cosa hai fatto?» urlò Ana lasciando cadere il cellulare come se scottasse.

«Quello che non hai fatto tu.»

Incapace di credere alla mossa appena fatta dall'amica, protestò: «Cazzo, Neka! Sono incinta».

«E allora? La pancia non si vede ancora e devi approfittarne.»

«Ma... ma è una follia.»

«La follia sarebbe non farlo. Ricorda che a breve la tua vita sessuale sarà zero. Kaput! Cosa ci vedi di male? Hai paura di restare incinta?»

Ana era senza parole.

«Cerco soltanto di non complicare le cose.»

«E perché mai si dovrebbero complicare visto che siete entrambi adulti e sapete di cosa si tratta? E dai, Ana... non fare l'educanda, non lo sei mai stata e ti sei divertita ogni volta che hai voluto. Rodrigo, il tipo con cui hai trascorso una fantastica notte di sesso sfrenato, ti piace e quindi devi approfittare del tempo che ti resta.»

Ancora sconvolta dalla proposta di Nekane e ancora di più dal fatto che lui avesse accettato, prese il cellulare e digitò: «Il weekend prossimo?» Cinque minuti dopo, l'apparecchio squillò di nuovo e le amiche urlarono, leggendo: «Perfetto. Ce ne andiamo in una spa!»

Il fine settimana arrivò e, dopo aver fatto e disfatto un piccolo trolley un milione di volte, e dopo averci messo dentro tutta la lingerie sexy che aveva, Ana, isterica persa, scese con l'amica fino al portone. Rodrigo stava arrivando.

«Fai la brava e spassatela alla grande» le consigliò Nekane

ridendo nel vedere la fronte aggrottata dell'amica. «E ricorda quel che dice la pubblicità: 'Perché tu vali!'»

«Ciao tesorucci miei!» le salutò Encarna. Poi, notando il trolley di Ana: «Stai partendo?»

«Va via per il weekend con un fico allucinante» rispose Nekane.

La vicina si mise sottobraccio il portafoglio e sorrise.

«Ma davvero, tesoro? E con chi vai?»

Ana guardò l'amica con aria assassina e questa, senza dire che se ne andava con il pompiere che aveva tirato fuori della finestra Encarna, rispose: «Se ne va con un fico incredibile. Te lo assicuro!»

Encarna, felice, sorrise e disse: «Amore, sono davvero contenta. Divertiti e goditela al massimo».

Poi, avvicinandosi, chiese: «È un bel ragazzo?»

Ana infine sorrise e sussurrò: «Non bello, Encarna, di più».

«Oh, Annina! Allora goditela il doppio.»

Dopo essere scoppiata a ridere, Ana la baciò. A quel punto comparve l'auto di Rodrigo e s'incamminò verso di lui, disposta a divertirsi. Quando la macchina si fermò e lui scese, non le diede un bacio sulle labbra e la cosa la deluse. Rodrigo si limitò ad aprire il portabagagli e a infilare dentro il trolley.

«Pronta per un rilassante weekend alla spa?»

«Prontissima» annuì lei e, dopo aver ricevuto un'affettuosa stretta di spalle, aprì la portiera della macchina e vi entrò.

Nekane e Encarna li osservavano dal portone.

«Ma quello non è il pompiere che...?» iniziò a chiedere la vicina.

«Esatto, Encarna.»

«Però, ha buon gusto la ragazzina» affermò la donna.

Sulla strada per Toledo, Ana iniziò a sentirsi un po' nauseata. Cosa le stava succedendo? Cercò di nasconderlo il più possibile. Non era proprio il momento di sentirsi male. Era lì con un fico incredibile, con indosso della bella lingerie rossa come la passione e non voleva proprio rovinare niente. Ma quando non ne poté più, lo guardò e urlò: «Ferma la macchina!»

«Che succede?» chiese lui, sorpreso.

«Devo vomitare.»

Rodrigo accostò sulla destra alla bell'e meglio e, qualche secondo dopo, tutta l'aria sensuale di Ana andò in frantumi. Impallidì e il corpo si contrasse. Lui tirò subito fuori del vano portaoggetti dei fazzoletti di carta. Uscì dall'auto e, dopo averci girato intorno, si avvicinò a lei che nascondeva il viso accovacciata a terra.

«Ti senti meglio?» chiese, preoccupato, mentre le porgeva i fazzoletti.

Ana annuì senza guardarlo e prendendo quel che le allungava, pensò: *Terra, risucchiamiiiiiii. Ma perché sta succedendo proprio a me?*

Entrambi rimasero in silenzio per qualche secondo, fin quando lui le chiese di nuovo: «Ana, ti senti bene?»

Dopo aver preso fiato, lei si alzò e con un bel sorriso mormorò: «Sì... Non so cosa mi è preso. Evidentemente non devo aver digerito».

«Proseguiamo o preferisci tornare indietro?»

Anche se tentennò per un istante, alla fine rispose, con il migliore dei suoi sorrisi: «Proseguiamo... Credo che un bel massaggio in una spa non potrà che farmi bene».

Cinque minuti dopo, sembrava tutto tornato nella norma. Ana aveva di nuovo il viso colorito e sorrideva. Ma Rodrigo sapeva che non si sentiva bene. Bastava vedere quanto era silenziosa per intuire che c'era qualcosa che non andava. Arrivati ad Almonacid deviarono e, dopo pochi chilometri, trovarono il bellissimo hotel spa Villa Nazules. Una volta parcheggiata l'auto, presero i bagagli e si incamminarono verso l'interno della struttura.

Quando entrarono nella moderna reception, Ana sorrise. Quel weekend doveva essere memorabile, ma sentendo salire un altro conato, desiderò la morte; tuttavia riuscì a nasconderlo. Due secondi dopo, furono accolti da una gentile receptionist che, dopo aver fatto il check-in, spiegò loro come raggiungere la stanza.

Scherzando, camminarono nell'albergo fino alla camera 125. Quando Rodrigo aprì la porta, entrambi fischiarono soddisfatti. La camera era spaziosa e la combinazione di stile antico e moderno dava al luogo un aspetto molto chic.

«Per essere un regalo è molto meglio di quel che mi aspettavo!» sussurrò Ana, felice.

«Sì... è molto bella» aggiunse Rodrigo che guardava quell'enorme letto con la coperta rossa come se lo stesse invitando.

Tentennò per qualche secondo. Non sapeva se buttarla lì sopra per iniziare a godersi la ragione per cui erano lì, o se doveva rispettare il fatto che lei non si sentisse molto bene. Alla fine vinse la seconda opzione e, dopo aver visto che Ana entrava in bagno e chiudeva la porta, si sedette ad aspettare su quell'enorme letto con la coperta rossa.

Dieci minuti dopo, la porta del bagno si aprì e lei ricomparve con i capelli umidi.

«Hai di nuovo vomitato?»

Ana decise di non mentire. Si sentiva malissimo e annuì.

Senza perdere un solo secondo, Rodrigo prese la cornetta e chiese una camomilla in reception.

«Sdraiati» disse togliendo la coperta dal letto. «Ho chiesto una camomilla. Mio padre dice sempre che con quella o ti calmi o ti calmi.»

Dopo aver emesso un lamento di frustrazione, Ana lo guardò e sussurrò: «Mi spiace...»

«Non importa, bellezza» rispose lui affettuosamente, baciandole la testa. «Capita a tutti di sentirsi male e...»

«Sì, ma non durante quello che in teoria doveva essere un fine settimana di puro sesso. Che imbarazzo!»

«Non preoccuparti» la rassicurò con un sorriso. «Vedrai che domani ti sentirai meglio.»

Ma non andò così. La mattina dopo, al risveglio, quando Ana sentì l'odore della sontuosa colazione che Rodrigo aveva ordinato, provò un profondo disgusto. Non poté evitare di correre in bagno, da dove uscì parecchio tempo dopo. Dietro consiglio di lui, si stese di nuovo e, sebbene la sua idea fosse quella di appisolarsi soltanto cinque minuti, il risultato fu che dormì tre ore. Si risvegliò che erano le due del pomeriggio.

Sconvolta, cercò di alzarsi quando le nausee la costrinsero ad andare di nuovo in bagno. C'era qualcosa di quel che lui mangiava che le dava fastidio. Non riuscendo a restare così impassibile, Rodrigo smise di mangiare e cercò di entrare in bagno per poterla almeno sostenere moralmente, ma lei non glielo permise.

«Apri, non essere testarda.»

Dentro il bagno e seduta a terra davanti alla tazza del water, lei urlò: «Ho detto di no! Non voglio farmi vedere in questo stato».

Appoggiato alla porta, Rodrigo sospirò.

«Ana, cazzo! Siamo amici e...»

«Appunto» tagliò corto lei. «Siccome siamo amici, voglio che tu vada a goderti il percorso che avevamo stabilito per la spa. Avevamo il pomeriggio pieno di attività e voglio che tu le faccia.»

«Ma Ana...»

«Rodrigo, per favore... vai.»

Non riuscendo a capire certe stranezze delle donne, si diede per vinto e si infilò l'accappatoio dell'albergo che aveva lasciato appoggiato su una delle poltrone.

«Ana... me ne vado» disse prima di uscire.

Quando sentì chiudersi la porta, respirò sollevata. *Finalmente sola!* Poi, alzandosi da terra, si guardò allo specchio. Aveva un aspetto tremendo.

«Ma perché deve succedere proprio questo weekend?»

Dopo parecchi lamenti, alla fine si fece una doccia, ma quando rientrò nella stanza e sentì di nuovo l'odore del cibo, le tornò la voglia di vomitare. Tappandosi il naso, raggiunse il carrellino su cui c'erano tutti i manicaretti e, dopo aver preso della frutta, lo spinse nel corridoio, aprì le finestre e l'odore sfumò via.

Rodrigo ricomparve verso le sette e mezzo del pomeriggio. Ana stava molto meglio e lo accolse con il più formidabile dei suoi sorrisi.

«Racconta. Com'è stato il giro?»

«Bello. E tu come ti senti?» si preoccupò avvicinandosi a lei.

«Meglio, anche se devo essere sincera, ho vissuto momenti molto più brillanti! Dai, racconta com'è andata.»

Felice per come lo guardava e, soprattutto, perché la vedeva meglio, si sedette accanto a lei sul letto.

«Abbiamo iniziato con la piscina termale, da...»

«Abbiamo?»

«Sì... mi sono aggregato a un gruppo molto simpatico. Tra l'altro siamo rimasti d'accordo di cenare insieme. Spero che non ti dispiaccia.»

Mi dispiace eccome! avrebbe voluto urlare, ma non lo fece.

«Certo che non mi dispiace. Ma dai... continua. Raccontami cosa mi sono persa.»

«Da quel che ricordo, la sauna, il bagno turco, doccia agli oli essenziali, doccia scozzese, lettini riscaldati, tra l'altro un vero spasso, e doccia Vichy. Poi alcuni di noi sono andati nella sala relax, dove ci hanno offerto una spremuta ed è stato un momento molto... molto gradevole.»

Si conoscevano appena, ma quel tono e soprattutto il suo sorrisetto nel dire «è stato un momento molto... molto gradevole» la misero in allerta. Cos'era successo? Ma proprio quando stava per chiederglielo, squillò il telefono della camera e lo sentì parlare e ridere con qualcuno. Quando agganciò, si girò verso di lei dopo aver guardato l'orologio.

«Era Eva.»

«Eva?!»

«Sì, una delle ragazze che ho conosciuto prima. Ha chiamato per dirmi che ci aspettano alla reception per le nove.»

Nel sentire il nome di quella donna, capì subito che era lei la ragione del momento «molto... molto piacevole» nella sala relax. Ma decisa a non comportarsi come Glenn Close in *Attrazione fatale*, si limitò a sorridere. Continuarono a chiacchierare per un bel po' seduti su quell'enorme letto, ma lui non provò nemmeno ad avvicinarsi. Ana cercò di essere sexy. Mostrava una spalla, si toccava i capelli in modo sensuale... ma niente, lui non reagiva.

Dal canto suo, Rodrigo la osservava. La ragazza non aveva un bell'aspetto e di certo l'ultima cosa che voleva era farle pressioni per fare sesso. Per questo decise di comportarsi da buon amico e nient'altro. In fondo erano amici, no?

Rodrigo uscì dalla doccia alle otto e venti. Lei era ancora stesa sul letto con il telecomando in mano. Senza guardarla, si diresse verso l'armadio dove il giorno prima avevano messo i loro vestiti e, presi dei jeans e una maglietta rossa, lasciò cadere l'accappatoio bianco dell'albergo e iniziò a vestirsi.

Mio Dio... mio Dio! È uno schianto, pensò lei facendogli una radiografia con lo sguardo.

Bloccata dall'immagine di quell'adone nudo davanti a lei, le si seccò persino il dotto lacrimale. Quell'uomo era incredibile. No... impressionante. La carnagione scura, le spalle larghe, le braccia forti. In lui era tutto sesso e dinamite.

«Dai, vestiti» incalzò guardandola. «Sono le nove meno venti. Cosa stai aspettando?»

Si alzò dal letto senza protestare e dopo aver scelto una gonna color cachi, lunga fino ai piedi, e una camicia da abbinare unita a un gilet, lo guardò e gli disse con il migliore dei suoi sorrisi: «Coraggio bellezza, andiamo a divertirci».

Ma l'insicurezza da cui fu colta, quando si ritrovò in reception con quel gruppo di persone, le strinse il cuore.

Si trattava effettivamente di un gruppo, ma c'erano soltanto due ragazzi su cinque ragazze, tutte alte e belle. Dopo le presentazioni, Ana constatò che la tale Eva, una ragazza bionda, la osservava cercando di non farsi notare. Ma lei era lì con Rodrigo e quello schianto di bionda non ci poteva proprio fare nulla.

Una volta entrati nel ristorante dell'albergo, Ana fu oggetto di spinte e corsette. Volevano tutte sedersi vicino a Rodrigo, ma lui non lo permise. Prese Ana da un braccio e la fece sedere accanto a sé. Questo gesto la fece sorridere e guardò la tale Eva, che si sedette all'altro lato della tavola, con aria furbetta. Si capirono entrambe con un solo sguardo. Ma quel che iniziò come un trionfo per Ana si andò annuvolando fino a trasformarsi in un'agonia. Quando il cameriere portò il primo piatto e sentì l'odore di un pasticcio di asparagi con uova, il maleducato stomaco di Ana si ribellò. E senza poterne fare a meno, si dovette alzare in tutta fretta.

Una volta fuori, l'aria riempì i suoi polmoni e respirò con calma.

«Credo che dovremmo chiamare un medico» disse Rodrigo, di fianco a lei.

«No.»

«Stai di sicuro covando qualcosa» insistette.

«Sì, un uovo» scherzò pensando al bambino che cresceva dentro di lei.

Pur non capendo il doppio senso del commento, a Rodrigo parve divertente e sorrise.

«Devi avere qualche virus.»

Sì, un virus chiamato «bambino», pensò Ana ascoltando le parole di Rodrigo. Ma si girò in fretta a guardarlo e rispose subito: «Non preoccuparti. Se domani, al nostro ritorno, starò ancora male, chiederò appuntamento alla mia dottoressa».

Accarezzandole affettuosamente la guancia, lui le chiese: «Vuoi tornare in camera o preferisci restare al ristorante?»

Ha detto «vuoi», al singolare, disse a se stessa e intuendo che nemmeno quella notte sarebbe andata come sperava, si diede per vinta e, facendo spallucce, mormorò: «Se non ti dispiace, credo che andrò in camera».

Stupita, vide che lui le prendeva la mano e s'incamminava. Lasciando la presa, lo guardò e chiese: «Che fai?»

«Be', rientro con te. Cosa vuoi che faccia?»

Quella era la risposta che lei voleva sentire, ma dentro di sé sapeva che a lui non faceva affatto piacere. Quindi si sedette su una poltrona della reception e lo costrinse a fare lo stesso.

«Allora, Rodrigo, siamo sinceri. So bene che questo non è il weekend che ci aspettavamo, giusto?» Lui fece cenno di no con la testa. «Ti ringrazio davvero per come ti preoccupi per me e per essere disposto a venire a dormire come un orso grizzly con me nella stanza di questo fantastico albergo, o al massimo a vedere la televisione, ma questo non è giusto e io voglio essere giusta con te, d'accordo?»

«D'accordo.»

«Noi due ci conosciamo appena e non possiamo quasi nemmeno definirci 'amici'.»

«Per me sei un'amica» chiarì lui.

«Be' allora come tua amica voglio che tu ti diverta e abbia un bel ricordo di questo weekend, al di là dei problemi.» Lui sorrise. «Non sono cieca e ho visto come ti guarda Eva e come tu guardi lei. E ascolta, non sono né gelosa né tantomeno la tua fidanzata! Quindi, divertiti. Goditi quel che devi goderti e domani torneremo a casa con la stessa bella intesa con cui siamo partiti.»

«Mi stai dicendo di fare quel che credo tu mi stia dicendo?» chiese Rodrigo, sorpreso da tanta sincerità.

«Sì.»

«Davvero?»

Da brava attrice, Ana lo guardò e annuì.

«Ma certo, bellezza. Te lo sto dicendo direttamente: divertiti con Eva, non mi spezzerai il cuore se andrai a letto con lei. Il nostro weekend di puro sesso è andato a rotoli e voglio che tu ti diverta. E poi, ora come ora, l'unica cosa di cui ho voglia è di infilarmi sotto le lenzuola e...»

«Faccio così schifo a letto?» scherzò lui.

«Nooooooooooooo! Non dire stupidaggini.» Risero entrambi. «La notte che abbiamo passato insieme è stata stupenda e mi sarebbe piaciuto fare il bis questo weekend, ma...»

«Mi stai lasciando senza parole.»

«Si tratta proprio di quello: lasciarti senza parole!» ironizzò lei.

«Sai? Non ho mai avuto una vera amica. Fin da ragazzino, per me le donne hanno sempre rappresentato un'unica cosa.»

«Sei proprio un farfallone» sospirò divertita e aggiunse: «Be', vedi? Adesso hai una vera amica! E perché sia ben chiaro quel che d'ora in poi saremo noi due, per te da oggi sarò come gli angeli, asessuata!»

Rodrigo rise come un pazzo e lei proseguì, grattandosi l'orecchio: «Se vuoi possiamo essere buoni amici. Potremo confidarci, andare al cinema... Insomma qualsiasi cosa facciano gli amici che non sono trombamici. Che ne pensi?»

Senza parole per via della sincerità di Ana, la osservò. Mai nessuna donna che fosse stata con lui gli aveva proposto una cosa del genere. Anzi, di solito gli chiedevano di più. Ma invece ecco lì quella giovane brunetta che gli chiedeva soltanto la sua amicizia. Commosso, le scompigliò i capelli e, dopo averle dato un affettuoso bacio sulla guancia, disse, alzandosi: «D'accordo amica del cuore. Sarò felice di poter fare tutte quelle cose con te. Ma prima di seguire il tuo consiglio su quel che devo fare stanotte, ti accompagnerò fino in camera».

Si alzarono entrambi sorridendo e camminarono lungo il corridoio mano nella mano. Una volta raggiunta la stanza, Ana aprì la porta e lasciò a lui le chiavi.

«Vai e divertiti. Io da qui non mi muovo.»

Lui sorrise e, dopo averle dato un bacio sulla guancia, mise la chiave nella tasca dei jeans e se ne andò. Quando Ana chiuse la porta, si appoggiò a questa e, lasciandosi cadere sul pavimento, mormorò guardandosi la pancia: «Sei un guastafeste, fagiolino. Non sei ancora nato e già decidi per la mia vita. Sappi che hai appena mandato al vento la mia ultima notte di passione».

6

Un mese dopo, a febbraio, la vita tornò alla normalità. Quel fatidico weekend venne dimenticato e tra loro cambiò soltanto una cosa: adesso erano semplici amici.

Rodrigo non aveva mai avuto un'amica così speciale e godeva della sua compagnia. Appena era possibile le telefonava per andare al cinema o a cena fuori, e non si accorse mai che lei lo guardava in modo speciale. Ana nascondeva così bene i suoi sentimenti per lui che si sorprendeva da sola. Era un'attrice eccellente!

Una domenica mattina, Calvin si presentò a casa insieme a Rodrigo. Ana ne fu felice. Poter trascorrere un po' di tempo con lui la riempiva di gioia. Decisero di andare tutti e quattro a fare un giro a El Rastro. Il mercato era sempre così pieno di gente che cercare di non sfiorare il corpo di Rodrigo era una missione impossibile, e la cosa le piaceva.

Vagando si imbatterono in una bancarella di calamite e Rodrigo ne comprò una a forma di pesca per il frigo e gliela regalò.

«E questo?» chiese Ana contenta.

«Questo è il tuo profumo. Profumo di pesca.»

Soddisfatta, prese l'oggetto e gli diede un bacio sulla guancia per ringraziarlo.

Rodrigo, contento, avvicinò la bocca al suo orecchio e le sussurrò: «Sei la mia piccola pesca matta; fuori dolce, dentro matta e imprevedibile».

Ana gli fece un sorriso e sospirò. Ricordava ancora quella notte di passione che avevano trascorso insieme, e sebbene sapesse che quel ricordo non le faceva bene, non voleva dimenticare.

La loro gita per El Rastro proseguì fin quando Rodrigo la cinse all'improvviso dalla vita e, tirandola verso sé, le disse: «Ana, baciami!»

Stupita, lo guardò e gli chiese: «Cosa hai detto?»

«Ho appena visto una tipa noiosissima con cui sono stato un paio di settimane fa e non la voglio rivedere, e siccome sta venendo verso di noi...» disse Rodrigo: «Baciami!»

Detto fatto. Ana lo baciò. Gli passò le mani intorno alla nuca e, sollevandosi sulle punte dei piedi, fece quel che lui voleva e lei stessa ne provò piacere. Nekane e Calvin li osservarono parecchio sorpresi. Cosa stavano facendo? Ma capirono subito la situazione.

«Rodrigo!»

Lui, nel sentire il suo nome, scostò le labbra dalla donna che lo stava baciando e, con un sorriso fantastico e senza lasciare la mano di Ana, disse: «Ma pensa, Silvia, come stai?»

La donna lo guardò da cima a fondo e rispose: «Stando a quel che vedo, non bene quanto te».

Ana, ancora in stato catatonico per via di quel bacio appassionato, guardò quella bella donna che era lì davanti a loro e che sembrava infastidita. Cercò di liberarsi dalla mano di Rodrigo, ma lui non glielo permise. Anzi, la strinse forte mentre chiedeva: «Che ci fai a Madrid?»

«Sono venuta per un weekend con delle amiche. Non te l'hanno detto Raúl e Jesús?»

Rodrigo annuì. In effetti i suoi amici lo avevano avvisato.

«Sì, me l'avevano detto, ma ero già occupato» ribatté deciso.

Quella risposta fu tutto ciò di cui la donna ebbe bisogno per capire la situazione, quindi annuendo con dignità, si girò su se stessa dicendo: «Ciao. Mi ha fatto piacere rivederti».

Quando si fu allontanata, Rodrigo guardò Ana e la baciò sulla fronte.

«Grazie.»

Ana scambiò uno sguardo con Nekane e fece un bel sorriso. Era così felice di aver baciato Rodrigo che sconvolse la sua amica facendole l'occhiolino e poi aggiunse: «Tranquillo, è per questo che ci siamo noi amiche».

Verso le due del pomeriggio decisero di fermarsi in una

pizzeria vicino a casa delle ragazze. Comprarono un po' di cibo da asporto. Arrivati a casa, mentre Ana e Nekane tiravano fuori dalla credenza dei bicchieri, si sentì squillare il telefono. Era quello di Rodrigo che rispose subito. Per qualche secondo, Ana lo sentì ridere come uno scemo mentre parlava con una tale Susana. Con nonchalance carpì che le aveva dato appuntamento alle nove alla fermata della metropolitana Rubén Darío. Si infastidì, ma non disse nulla fin quando Nekane non le mormorò: «Fattene una ragione. Non è il tipo giusto per te».

«Lo so. Lasciami in pace.»

«Allora cambia espressione se non vuoi che ti chiedano cosa diamine ti prende.» Vedendo come l'amica la guardava, cambiò argomento e le chiese: «Dov'è il lassativo? L'Evacuol? Sono superstitica e se oggi non riesco ad andare in bagno scoppio».

«Qui!» disse Ana, allungandole una boccettina.

«Quante gocce?»

«Se non ricordo male, sette o otto» rispose l'altra prima di uscire dalla cucina.

Nekane riempì un bicchiere d'acqua e ci versò dentro le gocce, ma proprio quando lo stava per bere, Calvin la chiamò. Lasciò il bicchiere sul ripiano e andò a sentire cosa voleva. Qualche secondo dopo, Ana entrò in cucina e, vedendo il lassativo vicino al bicchiere, suppose che l'amica non ci avesse ancora versato dentro la dose e quindi, senza chiedere conferma, lo fece lei.

«Neka» disse mentre riempiva diversi bicchieri di acqua fresca e li posava accanto a una caraffa. «Il tuo bicchiere è vicino al microonde. Non dimenticarlo.»

L'amica annuì e, lasciando Calvin, tornò in cucina. Improvvisamente guardò il bicchiere e non ricordò più se aveva già messo o meno la medicina, quindi versò di nuovo le gocce.

«A Miau piace la pizza?» sentì che chiedeva Calvin.

«Non pensarci nemmeno!» urlò Nekane.

Ma vedendo che l'uomo stava dando della pizza al gatto, posò il bicchiere accanto agli altri e andò di corsa a togliergli il pezzo di mano.

«Miau non può mangiare la pizza! Sta malissimo.»

«D'accordo, d'accordo» disse Calvin sorridendo. «Non è il caso di innervosirsi.»

Nel frattempo Rodrigo aveva concluso la telefonata e, guardando verso Ana, che era accanto al ripiano della cucina, le chiese: «Quella è acqua fresca?»

«Sì» rispose lei e gli allungò un bicchiere. «Prendi.»

Rodrigo prese il bicchiere, lo bevve in un solo sorso e lo posò.

«Non c'è niente di meglio di un bel bicchiere d'acqua per rinfrescare la gola.»

A quel punto Nekane lo guardò e, rendendosi conto che aveva appena bevuto il suo bicchiere d'acqua, sbarrò gli occhi e dimenticò Miau e Calvin. Andò verso la sua amica e, prendendola da parte, mormorò: «Credo che tu abbia appena dato il mio bicchiere con l'Evacuol a Rodrigo».

«Ma se il tuo era vicino al micr...» Ma guardando in quella direzione e vedendo che non era lì, disse: «Oh cazzo!»

Nekane annuì e cercò di tranquillizzarla.

«Ma sì, non preoccuparti. Non credo che morirà. Ho messo soltanto una dose.»

«Cos'hai fatto? Ohhh, Neka! Ho versato anch'io le gocce.»

«Cavoli!» esclamò l'altra non riuscendo a trattenere le risate. «Certo, Annina, che sei disposta a tutto pur di non far andare quel tizio con un'altra.»

«Ma come puoi pensare che l'abbia fatto apposta? Io non sapevo che era il tuo bicchiere. Mi ha chiesto dell'acqua fresca e gliel'ho data» grugnì infastidita.

Si guardarono entrambe e, sebbene non volessero ridere, scappò loro una risatina maliziosa. Qualche secondo dopo, Neka mormorò: «Tranquilla, non innervosirti. Vedrai che non capita nulla. Al massimo gli verrà un leggero mal di pancia, tutto qui».

«Ma se c'è una doppia dose di Evacuol! Poveraccio!»

«O forse tripla. Ho versato qualche goccia in più perché non ricordavo se lo avevo già fatto o meno.»

«Oh mio Diooooo!» gemette Ana preoccupata.

«Esatto: *Oh, mio Dio!*» annuì Nekane divertita.

Ma quel che credettero sarebbe stato un leggero mal di pancia non fu proprio così. Un'ora dopo aver mangiato, l'intestino di Rodrigo iniziò a ruggire come un leone e dovette andare di corsa in bagno. Le ragazze, nel vedere la reazione causata dal lassativo, si guardarono irrequiete. Due ore dopo, l'enorme pompiere era pallido, seduto sul divano, e quando andò di nuovo di corsa in bagno, Ana si sentì morire. Ritornò sudato e con l'aria sconvolta, e lei gli si sedette accanto.

«Rodrigo. Io... io devo dirti una cosa.»

«Ana... se non ti dispiace me ne parli poi, perché adesso sto malissimo.»

«Credo... che se stai così sia per colpa mia.»

Benché si sentisse male, pur con i crampi e i sudori freddi, la guardò.

«Ma non preoccuparti. È stato di sicuro qualcosa che ho mangiato e che non mi ha fatto bene.»

«Ma no... ma no... sono stata io» insistette lei. «Senza volere, ti ho dato il bicchiere d'acqua che doveva bere Nekane con dentro del lassativo e...»

«Cosa?!»

«Ho involontariamente confuso i bicchieri e...»

Ma Rodrigo non riuscì a rispondere. Gli venne un altro crampo e dovette di nuovo assentarsi. Nekane, con la mano davanti alla bocca, cercava di non scoppiare a ridere, mentre Calvin sussurrava: «Certo, principessa, che siete allucinanti».

Dieci minuti dopo, Rodrigo uscì dal bagno e, guardando con aria rabbiosa Ana, che lo osservava spaventata, chiese: «Dov'è il mio cellulare?»

Quando lei glielo passò, le disse: «Cerca il nome Susana. Chiamala; dille che sei mia sorella e che non potrò andare all'appuntamento perché ho un problema in famiglia».

«Io?!»

«Sì, tu» sibilò, seccato. «È colpa tua se devo cancellare quell'appuntamento.»

Intenzionata a non discutere con lui, fece quel che le chiedeva sotto l'attento sguardo di tutti. Quando agganciò, mormorò: «Fatto. Susana ha detto che spera non sia niente di grave e che aspetta che la chiami appena puoi».

A quel punto Rodrigo le strappò via di mano il cellulare e guardò il suo amico: «Calvin, ho bisogno che mi porti a casa. Non ho nemmeno la forza di guidare».

«Certo. Andiamo» annuì l'altro alzandosi.

«Puoi restare qui nella camera degli ospiti» gli propose Ana. «Lo dico nel caso che strada facend...»

Lui non la lasciò finire di parlare e la guardò con aria sconvolta.

«Preferisco tornarmene a casa prima che rischi di avvelenarmi di nuovo. È già abbastanza umiliante quello che sta succedendo, non credi?»

«Io non ti volevo avvelenare. Dio mio, Rodrigo! Non pensare una cosa del genere» si difese. «Non ti farei mai del male, te lo giuro! È stato un errore...»

Lui provò a sorridere mentre s'infilava il giubbino. Sapeva che Ana non l'aveva fatto apposta.

«Lo so, pescolina matta... lo so. Dai, non preoccuparti. Grazie a te mi sto svuotando l'intestino, ma preferisco andare a casa mia. Ne ho proprio bisogno.»

Quando gli uomini se ne andarono, sconvolta per l'accaduto, Ana si portò le mani al volto. Come poteva essere successa una cosa del genere? Nekane, vedendo la sua espressione, si preparò per una terapia dello zucchero, decisa a cantargliene quattro.

«Credi davvero che lui pensi che abbia cercato di avvelenarlo?»

«Ma no, certo che non lo pensa. Conosci il suo senso dell'umorismo.»

«Poveraccio...! Che casino che ho fatto senza volere e che fatica chiamare quella Susana. Tra l'altro mi è sembrata una ragazza in gamba.»

«No, ma fammi capire, tu sei malata o cosa?»

«No» disse mentre allungava la mano per prendere il gelato che aveva l'amica.

«Ma come hai potuto fare quello che hai fatto oggi a El Rastro?»

«Di cosa stai parlando?»

«Cazzo, Ana! Quando l'hai baciato per togliergli di dosso quella tipa. Ti giuro che non so come fai a essere così buona.»

Senza che le interessasse la sincerità dell'altra, rispose: «È che mi piace, Neka, e approfitto di ogni occasione. Uff! Che bacio che ci siamo dati, da film!»

«D'accordo… lo capisco, ma, cavolo! Il colmo è che le chiami al telefono e che in più ti stanno anche simpatiche».

«Lo so… Sono un disastro. Forse è colpa degli ormoni» rispose mentre mandava giù una cucchiaiata di gelato.

«Ana quel tipo ti piace e tu… tu simpatizzi con le sue conquiste? Sei scema?»

«Sì… me ne rendo conto.» Poi, alzandosi, prese dei cetriolini e chiese: «Saranno buoni con il gelato?»

Nekane proseguì, senza darle retta: «Ma non vedi che è controproducente per la tua salute?»

«No, non lo vedo.» E, dopo aver intinto un cetriolino nel gelato alla vaniglia e averlo morso, disse: «Devo dire che li preferisco di gran lunga con la Nutella».

«Mio Dio! Smettila di mangiare schifezze» la riprese Neka togliendole i cetriolini di mano. «E rispondi a quel che ti dico prima che prenda la boccetta di Evacuol e cerchi per davvero di avvelenarti. Non vedi che non è una relazione sana per te?»

«D'accordo, d'accordo… Riconosco che mi sono rincitrullita. Ma come non esserlo? È un tale gentleman, è così sexy, così premuroso che… non posso farne a meno. Oh, mio Dio, poveretto! Ogni volta che ripenso alla sua espressione sconvolta, mi viene voglia di… Ah, tra l'altro, gli ho chiesto di accompagnarci alla mostra di Raúl tra due giorni. Credi che mi avrà perdonata e che verrà?»

«E io che ne so?» rispose Nekane.

«Domani lo chiamerò per vedere come sta.»

Dopo qualche secondo di silenzio, Nekane guardò l'amica e sussurrò: «Continuo a non capire perché lo frequenti».

«Perché mi piace, Neka… lo sai.»

«Ma…»

«Stop!» disse chiudendo il barattolino di gelato. «Lascia che sbatta la testa da sola e così poi mi potrai sgridare e dirmi di tutto.»

«D'accordo. Vai dritta verso il disastro perché è proprio lì che ti stai dirigendo: ti stai andando a stampare!» grugnì Nekane, convinta che l'amica avrebbe sofferto.

Due giorni dopo, Rodrigo tornò a essere il solito di sempre. E quando al pomeriggio i due ragazzi passarono da loro per andare insieme alla sala Mostreus di Madrid, Ana ne fu molto felice. Appena arrivati, Rodrigo e Calvin si sorpresero del genere di persone che pullulava nell'ambiente.

«Ma quelli da cosa sono travestiti?» chiese Calvin.

«Certo che hai un problema con i travestimenti tu» scherzò Nekane ricordando quello che lui le aveva detto il giorno in cui si erano conosciuti. E poi, indicando un gruppo di giovani che stavano guardando delle foto, disse: «Quelli non sono travestiti. Sono semplicemente *goth*, e poi ci sono i *dark*».

«Cavolo! Fanno quasi paura» borbottò Calvin sconvolto dal loro aspetto.

«Be,' faranno paura a te, perché a me per niente» rispose Neka.

«Quelli che seguono il movimento gotico hanno la carnagione pallida e vestono di nero. È la loro caratteristica» chiarì Ana. «Anche se poi ce ne sono alcuni che vestono punk, avete presente no? Magliette stracciate, calze a rete, stivali militari e altri ancora che adorano indossare abbigliamento medievale. Ti vesti in base al gruppo cui appartieni. Ma, tranquillo, di solito sono pacifici e si fanno i fatti loro.»

«Vedo che siete ben informate» scherzò Rodrigo.

«Il nostro lavoro ci insegna più cose di quante possiate immaginare» rispose Ana ridendo.

Calvin si divertì a osservare un gruppo di musicisti. Vedere quei ragazzi pallidi e vestiti di nero lo fece sorridere.

«Che tipo di musica suonano?»

«Death rock» rispose Nekane. «E se ascolti le parole, vedrai che parlano di fantasmi, streghe e tutto quello che ha a che fare con temi mistici.»

Sorpresi, i pompieri si guardarono. Non erano mai stati in un luogo del genere e men che meno avevano visto gente così strana dal loro punto di vista.

«Ma, intendiamoci, cosa ci fanno questi a suonare a una mostra?»

«Raúl avrà voluto che la sua mostra avesse le loro canzoni come colonna sonora» rispose Ana. «Qui è tutto sinistro, e se c'è qualcuno cui piacciono i cimiteri...»

«Uff, per carità, che brutta storia!» sussurrò Rodrigo. «Dai, avvelenatrice, proseguiamo.»

Ana sorrise e Rodrigo, cingendola dalla vita, riprese a camminare. Osservarono curiosi le foto esposte fin quando qualcuno non disse: «Ragazze, che figata avervi qui!»

Ana salutò affettuosamente la persona che le aveva invitate alla mostra.

«Raúl, loro sono Rodrigo e Calvin. Ragazzi, lui è Raúl, un carissimo amico, autore di questa mostra e direttore della rivista *Demonios Encarcelados*.»

«*Demonios Encarcelados?*» ripeté Calvin, sconvolto dal nome della rivista, Demoni Prigionieri.

«Esatto, amico!» annuì Raúl. Poi, guardandolo, aggiunse: «Un nome d'impatto, vero?»

Calvin guardò l'amico e questo, trattenendo una risata, disse: «Di cosa può parlare una rivista con quel nome?»

Raúl, abituato a quella reazione da parte di chi non aveva le sue stesse credenze, chiarì: «La mia rivista parla del mondo occulto e dei suoi poteri. Come vedrete, nelle foto esposte è riflesso parte del nostro lavoro. Potrete vedere centinaia di spettri che si rivolgono alla macchina fotografica, desiderosi di raccontare la propria storia».

Gli uomini si guardarono di nuovo attoniti e Rodrigo, indicando una foto, chiese: «Quella chiazza bianca che vedo lì sarebbe uno spettro?»

Si avvicinarono tutti e cinque a una fotografia che ritraeva una bambina con suo padre; accanto alla piccola c'era una specie di immagine biancastra di una donna.

«Questa fotografia è proprio una delle nostre migliori. È del XIX secolo e si vede come la madre defunta della piccola Juliana la osserva mentre lei gioca. Anche se la cosa più interessante della foto è soffermarsi sullo sguardo della madre, ci avete fatto caso?»

Calvin e Rodrigo si avvicinarono di più all'immagine, ma non videro nulla che non avessero già notato pochi istanti prima.

«Il suo sguardo emana rabbia e dolore mentre osserva il padre di Juliana» aggiunse Raúl. «Quella donna, Analía Rupérez, è morta avvelenata quando la piccola aveva tre anni. La storia narra che era stato proprio il padre della piccola a ucciderla per poter sposare Ruperta Angúlez.»

Nekane a Ana si guardarono e cercarono di non sorridere mentre Calvin e Rodrigo, sconvolti da quel che stava dicendo Raúl, osservavano la foto.

«La nostra rivista riceve centinaia di foto alla ricerca di una spiegazione. Abbiamo un'ottima squadra di medium e parapsicologi che parlano con le persone che ci scrivono, persone spaventate perché hanno uno spettro in casa o nella loro vita. Non è facile credere nell'occulto, ma quando ti succede una cosa del genere, hai bisogno di sapere.»

«Mi dispiace» disse Rodrigo. «Ma sono piuttosto scettico riguardo a queste cose. Non ho mai creduto né ai fantasmi né agli spettri anche se...»

«Capisco» lo interruppe Raúl. «Anch'io ho sempre pensato che non avrei creduto a cose del genere fin quando non ne è successa una direttamente a me. Guardate, venite.»

Lo seguirono e si avvicinarono a un'altra fotografia dove si vedeva un gruppo di persone che posava e, di fianco a loro, un'altra immagine bianchiccia.

«Questa foto è stata scattata il giorno del mio sedicesimo compleanno. Siamo io, mio padre e i miei due fratelli a una festa. Lo spettro che si vede accanto a me è quello di mia madre. Io e mia madre avevamo avuto un incidente stradale un anno prima della fotografia e, per mia sfortuna, lei era morta. Quando mio padre ha sviluppato le foto del mio compleanno, tutti hanno pensato che fosse entrata della luce nella macchina fotografica, ma io ho capito che non era così appena l'ho riconosciuta. Non mi ha creduto nessuno, ma mi sono convinto di dover trovare una risposta. Ho iniziato a fare delle ricerche ed è stato allora che sono entrato nel mondo del paranormale e ho capito molte cose. Tutti i fantasmi o gli spettri, come preferite chiamarli, che appaiono nelle fotografie, sono lì per qualche ragione. Ci avvicinano all'occulto, all'aldilà, e ci vogliono comunicare qualcosa con la loro presenza. Nel caso di mia madre, la sua presenza mi ha fatto capire quanto fosse felice di vedermi compiere gli anni.» Sentendo che un'altra persona lo stava chiamando, si scusò: «Ragazzi, ci vediamo dopo. Prendete da bere e divertitevi».

«Che bella storia! Triste e toccante!» disse Ana quando Raúl si allontanò da loro.

«Stai piangendo?» le chiese Rodrigo notando che aveva gli occhi pieni di lacrime.

«Sono emozionata. Ma a te non ha emozionato quel che ci ha raccontato Raúl?»

«No.»

«Che insensibile!» brontolò asciugandosi gli occhi.

«Non è questione di sensibilità. È questione di crederci o no. E lascia che ti dica che in quella foto io ci vedo soltanto una specie di macchia bianca. Nient'altro.»

In quel momento passò un cameriere e Calvin prese dei bicchieri di spumante e li distribuì a loro quattro.

«Ana... lo spumante non ti piace. Ricordatelo!» affermò Nekane guardando l'amica.

Captando il messaggio, la ragazza posò il calice di spumante e prese un'aranciata. Doveva fare attenzione con quelle cose o avrebbe creato problemi al bambino.

Mentre passeggiavano per la mostra, si avvicinarono a un tavolino dove c'era una donna con i capelli scuri.

«Aura rossa» disse questa vedendo Ana. «Il simbolo della vita. Sei una sopravvissuta che lotta per quel che vuole. Appassionata, impulsiva, attiva e avventuriera, e dal rosa che percepisco intorno a te c'è una bella energia amorosa.»

«Riesce a vedere la mia aura?» chiese Nekane, divertita osservando l'espressione di Ana.

La donna, dopo averla fissata per qualche secondo, alla fine disse: «La tua aura è gialla. È la luce che rappresenta il sole. Sei una persona attenta, allegra e ottimista, anche se certe volte ti spaventi e non ti piace stare da sola, sbaglio?»

Nekane fece cenno di no con il capo e la donna, guardando Calvin, mormorò mentre osservava lui: «Azzurro. Il colore tipico del cielo. La sua brillantezza e tonalità mi dicono che sei in un bel periodo a livello emotivo. Denoti sicurezza e fiducia in te stesso e vedo che sei un amico fedele e con un carattere sincero».

«Esatto, signora... è un buon amico» commentò Rodrigo sorridendo.

A quel punto la donna guardò lui.

«Aura dorata. Rappresenta la forza, la perseveranza, la pazienza e la protezione. Quest'aura ti guida per ottenere tutti i tuoi obiettivi e...»

Si sentì un baccano generale e si voltarono tutti verso destra. Una ragazza vestita di nero e con i capelli scarmigliati piangeva disperata di fronte a una di quelle foto mentre urlava: «Sono io in un'altra vita! Sono io in un'altra vita!»

Il caotico capannello che le si formò intorno fu incredibile. La gente urlava e commentava, la ragazza singhiozzava e Raúl, l'organizzatore della mostra, cercava di calmarla. Squillò il cellulare di Calvin e, dopo aver risposto, raggiunse gli amici che stavano osservando quello spettacolo e disse: «Ragazzi, mi ha chiamato mio cugino Tomás. È il compleanno di sua figlia Danielita e gli ho detto che saremmo passati a prendere qualcosa».

«Wow, che fantastica proposta!» scherzò Rodrigo. «Prima una mostra di fantasmi e come ciliegina sulla torta andiamo al compleanno di Danielita. C'è forse un modo peggiore per chiudere la serata?»

Quando arrivarono a casa del cugino di Calvin, li ricevettero affettuosamente. Tomás e Azucena si dimostrarono persone molto gradevoli e, mezz'ora dopo, gli uomini stavano giocando in cortile con i bambini come degli scemi.

«Guardateli, tanto grandi e al tempo stesso così infantili» scherzò Nekane.

Ana osservava come Rodrigo giocava con i piccoli mentre le madri di questi non gli toglievano gli occhi di dosso. La cosa la fece sorridere, ma in un certo senso le diede anche fastidio. Ovunque andassero, anche se non era nelle sue intenzioni, Rodrigo riusciva sempre a essere al centro delle attenzioni femminili.

Quando Azucena portò la torta di sua figlia, si misero tutti ad applaudire e la piccola, felicissima, soffiò sulle cinque candeline mentre tutti intonavano *Tanti auguri a te.* Dopo la torta, Calvin aiutò suo cugino a mettere nel centro del cortile la pignatta e, dopo aver bendato Danielita, le diedero il manico di una scopa perché la raggiungesse. La bambina ci provò per un po', ma senza riuscirci. Ana, dispiaciuta nel vedere lo sforzo della piccola, si avvicinò a lei e le disse: «Tesoro, quando ti dico 'Forza!', allora batti forte».

La bambina le diede retta, ma niente, la pignatta continuava a sfuggirle. Quindi Ana, accovacciandosi per essere alla sua altezza, le prese le mani, proiettò il manico verso la pignatta e gliela fece colpire con tutte le sue forze proprio mentre Rodrigo usciva dalla cucina con diversi bicchieri pieni. Il manico della scopa andò a cadere con forza proprio sulla sua testa e il suono del colpo fu atroce. I bicchieri gli caddero di mano e la gente si mise a urlare mentre Ana lo osservava a bocca aperta. Il primo a reagire fu Calvin che, reggendolo perché non cadesse, sussurrò: «Cavolo, amico, che colpo!»

Stordito dalla botta, Rodrigo si toccò la testa e imprecò vedendo che aveva sangue sulle mani. Ana e Nekane si guardarono e, senza capirne il perché, scoppiarono a ridere. Cercarono di trattenersi, e Ana si avvicinò a Rodrigo.

«Ohhh, mio Dio! Sono stata io.»

«Davvero? Come mai la cosa non mi stupisce?» sibilò lui.

«Io... io...»

«Non ne hai avuto abbastanza con l'avvelenamento e adesso, siccome non ci sei riuscita prima, cerchi di uccidermi?»

«Ma cosa stai dicendo?» poi, vedendolo sorridere nonostante il dolore, aggiunse: «Stavo aiutando la bambina perché colpisse quella maledetta pignatta e...»

«E hai colpito me» concluse dolente.

Venti minuti dopo, Nekane, Ana e Calvin erano nella saletta del pronto soccorso in attesa che Rodrigo uscisse. Ogni volta che ricordavano il momento pignatta, tutti e tre scoppiavano a ridere, ma la smisero subito quando videro arrivare Rodrigo con un grande cerotto in testa e l'aria sofferente. E soprattutto quando lui, che li aveva sentiti ridere, minacciò: «Il primo che si mette a ridere se la dovrà vedere con me».

I tre si trattennero, ma Ana, prima di salire in auto, non poté evitare di fare una battuta: «Lo vedi che c'era un modo peggiore per concludere la serata?»

7

Ana, accompagnata dall'amica inseparabile, stava aspettando il suo turno nella sala d'attesa della ginecologa. Finalmente era giunto il giorno. Quando erano arrivate, si erano sedute su delle sedie bianche e avevano osservato stupite la quantità di donne incinte che avevano intorno.

«Hai visto che pancia ha quella lì vicino a te?» sussurrò Nekane.

Le due si voltarono verso destra e osservarono una ragazza bruna con una pancia enorme. La poverina, notando i loro sguardi, disse: «Gemelli!» E senza che le due battessero ciglia, proseguì: «Spero che mi dicano che mi ricoverano o vi giuro che mi prende qualcosa. Non ne posso più!»

Ana, senza parole, sconvolta e spaventata, non riuscì a fiatare, ma Nekane, anche lei sconvolta da quell'enorme tipa, esclamò: «Mamma mia, non so come fai a muoverti!»

«Infatti non ci riesco!» protestò la ragazza.

Proprio quando Ana stava per offrirle il suo appoggio morale, si aprì la porta dello studio e un'infermiera con l'aria annoiata disse: «Ana Carolina Vergas».

«Vargas!» lei la corresse. E, voltandosi verso di loro, aggiunse: «Per favore, mio marito si chiama Aaron Díaz ed è andato a prendermi dell'acqua. È biondo, alto e secondo me molto bello». Risero tutt'e tre. «Quando arriva potete dirgli che sono dentro e di raggiungermi?»

«Certo, non preoccuparti» la tranquillizzò Ana.

Un minuto dopo, arrivò un uomo estremamente bello e, dopo aver individuato in lui il marito della ragazza, gli dissero che era entrata. L'uomo le ringraziò con uno splendido sorriso.

«Peròòòòòòòòò... niente male questo Aaron Díaz» scherzò Nekane.

«Niente male davvero» concordò Ana.

Cinque minuti dopo, stropicciandosi le mani, guardò la sua amica e con aria preoccupata le disse: «Oh, mio Dio!»

«Che ti prende?»

«E se anche nella famiglia dello svizzero abbondassero i gemelli?»

«Amen... ne avrai due al prezzo di uno». Poi, notando l'espressione di terrore di Ana, aggiunse, per farla sorridere: «Non preoccuparti; se fossero due, uno me lo tengo io».

L'amica sorrise, ma si sentì invadere da una strana amarezza. Era davvero pronta per una cosa del genere? Nervosa, aprì la borsa, tirò fuori una bottiglietta d'acqua e bevve. Non appena chiuse la bottiglia, la porta si aprì e Ana Carolina Vargas, la ragazza dall'enorme pancia e con il marito fico, uscì e guardandole urlò: «Mi ricoverano! Oggi nasceranno i miei bambini!».

«Bene, tesoro, allora come dice mia madre, ti auguro che sia una cosa veloce» la incoraggiò Nekane.

La giovane, emozionata, le si lanciò tra le braccia e, dopo aver dato a entrambe un paio di baci sulla guancia, come se si conoscessero da tutta la vita, se ne andò a braccetto del marito. Quando erano ancora prese dalla gioia di quella ragazza, l'infermiera disse: «Ana Elizabeth Barners».

Ana reagì quasi avesse un petardo nel didietro e prese l'amica per mano.

«Andiamo... Vieni con me.»

Quando furono entrambe dentro lo studio, vennero ricevute dalla dottoressa Sánchez, la ginecologa che Ana conosceva da anni. La dottoressa si dilungò con le domande cui Ana via via rispose.

«Qualche malattia importante del padre?»

La ginecologa, vedendo che Ana non rispondeva, la guardò e insistette: «Qualche malattia importante del padre? Qualcosa da tenere in conto?»

«No... no... non lo so.» Poi, sospirando, aggiunse: «Ascolti, dottoressa, mi secca molto raccontarle la mia vita, ma non posso darle alcuna informazione sul padre perché non so nulla di lui. Non so se sia una follia avere questo bambino, ma fatto sta che, al di là di tutte le difficoltà, non so perché però lo voglio tenere. Forse perché sto entrando nella trentina, forse perché sono una sciocca che crede di poter essere una buona madre... ma fatto sta che...»

«Ana» la interruppe la dottoressa. «Rilassati. Rispondi a quel che puoi e, come dici tu stessa, a parte quel che hai piacere di raccontarmi della tua vita, non c'è motivo per cui tu lo debba fare né tantomeno devi scusarti o sentirti colpevole per qualcosa. Se hai deciso di crescere da sola questo bambino, allora coraggio! Goditi la gravidanza.»

«Crede davvero che me la potrò godere?»

«Ma certamente. Se hai deciso di avere il bambino devi godertela perché lui sia felice e si sviluppi nel migliore dei modi. Calcola che lui percepisce il tuo stato d'animo e tutto questo influisce.»

«Mi sente anche?»

«Certo» annuì la donna.

Ana, accarezzandosi la pancia ancora piccola, sorprese le altre due mormorando: «Se mi senti sappi che ritiro la faccenda del guastafeste e tutte le altre cose che ho detto ultimamente, d'accordo?»

La dottoressa e la sua assistente abbozzarono un sorriso, ma Nekane, vedendo l'amica con gli occhi pieni di lacrime, le chiese: «Ma che ti prende?»

«Non preoccuparti» la tranquillizzò la dottoressa, mentre porgeva un fazzoletto di carta alla futura madre. «Sono gli ormoni. Adesso attraverserà un periodo molto delicato.»

«Sì... troppo delicato. A proposito, ma è normale che dorma come un ghiro?» chiese Ana, ormai ripresasi. «Mi addormento in piedi.»

«Sì, anche quello è normale.» E alzandosi aggiunse: «Vieni. Facciamo un'ecografia».

«Non farà male, vero? Perché sono una lagna e...»

«No, Ana» disse la dottoressa ridendo. Poi le indicò un lettino posizionato accanto a un monitor. «Sdraiati, tira un po' giù i pantaloni e solleva la camicia.»

Dopo aver seguito le istruzioni della ginecologa, questa le

mise un liquido trasparente e appiccicoso sulla pancia e, puntando su di lei una specie di penna dalla punta spessa, iniziò a muoverla.

«Guarda Ana, quello che palpita è il cuore del tuo bambino.»

Commossa, lei guardò lo schermo, mentre stringeva con forza la mano dell'amica. Quel piccolo puntino era il suo bambino e la cosa la fece di nuovo scoppiare a piangere.

Nekane, mascherando l'emozione, guardò la dottoressa e le chiese: «Ce n'è soltanto uno, vero?»

«Da quel che si vede, sì.»

«Caspiterina; non me ne potrai regalare uno» disse Nekane vedendo l'amica così intenerita, e la cosa fece sorridere Ana.

Quella mattina, Ana uscì dall'ospedale con la prima fotografia del suo bambino e con un sorriso ebete dopo aver saputo che era di diciassette settimane e che avrebbe partorito il 10 luglio.

8

La relazione sessuale tra Iris e Rodrigo si raffreddò e, come c'era da aspettarsi, finì. In uno dei suoi viaggi, la giovane modella conobbe Filippo Starghetti, un presentatore televisivo italiano, e all'improvviso decise di essere follemente innamorata di lui e di volerlo annunciare davanti a qualsiasi microfono.

Iris inseguiva la fama e Filippo era un buon gancio. Ma ciò che nessuno sapeva, tranne Ana, era che la giovane, in segreto, continuava ad amare Rodrigo e che era lui a rifiutarla. Non voleva casini con nessuno.

Un pomeriggio, Ana e Nekane erano in studio a guardare alcune fotografie quando squillò il telefono. Era Calvin. Dopo aver parlato con lui per cinque minuti, Nekane agganciò.

«*Principessina*, vedo che va proprio vento in poppa» sorrise Ana passandole delle foto.

«Sì... Calvin è stupendo. Vuole che andiamo per un weekend a La Rioja ma non so cosa fare.»

Ana la guardò con aria poco raccomandabile.

«Cosa vuol dire che non sai cosa fare?»

«Il fatto è che un weekend ha tante ore, un tempo troppo lungo. Troppo. E poi sono una di quelle che pensano che vedere la tua fidanzata appena sveglia con i capelli scompigliati e senza nemmeno una sistematina uccida la passione.»

«Ma che idiozia stai dicendo?»

Disperata, Nekane si coprì il volto.

«Lo sooooooooo... dico soltanto idiozie, ma Calvin sta iniziando a spaventarmi. Mi coinvolge in tutti i suoi progetti e a me questa cosa... mi assilla.»

«Diglielo.»

«No… non posso.»

«Perché?»

«Be' perché anche se mi assilla, riconosco che mi piace il fatto che mi coinvolga. E se non lo fa mi arrabbio.»

«Oh, mamma mia, Neka. Non ti ci si capisce proprio!» esclamò Ana e, vedendo il sorriso dell'amica, le appoggiò le mani sulle spalle. «Goditi la vita, sono due giorni. E se davvero Calvin perde il suo fascino al risveglio, stai tranquilla, il tempo di una sistemata e lo recupererà.»

Risero entrambe e Nekane andò a rispondere a un'email. Quando la vide scoppiò in una risata.

«Guarda cosa mi manda la mia amica Pili dell'Europa Press.»

Ana guardò curiosa lo schermo del portatile e scoppiò anche lei a ridere nel vedere Iris che baciava il tale Filippo in un bar.

«Sembra che pubblicheranno la foto sulla rivista questa settimana. E di sicuro quell'imbecille di Iris è felice e contenta di uscire sulla stampa. Ma quella ragazza è impazzita?»

«Impazzita no… peggio» affermò Ana, non molto sorpresa dalla foto.

Rimasero lì a commentare l'immagine per qualche secondo.

«Ho la tentazione di inoltrarla a Rodrigo» disse Ana. «Questo rafforzerebbe il suo desiderio di non rivederla. Ma ci credi che quasi tutte le sere lei gli manda un messaggino? Lui ne ha fin sopra i capelli.»

«Ci credo.»

Ana la guardò scostandosi i capelli dal viso.

«Stando a Rodrigo, lui nemmeno le risponde ma lei continua a insistere. E guarda… so bene che tra noi due non ci sarà mai niente, perché per lui sono asessuata, ma non sai quanto sono felice di sapere che non sta più con lei. Rodrigo, oltre a essere un casanova, è anche una persona splendida.»

«Eccome… Tra l'altro, esce sempre con quella della spa?»

«Con Eva?»

«Quella.»

Con un enorme sorriso, Ana fece cenno di no con la testa.

«Pare che la tipa fosse sposata e con due figli. Insomma… un'altra furbetta stile Iris.»

Nekane sorrise. Faceva ancora fatica a capire la relazione tra la sua amica e Rodrigo.

«Quando glielo dirai?»

«Che cosa?»

«Che i meloni sono verdi, ma che cavolo!» disse Neka facendola ridere. «Indovina un po'! La storia del bambino, e già che ci sei magari anche che sei pazza di lui.»

«La prima cosa non la potrò negare. Sarà evidente!» affermò Ana. «Ma la seconda la negherò sempre. Quindi non menzionarla di nuovo o...»

«Il fatto è che ti si illuminano gli occhi quando lo vedi.»

«Sarà la luce.»

«Sì, e che luce!»

«Neka, ne abbiamo già parlato.»

«D'accordo. La scampi soltanto perché la maggior parte degli uomini sono ciechi e non si accorgono di niente, e io sono sicura che quel fico è cieco perso.»

«Nekaaaaaaaaa! Basta. Smettila o finiremo per discutere.»

«Ehi bellezza, tu non minacciarmi» la accusò. «E poi se non sbaglio ora siete graaaaaaaaandi amici e vi raccontate tutto. Non credi che se la prenderà quando un giorno si renderà conto della tua enorme pancia? Forse non ci hai pensato? O devo dedurre che ogni volta che vi vedrete, durante la tua gravidanza, te ne starai bella stretta dentro la tua maledetta pancera? E questo senza pensare a quello che credono i tuoi genitori.»

Ana gemette, terrorizzata.

«Oh mio Dio! Non parlarmi della fascia o svengo. La odio! Non la metterò mai più, e prima che tu vada avanti con questo stress della giornata, lascia che ti dica che questo non è il momento giusto per raccontarglielo. E quanto a quello che credono i miei, Rodrigo non lo verrà a sapere. La faccenda del mio piccolo fagiolino gliela racconterò la settimana prossima quando ci vedremo. Ma non questa. Ho molto lavoro.»

«Ma la tua pancia spunta! E non c'è bisogno di essere dei geni per accorgersi che quella pancia non è dovuta a un'abbuffata di plumcake. Se lui non è stupido, e mi risulta che non lo sia, se ne accorgerà. Per quello ti dico che glielo devi raccontare prima che sia qualcun altro a fargliela notare o a dirglielo.

Ascoltami, o rischi che alla fine la vostra bella, dolce e platonica amicizia vada a rotoli.»

Non appena sentì quelle parole, Ana mollò di colpo le fotografie. Con aria truce gridò: «Allora, furbetta... lo so bene che s'inizia a vedere che sono incinta! Sono di quattro mesi! Ma dammi tempo... ti sto soltanto chiedendo tempo».

«Il fatto è che non ne hai, Ana... te ne rendi conto?»

Iris, che usciva dalla doccia, sentendo quelle urla, si diresse verso lo studio. Cosa stava capitando?

«Ascolta, Neka, Rodrigo saprà che sono incinta la prossima settimana, ma non questa. Non mi va!»

«Ripeto: si arrabbierà.»

«Basta, noiosa! Ho già abbastanza casino in testa tra la gravidanza e Rodrigo che non ho proprio bisogno che tu mi confonda ancora di più le idee. Quindi, fammi il favore di tenere la bocca chiusa perché meno gente è al corrente della mia gravidanza, meglio è.»

Attonita, Iris sbatté le palpebre. Ma cosa aveva appena sentito? Incinta? Rodrigo? Quando erano stati insieme Ana e Rodrigo? Due minuti dopo, quando vide che le altre tornavano al lavoro e la smettevano di urlare, la giovane modella se ne tornò in camera sua traendo le proprie conclusioni. Ana incinta di Rodrigo? La cosa la fece infuriare.

Dopo una pesante giornata lavorativa perché il forte vento che soffiava a Madrid aveva costretto i pompieri a uscire di caserma più volte di quante non avrebbero voluto, Rodrigo aveva finito il suo turno e si stava facendo una doccia.

«Capo...» sentì dire a un compagno. «C'è un bocconcino biondo di nome Iris, con delle gambe da urlo, che ti aspetta di là con i ragazzi.»

Sorpreso, guardò Calvin, che si stava facendo anche lui la doccia, e questo, facendo spallucce, disse: «Giuro che non avevo la più pallida idea che sarebbe venuta».

Infastidito da quella intromissione sul lavoro, continuò a fare quel che stava facendo. Ma sapere che quella era lì che lo aspettava lo stressò. Cos'era venuta a fare? Quindici minuti dopo, entrò nella stanza in cui i suoi colleghi stavano sbavando davanti all'incredibile Iris.

Lei, nel vederlo, sorrise e lo raggiunse.

«Com'è andata la giornata?»

«Pesante.» E poi, portandola da una parte, le chiese infastidito: «Che ci fai qui?»

«Sto andando in aeroporto. Vado in Grecia per scattare delle foto e non me ne volevo andare senza prima salutarti.»

«Avresti potuto telefonare.»

Entrarono in un piccolo ufficio e Rodrigo chiuse la porta. A quel punto lei gli si lanciò addosso.

«Non avresti risposto.»

Lui non replicò.

«Ma perché, amore?» chiese Iris. «Noi due ci siamo divertiti molto a letto e...»

«Basta!» esclamò lui e la fissò con i suoi occhi azzurri. «Ti ho già spiegato migliaia di volte le mie due regole, ma siccome vedo che non riesci a registrarle te le ripeterò. La prima: non frequento nessuna donna impegnata. E la seconda: non esco con donne che hanno figli. Quindi, siccome tu rientri nella prima regola, dimenticami perché se ho ben chiara una cosa è che io non faccio quel che non vorrei facessero a me.»

«Ma non ci scoprirà nessuno... Senti, stammi ad ascoltare, io...»

Seccato per come stava diventando pesante, se la tolse di dosso.

«Iris, ma cosa ci fai qui? Cosa vuoi?»

Lei, pronta a dirgli tutto quello che le frullava per la testa, gli chiese: «Hai qualcosa da dirmi?»

«No» rispose lui senza capire a cosa si riferisse.

Indignata, la giovane modella sibilò in un tono che non piacque affatto al pompiere: «Molto bene, allora sarò io a chiedere: quando sei stato con Ana?»

Lui la guardò senza parole. Come l'aveva scoperto? E soprattutto perché gli faceva domande sulla sua vita personale? Corrugò la fronte e incrociò le braccia al petto.

«Non intendo rispondere a questa indiscrezione. Non ti riguarda.»

«Mi hai tradita con quell'imbecille e te ne resti lì bello tranquillo?!» urlò seccata dalla risposta che aveva ricevuto.

«Vediamo un po', Iris, io non ti ho tradita.»

«Sì. Non mi hai mai raccontato di avere una storia con Ana.»

Desideroso di togliersela di mezzo, la guardò e disse: «Ma perché me lo chiedi? Dove sta il problema?»

«Allora è vero? Sei stato con lei!» urlò la modella. «Oh, mio Dio! Come hai potuto farlo? Come hai potuto stare con... con... con quell'insignificante?»

«Ma non ti vergogni a chiedermelo?» sbottò lui, incapace di ascoltarla un solo secondo in più. «Da quando tra noi due c'è stato qualcosa di serio? Ascolta, bella, tu sei padrona della tua vita come io lo sono della mia e siamo entrambi abbastanza grandicelli per sapere cosa facciamo e per non dover dare risposte assurde a chi non se le merita. E adesso... se non ti dispiace, ho finito il mio turno e vorrei andarmene a casa a riposare.»

«Sei un porco... e un insensibile.»

«Meglio... non dirò quello che penso io di te» aggiunse, tirandola da un braccio per farla uscire dall'ufficio.

«Come hai potuto guardare una donna come lei dopo essere stato con me?»

«Come lei?»

«Sì» ripeté offesa. «Io sono una modella e lei è... è... non ha alcuna grazia!»

Quel commento in particolare lo infastidì.

«Sono stato con donne più carine, belle e affascinanti di te. E perché diavolo adesso mi fai queste domande? Ma soprattutto, perché mai adesso parlare così di Ana?»

«Lo sai che l'hai messa incinta?» chiese Iris rivolgendogli un'occhiataccia.

«Cos'hai detto?» ribatté Rodrigo con aria corrucciata.

«Quello che hai sentito.»

Era talmente sconvolto che, prima che potesse aggiungere qualcosa, Iris lo anticipò come una furia: «Mi fa piacere sapere che questo vi rovinerà la vita. Ve lo meritate! E adesso? Uscirai ancora con lei? Ti ricordo che non rispetta la tua seconda regola, anche se forse, trattandosi di tuo figlio...»

«La tua malvagità è incredibile» tagliò corto lui e aprì la

porta. «Fuori di qui. Vattene in Grecia, posa per le tue foto e smettila di causare problemi, o ti giuro che...»

Senza permettergli di finire la frase, Iris si girò e se ne andò via ancheggiando e attirando su di sé lo sguardo di tutti i pompieri.

Ancora confuso dalla notizia che Iris gli aveva appena dato, Rodrigo cercò Calvin e, quando l'ebbe trovato, gli chiese in modo diretto: «Ana è incinta?»

Calvin lo guardò. Quello sguardo rivelò la verità a Rodrigo. Se c'era qualcuno incapace di mentire, era proprio il suo amico.

Erano lì che lavoravano in studio quando suonò il campanello della porta. Nekane si alzò dal pavimento dove aveva sparso delle foto e andò ad aprire. Ana stava osservando le immagini. Erano il risultato di una sessione di due giorni per la marca di scarpe e stivali Marypaz. Era presa da una spremuta e dall'osservare le foto quando sentì: «Sei incinta?»

La durezza del tono e la domanda in sé fecero sì che Ana si spaventasse e si rovesciasse tutta la spremuta addosso. Alzando lo sguardo da terra s'imbatté nello sguardo inquisitore di Rodrigo che, con quei pantaloni militari e la maglia verde, era imponente. Poi guardò Calvin, che era dietro di lui e alla fine una pallida Nekane. Stava per rispondere quando Rodrigo, guardandole prima il ventre e poi il volto, le domandò di nuovo con severità: «Ana, sei incinta?»

Incapace di nascondere la sua pancia senza la fascia, si alzò da terra.

«E tu come lo sai?»

Per Rodrigo quella risposta fu un'affermazione. Poi, portandosi le mani alla testa, emise un lamento costernato. Cosa aveva fatto?

«Calvin, io ti uccido!» urlò Nekane.

«Ah, no! Non sono stato io» si difese l'uomo. «Per chi mi hai preso? Per una spia?»

Ana guardò la sua amica con il desiderio di strozzarla.

«Perché gliel'hai raccontato? Ti avevo detto che era una cosa tra noi due.»

«Lo so, Ana... ma un giorno mi è scappato.» L'altra imprecò e l'amica continuò angosciata: «Ma non gli ho detto io che il padre è Rodrigo. Te lo giuro».

«Non è stato lui. È stata Iris» chiarì Rodrigo, di pessimo umore, guardando l'amico.

Di stucco nello scoprire che il suo segreto era sempre meno segreto, Ana sibilò: «Che stronza. Ma lei com'è venuta a saperlo?»

«Non certo da me...» chiarì Nekane.

Ana alzò un dito e disse, arrabbiata: «Quando tornerà dal suo viaggio voglio che si cerchi un altro posto per andare a vivere. Non la voglio a casa mia, chiaro, Neka?»

«Oh, sì! Questo è poco ma sicuro. Me ne occupo io» annuì convinta l'amica.

Turbato e freddo per quel che aveva appena scoperto, Rodrigo si toccò il collo, a disagio, e attirò l'attenzione di Ana.

«Quando avevi intenzione di dirmelo?»

«Ascolta, Rodrigo, io intendevo dirtelo la settimana prossima e...»

«La settimana prossima?» la interruppe, confuso. «Perché la settimana prossima?»

«Perché questa ho parecchio lavoro e non pensavo ci saremmo visti.»

«Mi stai prendendo in giro?!» urlò.

«No.»

Toccandosi i capelli, piantò il suo sguardo azzurro su di lei.

«Sinceramente, credo di avere il diritto di sapere il prima possibile che sarò padre. Ma a te sembra normale dirmi che me l'avresti comunicato la settimana prossima?»

«Un momento!» esclamò Ana alzando un dito e poi, guardando la sua amica e Calvin, chiese: «Ci potete lasciare da soli?»

«Sei sicura?» rispose Nekane nel comprendere la confusione che aveva fatto Rodrigo.

«Sicurissima.»

«Tranquilla. Non la farò fuori» protestò Rodrigo arrabbiato.

«E nemmeno io lui» sorrise Ana facendolo uscire ancora più dai gangheri. Ma come faceva a trovare la cosa divertente?

Alla fine Nekane si voltò verso Calvin.

«M'inviti a cena e poi per un mocaccino?»

«Certo, bellezza.»

Una volta rimasti soli nello studio, lui le chiese, furibondo: «Come hai potuto nascondermi una cosa del genere?»

«Se mi dai un secondo te lo spiego.»

Ma Rodrigo era arrabbiato e, alzando un dito, gridò: «Mi sono fidato di te! Mi avevi detto che saresti stata la mia migliore amica e poi mi nascondi una cosa del genere. Cazzo! Prima mi avveleni, poi mi apri la testa e adesso vengo a scoprire che sarò padre!»

Ana sorrise.

«Sai che quei fatti sono accaduti senza che lo volessi e, se ti calmi, ti spiego anche bene la storia della gravidanza.»

«Non riesco a calmarmi. Non capisci!»

Per qualche istante ci fu un silenzio teso.

«Vieni… ti offro un caffè» disse infine Ana.

«Preferisco qualcosa di forte, ma attenta a quel che mi versi» sibilò Rodrigo.

Si diressero in cucina senza scambiarsi una parola. Rodrigo non riusciva a smettere di pensare. Voleva chiederle così tante cose che non sapeva da dove iniziare. La osservò attentamente e si maledisse nel notare quella rotondetta ma piccola curvatura che si percepiva nel suo ventre. Ma perché non gliel'aveva detto? Ana, mentre preparava un caffè per sé e un whisky per lui, lo guardò di sottecchi e avrebbe voluto ridere. Era così preoccupato. Ma si trattenne. Non era il momento. Quando tutto fu pronto, gli allungò il whisky e lo invitò a seguirla in sala dove si sedettero sul divano. Desideroso di ascoltarla, la osservò mentre si versava due cucchiaini di zucchero nel caffè e ne beveva un goccio. Alla fine, quando non ne poté più, confessò: «Puoi stare tranquillo. Il bambino non è tuo».

«Cosa?!»

«Quello che ho detto. Non sei tu il padre.»

«Ne sei sicura?»

«Sicurissima. Quindi, rilassati perché non ti chiederò nessun assegno di mantenimento, né che mi sposi, né che lo porti allo zoo di domenica.»

Attonito per via di quella franchezza, stava per parlare quando lei, posandogli un dito sulle labbra, chiarì: «E prima che tu me lo chieda, sì... sapevo già di essere incinta il giorno in cui sono venuta a letto con te, e ovviamente lo sapevo quel tremendo weekend di vomiti che abbiamo passato insieme a Toledo. Ricordi di avermi detto che probabilmente stavo covando qualcosa? Ebbene era vero... stavo covando il mio uovo».

Lui non fiatò.

Non poteva. «Ma voglio che tu sappia che se sono venuta a letto con te quel giorno è perché lo desideravo tantissimo e desideravo tantissimo fare un addio al sesso con un pompiere sexy e focoso. Perché, siamo sinceri, chi mai verrebbe a letto con me adesso? Perché, a parte la totale astinenza cui vado incontro grazie alla mia pancia, immagino che diventerò una specie di foca.» Lui la guardò senza parole, e lei proseguì: «E perché credo che sarà così? Perché ho fame, molta fame! Divoro il cibo e non posso fare a meno di pensarci, e ora che sono al quarto mese ho già preso tre chili... non voglio nemmeno immaginare come sarò al sesto o settimo mese. Insomma... credo che per quel periodo non camminerò, rotolerò! E se vogliamo parlare del sonno, mamma mia quanto dormo! Sono tipo l'orso Yoghi in inverno. Lo conosci Yoghi?»

Annuì attonito.

«Tra mangiare, dormire e vomitare le giornate passano e io sono terribilmente indietro con il lavoro e non so come farò a mantenere il controllo della mia vita. E quanto a...»

Non riuscendo più a stare in silenzio, Rodrigo si avvicinò a lei e le tappò la bocca con la mano.

«Che ne dici di stare zitta un secondo?»

Facendo spallucce, annuì e lui le tolse la mano da davanti alla bocca.

«Sei sicura che non sia mio?»

«Sì, Rodrigo, mi devi credere.»

Respirò sollevato. Qualche secondo dopo, Ana si alzò, aprì il freezer ed estrasse una vaschetta di gelato Häagen-Dazs al cioccolato belga. Prese due cucchiaini, ma lui fece cenno di no con la testa, quindi ne posò uno e iniziò a mangiare.

«Sei più tranquillo adesso?»

«Sì.»

«Ne sono felice. Che spavento che ti sei preso.»

«Non puoi immaginare!»

Lei sorrise e, nel ricordare la notte in cui l'aveva scoperto, mormorò, dopo aver succhiato il cucchiaino di gelato: «Credo di sì... credo di poterlo immaginare».

«L'hai detto al padre?» s'interessò lui.

«No.»

«Perché?»

«Sinceramente?»

«Certo, sinceramente.»

Ana s'infilò un altro cucchiaino di gelato in bocca e, dopo esserselo goduto a occhi chiusi con un gemito di piacere, rispose: «Be', perché non ho idea di dove sia».

«Ma lo sai chi è il padre, vero?»

Lei aggrottò la fronte.

«Senti, bello, ma per chi mi hai presa? Certo che so chi è il padre del mio fagiolino.»

«Fagiolino?»

«Il bambino» chiarì.

Più tranquillo, accennò un leggero sorriso.

«Non avrai intenzione di chiamarlo così, vero?»

«Fin quando resterà dentro di me, sì. Poi, quando sarà nato, vedremo.»

Commosso dalla dolcezza emanata dal viso di lei, chiese: «Dov'è il problema di scovare il padre del tuo fagiolino?» Vedendo che lei non rispondeva, la guardò con complicità e affermò: «Ti ricordo che siamo migliori amici, una modalità che hai inventato tu stessa e che consiste nell'avere accanto qualcuno di speciale cui non si mente mai!» Ma il modo in cui lo guardò gli fece aggiungere: «D'accordo... so che la tua migliore amica è Nekane, ma anche io lo sono e mi preoccupo per te».

Ana si sentì incoraggiata da quella dichiarazione.

«Ho conosciuto il padre del fagiolino la prima sera che ci siamo visti al Garamond, ricordi?» Lui annuì e lei si alzò. «Non so chi sia né dove viva. So soltanto che si chiamava Orson, che era bellissimo e che aveva un fisico da urlo; ah, e che vive in Svizzera, questo è tutto.»

«E tu vuoi comunque tenere il bambino?»

Dopo aver posato il gelato nel freezer, Ana aprì il frigo e prese delle olive.

«All'inizio pensavo di abortire, ma alla fine eccomi qui a mangiare come un maiale e pronta a diventare madre. Forse è una follia, ma è una decisione molto personale. Mi dispiace di non averti raccontato che ero incinta il giorno in cui siamo andati a letto insieme. Ma non volevo che nessuno sapesse una cosa per me così personale e...»

«Penso che tu sia molto coraggiosa, Ana, e sarai una buona madre.»

Ad Ana, emozionata, si riempirono gli occhi di lacrime, ma le trattenne.

«Più che coraggiosa, penso di essere pazza.» Sorrisero entrambi. «Mi sono sempre piaciuti molto i bambini, ma ti assicuro che non avevo mai considerato l'ipotesi di averne fin quando all'improvviso non ne ho visto crescere dentro di me.»

Commosso dalle sue parole, andò verso di lei e l'abbracciò. Ana, grata per quel gesto, accettò il suo abbraccio. Si sentiva male perché stava continuando a mentirgli, ma non lo voleva spaventare di nuovo dicendogli quel che aveva raccontato alla sua famiglia. Due minuti dopo, quando il senso di colpa l'abbandonò, tornò a essere padrona delle sue emozioni e si scostò da lui.

«Mi dispiace di averti fatto passare un momentaccio. Non ho mai pensato che Iris potesse essere una tale strega.» Poi, sorridendo, aggiunse: «Anche se riconosco che mi sarebbe piaciuto vedere la tua faccia spaventata. Avrei pagato per vederla!»

«Mi rendo conto soltanto adesso che anche tu sei una streghetta» disse Rodrigo inclinando il capo.

Convinta di quello, annuì mentre si risistemava la forcina argentata con cui teneva ferma la frangetta.

«E non sai quanto...»

Risero entrambi.

«C'è qualche altra sorpresa che devo sapere circa il fagiolino?» le chiese guardandola fissa, convinto che gli stesse nascondendo qualcosa.

Ad Ana venne la pelle d'oca. Come poteva dirgli della bugia che aveva raccontato alla sua famiglia circa il fatto che lui fosse il padre del bambino?

«Nessuna» rispose infine.

«Sicura?»

«Ma sì, non essere noioso.»

Rodrigo sorrise e fece un'espressione che eccitò Ana ai massimi livelli.

«Hai fame?»

Felice che la conversazione avesse cambiato rotta, annuì.

«Dici certe stranezze! Hai forse qualche dubbio?»

«Cos'hai in frigo?» chiese lui aprendolo.

«Poca roba... Oggi è lunedì e fino a giovedì non andiamo a fare la spesa.»

Dopo una rapida occhiata, Rodrigo tirò fuori quattro uova e prese delle patate.

«Che ne pensi se faccio una *tortilla* con le patate?»

«Sai cucinare?»

«Sì. Ho imparato anni fa grazie a un collega che cucina da Dio. In caserma cuciniamo tutti. E poi, mia cara amica, mi sono accorto che a voi donne piace molto che gli uomini stiano ai fornelli.»

«Ci eccita, e parecchio» rispose lei ridendo. E vedendo che anche lui rideva, chiese: «Nella frittata ci metteresti anche un po' di cipolla?»

«Certo. E siccome sono buono, non ci metterò l'Evacuol» affermò lui.

Lo aiutò a pelare le patate e si sorprese nel notare quanto fosse a suo agio in cucina. Rodrigo si muoveva senza problemi, e la cosa le fece piacere. Ma a essere sinceri, cosa non le piaceva in lui? Come sempre evitò di parlargli della sua vita perché non voleva più mentirgli, e così lui le parlò a lungo di Carolina e Alejandro, i suoi fratelli. Quest'ultimo affetto da sindrome di Down. Li adorava entrambi e si notava dal modo in cui parlava di loro. Parlarono anche dei rispettivi lavori. Lei gli raccontò curiosità sulle sue sessioni fotografiche e lui della sua vita da pompiere.

«Cuccagna?!»

«Sì, signorina. Si chiama 'cuccagna'.»

Stupita, annuì mentre lui finiva di preparare la frittata.

«Pensavo che quell'asta metallica che si vede in tutti i film di pompieri si chiamasse semplicemente asta. L'asta!»

«Ebbene no. Cuccagna!» sorrise lui.

«Perfetto. Nome archiviato.» A quel punto aggiunse: «Comunque credo che tu faccia un lavoro molto pericoloso e mal pagato».

«Soprattutto mal pagato» scherzò pensando ai problemi dei pompieri. «Quanto al pericoloso...»

«Uff» lo interruppe lei. «Ricordo ancora il giorno che ci siamo conosciuti, quando sei salito su quell'altissima scala che usciva dall'autopompa per andare a salvare Encarna. Insomma, se ci fossi dovuta salire io mi sarebbe venuto un colpo.»

«Quella è la scala allungabile.»

«Cavoli, non ne azzecco una!»

Era chiaro che lo divertivano la vivacità e la spontaneità di Ana.

«Qui è pronto. Se hai fame e vuoi cenare, prepara la tavola.»

Ana, senza perdere tempo, mise due tovagliette di plastica lilla sul tavolino davanti al televisore e, cinque minuti dopo, entrambi si lanciarono come matti sulla frittata.

«Mamma mia, è squisita!» ammise Ana portandosene una fetta alla bocca.

«Come direbbe Martín, un mio collega, il segreto della *tortilla* di patate sta nel farla lentamente e con amore.»

E così, tra risate e battute, finirono la frittata che Rodrigo aveva preparato.

«E la tua famiglia, a Marsiglia, sa della faccenda del bambino?» chiese lui poco dopo.

Ana per poco non si strozzò. Cosa poteva rispondergli? Ma quando stava per farlo, la interruppe un suono. Era il cellulare di Rodrigo.

Oh, cielo benedetto, grazie di averci interrotto! pensò vedendo che lui si alzava per andare a rispondere.

Quando Rodrigo mise giù il cellulare aveva l'aria corrucciata e Ana si preoccupò: «Che succede?»

Lui si mosse in fretta per prendere il cappotto.

«Era mia sorella. Devo andare all'ospedale di San Rafael. Mia madre è caduta in casa.»

«Vengo con te» disse lei convinta.

Mezz'ora dopo stavano entrando in ospedale. Rodrigo era teso. Mentre chiedeva notizie di sua madre alla reception, qualcuno lo chiamò.

«Rodrigo, siamo qui!»

Si voltò e un uomo vestito in modo elegante si avvicinò a lui.

«Come sta mamma?» chiese angosciato.

«Bene… sta bene, figliolo. C'è tua sorella con lei. Non preoccuparti.»

Sorpreso di vedere lì suo padre, gli chiese: «Papà, ma tu cosa ci fai qui?»

«Álex mi ha chiamato perché era spaventato e sono venuto a vedere cosa fosse successo.»

«Ed Ernesto?» indagò Rodrigo notando che il nuovo marito della madre non era lì nei dintorni.

«Da quel che mi ha detto tuo fratello è a cena fuori, ma gli abbiamo già lasciato un messaggio sul cellulare» sussurrò suo padre.

Rodrigo sospirò; odiava l'attuale marito della madre, ma non era quello il momento di pensarci.

«D'accordo, allora, dimmi cos'è successo a mamma.»

«Álex mi ha detto che si è storta un piede scendendo le scale ed è caduta.»

«Ma quante volte è già caduta?» si lasciò scappare, seccato, Rodrigo.

Il padre fece spallucce e non rispose. Era da un po' di tempo che la sua ex moglie era sbadata, le capitava sempre qualcosa.

Ana li osservò senza fiatare. Era evidente che quei due erano padre e figlio. Stessa altezza. Stesso tipo di fisico.

«Scusa, Ana, mi sono quasi dimenticato di te» disse Rodrigo qualche secondo dopo.

«Figurati. Capisco, non ti preoccupare» rispose lei sorridendo.

Cingendola dalla vita, Rodrigo si passò le mani tra i capelli e disse: «Papà, ti presento la mia amica Ana. Ana, ti presento Ángel, mio padre».

«Piacere di conoscerti» la salutò l'uomo con un bel sorriso.

«Il piacere è mio, signore, e…»

«Ehi ragazzina» la interruppe lui. «Non darmi del lei che mi fa sentire vecchio. Chiamami Ángel.»

«D'accordo, Ángel» convenne, felice.

A quel punto si aprì la porta del pronto soccorso e Rodrigo, nel vedere sua madre accompagnata da sua sorella Carol, le raggiunse. Ana, non sapendo cosa fare, rimase lì impalata.

«Cia... ciao, io sono Álex. Tu chi sei?» sentì all'improvviso.

Ana si voltò e guardò fissa il ragazzo che le tendeva la mano. Era un ragazzo bruno, con gli occhialini e la sindrome di Down. Doveva essere il fratello di Rodrigo. Gli diede subito la mano e disse: «Ciao Álex, io sono Ana. Felice di conoscerti». Poi, vedendo che il ragazzo aveva un Nintendo DS, gli chiese: «A cosa stai giocando?»

«A *Nintendogs*. Sai giocare?»

«Mi sa di no.»

Il ragazzo sorrise.

«Nel gioco devi occuparti di un cucciolo. Io ho tre cani. Uno si chiama Casper, l'altro Trino, ma il mio preferito è Luna.»

«Ah, ma pensa, non lo conoscevo questo gioco. È divertente?» chiese guardando lo schermo su cui passeggiavano dei cagnolini.

«Sì... a me piace molto.»

Ana rimase a guardare per un po' lo schermo del Nintendo con gli animali che si muovevano.

«Sei la fidanzata di mio fratello Rodrigo?»

Ana batté le palpebre.

«Nooooo! Siamo soltanto amici» rispose in fretta.

«E perché sei... sei venuta con lui?» insistette il ragazzo.

«Perché eravamo insieme quando tua sorella ha chiamato e ho pensato di accompagnarlo perché non venisse da solo.»

«D'accordo» accettò Álex. Poi le avvicinò il Nintendo e le disse: «Vuoi che giochiamo un po' con i cagnolini?»

Ana annuì e, dopo essersi seduti sulle sedie in sala d'aspetto, iniziò a seguire le istruzioni che lui le dava. Álex risultò essere una persona allegra e questo piacque ad Ana. Si stavano talmente divertendo a giocare che, quando furono raggiunti da Rodrigo, non se ne resero nemmeno conto. Lui li osservò per qualche istante.

«Álex da quando in qua flirti con le mie amiche?» disse alla fine. Sentendo la voce del fratello, il ragazzo si alzò in fretta e lo abbracciò subito. Se c'era qualcuno che Álex amava più di chiunque altro, quello era Rodrigo.

«No... non sto flirtando... sciocco.»

«Sicuro? Guarda che ti conosco» scherzò Rodrigo.

Álex sorrise e, osservandolo con complicità, mormorò: «Mi... mi ha detto che non è la tua fidanzata».

«Ti ha detto così?» rispose Rodrigo fingendo di aggrottare la fronte.

«Sì... Le... lei ha detto che non è la tua fidan... fidanzata. Soltanto una tua amica.»

A quel punto si avvicinarono altre tre persone e Rodrigo disse: «Ana, mio padre lo conosci già. Loro sono Carolina, mia sorella, e Úrsula, mia madre. Mamma, Carol, lei è Ana, un'amica».

«Che piacere, Ana!» la salutò la ragazza dandole due baci. Dall'espressione sembrava davvero una persona gradevole, a differenza dell'altra.

«Anche per me» rispose Ana mentre guardava con nonchalance la donna che la osservava e pensava a dove avesse parcheggiato la scopa da strega.

«Wow» disse Carolina. «Adoro i tuoi stivali Mustang. Con i jeans stanno benissimo. Voglio comprarmene un paio anch'io.»

Sorpresa, Ana si stava guardando i piedi quando sentì: «Carolina, i tuoi stivali Yves Saint Laurent sono splendidi. Non hai bisogno di un altro paio».

«Ma mamma, a me piacciono» insistette la ragazza.

«A me no» interruppe la donna decisa, fissando gli stivali di Ana. Com'era possibile che a sua figlia piacessero quegli stivali in stile militare se ne aveva un paio così stiloso?

Ana non aprì bocca, si limitò a guardarli, ma sentì un brivido percorrerle la schiena nel notare lo sguardo gelido di quella donna alta ed elegante. *Mamma mia che tipo deve essere. Ma chi mi ricorda? Ah, sì! La cantante Maria Callas!* pensò sentendosi scansionata dallo sguardo dell'altra.

«Piacere, carina» disse la donna con un sorriso falso che le ricordò quello di sua madre.

Carina? Quel tono non le fece nessun piacere. Ma si avvicinò sorridendo alla donna e le diede due impercettibili baci sulla guancia mentre notava come spariva il bel sorriso di Carolina.

«Signora, sono felice di vedere che non è stato nulla di grave.»

Quella specie di diva curvò leggermente un angolo della bocca e annuì. Se Rodrigo aveva l'aspetto di suo padre, non si poteva negare che gli occhi azzurri li avesse presi dalla madre. Certo, quelli di Rodrigo erano accoglienti, non freddi e calcolatori come quelli della donna.

«Mamma» intervenne Rodrigo. «Ana fa la fotografa.»

«Di cosa? Matrimoni, battesimi e comunioni?» si burlò la donna.

«Mamma!» protestarono all'unisono Carolina e Rodrigo. Conoscevano entrambi la madre e sapevano quanto potesse diventare acida.

Dal canto suo, Ana sorrise a quel commento. Quel tipo di donna non la spaventava e, nel notare il disagio di Rodrigo e di sua sorella, puntualizzò: «Signora, oggi come oggi, vista la crisi che c'è, faccio la fotografa di qualsiasi cosa. Non è il momento adatto a rifiutare dei lavori».

Quella risposta non piacque a Úrsula. *Che ragazza impertinente!* E, voltandosi, guardò il suo ex marito e gli chiese: «Dov'è Alejandro?»

Seguendo l'indicazione del dito del marito, vide il ragazzo e urlò: «Alejandro, vieni qui! Andiamo a casa».

Detto questo, prese Rodrigo da un braccio e si allontanò di qualche passo per dirgli qualcosa.

A quel punto, Carolina si rivolse ad Ana, che era di fianco a lei, quasi sussurrando.

«Scusa per mia madre. È stanca e, anche se non lo ammette, so che gli ospedali la terrorizzano.»

«Non preoccuparti, non c'è problema. E senti… quando poi vuoi ti dico dove puoi trovare delle Mustang come queste a buon prezzo.»

«Davvero?»

«Sì.»

«Perfetto, ma mia madre non lo deve sapere» bisbigliò la ragazza. «A lei non piace questo tipo di scarpe e so che farebbe il diavolo a quattro se lo venisse a scoprire.»

Ana annuì proprio nel momento in cui si sentì: «Carolina, andiamo!»

La ragazza, dopo aver abbozzato un timido sorriso, la salutò con la mano e si allontanò; poi, passando accanto a suo fratello Rodrigo, lo cinse dal collo e lo baciò.

Due secondi dopo, si erano tutti incamminati verso il parcheggio dell'ospedale. Prima di salire sull'auto di Rodrigo, Ana diede un'occhiata alla macchina in cui viaggiavano gli altri e quasi fischiò nel vedere lo sguardo di Úrsula. Era palese che non le era piaciuta per niente.

9

Il forte legame tra Ana e Rodrigo andò avanti. Di fatto, divennero inseparabili. Era come se improvvisamente avessero entrambi trovato il proprio migliore amico. Ma, mentre Rodrigo si godeva quell'amicizia, Ana soffriva in silenzio. Vedere come l'uomo che tanto le piaceva le confidava intimità circa le altre donne, le faceva venire un nodo allo stomaco. Ma Ana lo ascoltava, senza far trapelare i suoi sentimenti. In più di una occasione, arrivò addirittura a consigliargli dove portare la sua ultima conquista o gli prenotò la cena al ristorante via Internet.

Quel livello di confidenza mandava Nekane fuori dai gangheri, e parecchio. Non era giusto per Ana. Cercò di parlarle per farla ragionare, ma l'altra non le diede assolutamente retta. Voleva godersi a qualsiasi costo la sua compagnia e quindi non cedette.

La sua gravidanza procedette vento in poppa, ma a differenza di quel che aveva creduto all'inizio, smise di ingrassare. Mangiava come un lupo, ma il nervosismo e le nausee le impedivano di prendere peso. A marzo Ana ricevette un gradevolissimo invito di compleanno. Alejandro, il fratello di Rodrigo, compiva ventisei anni e la voleva invitare alla sua festa. All'inizio pensò di non andarci. Era chiaro che la sua presenza avrebbe infastidito la madre di Rodrigo, ma davanti all'insistenza di quest'ultimo e dello stesso festeggiato, che la chiamò al telefono, accettò. E perché no?

Stretta nei suoi jeans, con un lungo capotto di pelle, un cappellino di lana e le Mustang, era lì che aspettava sul portone di casa che Rodrigo arrivasse con la sua macchina, quando comparve Encarna, la sua vicina.

«Ciao Annina! E dove vai così bella?»

«A un compleanno.» E vedendo le sporte della donna, le disse subito: «Ma insomma, Encarna, quante volte devo dirti di non caricarti così tanto quando vai a fare la spesa?»

«Ma non pesa quasi niente. Non essere esagerata!»

«Ah non pesa! Ma se hai le dita viola!»

La donna si guardò le mani cercando di nascondere il dolore.

«E d'accordo... lo ammetto, pesa! Ma avevo bisogno di tutto. Oggi voglio preparare la ratatouille e...»

«Encarna, te l'ho ripetuto mille volte che puoi fare la spesa al supermercato e poi loro te la portano a casa. Perché non mi ascolti?» protestò Ana.

«Oh, stella d'oro, che bel faccino che hai! Ma, sai, mi prendono quattro euro in più. Ottocento delle vecchie pesetas! E no... no. La mia pensione non mi permette certi lussi.»

«Ho già detto a Luis e a Patricia di segnarlo sul mio conto» rispose la giovane, seccata.

«Ma guarda un po' cosa devo sentire. Non se ne parla» rispose la donna. «Perché dovrebbero far pagare a te quello che non voglio pagare io?»

«Perché a me quattro o venti euro al mese non cambiano niente e...»

«Ho detto no, no e poi no!»

«Certo che sei proprio testarda» sorrise Ana. «Ma non ti rendi conto che tutto questo peso non ti fa bene alla schiena?» La donna, consapevole che la ragazza aveva ragione, annuì e Ana pretese: «Avanti... lascia le sporte, apri il portone e prendi la mia borsa. Te le metto nell'ascensore».

«Non se ne parla, tesoro. Nemmeno tu puoi caricare certi pesi» borbottò pensando alla sua gravidanza.

Ana la guardò seccata e bisbigliò: «Encarna! Se vuoi metterti contro la mia testardaggine, ti dico già adesso che perdi in partenza. Se voi galiziane siete testone, non ti dico come siamo noi mezze inglesi! Molla all'istante queste borse».

Dopo qualche sguardo di sfida, alla fine la donna lasciò le cinque sporte che le stavano scarnificando le mani. Non appena Ana le ebbe posate dentro l'ascensore, la donna disse: «Che tesoruccio che sei, mamma mia».

«E tu sei una testarda» rispose Ana. «Che sia l'ultima volta che ti vedo così carica, capito?»

«Va bene, stella, ma non irritarti che nel tuo stato non ti fa bene.» Vedendo che Ana sorrideva, le chiese: «Come stai oggi? Meglio?»

«Sì, per fortuna oggi mi sento una rosa. Speriamo che la giornata prosegua bene.»

Improvvisamente, il suono di un clacson attirò la sua attenzione e, nel vedere Rodrigo sulla sua macchina, baciò felice la vicina sulla guancia e disse: «Vado. Non vorrei gli dessero una multa».

«Divertitiiiiiii!» urlò la donna e sorrise nel riconoscere Rodrigo al volante.

Encarna adorava quella ragazza e la sua amica. L'avevano sempre aiutata e per lei erano le sue bambine.

Quando Ana salì sull'auto di Rodrigo, lui la guardò e, sorprendendola, esclamò: «Ah però, ma quanto sei bella oggi? Vediamo, guardami un po'».

Lei lo guardò, rossa come un peperone. Sentire i suoi occhi penetranti addosso la innervosiva, ma si lasciò guardare, godendosi il momento.

«Ti ho già detto che i berretti ti stanno bene?»

«Tu no, ma mia madre me lo dice sempre» rispose Ana imbarazzata.

«Davvero, questo berrettino di lana nero ti dona tantissimo.»

Ana se lo toccò soddisfatta.

«D'accordo, messaggio ricevuto. Meno mi si vede la faccia e meglio è.»

Quella risposta colse di sorpresa Rodrigo che scoppiò a ridere e che poi, prendendola dal mento, la avvicinò a sé e, a pochi centimetri dal suo volto, le mormorò: «Sei bellissima, e più ti si vede il viso meglio è!» Poi le baciò la punta del naso e la lasciò, ingranò la prima e iniziò a guidare.

Confusa e stordita da quel che era appena accaduto, Ana respirò. Quella vicinanza le fece battere il cuore. Avrebbe dato qualsiasi cosa perché lui la baciasse, ma no, Rodrigo non l'avrebbe mai fatto. Erano soltanto amici. Era ancora in questo stato confusionale quando lui le toccò la gamba per richiamare la sua attenzione. Lei lo guardò.

«Ho bisogno che tu faccia una cosa.»

«Dimmi.»

«Chiama questo numero di telefono e chiedi di Alicia» le disse consegnandole un foglio. «Dille che stai chiamando per conto di Rodrigo e che saremo lì tra venti minuti.»

«Ma non stavamo andando al compleanno di Álex?» chiese, stupita.

«Sì, ma prima devo andare a prendere il suo regalo.»

«A proposito di regali… Prima di andare dai tuoi voglio fermarmi da qualche parte a comprargli qualcosa. Tu sai quello che gli piace e…»

«Non preoccuparti, ci ho già pensato io.»

«Ma io voglio regalargli qualcosa» insistette guardandolo.

«E lo farai, promesso. Ora chiama quel numero.»

Senza chiedere oltre, fece la telefonata e dopo venti minuti si fermarono in calle Galileo.

«Un minuto e sono qui» disse Rodrigo.

Ana lo vide uscire dall'auto e dirigersi verso una carinissima ragazza bionda con un cappotto rosso fuoco e un viso angelico che sorrise non appena lo vide. Non riuscendo a evitare di guardare, vide come lui la abbracciava e poi la baciava sulle labbra. La gelosia le annebbiò la mente.

Ana… Ana… Ana… rilassati. Lui non ti appartiene. Fattene una ragione.

Dopo aver visto come si davano un altro bacio veloce per salutarsi e come la ragazza guardava curiosa verso la macchina, Rodrigo tornò e, dopo essere entrato e aver lasciato lì quello che aveva in mano, chiese: «Cosa ne pensi del nostro regalo?»

Esaminandolo, constatò che quello che aveva creduto fosse un maglione era, in realtà, un asciugamani arancione da cui spuntava una piccola testolina. Era un cagnolino!

«Oh, mio Dioooooooooo! Che meravigliaaaaaaaa!»

«È uno yorkshire nano. Mia madre darà di matto, ma Álex desidera così tanto un cane, e noi glielo regaleremo.»

«Noi? Vorrai dire tu.»

«Ma che importa, Ana. Il regalo sarà da parte di entrambi.»

«D'accordo… ma dimmi quanto ti devo o…»

«Penserai mica che ti faccia pagare?» chiese lui stupendola.

«Certo. Altrimenti che razza di regalo faccio a tuo fratello?»

Stupito da quello che a volte Ana diceva, fece una smorfia e disse: «D'accordo. Il prezzo è un bacio. E non accetto un no».

«Ma Rodrigo…»

«Ho detto che non accetto un no» insistette divertito.

Non potendo evitare di approfittare di quell'occasione, Ana avvicinò le labbra e lui le porse subito la guancia. Sconvolta da quel rifiuto, respirò il suo profumo, chiuse gli occhi e lo baciò. Fu una cosa veloce, un bacio tra amici, senza impegno, ma a lei sembrò splendido.

Rodrigo, all'oscuro dei suoi sentimenti, batté un cinque all'aria e mise in moto.

«Conto pagato. Il regalo è da parte di entrambi.»

Accaldata, e con voce infantile, per uscire dallo stordimento Ana prese il cagnolino tra le braccia e se lo avvicinò al viso.

«Ciaoooooooo belliiiiiissimoooo! Vuoi essere mio amico?»

Rodrigo sorrise e inserì la prima.

«Perfetto! È proprio quello che dirà Álex.»

Quando arrivarono a casa dei genitori di lui, in calle Rodríguez Marín, Ana fu presa dall'indecisione. Desiderava davvero sopportare lo sprezzo di Úrsula? Ma quando questa uscì a riceverli, fu incredibilmente gentile, anche se quando vide il cucciolo che Ana aveva in braccio, l'espressione si fece seria.

«E questo cos'è?«

«Il nostro regalo per Álex.» E, prima che potesse protestare, Rodrigo sussurrò affettuoso: «Mamma, Álex ha bisogno di un cane. Sai che lo chiede da quanto è morto Tobi due anni fa. Per favore… lascia che gli faccia questo regalo».

«Ma tesoro, io non ho tempo di portarlo fuori ed Ernesto…»

«Stai tranquilla, mamma. Questo cagnolino non cresce molto per cui non dovrai portarlo fuori, se non vuoi. Gli basterà uscire in giardino e fare due giri per stancarsi, vedrai! E quanto a Ernesto, parlerò io con lui.»

Ana era lì immobile che reggeva il cagnolino quando vide che Rodrigo, senza preoccuparsi dell'espressione di sua madre, fece l'occhiolino a quella donna glaciale e lei, mostrando per la prima volta un bellissimo sorriso, gli diede un bacio sulla guancia.

«D'accordo, tesoro. Mi hai convinta.»

Felice per quel permesso, Rodrigo cinse sua madre tra le braccia e dopo averla fatta girare e sorridere, la posò a terra.

«Dai, vai a dare il cane a tuo fratello» affermò la donna.

A quel punto comparve un uomo alto, affabile e con un sorriso accattivante. Ana notò che Rodrigo cambiava espressione mentre gli tendeva la mano e lo salutava.

«Oh, che piacere vederti, Rodrigo!» esclamò l'altro. E, guardando la ragazza che era lì con lui, chiese: «E questa signorina chi è?»

Úrsula lo anticipò prima che lui potesse rispondere: «Ana, un'amica di Rodrigo».

L'uomo sorrise con piacere, ma quando notò cosa la ragazza reggeva tra le braccia, cambiò espressione.

«E quello cos'è?»

«È il nostro regalo per Álex, che di sicuro ne sarà felicissimo» rispose Rodrigo determinato prima che Ernesto potesse anche solo batter ciglio. Poi si avvicinò il festeggiato. «Álex, che ne dici del nostro regalo di compleanno? Auguri!»

Nostro regalo? pensò Ana. *Anche lei gliel'aveva regalato?*

Il ragazzo, vedendo quel cucciolotto che si dibatteva tra le mani di Ana, si mise ad applaudire. *Un cane!* E, emozionato per quella sorpresa, gli toccò la testolina, lo prese affettuosamente e lo baciò. Poi lo sollevò fino all'altezza del viso e gli chiese: «Vuoi essere mio amico?»

Sorpresa, perché Álex aveva detto le sue stesse parole, Ana guardò Rodrigo che, facendo spallucce, la fece sorridere.

Gli invitati alla festa di Álex venivano accompagnati in un giardino sul retro, non molto grande ma decorato con gusto. Úrsula era felice e sorridente, persino con Ana, e la cosa la rese sospettosa. Sua madre stessa era come quella donna e quando il suo atteggiamento cambiava così dal giorno alla notte significava che aveva un asso nella manica. Bisognava stare all'erta. Ma ciò che la colpì fu che Rodrigo, dopo aver parlato con il marito di sua madre, non si avvicinò più a lui. Senza bisogno di spiegazioni, intuì che tra loro non scorreva buon sangue.

I camerieri del servizio catering portarono da bere. Lei si limitò a un succo di frutta. Non voleva che qualcosa le rovinasse il pomeriggio.

«Prendi soltanto un succo di frutta, cara?» chiese Úrsula avvicinandosi a lei con un bicchiere di spumante in mano.

Era da un po' che osservava quella ragazza dai capelli corti e la frangetta lunga che sorrideva come un'ebete quando guardava suo figlio.

«Sì. Di solito non bevo alcolici» rispose Ana con cautela.

Grazie al suo abbigliamento, non si notava che era incinta e le faceva piacere che fosse così. Anche se si sarebbe volentieri bevuta un Cuba libre, doveva essere giudiziosa e pensare al bambino.

Úrsula sorrise e le toccò il braccio.

«È molto bello il tuo orologio Cartier.»

«Le piace?» rispose sorridendo. Adorava quel regalo di suo padre.

«Una splendida imitazione. In quale mercatino l'hai comprato?»

Ana sospirò. Quella donna era mille volte peggio di sua madre. Stava per rispondere, ma l'altra la precedette: «Ti sei per caso portata dietro la macchina fotografica?»

Ana fece cenno di no con la testa.

«Oh, che peccato! Mi sarebbe piaciuto che ci scattassi delle foto. Sarebbe stato un bel ricordo.»

Disposta a tentare un avvicinamento per il bene del figlio, Ana chiese: «Lei ha una macchina fotografica?»

«Sì.»

«Bene, se me la porta, vi scatto volentieri qualche foto.»

Úrsula reagì come se le avessero offerto chissà cosa.

«Oh, che meraviglia! Te la faccio subito portare» esclamò sorridendo. E poi, girandosi verso una ragazza giovane dall'aria sudamericana, disse: «Guadalupe, vai nell'ufficio del signore e porta la macchina fotografica che c'è nell'armadietto, quella che gli ho regalato a Natale».

«Vado subito, signora» rispose la giovane.

Due minuti dopo, la ragazza ricomparve con la macchina fotografica e la consegnò a Úrsula. La donna la prese e, tenendola in mano, chiese: «Saprai usarla?»

«Sì.»

Non convinta dalla risposta, la donna aprì una cartellina dentro cui c'era la tracolla della macchina fotografica e aprì un foglietto.

«Mi sa che hai un bel problema, mia cara.»

«Quale?» sbuffò desiderosa di dirle di tenere per sé quel *cara*.

«Le istruzioni sono in inglese, francese e tedesco. E logicamente tu non conosci le lingue, vero?»

Ana la guardò. Era il caso di dirle che a parte quelle sapeva anche un po' di russo? Ma preferì tacere e, facendo spallucce, commentò: «È una Canon EOS 550D. Non si preoccupi. So usarla».

Úrsula annuì e le consegnò la macchina fotografica.

«Perfetto. Se riesci, cerca di fare qualche foto decente agli invitati e te ne sarò eternamente grata.»

Detto questo si allontanò. Ana, cercando di non pensare ai sottintesi lanciati da Úrsula, iniziò a scattare fotografie a tutti, e Rodrigo, quando la vide, si avvicinò a lei.

«Hai portato la macchina fotografica?»

«No, ma tua madre mi ha appena nominata fotografa dell'evento.»

Lui sorrise.

«Vuole delle foto ricordo. Quindi, coraggio, vai vicino a tuo fratello così ve ne scatto una insieme.»

Un'ora più tardi, Ana si sedette dopo aver scattato varie foto al festeggiato con il suo cane, con i regali, con i fratelli, con i genitori; altre a Úrsula con le sue sorelle e amiche «bene», e a tutto quel che girava per casa. Era stanca. Assetata, prese un succo di frutta da uno dei vassoi e, vedendo la bella e decorata torta di cioccolato bianco, non tentennò un istante e se ne servì una fetta. Sembrava squisita!

Oh, mio Dioooooooo! Quanto è buonaaaaaaa! pensò mettendosene in bocca un cucchiaino. Due minuti dopo, assicurandosi di non essere vista da nessuno, se ne servì un'altra fetta e, tre minuti più tardi, un'altra ancora. Quella torta era divina. Se la stava gustando quando Carolina, la giovane sorella di Rodrigo, si sedette accanto a lei. Felice, Ana prese la macchina fotografica e le scattò un primo piano. La ragazza scoppiò a ridere.

«Grazie per le Mustang. Mio fratello me le ha portate l'altro giorno e mi ha fatto davvero piacere.»

Ana sorrise e si infilò in bocca un altro cucchiaio di torta. Era troppo buona!

«Ti stanno bene?»

«Perfette!»

«Be' allora: goditele!»

Carolina annuì e si avvicinò ad Ana.

«Me le godrò nei weekend in cui non c'è mia madre perché se c'è lei non posso metterle.»

Ripulendo con nonchalance i resti di torta dal piatto, Ana chiese: «Ma Carol, tu quanti anni hai?»

«Ventidue.»

«E a ventidue anni tua madre ti proibisce ancora certe cose?»

La ragazza fece un cenno affermativo e, prima che Ana potesse replicare, sussurrò: «Secondo mamma, o meglio, secondo Ernesto, una signorina come me deve vestirsi con classe e quindi certi indumenti sono proibiti. Se ti raccontassi…!»

Senza parole per quella rivelazione, Ana era sul punto di dire quel che pensava quando Rodrigo e Álex si sedettero lì accanto e Carol andò via.

«Vuoi dell'altra torta? I tuoi occhietti mi dicono di sì» scherzò Rodrigo.

«È molto… molto buona» affermò Álex con in braccio il suo cagnolino.

Ormai Rodrigo sapeva bene che il cioccolato bianco la faceva impazzire. Non c'era una volta in cui, quando uscivano fuori a cena, lei non chiedesse per dolce qualcosa con del cioccolato bianco. Ana, notando il suo sguardo malizioso, l'avrebbe accoltellato, ma si avvicinò a lui di modo che fosse l'unico a sentirla e gli disse: «Smettila, non infierire. Ne ho già mangiate tre fette».

«Tre fette?!» scherzò lui.

«Sì, e non farmi sentire in colpa.»

Lui stava sorridendo felice quando un'amica di sua madre lo chiamò. Quando Rodrigo se ne fu andato, Ana rimase da sola con Álex e il suo cagnolino. Contenta, scattò altre foto al festeggiato e al suo cucciolo. Testimoniavano quanto fosse felice di avere ciò cui più teneva: il suo cane.

«E dimmi, Álex, che altro ti hanno regalato?»

Il ragazzo, felice, le passò in braccio il cagnolino e se ne andò di corsa. Due secondi dopo, ritornò con una giacca di pelle nera e la indossò.

«Carol... mi... mi ha regalato questa giacca identica a quella di Danny Zuco.»

«Danny Zuco?» chiese Ana senza capire.

Álex le si sedette accanto e abbozzò un sorriso.

«Mi... mi piace molto il film *Grease*. È il mio pre... preferito! E Carol, che lo sa, mi ha... mi ha regalato un giubbotto come quello del fidanzato di Sandy.»

«Sei bellissimoooooooooo, Álex Zuco» disse Ana ridendo nel cogliere l'emozione del ragazzo.

Dopo avergli ridato il cagnolino, gli scattò ancora qualche foto e, quando si sedettero vicini, Ana accarezzò con tenerezza la testa del cane mezzo addormentato.

«È molto bello, Álex. Il tuo cagnolino è davvero stupendo.»

«Grazie mille per il regalo. Mi è... mi è piaciuto tantissimo. Io... io volevo un cane.»

Ana era soddisfatta della sua felicità.

«Come lo chiamerai?»

Lui la guardò e fece spallucce.

«Non so... non ci ho ancora pensato. Tu come lo chiameresti?»

Due minuti dopo, il cucciolotto aveva un nome.

Poco più tardi, mentre Álex e Ana chiacchieravano, Rodrigo li raggiunse. La compagnia di Ana gli piaceva sempre di più. Di qualsiasi argomento si trattasse, parlare con lei era semplice e stupendo. Non aveva mai avuto un'amica del genere e aveva tutte le intenzioni di prendersene cura. Ana se lo meritava e lui era felice di averla trovata.

«Ehi, ma qui abbiamo Danny Zuco» ironizzò Rodrigo vedendo il giubbotto del fratello.

«Noooooooo.... Sono Álex» rispose l'altro ridendo.

I fratelli si godettero abbracci e risate mentre Ana gli faceva qualche scatto.

Di colpo a Rodrigo parve che fosse un po' pallida.

«Ti senti bene?» le chiese.

«Sì, soltanto un po' stanca» rispose sorridendo.

«Ana vieni a scattarci qualche foto» pretese Úrsula.

Lei si alzò, ma Rodrigo le afferrò una mano.

«Se sei stanca, non andare. Di' a mia madre che il tuo ruolo di fotografa dell'evento si è concluso.»

Con un sorriso complice, Ana si accovacciò e, prima di dargli d'istinto un bacio sulla guancia, mormorò: «Tranquillo, lo faccio con piacere».

Quando lei si allontanò, Álex attirò l'attenzione del fratello.

«Rodri... la sai una cosa?»

«Cosa, Álex?»

«Il cagnolino ha un nome.»

Contento per come vedeva felice il fratello, Rodrigo gli passò affettuosamente le mani tra i capelli.

«E come si chiama?»

«Bau.»

«Bau?!»

«Sì.»

Rodrigo scoppiò subito a ridere.

«Non è necessario che tu mi dica chi te l'ha suggerito» disse con aria divertita.

«Vero che è un bel nome?»

Rodrigo guardò Ana che stava fotografando sua madre con le amiche.

«Certo Álex, come minimo direi che è originale. Diverso.»

Verso le dieci di sera, quando gli amici di Álex se ne erano andati ed era rimasta soltanto la famiglia, finalmente Rodrigo si sedette con calma a chiacchierare con Ana e i suoi fratelli. Improvvisamente squillò il campanello. Due secondi dopo, apparve una raggiante Úrsula insieme a una giovane bionda con i capelli lisci e vestita all'ultima moda.

«Rodrigo! Guarda chi è venuta!» urlò sua madre con un calice in mano.

Quando Rodrigo vide la ragazza, la sua espressione cambiò. Si alzò sorpreso e con un incredibile sorriso che ferì Ana.

«Candela, quando sei arrivata?» chiese mentre si avvicinava a lei.

La bionda, felice di essere al centro dell'attenzione, sorrise a Úrsula che le strinse la mano con complicità e poi, scostandosi i capelli dalle spalle con fare sensuale, rispose: «Sono arrivata da un paio d'ore».

A quel punto li raggiunse Ernesto che mise un Martini in mano a sua moglie.

«Che bello averti qui!» disse alla ragazza.

«Grazie, Ernesto.»

«Quanto ti fermi in Spagna?» chiese l'uomo.

«Non lo so ancora» rispose ridendo, compiaciuta da quell'accoglienza. «Starò un po', e poi a seconda di come andranno le cose deciderò se tornare o meno a Houston.»

Rodrigo a malapena riusciva a non guardarla. Candela era bella, così bella che era difficile non farlo. Dimenticando tutti quelli che li circondavano, i due iniziarono a chiacchierare tra abbracci e gesti emozionati. Ana li osservò di sottecchi. Chi era quella? Durante uno dei suoi sguardi, si accorse che Úrsula le stava chiedendo di raggiungere i due. Si alzò subito.

«Potresti scattare qualche foto a Candela e Rodrigo?»

«Certo» annuì accendendo la macchina fotografica mentre gli altri due continuavano a parlare senza smettere di guardarsi.

Quando Rodrigo si accorse di lei, senza allontanarsi dalla nuova arrivata, disse: «Candela, ti presento Ana, un'amica».

«Ciao!» la salutò Ana sorridendo.

La bionda la guardò e, prima che potesse aprir bocca, Úrsula chiarì: «È la ragazza che scatta le foto alla festa. La fotografa, insomma».

In quel preciso istante, Ana capì tutto. Úrsula la stava usando come fotografa perché quelle snob delle sue amiche e la famiglia non pensassero che ci fosse qualcosa tra lei e suo figlio. Infastidita, avrebbe voluto cantargliene quattro a quella terribile donna quando vide che la nuova arrivata, dopo averla salutata con un cenno del capo, guardò di nuovo Rodrigo.

«Sono una coppia così bella… vero?» Ana non rispose, e Úrsula aggiunse: «Ti ha raccontato mio figlio che hanno avuto una relazione?»

«No, non ne abbiamo parlato.»

«Candela Fitwork Herrero è una brava ragazza di buona famiglia, come noi.»

Ci risiamo, pensò Ana mentre Úrsula continuava.

«Suo padre è il proprietario della Fitwork Asociados, il miglior studio legale che ci sia in Spagna e dove, tra l'altro, lavora Ernesto.»

«Oh... ma che bello!» la prese in giro Ana mentre nel frattempo continuava a scattare foto.

«Lei e Rodrigo sono stati fidanzati per cinque anni e, anche se si sono lasciati, sono certa che tra loro ci sia ancora qualcosa. Basta vedere come lui la guarda, non ti pare?»

Ana non rispose e quindi l'altra, che non vedeva l'ora di vuotare il sacco, proseguì: «Sapevi che mio figlio qualche anno fa si è laureato in Giurisprudenza?»

«No.»

Avrebbe voluto dirle che anche lei, ma alla fine preferì non farlo. Non voleva prendere parte a quel gioco assurdo e continuò a scattare fotografie.

«Ebbene sì, bellina. Sono riuscita a far studiare Giurisprudenza a Rodrigo perché diventasse un buon avvocato e poi un notaio, ma una volta laureato se n'è uscito fuori con la storia di voler fare il pompiere. Il pompiere!» ripeté disgustata. «E dire che starebbe così bene in un ufficio con giacca e cravatta e la ventiquattr'ore, invece di andarsene tutto il giorno in giro a rischiare la vita. Be', mi auguro che Candela lo faccia tornare in sé e che con il suo bel visino ottenga quel che io non sono riuscita a ottenere.»

Certo, mia cara, che sei proprio una serpe, pensò Ana.

«Dovrebbe essere orgogliosa di Rodrigo.»

«E lo sono, tesoro. Ma ho bisogno che trovi la sua strada.»

«Ma lui nel suo campo è molto bravo e sembra felice di quel che fa. E poi...»

Úrsula si irrigidì e, prendendo un altro calice di spumante, sibilò, interrompendola: «Ascoltami, bellina. È tutta la vita che cerco di farlo diventare qualcuno e non credo ci riesca da semplice pompiere. Se sposasse Candela Fitwork e iniziasse a esercitare come avvocato sono certa che sarebbe molto più felice».

«Ne dubito» osò Ana. «La sua vita lo rende già felice e...»

«Ma tu cosa ne sai... tu, una fotografa» sibilò con disprezzo. «Mio figlio ha bisogno di avere accanto una donna come Candela. Lei ha classe, è elegante e...»

«Lei crede davvero che siano i soldi a dare la classe?» chiese, offesa.

«Certo, tesoro. Il denaro muove il mondo ed è quello a indicare in una società chi sta sopra e chi sotto.» Nel notare l'espressione di Ana, aggiunse: «Non è la stessa cosa una ragazza come Candela, tirata su nelle migliori scuole, con una laurea e un lavoro come il suo, e una ragazza qualsiasi. Ma certo, magari non ti è facile capire di cosa sto parlando, a giudicare da come guardi mio figlio. È così evidente che persino mio marito mi ha detto di richiamarti all'ordine».

Quel commento fu la goccia che fece traboccare il vaso. E, indifferente a ciò che quella donna avrebbe pensato da quel momento in poi, le restituì la macchina fotografica e le rispose: «Mi stia a sentire, signora. Anzitutto i soldi non danno né la classe né la felicità. Poi, la smetta di bere perché credo che non lo regga bene e infine dico sia a lei sia a suo marito che io non ho bisogno di essere richiamata all'ordine perché tra me e Rodrigo c'è soltanto una bella amicizia. Nient'altro».

«Non ho niente contro di te, ma mi fa piacere che tu mi abbia capita alla perfezione» rispose la donna posando il calice sul tavolo senza avere intenzione di entrare nei dettagli.

«Le assicuro che non sono una stupida. Questo glielo posso garantire.»

«Lo so» aggiunse Úrsula dopo aver annuito rivolta a Ernesto, suo marito. «Per questo abbiamo avuto questa conversazione.»

Inconsapevole di quel che stava accadendo, Rodrigo, felice per la comparsa di Candela, la guardava inebetito. La ragazza che ora sorrideva in modo tanto femminile e che lo catturava era stato l'unico amore della sua vita. La donna dei suoi sogni. Ed ecco che improvvisamente era lì che gli sorrideva, più bella che mai. Dimenticando il dolore che gli aveva causato quando aveva deciso di partire per Houston, stava parlando con lei quando Ana, in stile tsunami, lo raggiunse e dopo avergli toccato la spalla disse: «Scusate se vi interrompo». La guardarono entrambi e, non volendo posare lo sguardo sulla giovane che la osservava, Ana aggiunse: «Rodrigo, io me ne vado».

Quel tono di voce così tranchant lo mise in allerta.

«Stai bene?»

«Sì...» mentì.

Ana sorrise, dopo essersi scambiata uno sguardo con Úrsula che stava bevendo dello spumante poco lontano da lì.

Dopo un teso silenzio Rodrigo la sorprese e disse: «Dammi un attimo, ti riporto a casa».

«No, non è necessario.»

Detto questo, si incamminò verso l'interno della casa sotto lo sguardo attento di Úrsula che sorrideva accanto a Ernesto. Rodrigo, stupito, la inseguì e, una volta raggiunta la porta d'ingresso, la afferrò.

«Ma che diavolo ti prende?»

«Niente. Cosa mi deve prendere?»

«Ti accompagno io» insistette il pompiere. «Non hai la macchina e...»

«Ho detto di no, cazzo! Ma come te lo devo dire?»

Sorpreso da quella brutta risposta, Rodrigo stava per rispondere, ma Candela li raggiunse e chiese: «C'è qualcosa che non va?»

Ana sospirò. Voleva uscire il prima possibile da quell'odiosa casa.

«Ana, per favore, dammi un secondo e ti accompagno» ripeté Rodrigo.

«Non disturbarti. Prenderò la metropolitana.»

Improvvisamente, e sorprendendola, Candela intervenne: «Vuoi che io e Rodri ti diamo uno strappo? Sinceramente non credo che la metropolitana sia un luogo adatto per una donna sola, tantomeno a quest'ora». Ana la guardò senza parole e l'altra proseguì: «A noi non costa niente, vero Rodri?»

Ma guarda che imbecille questa qui, pensò e proprio quando stava per rispondere, le squillò il cellulare. Lo tirò fuori dalla tasca dei jeans. Era Nekane. Chiese ai due di aspettare un istante e si allontanò di qualche passo.

«Dove sei?»

Quel tono di voce e la domanda in sé la stupirono.

«Sto uscendo da casa dei genitori di Rodrigo. Che succede?»

«Ho bisogno che mi raggiungi per una terapia dello zucchero. Sto malissimo!»

«Cos'è capitato?»

«Ho litigato con Calvin.»

Ana, certa di dover uscire subito da quella casa, rispose decisa: «Tra venti minuti, mezz'ora al massimo, sono lì». Detto questo, chiuse la chiamata e andò verso quei due che sorridevano come degli idioti; poi s'infilò il cappotto di pelle. «Non è il caso che mi portiate. Ho appena preso appuntamento con un'amica qui vicino. Quindi, godetevi la festa!»

Evitò di guardare Rodrigo che la osservava con aria corrucciata, sollevò la mano e, prima che qualcuno potesse muoversi, aprì la porta che dava sulla strada e se ne andò. Aveva bisogno di scappare da quella casa contaminata, o alla fine avrebbe tirato fuori il peggio di sé facendo un gran bel casino.

Ana passò in un supermercato di quelli aperti 24 ore su 24 per comprare un po' di vaschette di gelato per la terapia dello zucchero e poi salì su un taxi. Una volta arrivata al portone di casa, tirò fuori dalla borsa le chiavi ed entrò nell'atrio. Passando accanto alle buche delle lettere, si accorse che la sua era piena di pubblicità, quindi la raccolse in attesa che arrivasse l'ascensore. Ci salì e, raggiunto il suo pianerottolo, stava per inserire la chiave nella toppa quando le aprì la porta una Nekane sconvolta. Ana la abbracciò subito ed entrarono insieme. Cos'era accaduto?

Andarono in sala e riuscì a farla sedere; poi si sfilò il cappotto di pelle e le si sedette accanto.

«Cos'è successo con Calvin?»

Nekane, con aria sconvolta, si asciugò le lacrime.

«Non voglio mai più sentire pronunciare il suo nome.»

«Ma...»

«Ma come faccio a essere così idiota? Come posso essermi innamorata di un deficiente con il nome di una marca di mutande?» E asciugandosi con furia le lacrime dalle guance, chiese: «Sai perché quell'idiota di Cupido ha sempre indosso il pannolino?»

«No.»

«Perché manda sempre tutto in merdaaaaaaaaaa!» disse piangendo sconsolata.

Quel commento fece sorridere Ana, ma il sorriso si gelò quando sentì dire alla sua amica: «Se quell'infido telefona, per favore digli che sono morta, capito? Digli che sono troppo femmina per lui e... e...»

«Ma scusa Neka, come pensi che possa dirgli una cosa del genere?»

«Gliela dici e basta!» urlò e scoppiò di nuovo a piangere.

Ana la abbracciò. Non sapeva cosa fosse successo, ma doveva essere qualcosa di grave perché Nekane, la ragazza più forte del mondo, piangesse in quel modo.

«Neka, per favore, calmati e raccontami cosa è successo con Calvin.»

«Ti ho detto di non pronunciare il suo nome!»

«D'accordo, d'accordo... mi è sfuggito.»

«Hai comprato il gelato per la terapia?»

«Una barcata» confermò Ana.

Nekane annuì e si pulì il viso con un fazzolettino che aveva nella manica, mentre Ana tirava fuori dalla borsa vaschette di vari gusti.

«L'uomo mutanda ha...»

«L'uomo mutanda?» Quando capì, Ana scoppiò a ridere, ma vedendo il volto dell'amica sussurrò: «Scusa... scusa...»

«Come ti dicevo» – proseguì l'altra mentre Ana si alzava a prendere due cucchiaini – «l'uomo mutanda ha avuto il coraggio di dirmi che mi ama. Incredibile, no?»

L'espressione di Ana era talmente allucinata che Nekane ricalcò: «Incredibile, no?»

«No, ma fammi capire, voi due siete come Cip e Ciop» sbuffò Ana, allungandole un cucchiaino. «Ma devo davvero credere che sei ridotta così perché l'uomo mutanda ti ha detto che ti ama?!»

«No.»

«Allora?»

Nekane aprì il gelato al cioccolato belga e, dopo essersi portata due cucchiate alla bocca, disse: «Il fatto è che io gli ho detto che non lo amo».

«Ma Neka...»

«Stammi a sentire. Stavamo bevendo qualcosa in un pub. E lui, così all'improvviso, mi dice: 'Ti amo, principessa!' E... e io... ero così sconvolta, così sotto shock! Non sapevo cosa rispondere. E senza darmi il tempo di riprendermi quel gran cretino mi chiede: 'E tu mi ami?' E io... io l'ho guardato e ho detto: 'Be', no!' E allora lui, con un modo che non mi è affatto piaciuto, si è scostato da me e mi ha chiesto: 'E allora perché stai con me?' E io ho risposto come mi è venuto: 'Perché mi piaci e mi diverto con te, ma non sono innamorata'.»

«Ma mi prendi in giro?»

«No» negò gemendo.

Ana, notando le scie di eyeliner che l'amica aveva sul volto, si alzò, andò in bagno e prese delle salviette struccanti. Poi, mentre puliva quel casino, mormorò: «Pensavo che fossi anche tu cotta a puntino».

«E lo sono. Ma non al punto di dire 'ti amo'.»

«Ma fammi capire, mi stai davvero dicendo che voi, Cip e Ciop, la coppietta felice, avete litigato sul serio?» insistette senza parole.

Nekane annuì e, dopo aver dato all'amica una cucchiaiata di gelato, mormorò: «Sì. Mi ha detto che sono fredda ed egocentrica, che penso soltanto a se stessa. Ma cosa voleva che facessi? Che gli mentissi? Ma perché dovrei mentire se non lo amo?»

«Be', visto quello che provi per lui, potevi essere un po' più diplomatica.»

«Ma no... no... io sono come sono e se gli piaccio così, bene, e se no amen! Comunque non ne voglio più sapere niente di lui. Ci siamo lasciati! Quindi fammi la cortesia di dire al tuo splendido amico Rodrigo che non gli venga in mente di portarlo qui a casa o non rispondo delle mie azioni.»

«Tranquilla» sbuffò Ana posando le salviette sul tavolo. «Dopo quello che è successo stasera non credo che Rodrigo avrà tempo per me nei prossimi giorni.»

Dimenticandosi delle sue preoccupazioni, Nekane guardò l'amica.

«E a te che è successo?»

A quel punto Ana prese la vaschetta di gelato al gusto cookies e, aprendola sotto lo sguardo attento dell'amica che si stava divorando il cioccolato belga, si infilò un paio di cucchiaiate in bocca e disse: «Be', prima l'ho visto baciare una bionda su un portone; poi siamo andati a casa sua e ho dovuto sopportare che sua madre, tra le altre cose, mi dicesse che non sono abbastanza ricca per essere la fidanzata di suo figlio e ancora meno per far parte della sua sciccosa famiglia e alla fine ho anche visto apparire la sua ex fidanzata, che bisogna riconoscere è bellissima, e Rodrigo che le sbavava davanti; non ho molto altro da aggiungere!»

Nekane lasciò andare un lamento.

«Sei veramente senza senso!»

«Sì... un senso ce l'ho, Neka, ed è il senso dell'essere imbecille! Sono la regina delle imbecilli! Tra l'altro... questo gelato è una goduria.»

Neka, arrabbiata per quel che Ana le aveva raccontato, urlò: «Devi chiudere questa amicizia!»

«Lo so.»

«Non è sana, ma non te ne rendi conto?»

«Sì.» E, dopo essersi gustata un altro cucchiaino di gelato, aggiunse: «Ma mi piace così tanto che non riesco a farlo».

«La tua cotta per Rodrigo inizia a spaventarmi.»

«Anche a me. Ma è che non riesco a reprimere quel che provo per lui.»

Rimasero per un po' in silenzio pensando ai rispettivi problemi e divorando le vaschette di gelato. Poi di colpo Nekane le chiese: «Perché non hai detto a quella classista chi è tuo padre?»

Ana, sorridendo, si infilò un altro cucchiaino in bocca e, senza poterlo evitare, mormorò: «Perché il giorno in cui lo scoprirà, sempre che lo scopra, voglio che le saltino anche le otturazioni dei molari».

E così scoppiarono finalmente entrambe a ridere.

10

Il giorno dopo, Calvin, l'uomo mutanda, telefonò, ma né Ana né lui riuscirono a far ragionare la cocciuta Nekane. Alla fine Ana gli consigliò di starle un po' lontano e darle del tempo. L'amica aveva bisogno di sentire la sua mancanza per capire se desiderava o meno portare avanti quel rapporto. Calvin, dispiaciuto, accettò la sconfitta e decise di seguire il consiglio di Ana. Lei la conosceva meglio.

Quanto a Rodrigo, dopo il compleanno del fratello non le telefonò e la cosa distrusse Ana, che però se ne fece una ragione. Era evidente che la dannata Candela lo aveva rapito e lei non poteva farci niente. Ma nove giorni dopo, il telefono squillò. Era lui!

Le disse che sarebbe passato a trovarla a casa dopo pranzo. Incapace di negarsi, accettò.

«Ma se ti sei data tu stessa dell'imbecille» protestò Nekane quando scoprì che Rodrigo sarebbe passato da un momento all'altro.

«Lo so... lo so... non ripetermelo» annuì Ana truccandosi gli occhi.

«Come puoi permettere che quel tipo ti sconvolga così la vita? Non vedi che ti sta facendo a pezzi?»

«Sì, lo so. Ma che tu ci creda o no, la sua presenza mi scatena una tale lussuria che non riesco a controllarmi.»

«Lussuria?» ripeté Nekane ridendo.

«Sì.»

«*Quellasantadonnadituamadre*.»

Ana non rispose. La sua amica aveva ragione. Aveva perso il senno. Ma quel che provava per Rodrigo era talmente forte che il solo pensiero di chiedergli di non vedersi le rivoltava lo stomaco.

Mezz'ora dopo suonò il citofono e Nekane, con aria rassegnata, disse, mentre si sedeva sul divano a guardare la televisione: «La tua lussuria sta salendo in ascensore».

Ana si specchiò in tutta fretta. Era perfetta. Un po' pallida, ma la minigonna di cotone e la maglietta viola di Custo le stavano molto bene.

Quando suonò il campanello della porta, aprì come una bambina in attesa di un regalo. Rodrigo era lì. Ma la felicità si spense dopo pochi secondi. Davanti a lei, sulla porta di casa sua, c'era Candela, con indosso una pelliccia molto chic e a braccetto del suo amato Rodrigo.

«Ciao Ana!» la salutò quella della pelliccia. «Io e Rodri siamo venuti a trovarti!»

Ma subito l'espressione di Candela cambiò nel notare la rotondità della pancia che si percepiva sotto l'aderente maglietta viola. Era incinta?

«Ciao bellezza!» la salutò a sua volta Rodrigo. E, dopo averle dato un bacio sulla guancia, aggiunse: «Stavamo mangiando al ristorante e ho pensato di passare a salutarti».

«Che sorpresa!» sorrise stupefatta. Si spostò da una parte e disse: «Ma entrate, non rimanete lì sulla porta».

Candela, sconvolta da quello che aveva appena scoperto, chiese: «Sei incinta?»

«Sì. Sorpresa!» E, guardando la sua amica, disse: «Neka, ti presento Candela, la...»

«Amica speciale di Rodrigo» concluse la bionda, ottenendo un'occhiata fulminante da parte delle altre due. Era evidente che non era lì in veste pacifica.

Il volto di Nekane era tutto un poema. Cosa ci faceva lì quella donna? Ma senza scostarsi dall'amica sorrise e si offrì di preparare dei caffè. Dopo aver invitato Rodrigo e la sua accompagnatrice ad accomodarsi sul divano, le due amiche si diressero in cucina.

«Quella lì è l'ex?»

«Sì. Anzi, *l'amica speciale*» sibilò Ana cantilenando.

«E che cazzo ci fa qui con lei?»

«Non lo so, ma dopo questo avrò bisogno di una massiccia terapia dello zucchero» mormorò Ana.

Non riuscendo a non dare un'occhiata a quel che facevano, videro improvvisamente che si baciavano sulla bocca. Ana gemette. Perché lo dovevano fare davanti a lei?

«Ma santa Madonna, ma 'sto tipo è idiota?» protestò Nekane. Vedendo che l'amica era pallida come un lenzuolo, le chiese: «Stai bene?»

«Sì... sì... non preoccuparti.»

«Dice di non preoccuparmi...» E aprendo un armadietto prese una boccetta e le disse: «Dato che è uno stronzo mettigli dentro un po' di Evacuol».

«Ma sei scema?» rispose Ana ridendo.

«Cavolo...! Se lo merita. Già che non possiamo dargli uno schiaffone... mettigli del lassativo; almeno sarai sicura che non si schioderà dal bagno.»

Ana dovette trattenere una risata sebbene si sentisse malissimo nel vedere quei due insieme che si sbaciucchiavano nella sua sala.

«Esci dalla cucina e non toccare niente.»

«Ma...»

«Neka, fuori dalla cu-ci-na!» insistette e Nekane, dopo aver riposto l'Evacuol nell'armadietto, uscì.

Una volta preparati i caffè, Ana tornò in sala. Parlarono tutti e quattro animatamente fin quando la conversazione non si spostò sulla politica, cosa che Ana odiava ma che sembrava piacere a Candela.

Durante la chiacchierata, notò che la ragazza incitava di continuo e con malizia Rodrigo affinché la guardasse, e ogni volta che univano le labbra pensava: *Finirà che gli verso davvero l'Evacuol...*

Quando Rodrigo si alzò per andare in bagno lasciando sole le tre ragazze, Candela chiese curiosa: «L'altro giorno non mi sono accorta che eri incinta. Di quanto sei?»

«Di quattro mesi» rispose Ana.

Probabilmente Úrsula non ne era al corrente, altrimenti gliel'avrebbe detto. Quindi, con aria naturale, la guardò e chiese: «E come procede?»

Nekane, inserendosi nella conversazione, rispose: «Be', *Cande*... va bene, anche se...»

«Candela» la corresse l'altra. «Il mio nome è... Candela.»

Ana alzò gli occhi al cielo e Nekane sorrise, decisa a finire la frase.

«Be', Candela, dicevo che va bene anche se potrebbe andare meglio. Comunque, vuoi dell'altro caffè?»

Intuendo le sue intenzioni, Ana la guardò e Nekane sorrise di nuovo.

«No, grazie. Per oggi va bene così» rispose la ragazza che a quel punto si rivolse ad Ana. «E il padre del bambino è contento?»

«Molto! È felice!» affermò Ana decisa.

«Adesso capisco perché Rodri era così preoccupato l'altro...»

«Rodrigo» la interruppe Nekane.

Candela, sollevando il mento, guardò Nekane e ripeté con superbia: «Dicevo che ora capisco perché Rodri era così preoccupato l'altro giorno e perché ha insistito tanto per venirti a trovare».

«Sai, siamo buoni amici» affermò Ana che le sarebbe volentieri saltata agli occhi.

Nekane, sapendo bene cosa stava pensando Ana, guardò l'amica con il suo migliore sorriso e disse: «Sai, *Rodri* è un amore e si preoccupa molto per lei e per il bambino».

Improvvisamente Ana sentì un conato e corse subito verso il bagno di camera sua.

Nekane rimase lì a osservare una Candela sconvolta e spiegò: «Non è niente. Tra due secondi tornerà di qui fresca come una rosa, e si vorrà mangiare un bel cetriolino sott'aceto intinto nella Nutella».

Rodrigo stava uscendo dal bagno quando vide passare Ana di corsa verso quello della sua stanza con una mano davanti alla bocca. La seguì senza tentennare. Non potendo starsene lì senza far niente, quando la vide piegarsi in due, le posò affettuosamente una mano sulla fronte.

«Stai tranquilla, Ana... stai tranquilla.»

Quel malessere era stato causato dall'aver visto Candela a casa sua insieme a Rodrigo e soprattutto dall'aver notato come lui la guardava imbambolato. Ma una volta che ebbe vomitato, si sentì meglio. Rodrigo, dopo averla fatta sedere sul WC, prese un asciugamani, lo bagnò e glielo passò prima sulla fronte e poi sulle labbra. Ana glielo strappò via.

«Stai meglio?» chiese lui.

Lei annuì e si mise una gomma in bocca per coprire il sapore amaro.

«Come vanno le cose?» chiese non riuscendo a starsene in silenzio un solo secondo in più.

«Bene.»

«Pensavo fossi arrabbiato con me.»

«Perché?»

«Perché non ho avuto tue notizie per nove giorni.»

Rodrigo sorrise e si avvicinò a lei.

«Sono stato molto occupato» bisbigliò. «Devo raccontarti un po' di cose.»

«Wow, che bello!» scherzò Ana anche se decise di cambiare argomento. «Hai parlato con Calvin?»

«Sì... e mi ha detto che non si parlano.»

Chiacchierarono su quei due per un po' fin quando Rodrigo non buttò lì: «Che ne pensi di Candela?»

Sorpresa da quella domanda, Ana si alzò dal WC.

«Una ragazza normale. Perché?»

«Siamo stati fidanzati per qualche anno e, anche se era da un po' che non ci vedevamo, mi è bastata rivederla e... Non so cosa mi prende, ma mi comporto come un idiota.»

Bene, guarda, siamo in due ma tu per lei e io per te, pensò rassegnata.

Colpita da quella confidenza, Ana avrebbe voluto dirgli che quella santa di sua madre le aveva già raccontato della loro bella storia d'amore, ma non disse nulla. Poi, sentendo che le gambe le cedevano, decise di sedersi di nuovo.

«Lei ti piace?»

«Sì, mi è sempre piaciuta.»

«Hai voglia di riprendere la vostra relazione?»

Rodrigo si appoggiò al muro e mormorò con sincerità: «Non lo so. È stupenda, femminile e divertente, e sono cose che mi fanno impazzire in una donna, ma so anche molto bene che non intendo andare a vivere a Houston e che lei ci tornerà tra qualche mese. Però, da quando l'ho rivista il giorno del compleanno di mio fratello, non ho pace. Sono confuso da quel che provo e non riesco a ragionare. E ho pensato che forse tu potresti aiutarmi a capire cosa fare. In fondo siete entrambe donne e quindi avete qualcosa in comune».

Che Dio me ne scampi, pensò Ana sentendo suonare il campanello di casa.

«Vuoi che io ti dia un consiglio?»

«Sì.»

Lasciala andare a Houston e stai con me, pensò. Ma sospirò e con il cuore stretto in una morsa, disse: «Rodrigo, è una cosa molto personale».

«Lo so e non te lo chiederei se non fosse perché mi fido di te. Ascolta, devo confessarti una cosa: la causa della rottura tra me e Candela è stata che lei non approvava che volessi fare il pompiere e...»

«Davvero?»

«Sì. All'epoca mi aveva detto che non sarebbe mai stata con un uomo con un lavoro come il mio perché non le avrebbe mai potuto offrire lo stile di vita cui aspirava. Lei viene da una buona famiglia ed è abituata a vivere in un certo modo.»

«Mi sconvolgi.»

Passandosi una mano tra i capelli, Rodrigo proseguì: «Il fatto è che io l'ho vissuta malissimo allora, soprattutto quando ho scoperto che due mesi dopo aver chiuso con me aveva conosciuto un altro e si era sposata».

«Sposata con lui?» chiese sempre più sorpresa.

«Sì, aveva conosciuto questo imprenditore americano e, dopo il matrimonio, era andata a vivere a Houston.» Notando come Ana lo guardava, aggiunse: «So che si è comportata male, che è stata egoista e impulsiva. Ma eravamo molto giovani e, be', al momento sta portando avanti la causa di divorzio e...»

«E adesso è qui a riprendersi quel che aveva lasciato, giusto?»

Lui non rispose.

«Mi stai davvero dicendo che intendi dare una nuova opportunità a qualcuno che ti ha mollato così, che si è comportato in modo tanto egoista e non ha pensato un solo secondo a te?

Qualcuno che non ha accettato il tuo lavoro ed è stato talmente classista da mollarti per questo?»

Lui sbuffò.

«Ascolta, Rodrigo, se mi chiedi un consiglio te lo darò: lasciala perdere perché se l'ha fatto una volta, lo farà di nuovo. Il giorno in cui apparirà un partito migliore non ci penserà su due volte e se ne andrà. Le persone così non cambiano.»

«Ma...»

«Non c'è ma che tenga... non cambierà!»

«Ma perché sei così drastica e negativa? Ana, le persone cambiano e...»

«La mia esperienza in queste questioni mi dice che le persone non cambiano. Ingannano se stesse e riescono anche a ingannare te, ma non cambiano. Se te lo dico è perché una volta mi è successa una cosa e io... be'... non intendo raccontarti la mia vita.»

Rodrigo si sorprese per quella confessione così intima, cosa che lei non faceva mai.

«Cosa ti è successo per farti pensare così?»

«Niente.»

«Sì, invece» sussurrò sollevandole il mento perché lo guardasse. «Raccontamelo, Ana.»

Inebetita dal tepore di quegli occhi azzurri e dalla situazione, Ana annuì e, senza sapere perché, si portò la mano al sopracciglio.

«La vedi questa cicatrice?»

Lui annuì.

«Be', me l'ha fatta un uomo al quale ho dato molte opportunità quando ero ragazzina perché mi piaceva molto, troppo.»

«Cosa?!» sibilò furioso. «Chi ti ha fatto una cosa del genere?»

«Tranquillo. È stato parecchio tempo fa e ti assicuro che ormai è acqua passata» rispose prendendogli la mano. «Warren Follen era un ragazzo affascinante e per un bel po' la nostra relazione è stata la cosa migliore che mi fosse mai capitata. Lui vedeva in me qualità che nessun altro vedeva, e mi faceva sentire bella e in gamba. Ma un giorno è successo qualcosa, e sono stata io a pagarne le conseguenze. Quel giorno l'ho perdonato, dopo che mi aveva supplicata insistentemente e mi aveva promesso che non sarebbe mai più accaduto. E invece è successo varie altre volte. L'ultima, prima del matrimonio di mia sorella, e a quel punto ho deciso di chiudere quella relazione perché le persone che non hanno cuore, secondo me, non cambiano e...»

«Ana» sussurrò Rodrigo abbracciandola. «Mi spiace.»

«Va tutto bene. È superato e non ne avevo mai parlato con nessuno, non so perché l'ho fatto oggi con te.»

«Sarà perché siamo amici?»

Ana guardò l'uomo che la stringeva come una quindicenne e annuì. «Sarà.» Riprendendosi da quel momento di debolezza, si scostò da lui prima di non riuscire a frenare la voglia di baciarlo che aveva. «Per questo la penso così e, in un certo senso, sono così. Credo che soltanto tu possa sapere cosa fare con Candela. Se vuoi darle una nuova opportunità perché senti le farfalle che volteggiano nello stomaco quando la vedi, allora fallo! Ma sii consapevole che è una nuova opportunità e stai attento.»

«Tu avevi di nuovo sentito quelle farfalle?»

«Sì.»

«E ci hai provato?»

Guardandolo sinceramente, ripercorse quelle fossette che tanto le piacevano e annuì.

«Sì, ma a volte le cose semplicemente non possono andare e basta.»

Rodrigo annuì. Adorava la sincerità con cui Ana gli parlava, anche se quella rivelazione sul suo passato lo faceva soffrire. Com'era possibile che qualcuno le avesse fatto una cosa del genere?

Improvvisamente, Nekane entrò in bagno come un ciclone. «Ana... non ci crederai ma è appena...»

«Patoooooooooooooooooo!» urlò Lucy spingendo Nekane per entrare ad abbracciare sua sorella.

Stupita di vederla lì, Ana la abbracciò sotto lo sguardo attento di Rodrigo.

Mio Dioooooooooo! Ma che ci fa qui?

La presenza di sua sorella non poteva che causare problemi e, notando che Rodrigo guardava Nekane con aria divertita, le sussurrò subito all'orecchio: «Nana, parla francese... parla francese».

Lucy si scostò da sua sorella di qualche millimetro.

«E perché devo parlare francese?» chiese.

La domanda attirò l'attenzione di Rodrigo e fu a quel punto che Lucy notò quel tipo così possente e bello e, dimenticandosi di sua sorella e di quel che lei le aveva chiesto, si scostò con sensualità la frangetta dal viso.

«Ciao! Io sono Lucy, la sorella di Ana. E tu chi sei?»

«Piacere, Lucy. Io sono Rodrigo» rispose, meravigliato di conoscere la sorella della sua migliore amica.

«Il pompiere?»

«Proprio io» affermò mentre Ana e Nekane si scambiavano uno sguardo. Stava per scoppiare un gran bel casino!

Davanti a quella conferma, Lucy emise un urletto che perforò i timpani di tutti e uscì di corsa dal bagno. Rodrigo rimase senza parole. Ma cosa prendeva a quella donna? Ana, sul punto di avere un infarto, guardò Nekane che, dopo aver sbuffato, disse decisa: «Amica, bisogna affrontare la cosa. In sala ci sono tuo padre e tua madre, a parte quella pazza di tua sorella e Candela. E mi dispiace ma non possiamo farci nulla».

«Cos'hai detto?!»

«Quello che hai sentito...»

«Oh mio Dio, oh mio Dio!»

Rodrigo le guardò. Cosa gli prendeva? Ma prima che potesse dire qualcosa, Nekane commentò: «Ana, per l'amor del cielo, respira, stai diventando blu».

«Non ci riesco!»

Senza lasciarle il tempo di pensare, l'amica l'abbracciò sotto lo sguardo indecifrabile di Rodrigo e sussurrò: «Certo che puoi. Coraggio, respira». Ana respirò e Nekane proseguì: «Ascoltami, sarà un vero gran casino, ma hai soltanto due secondi prima di andare in sala e pensare a cosa dire».

Detto questo, se ne andò e chiuse la porta del bagno, lasciando i due da soli. Ana si toccò il viso, aprì il rubinetto e si versò dell'acqua. Poi si mise una fascia per scostarsi i capelli dal volto. Non era possibile che stesse succedendo tutto quello. I suoi genitori a Madrid! Infine, sentendo la presenza di Rodrigo che le toccava la spalla, disse: «Ho bisogno del tuo aiuto».

«Che succede?»

«Ti prego... ti prego... ti preeeego... Non chiedere nulla. Reggimi soltanto il gioco e non trarre conclusioni affrettate, d'accordo? Prometto che poi ti spiegherò tutto, ma adesso reggimi il gioco.»

Lui annuì, sconvolto e intuendo che stava succedendo qualcosa di grande. Un secondo dopo, Ana aprì la porta del bagno e Rodrigo, stupito, sentì che lo prendeva con forza dalla mano e camminava decisa verso la sala. Candela, sbigottita, li vide apparire. Cosa ci facevano mano nella mano?

A quel punto Ana prese fiato e disse: «Mamma, papà, ma che sorpresa!»

«Era proprio il nostro scopo, amore» rispose applaudendo sua madre. «Farti una sorpresa. Oh, bambina mia, quanto sei bella!» urlò Teresa emozionata.

Da dopo Natale il carattere di sua madre si era addolcito in modo talmente fantastico che Ana non poté evitare di sorridere. Quindi lasciò subito andare la mano di Rodrigo e la abbracciò. Quell'abbraccio la sollevò, nonostante i problemi. Poi abbracciò suo padre.

«Amore, stai tremando» le sussurrò l'uomo all'orecchio.

Era spaventata da quel che sarebbe potuto accadere. Rodrigo sarebbe venuto a scoprire irrimediabilmente la sua bugia e di certo anche i suoi genitori, quindi tutto sarebbe finito e la cosa la fece scoppiare a piangere.

«Ma Ana Elizabeth, tesoro, perché piangi?» chiese sua madre, preoccupata.

Nekane, intuendone le cause, le porse un fazzoletto e, prima di tornare al suo posto, disse: «Ultimamente piange anche quando suona il microonde».

La frase fece ridere tutti. Candela, seccata dalla situazione, cercò di mettersi di fianco a Rodrigo, ma Nekane non glielo permise. Non sapeva cosa avrebbe fatto la sua amica, ma sapeva di non dover permettere che quella ragazza si avvicinasse a lui.

Quando Ana si scostò dai genitori, fece un passo indietro e, riprendendo la mano a Rodrigo, disse: «Papà, mamma, Nana, vi presento Rodrigo. *Tesoro*, loro sono i miei genitori, Teresa e Frank. Lucy l'hai già conosciuta in bagno».

Sorpreso da quel «tesoro» la guardò, ma decise di seguire le sue istruzioni.

«Piacere di conoscervi.»

«Il piacere è mio, ragazzo» rispose Frank ridendo e gli tese la mano. «Finalmente conosco il padre di mio nipote e l'uomo che ha rubato il cuore della mia piccola.»

Rodrigo avrebbe voluto urlare «Cosa?!», ma si trattenne e, con un sorriso forzato, gli strinse la mano. Anche se dopo, con nonchalance, guardò Ana, pallida lì di fianco a lui. Ma cos'era quella storia che era il padre del suo bambino?

In seguito al saluto del padre arrivò quello della madre e, dopo avergli dato un paio di baci ed essersi convinta che quel ragazzo era meglio di come avesse pensato all'inizio, gli pizzicò la guancia come fosse un bambino.

«Oh...! Ma che bello mio genero! E che splendidi occhioni azzurri!»

«Grazie, signora» riuscì a balbettare.

La donna, ancora sconvolta dal fidanzato della figlia, si sistemò i capelli con malizia e si avvicinò di più a lui.

«Oh, mio Dio! Sono tua suocera. Chiamami Teresa.»

Ancora sotto shock per tutto quello che stava succedendo, Rodrigo scosse la testa.

«D'accordo, Teresa.»

Lucy, divertita nel vedere sua madre turbata di fronte a un tipo così imponente, per attirare lo sguardo della sorella, urlò: «Pato! Fammi vedere la pancetta!»

Ana si tirò su la maglia come un automa e lasciò in vista la pancia. Si sentì un *oh* generale prima che Rodrigo, del tutto confuso, ripetesse:

«Pato?!»

Ana e Nekane scoppiarono in una risata isterica e Lucy rispose: «La faccenda di Pato è un nomignolo che le ho dato quando facevamo lezione di danza. Ana era davvero una papera e la cosa divertente è che le piaceva!»

Ana rise. Ricordare quel periodo la rendeva felice.

«Non dar retta, figliolo» intervenne Teresa. «Non capirò mai perché, visti i loro bei nomi, s'intestardiscano a chiamarsi Pato e Nana.» Poi, guardando Candela che in tutto quel tempo non aveva aperto bocca, chiese: «E questa signorina così bella, chi è?»

Nekane guardò Ana e lei, continuando a tenere Rodrigo per mano, rispose: «Mamma, lei è Candela, una cara amica mia e di Rodrigo. Vive a Houston, ma in questi giorni è in visita a Madrid e così è venuta a trovarmi».

Teresa, emozionata, si avvicinò alla ragazza e le diede due baci.

«Piacere di conoscerti, cara. Sono felice di vedere che mia figlia ha amiche così stupende che si prendono cura di lei durante la gravidanza.»

La bionda Candela annuì, ancora sotto shock. Quello che aveva appena scoperto era davvero pesante. Rodrigo e quella ragazza stavano per avere un figlio? Non riuscendo a stare lì un istante in più, decise di andarsene di corsa.

«Conoscervi è stato un vero piacere, ma devo proprio andare. Ho un appuntamento tra mezz'ora e devo scappare se voglio arrivare in tempo.»

Rodrigo cercò di muoversi, ma Ana lo trattenne, tenendolo per mano. Tuttavia, lui disse: «Ti accompagno io, Candela».

«Non è il caso, Rodri» rifiutò quella. «Prenderò un taxi.»

Rodrigo voleva parlare con lei e chiarire le cose.

«Insisto: ti accompagno.»

Ma Candela, che aveva ormai tratto le sue conclusioni, rifiutò in modo deciso.

«Ti ringrazio, ma il tuo posto è qui con Ana e con i tuoi suoceri.»

Cazzo, pensò lui. Non voleva che se ne andasse così, senza prima parlarle.

«Tieni la tua pelliccia, *Cande*» le disse Nekane spingendola. «E forza… vai, vai o farai tardi al tuo appuntamento.»

Seccata, Candela prese la sua pelliccia di volpe. Rodrigo, confuso, cercò di muoversi, ma Ana non aveva nessuna intenzione di lasciarlo andare senza prima avergli spiegato, quindi gli cinse il collo con le braccia e, dopo avergli dato un veloce bacio sulle labbra che lo turbò, disse: «Amore, Candela ha ragione. Resta qui con noi. Papà e mamma sono arrivati…»

«Dritti dritti da Londra soltanto per conoscerti» aggiunse Lucy.

Sempre più confuso, Rodrigo fissò lo sguardo su Ana.

«*Tesoro*… non mi avevi detto che la tua famiglia era di Marsiglia?»

«Marsiglia?» ripeté Ana ridendo e toccandosi l'orecchio. Poi, dopo avergli dato un altro bacio sulle labbra, chiarì: «Devi aver capito male. Mamma e papà vivono a Londra».

Ammirato dalla faccia tosta di Ana, annuì mentre con aria corrucciata vedeva andar via Candela.

«Certo, *tesoro*, devo aver capito male io.»

«Ma che bella coppia che siete!» urlò Lucy all'improvviso. «E, anche se non è fine da dirsi, avevi proprio ragione quando dicevi che Rodrigo era un gran pezzo d'uomo.»

Non riuscendo più a starsene zitto, Rodrigo guardò la supposta madre di suo figlio, sollevò un sopracciglio e chiese: «Davvero hai detto così di me?»

«Oh sì!» confermò Lucy prima che la sorella potesse zittirla. «A Natale, quando ci ha raccontato della gravidanza, ti ha descritto come l'uomo dei suoi sogni: bello, presente, un cavaliere, un grande lavoratore. Insomma… tutto quello che Pato ha sempre cercato.»

«Sanno di me fin da Natale e tu, *tesoro*, non mi hai detto niente?» chiese Rodrigo sempre più sconvolto.

Oh, Dio mio, disintegrami, pensò, terrorizzata, di fronte allo sguardo di lui.

«Non preoccuparti, Rodrigo» lo tranquillizzò Frank toccandogli una spalla. «Ho prenotato un tavolo da Horcher per domani alle due. Sono certo che durante il pranzo ci aggiorneremo su molte cose.»

«Domani?» chiese Ana.

«Sì, domani» confermò decisa Teresa guardando sua figlia. «Dobbiamo parlare del matrimonio di Lucy e abbiamo bisogno di sapere quando pensavate di arrivare a Londra per organizzare una cena con i nostri amici e così potergli presentare Rodrigo.»

Ti ucciderò, pensò lui stringendole la mano.

Imbarazzata e non sapendo dove guardare, Ana avrebbe voluto sprofondare. Non sopportava i sorrisi dei suoi genitori e di sua sorella, né lo sguardo spaventato di Nekane e ancor meno il turbamento di Rodrigo. Si sedettero per bere qualcosa. Ana e Nekane, da anfitrioni, si diressero al frigorifero per prendere delle bibite.

«Cazzo! Cazzo!» sussurrò Nekane.

«Stai zitta…»

«Ma hai visto la faccia di Rodrigo?» insistette l'amica.

«Secondo te?!»

«Poveraccio, che boccone sta mandando giù.»

«Oh, Neka! Mi ucciderààààà!»

«Normale. L'hai messo in un bel casino. È già un signore a reggerti il gioco senza dire niente.»

Con nonchalance, Ana guardò oltre lo sportello aperto del frigorifero e vide suo padre che parlava con Rodrigo e questi che, con tutta la naturalezza possibile, gli rispondeva.

A quel punto squillò il cellulare di Rodrigo che, dopo aver visto chi era, fece un'espressione seria e lo spense. Ana seppe di chi si trattava senza bisogno di chiedere nulla. Era Úrsula. Di sicuro Candela le aveva già raccontato l'accaduto.

Verso le sette di sera, stanchi per l'intensa giornata, i genitori di Ana e sua sorella decisero di andarsene. Nekane, consapevole del fatto che Ana e Rodrigo dovevano parlare, si offrì di accompagnare in macchina Frank, Teresa e Lucy fino all'albergo. Inizialmente rifiutarono, ma poi Nekane la spuntò. In quanto a testardaggine era imbattibile. Non appena la porta si chiuse, sulla casa cadde un silenzio sepolcrale. Ana rimase ancora un po' a fissare la porta, sebbene sapesse che Rodrigo la stava osservando. Quindi, sapendo di non avere alternative, si voltò e a fatica sussurrò: «Ti spiegherò tutto».

Fuori di sé, Rodrigo si avvicinò a lei e con aria intimidatoria la prese da un braccio per farla sedere sul divano.

«Certo che mi spiegherai. Allora, vediamo di capire, il bambino è mio o non è mio? Perché se non ricordo male, il giorno che sono venuto a sapere del tuo stato mi hai giurato e spergiurato che non era mio e oggi, improvvisamente, i tuoi genitori e tu stessa mi avete detto in faccia l'esatto opposto!»

«D'accordo…»

«È o non è mio?»

«Ascoltami...»

«No, ascoltami tu» la interruppe, fuori di sé. «Credevo fossimo amici, ma mi rendo conto che essere tuo amico è impossibile. Adesso dimmi soltanto quel che mi interessa sapere così potrò andarmene via.»

Non riuscendo a controllarsi, Ana iniziò a piagnucolare. Si trattava di un grande malinteso di cui lei e soltanto lei era l'unica responsabile. Non riusciva ancora a capire perché avesse mentito in quel modo, ma l'aveva fatto e ora doveva uscire da quella situazione.

A Rodrigo si spezzò il cuore nel vederla piangere, ma era talmente offeso da tutto l'accaduto che non si mosse e non l'abbracciò. Voleva sapere la verità e, fin quando lei non avesse confessato, non avrebbe cambiato il suo atteggiamento.

«Ana, sto aspettando la tua risposta» insistette.

Lei annuì e, dopo aver preso un fazzolettino dalla scatola sul tavolino davanti al televisore, si asciugò le lacrime, si soffiò il naso e, con un filo di voce, disse: «Rodrigo, non ti ho mentito. Il bambino non è tuo. Ma...»

«Ma tu sei pazza o cosa?! Se il bambino non è mio, perché hai detto ai tuoi genitori che lo è?»

«Perché avevo bisogno di una bella storia e di un buon padre o loro ne avrebbero sofferto!» urlò sconvolgendolo. «Non avevo intenzione di tenere il bambino, ma... ma improvvisamente qualcosa in me è cambiato e, senza pensarci su, gli ho confessato che ero incinta e non so perché quando mi hanno chiesto del padre ho nominato te. Be'... sì che lo so. Non potevo dirgli che il padre è uno svizzero di nome Orson di cui non so nulla. Se gliel'avessi detto, li avrei feriti, specialmente mia madre e non ho voluto farlo. E così ho pensato a te e siccome sei un uomo forte, con carattere, bello e con una professione decisamente maschile, mi si è annebbiato il cervello e... e... e mi sono inventata che stavamo insieme e che questo bambino l'avevamo voluto entrambi e...»

«Cazzo!»

«Non ho mai pensato che saresti venuto a saperlo. Credevo fosse una piccola bugia che poi avrei smentito e allora io...»

«Una piccola bugia» sibilò. «Dire che sono il padre di tuo figlio è una piccola bugia?»

«Anche se non ci credi, ti giuro che quando l'ho fatto l'ho vista così.»

«Ma cazzo, Ana! Se questa per te è una piccola bugia, non voglio nemmeno pensare quale possa essere una GRANDE bugia.»

«Lo so... ma io...»

«Hai la più pallida idea del casino in cui mi hai messo con la tua e con la mia famiglia?» Poi, mostrandole il cellulare, urlò: «Ho quarantotto chiamate perse di mia madre che, ovviamente, avvisata da Candela, aspetta una spiegazione! Cazzo, Candela! Ma come hai potuto farmi una cosa del genere?»

«Ti giuro che lo risolverò. Parlerò con Candela e...»

«Oh... ma certo che lo farai!» affermò annebbiato. «E risolverai anche la faccenda dei tuoi genitori. Voglio che tu gli dica che non sono il padre e...»

«Non posso!»

«Sì che puoi.»

«No.»

«Molto bene. Lo farò io. Andrò da loro in hotel e lo farò» chiarì prendendo il suo cappotto.

Ana si mise subito tra lui e la porta.

«Non dirglielo. Ti prometto che glielo dirò io, ma al momento giusto.»

«Al momento giusto? Ma hai perso la testa?»

«Per favore, Rodrigo, non dirgli niente. Mia madre è cardiopatica» mentì toccandosi l'orecchio. «E un dolore del genere...» Vedendo che aveva catturato tutta la sua attenzione, proseguì: «Ti prometto che dopo il matrimonio di Nana gli dirò che abbiamo rotto e che il bambino non è tuo; ma per favore dammi del tempo».

«Un'altra cosa» disse lui, adirato, buttando il cappotto sul divano: «Non ho nessuna intenzione di accompagnarti al matrimonio di tua sorella. Quindi puoi iniziare a risolvere anche quella faccenda».

«Ti preeeeeego...»

«No...» E poi, portandosi le mani alla testa, urlò: «Ma a te manca una rotella o l'intera scatola cranica?»

Dopo qualche secondo di silenzio in cui Ana si rese conto del casino che aveva combinato e di quanto fosse bello Rodrigo anche da arrabbiato, sussurrò: «Di sicuro l'intera scatola, ma ho bisogno del tuo aiuto». Poi si avvicinò a lui ancora singhiozzando. «Scusami, Rodrigo. Avevo bisogno di un uomo buono, che fosse responsabile e credibile per poter offrire un bel padre a mio figlio. So che non lo capisci, ma...»

«Certo che non lo capisco. Con tutti gli uomini che ci sono al mondo dovevi proprio scegliere me come padre di quel dannato bambino?»

Il tono di disprezzo con cui si era riferito a suo figlio fece subito smettere Ana di singhiozzare. Cosa aveva detto? E senza che le importasse quel che sarebbe potuto accadere si lanciò con tutte le sue forze contro di lui e caddero entrambi sul divano. Rodrigo la guardò sorpreso, ma prima che potesse aprire bocca, lei sibilò: «Non parlare mai più del mio fagiolino con quel disprezzo o ti giuro che ti strappo prima un occhio e poi l'altro. Capisco che posso essere una cretina, una decerebrata, una bugiarda, una casinista, posso essere tutto quello che vuoi, ma il mio piccolo non è niente del genere, hai capito?»

Rodrigo annuì, sentendo il corpo di lei sul suo. Rimasero per qualche secondo a guardarsi negli occhi, ma nessuno dei due parlò, fin quando Ana, stregata da quello sguardo azzurro e con gli ormoni impazziti per la vicinanza, non ebbe dubbi e rischiò. Avvicinò le sue labbra a quelle di lui e, senza poter frenare quel che provava, lo baciò.

Sconvolto, Rodrigo si scostò da lei.

«Ma cosa stai facendo?»

Ana non rispose. E con una forza che lo lasciò senza parole, posò di nuovo la sua bocca su quella di lui e lo baciò con passione. Gli morse le labbra con un tale impeto che alla fine Rodrigo cedette e ricambiò. Ana gli infilò le dita tra i capelli e quel semplice gesto, unito al modo in cui lo baciava, lo eccitò. Da quell'unica notte di passione non erano mai più stati in una tale intimità, ma sapevano entrambi, senza bisogno di parlarne, di avere un forte temperamento ed essere esigenti nella coppia. E quindi, Rodrigo non ci aveva più provato. Per lui Ana era troppo importante per farsi una scopata e via. Ana era diversa. Era speciale. Quindi, improvvisamente consapevole di quel che stava accadendo, si mosse deciso a interromperlo.

«Non te ne andare» chiese Ana a pochi centimetri dalla sua bocca.

«Ana, non possiamo...»

Lei osservò la sua espressione tesa, ma non cedette. Lo desiderava e voleva essere desiderata da lui. Quindi, radunando tutta la sensualità femminile che sapeva di possedere, gli passò la lingua giocherellona sul labbro inferiore e, dopo averglielo mordicchiato, sussurrò sicura: «Sì... sì, possiamo».

E senza lasciargli il tempo di rifiutarla, lo baciò e lo invitò con lussuria a fare lo stesso.

Rodrigo sentì nello stomaco un forte piacere e, non riuscendo a non lasciarsi trascinare dal momento, gemette notando come le mani di lei si aggrappavano alla sua maglia bianca e gliela toglievano lasciandolo nudo dalla cintola in su.

«Fermati» insistette lui.

«No.»

Indifferente a tutto, Ana gli toccò sensualmente le calde e possenti spalle e poi le baciò, mentre sentiva come pian piano lui si eccitava e iniziava a toccarla. Senza smettere e intenzionata a goderselo, gli riversò addosso una serie di dolci e sensuali baci sul collo desiderando che lui glieli rendesse. Stesa su di lui, si sentì potente, calda, energica e, con una voce che lo fece tremare, pretese: «Toccami».

Eccitato da quel che stava accadendo, Rodrigo la prese dalla cintola e, con ancora lei addosso, si sedette sul divano. Quella era una follia. Cosa stava facendo? Non riuscendo a interrompere quel che lei aveva iniziato, le tolse la fascia dai capelli perché le ricadessero sul viso e lei sorrise con dolcezza. Quel sorriso, non capì perché, ma lo fece vibrare e, quando lei gli posò le sue piccole mani sulle guance e lo baciò, tutte le difese di Rodrigo crollarono.

«Ana» mormorò in un ultimo tentativo. «Fermati o non potrò farlo io. Se continui così non riuscirò a...»

«Non voglio che ti fermi» gemette lei notando tra le gambe di lui il suo membro irrigidito. «Ti desidero e ho bisogno che mi desideri anche tu.»

Infine Rodrigo si arrese all'inevitabile e, non riuscendo a pensare ad altro che non fosse quel che aveva tra le gambe, con una mano le prese la nuca e la avvicinò a lui per baciarla, mentre con l'altra toccava dolcemente le sue cosce nude. Il suo profumo di pesca, la sua voce e quello sguardo dolce erano tutto ciò di cui aveva bisogno perché i suoi istinti animaleschi si risvegliassero e chiedessero di più.

Ana, percependo quel senso di possesso, si sentì impazzire. Rodrigo ardeva e il tepore delle sue mani e della sua bocca la stavano sconvolgendo. Tremava e addirittura respirava in modo scomposto, ma non si spaventò. Tutto quello era provocato in lei da Rodrigo, l'uomo che desiderava e che finalmente aveva di nuovo a sua disposizione. Mosse i fianchi su di lui ottenendo che quel potente membro diventasse sempre più duro e, quando tra loro sentì un calore sovraumano, gemette.

Ansimavano entrambi e, proprio quando credeva che sarebbero esplosi, Rodrigo le strappò con un solo colpo le mutandine e con una maestria e un'esigenza, che la lasciarono senza parole, la toccò. Sentire la sua mano calda e sicura sul suo sesso la fece di nuovo gemere.

«Questo non va bene» sussurrò lui a pochi millimetri dalla sua bocca. «Potremmo fare del male al bambino.»

«No... non gli facciamo nessun male.» E traboccante di desiderio si sfilò la lunga maglietta che indossava e, senza pensare alla sua piccola pancia che si infilava tra loro due, mormorò, completamente nuda: «Secondo la mia ginecologa, se io sono felice... lo sarà anche il bambino».

«Davvero?» rispose lui sorpreso.

Non aveva mai fatto l'amore con una donna incinta ed era pieno di dubbi.

«Esatto! Quindi continuiamo e facciamolo felicemente.»

Non riuscendo a controllare i suoi desideri, Rodrigo si sbottonò i jeans e, dopo aver tirato fuori il suo membro turgido ed eccitato, la penetrò con cautela. Non voleva farle del male. Quella delicatezza emozionò Ana. Quel dongiovanni che passava da una donna all'altra unicamente alla ricerca del puro piacere sessuale, con lei si stava dimostrando un delicato amante, e la cosa le fece piacere.

Seduta sul divano a cavalcioni di Rodrigo, lui abbassò lo sguardo sui seni che ballavano sotto i suoi occhi, ma le mani gli si fermarono sulla prominente pancia rotonda di Ana. Prendendola dai fianchi, le mani si piegarono per reggerla con attenzione e aiutarla nel suo scopo. Ana, sentendosi piena di lui, chiuse gli occhi e buttò la testa all'indietro. Improvvisamente, tutta la tensione accumulata per settimane e mesi scomparve per lasciar spazio a un intenso piacere che si godette. Dominando la situazione, aprì gli occhi e, guardando Rodrigo, mosse i fianchi avanti e indietro alla ricerca del proprio piacere, e lo ottenne. La cosa la fece sospirare.

«Tutto bene?» chiese lui.

Non riuscendo a nascondere quanto fosse felice per la follia che stava facendo, con un erotismo che lo scosse di piacere, sussurrò: «Meravigliosamente bene».

Rodrigo, controllando i suoi istinti più primitivi e in particolare il suo desiderio implacabile e sostenuto di spingere fino a raggiungere l'orgasmo, appoggiò la testa sul divano mentre si tendeva e distendeva, percorso da brividi di piacere a ogni movimento di lei. I suoi occhi si posarono di nuovo su quella pancia piccola e rotonda, ma poi fu attratto dal movimento dei seni e li afferrò con le mani. Erano morbidi e piacevoli al tatto e, avvicinando la bocca a uno dei due, lo succhiò.

Quell'ondata di bruciante desiderio che Ana gli stava facendo provare con la sua sensualità, il suo desiderio e il suo erotismo erano una cosa che non aveva mai sperimentato prima, e quando la vide crollare e gemere al raggiungimento dell'orgasmo, si sentì preda di un desiderio ardente e, perdendo il controllo, la afferrò dai fianchi e la penetrò fin quando, dopo un gutturale gemito di piacere, la lasciò andare.

Sì! Oh, sì! Sìììììì! pensò lei.

Incredibile, pensò lui.

Terminata quella danza di sesso e lussuria, nessuno dei due parlò. Cosa avrebbero potuto dire di fronte a ciò che era appena accaduto? Nuda tra le sue braccia, Ana fu consapevole di quel che aveva provocato e, non riuscendo a muoversi, rimase lì in attesa. Di certo sarebbero tornati i rimproveri e lui avrebbe dimenticato quel che era appena accaduto. Rodrigo, ancora ansimante, respirava a fatica con la testa appoggiata sul divano, mentre sentiva il corpo di Ana su di lui. Come mai non si era opposto? Lei era Ana, la sua amica, non una delle donne con cui si sollazzava. Quando aprì gli occhi guardò Miau, il gatto, che lì davanti a loro era stato testimone di quell'incoscienza.

Cazzo! Cazzo! Cazzo! pensò, e scostando Ana dal suo corpo, fece in modo che lei lo guardasse.

«Siamo pazzi. Ma cosa abbiamo fatto?»

Senza rispondere, lei prese in fretta la maglia lunga di Custo e se la infilò. Consapevole della verità lì sul suo corpo e vedendo l'aria sconvolta di lui, si sentì male e si dimostrò disposta a prendersi ogni responsabilità.

«Sono stata io. Io ti ho provocato. Ma... ma è che gli ormoni sono fuori controllo, e io... io... non so...»

«Adesso la colpa sarebbe dei tuoi ormoni?»

Come fosse una piuma, se la tolse di dosso e, alzandosi dal divano con aria arrabbiata, Rodrigo prese un fazzolettino dalla scatola e si pulì. E sotto l'attento sguardo della ragazza che l'aveva appena fatto soccombere con le sue grazie, disse, mentre si tirava su la cerniera dei jeans: «Tu non fai altro che usarmi e...»

«Non ti ho puntato nessuna pistola sul petto» lo interruppe lei.

A quel punto lui si sentì l'essere più infame del mondo. Avrebbe potuto evitarlo, ma si era lasciato trasportare dal momento e da lei. Comunque sia, non era disposto a cedere.

«Dimentichiamo quello che è appena successo, d'accordo?»

«Dimenticato, ma devo confessarti una cosa per mettere fine a tutti i malintesi tra noi due, o...»

«O cosa?» sibilò, seccato.

«O non riuscirò a fare sogni sereni per il resto della mia vita!» urlò guardandolo dritto negli occhi. Poi, senza sapere perché, disse: «Devo confessarti che mi piaci. Mi attrai e mi ecciti. Per me sei come un piatto prelibato. Il culmine della catena alimentare in fatto di conquiste, e... devo confessarti che è così dal primo giorno che ti ho visto e...»

«Basta, Ana!» urlò lui. Non voleva ascoltare quel che lei gli stava dicendo e, arrabbiato, le chiese: «Ma che stupidaggini stai dicendo?»

«Sono sincera con te.»

Muovendosi per la sala come un leone in gabbia, lui insistette: «Noi due siamo soltanto amici. Sei stata tu a dirlo. Sei stata tu a volerlo. Se non ricordo male, hai detto che potevamo diventare migliori amici. Soltanto amici e...»

Vederlo reagire così, dopo il bel momento che avevano condiviso, la buttò giù.

«Lo so... so quel che ho detto e ti ho mentito. Giorno dopo giorno mi sono sempre più legata a te. So che tu non provi nulla per me, lo so, ma io avevo bisogno di dirtelo.»

Sconvolto da tutte le scoperte di quel pomeriggio, il pompiere si mise da una parte della sala e sentenziò, fuori di sé: «Certo che io non provo niente per te e, prima che tu vada avanti, voglio che sia chiaro che le poche volte che abbiamo avuto relazioni sessuali per me sono state proprio soltanto quello, sesso!» Il volto della ragazza fu attraversato da un'ombra di dolore, ma lui, senza accorgersene, proseguì: «Non mi attrai come donna e nemmeno come compagna; soltanto come amica. E poi, cazzo, stai aspettando un figlio che non è mio!» Infastidito dalle sue stesse parole, guardò Ana che lo guardava a sua volta senza cambiare espressione. «Dimentica questa stupidaggine che provi qualcosa per me. Dimenticala. Perché tra noi non ci sarà mai altro che amicizia.»

Quell'ordine così tranchant fece sentire ad Ana una stretta allo stomaco. Ma cosa aveva fatto? Perché si era dichiarata? E, decisa a porre fine a quella umiliazione così imbarazzante, sorrise.

«Non preoccuparti. È da un po' che mi sto dimenticando di te.»

Rodrigo, toccandosi nervoso la testa, non sapeva cosa fare. Una parte di lui voleva essere comprensiva e gentile con lei, ma l'altra parte gli urlava di scappare il prima possibile o se ne sarebbe pentito. Alla fine decise di ascoltare la seconda parte e, dopo essersi infilato la maglia, prese il cappotto che era sempre lì buttato sul divano e si avvicinò a lei.

«Ana, mi dispiace essere stato così brusco con te rispetto ai tuoi sentimenti, ma...»

«Non umiliarmi oltre» lo interruppe. «È tutto molto chiaro.»

Lui annuì, guardandola.

«Quel che è successo oggi non potrà più succedere, capito, Ana?»

«Tranquillo. Non succederà.»

«Ma come hai potuto permetterlo?» chiese, arrabbiato, vedendola così sottomessa. «Sei incinta, cazzo!»

Te l'ho appena detto, razza di idiota. Perché ti amo, e appena ti vedo perdo la ragione, avrebbe voluto gridargli, ma facendo spallucce, fece una smorfia e rispose: «Avevo bisogno di sesso. Me lo chiedevano gli ormoni e...»

«E certo...» protestò lui senza voler chiudere così la discussione. «Io ero qui disponibile, io, io cretino di turno pronto a darti piacere, giusto? E in più senza preservativo!»

«Oh, mio Dio! Sarò rimasta incinta?» scherzò lei.

Poi si zittì, notando il serio sguardo di lui. Ma non soltanto, dovette sforzarsi di non ridere davanti a quell'assurda situazione. Lei si era appena dichiarata, aveva aperto il suo cuore e lui, come se niente fosse. Che insensibile!

Rodrigo imprecò notando la sua ironia. E non vedendo l'ora di chiudere la questione, la guardò con aria seria e disse: «Quanto a noi due, lo ripeto, non ci sarà mai niente di più dell'amicizia».

Triste ma decisa, lei annuì.

«E per quanto riguarda la *tua* gravidanza e i *tuoi* genitori, non prenderò parte al gioco. Quindi domani, a quel pranzo che in teoria dovevamo condividere, io non ci sarò, e per il *tuo* bene e per il bene del *tuo* bambino, digli la verità.»

«Ti prego» lo supplicò Ana cambiando espressione. «Domani vieni. Ti prometto che poi glielo dirò e...»

«No, Ana.»

«Ti preeeeeego.»

«Ho detto di no. Non ti aiuterò. Prima risolverai questa faccenda assurda, meglio sarà.»

E, senza aggiungere altro, quell'uomo che qualche minuto prima l'aveva baciata con passione e aveva fatto in modo estremamente dolce l'amore con lei, girò sui tacchi e se ne andò. Ancora sconvolta da quel che era appena successo, non volendo pensare a quel che sarebbe accaduto il giorno dopo, se ne andò in camera sua e si mise delle mutandine pulite. Una volta ritornata in sala, vedendo come il gatto la osservava, mormorò: «Miau, non sono scema... peggio».

Il giorno successivo, dopo una notte tremenda in cui Ana pensò e ripensò a quel che era accaduto con Rodrigo sul divano, mentre faceva colazione, Nekane uscì dalla stanza con il suo solito maglione e i capelli sciolti. Si guardarono e Ana sorrise.

«Non so proprio cosa ci trovi da ridere» protestò l'amica. «Se fossi al posto tuo, farei di tutto tranne che ridere.»

Ana fece spallucce. L'amica aveva ragione, ma ricordando quello che era accaduto il giorno prima sul divano dove adesso era seduta, le veniva da sorridere. Nekane inserì il caffè nel microonde e rimase a fissare come la tazza girava all'interno. Quando suonò, lo tirò fuori e si sedette a fare colazione accanto ad Ana sul divano. Dopo qualche istante di silenzio, Nekane, non riuscendo a starsene lì zitta, disse, prendendo un biscotto: «Allora, vediamo. Hai intenzione di spifferare quel che è successo ieri con Rodrigo quando me ne sono andata oppure dovrò tirartelo fuori con le brutte?»

Ana sorrise di nuovo e, dopo aver morso un biscotto, sussurrò: «Neka, è stato bellissimo... L'ho baciato e lui mi ha baciata, mi ha strappato le mutandine e l'abbiamo fatto sul divano. Oh, è stato fantastico!»

A Neka caddero biscotto e mandibola e, spalancando gli occhi, chiese: «Cosa?!»

«L'ho fatto. Mi sono trasformata in una leonessa e me lo sono fatto.»

«Per l'amor del cieloooooooo... ma sei impazzita?»

«Sì.»

«Ma se sei superincinta!»

«Lo so. E riconosco che gli ormoni mi stanno facendo impazzire... ma di desiderio» ironizzò.

Nekane si alzò dal divano e lo indicò.

«Qui... l'avete fatto su questo divano.» Ana annuì di nuovo, e l'altra, sedendosi su una poltrona, mormorò: «Non potrò mai più sedermi su questo divano».

«Tranquilla, l'ho già pulito. E tanto perché ti sia chiaro fino a che punto è arrivato ieri il mio livello di follia, gli ho confessato che mi piaceva e...»

«*Oh verginesantissimaaaaa*...»

«Lo so, lo so... ho commesso la più grande stupidaggine del mondo. Ho detto al tizio di cui sono cotta persa che sono pazza di lui e lui, invece, mi ha detto che me lo devo scordare perché non lo attraggo per niente come donna e che non ci sarà mai niente tra noi se non amicizia! Insomma... non lo eccito nemmeno un po'...»

«*Oh santaverginesantissima*, ti ha detto così?»

«Esatto! Testuali parole.»

«E non gli hai fatto inghiottire tutta la boccetta di Evacuol?» Scoppiarono a ridere e alla fine Nekane chiese di nuovo: «D'accordo, e tu cosa hai fatto?»

«Niente. Cosa potevo fare? Sorridere, far finta di niente e accettare. Non ho alternative. Ma guarda, nessuno mi toglierà quanto sono stata bene ieri su questo divano. Mi sono sentita sensuale, eccitante e padrona delle mie azioni. E sai cosa ti dico? Quello che è stato non me lo toglie nessuno!»

Alle due meno cinque, Ana arrivò alla porta del ristorante Horcher, in calle de Alfonso XII, e tutta l'allegria del mattino sparì in un batter d'occhio. Doveva parlare in modo sincero e, sebbene sapesse che sua sorella l'avrebbe appoggiata, temeva la reazione dei genitori: in particolare quella della madre. Le faceva male pensare alla sua espressione quando avesse scoperto che aveva mentito e, soprattutto, quando avesse scoperto che suo nipote era il frutto di una notte di sfrenato piacere. Ma, decisa a porre fine a tutto quello, si portò una mano alla pancia e, prima di entrare, pensò: *Tranquillo fagiolino Andrà tutto bene*.

Una volta entrata nel lussuoso ristorante, Ana diede il suo nome a un uomo di mezza età con un affascinante sorriso, e questi la condusse fino alla sala principale e le comunicò che la stavano aspettando già alcuni dei suoi familiari.

Quando Ana vide i suoi genitori e sua sorella seduti felici

a un tavolo rotondo in fondo alla sala, di fianco a una finestra, lo stomaco le si contrasse, ma andò avanti, non riuscendo a fermarsi. Quando la vide, suo padre si alzò in fretta e la baciò. Dopo aver salutato sua sorella e sua madre, Ana si sedette.

«Non c'è Rodrigo con te?» chiese Teresa.

«Arriverà, mamma» mentì.

Aveva deciso di concedergli dieci minuti di cortesia. Se trascorso quel breve lasso di tempo non fosse arrivato, allora non avrebbe avuto altra soluzione che confessare la verità.

«Dov'è?» insistette la madre.

«Al lavoro, dove vuoi che sia?»

Il cameriere li raggiunse per chiedere ad Ana cosa desiderava bere e lei ordinò un'acqua naturale. Quando se ne fu andato, Frank, suo padre, disse: «Voglio che tu sappia, tesoro, che Rodrigo mi è piaciuto molto. Si vede che è un uomo per bene».

«E senza considerare che è incredibilmente sexy. Che bello, Pato! Hai un ottimo gusto per gli uomini!»

«Lucy Marie, per favore, non essere volgare» la riprese la madre. Ma poi aggiunse maliziosa: «Quando lo presenterò alla mia amica Greta le verrà un infarto. Che occhi! Che prestanza!»

«E che corpo!» concluse Lucy facendo sorridere la sorella.

Ana annuì e per un bel po' rimase lì ad ascoltarle parlare di Rodrigo. Poi, senza farsi notare, controllò l'orologio. Le due e dieci. *Ancora altri cinque minuti*, pensò. Ma trascorsi anche quelli se ne dovette fare una ragione: Rodrigo non sarebbe apparso. Mentre sua sorella e sua madre parlavano dei preparativi per le nozze, Ana si sentì molto male. Doveva dargli una brutta notizia e non sapeva come fare.

«Tesoro, ti senti bene?» chiese Frank guardando la figlia.

«Sì, papà. Ho soltanto un po' di sete.»

«Tieni, bevi un po' d'acqua» disse lui guardandola con orgoglio.

Le due e venti. Non c'era altra soluzione. Non potevano continuare ad aspettare qualcuno che non sarebbe arrivato. Quindi, dopo essersi schiarita la gola e scostandosi la frangetta dal volto, disse forte e chiaro: «Vi devo dire una cosa».

La guardarono tutti e tre e lei proseguì mentre si chiedeva

se al ristorante ci fosse o meno una saletta in cui rianimare sua madre dopo il probabile svenimento.

«Be'... sapete già che diventerete nonni e zia... e be', fatto sta che devo chiarire una cosa per *voi* molto importante. Se dico per voi è perché per me non è importante, ma capisco che lo sia per voi e...»

«Oh Pato!» protestò la sorella. «Puoi essere così gentile da arrivare al punto senza girarci intorno?»

«Se mi interrompi» – protestò Ana – «dovrò cominciare di nuovo e...»

«Scusate il ritardo» disse all'improvviso Rodrigo, toccando la spalla di Ana. «Ma non sono riuscito a liberarmi prima.»

Ana sobbalzò nel sentire la sua voce. *È venuto! Rodrigo è venuto!* Alzò lo sguardo verso di lui che, con un sorriso, e dopo averle dato un fuggevole bacio sulle labbra, sussurrò: «Ciao, *tesoro*».

Sorrise come un'ebete e fu tale l'emozione che muovendo la mano rovesciò il bicchiere d'acqua sulla tovaglia. Arrivò subito un cameriere e si occupò di sistemare mentre tutti salutavano Rodrigo. Ad Ana sembrava di essere sospesa su una nuvoletta rosa. *Wow, è venuto!*

Il pranzo trascorse in modo tranquillo. Rodrigo si mostrò gentile con tutti e con lei fu affettuoso e attento. La felicità che Frank vedeva dipinta sul volto della figlia gli toccò l'anima. Aveva sempre desiderato che trovasse una bella persona disposta ad amarla e sembrava che alla fine sua figlia ci fosse riuscita. Teresa e Lucy, come del resto Ana immaginava, caddero subito ai piedi di Rodrigo. Lui, grazie a un paio di adulazioni e frasi a effetto, le aveva già in pugno. Tuttavia, le cose si complicarono quando si trattò di parlare del matrimonio di Lucy perché Rodrigo disse che non sarebbe potuto andare.

«Devi venire» insistette Teresa. «I nostri amici devono vedere nostra figlia insieme al padre del suo bambino oppure i pettegolezzi invaderanno Londra.»

«Mamma» protestò Ana. «Ma cosa ti importa di quel che dirà la gente. L'importante è quel che pensate voi e...»

«Questa volta concordo con tua madre» interruppe Frank sorprendendola. «Accetto che non siate sposati, ma non accetto che il giorno del matrimonio di tua sorella tu ti presenti da sola davanti a tutti. Pensaci.»

«Papà non fare l'antico, per cortesia.»

«Ascolta, Ana Elizabeth» insistette la madre. «Non è questione di essere all'antica, ma sia io sia tuo padre vogliamo che tutti vedano che la nostra figlia superincinta è felice accanto al suo compagno. Tra l'altro, ora che siamo qui riuniti tra noi, avete intenzione di sposarvi? Lo dico perché me lo chiederanno, e almeno saprò cosa rispondere.»

Rodrigo saltò sulla sedia e Ana, rendendosene conto, gli posò la mano sulla gamba, chiedendogli di stare tranquillo. Lui la guardò e per la prima volta si accorse che lei, ogni volta che stava per mentire, si toccava l'orecchio, e ne ebbe subito la conferma.

«Mamma, della questione matrimonio ne abbiamo parlato, ma per ora è soltanto un'idea, niente di più.»

Rodrigo a malapena riusciva a deglutire. Ma cosa stava dicendo quell'incosciente?

Inconsapevole di quel che lui pensava, Teresa toccò la mano di sua figlia e, dopo averle dato qualche colpetto, mormorò: «D'accordo, figliola... capisco. Non credo che staresti così bene con un abito da sposa visto come stai per diventare».

«Be'... mamma, grazie» scherzò Ana.

Poi la conversazione si rilassò. Frank e Lucy iniziarono a scherzare e Rodrigo e Ana, dimenticando le tensioni, sorrisero. Tuttavia, quando apparve Matías Prats, il famosissimo presentatore di Antena 3 e si rivolse cordialmente a Frank, Rodrigo ne rimase un po' stupito. Come facevano a conoscersi? In cerca di una spiegazione, il pompiere guardò Ana, ma lei, rendendosene conto, prese un bicchiere e bevve. Teresa, accortasi della cosa, chiarì la situazione a Rodrigo.

«Ogni volta che Matías viene a Londra va a trovare mio marito e viceversa. Sono amici da sempre e siccome Frank lavora alla BBC spesso si sentono più volte al giorno.»

Sconvolto, Rodrigo si pulì con il tovagliolo e chiese: «E di cosa si occupa Frank alla BBC?»

«Non te l'ha detto Ana Elizabeth?»

Rodrigo guardò la giovane e con aria sfottente sussurrò: «No, *Ana Elizabeth* è molto riservata su certe cose».

Lucy colpì la sorella con il tovagliolo e bisbigliò: «Certo, Pato, sei incredibile! Guarda che non dirgli chi è papà...»

Rodrigo stava sorridendo per l'espressione che aveva fatto Ana dopo il colpo di tovagliolo della sorella quando Teresa disse: «Frank è il direttore generale della BBC, per questo insistiamo così tanto che Ana Elizabeth non venga da sola al matrimonio di sua sorella. È per questo che vogliamo che venga anche tu, perché tutti vedano che nostra figlia ha un compagno ed è felice». Rodrigo guardò la giovane e lei alzò gli occhi al cielo quando sentì dire: «Sarò sincera con te, Rodrigo. Quando mia figlia mi ha detto che era incinta di un pompiere mi sono spaventata. Lei è un ragazza cresciuta nelle migliori scuole, con una formazione superiore e ho sempre voluto il meglio per lei...»

«Mamma non iniziare a essere classista, d'accordo?» la interruppe Ana seccata. «Sai come la vedo io.»

«Sì, tesoro... certo che lo so. Ma voglio che il tuo fidanzato sappia che all'inizio non mi piaceva l'idea che lui fosse un semplice pompiere e...»

«Basta mamma. Finirai per offenderlo» la interruppe Ana.

Rodrigo sorrise davanti all'espressione arrabbiata di Teresa. Sua madre e quella di Ana sembravano fatte della stessa pasta, e cercando di essere cortese con la donna che lo guardava sotto quelle sue spesse ciglia, disse: «Non preoccuparti, Teresa, non mi offendo».

Dopo un teso silenzio, Frank riprese parte alla conversazione.

«Cosa mi sono perso che siete tutti così silenziosi?»

Ana stava per rispondere, ma Rodrigo la precedette: «Teresa mi ha detto del tuo lavoro alla BBC».

Frank annuì notando al contempo l'aria corrucciata della figlia.

«Immagino che Ana non te lo avesse detto, giusto?» Rodrigo fece cenno di no e Frank, senza sorprendersi, aggiunse: «Alla mia piccola, come avrai capito, non piace attirare in nessun modo l'attenzione. Ricordo ancora come soffriva ogni volta che doveva venire con me a qualche cena della BBC. Il fatto che il suo bel visino uscisse sulla stampa non faceva per lei...»

Stanca dei complimenti rivolti alla sorella, Lucy interruppe la conversazione.

«Papà... alle cinque e mezzo abbiamo appuntamento nel negozio di Elena Benarroch.» E, guardando sua sorella, aggiunse: «Voglio comprarmi delle cosette. Verrete anche voi, vero?»

«Ma certo» annuì Teresa dandolo per scontato.

«Mi spiace ma mi è proprio impossibile» rispose Rodrigo senza tentennare un solo secondo. Sorpresa, Ana lo guardò e lui aggiunse: «Abbiamo un appuntamento cui non possiamo proprio mancare».

Ana avrebbe voluto chiedergli di che appuntamento si trattasse, ma preferì non dire nulla. L'avrebbe scoperto.

Dopo aver salutato i suoi genitori e sua sorella sulla porta dell'Horcher, Ana e Rodrigo si diressero verso il parcheggio lì vicino per prendere la macchina.

«Grazie, Rodrigo. Grazie mille per essere venuto e non aver detto nulla.»

Lui non rispose e continuò a camminare in modo deciso.

«Anche se non sono nella condizione di poterti chiedere nulla, ti prego di farmi due favori» continuò Ana. «Il primo è che non racconti a nessuno quello che ieri è successo tra noi a casa mia, e il secondo è che tu non dica a nessuno, assolutamente a nessuno, chi è mio padre. Io...»

«Tranquilla» rispose lui. «Non mi pare che la tua vita sia così interessante da parlarne e meno ancora quello che è casualmente capitato tra noi.»

«Be', cavoli, non mi pare il caso di parlarmi in questo modo.»

Rodrigo si fermò a guardarla e con aria dura le disse: «Senti, bella, io parlo come mi gira, esattamente come tu menti come ti gira. E tranquilla, i tuoi *segretucci* sono al sicuro con me».

Una volta arrivati al parcheggio, salirono in auto e Rodrigo mise in moto.

«Dove andiamo?» chiese Ana.

Con aria seria, molto diversa da quella mostrata a pranzo con i suoi genitori, Rodrigo rispose: «Vedrai».

Dopo aver girato per Madrid, arrivarono in zona Palacio

Real, lasciarono la macchina in un parcheggio sotterraneo e uscirono senza quasi sfiorarsi. Una volta fuori, camminarono in silenzio mentre attraversavano plaza de Oriente, fin quando Rodrigo non la fece entrare nel Café de Oriente. Il locale era tranquillo, ma improvvisamente Ana vide Candela! E voltandosi verso Rodrigo, questi le disse chiaramente: «Io ho aiutato te. Adesso tu aiuterai me».

Certa di non poter fare altrimenti, sospirò. Sollevando il mento, camminò seguita da Rodrigo fin dove quella donna vestita in modo elegante stava leggendo un libro.

«Ciao!» la salutò Ana.

La ragazza, sollevando lo sguardo e ritrovandosi davanti l'ultima persona che voleva vedere, fu sul punto di alzarsi, ma Rodrigo la trattenne e con aria di supplica le sussurrò all'orecchio: «Candela, per favore, siediti. Ana ti deve dire una cosa».

Quando la giovane si sedette molto di controvoglia, Ana fece lo stesso e Rodrigo le seguì. La tensione intorno a quel tavolo si sentiva nell'aria quando Ana iniziò a parlare.

«Candela, Rodrigo non è il padre del mio fag... del mio bambino, e ovviamente tra noi non c'è assolutamente nulla di più di una semplice amicizia.»

Mentre lo diceva, le vennero in mente centinaia di immagini di quel che era accaduto il pomeriggio precedente e, dall'espressione di lui, Ana fu certa che anche lui stava pensando alla stessa cosa. Ma era giusto aiutarlo, come lui aveva fatto con lei.

«Ho mentito ai miei genitori e gli ho fatto credere che fosse lui il padre di mio figlio. Per questo ieri, quando sono arrivati a sorpresa, abbiamo montato quel teatrino davanti a te e a loro.» Notando come Candela la guardava, concluse: «Quindi, sapendo bene quanto rappresenti per Rodrigo, ho bisogno che tu sappia che se ha agito in quel modo è stato per non tradirmi e per aiutarmi. Rodrigo è una brava persona e...»

«Lo so bene com'è Rodrigo» la interruppe Candela. «Non è il caso che una fotografa qualsiasi venga a dirmi come...»

«Candela, non essere così scortese» la interruppe lui infastidito.

Ana avrebbe voluto cantargliene quattro a quella piena di

sé, ma dopo averci pensato, decise di non farlo. Qualsiasi cosa avesse detto, avrebbe peggiorato la situazione di Rodrigo e non voleva deluderlo.

«Senti un po', bella» disse Candela. «Mi fa piacere scoprire la verità su quello che ho vissuto ieri e adesso, se non ti dispiace, vorrei che sparissi dalla mia vista così noi possiamo parlare.»

«Certo» annuì Ana alzandosi.

Con il cuore a pezzi, si diresse verso l'uscita del caffè quando sentì che una mano la bloccava.

Voltandosi, incrociò lo sguardo di Rodrigo.

«Grazie» disse lui.

Lei annuì e gli dedicò un sorriso.

«Di niente» rispose prendendo fiato. E aggiunse: «Spero che comunque sia resteremo amici».

Lui non rispose e Ana si girò e andò via. Raggiunta la porta del locale, si fermò qualche secondo a prendere di nuovo aria. Ne aveva bisogno. Le ronzava ancora in testa l'insopportabile voce di quell'idiota e soprattutto sentiva lo sguardo accusatore di lui. Quando sentì di aver ripreso le forze, aprì la borsa e si infilò il suo cappello di lana scuro. Sollevò il mento e, con la dignità che le restava, iniziò a camminare. Ma dopo pochi metri, non riuscì a evitare di voltarsi verso il locale e vide ciò che non avrebbe mai voluto vedere. Rodrigo, sorridente, prendeva tra le mani il volto di Candela e, attraendola a sé, la baciava. Per qualche istante non riuscì a scostare gli occhi da quell'immagine, fin quando non li chiuse decisa a non guardare oltre. Con le pulsazioni a mille, si girò e riprese a camminare in fretta. Doveva allontanarsi da lì il prima possibile perché quel bacio le aveva definitivamente spezzato il cuore.

Quando Ana arrivò a casa, Miau andò a riceverla. Lei prese il gatto con affetto e lo baciò. Aveva bisogno di coccole e in quel momento l'unica a potergliele offrire era lui. Poi si avvicinò alla gabbia di Pio e lo guardò con affetto. Ma improvvisamente, tutta la forza che aveva avuto per strada si frantumò nell'esatto momento in cui si sedette sul divano e percepì il profumo di Rodrigo.

Senza riuscire a evitarlo il volto si scompose e iniziò a piangere. Piangeva per quanto si sentiva idiota e per la sensazione di aver perso qualcosa che non le era mai appartenuto.

Non riuscendo a trattenere il pianto, andò fino in bagno e si fece una doccia. Di certo le avrebbe fatto bene. Ma fu inutile. Non riuscì a smettere di piangere né dentro né fuori della doccia. Un'ora dopo, aveva il naso rosso come un peperone e gli occhi che sembravano due cipolle da tanto aveva pianto mentre si abbuffava di gelato.

Suonò il campanello della porta e, dopo essersi soffiata il naso, aprì.

«Ma santo Cristo di Finisterra! Cosa ti succede amore?»

Le bastarono quelle parole per scoppiare di nuovo a singhiozzare. Encarna, che aveva un piattino di frittelle, la fece subito entrare in casa e, dopo aver posato il piatto sul tavolino della sala, la abbracciò all'istante.

«Ma bimba mia, cosa succede?»

«Niente.»

«Perché piangi?»

Ana con l'espressione distrutta rispose: «Piango perché sono scemaaaaaaaaaaaaaa».

«Tranquilla… tranquilla… non sarà così grave. Oh, tesoro mio! Ti si sta gonfiando il tuo bel visino. Dai, calmati. Fallo per il piccolo.»

Non appena si fu un po' rilassata, cercò di sorridere.

«Oggi ho una giornata così, Encarna. La gravidanza mi rende piagnona e sensibile.»

La donna la guardò e, facendola sedere sul divano, mormorò: «Guarda che io non me la bevo. Ma tu non lo conosci il proverbio 'Molto più fanno gli anni che i libri'?» Siccome Ana gemette, la abbracciò e, cullandola, le disse: «Non piangere, tesoro. Se tu piangi, il piccolo soffre. Non lo sai?»

«Lo so… lo so… Ora passa.»

Encarna prese un fazzoletto dalla scatola che c'era sul tavolino e, dopo averle asciugato gli occhi gonfi con affetto, disse immaginando il motivo del pianto: «Non pretendo che mi racconti la ragione del tuo problema, ma voglio soltanto che tu sappia che, per qualsiasi cosa, io sono qui, d'accordo?»

Ana annuì e, desiderosa di sfogarsi con qualcuno, balbettò tra i singhiozzi: «Sono... una... cretina. Un'imbecille... Una...»

«D'accordo, d'accordo, basta autoflagellarsi, tesorino mio.»

«Encarna, sono rincitrullita per qualcuno che...»

«Cosa sei?»

«Innamorata. Sono innamorata di qualcuno che mi considera l'antidonna. E, anche se lo so e me ne faccio una ragione, a volte io... io...»

Notando che il volto della ragazza si contraeva di nuovo e spuntavano dei grossi lacrimoni, la donna chiese: «Si tratta del bel pompiere, di Rodrigo, vero?»

Senza parole perché la vicina ci aveva subito azzeccato, si portò le mani alla bocca ed esclamò spaventata: «Sono patetica! Si nota così tanto?»

«Allora, bambina, credi forse che non mi sia accorta di come ti si illuminano gli occhi quando quel fusto appare da queste parti? Tesoro, sono stata giovane anch'io e so com'è quella sensazione.» E vedendo che scoppiava di nuovo a piangere, le scostò i capelli dal volto e le sussurrò: «Ma tranquilla, amore mio. Quello che ti ho detto lo notiamo noi donne perché abbiamo un sesto senso, ma di sicuro lui non se n'è nemmeno reso conto. È un uomo!»

Ana sorrise.

«E fin quando non gli darai dei segni chiari, non se ne accorgerà nemmeno! Ricordo ancora i segnali che mandavo io a Marcelino, un ragazzo del mio paese, ma niente, cieco totale! Poi è arrivata una più sveglia di me e *tac*! L'ha cacciato e l'ha sposato.»

Rimasero a lungo a parlare di quello e Ana si sorprese di quanto fosse intuitiva la sua vicina e delle cose che le raccontava. La donna, senza bisogno di sapere nulla in concreto, era in grado di leggere il suo stato d'animo e, proprio come si era accorta della faccenda di Rodrigo, sapeva che anche Nekane stava soffrendo per amore.

Quando Encarna vide la ragazza più tranquilla, prese il piatto delle frittelle, scostò il tovagliolo a quadretti rossi e le fece l'occhiolino.

«Dai, prendine una. Sono appena fatte, apposta per te.»

Ana, senza averne grande voglia, ne prese una, ma non appena ne morse un boccone sentì il desiderio di mangiarsi l'intero piatto. Dopo quattro frittelle, Encarna lo coprì.

«Adesso basta o ti faranno male.» E vedendola sorridere, aggiunse, stringendole le guance. «Oh, bambina, ma quanto sei bella e quanto sarà bello il bimbo che avremo!»

Poi squillò il campanello della porta e Ana, sorridendo, si alzò, ma quando aprì e vide di chi si trattava si sentì morire.

«Per l'amore del Cielo! È vero. Sei incinta!» urlò Úrsula, la madre di Rodrigo, puntandola con il dito. «Oh, mio Dio, sto per svenire!»

Ana la sorresse il più in fretta possibile perché non cadesse, ma la donna, arrabbiata, le diede una gomitata per tenerla lontana da lei.

«Signora!»

Úrsula, furibonda, entrò in casa senza essere stata invitata e, dopo aver chiuso bruscamente la porta, continuò a guardarle la pancia.

«Come hai potuto fare questo a mio figlio?»

Questa ha bevuto, pensò sentendola parlare.

«Guardi, signora, se mi lascia spiegare, posso dirl...»

«Ora capisco tutto. Hai visto che mio figlio fa parte di una ricca famiglia e vuoi...»

«Io non voglio niente!» urlò Ana, sconvolta e con gli occhi pieni di lacrime. Ma cosa stava insinuando quella strega?

Encarna, sentendo le urla, si alzò dal divano.

«Santa Maria!» urlò per attirare lo sguardo di Úrsula, vedendo che Ana aveva di nuovo il viso congestionato. «Ma come si permette di entrare in casa altrui urlando in questo modo? Non ha un minimo di educazione?»

«Di educazione ho tutta quella che manca a lei, verduriera da quattro soldi» rispose Úrsula, in collera, vedendo il suo modo di fare un po' goffo.

«Ma dimmi tu cosa bisogna sentire» protestò Encarna. E avvicinandosi a lei, sussurrò: «Non so chi sia, ma mi ascolti, faccia attenzione».

«Encarna!» urlò Ana. Mancava soltanto che arrivassero alle mani e in più con l'altra un po' brilla.

Úrsula, avvolta in un lussuoso visone e con scarpe con i tacchi, guardò dall'alto in basso la povera Encarna, che indossava un grembiule di cotone azzurro e aveva in testa i bigodini colorati. E ricordando qualcosa che le aveva raccontato Candela, disse: «Lei deve essere sua madre, giusto?» Encarna non rispose e l'altra proseguì: «Certo che tale madre tale figlia. Ma cosa mai avrà visto in te il mio Rodrigo?»

Quando Encarna sentì il nome di Rodrigo si voltò verso Ana. «Questa è la madre di Rodrigo?» Ana annuì e la donna aggiunse: «Quanto alla sua domanda sarebbe meglio chiedersi cosa non abbia visto il suo Rodrigo nella mia Ana perché, sa una cosa? Il suo bimbo è un uomo splendido, ma la mia Ana è una stella. Ma ha visto quanto è bella?»

Úrsula la guardò con aria truce.

«Non sto parlando di bellezza. Parlo di livello culturale, e mio figlio e sua figlia non hanno nulla in comune, come del resto non l'abbiamo noi» sibilò con disprezzo. «Ho parlato con lei qualche giorno fa e le ho detto chiaro quel che voglio per mio figlio e...»

«Quello che vuole per suo figlio?» la interruppe Encarna. «Ma, santo Pelagio di Cordova! E lei sa cosa vuole per se stesso suo figlio? Se l'è mai chiesto?»

«Certo che me lo sono chiesta e per questo ho fatto arrivare la donna adatta a lui.» E poi, indicando Ana, sibilò: «Sei una poveraccia, e quando il bambino nascerà pretenderò il test di paternità per dimostrare che tuo figlio non ha nulla a che fare con Rodrigo, mi hai capito?»

«Signora!» urlò Ana fuori di sé. «Mi faccia il piacere di calmarsi e smetterla di dire stupidaggini o le giuro che...»

«Mi giuri cosa? Mi stai forse minacciando, carina?»

Ad Ana sarebbe tanto piaciuto darle un bel calcio nel didietro e chiamarla ubriacona. Se lo meritava. Ma decisa a comportarsi come una vera signora, cosa che l'altra non stava facendo, prese fiato e disse: «Allora, signora, punto uno: la smetta di chiamarmi carina o inizierò a chiamarla anch'io con l'appellativo che meglio le si addice e le assicuro che non le piacerà».

«Oh, che svergognata» protestò, quella.

«Punto due: qui c'è un grande errore e...»

«Certo» la interruppe Úrsula. «Quell'errore sei tu. Tu!»

«E punto tre» concluse Ana. «Vergogna la proverà suo figlio vedendola in questo stato.»

«Vipera! Vuoi soltanto i soldi della nostra famiglia.»

Sconvolta dall'idea che quella donna aveva di lei, disse su di giri: «Preferisco essere una vipera piuttosto che Úrsula! La sinistra e malvagia strega cattiva della *Sirenetta*. Perché, che le piaccia o no, lei si sta comportando proprio così con me, come una vera strega!»

«Sbaglio o mi hai appena chiamata strega?» urlò la donna fuori di sé.

«Sì, esattamente. E non sa quanto mi faccia piacere.»

Encarna, stanca delle terribili cose che quella donna diceva, si tirò su le maniche del suo grembiule di cotone, cosa che causò una smorfia di orrore in Ana.

«Se non la smette di rivolgersi così alla mia bambina, le dovrò dare una lezione. Gliel'ho già detto due volte, e alla terza passo ai fatti!»

«Oh, mio Dio! Che volgarità!» disse Úrsula, toccandosi il colletto della pelliccia.

«Ma certo» concordò Encarna.

Con quel movimento della pelliccia, la manica scese verso il basso e Ana vide che sull'avambraccio aveva un livido quasi intangibile. Ma disposta a porre fine a quel malinteso, prese la sua vicina da un braccio e, scostandola da una parte, disse alla donna che la osservava: «Allora, signora, mio figlio non è di Rodrigo e non lo sarà mai. E se vuole capire il perché di questo malinteso ne parli con lui o con Candela e mi faccia la cortesia di lasciarmi in pace una dannata volta». Vedendo l'aria stupita di Úrsula, aggiunse: «E adesso, ora che sa che il mio bambino non ha niente a che vedere né con suo figlio né con la sua famiglia, le chiederei per favore di uscire da casa mia perché non ho nient'altro da condividere con lei».

Encarna aprì subito la porta e la invitò ad andarsene e Úrsula, dopo averla guardata con disprezzo, si girò. Ma prima di lasciare la casa, guardò Ana e sibilò: «Per il tuo bene, ti consiglio di stare alla larga da mio figlio».

«E tu dalla bottiglia» borbottò Encarna, sbattendo la porta.

Rimaste sole, ad Ana si riempirono gli occhi di lacrime.

«Encarna, dammi il piatto delle frittelle» disse guardando la sua vicina. «Ne ho bisogno.»

Detto questo, scoppiò a piangere.

11

I giorni trascorsero senza che Rodrigo e Ana si telefonassero. Continuarono semplicemente ognuno per la propria strada senza voltarsi indietro, cosa che per Rodrigo fu facile, ma non per Ana. I suoi sentimenti non le davano tregua e doveva ancora risolvere la faccenda della loro rottura con i suoi genitori, specie in previsione del matrimonio di sua sorella. Il solo pensare al dispiacere che gli avrebbe causato le spezzava il cuore.

Dal canto suo Nekane, mentre un pomeriggio stava uscendo dalla farmacia immersa nei suoi pensieri, sentì all'improvviso: «Ciao, principessa».

Offuscata, nel riconoscere quella voce, si voltò verso destra e vide Calvin che, notando il suo sguardo, alzò le mani al cielo e disse: «D'accordo… sono un cretino. Non avrei dovuto dirti quello che ti ho detto e…»

«Ma tu sei scemo o cosa?»

«Se iniziamo con gli insulti però» rispose lui sorridendo.

Nekane, che non aveva nessuna voglia di sorridere, sbuffò: «In che lingua vuoi che ti dica le parole 'non ti voglio più vedere?' Basta, per favore. Il tuo amichetto ha distrutto la mia amica e ora tu cosa vuoi, distruggere me?»

Calvin non voleva parlare di altri a parte loro due e, senza rispondere, le allungò un mazzo di rose rosse.

«Tieni. Sono per te.»

«Col cavolo!» urlò senza prenderle. «Adesso non fare idiozie o romanticismi vari, che non fanno per me.»

«Non ti piacciono i fiori?»

«No, a meno che non siano neri» rispose. E vedendolo di

nuovo sorridere, chiarì: «Fammi un favore, mettiti quel dannato mazzo nel…»

Calvin non la lasciò andare avanti, la prese, la avvicinò a sé e la baciò.

Le loro bocche rimasero unite per qualche secondo, fin quando lei non gli diede un pugno in pancia e lui si scostò.

«Cavolo quanto sei violenta!»

«Be' ringrazia che non ti ho dato una ginocchiata da un'altra parte.»

Dopo essersi ripreso dal colpo, tornò all'attacco e, facendo un passo verso di lei, le mise il mazzo di fiori in mano e lo lasciò lì. Nekane non lo prese e il bel mazzo cadde a terra. A quel punto, un anziano che passava lì vicino si chinò, lo raccolse e, porgendolo alla ragazza, disse: «Cara, ti è caduto questo».

Nekane guardò il mazzo e Calvin, avvicinandosi a lei, mormorò: «Non intendi prenderlo nemmeno dal nonno?»

Sorpresa da quella sfacciataggine, Nekane sorrise, afferrò educatamente il mazzo di fiori e ringraziò l'anziano che se ne andò via contento. Ma appena si allontanò da loro di due passi, Nekane sbattè forte il mazzo più volte sulla testa di Calvin finché gran parte delle rose non si ruppero. Imbarazzato da come la gente che passava accanto li guardava e sorrideva, Calvin le tolse di mano il mazzo ormai semidistrutto.

«Ma come puoi fare una cosa del genere a questi poveri fiori?»

«Lo faccio a loro per non farlo a te, uomo con il nome di una marca di mutande.»

Detto questo, si mise a camminare e Calvin, sorpreso e senza capirci niente, la seguì.

«Com'è che mi hai chiamato?»

«Come hai sentito.»

Seccato da quella battuta che per anni aveva subito dai suoi compagni, sussurrò: «Sei proprio…»

Senza permettergli di finire la frase, Nekane si voltò verso di lui.

«Senti bellezza, mi vedi?»

Lui annuì.

«Sono una donna, non una principessa e prima che tu possa

dire qualcosa, sappi che sono troppo femmina per te. Quindi addio!»

Calvin scoppiò a ridere.

«E tu saresti troppo femmina per me?»

«Esatto!»

Sconvolto dalle parole della ragazza, cambiò espressione.

«Oh mio Dio, una femmina!» E, vedendo che lei lo osservava, aggiunse: «Sapevo che eri strana, principessa, ma non ho mai immaginato che lo fossi così tanto».

Fregandosene della gente, Nekane posò lo zaino e, portandosi le mani ai fianchi, disse forte e chiaro: «Mi puoi dire cosa ci vedi in me per chiamarmi con quel ridicolo soprannome e per portarmi i fiorellini? Mi piacciono i tatuaggi, mi piacciono i piercing e…»

«Per me sei la mia principessa» rispose lui.

«Ecco, appunto… o sei scemo o da piccolo sei caduto dal seggiolone.» E, senza voltarsi, si allontanò a passi decisi.

Da quel giorno, tutte le domeniche mattina, Nekane ricevette a casa una rosa. Be', certo, una rosa tinta di nero.

Il 2 aprile, Ana entrò nel sesto mese di gravidanza. In quei due mesi era ingrassata di otto chili e si sentiva bene, nonostante le continue nausee mattutine.

«Prenditi questo sciroppo e vedrai che la nausea diminuirà» disse la dottoressa. «Quanto al sonno incontrollabile, si può fare ben poco.»

Ana prese la ricetta che le aveva dato la ginecologa e Nekane gliela tolse di mano per inserirla in una cartellina azzurra.

«Adesso vediamo un po' come sta il piccoletto» disse la dottoressa. «Sdraiati sul lettino.»

Senza bisogno che aggiungesse altro, Ana tirò giù i pantaloni e sollevò la maglietta e, quando la dottoressa le mise il gel freddo sulla pancia, sorrise. Avrebbe visto il suo bambino.

Nekane, che stringeva la mano dell'amica, osservava attentamente tutto quel che succedeva e, quando guardò lo schermo, rimase senza parole. Lì davanti a loro, in bianco e nero, c'era un bambino quasi del tutto formato.

«Oh mio Dio, ma lo vedi?» chiese Ana commossa.

Nekane annuì.

«Be', sembra che a tuo figlio piaccia fare sport» commentò la dottoressa e scoppiarono tutt'e tre a ridere. «Vedi come muove la gamba?»

Emozionate, osservarono come quel cosino muoveva la gamba su e giù. Ana annuì con gli occhi pieni di lacrime. A quel punto la ginecologa le chiese: «Vuoi sapere il sesso?»

«Sì» urlò quasi Ana.

Dopo aver mosso con attenzione quella specie di telecomando sulla sua pancia, la dottoressa disse: «Un maschietto. Ne sono certa».

Nekane e Ana si guardarono commosse. *Un maschietto!*

Cinque minuti dopo, uscirono entrambe dal consultorio con la foto del fagiolino in mano, continuando a ripetere: «È un maschietto!» Dopo un giorno di festeggiamenti, in cui entrambe decisero di comprare un'infinità di cose in azzurro e giallo per il nascituro, arrivarono a casa traboccanti allegria. Quella notte, quando Ana si stese a letto, pensò a Rodrigo. Le sarebbe piaciuto chiamarlo per dirgli che era un maschietto. Ma no. Non doveva farlo. Doveva andare avanti così e non pensare a lui. Non le avrebbe fatto bene.

12

Il martedì, dopo aver mangiato nella caserma del barrio di Latina, Rodrigo, seduto sul divano, stava cercando di leggere. Ma non ci riusciva quasi. La sua breve relazione con Candela era finita da un paio di settimane ed era arrabbiato, molto arrabbiato. Posò il giornale sul tavolino e, proprio mentre si stava alzando, Calvin e Julio entrarono nella stanza dove lui era da solo.

«Indovina chi sta per diventare padre?» chiese Julio.

Rodrigo guardò il suo amico Calvin che, con aria scherzosa, disse: «Non guardare me!»

Sorpreso, Rodrigo fu sul punto di dire qualcosa, quando Julio esclamò: «Iooooooooooooooo! Il boss! Iooooooooo!»

Contento, Rodrigo andò verso di lui e batté un cinque.

«Auguri, Boss! Come sta Rocío?»

«Insopportabile. La mia ragazzona, da quando è incinta è insopportabile, ma cazzo! Mi fa impazzire, è bellissima! Certo però che o si calma o da qui alla nascita del bambino, a ottobre, non so se sarò ancora vivo.»

Improvvisamente si accesero delle luci e tutti e tre le guardarono; dopo pochi secondi suonò la sirena. Avevano una chiamata.

Senza perdere tempo, raggiunsero le autopompe con altri colleghi. Quando li informarono dell'incidente, si diressero al camion grande con la scala. Julio, che era il guidatore, lo mise subito in moto mentre gli altri prendevano le loro attrezzature e salivano sul veicolo. Una volta dentro, uno dei pompieri, guardando Rodrigo, disse: «L'incendio è alla Torre de Madrid».

A quel punto tutti si guardarono, ma nessuno fiatò. Mentre Julio guidava il camion, con la sirena spiegata perché le macchine lo facessero passare, Rodrigo, Calvin e altri compagni che controllavano i rispettivi equipaggiamenti, sentivano alla ricetrasmittente: «Incendio diciassettesimo piano. Sono arrivate tre pattuglie e altre due sono per strada».

Andrés, un sottufficiale, dopo essersi messo una gomma da masticare in bocca, commentò deciso: «Cavoli… ci sarà da divertirsi. Ricordate: non vi separate dal vostro compagno».

Quando raggiunsero l'edificio in calle de la Princesa, constatarono che c'erano già diversi colleghi al lavoro. Compagni accanto ai loro mezzi e varie autopompe che aspettavano il proprio turno. Senza temporeggiare, scesero dal veicolo pronti a dare una mano. Dalle finestre uscivano lingue di fuoco e la gente urlava, terrorizzata, mentre la polizia teneva lontani i curiosi dalla zona transennata e iniziavano ad arrivare varie ambulanze.

«Il fuoco si è diffuso all'esterno e l'ossigeno alimenta le fiamme. Attenzione!» Rodrigo avvisò i suoi compagni.

«Capo, quali idranti usiamo?»

«Prendete quelli da venticinque millimetri. Ci permetteranno di muoverci meglio!»

Si prepararono tutti con attenzione. Dovevano entrare. Con le maschere d'ossigeno, gli arnesi e le corde, entrarono dentro l'edificio. Arrivato nella hall, Rodrigo si diresse subito verso la scala. Non potevano usare l'ascensore. Aníbal, un suo collega della squadra, che stava dando una mano nell'evacuazione dei civili dell'undicesimo piano, vedendoli arrivare li informò su come stavano realmente le cose al piano di sopra. Rodrigo lo ascoltò, poi guardò i suoi uomini e, prima di proseguire, aggiunse: «Massima attenzione e massima allerta».

E la loro ascesa proseguì. Quello sforzo, con quasi quaranta chili di peso addosso ciascuno, toglieva loro energia, ma non si fermarono. Dovevano raggiungere gli altri compagni per aiutarli. Raggiunto il tredicesimo piano, s'imbatterono in alcuni pompieri che stavano cercando di aprire l'ascensore per tirare fuori le persone che vi erano rimaste intrappolate. Dopo aver constatato che lì non sarebbero stati d'aiuto, proseguirono. Ogni piano che facevano li stancava sempre di più, ma il desiderio di aiutare dava loro forza di cui avevano bisogno.

Dopo un'avanzata difficile, alla fine arrivarono al quindicesimo piano, sentendo come l'edificio rombava tra suoni rochi e spaventosi.

«Qui si riesce ancora a respirare senza maschera, ma non distraetevi nemmeno un secondo» disse Rodrigo. «Dani e José, controllate le condizioni del corridoio di sinistra. Sergio e Alberto, quello di destra.»

«E noi, capo?» chiese Miguel.

Rodrigo li guardò e, dopo aver sollevato una mano, ordinò: «Tu e Ginés restate qui a raffreddare questo punto insieme ai compagni della tre».

Quando questi iniziarono a raffreddare la zona, Rodrigo e Calvin si guardarono e, dopo un cenno del capo, salirono ancora di un piano. Lì il caldo era insopportabile e il fumo era denso. Rodrigo riconobbe Alfredo, il capo dell'altra squadra, e avvicinatosi velocemente a lui, si fece aggiornare sulla situazione.

«Ho otto uomini che stanno cercando di contenere il fuoco in questo inferno e altri quattro che sono saliti ai piani superiori. Abbiamo bisogno di rinforzi nel corridoio di destra.»

«D'accordo. Io e il mio compagno andremo a destra» affermò Rodrigo mentre si infilava di nuovo la maschera.

Si addentrarono in quel corridoio fin quando Rodrigo non si fermò, si tolse il guanto e toccò una parete.

«Come immaginavamo?» chiese Calvin urlando.

Rodrigo annuì. Il muro era caldo. Molto caldo. Questo significava che dietro c'era del fuoco. Improvvisamente, delle urla attrassero la sua attenzione. Sulla scala di destra, apparvero altri pompieri con circa dieci civili terrorizzati ed esausti.

«C'è qualcun altro sopra?» domandò Rodrigo con l'adrenalina a mille.

«No» gli rispose il collega. «Queste sono le uniche persone che c'erano.»

Li fecero passare. Quella povera gente quasi non riusciva a respirare. Quando li ebbero guidati fino alla scala in cui c'era Alfredo, i civili iniziarono a scendere, spaventati. Qualche secondo dopo, Rodrigo e Calvin stavano ritornando alla loro postazione ma si sentì un rumore assordante e, prima che riuscissero a spostarsi, una porzione di tetto cadde loro addosso.

Intrappolati in mezzo alle macerie, non riuscirono a muoversi fin quando alcuni compagni non accorsero in loro aiuto. Fu questione di secondi, ma a loro parve un'eternità, e infine riuscirono a tirarli fuori di lì.

«Stai bene, Rodrigo?» chiese Alfredo vedendo che l'altro si toccava un braccio.

«Cazzo, quel maledetto tetto mi ha colpito il braccio, ma sì sto bene.» Vedendo Calvin sofferente, mormorò: «Credo che lui stia peggio».

«Dovete scendere immediatamente» gli fece fretta Alfredo sentendo che i suoi uomini lo reclamavano. «Siete feriti, e io devo aiutare i miei. Riuscite a raggiungere la scala?»

Rodrigo annuì e, rimasti soli, si chinò per sollevare l'amico.

«Andiamo, Calvin» gli disse. «Dobbiamo uscire di qui.»

Cercò di non urlare, anche se provava un tremendo dolore nel cercare di tirare su l'amico.

«Non ci riesco!» gemette Calvin respirando a fatica. «Cazzo...! Credo di essermi rotto una gamba e qualche costola.»

Non c'era tempo da perdere, o il tetto sarebbe crollato del tutto.

«Non mi interessa se sei rotto o intero» rispose Rodrigo. «Ti porto io. Ti farà male, ma resisti. È l'unico modo per uscire di qui.»

Quando se lo caricò sulle spalle, urlarono entrambi di dolore, mentre dei pezzi di tetto gli cadevano in testa e le lingue di fuoco facevano saltare le porte intorno. Si sentì una detonazione ed entrambi si stamparono contro la parete.

«Non ce la faremo mai, Rodrigo. Vai avanti tu e io ti seguo.»

«Non dire idiozie, cazzo!» esclamò mentre sentiva un forte bruciore al braccio.

«Non dico idiozie» sussurrò Calvin. «Se mi carichi addosso avrai a malapena la possibilità di muoverti prima che il tetto crolli.»

Rodrigo sorrise e, cercando di mostrarsi calmo, affermò: «Siamo venuti insieme e ce ne andiamo insieme, capito?»

Calvin annuì, mentre urlava di dolore. Rodrigo, dimenticandosi delle sue condizioni, corse lungo il corridoio tenendo in braccio il compagno. Dovevano uscire di lì o non l'avrebbero potuto raccontare. Improvvisamente la maschera di Calvin lo avvisò che stava entrando in riserva d'ossigeno, ma inspiegabilmente questa finì subito.

Rodrigo, senza pensarci un solo secondo, si fermò, si tolse la sua maschera e la condivise con lui.

«Dai, Calvin» lo incoraggiò. «Abbiamo al massimo cinque minuti di aria.»

A quel punto, Alfredo li raggiunse di nuovo e, togliendosi la sua maschera, la passò a Rodrigo che respirò sollevato. Avevano due maschere in tre. Poi un rumore così forte da sembrare quello di un aereo al momento dell'atterraggio, li minacciò mentre dalle ricetrasmittenti si sentiva: «Tutte le squadre devono abbandonare immediatamente l'edificio. Ripeto, immediatamente».

«Qui è un bel casino, collega» sussurrò Rodrigo ad Alfredo, con Calvin incosciente tra le braccia.

«Cazzo, coraggio, che stasera ho la cena per festeggiare la pensione di mio suocero» scherzò Alfredo. E rivolgendosi a uno dei suoi uomini, urlò: «Aiutate il collega e portatelo giù. Condividete con lui la maschera, se necessario. La sua non funziona!»

Tutte le squadre iniziarono a scendere le scale; alcuni di loro si erano caricati addosso Calvin e un altro pompiere, anche questo incosciente. Se una cosa era ben chiara a tutti era che un compagno non si abbandona mai. La discesa si fece eterna, mentre nell'edificio si susseguivano le esplosioni. Tra loro regnavano la calma e il sangue freddo; ma, in silenzio, tutti pregavano che l'edificio non crollasse con tutti loro dentro. Rodrigo e Alfredo, caporali delle rispettive squadre, chiudevano le file. Loro e soltanto loro dovevano assicurarsi che non restasse indietro nessuno.

Quando raggiunsero il piano terra, Alfredo vide che Rodrigo stava per svenire. Non aveva ossigeno! Lo sorresse in tempo per non farlo cadere a terra e, pochi secondi dopo, i soccorritori si occuparono di lui. Erano vivi per miracolo.

Quando Rodrigo si svegliò, si preoccupò per via del silenzio e della pace. Concluse subito di essere in una camera di ospedale.

«Tranquillo» disse una voce femminile. «Ha un omero rotto.»

Rodrigo annuì e la donna proseguì: «Ha anche un brutto taglio nel braccio e un bel colpo in testa; per il resto va tutto bene. Le abbiamo messo una placca nel braccio e...»

L'infermiera continuò a parlare e a parlare; erano parole intellegibili per Rodrigo che continuava a pensare e a ripensare all'accaduto. Come aveva fatto a non rendersi conto che il tetto stava per crollare? Dopo poco tornò alla realtà e si concentrò sulla domanda che fece all'infermiera: «Quindi sarà sufficiente che per un po' tenga il braccio al collo, giusto?»

«Sì... ma deve fare attenzione perché...»

«Mi basta quel che mi ha detto e vedere che posso muovermi» la interruppe deciso. «Il mio compagno Calvin Rivero è stato anche lui ricoverato qui?» La donna annuì e Rodrigo le chiese: «Come sta?»

«In questo momento il dottor Domínguez lo sta operando. Ma non si preoccupi. È un bravo chirurgo e...»

«Perché lo stanno operando?»

«Tibia destra e due costole rotte» rispose l'infermiera dopo aver controllato su dei fogli che aveva in mano.

«Cazzo!» esclamò rabbuiato.

«Ma tranquillo, il dottor Domínguez è un mago e lo lascerà come nuovo.»

Un'ora dopo, quando Rodrigo usciva dalla sala medica un po' più calmo, i suoi genitori gli corsero incontro ad abbracciarlo. Dietro di loro c'era Ernesto, il marito della madre.

«Oh figliolo! Dio mio!» singhiozzò Úrsula abbracciandolo. «Che spavento.»

«Stai tranquilla, mamma, sto bene, non vedi?»

Rodrigo sorrise, ma quando guardò il marito della madre, il sorriso sfumò. Non gli era mai piaciuto e non capiva cosa ci facesse lì.

Úrsula piantò lo sguardo sul braccio di Rodrigo e, spostandosi per afferrare Ernesto, disse: «Se stai bene, cosa è successo al tuo braccio? Oh Santiddio! Il tuo terribile lavoro mi ucciderà. Non starò mai tranquilla. Mai. Ma perché devi rischiare la vita come pompiere quando potresti essere uno stupendo avvocato insieme a Ernesto?»

Furioso per quel che aveva appena detto e per il sorrisino del marito della madre, si girò verso quest'ultimo e urlò: «Tu vattene via di qui! Adesso!»

Ernesto girò sui tacchi e uscì dalla stessa porta da cui era entrato. A quel punto, Ángel, un uomo paziente e comprensivo, vedendo lo sguardo del figlio, disse: «Úrsula, adesso basta».

«E se il braccio non si sistemasse più?»

Stanco e preoccupato per Calvin, Rodrigo la guardò e cercò di trattenere l'arrabbiatura causata da tutto quello che era accaduto.

«Mamma, ho soltanto un braccio rotto. E per favore, smettila di dire scemenze sulla mia professione.»

«Be', non è il caso che mi parli in questo modo» lo riprese la donna. «In fondo sono tua madre e mi preoccupo per te.»

«Ti preoccupi per me?» La donna non rispose, e lui esplose: «Bene. Allora se ti preoccupi per me, cerca di evitarti il tuo solito discorsetto perché invece di calmarmi mi manda fuori di testa. Sono stanco che tu ti intrometta nella mia vita e che cerchi di trasformarmi nel riflesso di quello che tu vuoi dalla tua di vita. Cerca di metterti in testa che sono un uomo indipendente, con delle idee e dei gusti propri e che anche se ti voglio bene, perché sei mia madre, non seguirò la strada che tu e tuo marito volete per me. Fattene una ragione, mamma, o noi due avremo dei problemi per il resto della vita.»

Úrsula sollevò il mento e se ne andò via arrabbiata. Ángel, dopo avere assistito alla scena, toccò il braccio al figlio e gli sussurrò: «Tu e tua madre dovete parlare. Non potete andare avanti così».

«Lo so, papà, lo so. Ma sono stufo. Ho trentaquattro anni e non capisco perché insiste a intromettersi nella mia vita. Mi conosce. Cazzo, è mia madre! E invece di semplificarmi le cose…»

«Ho parlato con lei, e da quel che mi ha detto è pentita» lo interruppe il padre. «Ti assicuro che è stata lei la prima a stupirsi per la faccenda di Candela.»

«Senti, papà, non lo metto in dubbio, ma sono stati lei e suo marito a far tornare Candela per cercare di far accadere quello che già in passato non aveva potuto essere.»

«Certo, figliolo, ma tu sembravi felicissimo dell'apparizione di quella ragazza e...»

«Ma certo che lo ero, papà» lo interruppe. «Candela è una bellissima donna. A quale uomo non piacerebbe? Ma le cose non sono andate proprio come volevano quando è comparso l'ex marito e lei se n'è di nuovo andata via con lui. Forse mamma si è chiesta qualcosa sui miei sentimenti? Ma riesce a capire che anch'io ho un cuore?»

«Figliolo...»

«Cazzo, papà! A me non interessa cosa pensa Ernesto. Anzi, sai bene cosa penso di lui. Ma la mamma... Che la mamma si presti a ingannarmi quando sa benissimo quanto sono stato male quando Candela mi ha lasciato la prima volta e che, in più, in un momento del genere dica tante idiozie... Be', no, non lo sopporto.»

Dopo qualche secondo di silenzio, padre e figlio si guardarono e si abbracciarono.

«Dai papà, ora vai a casa.»

«Ti porto a casa tua?»

«No, grazie. Resterò qui con Calvin.»

Lo accompagnò fino all'uscita e Ángel gli spiegò: «Ci hanno detto che lo stanno operando».

«Lo so» rispose, confuso.

Accompagnò il padre fino all'ascensore e, quando questi se ne fu andato, Rodrigo, a capo chino, salì a piedi al piano superiore. Raggiunta la camera vuota di Calvin, si trovò davanti l'altra sua famiglia: i suoi colleghi. Quando lo videro, felici che fosse sano e salvo, lo ricevettero tra gli abbracci. Poco dopo, incoraggiati da Julio, scesero al bar e, senza scostare lo sguardo dalla televisione, ascoltarono la notizia in cui si parlava di come i coraggiosi pompieri avessero tirato fuori tutte le persone intrappolare nella Torre de Madrid e di come avessero instancabilmente estinto il fuoco. Quando alle dieci di sera il dottore gli disse che l'intervento di Calvin era andato a buon fine, applaudirono tutti emozionati. A quel punto Rodrigo si sedette. Era stata una giornata molto lunga.

Nello studio, alle dieci di sera, Nekane e Ana stavano finendo un lavoro che la marca di cosmetici Wendoline Woman gli aveva affidato. Dovevano fotografare cinquanta ragazze di diverse taglie per promuovere i loro nuovi reggiseni contenitivi. Dopo oltre sei ore di lavoro, quando le modelle se ne furono andate e rimasero da sole, si buttarono entrambe sul divano bianco dello studio, mentre dagli altoparlanti si sentiva la voce di Chenoa.

«Non ne posso più» si lamentò Ana. «Che giornata.»

«Puoi dirlo forte» rispose Nekane sorridendo.

«Adesso una bella doccetta…»

«Un filmettino…» proseguì Nekane.

«Un bell'hamburger e… Ahi!»

«Che succede?» chiese Nekane, spaventata nel vedere l'amica che si toccava la pancia.

«Che razza di calcione mi ha appena dato il fagiolino» rispose Ana ridendo. E poi guardando l'amica, disse: «Veloce Neka, metti la mano qui».

Nekane obbedì subito e percepì il movimento del bambino sotto la sua mano.

«Mammamiaaaaaaaaaaaaaaa!!! Come si muoveeeeee!!!!!!!!»

Per un po' le due amiche si godettero quell'intimità, mentre il bambino, inconsapevole della gioia che stava offrendo alle due donne, si muoveva dentro la pancia della madre. Quando i movimenti cessarono, tra commenti divertiti, si diressero in cucina. A quel punto squillò il telefono e Ana rispose.

«Sì?»

«Ciao, Ana! Sono Rodrigo.»

Sentendo la sua voce, lei si sedette direttamente sul bracciolo del divano. Erano due mesi che non parlava con lui e ora di colpo eccolo lì.

«Sei sempre lì?» chiese lui vedendo che non rispondeva.

«Sì… sì… sono qui, Rodrigo.»

Dopo aver sentito pronunciare quel nome, Nekane la guardò sorpresa. Perché diavolo la stava chiamando quell'idiota? Decisa, si incamminò verso l'amica intenzionata a toglierle di mano il telefono e agganciare.

«Perfetto. Grazie di aver avvisato» disse a quel punto Ana.

Quando agganciò, Nekane era ancora sconvolta che non l'avesse mandato al diavolo.

«Si può sapere perché non l'hai mandato a 'fanculo? Che faccia tosta... Ma come si fa a chiamare dopo così tanto tempo?» disse con aria seria. Vedendo che Ana non rispondeva e si limitava a guardarla, proseguì: «Ma che se ne vada con la sua Candela!»

«Neka, ascoltami.»

«No, ascoltami tu. Non puoi essere così scema. Ma perché non hai riagganciato?»

«Mi vuoi ascoltare?»

«Stammi bene a sentire» continuò l'amica, arrabbiata. «Non permetterò mai più che né tu né io prestiamo attenzione a un uomo in uniforme e men che mai a un dannato pompiere. Che schifo di pompieri!» E indicandole la pancia, concluse: «Quindi, fagiolino, sei informato... potrai fare quel che vorrai, ma un fichetto con l'uniforme non se ne parla! Non te lo permetterò o ti rompo l'idrante.»

«Neka, mio Dio!» E, vedendo che l'amica la guardava, aggiunse: «Era Rodrigo e...»

«Sì, ho sentito chi era. Ma non andare avanti. Non mi interessa sapere niente di quel che il cretino può averti detto. E per il tuo bene, la prossima volta che ti chiama, riaggancia. Ti ha fatto soffrire troppo e non voglio vederti di nuovo star così male per lui, hai capito?»

«Ti prego, stammi a sentire.»

«Ho detto di no, non voglio ascoltarti.» Si voltò e chiese: «Ordiniamo degli hamburger? Lo vuoi con doppio formaggio e cipolla o la cicciona di casa lo preferisce con bacon e molto pomodoro?»

Ana, non riuscendo a tacere quel che Rodrigo le aveva riferito, disse, senza girarci più intorno: «Oggi durante un incendio c'è stato un incidente e Calvin...»

«Oh, mio Dio...! Oh, mio Dio...! Oh, mio Diooooooooo!» urlò appoggiandosi alla parete. «Oddio, il mio Calvin! Che è successo? Sta bene?»

«Rodrigo mi ha soltanto detto di avvisarti che Calvin è ricoverato all'ospedale di Madrid e che la prima persona di cui ha chiesto quando si è svegliato sei stata tu e...»

Nekane, pallida, si sedette a terra e iniziò ad andare in iperventilazione. Subito Ana prese un sacchetto e, mettendoglielo davanti alla bocca, mormorò: «Per favore, respira e non spaventarmi, perché mi stai spaventando! E visto come sono impressionabile, rischio di partorire».

Cinque minuti dopo, dimenticando la stanchezza, stavano uscendo di casa. Scesero dal taxi ed entrarono in ospedale mano nella mano. La prima persona che incontrarono fu Rocío, la moglie di Julio, che non appena le vide corse loro incontro abbracciandole.

«Che spavento! Che spavento! Ma tranquille, ragazze, stanno bene. Sarebbe potuta finire in tragedia, ma per fortuna stanno bene!»

«Tutti e due?» chiese Ana.

«Sì, tesoro, Calvin e Rodrigo» rispose guardandole la pancia prominente. «Stavano estinguendo un incendio alla Torre de Madrid quando il tetto è caduto e...» Notando che stavano entrambe impallidendo, decise di non andare oltre nella spiegazione. «Ma tranquille. Ripeto, i vostri ragazzi...»

«Non sono i nostri ragazzi» sussurrò una livida Nekane.

Rocío la guardò sorpresa.

«Be'... quel che sono. Rodrigo e Calvin stanno bene.» E, senza poterlo evitare, chiese: «Ma tu da quando sei incinta?»

«Da sei mesi» rispose Ana come un automa, mentre con lo sguardo cercava la persona che le interessava vedere. Ma non lo vide da nessuna parte.

Due secondi dopo, Rocío le accompagnò fino al secondo piano. Quando la porta dell'ascensore si aprì, vari pompieri che le conoscevano le salutarono con affetto, e con un'espressione di sconcerto davanti alla pancia di Ana. Dopo averle salutate, Julio, notando il viso sconvolto di Nekane, la prese da un braccio.

«Vieni» disse. «Sarà felice di vederti. Non chiede che di te.»

«Tranquilla. Io ti aspetto qui» affermò Ana con affetto.

Con il cuore a mille, Nekane aprì la porta della stanza e, vedendo due compagni di Calvin intorno al suo letto, gemette.

Uno dei due, che la riconobbe, sorrise e subito si avvicinò a lei e le diede due baci.

«Entra… entra… non fa che chiedere di te.»

Spaventata dal fischiare dell'apparecchio che era lì accanto alla testiera del letto, si avvicinò con passo incerto. Calvin era lì, con gli occhi chiusi.

«Noi usciamo così potete stare qualche minuto da soli» sussurrò l'altro uomo.

«No, non è il caso» disse Nekane.

«Sì, certo che è il caso» rispose sorridendo il pompiere.

Quando la porta si chiuse, Nekane si ritrovò da sola in camera con Calvin, poi si avvicinò piano e senza fare rumore alla testiera del letto. Vederlo così intubato e soprattutto statico, proprio lui che era energia e sorrisi allo stato puro, le spezzò il cuore. Allungò la mano con affetto e gli accarezzò i capelli.

«Sei bello persino in un momento così terribile.»

«Grazie, principessa» sussurrò lui accennando un sorriso.

«Ma come ti è venuto in mente di spaventarmi così? Ma non lo sai che devi avere cura di te? Come hai potuto permettere che ti succedesse una cosa del genere?»

Con aria stanca e con un filo di voce, Calvin borbottò: «Non mi hai lasciato alternative. Vedendo che le rose nere non funzionavano, ho deciso di cambiare tattica e…»

«Oh, Calvin» gemette. «Non lo dire. Ti detesto.»

«E io ti amo, principessa.»

«Non chiamarmi così» lo sgridò. «Da quando una ragazza del Nord come me ha la faccia da principessa? Ma non mi vedi? Calvin, per l'amor del Cielo, non vedi che posso sembrare qualsiasi cosa tranne una dolce e delicata principessa?»

Lui sorrise. Vederla con indosso quella gonna a tubino nera, la maglia rosa e un foulard nero al collo era la cosa più bella che potesse desiderare.

«Ma so che ti piace qualche canzone del mio amico Luis Miguel. E se ti piace è perché sei una romantica, sensibile e…»

«Chiariamo una cosa» lo interruppe lei. «Non mi piace quel tipo di musica, ma riconosco che ci sono un paio di canzoni che a forza di sentirle da Ana alla fine… le ho imparate.»

Sollevando con attenzione una mano, Calvin gliela posò sulla bocca per zittirla.

«Non importa quel che dici. Niente cambierà la mia opinione su di te. E prima che protesti o sputi fuori una delle tue bestialità, lascia che ti dica che sono pazzo di una principessa bruna e un po' retrò di nome Nekane, con gli occhi a mandorla e un caratteraccio senza senso. Se fossi diversa, se non ti cotonassi i capelli e non avessi quei tatuaggi, ti assicuro che non ti avrei mai notata. Mi piaceresti anche vestita da gotica.»

«Oh, Calvin, non dire così» gemette lei emozionata.

Lui annuì lasciandosi scappare un sospiro.

«Tranquilla, mi farò una ragione di non essere l'uomo di cui hai bisogno e...»

«Oh, Dio mio, stai zitto!» E avvicinando il viso al suo, mormorò: «Ti amo, dannato uomo con il nome da mutanda».

«Ma non di una mutanda qualsiasi, stiamo parlando di mutande super di moda» ironizzò Calvin, e Nekane lo baciò.

Mentre dentro la stanza un felice Calvin riprendeva a sorridere sentendo di nuovo accanto la sua principessa, all'esterno Ana chiacchierava con Rocío.

«Io sono di tre mesi e mezzo, e sono emozionata! Anche se, non lo negherò, parecchio spaventata. E il mio cucciolo, non sto neanche a dirtelo. Il giorno che gliel'ho detto, grande e grosso com'è, quasi sviene. Certo, adesso mi tratta come una regina. Mi coccola, si prende cura di me. E ogni volta che rientra presto a casa, si siede sul divano e mi massaggia i piedi.»

Ana sorrise. Condividere quei bei momenti con il proprio compagno doveva essere fantastico, ma ora lei non voleva pensare alla sua situazione.

«È bellissimo! Fatti coccolare.»

«E tu come ti senti?»

«Grassa, affamata e assonnata, ma per il resto bene» rispose Ana, sospirando e contemporaneamente sorridendo.

Per un bel po' parlarono delle rispettive gravidanze, finché Ana non lo vide improvvisamente arrivare. Nascosta tra tutti quei pompieri, Rodrigo non la notò e così lei lo poté guardare senza essere vista. Sembrava stanco e, con l'espressione seria, tesa e addolorata. Aveva un braccio attaccato al collo e sul volto si intravedevano piccole escoriazioni e lividi, sebbene quel che più attirò la sua attenzione fu lo sguardo. Non riusciva a capire se fosse triste o arrabbiato.

Il commento di un compagno fece voltare Rodrigo verso destra e così la vide. I loro sguardi si incrociarono e Ana, non riuscendo a non salutarlo, alzò la mano. Rodrigo si avvicinò senza alcun tentennamento a lei e l'abbracciò sotto lo sguardo di tutti. Fu l'abbraccio più lungo e intenso che si fossero mai scambiati.

«Sono felice che siate venute» le sussurrò all'orecchio. «Nekane è con Calvin?»

«Sì» rispose.

Improvvisamente, sentì quella presenza così virile che la faceva impazzire e si lasciò abbracciare.

Non può succedermi di nuovo... Noooooooo! pensò allarmata.

Dopo quel primo abbraccio, Rodrigo si scostò da lei. Sorridendo, la fece girare davanti a lui e le scompigliò i capelli.

«Sei molto bella.»

Non riuscendo a pensare in modo lucido, riuscì soltanto a rispondere: «Sembro una balena. Non mentire, Pinocchio».

Ma no. Lui non stava mentendo. Ana era bellissima con quella salopette dei Looney Tunes.

«E bravo, che bel segretuccio» mormorò Julio avvicinandosi a loro.

«Amore, per favore... non essere indiscreto» lo riprese Rocío vedendo l'espressione degli altri due.

Ana, pronta a chiarire il malinteso, stava per intervenire quando Rodrigo, sorridendo, disse: «Sai che non mi piace parlare della mia vita privata; e nemmeno di quella degli altri».

Senza parole per quella risposta, Ana lo guardò e lui le fece l'occhiolino. Ma no, non avrebbe permesso che qualcuno pensasse quel che non era. Tuttavia, quando stava per chiarire la situazione, si aprì la porta della camera di Calvin e uscì Nekane, che cercò la sua amica. Quando la vide, andò verso di lei.

«Tutto bene?» chiese Ana.

Nekane, fuori controllo per l'emozione, annuì e la abbracciò. Per qualche secondo, le due rimasero così, fin quando Nekane, scostandosi da lei, le strinse la mano e la portò da una parte.

«Ti dispiace se non torno a casa con te stanotte?»

«Ma certo che no; per favore, non dire stupidaggini!»

«Vorrei restare qui con lui in ospedale» mormorò asciugandosi le lacrime. «E...»

«Neka» la interruppe. «Mi pare una splendida idea. Non preoccuparti di me, prenderò un taxi.» Poi, dopo averle dato un bacio, disse: «Dai, vai... che l'uomo mutanda ti sta aspettando».

Nekane sorrise e, dopo aver mandato un altro bacio all'amica con la mano, si diresse verso la stanza e scomparve.

Per qualche secondo, Ana rimase immobile, fin quando un movimento del suo bambino la fece tornare alla realtà. Si guardò intorno alla ricerca di Rodrigo e lo vide immerso in una conversazione con diversi suoi colleghi. Non riuscì a localizzare Rocío e decise di andarsene. Lei non c'entrava nulla lì in mezzo. Quindi, senza dire niente, salì sull'ascensore e, una volta in strada, l'aria fresca della sera la fece sorridere. Dopo essersi infilata la giacca, iniziò a camminare verso una strada dove vedeva movimento di auto quando all'improvviso sentì che una voce la chiamava. Si voltò e vide che era Rodrigo.

Con passo deciso, la raggiunse. Quando si era accorto che era andata via, era subito andato a cercarla. Le doveva parlare.

«Dove vai?» chiese appena le fu di fianco.

Con un'espressione che lo fece sorridere, Ana corrugò la fronte e rispose: «Guarda, ero indecisa se andare a ballare o a sciare. Cosa mi consigli?»

Lui la prese dal braccio con fare divertito.

«Hai cenato?»

«No perché se, anche lo avessi fatto, ho una tale fame che pur di rifarlo mentirei.»

Rodrigo sorrise senza lasciarle il braccio.

«Vieni... andiamo a mangiare qualcosa.»

«Che ne dici se andiamo in quell'hamburgheria?»

«All'hamburgheria?»

«Sì» disse lei ridendo. «Sai che io per un hamburger sono capace di UC-CI-DE-RE.»

Raggiunsero il locale in silenzio. Quando ebbero ordinato, si sedettero e il nervosismo di Ana per poco non le fece rovesciare la Coca-Cola. Avere di nuovo Rodrigo così vicino, con la sua imponente virilità, la faceva sentire di nuovo maldestra.

Con nonchalance lo osservò mentre metteva il ketchup sul suo hamburger e notò di nuovo la sua aria corrucciata. Si capiva che era preoccupato, e la cosa la intristì. Avrebbe voluto passargli affettuosamente la mano tra i capelli e chiedergli come andava con Candela, ma non voleva sembrare indiscreta.

Oh, cavoli, ma come posso essere così stupida? A questo non gliene frega niente dei miei sentimenti e io sto qui a preoccuparmi per i suoi. Sono senza speranza, pensò sbuffando.

«Be', e tu come stai?» gli chiese Ana, emozionata di essere lì con lui, dopo che ebbero addentato i rispettivi hamburger.

«Bene. Per fortuna è il braccio sinistro e posso usare il destro.»

«Non sto parlando di quello» replicò Ana attirando il suo sguardo. «Voglio dire come stai dopo quello che è successo oggi. Ti conosco poco, ma so che sei esigente nel tuo lavoro e sono certa che continui a pensare all'accaduto. Ce l'hai scritto in faccia, o meglio, negli occhi.»

Rodrigo si stupì. Come faceva a saperlo? E, arrendendosi, sussurrò: «Sinceramente, sono arrabbiato con me stesso per non essermi reso conto in tempo che il tetto stava per cedere. So che è difficile fare attenzione a tutti i segnali in un momento del genere, ma...»

«Tu non hai nessuna colpa, Rodrigo. A volte le cose succedono perché devono succedere e basta. Non devi più pensarci, o diventi matto.»

A quel punto apparve il cameriere e gli posò sul tavolo gli anelli di cipolla che avevano ordinato.

«Uhmmmm, ma che bell'aspetto che hanno!» esclamò Ana.

Rodrigo sorrise mentre lei si infilava un anello in bocca e soffiava da tanto che era caldo.

«Non sarà un po' troppo forte per te?»

Ana fece cenno di no con il capo e, dopo aver mandato giù la cipolla, bevve un sorso della sua Coca-Cola.

«Dopo aver mangiato cetriolini con Nutella a casa per tutta la settimana, direi che non c'è niente di troppo forte per me. E dai, mangiati il tuo hamburger, o appena finisco il mio sono capace di rubartelo.»

Rodrigo scoppiò a ridere e poi seguì il suo consiglio. Per un po' parlarono di Bau, il cane di suo fratello, fin quando all'improvviso lui disse: «Mi dispiace di non averti più chiamata».

«Non importa. Capisco. Quel che è accaduto è stato… be', forse meglio così.»

«Ana, non mi sono comportato bene con te e…»

«Ma figurati» lo interruppe. «A incasinare tutto con le mie bugie sono stata io. Quindi, se c'è qualcuno che non si è comportato bene con me, sono stata io stessa.» E, notando come la guardava, chiarì: «E… prima di andare oltre, lascia che mi scusi ancora per quel che è accaduto. Ho perso il controllo con i miei genitori e… ed ero talmente confusa che non so perché l'ho fatto. Quanto a noi due e quel che ti ho detto in merito ai miei sentimenti, è ormai dimenticato. Credo che i miei dannati ormoni mi avessero offuscato la mente e…»

«Ma davvero provavi qualcosa per me?»

E la continuo a provare, pensò Ana, ma con finta indifferenza si infilò in bocca una patatina intinta nel ketchup e disse: «Sì, Rodrigo. Lo confesso. Mi avevi preso come non mi succedeva da tempo. Ma, tranquillo, ormai è acqua passata, non parliamone più!» E, notando come la scrutava con i suoi occhi azzurri, aggiunse, nervosa: «Quanto al fatto che non mi hai più telefonato, ti giuro che ti capisco. Quando si trova qualcuno di speciale, si è disponibili soltanto per lui. Ti capisco».

«Io e Candela non stiamo più insieme.» Nel sentire quell'informazione bomba, Ana lo guardò e lui proseguì: «Dopo quel che è successo il giorno in cui abbiamo pranzato con i tuoi genitori, siamo rimasti insieme altri tre giorni, fin quando non è riapparso suo marito e lei, dimenticandosi di nuovo di me, ha deciso di tornare da lui e dai suoi soldi».

«Ma stai scherzando?»

«No, no. Avevi ragione quando mi hai detto quella faccenda sul fatto che alcune persone non cambiano. Lei, mia madre e suo marito avevano lo stesso obiettivo e…»

«Tua madre ed Ernesto si sono intromessi?»

«Sì. A quanto pare Ernesto, per questioni fiscali, è ancora in contatto con lei e quando è venuto a sapere che aveva problemi con il marito le ha detto che io ero ancora single. Il resto credo che tu lo possa immaginare, no?»

«E come stai?»

«Arrabbiato con mia madre. Suo marito mi è indifferente.»

Dopo un breve silenzio, Ana prese un altro anello di cipolla.

«Posso farti una domanda?» disse.

«Sì.»

«Perché tu ed Ernesto non andate d'accordo?»

Rodrigo sorrise e si appoggiò allo schienale della sedia.

«Se i miei si sono separati è stata colpa sua, e non glielo potrò mai perdonare. Ma mia madre era pazza di lui e alla fine non soltanto si è separata da mio padre, lo ha sposato anche e ce l'ha portato in casa.» Serrando in denti, aggiunse: «Quell'idiota ha sempre avuto delle regole molto rigide, anche vivendo a casa nostra, e forse io, essendo il maggiore, non riuscivo ad accettare quelle condizioni. Ma il nostro rapporto si è incrinato del tutto quando, dopo un anno che me ne ero andato, ha cercato di far rinchiudere Álex per la sua disabilità. Ti giuro che l'avrei ammazzato. Mio fratello è la persona più buona che ci sia al mondo e l'ultima cosa che si merita è di essere relegato dalla sua famiglia per via della sindrome di Down. Alla fine io e mio padre siamo riusciti a evitare che lo facesse, ma quando mio padre ha cercato di ottenere di nuovo la custodia di Álex, il fantastico avvocato che mia madre venera, l'ha impedito e be'... per questo vive con loro».

«Che storia!»

«Sì... lui non vuole tenersi Álex. Lo infastidisce la sua presenza. Ma non permette nemmeno che viva con me o con mio padre. È strano da dire, ma è così.» Poi, notando l'espressione di lei, per cambiare argomento aggiunse: «Tornando all'inizio, questa volta sono stato cauto con Candela e, sebbene sia uno schianto di donna, quando è tornata con il suo ricco marito, la cosa non mi ha toccato più di tanto. Anzi, mi sono quasi sentito liberato da quella relazione che io stesso stavo creando. Anche se, lo riconosco, a ferirmi è stato il tradimento di mia madre».

«Sinceramente, Rodrigo, credo che il tuo rapporto con lei e con tua madre ti abbia sviluppato un astio verso le donne.»

«Sì» annuì lui ridendo. «Devo dire che adoro divertirmi con le donne, ma a un livello più profondo... non voglio niente di serio con nessuna.»

«Ma non tutte noi donne siamo uguali» disse includendo se stessa. «Sono certa che ti sorprenderesti se...»

«No, Ana. Non voglio più soffrire. Sono stato così male quando Candela mi ha lasciato la prima volta, che mi sono ripromesso di non soffrire più per amore.»

«Capisco» insistette lei. «Ma forse ti stai sbagliando. Forse dovresti provare a conoscere sul serio una donna. Ma quando dico 'conoscere' intendo scoprirla. Scoprire i suoi gusti. Le sue manie. Non soltanto conoscerla intimamente a letto il primo giorno. Sono certa che là fuori c'è una ragazza che sta soltanto aspettando che tu la noti e che ti accorga che non tutte noi donne siamo cattive.»

«Tu lo sei?»

«Io sono la peggiore» affermò per farlo sorridere, perché non le piaceva vederlo in quello stato.

«Be', non lo sembri.»

«Questo lo dici perché non mi hai mai voluta conoscere. Se mi avessi conosciuta davvero, di sicuro la penseresti in un altro modo...»

Risero entrambi e Ana, senza riuscire a evitarlo, gli chiese: «Tua madre ti ha detto che è stata a casa mia?»

Rodrigo smise di masticare e aggrottò la fronte.

«È stata a casa tua? Quando?»

«L'ultimo giorno che ci siamo visti» rispose, omettendo che era ubriaca. «Ero appena tornata a casa, me la sono trovata lì, e abbiamo avuto da ridire.»

«Cavolo, Ana! Mi dispiace. Non lo sapevo.»

«Non preoccuparti. Va bene così. Le ho semplicemente chiarito che il fagiolino non era tuo, di fronte alla sua minaccia di richiedere il test di paternità una volta nato.» Rodrigo stava per dire qualcosa quando lei aggiunse: «Mi dispiace di essere stata brusca con lei, ma non permetto a nessuno di minacciarmi. Nemmeno a tua madre. Guarda, ti dirò una cosa: la mia, di madre, è noiosetta, ma la tua è allucinante!»

Dopo una cena all'insegna di una fluente chiacchierata, quando finirono e uscirono, Rodrigo disse: «Ti accompagno a casa».

«Credo che dovresti andare a casa tua a riposare» rispose Ana prendendolo dal braccio sano. «Oggi è stata una giornata difficile per te e di sicuro sei a pezzi. Dai, il primo taxi lo prendi tu e...»

«Hai ragione» la interruppe lui. «Ma prima ti accompagno a casa.»

Rodrigo alzò il braccio per fermare un taxi. Durante il tragitto continuarono a chiacchierare e a ridere senza sosta e, una volta arrivati davanti al portone di Ana, quando il taxi si fermò, Rodrigo le chiese: «Mi inviti a bere qualcosa? Non ho ancora voglia di tornare a casa».

Ana lo guardò e, dopo aver sentito un calcio del bambino e uno svolazzare di farfalle nel cuore, annuì.

«Certo, ma ti offrirò soltanto acqua e aranciata. Messo come sei non devi bere alcolici.»

Dopo aver pagato il tassista, entrarono entrambi nell'androne e presero l'ascensore. Una volta in casa di Ana, Miau arrivò a salutarli e Rodrigo lo prese in braccio felice. Dopo aver tirato fuori dal frigorifero un'aranciata per lui e un succo di frutta per lei, si sedettero sul divano in sala.

«Hai raccontato ai tuoi genitori la verità su di noi?» disse Rodrigo.

«No.» Poi, vedendo come la guardava, aggiunse: «D'accordo... so cosa pensi, però non ho trovato il momento adatto per dirglielo. Ma tranquillo, risolverò la cosa».

«Vuoi sempre che ti accompagni al matrimonio di tua sorella?»

«Lo faresti?» chiese, sorpresa.

«Sì» annuì.

Sentire quella semplice parola fu per Ana una tale liberazione che scese giù dal divano e con le braccia alzate urlò: «Oh, sìììì! Oh, sìììì! Oh, sìììì!»

«Però» commentò lui ridendo. «Se ti sente qualcuno penserà che ce la stiamo davvero spassando alla grande.»

Riconoscendo che aveva ragione, si sedette di fianco a lui rossa come un peperone per essersi lasciata trasportare dall'entusiasmo.

«Te ne sarò grata per il resto della vita.»

«Però ci sono due condizioni.»

Lo guardò attonita e mormorò, con ironia: «Spara, pompiere».

Lui sorrise. «La prima è che dopo il matrimonio parlerai chiaramente con i tuoi genitori e sistemerai questo casino. E la seconda è che tu sia di nuovo la mia migliore amica. Mi mancano molto le nostre chiacchierate e…»

«Accetto la prima condizione e la capisco» lo interruppe. «Quanto alla seconda, la accetto se mi lasci aggiungere una piccola sfumatura.»

«Dimmi, fotografa.»

«Voglio che sia ben chiaro che, quando il fagiolino nascerà, intendo recuperare tutto il mio sex appeal e tu non potrai entrare in gioco.» Poi, scherzando, aggiunse: «E ti assicuro che non sono niente male».

Senza capire il perché, Rodrigo non gradì quell'esclusione.

«Quindi io ne sarò escluso?»

«Assolutamente sì.»

«Ma non è giusto» si lamentò lui, ridendo.

«Non è vero. È giustissimo. Ricordo ancora molto bene come hai chiarito ben bene che non sono il tuo genere di donna.»

Lui annuì.

«D'accordo, prometto che non ti guarderò con altri occhi che non siano quelli di un amico, amico… amico.»

«Ahi!!!»

«Che succede?» chiese nel vedere che si toccava la pancia.

«Dammi la mano, veloce.» Poi, posando la mano di lui sulla pancia, mormorò: «Lo senti? Senti come si muove?»

Rodrigo la guardò senza parole e annuì. Non aveva mai toccato una pancia del genere e meno ancora percepito all'interno il movimento di un bambino.

«Ti fa male?»

«No» disse lei e sorrise. «È una sensazione strana, ma non fa male.»

Rimasero così per qualche minuto, fin quando il bambino non si fermò. Se qualcuno li avesse visti in quel momento, avrebbe pensato che erano la viva rappresentazione dell'amore. Si guardavano negli occhi, mentre Rodrigo con faccia da ebete toccava con l'unica mano sana la pancia di Ana.

Oh, mio Dio, ti bacerei follemente! pensò Ana nell'averlo così vicino, ma disposta a interrompere quel momento così intimo e strano, disse, scostando la mano di lui: «Lo sai che il mio fagiolino è un maschietto?»

«Un maschietto?» chiese lui tornando alla realtà.

«Sì.»

«E come si chiamerà? Perché conoscendoti sei capace di chiamarlo *Maschietto*!»

Scoppiarono entrambi a ridere e alla fine lei rispose: «Non lo so ancora».

«Non lo sai?»

«Non lo saprò fin quando non gli avrò visto la faccina.»

La luce nei suoi occhi, l'espressione felice e quell'intimità fecero piacere a Rodrigo che, deciso a proseguire, le chiese: «Sei felice?»

«Sì, molto, felice come fosse stata una bambina.» Rodrigo sorrise. «Io e Neka abbiamo intenzione di crescerlo viziatissimo. Gli abbiamo già comprato dei giocattoli che non dovrebbe avere e con cui per ora giochiamo noi. Tra l'altro il Lego è uno spettacolo. L'altro giorno abbiamo costruito una macchina da corsa e una moto che non ti dico. E abbiamo anche visto una scatola per costruire una camionetta da pompiere; appena possibile gliela compreremo.» Risero entrambi. «Poi gli ho aperto un conto corrente così da grande, quando sarà maggiorenne, potrà comprarsi una splendida macchina per portarci in giro le ragazze.»

Rodrigo sorrise e, sorprendendola, le disse, con voce roca: «Sei la ragazza più splendida che abbia mai conosciuto».

Stupita da come la guardava, alzò le spalle e, toccandosi la pancia per evitare di cedere all'impulso di lanciarsi su di lui, mormorò, facendolo di nuovo ridere: «D'accordo… adesso però non innamorarti tu di me».

13

Il 17 aprile Calvin uscì dall'ospedale. Il suo miglioramento era evidente, e la storia con la sua principessa andò avanti. Discutevano di continuo, ma se qualcosa era chiaro dal giorno dell'incidente, era che non potevano vivere lontani l'uno dall'altra.

Il rapporto di amicizia tra Rodrigo e Ana riprese con più forza della prima volta. Andavano insieme al cinema, a teatro, a vedere musical che Ana adorava e, se gli orari glielo permettevano, Rodrigo si alternava con Nekane per accompagnare Ana al corso preparto. Sebbene fosse qualcosa cui non aveva mai preso parte prima, gli piacque subito.

Ana, dal canto suo, lo accompagnava a comprare da vestire; persino Carolina e Álex, i suoi fratelli, si unirono a loro in più di un'occasione. Ana e Rodrigo insieme erano divertenti e adoravano stare con loro.

Un pomeriggio, Ana li sorprese mostrando loro dei biglietti del teatro. Álex, nel vedere il logo dei biglietti, si mise a urlare come un pazzo. Sarebbero andati a vedere *Grease*, nella Gran Vía madrilena. Rodrigo si emozionò per quel suo gesto e rise come un matto nel vedere suo fratello così eccitato con in mano il biglietto. Álex adorava quel film e Ana, che lo sapeva, aveva parlato con un'amica che lavorava nella compagnia e che le aveva procurato i biglietti. Quel pomeriggio Álex era il ragazzo più felice del mondo mentre si godeva *Grease*. Applaudiva e ballava le canzoni del film che aveva visto così tante volte, e Ana ballava e applaudiva con lui. Rodrigo si godette la gioia dei suoi fratelli con Ana e capì che l'amicizia con quella donna sarebbe sempre stata molto speciale.

In quel periodo, Intimissimi, la marca di abbigliamento intimo femminile, affidò un lavoro ad Ana. Volevano fare un calendario per il 2013 sexy e provocante. Per giorni Ana e Nekane cercarono un'idea originale, fin quando non arrivarono al dunque.

«Ce l'ho» annunciò Nekane ridendo. «Che ne pensi di pompieri e biancheria intima? Potremmo unire nel calendario la sensualità e l'eccitazione e dare vita a sogni e desideri che possono nascere da entrambe le parti. Ogni mese un sogno peccaminoso! Da una parte a noi donne eccita la sensualità dei pompieri, e ai pompieri, da veri maschietti, piace la lingerie sexy.»

Dopo aver immerso un cetriolino nel barattolo della Nutella e averlo morso, Ana annuì.

«Cavoli, Neka! Una vera bomba! Potremmo chiamarlo *Fuoco e sensualità*.»

«Wow. Sì!»

«Credo che tu abbia avuto un'idea geniale» si complimentò Ana sedendosi sul divano. «Da quel che mi ha detto Gerard intendono regalare il calendario a ogni cliente che compra un loro capo. E sai già che Intimissimi vende da pazzi.»

«Oh, Dio! Ma ti immagini le clienti, me compresa, mentre escono con un paio di mutande nella borsa e il calendario sotto braccio?»

Risero entrambe e Ana aggiunse: «Siamo realiste. A noi donne i pompieri ci fanno impazzire, soprattutto quando li idealizziamo come del resto facciamo e...»

«Allora, cicciona...» la interruppe Nekane. «Li idealizziamo perché a molte di noi donne le uniformi fanno impazzire. Ma la cosa stupenda è che noi conosciamo direttamente quei supermaschi che ci possono mettere in contatto con altri supermaschi. E, cavoli...! Cosa mi è appena venuto in mente.»

«Fagiolino, inizia a tremare» disse Ana ridendo e toccandosi la pancia.

«Che ne pensi se facciamo un casting per trovare i pompieri più sexy di Spagna? Potremmo mandare un'email alle diverse caserme spiegando il progetto e magari qualcuno si iscrive.»

«Sì, Neka, ma in cambio bisognerebbe dargli qualcosa.» E poi, di colpo aggiunse, sorridendo: «Ce l'ho! Chiamerò Gerard e gli spiegherò la nostra idea. Se accetterà quel che gli chiederò, parleremo con Calvin e Rodrigo perché ci diano l'email di tutte le caserme».

Mezz'ora dopo, Ana agganciò il telefono e con un sorriso e il pollice in su, disse: «Fantastico! A Gerard il progetto è sembrato pazzo e sexy. In cambio, nell'anno di durata del calendario, Intimissimi darà alle caserme che ne prenderanno parte, il cinque per cento delle vendite. Che ne pensi?»

«Una bomba, amore... una bomba» rispose Nekane sorridendo.

Quella sera, quando Ana chiamò Rodrigo per raccontarglielo, lui scoppiò a ridere. Fare calendari di pompieri era una cosa piuttosto trita, ma quando gli disse che l'azienda avrebbe dato il cinque per cento delle vendite alle caserme che avessero partecipato, la cosa cambiò. I pompieri avevano bisogno di equipaggiamenti nuovi, e quello sarebbe stato un ottimo modo di ottenerli.

Due giorni dopo, l'email di Ana era piena di richieste. Erano molti i pompieri che volevano partecipare all'iniziativa.

A fine aprile ci fu il compleanno di Nekane, e Calvin la stupì mandando sotto casa sua due mariachi a cantarle *Las mañanitas*. Ana, vedendo davanti alla porta di casa quegli uomini che cantavano una canzone così dolce, pianse e pianse tenendo l'amica per mano. Gli ormoni le avevano fatto perdere il controllo e a malapena riusciva a contenersi.

Dopo un giorno di lavoro in cui Nekane aveva ricevuto duecento telefonate, la sera andò alla sua festa in un pub vicino a casa. Più di trenta persone, tra cui c'erano un Calvin ancora mezzo rotto, Popov e la sua fidanzata, Rodrigo e Ana e altri amici che battevano le mani mentre lei soffiava sulle candeline.

Dopo i regali, l'allegro gruppo decise di cantare un po' al karaoke e tutti si piegarono in due dal ridere quando sentirono Popov, il mezzo russo, cantare a Esmeralda *Ay pena, penita, pena*.

«Tu hai intenzione di cantare?» chiese Ana seduta di fianco a Rodrigo.

Lui la guardò, bevve un sorso della sua birra abbozzando un sorriso.

«Neanche morto!»

Quelle parole, e in particolare l'espressione di lui, fecero scoppiare Ana a ridere. Sapeva bene che Rodrigo non avrebbe mai fatto una cosa del genere. Era troppo serio e riservato per mettersi in mostra. Improvvisamente, Nekane si sedette accanto all'amica e, con in mano il canzoniere, le chiese: «Quale cantiamo?»

Ana, divertita dalla leggerezza del momento, osservò l'elenco delle canzoni e ne indicò una. Emozionata, Nekane batté le mani, si alzò e, prima di allontanarsi, urlò: «Coraggio, tira su il deretano, che adesso ci siamo noi!»

Sorpreso da quel suo lato che non conosceva, Rodrigo la guardò.

«Canterai?»

«Sì.»

«Davvero?» disse lui ridendo e aiutandola ad alzarsi.

«Eccome. E niente di meno che una canzone della grandissima Tina Turner.»

Rodrigo si lasciò andare a una grassa risata.

«Ma non ti imbarazza farlo davanti a tutta questa gente?»

Ana si guardò intorno e, vedendo che erano tutti felici, disinibiti e che si stavano divertendo, fece spallucce e, prima di avviarsi, mormorò: «Tranquillo, è tutto sotto controllo. Io e Neka siamo due professioniste del microfono. Non c'è karaoke che ci resista!»

Lui annuì deciso e la fece passare. E, quando Popov ebbe finito la sua canzone e tutti applaudirono, Nekane e Ana salirono sul palco. Tra fischi, applausi e incoraggiamenti, la musica iniziò e loro si misero a cantare. Sorpresi, Calvin e Rodrigo si guardarono mentre le due cantavano attaccate ai microfoni. Bisognava riconoscere che non erano niente male.

You're simply the best,
better than all the rest,
better than anyone,
anyone I've ever met!

Molto coinvolto, Rodrigo non staccò gli occhi dal palco mentre Ana, con la sua pancia, cantava e ballava con un sorriso a trentadue denti, divertita ed entusiasta. Terminata la canzone, le due ragazze, mano nella mano, salutarono e poi ritornarono ai loro posti tra le risate.

«Principessa... ma è proprio come dice la canzone, sei la migliore!» fece Calvin abbracciandola.

Quando Ana si sedette accanto a Rodrigo, era accaldata. Lui le offrì subito un bicchiere di succo di frutta.

«Canti davvero bene. Hai una splendida voce.»

«Grazie... Mi è sempre piaciuto cantare!»

La osservò mentre rideva e parlava con gli amici di Nekane. Quella piccola brunetta, così diversa dalle donne con cui di solito usciva, lo sorprendeva ogni giorno con qualcosa di nuovo e quella sera era stata la sua voce incredibile.

Verso le due di mattina, mentre Ana tornava dal bagno per la quindicesima volta, notò come Rodrigo guardava con attenzione la pista da ballo. Curiosa, si fermò per capire chi stesse puntando e non si sorprese nel notare che l'oggetto della sua attenzione era Lydia, la bella del gruppo. Dalla rabbia le uscì una parolaccia, ma poi, guardandosi nello specchio che aveva davanti, sospirò. Era ovvio che non soltanto Rodrigo ma anche il resto degli uomini non la guardasse. Chi avrebbe guardato una donna incinta?

Voler competere con la bella e sexy Lydia, che indossava un vestito blu di lycra e degli stivali a gamba alta, era una missione impossibile e, consapevole di essere sconfitta in partenza, decise di accettare la situazione e riconoscere una volta per tutte che Rodrigo era irraggiungibile.

Abbozzando un sorriso, proseguì e si avvicinò a lui.

«Non balli più?» le chiese sorridendo quando la vide arrivare.

Ana prese il suo succo di ananas e lo mandò giù in un sorso.

«Non ce la faccio più. Sono stravolta.» Poi, vedendo che Rodrigo guardava di nuovo Lydia, disse, avvicinandosi a lui: «Vuoi che te la presenti?»

«Chi?»

«E dai, non far finta di niente! La ragazza che stai guardando. Quella vestita di blu.»

Rodrigo sorrise; lo divertiva constatare che Ana notava ogni cosa.

«La conosci?»

«Sì. È in gamba.»

«E molto bella» aggiunse Rodrigo.

«Sì» sospirò rassegnata. «E, se non ricordo male, è single.»

Lui annuì, ma le fece l'occhiolino e, sconvolgendola, le disse: «Sai una cosa? Preferisco restare qui con te. Qualcuno deve pur tenerti d'occhio o ti finirai tutti le patatine e gli stuzzichini».

«Ma smettila!» scherzò lei dandogli una pacca sulla spalla.

«E poi oggi non sei al massimo, e se sei scoppiata a piangere con *Las mañanitas*...»

«Oh, non ricordarmelo o mi emoziono di nuovo e mi rimetto a piangere» gemette e gli occhi le si riempirono di lacrime.

«Non ho mai visto piangere tanto una donna» affermò Rodrigo sorridendo.

«Sono gli ormoni!» si difese lei. «Non sono sempre così piagnona.»

«D'accordo, d'accordo... non lo metto in dubbio, ti credo!»

Felice come un'ebete perché lui aveva preferito stare con lei, stava per dire qualcosa quando sentì: «Ana, ma quanto tempo che non ci si vede. Come stai?»

Quando si voltò, rimase di stucco. La fantastica Lydia con il suo vestito di lycra era lì davanti a loro con il migliore dei sorrisi. *Maledetta sfortuna!* Dopo una sciocca conversazione tra le due, Ana decise di interrompere la sceneggiata e, guardando il pompiere, disse: «Rodrigo, ti presento Lydia. Lydia, Rodrigo».

Quando i due si salutarono e iniziarono a parlare, Ana guardò oltre la spalla di Rodrigo, decisa a togliersi di mezzo.

«Scusatemi, ma credo che mi stia chiamando Esmeralda.» E, detto questo, scomparve.

Senza voltarsi raggiunse l'altra estremità del locale e, appoggiandosi al bancone, chiamò il cameriere e ordinò dell'acqua naturale. A quel punto arrivò Nekane.

«Stai bene?»

«Sì... stupendamente bene» rispose come se volesse vincere il Goya come migliore attrice. Una volta era già stata abbastanza umiliante; due erano proprio da idiota totale. «Mio Dio, Neka! Non sai cosa darei per un buon Bacardi con Coca Cola. Ne ho le scatole piene dei succhi di frutta. Tra l'altro, Gisela mi ha detto che il belloccio, per non dire lo strafico di Mario, a settembre sarà in Germania, ci vedremo?»

Nekane guardò stupita l'amica e, sorridendo, aggiunse: «Punto uno: se Mario va in Germania ti cercherà di sicuro; lo fa sempre! Punto due: a settembre non sarai più incinta quindi potrai porre fine alla tua astinenza sessuale. E punto tre: adesso di Bacardi non se ne parla nemmeno o ti giuro che ti faccio fuori».

«Lo so, scema... lo so. Ma ti assicuro che, non appena potrò, mi berrò tutto quello che non ho bevuto in gravidanza.»

A quel punto Nekane vide che Rodrigo stava parlando animatamente con quella bomba di Lydia.

«Hai visto in compagnia di chi è Rodrigo?» le chiese.

Ana annuì e, continuando a sorridere, guardò in direzione del pompiere.

«Sì, con Lydia. Li ho appena presentati.»

«Li hai presentati tu?» chiese Nekane stupita.

«Sì. Conosco Rodrigo e lei è il suo tipo.»

«Ma se quella è una faccia tosta allucinante.»

«Sì, ma è anche bella, magra, bionda e, cosa più importante, ha due tettone. E questo manda fuori il nostro amico Rodrigo!»

La freddezza che Ana mostrava in quella situazione fece allertare Nekane che pensò di andare a fondo per capire se davvero alla sua amica non interessasse quel che l'altro faceva.

«Senti... sono morta di sonno. Mi odieresti se me ne andassi a casa?»

«Ma se stiamo per cantare di nuovo al karaoke. Non puoi andartene.»

«Neka... non ne posso più. Credimi.»

Nekane guardò le orecchie di Ana e annuì.

«Chiederò a Rodrigo di accompagnarti.»

Afferrandola in fretta, Ana la fermò e, con un sorriso che la sconvolse ancora di più, mormorò: «Non provare nemmeno lontanamente a rompere il suo idillio. Ma non vedi che è con Lydia? Quindi tieni ben chiusa quella boccaccia e non dirgli niente, chiaro?»

Popov, a braccetto della sua ragazza, si avvicinò a loro.

«Che succede?» chiese.

«C'è qui la donna incinta che se ne vuole andare» rispose Nekane, seccata che l'amica abbandonasse così presto la festa.

«Normale» affermò Esmeralda, stupendo Neka. «Ha la faccina stanca.»

Ana annuì facendo uno sguardo da cane bastonato. Quei due erano la sua occasione di fuggire da lì.

«Dai... la portiamo noi a casetta» si offrì Popov. E vedendo che Nekane stava per protestare, aggiunse: «Ascolta, Neka, ti voglio davvero bene, ma quei tuoi amici così... così rocchettari, mi stanno facendo saltare i nervi!»

Due minuti più tardi, dopo aver unicamente salutato Nekane, i tre se ne andarono dal pub. Ana, con un sorriso prefabbricato e il cuore a pezzi per aver lasciato lì Rodrigo, salì sulla macchina di Popov e, arrivata a casa, dopo aver salutato Miau e Pio, si addormentò. Non voleva pensare.

14

L'11 maggio, all'ingresso del Palacio de los Deportes di Madrid, si accalcava una folla in attesa del proprio turno per entrare e godersi il concerto di Luis Miguel.

«Ecco Esmeralda e Popov!» urlò Ana, saltando di contentezza.

Quando la videro, si avvicinarono a lei.

«Ehi bellezza, fermati o uscirà il bambino» le consigliò Esmeralda dopo averle dato un bacio.

«Be', Calvin, ma io pensavo che non saresti venuto. Non te ne perdi uno, eh?» disse Popov nel vedere il ragazzo con le stampelle.

«E non dovrebbe essere qui» protestò Nekane. «Ma siccome è un grande cocciuto, eccolo. Un brutto colpo e di corsa in ospedale.»

Calvin, dopo aver salutato Popov e la sua compagna, sorrise.

«Non mi perderei il concerto del mio amico per niente al mondo. Soprattutto dopo aver convinto la mia principessa a venire con me.»

«Be' avresti potuto dire al tuo amico di farci entrare come VIP» scherzò Popov.

Calvin, sorridendo, tirò fuori dalla tasca il cellulare.

«Volete che lo chiami? Ho il suo numero, ma forse questo non è un buon momento per disturbarlo.»

La cosa li divertì e gli diedero del fanfarone.

«Lascia perdere... di sicuro lo becchi sotto la doccia o cose del genere» commentò alla fine Popov ironico.

Nekane sospirò angosciata.

«Chi avrebbe mai detto che oggi sarei stata qui? Non soltanto, ma cosa ci faccio io qui?»

«Infatti» affermò Popov. Era una cosa come minimo inaudita!

«Ma smettila... scema» scherzò Esmeralda. «Vedrai quanto ci divertiremo. Luismi è un grande e ti piacerà.»

Ana, che stava bevendo dell'acqua, sorrise. Se mesi prima le avessero detto che la sua amica Nekane sarebbe andata al concerto di Luis Miguel, si sarebbe fatta una bella risata. Ma eccola lì, felice mano nella mano col suo fidanzato.

«Ecco Julio e Rodrigo con Rocío e Alicia.»

Ana e Nekane si guardarono. Cosa ci faceva lì Rodrigo? Ana riconobbe subito Alicia. Era la biondina che gli aveva dato il cagnolino per il fratello e con cui Rodrigo si era visto in diverse occasioni. Con un affascinante sorriso, Rocío si avvicinò a loro e, dopo averle salutate, sussurrò ad Ana in un orecchio: «Non so come fai a gestirlo così bene».

«Che cosa?»

Rocío, con finta nonchalance, indicò la ragazza che, tenendo Rodrigo per mano, sorrideva felice.

«Il fatto che lei sia qui» sottolineò abbracciandola. «Oh! Mi dispiace. Nel tuo stato e in più dover sopportare tutto questo deve essere imbarazzante. Davvero.»

«Rocío» chiarì Ana, stanca che pensassero quel che non era vero. «Il bambino non è di Rodrigo. Noi due siamo soltanto buoni amici.»

«Ma scherzi?» affermò, sconvolta. «Ma... ma noi pensavamo che...»

«Lo so cosa pensavate, ma noi due siamo soltanto buoni amici, nient'altro.»

A quel punto Rodrigo si avvicinò a lei, le diede un bacio sulla guancia e le chiese, toccandole con molta spontaneità la pancia: «Ciao bellezza, come state oggi voi due?»

«Da Dio» rispose francamente.

Senza far caso ad altro che non fosse la bionda che aveva di fianco, Rodrigo disse: «Ana, ti presento Alicia».

«Piacere» con uno splendido sorriso.

«Anche per me» disse la ragazza osservando la sua pancia.

Rocío si strinse al marito e sospirò; non riusciva a capire la strana relazione tra quei due. La gente in fila iniziò a entrare e Rodrigo si girò per prendere per mano la sua accompagnatrice. Da quel momento in poi non si scambiarono più una sola parola. Rodrigo era assolutamente dedito alla causa del baciare e ribaciare la giovane bionda.

Dopo essersi seduti nei posti che Calvin aveva prenotato al Palacio de los Deportes, lo spettacolo ebbe inizio e tutti iniziarono a esultare. Luis Miguel sapeva conquistare il suo pubblico e persino Nekane sembrava divertirsi. L'unica che non si divertiva era Ana. Ascoltare le romantiche canzoni di Luis Miguel e avere Rodrigo lì a meno di un metro che baciava un'altra sorridendole come un ebete le stava rovinando il concerto.

Nekane si avvicinò all'amica e le sussurrò: «Guarda, bellina, che non mi inganni con la tua freddezza, e ti dirò un'altra cosa: se lo guardi di nuovo ti giuro che ti prendo e...» Ma notando l'espressione di Ana, guardò verso gli altri due e bisbigliò: «Cavolo! Ma hai visto la tipa fin dove gli sta infilando la lingua?»

«Finirò per vomitare.»

«Non ci pensare nemmeno» protestò Nekane. «Oggi non hai vomitato e... cavolooooooo! Ma è una tigre. Adesso dove gli ha messo la mano?»

«Sul pacco. Sicuro che gliel'ha messa sul pacco.»

A quel punto le due amiche si guardarono. La situazione era talmente surreale che alla fine scoppiarono a ridere. Rodrigo le guardò a sua volta e sorrise. Adorava sentire Ana ridere. Alla fine, Neka, abbracciandola, le fece cambiare visuale e le suggerì: «Che ne dici se ti godi il concerto e te ne freghi di quello lì? Siediti vicino a Popov e canta, grida, divertiti. Luis Miguel ti piace. Sei qui con i tuoi amici e alla fine sono venuta anch'io a un concerto di 'sto tipo. Cavoli! Guarda l'aspetto positivo; non ricordarlo come una tortura perché ci sono lì quei due».

Ana pensò a quel che le stava dicendo l'amica, e in effetti aveva ragione. Da quel momento non si girò più verso di loro e si divertì. Con Popov, Esmeralda e Rocío, urlò e si sfogò. Quando ormai era passata quasi un'ora di concerto e iniziarono a sentirsi le prime note di *O tú o ninguna*, tutte le donne e alcuni uomini del pubblico che riempiva il Palacio de los Deportes iniziarono a urlare e a quel punto accadde qualcosa che lasciò tutti senza parole. Luis Miguel, prima di iniziare a cantare la canzone, disse: «Questa canzone, il mio caro amico Calvin, la vuole dedicare alla sua ragazza». Poi, sorridendo, aggiunse, tra un urlo e un altro quando un faro di luce illuminò in direzione di Calvin e Nekane: «Calvin, tieni stretta la tua principessa e balla con lei, anche se hai la gamba rotta. Questa è per te, Nekane».

Detto questo, il Palacio de los Deportes esplose in applausi. Nekane, senza parole e abbagliata, non sapeva dove andare a nascondersi e Calvin, felice, sorrideva orgoglioso. Rodrigo e Ana si guardarono e applaudirono. Calvin conosceva davvero il cantante Luis Miguel? Quando il faro luminoso si spense, tutti gli amici guardarono il pompiere che, alzando la mano, urlò: «Ve l'avevo detto che era un mio amico!»

Ancora attonita, Nekane lo baciò e Calvin la strinse dalla vita.

«Principessa, non posso ancora ballare ma posso baciarti, abbracciarti e amarti come meriti.»

«Oh, mio Dio, Calvin! Ti amoooooooooooo.»

Poi Luis Miguel iniziò a intonare quella bella e romantica canzone e, sotto lo sguardo emozionato di Ana, Nekane si arrese definitivamente all'uomo con il nome di una marca di mutande.

15

Il 26 maggio arrivò il tanto temuto giorno per Ana. Il matrimonio di sua sorella. Non aveva alcuna voglia di ritrovarsi davanti i volti delle persone che non vedeva da anni, ma era lì, in comune, seduta accanto al bellissimo Rodrigo, con una pancia da record, mentre osservava come sua sorella e il neosposo si scambiavano gli anelli.

Fu una cerimonia breve, niente a che vedere con la festa che, ovviamente, ebbe luogo nel miglior hotel di Londra e alla quale presero parte niente di meno che ottocentosessantadue persone. Teresa, la madre della sposa, salutava gli ospiti elegantissima nel suo abito blu Armani, sottobraccio a Rodrigo, che era bellissimo nel suo vestito scuro. Mentre Ana, con un abito corto color verde acqua e in stile impero, un abito che le stava davvero bene, e i capelli corti pettinati all'indietro, era sottobraccio a suo padre.

Rodrigo era sconvolto. Continuava a stupirsi ogni volta che la madre di Ana gli presentava qualcuno; l'ultimo era stato il primo ministro, David Cameron. Di fianco a lui, Ana chiacchierava come se niente fosse con gli attori Colin Firth e Hugh Grant, cui poi si unì Kate Winslet che si rivelò essere una ragazza molto alla buona. Rodrigo salutò tutti per ore con un ampio sorriso e, quando infine si sedettero per cenare al tavolo che la sposa e sua madre avevano fatto preparare, rimase di sasso nel vedere di fronte a lui David Beckham.

«Che ti succede?» chiese Ana avvicinandosi.

«Sono talmente sconvolto da tutto quello che mi circonda che non so se riuscirò a cenare.»

Divertita dal commento, Ana sorrise e si avvicinò ancora un po'.

«Come si sentirebbe qui tua madre?»

«A suo agio.»

Stavano entrambi ridendo quando sentirono alle loro spalle: «Ana Elizabeth, sei tu?»

Lo spavento causato da quella voce in Ana fu percepito anche da Rodrigo che, sollevando lo sguardo, si ritrovò davanti un uomo impomatato, più o meno della sua età e molto inglese. Con il cuore a mille, Ana si alzò e, guardando fisso il nuovo arrivato, sorrise ed esclamò: «Warren che piacere vederti!»

L'altro la guardò da cima a fondo e, nel notare la sua pancia, mormorò: «Anche per me è un piacere. Quanti anni sono passati? Cinque? Sei?»

«Sette» chiarì Ana.

Rodrigo si alzò. Non sapeva perché ma aveva notato disagio in Ana e, cingendola dalla vita, le diede un bacio in testa. Poi porse la mano a quello sconosciuto.

«Sono Rodrigo Samaro.»

«Ci conosciamo?» chiese impomatato mentre lo osservava e concludeva di non aver mai visto quel tipo e di non averne mai nemmeno sentito parlare.

«È... è il mio fidanzato» mormorò Ana toccandosi l'orecchio.

L'intruso lo guardò con un'aria che a Rodrigo non piacque, ma stringendogli la mano, disse: «Warren Follen. Sono un vecchio amico».

Ana, notando che Rodrigo era rimasto di stucco nel sentire quel nome, sorrise. Ricordava quel che gli aveva raccontato? Ma decisa a far finire in fretta quell'incontro, aggiunse: «È stato un piacere vederti, Warren. Adesso, se non ti spiace, stanno per servire il primo piatto e credo sia meglio se ci sediamo prima che a mia madre venga un colpo. Sai com'è fatta».

L'altro annuì e, dopo averle dato due baci sulla guancia, si allontanò. Quando si sedettero, Rodrigo mormorò, per farla sorridere: «Devi fare attenzione a non toccarti l'orecchio ogni volta che dici una bugia o ti scopriranno». Poi, notando l'aria confusa di lei, le prese la mano per attirare la sua attenzione: «Che ti prede?»

«Niente...» balbettò dopo essersi fatta aria con un tovagliolo. «Non preoccuparti, va tutto bene.»

Improvvisamente Rodrigo, vedendo come lei guardava con la coda dell'occhio quel tizio che si era seduto due tavoli più in là alla sua destra, intuì qualcosa.

«Come ha detto che si chiama quel tizio?»

«Warren... Warren Follen.»

E infine, sentendo di nuovo il cognome, capì. Quello doveva essere l'ex fidanzato di Ana, del quale non aveva buoni ricordi.

«È chi credo che sia?»

«Warren è un amico. Nient'altro.» E, cercando di scherzarci su, disse: «Adesso godiamoci il cibo. Mamma ha assoldato i migliori perché tutto sia squisito e io ho una fame da lupo».

Ma Rodrigo non aveva intenzione di cambiare argomento.

«È lui, vero?»

Ana non rispose e quindi, avvicinandosi al suo volto, le chiese di nuovo sottovoce, perché nessuno li sentisse: «È stato quell'imbecille a...?»

Infastidita dalla domanda, lo fissò con i suoi bellissimi occhi verdi e sussurrò: «Sstt...! Stai zitto».

«Bastardo. Ora lo...»

«No, per favore» lo supplicò Ana tenendolo con forza. «È il matrimonio di Nana.»

Qualcosa dentro Rodrigo lo ferì. Sapere che quell'impomatato con l'aria da gentiluomo aveva maltrattato Ana lo mise a disagio. Avrebbe voluto alzarsi e spaccargli la faccia, ma notando l'espressione spaventata di lei, le prese la mano e le baciò le nocche.

«Mi spiace. Scusami...»

«Va bene, non preoccuparti... ma lasciamo perdere, per favore.»

Il cibo era squisito. Canapè di salmone con barbabietola, tartine di formaggi e asparagi, pasticcio di merluzzo giallo e vitello alla piastra con sottili lamine di champignon, una vera festa per lo stomaco di Ana. E quando tra i dolci vide i tartufi al cioccolato bianco, il pâté di arance rosse e piccoli pan di Spagna alla fragola, sarebbe voluta morire, ma di piacere. Digeriva tutto. Rodrigo, vedendo che sorrideva di nuovo, si rilassò. Per niente al mondo le avrebbe voluto rovinare un solo istante di felicità. E men che mai per colpa di quel cretino.

«Ora portano la torta. Bene!» Ana applaudì come una bambina.

«Ma riesci ancora a mangiare?»

«Eccome. Il fagiolino chiede e chiede. E io, siccome sono una brava mamma dedita alla causa, gliene do.»

A quel punto Lucy, la sposa, si avvicinò a sua sorella e la baciò con affetto.

«Pato... ho parlato con il gruppo che suonerà e ho detto che poi canterai con loro la canzone di papà e mamma.»

«Non ci pensare nemmeno» si rifiutò Ana. «Ma come ti è venuta in mente un'idiozia del genere?»

Sua sorella, dopo aver sbattuto le palpebre, fece un'espressione da bambina.

«Tipregotipregotiprego! Fallo per mamma e papà. Sai che adorano quella canzone e ancora di più se la canti tu. Ti pregooooooooooo.»

«No. Ti ho detto di no.»

Rodrigo, notando che la sposa lo stava guardando in cerca di aiuto, si avvicinò ad Ana e mormorò: «Dai, pescolina matta. Sai che lo farai benissimo e se ai tuoi piace, perché no?»

Li guardò esterrefatta. Non riusciva a credere che la stessero incastrando.

«Ma fatemi capire, voi che razza di allucinogeni vi siete presi? Ho detto di no... qui c'è un sacco di gente e non ho voglia di mettermi in ridicolo.»

Ma sua sorella le diede un bacio sulla guancia e, prima di andarsene, disse: «Non importa quel che dici, è già tutto pronto, e quando ti chiameranno salirai e canterai».

Arrabbiata, stava per alzarsi e dirgliene quattro a sua sorella quando Teresa, la madre, si avvicinò a loro e, dopo aver baciato la figlia, si appoggiò in modo familiare sulle spalle di Rodrigo perché tutti la potessero vedere.

«Tutto bene da queste parti?»

«Sì, mamma.»

«Tutto perfetto» affermò Rodrigo.

«Ha mangiato bene la mia bambina?»

Quella domanda sorprese Rodrigo che, con un sorriso che fece scoppiare Ana a ridere, rispose: «Teresa, sarebbe meglio se mi chiedessi cosa non ha mangiato tua figlia».

Felice per la confidenza con cui quel ragazzo la trattava, la donna si mise a ridere e, vedendo che da dietro la grande porta stava uscendo la torta, disse ad alta voce perché tutti i commensali la potessero sentire: «E adesso, amici, ci godremo la fantastica torta nuziale a sette piani. Vi dirò soltanto che è stata affidata alla meravigliosa Fiona Cairns». E, prima di ridere, disse alla figlia: «Ana Elizabeth, devi assolutamente mangiare la torta. È la stessa del matrimonio di William e Kate».

Contenta, osservò sua madre salutare altri ospiti. Bastava vederla e conoscerla per sapere che si stava divertendo come una pazza.

«Chi è Fiona Nonsocosa?»

«Quella che ha preparato la torta nuziale di William e Kate.»

«E chi sono William e Kate?» chiese di nuovo Rodrigo.

Ana si portò comicamente la mano al cuore e, avvicinandosi a lui, sussurrò: «Per l'amor del Cielo! Se mia madre viene a scoprire che non sai chi sono William e Kate, ci disereda!» E, mentre lui rideva a crepapelle, lo aggiornò su chi fossero.

Terminata la cena, gli invitati passarono in una grande sala decorata con centinaia di lampade di cristallo sul soffitto. In fondo, un bel gruppo di musicisti in pantalone nero e giacca bianca iniziò a suonare il walzer nuziale.

«Ana Elizabeth» disse sua madre spingendola. «Ricorda che devi ballare con Rodrigo dopo che saremo scesi in pista io e tuo padre.»

«Sì mamma» sospirò stressata. Tutte quelle regole la facevano diventare matta, ma non volendo contraddirla, si avvicinò a Rodrigo e gli chiese: «Sai ballare il walzer?»

«Sei impazzita?» chiese lui ridendo e mettendo in mostra le sue fossette.

Scombussolata per via di quello che le facevano provare quelle dannate fossette, mormorò: «Se non lo facciamo, mia madre ci ucciderà, non l'hai sentita?»

Siccome a Rodrigo non piaceva ballare, disse chiaramente: «Ho detto di no».

Ma dopo che entarono in pista gli sposi, e poi i genitori della sposa, Ana lo tirò e alla fine Rodrigo ballò.

«Se dovrò mettermi a cantare davanti a tutto il mondo, allora tu ballerai...» gli sussurrò lei.

«Sai che sei una gran casinista?» le disse, sorridendo.

«Lo so. Fa parte del mio fascino.»

Essere lì insieme a lui, a godersi la sua compagnia, illuminava il viso di Ana, cosa che tutti notarono, in particolare suo padre. Che in quei tre giorni Rodrigo non avesse occhi che per lei la faceva sentire su una nuvoletta, sebbene lui non se ne fosse accorto. Come diceva Encarna, a un uomo bisogna dare la pappa pronta o non si accorge di nulla.

Un'ora più tardi, dopo essere stata avvisata da uno dei musicisti, Ana, con il suo vestito verde in stile impero, salì sul palco e prese il microfono. Di fronte all'espressione felice della sorella, a quella divertita di Rodrigo e allo stupore dei genitori, disse: «Ciaoooo...!»

Tutti la guardarono e lei proseguì: «Oggi è un giorno molto speciale per la mia famiglia e voglio ringraziare tutti voi di essere venuti. Ma la ragione per cui mi trovo qui di fianco a questa splendida orchestra è perché voglio dedicare una canzone ai miei genitori che per mia sorella e per me sono i migliori».

Frank e Teresa sorrisero.

«Quindi papà... mamma... vi voglio a centro pista perché vi canterò *When a Man Loves a Woman*, la vostra canzone.»

Tutti applaudirono mentre Frank e Teresa, emozionati, entravano in pista, la musica iniziava e Ana intonava la canzone. Mentre seguiva il ritmo segnato dai musicisti, si rilassò. Le era sempre piaciuto molto cantare e, sebbene per anni non l'avesse fatto, sapeva di possedere una bella voce. Quindi, dopo i primi rintocchi, si lasciò semplicemente andare al piacere di quel che faceva e si dimenticò di ciò che la circondava, a parte Rodrigo. Lui, era impossibile ignorarlo. Cercò di non guardarlo, ma i suoi occhi lo cercavano di continuo mentre lui sorrideva. Il testo di quella canzone rappresentava ciò che lei provava in segreto per lui, e la cosa la inquietò. Quando la canzone fu finita, tutti si misero ad applaudire, mentre Teresa e Frank si avvicinavano a baciare la figlia seguiti da Rodrigo.

«Tesoro... quanto tempo senza sentirti cantare. Che meraviglia! Grazie, amore» disse Teresa, gemendo commossa.

«Dai, mamma... dai... che poi mi metto a piangere io, ultimamente ho le lacrime in tasca» rispose Ana mentre percepiva che la mano di Rodrigo si intrecciava alla sua per darle sostegno.

Frank, emozionato quanto la moglie ma più contenuto, abbracciò la figlia.

«Ti voglio bene, tesoro» le sussurrò.

Il resto della serata e della nottata fu fantastico. Ana ballò e si divertì insieme a Rodrigo fin quando Warren, che lei nemmeno voleva più ricordare, si avvicinò per invitarla a ballare. Rodrigo si tenne in disparte. Non doveva intromettersi nella sua vita, e Ana gliene fu grata. All'inizio voleva declinare l'offerta, ma Teresa, che era apparsa a braccetto di Warren, insistette e Ana non ebbe via di fuga.

«Come ti va la vita, bellezza?» le chiese lui, quando l'ebbe sulla pista da ballo tra le sue braccia.

«Bene. Meravigliosamente bene, non mi vedi?»

«Continui a cantare in modo delizioso. Hai una splendida voce» la elogiò con il suo affascinante sorriso.

«Grazie.»

«Confesso che mi hai sorpreso» disse Warren dopo un silenzio teso.

«Ah sì? Perché?»

A quel punto di avvicinò al suo orecchio con un fare sinuoso che non le piacque.

«Sei la prima donna incinta che conosco così incredibilmente sexy.»

Ana sorrise con freddezza. Le sarebbe piaciuto dargli un calcio nel didietro proprio lì, ma decisa a essere contenuta e educata per rispetto nei confronti dei suoi genitori, e vedendo che Rodrigo stava parlando con sua madre ma senza toglierle gli occhi di dosso, rispose: «Mi fa piacere saperlo, anche se sono certa che al mio fidanzato la tua onestà darebbe fastidio».

«Il pompiere?» scherzò. «Tua madre mi ha già parlato del suo lavoro, lavoro che tra l'altro fa impazzire tutte voi donne. È così che ti ha conquistato?»

Scostandosi da lui in modo deciso, gli disse a bassa voce perché nessuno potesse sentire: «Come mi ha conquistata non sono affari tuoi. Ma posso dirti che non l'ha mai fatto mettendomi le mani addosso».

Detto questo, smise di ballare e, furiosa, si diresse verso un lato della sala. Aveva bisogno di aria e di allontanarsi da quell'uomo che le portava alla memoria così tanti brutti ricordi. Rodrigo, che l'aveva osservata fino ad allora, le andò dietro e, quando l'ebbe raggiunta, l'abbracciò. Notando che lei stava respirando per non scoppiare a piangere, la cullò percependo di essere preda di uno strano sentimento protettivo.

«Sstt, tesoro, ci sono qui io. E quello stronzo non ti metterà mai più le mani addosso.»

La festa terminò verso mezzanotte e mezzo. Warren non si avvicinò più a lei e la cosa la fece rilassare. Inoltre il suo umore cambiò grazie alla vicinanza di Rodrigo che la tranquillizzava. Lui aveva il potere di calmarla e farla sorridere con un solo sguardo. In macchina, Ana si tolse le scarpe. Non ne poteva più! E, quando arrivati a casa, Rodrigo la prese in braccio perché non calpestasse la strada e si lamentò di quanto pesava, i suoi genitori risero di gusto. A Frank piaceva la spontaneità di sua figlia e del suo fidanzato. Quelle affettuose attenzioni e il modo in cui entrambi ridevano per tutto era segno di quanto fossero in sintonia. Una volta in casa, Rodrigo la posò a terra.

«*Tesoro*, se continui a mangiare così, mi ucciderai.»

«Vai a quel paese!» scherzò Ana dandogli una borsata in testa.

Teresa, che si era divertita molto davanti a quello scambio di battute, dopo essersi toccata i capelli, disse: «Ragazzi, io vado a dormire».

Poi, guardando la figlia, aggiunse: «E anche tu, Ana Elizabeth, dovresti riposare. Tra l'altro ho detto a Josef di cambiare il tuo vecchio letto con uno matrimoniale, così voi due potrete dormire insieme». Vedendo l'espressione della figlia, sorrise e le toccò la pancia: «Allora, figliola, direi che ormai non ha senso che dormiate in letti separati».

Ana sarebbe voluta sprofondare. Perché doveva dormire con lui?

Rodrigo, notando la sua espressione confusa, sorrise.

«Grazie Teresa, ti ringrazio di essere così comprensiva.»

«Oh, mio caro! Io desidero soltanto che siate felici.»

«Ormai sei parte della famiglia, Rodrigo» affermò Frank deciso.

Consapevole che tutto si stava complicando, Ana sospirò.

«Allora che non se ne parli più» disse vedendo che suo padre e Rodrigo chiacchieravano. «Ti aspetto di sopra, *tesoro*.»

Rodrigo la prese da un braccio per trattenerla e la avvicinò a sé. Confusa, Ana sollevò la testa per guardarlo e a quel punto lui le diede un dolce bacio sulle labbra e, sotto l'attento sguardo dei suoi, mormorò: «Buonanotte, *tesoro mio*. Ti raggiungo subito».

Commossa da quell'avvicinamento, Ana annuì e iniziò a salire come un automa le scale con sua madre.

«Ti va un whisky?» gli chiese Frank.

Il giovane annuì e si diressero entrambi verso una saletta. Lì il padre di Ana aprì un piccolo mobile bar, tirò fuori due bicchieri e servì il whisky.

«Grazie, Frank.»

I due uomini si sedettero sul comodo divano di pelle e iniziarono a chiacchierare. Frank approfittò di quel momento per conoscere meglio Rodrigo; non sapeva quasi nulla di lui, ma gli piacque quel che scoprì. Sapere che era laureato in Giurisprudenza, ad esempio, ma soprattutto lo emozionò il modo affettuoso in cui parlava di sua figlia. Il realismo del ragazzo di fronte a certe sfide della vita fece intendere a Frank che Rodrigo era un uomo con la testa sulle spalle.

Per Rodrigo fu facile parlare con lui. All'inizio lo turbò il modo in cui Frank si informava circa la sua vita, ma poi lo capì. Frank era un padre preoccupato per sua figlia e che voleva sapere il più possibile sull'uomo che in teoria stava con lei. Dopo aver parlato di politica, di sport e di Ana, Rodrigo disse: «Frank, vorrei chiederti di Warren Follen».

Sorpreso, Frank appoggiò la testa sul divano.

«Cosa vuoi sapere di lui?»

Rodrigo sorrise.

«La vera domanda è cosa puoi dirmi di lui.»

Frank annuì e, prima di parlare, bevve un sorso del suo whisky.

«Immagino tu voglia sapere cosa c'è stato tra lui e Ana, vero?»

Rodrigo annuì.

«Io e Teresa siamo amici dei genitori di Warren da molti anni. Fin da piccoli lui e Ana sono sempre andati molto d'accordo. Lucy era una vanitosa, e Ana il terremoto.» Risero entrambi. «Per questo, quando abbiamo scoperto la relazione tra Ana e Warren non ci siamo stupiti. Sono stati insieme per circa quattro anni, ma poi è successo qualcosa nell'ultimo anno del loro fidanzamento e hanno rotto qualche giorno prima del primo matrimonio di Lucy.»

«Non le avete mai chiesto il perché di questa rottura?»

«Sì, ma lei ci ha sempre detto che aveva semplicemente smesso di amare Warren.»

«Sono certo che si sarà toccata l'orecchio» disse Rodrigo.

«L'orecchio?» chiese Frank, sorpreso.

«Per sapere se vostra figlia sta mentendo bisogna osservare se si tocca l'orecchio, non lo sapevi?»

«No, non lo sapevo» ammise Frank divertito da quella confidenza.

«Be', non dirle che te l'ho detto, o mi taglia la gola.»

Risero entrambi e Frank chiese, curioso: «E a te ha raccontato perché ha rotto con Warren?»

«No» mentì Rodrigo.

Frank annuì e proseguì: «Quando ha deciso di andarsene a vivere in Spagna creando in questo modo una distanza, ho capito che era successo qualcosa, ma nient'altro. Ana è molto riservata quando vuole, immagino che tu lo sappia, no?»

Rodrigo annuì.

«Ma sai che c'è? È stata la migliore decisione che potesse prendere. Dopo pochi mesi è tornata a essere la ragazza allegra di sempre, e improvvisamente la mia bambina si è trasformata in una donna indipendente e sicura di sé.» E vedendo l'espressione di Rodrigo, aggiunse: «Quindi, ragazzo mio, stai tranquillo. Warren non rappresenta più nulla per lei».

«Questo non mi preoccupa, Frank. Volevo soltanto sapere qualcosa in più su di lui.»

«È un bravo ragazzo; un po' ingessato a volte, ma non è una cattiva persona. In ogni modo domani lo potrai conoscere un po' meglio.»

«Domani?!» chiese, sorpreso. Ana non gli aveva detto niente.

«Teresa ha organizzato un pranzo a casa con gli amici più intimi e Warren verrà con i suoi genitori. Sono certo che quando lo conoscerai, ti starà più simpatico.»

Rodrigo ne dubitò molto; sapeva abbastanza su di lui per non trovarlo affatto simpatico. Venti minuti più tardi, dopo aver terminato i loro whisky, salirono entrambi a riposare.

Quando Rodrigo entrò in camera, una luce tenue la illuminava. Guardò Ana e la vide ferma e immaginò fosse addormentata. Ma lui non aveva sonno. Bere prima di andare a dormire non lo aveva mai rilassato, ma non poteva dire di no al padre della ragazza. Si avvicinò alla finestra e si appoggiò contro, dopo essersi tolto la giacca nera. Per oltre dieci minuti rimase a osservare le luci notturne di quell'elegante quartiere londinese. Un po' stordito, decise di mettersi a letto. Lentamente, si sbottonò la camicia bianca e, dopo essersela tolta, la posò su una sedia. Si tolse le scarpe e poi i pantaloni. A quel punto si accorse che quella con gli occhi chiusi sembrava sorridere. Era sveglia.

Ana, con le palpebre socchiuse, non gli aveva tolto gli occhi di dosso da quando era entrato. Sapere che avrebbe dormito con di fianco Rodrigo era una vera tentazione e la cosa, nonostante la stanchezza, le aveva impedito di conciliare il sonno. Con il cuore che batteva all'impazzata, lo vide spogliarsi e, quando rimase con indosso soltanto dei boxer neri, non poté fare a meno di sospirare.

Mio Dio! Fagiolino compreso e grassa come una foca, mi ecciti comunque.

Senza dire nulla, Rodrigo andò verso il lato sinistro del letto e, con attenzione, si sdraiò e si mise sotto le coperte. E rimasero così per un bel po' fin quando lui, avvicinandole la bocca all'orecchio, chiese: «Lo sapevi che domani Warren viene a pranzo dai tuoi genitori?»

E come se le avessero messo un petardo nel deretano, Ana si sedette sul letto e, con aria terrorizzata, accese la lampada del comodino.

«Cos'hai detto?!»

«Me l'ha appena detto tuo padre. Da quel che ho capito, tua madre ha organizzato un pranzo con gli amici più intimi.»

Ana, senza riuscire a evitarlo, scese dal letto e, con indosso un pigiama con delle enormi fragole, iniziò a passeggiare da una parte all'altra. Quella notizia l'aveva sconvolta. Come avrebbe potuto stare di nuovo con Warren nella stessa stanza?

«Ana, vieni a letto.»

A quell'ordine le si seccò la gola. Sarebbe stata felicissima di tornare lì per fare cose che non doveva né poteva fare con lui, ma guardandolo rispose: «Dormi tu. A me è passato il sonno. Cazzo, anche mia madre! Ma perché organizza sempre le cose senza dirmi niente? Oh, mio Dio! Sempre così. Non cambierà mai».

«Ana, vieni a letto» ripeté lui.

Vedendo che lei continuava a brontolare e a imprecare, si alzò, si avvicinò e la prese in braccio.

«Che stai facendo?»

«Devi riposare. Sei incinta e...»

«Questo non significa che io sia malata o idiota.»

Sorpreso da quella brutta risposta, la mollò a terra e, senza aggiungere altro, si infilò a letto. Ana si sentì subito in colpa. Stava facendo pagare la faccenda di sua madre e di Warren alla persona che meno lo meritava. Quindi andò verso il letto e si infilò anche lei. Si mise su un fianco, guardando verso Rodrigo, che le dava la schiena, e quando vide che lui non aveva nessuna intenzione di voltarsi, lo toccò con il dito per attirare la sua attenzione.

«Cosa vuoi, Ana?»

«Che mi guardi.»

«Adesso non ho voglia di guardarti. Lasciami dormire.»

«E dai, voglio scusarmi» insistette.

«*Ana Elizabeth*, dormi» la prese in giro, seccato.

Non volendo lasciare le cose così in sospeso, cercò di attirare la sua attenzione e, mettendosi a pancia in su, iniziò a cantare a voce molto bassa:

No puedo pedir que el invierno perdone a u rosal
no puedo pedir a los olmos que entreguen peras
no puedo pedirle lo eterno a un simple mortal
y andar arrojando a los cerdos miles de perlasssssssssss

Attonito nel sentire Ana canticchiare, Rodrigo si voltò e la guardò.

«Ma si può sapere cosa stai facendo?»

«Canto *La tortura.*»

«*La tortura*?»

«Sì, la canzone di Alejandro Sanz e Shakira. Non la conosci?»

Era sconvolto; Ana aveva ripreso a canticchiare muovendo le spalle al ritmo di ciò che cantava, quindi alla fine sorrise. Lei, accortasi di aver raggiunto il suo obiettivo, smise di cantare e, guardandolo, sussurrò: «Mi perdoni per essere stata peggio della Strega Camomilla?»

«Ma certo.»

«Mi dispiace, davvero, ma quando mi hai detto di domani, mi è venuto un nervoso che… Uff… Dio mioooooo!» E, sorridendo, disse avvicinandosi a lui: «Adesso che è chiaro che nessuno dei due ha sonno, che ne pensi se spettegoliamo un po' sul matrimonio? Dai, raccontami, come ti è sembrato?»

«Un matrimonio allucinante con troppa gente» rispose lui sincero. «Proprio come quello che io non farei mai. Odio questi eventi in grande stile che piacciono tanto a mia madre.»

«Te l'ho detto che anche mia madre era sul genere della tua.»

Risero entrambi nel ricordare Teresa quando aveva notato il vestito che lasciava in vista il tatuaggio di Ana sulla spalla.

«E la gente? Che ne pensi del gruppetto di persone che frequentano i miei?»

«Be', quello devo dire che mi ha sconvolto. Non ho mai pensato che avrei mangiato insieme a Beckham. Tra l'altro mi ha stupito; è un tipo molto simpatico. E poi brindare con David Cameron mi ha lasciato senza parole.»

«Quando torneremo a Madrid, mi raccomando, non una parola, d'accordo?» gli ricordò, indicandolo con un dito, nel vederlo così sconvolto.

«Quante volte intendi ripetermelo?»

«Molte. Ricordatelo: sono una noiosa.»

«Lo so… lo sõ» scherzò. «Tra l'altro mi auguro che un giorno mi dedicherai una canzone. Canti meravigliosamente bene.»

«Grazie. Ti prometto che lo farò.» E, riprendendo la conversazione, gli chiese: «E le donne? Qualcuna ti ha colpito?»

«Sì» affermò lui senza accorgersi dell'espressione di Ana.

«Davvero?»

«Eccome!» le passò una ciocca di capelli dietro l'orecchio e proseguì: «Ne ho viste un paio che mi sono sembrate dei veri bocconcini. E ti confesso che, se non fosse stato che ero il futuro marito della figlia del padre della sposa, mi avrebbe fatto molto piacere conoscerle».

Ma perché non chiudo la bocca? Perché gli faccio certe domande? Il mio è puro masochismo.

«E tu hai visto qualcuno che ti ha colpita?»

Sorpresa da quella domanda, la giovane sorrise e annuì.

«Sì... ci sono un paio di amici di mia sorella che sono una gradevole visione! Credo che quando il fagiolino sarà nato farò qualche viaggetto per conoscerli.»

Divertito dalle sue espressioni, Rodrigo le prese una mano ed esclamò: «Eh! Non esagerare».

Compiaciuta di quella dimostrazione in un certo senso simile alla gelosia ma nascosta, Ana annuì. Si toccò la pancia e, facendolo di nuovo ridere, disse: «Senti... non è che viste le mie condizioni non posso nemmeno guardare e immaginare». E poi, notando la sua espressione, puntualizzò: «Ma finché sono in queste condizioni, mi spiace dirtelo ma sia io sia tu, agli occhi della mia famiglia, dobbiamo continuare a interpretare il perfetto ruolo di fantastici e innamorati fidanzatini».

«Non dispiacerti» rispose lui, lasciandola senza parole. «Adesso sono a letto con un bocconcino un po' pienotto, ma in fin dei conti sempre un bocconcino matto che sa di pesca.»

Per qualche istante si guardarono negli occhi e, quando Ana stava per commettere la follia di lanciarsi verso di lui, prese uno dei cuscini e glielo buttò addosso per spezzare la tensione.

«Mi hai appena dato della 'grassa'?»

Divertito, lui si lasciò colpire e, incapace di vedere oltre il suo naso, la abbracciò e le diede un bacio in testa.

«Dai, *tortura*... proviamo a dormire» disse prima di spegnere la luce del comodino.

Ana si lasciò abbracciare; non voleva staccarsi da quelle braccia forti per niente al mondo. Starsene lì accoccolata a letto accanto a lui, le stimolò tutto il desiderio sessuale del mondo e, con un sorriso, si rimproverò da sola: *Smettila di pensare a quel che non devi e dormi, cicciona!*

Alla fine si addormentò. Era stanca e non voleva pensare. Voleva soltanto godersi il momento. Nient'altro.

Il giorno dopo, Ana e Rodrigo si alzarono presto e raggiunsero un maneggio dove Frank aveva qualche cavallo. Una volta lì, Ana vide un uomo dai capelli grigi e si avvicinò a lui.

«Samuel?!»

L'uomo si voltò e la guardò da cima a fondo. Quando la riconobbe, sorrise e spalancò le braccia.

«Signorina Ana, ma che splendida visita!»

Felice di essere stata riconosciuta, Ana lo abbracciò a sua volta.

«Che bello vederti da queste parti! Pensavo che non ci fossi più.»

«Questa è la mia vita. Dove altro potrei stare?»

Risero entrambi.

«E María?» chiese Ana. «Anche lei lavora sempre qui?»

Improvvisamente lo sguardo dell'uomo si fece triste.

«María è morta due anni fa.»

Toccata da quella notizia, lo abbracciò di nuovo.

«Mi dispiace, Samuel... Mi dispiace molto.»

«Lo so, signorina Ana.»

«Per favore» lo pregò lei. «Ci conosciamo da tutta la vita, perché non mi chiami semplicemente Ana? Ricordo di avertelo chiesto già l'ultima volta che ci siamo visti.»

«Lo so, sign...» Dopo una breve pausa, rettificò. «È la forza dell'abitudine, Ana. Non prendertela.»

Rodrigo li aveva osservati in silenzio.

«Rodrigo, lui è Samuel, la persona che si è sempre occupata di tutto quello che vedi qui intorno.»

«Piacere, Samuel.»

«Piacere mio, signore» disse l'uomo sorridendo.

«Rodrigo» insistette lui e Samuel annuì e sorrise di nuovo.

Per un po' passeggiarono tutti e tre in quel giardino bello e curato. Samuel illustrò i miglioramenti che avevano portato a termine nelle stalle.

«Non c'è più il laghetto artificiale?» chiese Ana.

«No, da due anni... Ricordo ancora come tua madre ti correva dietro per farti uscire di lì.»

Il ricordo fece sorridere Ana che, guardando un allegro Rodrigo, spiegò: «Nonostante i rimproveri di mia madre, mi è sempre piaciuto entrare nel lago che c'era qui; era pieno di rane. Secondo lei una signorina non deve fare così il maschiaccio».

«Ricordi quando hai fatto entrare tutti e quattro i cavalli di tuo padre nel lago?» disse Samuel sorridendo.

«Oh, sììììììììì! I miei mi hanno messa in punizione e non sono potuta venire a vedere il mio cavallo per un mese. Che robe!»

«Cos'è che avevi fatto?» indagò Rodrigo vedendoli ridere così tanto.

«Era estate, faceva molto caldo e allora ho pensato che i cavalli di papà avessero il diritto di farsi un bel bagno.»

«E senza preoccuparsi del fatto che fosse pieno di gente». proseguì Samuel. «Ha tirato fuori sola soletta i cavalli e li ha fatti entrare in acqua. Ma il peggio non è stato quello. Il peggio è stato che li ha insaponati da cima a fondo e il lago si è riempito di schiuma.»

Scoppiarono di nuovo entrambi a ridere.

«Però... vedo che eri promettente fin da piccolina» commentò Rodrigo.

«Oh, sì!» confermò Samuel per gioia della ragazza. «Ana, a differenza di sua sorella Lucy, ha sempre avuto una forte personalità ed era un vero diavoletto.» E, indicando la pancia di lei, guardò Rodrigo e aggiunse: «Mi auguro che il vostro bambino sia più tranquillo della madre o stai certo che non ti annoierai mai».

A quel commento, Ana fece una faccia di circostanza.

«Posso assicurarti, Samuel, che con Ana non mi annoio mai» affermò Rodrigo.

Dopo una piacevole chiacchierata con quell'uomo così cortese, Rodrigo e Ana lo salutarono e proseguirono il loro giro.

«Da bambina, questo era il mio posto preferito» gli raccontò. «Ricordo che a mia madre piaceva farci indossare abiti pomposi e grandi fiocchi per venire qui, e mia sorella non si macchiava mai. Invece, avresti dovuto vedere me.» Mentre Rodrigo si sbellicava dalle risate, Ana aggiunse: «Alla fine mia madre ha dovuto cedere e farmi venire vestita in modo adatto».

Raggiunsero le stalle e vi entrarono. Si fermarono davanti a una porta color verde muschio e Ana disse: «Rodrigo, ti presento...»

«No, non dirmelo» la interruppe con fare scherzoso. «Scommettiamo che indovino il nome?»

«Di chi?»

Rodrigo indicò l'animale e Ana, portandosi le mani in vita, gli chiese: «D'accordo, signor Saputello, come si chiama?»

«Se il tuo uccellino si chiama Pio, il tuo gatto Miau e avete battezzato Bau il cane di mio fratello, allora non ho dubbi sul fatto che questo splendore si chiami *Hihihiiii*.»

Ana, piegata in due dalle risate, negò: «No».

«*Cavallo?*» insistette lui.

«No.»

«Allora *Crine?*»

«Ebbene no.»

«Mi arrendo. Come si chiama?» chiese curioso.

«*Caramelo de Chocolate*.»

«Come?»

«*Caramelo de Chocolate*.»

«Ma che razza di nome è per un cavallo?» disse Rodrigo tra l'attonito e il divertito.

«D'accordo... è un po' grezzo, ma gliel'ho dato che avevo dodici anni. E all'epoca *Caramelo de Chocolate* mi era sembrato un nome stupendo.»

Sempre più divertito da come lei continuava a stupirlo, disse, guardando il cavallo che si agitava dentro la stalla: «*Caramelo de Chocolate*, è un piacere conoscerti!»

A quel punto un cavallo dal mantello nero spuntò da sopra la porta verde, Ana gli prese l'enorme testa e iniziò a baciarlo. Rodrigo rimase in silenzio per qualche secondo mentre lei sussurrava qualcosa all'animale che sembrava riconoscerla.

Improvvisamente squillò il cellulare di Ana che, dopo aver letto il messaggio, disse rassegnata: «Dobbiamo tornare a casa. Il superpranzo ci aspetta».

Un'ora più tardi erano di nuovo a casa con i genitori di Ana. Dopo poco arrivarono Nana e il suo splendente marito, proprio mentre Ana stava discutendo con la madre circa quel pranzo inaspettato. Alla fine, decise di rilassarsi e affrontare la situazione. Non c'erano alternative.

In totale erano dodici e, arrivato il momento di sedersi, Ana constatò piacevolmente che Warren prendeva posto lontano da lei. Rodrigo, consapevole della fatica che stava facendo la sua amica, si strinse a lei e non la lasciò un solo secondo. Dal canto suo, Frank si sorprese di notare come il fidanzato di sua figlia guardasse Warren in cagnesco. Cosa capitava a quei due?

Dopo pranzo si spostarono tutti in una saletta a bere caffè e liquori e, siccome Ana era stanca, decise di andarsene a riposare; quindi, dopo aver dato un bacio sulle labbra al suo supposto fidanzato, scomparve.

«Vieni, Rodrigo» lo chiamò Frank.

Il giovane si avvicinò subito a lui che stava chiacchierando con altri due uomini; uno di loro era Warren. Parlarono di politica e di lavoro per più di mezz'ora. Alla fine il gruppo si restrinse e non rimasero che Frank, Warren e Rodrigo.

«Mi hanno detto di cosa ti occupi. Una professione pericolosa» affermò Warren.

«Encomiabile, a mio parere» aggiunse Frank. «Mettere in gioco la propria vita per salvarne altre è eccezionale e, in un certo senso, è un modo di essere un eroe.»

Rodrigo bevve dal suo bicchiere e sorrise.

«Salvare una vita, Frank, è la parte più bella del mio lavoro. Che qualcuno ti sorrida perché l'hai allontanato da un pericolo ti rende felice. Ti completa.»

Per qualche secondo, Frank e Rodrigo parlarono dell'importanza del suo lavoro, fin quando Warren intervenne: «Immagino che, data la tua professione, tu sia abituato al fatto che le donne cadano ai tuoi piedi, vero?»

«Cosa intendi dire?» chiese Rodrigo, guardandolo.

«Che voi pompieri siete delle icone sexy per le donne di tutto il mondo.»

Rodrigo, sorridendo, cercò di essere cortese.

«Quella è soltanto una leggenda.»

«E la *nostra* Ana l'hai conosciuta in occasione di qualche incendio?»

A Rodrigo non piacque per niente quel «nostra» in bocca a quel tizio. In realtà, considerando quel che sapeva di lui, l'avrebbe volentieri preso dal bavero per suonargliele, ma per rispetto verso Frank che lo stava guardando, rispose: «Si potrebbe dire di sì, ma quelle storie le lascio alle donne».

Teresa, voltandosi verso suo marito, lo chiamò e lui, dopo essersi scusato, si allontanò lasciando da soli Warren e Rodrigo.

«Quindi la *nostra* Ana l'hai conosciuta così? Però... però, la piccolina. Le è sempre piaciuta l'azione.»

Quel tono di voce e il sorriso malizioso furono molto irritanti per Rodrigo che si mise sulla difensiva desiderando soltanto saltargli al collo.

«Cosa stai cercando di dire?»

Warren prese una bottiglia di whisky e si riempì il bicchiere.

«Ti ha raccontato che siamo stati insieme per quattro anni?»

«Sì.»

Dopo aver bevuto un sorso di whisky, Warren mormorò: «La ricordo ancora. Era così...»

«Stai esagerando» sibilò Rodrigo, posando con decisione il bicchiere sul tavolino.

Felice della reazione provocata in Rodrigo, Warren, abituato a vincere sempre, disse: «Forse quello che ha esagerato sei tu. In fondo l'hai messa incinta e, siamo sinceri, di sicuro è un bel colpo per la tua economia sposarla. O sto forse dicendo una bugia?»

«Stai di nuovo esagerando e, se continui così, alla fine riuscirai a farmi arrabbiare» lo avvertì Rodrigo sempre più furibondo.

Ma Warren, che sembrava divertirsi, proseguì: «Certo che alla *nostra* Ana un uomo forte come te e con la mano dura di certo piacerà, vero?»

Non riuscendo più a trattenere la sua ira, e non preoccupandosi di dov'era e in particolare di chi era presente, Rodrigo gli si lanciò addosso senza sfiorarlo e lo guardò con odio.

«Se provi a riavvicinarti a lei dovrai vedertela con me, mi hai capito?»

«Ma è inaudito!» sbottò Warren. «Chi ti credi di essere per rivolgerti così a me?»

Rodrigo indurì l'espressione e avvicinò il volto a quello di Warren, deciso a mettere alcune cose bene in chiaro.

«Per te io sono il fidanzato di Ana e non intendo permetterti di avvicinarti a lei, tantomeno di parlare di lei in certi termini, hai capito?»

Frank, che aveva lasciato la moglie scandalizzata a osservare la scena insieme al resto degli ospiti, sentendoli discutere si frappose tra i due.

«Ragazzi, che vi prende?»

Warren, addolcendo il tono, guardò il padre di Ana.

«Chiedi a lui, Frank. Improvvisamente ha iniziato a minacciarmi e a dirmi di non avvicinarmi ad Ana o...»

Bugiardo figlio di puttana, pensò Rodrigo. E, senza permettergli di finire la frase, gli affibbiò un bel destro in piena faccia facendolo cadere di schiena a terra. Tutti urlarono scandalizzati e Teresa, come c'era da aspettarsi, svenne per lo shock. I genitori di Warren andarono ad aiutare il figlio. Cosa gli aveva fatto quel bastardo? Mentre Lucy e il suo neosposo tiravano fuori dal cassetto i sali per rianimare Teresa, Frank, sconcertato, afferrò Rodrigo che aveva la mascella furiosamente serrata.

«Che succede? A cosa si deve tutto questo, ragazzo?»

Rendendosi conto di quel che aveva fatto, Rodrigo imprecò. Come aveva potuto deludere così Ana? Ma ormai non poteva più fare marcia indietro, quindi guardò Frank e, prima di andarsene, si scusò: «Mi dispiace, Frank. La cosa mi è sfuggita di mano. Ma se vuoi sapere il perché di tutto, parla con Ana e chiedile come ha fatto a farsi quella cicatrice che ha sul sopracciglio. Forse dopo mi capirai meglio».

Poi Rodrigo, terribilmente arrabbiato, se ne andò lasciando un Frank confuso. Improvvisamente la mente dell'uomo iniziò a ragionare e fu preso da una rabbia incontrollabile. Senza bisogno di parlare con sua figlia e indifferente all'espressione terrorizzata della moglie, si avvicinò come un toro a Warren e, dopo avergli dato un destro, che lo fece ricadere a terra, urlò per l'orrore di tutti: «Spero che quel che sto pensando non sia vero perché se così fosse ti uccido. Se hai messo le mani addosso a mia figlia, io ti giuro che ti uccido».

Rodrigo salì furioso nella stanza in cui Ana stava riposando. Lei, sentendo il rumore della porta, si svegliò e, con lo sguardo assonnato, lo seguì nella camera, fin quando non lo vide sedersi accanto alla finestra. Lo guardò per qualche secondo. Si godette il suo profilo serio e concentrato, fin quando lui si rivolse verso di lei e le disse: «Ana, mi dispiace. Ho fatto un casino».

Lei si sedette subito sul letto angosciata.

«Oh, mio Dio! Hai detto ai miei genitori che non sei il padre del fagiolino?»

«No.»

«Allora gli hai detto che non sei il mio fidanzato?»

«No, nemmeno quello.»

Rendendosi conto dell'unica possibilità rimasta, Ana si portò le mani alla bocca.

«Gli hai detto che War...»

«No... ma credo che il pugno che gli ho dato richiederà delle spiegazioni.»

Ana, sdraiandosi a letto, si coprì il volto con il cuscino per soffocare un urlo. Rodrigo, commosso dalla scena, si alzò e si sedette accanto a lei sul letto. Sentendo la sua vicinanza, Ana si sedette di nuovo e gli chiese cosa fosse accaduto. Poi, vedendola così nervosa, le tappò la bocca con la mano.

«Mi dispiace. Non sono riuscito a trattenermi. Quel tizio stava iniziando a dire cose ingiuste su di te e l'ho colpito.»

«Hai picchiato Warren?»

«Sì... No... Be', si è trattato soltanto di un pugno, ma...»

«Lo hai picchiato forte?»

Attonito per via della domanda, Rodrigo annuì e Ana, cambiando l'atteggiamento di pochi secondi prima, sorrise.

«Ne sono felice. Se lo meritava. Anche se mi secca essermelo perso.»

A quell'affermazione, Rodrigo rimase di stucco perché si aspettava che lei si arrabbiasse.

«Tuo padre...» iniziò a dire guardandola.

«Non preoccuparti» lo tranquillizzò lei, che sorrise e gli accarezzò serena il collo. «Non tutto il male viene per nuocere, e forse è arrivato il momento che sappiano cosa è successo e che razza di uomo sia veramente il *meraviglioso* Warren.»

A quel punto si sentì bussare alla porta. I due si scambiarono uno sguardo e Ana disse: «Avanti».

Frank entrò con aria seria e, dopo aver chiuso la porta, restò immobile. Era andato lì in cerca di spiegazioni e non aveva alcuna intenzione di andarsene senza prima averle avute. Rodrigo, sentendosi di troppo tra padre e figlia che si guardavano intensamente, decise di andarsene, ma Ana gli prese la mano.

«Resta con me» gli chiese.

Quel pomeriggio Frank ebbe la conferma di qualcosa che non avrebbe mai immaginato. Ascoltò sconvolto la confessione della figlia e alla fine capì perché se n'era andata in Spagna. Profondamente addolorato per non essersene reso conto, Frank pianse chiedendole scusa per non averla protetta. Lei, intenerita dalla reazione del padre, lo coccolò. Non aveva alcuna colpa; al massimo quella di essere il migliore padre del mondo.

«Papà, non raccontarlo né alla mamma né a Nana. Non è necessario che altri soffrano per qualcosa che ormai è passato e dimenticato.»

«Figliola... è impossibile» rispose toccandosi le nocche della mano destra. «Quando mi sono accorto di quel che doveva essere accaduto, sono stato preso dalla rabbia e gli ho dato un bel destro, proprio come Rodrigo.»

«Papà!»

Rodrigo sorrise e, senza sapere perché, batté un cinque a Frank.

Sconvolta da quel cameratismo, Ana si tirò su la frangetta con una forcina stellata.

«Ma cosa vi prende? Siete in fase vendicatori?»

Si scambiarono uno sguardo e Frank fece spallucce.

«Figliola, un uomo che picchia una donna non è un uomo, non è nessuno. E devi capire che tanto per me quanto per il tuo fidanzato è importante averti fatto giustizia.»

«Oh, Dio mio! Mamma deve essere ridotta uno straccio.»

«Tranquilla, tesoro» sorrise Frank. «Quando tua madre ha sentito quello che ho detto a quel bastardo ha preso una sedia e, se non l'avessi fermato, l'avrebbe fatto fuori. E tua sorella ha concluso il tutto rompendogli in testa una bottiglia di brandy. Non sai amore mio cosa ti sei persa!»

«Papà!» urlò allarmata mentre Rodrigo sorrideva.

«Tranquilla, tesoro» mormorò Frank. «Stiamo tutti bene, anche se l'amicizia con i Follen è chiusa per sempre. E visto quel che è successo, sono certo che non commenteranno con nessuno l'accaduto.» Vedendo lo sconcerto sul volto di sua figlia, aggiunse: «Non preoccuparti per tua madre e tua sorella; sono sotto e dopo parlerete».

«Ossignore!» esclamò sconcertata.

Frank, emozionato per la forza di sua figlia, la afferrò dal mento perché lo guardasse e, facendole venire la pelle d'oca, mormorò: «Non nascondermi mai più una cosa del genere».

«Non preoccuparti, papà. Non accadrà mai più una cosa del genere.»

Rodrigo, che era rimasto ad ascoltarli in silenzio, sorrise.

«Avremmo potuto risolvere questa faccenda anni fa e tu non avresti mai più dovuto vedere quel bastardo» disse Frank.

Poi l'uomo osservò Rodrigo e si avvicinò a lui per tendergli la mano.

«Grazie, Rodrigo, ora so che con te mia figlia e mio nipote saranno amati e al sicuro.»

Ana chiuse gli occhi nel sentire quel commento. La bugia si stava ingrandendo sempre di più.

Rodrigo accettò quella stretta di mano e rispose: «Frank, ho soltanto fatto quel che andava fatto. Faccio sempre così».

«Figliolo, posso soltanto dire che l'uomo che tratta la propria compagna come una principessa è stato allevato da una regina.»

Ana quasi si strozzò. Se suo padre avesse conosciuto Úrsula, la strega che la faceva sentire come la Sirenetta, avrebbe cambiato idea. Ma non aveva alcuna intenzione di rovinare quel bel momento e quindi non disse nulla.

Poco dopo, Frank se ne andò lasciando i due da soli nella camera. Ancora toccata per aver visto suo padre in lacrime, guardò l'uomo che le era stato accanto in quei delicati momenti e, toccandogli il viso con affetto, non poté evitare di dire: «Sei incredibile e ogni giorno sono sempre più felice che tu faccia parte della mia vita».

Lui non voleva spezzare quel momento magico per nulla al mondo.

«Vale anche per me, pescolina matta.»

«Grazie di essere come sei. E senza che pensi strane cose o ti spaventi, devo dirti che ti voglio bene per quanto ti prendi cura di me; così mi fai capire che in fondo mi ami.»

Con uno splendido sorriso che emozionò Ana, Rodrigo la abbracciò e, mentre aspirava quel profumo che tanto gli piaceva, le sussurrò all'orecchio: «È a questo che servono gli amici. Per aiutarci e volerci bene».

16

A fine maggio Ana si sentiva come un vulcano pronto a eruttare, ma la sua vitalità la faceva a malapena fermare. Il fagiolino si muoveva come un calciatore e i suoi calci a volte la lasciavano senza fiato. In quel mese stava instancabilmente lavorando ai progetti da concludere e, sentendosi parecchio stanca, non appena possibile dormiva un po'.

Un pomeriggio, mentre stava comprando delle magliette per il neonato, le squillò il cellulare.

«Sì, pronto?»

«Ana… sono Carol.»

Riconobbe all'istante la sorella di Rodrigo e si sorprese per la voce rotta che aveva la ragazza.

«Tesoro, cosa succede?»

La giovane iniziò a parlare così in fretta che Ana, non riuscendoci a capire nulla, la interruppe: «Non ti capisco. Fermati… fermati. Dove sei?»

«A casa. Sono a casa. Ho bisogno del tuo aiuto. Per favore non dire niente a Rodrigo.»

«Sarò lì tra venti minuti; non muoverti.»

Angosciata e senza capire cosa stesse accadendo e perché non volesse informare il fratello, pagò le magliette e uscì in cerca della macchina. Arrivata alla porta di casa suonò e Carolina aprì subito lanciandosi tra le sue braccia. Una volta dentro, scostandosi da lei, Ana le chiese: «Che succede?»

«Si tratta di mamma.»

«Non spaventarmi. Che succede?» disse, isterica.

Tenendola per mano, Carolina la portò fino in sala. Quando Ana entrò, si agitò ancora di più nel vedere il caos che vi regnava: c'erano bicchieri rotti a terra, tendine ormai non più appese, quadri caduti e Úrsula buttata lì in malo modo sul divano.

«Quando sono tornata dall'università, mamma sembrava una furia. Ha litigato con Ernesto e quando litigano lei... lei beve e io alla fine sono riuscita a calmarla.»

Ana non la lasciò terminare e l'abbracciò. Non avrebbe augurato nemmeno al suo peggior nemico lo spavento e l'angoscia che quella ragazzina aveva vissuto da sola.

«Dov'è Álex?» chiese ricordandosi improvvisamente dell'altro fratello.

«Ieri è andato da papà per passare qualche giorno con lui. Menomale che il poverino non era qui. L'ultima volta che mamma ha fatto così, lui c'era e si è talmente spaventato che ha poi pianto per un mese.» Gemette e, guardandola negli occhi, la supplicò: «Ti prego, non dirlo a Rodrigo. Non sapevo chi chiamare e... e... se lui scopre che mamma l'ha rifatto si arrabbierà molto e non voglio che litighino più di quanto non facciamo già».

«Queste macchioline di sangue sul tappeto da dove arrivano?»

«Da Bau» rispose Carolina. «Si è ferito la zampetta con i vetri rotti, ma non preoccuparti, l'ho chiuso in cucina, poi lo medichiamo.»

Commossa per il dolore della ragazza e non riuscendo a togliere gli occhi dall'espressione dura di quella donna che dormiva sul divano, Ana si preparò ad aiutare Carolina. Si tolse il cappotto e, posando su una sedia le borse con i suoi acquisti, disse: «Non preoccuparti, tesoro. Ti aiuto io. Per prima cosa porteremo tua madre su in camera. Ma dovrai darmi una mano; da sola con questa pancia non ce la faccio».

«Oh, Ana, se ti dovesse succedere qualcosa, io...»

«A me non succederà proprio un bel niente. Certo, se tua madre si sveglia e mi trova qui, non so come la potrebbe prendere. Sai che non sono proprio la luce dei suoi occhi.»

Úrsula, ubriaca fradicia, era un peso morto. La sollevarono insieme come poterono e la portarono nella camera al primo piano. Quando l'ebbero stesa sul letto, Carolina tirò fuori da sotto il cuscino una camicia da notte con il pizzo e Ana, senza tentennare, iniziò a spogliare la donna. Vedere la ragazza che piangeva sconsolata, la rattristò.

«Faccio da sola, Carol. Tu scendi a vedere come sta Bau. Tra l'altro potresti iniziare a curargli la zampetta con un po' di Betadine?» Carolina annuì e Ana le sorrise. «Va' a occuparti di lui; appena metto la camicia da notte a tua madre, scendo e sistemiamo la sala.»

La ragazza annuì di nuovo e, dopo aver baciato sua madre che nemmeno se ne rese conto, se ne andò. Trovandosi da sola nella stanza di Úrsula, Ana sospirò. Non voleva pensare a chi fosse quella donna, quindi le tolse gli orecchini di perle e la collana e posò il tutto sul tavolino; poi passò alla gonna, alle calze e alla camicia. Le infilò con cautela la camicia da notte dalla testa e, proprio mentre stava per infilarle una manica, si accorse dei lividi che Úrsula aveva sulla parte superiore del braccio e sull'avambraccio. Nel vederli, si paralizzò; con la gola secca, guardò l'altro braccio dove trovò gli stessi segni. Improvvisamente, gli occhi le si riempirono di lacrime. Quei lividi le ricordarono qualcosa, e le venne la pelle d'oca.

«Cosa sono questi, Úrsula?» si chiese sconvolta.

Dopo essersi ripresa, la finì di cambiare e la coprì con il copriletto. Quando si chiuse la porta alle spalle, sospirò sollevata, anche se soltanto per pochi istanti perché fu poi attanagliata da quell'angosciante pensiero che le ronzava in testa. La stavano forse maltrattando? Un piccolo guaito la riportò alla realtà e, tenendosi con forza al passamano, scese fino in cucina dove Carolina si affannava a curare il cane. Assicuratesi che il cagnetto stesse bene, lo lasciarono chiuso in cucina mentre loro sistemavano il salone. Provviste di scopa, raccoglitore e aspirapolvere, iniziarono a mettere ordine in quel caos e a riappendere tutto quello che era crollato. E andarono avanti così fino alle dieci di sera quando entrambe, sfinite, si sedettero sulla poltrona.

«Grazie, Ana... Grazie mille per avermi aiutata. Non sapevo chi chiamare e...»

«Hai fatto bene a chiamare me» disse esausta, ma non riuscendo a evitare di chiederle quel che le ronzava per la testa, aggiunse: «Carol, ma che rapporto hanno tua madre ed Ernesto?»

La ragazza sospirò e si scostò i capelli dagli occhi.

«A volte sembra che si adorino e altre che si detestino. Ormai non parlano, litigano. Mamma ha persino smesso di invitare a casa le sue amiche; a Ernesto non fa piacere e se lui arriva e le trova lì mette mamma in ridicolo di continuo» le spiegò gemendo. «Non lo so, non so cosa succede, ma è come se mamma da un paio d'anni non fosse più la stessa. È diventata aggressiva e poco permissiva con noi, ma con lui è sottomessa. Non importa quel che fa Ernesto, lei gliele perdona tutte. È come se dipendesse da lui anche per respirare. Rodrigo ha provato a parlarle ma è stato tutto inutile. Mamma non ne vuole sapere. E adesso, dopo quel che è successo con Candela, loro due non si parlano più e... e io non so cosa fare.»

Ascoltando le parole di Carol, ad Ana venne la pelle d'oca. Da quelle descrizioni s'intuiva che Úrsula, la donna che ai suoi occhi si presentava come una vera e propria strega, veniva psicologicamente maltratta dal marito. E pensare ai lividi sulle braccia la fece rabbrividire.

Dieci minuti dopo, mentre le due, in cucina, stavano bevendo una tazza di latte con i biscotti, si aprì la porta di casa e le ragazze si guardarono. Poco dopo, comparve Ernesto, impeccabile come sempre.

«È successo qualcosa?» chiese vedendo Ana lì.

Carol cambiò espressione e, prendendo la mano di Ana, spiegò: «Ana mi sta aiutando a preparare un lavoro per l'università».

Di certo stupito per la sua presenza in casa, Ernesto si guardò intorno.

«Dov'è Úrsula?»

«Sta dormendo» rispose Ana.

«Scusatemi un momento» mormorò Carol, spaventata da come i due si guardavano. «Vado da lei.»

Non appena la giovane uscì dalla cucina, Ernesto sorrise e la cosa fece ribollire il sangue ad Ana. Quel sorriso e quella superiorità che vide nel suo sguardo la spinsero a dire, senza alcuna paura: «Sai benissimo come stava Úrsula questo pomeriggio e non hai fatto niente per evitarlo. A che gioco stai giocando?»

Ernesto guardò attonito la giovane incinta.

«Di cosa stai parlando?»

«Lo sai perfettamente» sibilò senza riuscire a trattenere la rabbia.

«No, spiegamelo tu» disse l'uomo strafottente mentre si sfilava il cappotto. «A cosa ti riferisci?»

Con una gran voglia di cancellargli dal volto quell'espressione di superiorità, si avvicinò a Ernesto senza alcuna paura e, prima che Carolina tornasse, gli sputò in faccia: «Oggi non è stato un gran bel giorno per Úrsula, lo sai, vero? Avrebbe anche potuto commettere una follia e sarebbe stata colpa tua». Vedendo che lui non rispondeva, che si limitava a guardarla, andò avanti: «Ho visto i lividi che ha sulle braccia. Sono segni che si possono avere soltanto se...»

«Dimostralo.»

Quell'aria di sfida e quel sorriso malvagio confermarono ad Ana la verità e avrebbe soltanto voluto dargli un bel calcio. Ma in quel momento rientrò Carolina.

«Carol, sali in camera tua, prendi il lavoro che dobbiamo fare per l'università e un pigiama. Vieni a dormire da me. Lo finiremo lì.»

Ernesto a quel punto guardò la ragazza e si diresse verso di lei con un'espressione che ad Ana non piacque affatto.

«Carolina, hai chiesto permesso a tua madre?» Vedendo che lei non rispondeva, aggiunse: «Non posso lasciarti andare via senza il suo consenso».

«È maggiorenne e può decidere da sola» rispose Ana seccata.

Carolina si contorse le mani, nervosa. Alla fine disse ad Ana: «Ha ragione lui. È meglio che resti a casa, se mamma dovesse avere bisogno. Finiremo il lavoro in un altro momento».

«Saggia decisione» mormorò Ernesto. E prima di voltarsi per salire in camera, le disse: «Carolina, quando questa ragazza se ne sarà andata, chiudi la porta a chiave, non vogliamo che entri nessuna persona sgradevole».

Che stronzo, pensò Ana, ma non disse nulla per Carolina.

Una volta rimaste sole in cucina, Ana le chiese: «Sei sicura? Quel tizio non mi piace per niente. Non mi fido di lui. E guarda, non mi stupisce che Rodrigo non gli parli. Come fate a sopportare un uomo del genere?»

«Mamma lo ama e...»

«Ma non vedi che quell'idiota egoista sta distruggendo tua madre?»

«Io lo vedo, Ana, ma a doverlo vedere è lei» rispose Carolina, con tutto il dolore del mondo. E, di fronte all'espressione dell'altra, mormorò: «Tranquilla, staremo bene. E, per favore, promettimi che non dirai niente a Rodrigo».

«Ma Carol, io non pos...»

«Promettimelo, per favore» insistette la ragazza.

«Te lo prometto.»

Con il cuore stretto in una morsa, Ana si infilò il cappotto, prese i sacchetti con i vestitini per il bimbo e, dopo aver dato un bacio a Carolina e averle ripetuto di chiamarla in caso di bisogno, se ne andò. Tuttavia, le era rimasto un retrogusto amaro dopo aver promesso che non avrebbe detto nulla.

Qualche giorno dopo, Nekane ebbe una sorpresa. Calvin le regalò un viaggio in Messico. Era il compleanno di sua madre, e quello era un buon momento per presentare la sua principessa.

«Ho detto a Calvin che è una follia» protestò Nekane. «Non posso andarmene. Tra meno di un mese nascerà il fagiolino e io...»

«Neka» la interruppe Ana guardandola. «Voglio che tu vada e che ti goda il viaggio. Te lo meriti. Ti sei già presa abbastanza cura di me e, se ti viene in mente di dire che non vai, giuro che mi arrabbierò e...»

«Oh, mio Dio! Ma come faccio ad andarmene? Non vedi come stai?»

Felice, Ana si accarezzò il pancione.

«Sì» affermò. «Sono enorme e superincinta, ma non c'è ragione che questo rovini il tuo viaggio. E poi non preoccuparti per il fagiolino. Lo tratto così bene nella mia pancia che secondo me non vorrà uscire.»

«Ma resteresti sola. I tuoi sono a Londra.» E poi, indicandola con il dito, disse: «Se vuoi che vada allora chiamerò tua madre perché ci stia lei qui con te».

«Se provi a fare una cosa del genere...» la minacciò Ana.

«Giuro che non ti rivolgerò più la parola per il resto della vita. Ma vuoi che dia di matto?»

Nekane sorrise e si sedette accanto alla sua amica.

«Sto scherzando, sciocca, ma, pensa: se sei da sola e succede qualcosa, chi ti aiuterà?»

«Neka, ma santo cielo! Ci sono Encarna, Popov, Esmeralda e persino Rodrigo. Sono certa che chiunque di loro verrebbe subito se li chiamassi. Per favore, non farmi sentire male perché ti rovino il viaggio. Vai.»

Non molto convinta, Nekane guardò Ana e annuì. Non le faceva nessun piacere, ma aveva ragione lei.

«D'accordo, andrò, ma prima mi assicurerò che siano tutti a tua disposizione ventiquattr'ore su ventiquattro o al mio ritorno giuro che li faccio fuori uno per uno.»

«Mamma mia che noiosa!»

«Noiosa un corno! Se vuoi che vada, lo farò ma sotto condizione, d'accordo?»

«D'accordo, *principessina*, d'accordo!»

Due giorni dopo, le due amiche si salutavano tra baci e abbracci all'aeroporto di Barajas, sotto lo sguardo felice di un Calvin ormai guarito. Quando Ana rientrò nel suo appartamento, rispose a diverse telefonate di lavoro prima che suonasse il campanello di casa.

«Ciao tesoruccio mio!» la salutò la vicina. «Sei sola soletta?»

«Sì ma non preoccuparti, stiamo bene» disse toccandosi la pancia.

«Sto andando al supermercato a comprare del pane. Ne vuoi un po' anche tu?»

Ana ci pensò su e alla fine disse: «Ho del pane nel freezer, Encarna. Per oggi è sufficiente».

«D'accordo» convenne la vicina. «Ma se hai bisogno di qualcosa, chiamami.»

Ana annuì con decisione e chiuse la porta. Proprio in quel momento squillò il telefono. Erano Popov ed Esmeralda.

«Tutto bene da quelle parti, Plumcake?»

«Sì, tutto splendidamente bene.»

«Sei sola?»

«Certo» rispose. «Nekane è già partita.»

«Hai bisogno di qualcosa?»

«Noooooooooo.»

«D'accordo» rispose Popov ridendo. «Questo pomeriggio ti richiamiamo.»

«Va bene» annuì Ana. «Ma state tranquilli, non è il caso di chiamarmi venti volte. Se ne ho bisogno, vi chiamo io.»

Dopo aver agganciato, sorrise. Nekane gli aveva insegnato bene la lezione e immaginò cosa si sarebbe dovuta aspettare nelle settimane di assenza dell'amica. Verso le tre del pomeriggio, dopo aver controllato alcune foto, Ana stava per prepararsi qualcosa da mangiare quando suonò di nuovo il campanello. *Encarna*, pensò, ma quando aprì la porta rimase di stucco.

«Ma tu cosa ci fai qui?»

Rodrigo le diede un bacio sulla guancia ed entrò con varie borse in mano.

«Ho promesso a Nekane e a Calvin che mi sarei occupato di te e il modo migliore per farlo è trasferirmi qui fin quando Nekane non sarà rientrata.» Nel notare la sua aria stupita, disse: «Ho comprato un pollo allo spiedo per pranzo e ora manca soltanto che tu mi dica che posso sistemarmi nella camera degli ospiti».

«Ma sei impazzito?» chiese, attonita.

«No. Ho soltanto intenzione di starti vicino nel caso avessi bisogno di aiuto. Sai, aura dorata, protettore!» scherzò lui. Vedendo come lo guardava, chiarì: «Allora, la nostra quotidianità non cambierà. Tu farai il tuo lavoro e io il mio. L'unica differenza è che sarò qui con te quando non lavoro e...»

«Ma tu hai la tua vita. Hai i tuoi appuntamenti romantici e le tue cose, e se stai qui con me ti rovinerò tutto e...»

«Stai serena» la interruppe avvicinandosi a lei. «Si può resistere senza appuntamenti galanti per qualche giorno. Me ne occuperò quando i due piccioncini saranno tornati.»

Non sapeva bene se essere arrabbiata o riconoscente. Da una parte, avere Rodrigo così vicino era un vero piacere, ma dall'altra era anche una tortura. Alla fine sorrise e decise di godersi il momento, anche se al ritorno di Nekane gliene avrebbe cantate quattro. Quando Rodrigo lasciò le sue cose nella stanza degli ospiti, andò in cucina e prese il pacchetto che aveva portato.

«Cosa preferisci? Coscia o petto?»

«Petto. Ci sono patate?»

«Sì. Doppia razione, ti conosco» affermò divertito.

«Allora voglio petto, patatine e un'aletta ma soltanto se è bella bruciacchiata.»

«Puoi mangiartele entrambe, a me non vanno molto.»

«Fantastico!»

Ana, muovendosi nella minuscola cucina, prese due bicchieri puliti.

«Cosa vuoi bere?»

«Acqua.»

«Soltanto acqua?»

«Sì. Ma siediti e lascia che mi occupi di te» disse guidandola fino al divano.

Quando si fu seduta, Rodrigo si avvicinò al piano della cucina e, dopo aver preso due tovagliette, una bottiglia d'acqua e due bicchieri, andò a posarli sul tavolino.

«Fermati!» urlò Ana.

«Che succede?» chiese guardandola sorpreso.

Lei si alzò dal divano, prese dal mobiletto due sottobicchieri e li posò sul tavolino.

«Sono una maniaca. Odio che sul tavolo restino i segni dei bicchieri. Quindi... lì ci sono i sottobicchieri, usali ogni volta che bevi qualcosa.»

«D'accordoooooooooooo.»

Di buon umore, Rodrigo tornò in cucina e riempì i piatti. Poi si avvicinò a lei e li posò sul tavolino.

«Buon appetito!» disse.

Guardando il piatto di Rodrigo e vedendoci l'altro petto di pollo, due cosce e le patate, Ana chiese: «Ma intendi mangiare tutto quello?»

«Esatto!»

«Però, mangi parecchio.»

«Mi piace mangiare» sorrise lui godendosi il cibo.

«Allora, se mangi tanto» – le venne da dire dopo aver addentato un pezzo di pollo – «immagino che farai tanta ginnastica in palestra per mantenere quel fisicaccio, no?»

«Credi che abbia un fisicaccio?» le chiese lui sorridendo.

Rossa come un peperone, non sapeva più da che parte guardare, ma lui si aspettava una risposta per cui annuì.

«Sì… penso che tu abbia un bel fisico.»

«Di solito noi pompieri, per mantenerci in forma, facciamo parecchio sport, non lo sapevi?»

«Sì.»

Siccome lei si zittì, Rodrigo non fece altre domande in merito e si concentrò su alcuni DVD che erano lì sul tavolino.

«Cosa sono?»

«Alcuni dei miei film preferiti.»

«Quali sono?» chiese curioso prima di ingurgitare un bel pezzo di pollo.

«*Autumn in New York* e *Sweet November*.» Notando come la guardava, aggiunse: «E prima che tu dica qualsiasi cosa, adoro quei film e mi piace guardarli anche se… be'… i finali sono piuttosto forti».

«Forti? Cosa intendi?»

Vedendo che era tanto interessato, lo guardò e aggiunse, dopo essersi portata una patatina alla bocca: «Ah! Non te lo dico. Se vuoi scoprirlo li dovrai guardare».

Quella sera, insieme sul divano, guardarono *Sweet November* e Rodrigo, con il cuore in una morsa per via del tema del film, vide Ana piangere sconsolata, cercando a sua volta di trattenere le lacrime. Lui non piangeva. Cercò di consolarla, ma lei rifiutò le sue parole con grugniti e a gesti. Le chiese mille volte se doveva interrompere o togliere il film, ma lei, con un filo di voce, faceva cenno di no con la testa e piangeva e piangeva. Una volta finito il film, vedendola singhiozzare lì accanto, le chiese: «Ma come fai a guardare una cosa del genere? È deprimente!»

Soffiandosi il naso, mandò giù il nodo di emozioni che quel film le causava ogni volta e mormorò congestionata: «Non è deprimente».

«Ma, pescolina matta, non hai smesso un attimo di piangere!»

«Questo film è una bellissima storia d'amore in cui due persone si conoscono, si innamorano e una… una maledetta malattia le divide, non hai visto?» gli disse gemendo di fronte all'aria sconcertata di Rodrigo. «Non hai visto quanto la vita può essere crudele a volte? Proprio quando alla fine loro due sono felici, quando trovano la persona che li completa e li fa sorridere, *trac*! Una disgrazia rovina tuttoooooooooooo e... e... di fronte a quello non si può fare nulla, a parte accettare che devi continuare a vivere senza quella persona che ti illumina e che ti ama candidamente e... e... Oh, mio Dioooooooo!»

«Coraggio, coraggio, non fare così; è soltanto un film.»

«Sì... è soltanto un film» ripeté lei tra i singhiozzi. «Ma quel film è una storia e sono sicura che, sfortunatamente, nel mondo ci saranno storie del genere e io... io...»

Preoccupato per il pianto di Ana, stava per rispondere quando lei si alzò dal divano con i capelli arruffati e il naso rosso come un peperone e disse, senza lasciarlo parlare: «La cosa davvero deprimente è starti ad ascoltare e accorgersi che non hai un cuore. Avrai degli addominali da urlo. Avrai tutte le tipe che vuoi. Avrai centinaia di cose banali e assurde, ma mai, mai arriverai ad amare, né sarai amato come succede in questo film bello, commovente e incredibile perché non saprai mai cosa significa vivere e nutrirsi di amore!»

Poi, girandosi e lasciando Rodrigo lì come uno stoccafisso, se ne andò a dormire.

In quei giorni di convivenza, condivisero risate, confidenze e momenti di calma. Ana scoprì che a Rodrigo piacevano le letture sul motociclismo, che odiava la marmellata di fragole e dava di matto per il purè di patate. Lui scoprì che ad Ana piaceva bersi un piccolo chupito di Cola Cao prima di andare a dormire, che si alzava sempre di ottimo umore e che adorava piangere davanti a un film.

Una sera che Rodrigo era tornato da lavoro e se n'era andato direttamente a fare la doccia mentre Ana stava finendo un lavoro sul computer, suonò il campanello di casa e la ragazza andò ad aprire.

«Ciao bellissima» la salutò Encarna. «Stai bene?»

«Benissimo.»

«Ti ho portato un po' di lenticchie» sussurrò, mostrandole un portavivande azzurro. «Hanno parecchio ferro.»

«Un po'?» scherzò Ana vedendo la quantità dentro il recipiente.

«E va bene, ne ho fatte un bel po' e ne ho approfittato per metterne un pugnetto in più per te e per il bel pompiere. Tra l'altro, qualcosa da raccontare?»

«Encarna… ma certo che hai una fantasia.»

«Ohhhh, piccola, e come non farsele con un tale fusto?»

Risero entrambe.

«Lui è qui soltanto nel caso in cui abbia bisogno. Nient'altro» chiarì Ana. «Ma entra. Non restare lì fuori.»

Posò l'enorme recipiente sul top della cucina.

«Vuoi un caffettino?»

«No, tesoro, sono le sette passate e se lo bevessi non chiuderei occhio tutta la santa notte e starei lì a pensare a stupidaggini. Cosa stavi facendo?»

«Stavo finendo un lavoro.»

«Ah! Ma allora me ne vado che sei impegnata.»

In quel momento si aprì la porta del bagno e uscì un bellissimo Rodrigo con soltanto un asciugamani intorno alla vita e i capelli bagnati.

«Santiddio!» mormorò la donna guardandolo.

Ana sorrise e Rodrigo, vedendo la vicina che gli era tanto simpatica, indifferente a com'era conciato, la raggiunse per salutarla.

«Encarna, che bello vederti da queste parti!»

La donna, imbarazzata per la presenza e la nudità di Rodrigo, allungò una mano e, prendendo il portavivande, disse con un filo di voce: «Ho portato le lenticchie».

«Uhmmmmm che buone!» annuì Rodrigo che si accorse dell'imbarazzo di Encarna e dell'espressione burlona di Ana. «Meglio che vada a vestirmi o prenderò freddo.»

Detto questo, si girò e scomparve nel corridoio. Quando Ana sentì che la porta della camera si chiudeva, prese dalle mani di Encarna il portavivande e lo lasciò di nuovo sul piano di lavoro.

«Terra chiama Encarna… Terra chiama Encarna.»

Tornando in sé, la donna, ancora scossa da quella visione, guardò la ragazza.

«Caspiterina!» mormorò facendosi aria con la mano. «Non

avevo mai visto un uomo così succinto!» Ana rise e l'altra disse: «Ana, dammi un bicchierino d'acqua che mi si è seccata persino la lingua».

Ana riempì il bicchiere e glielo sporse. Trovava molto divertente la reazione di Encarna.

«Vero che è incredibile?» le chiese.

«Sì, sì, sì. E anche se non sta bene che dica certe cose alla mia età, se l'avessi conosciuto con trent'anni in meno... ora come ora non sarei vergine.» Sconvolta da quella rivelazione, Ana stava per dire qualcosa quando la donna aggiunse: «Sì, figliola, sì... morirò senza aver conosciuto davvero un uomo».

Risero entrambe.

«Ma hai visto che razza di braccia che ha quel ragazzo?» borbottò Encarna un po' più composta.

«Oh, sì, certo che le ho viste.»

«E quelle gambe luuuuuuuunghe e muscolose» proseguì la donna allucinata. «Non mi stupisce che ti mandasse fuori di testa. È successo anche a me e potrei essere sua nonna. Ma mi chiedo, a te piace sempre, vero?»

«No...» mentì. «Ora lo considero soltanto un amico.»

«Figliola, ma hai dei problemi agli occhi?»

«Nessuno» scherzò Ana.

«Ma per l'amor del cielo! Hai un fusto del genere in casa tutte le notti e non ti vengono pensieri lussuriosi e peccaminosi?»

«Encarna!»

«E in casa gira sempre così sul nudo andante?»

«No» disse Ana ridendo e guardando la sua vicina sconvolta. «Si stava facendo una doccia ed era appena uscito dal bagno.»

«Allora dimmi a che ora fa la doccia tutti i giorni così vengo a portare qualcosa da mangiare» commentò.

A quel punto si sentì aprirsi una porta e, due secondi dopo, Rodrigo apparve in sala con indosso un paio di bermuda color cachi e una maglietta granata. Vedendo che la donna era più tranquilla, le si avvicinò.

«Quando ci farai le frittelle? Ti assicuro, Encarna, che sono le migliori che abbia mai mangiato in vita mia. Per non parlare delle crêpes, fantastiche!»

Con un fare malizioso mai mostrato prima di allora, la donna si toccò i capelli e, girandosi per andar via, disse: «Quando vuoi. Anche domani stesso. Hai soltanto da chiedermele».

Detto questo, la vicina se ne andò e Ana, con un sorriso beffardo, mormorò, facendolo ridere: «Sappi che da oggi in poi avremo scorte di frittelle e crêpes per tutta la vita».

I giorni trascorsero e la loro intesa andò aumentando. Encarna, come aveva ben predetto Ana, si occupò di non fargli mancare da mangiare e lui, felice, divorava tutto. Improvvisamente quella donna e Rodrigo stabilirono un ottimo rapporto e non era strano vederli insieme al supermercato a chiacchierare e a ridere.

Una sera in cui Ana era da sola in casa, improvvisamente qualcosa iniziò a vibrare. Sorpresa da quel rumore, si guardò intorno fin quando non trovò il cellulare di Rodrigo sul divano. Squillò ancora per qualche secondo, ma lei non rispose. Quando si silenziò, sorrise e tornò al suo lavoro, ma dopo poco ricominciò a squillare. Questa volta lo prese e lesse sullo schermo *Scuola di Álex*. A quel punto non ebbe dubbi e rispose.

«Buongiorno» disse una voce maschile. «Stavo cercando Rodrigo Samaro.»

Confusa e non sapendo bene cosa dire, rispose: «Sì, questo è il suo cellulare, ma al momento non può rispondere».

«Abbiamo urgenza di parlare con lui» insistette l'uomo. «Sono il bidello della scuola di suo fratello, Alejandro Samaro.»

«È successo qualcosa ad Álex?» chiese preoccupata.

L'uomo all'altro capo della cornetta rispose a quella domanda con un'altra domanda.

«Con chi parlo? Mi scusi se glielo chiedo, ma o lei è un familiare diretto o non posso fornire informazioni.»

«Sono Carolina Samaro, la sorella di Rodrigo e Álex» mentì.

«Oh! È un piacere signorina. Guardi, abbiamo un problema. Stiamo chiamando a casa ma non risponde nessuno. Suo fratello Álex sta aspettando che la madre lo venga a prendere da circa due ore, ed è piuttosto agitato. La scuola ha chiuso da un'ora e suo fratello Rodrigo ci ha lasciato detto di contattarlo per qualsiasi cosa, ecco perché sto telefonando.»

Ana pensò in fretta a una soluzione.

«Non si preoccupi, o io o mio fratello passeremo a prenderlo a scuola. Di sicuro mamma ha avuto un imprevisto. Tra l'altro, mi ricorda l'indirizzo?»

Si segnò i dati su un foglio e agganciò. Poi chiamò in fretta in caserma per avvisare Rodrigo, ma gli dissero che era appena uscito per un intervento. A quel punto telefonò a Carolina, ma il telefono o era spento o fuori copertura. Le lasciò un messaggio in segreteria. Pensò di contattare il padre di Rodrigo, ma non aveva il suo numero di cellulare e non voleva curiosare nella rubrica di Rodrigo. Alla fine prese la macchina e si diresse verso la scuola.

Quando arrivò, come le aveva detto il custode, l'edificio era chiuso. Seguendo i cartelli vide una piccola reception ed entrando si trovò davanti un signore che stava leggendo il giornale.

«Buongiorno» lo salutò Ana. «Sono venuta a prendere Álex.»

L'uomo, che non la conosceva, annuì e, aprendo la porta disse: «Álex... sono venuti a prenderti».

Quando Ana vide il volto spaventato del ragazzo, fu presa da un'irrefrenabile dolcezza che la spinse a corrergli incontro e ad abbracciarlo. Aveva l'aria spaventata e Ana, dopo averlo baciato, gli sussurrò con affetto: «Tranquillo, tesoro. Ti porto io a casa».

Álex non parlò, si limitò ad annuire. Una volta usciti da scuola, salirono sulla macchina di Ana e lei cercò di scherzare per strappargli un sorriso mentre guidava fino a casa. Arrivati, Álex balzò fuori dell'auto e corse sulla scala d'ingresso fino a raggiungere la porta. Suonò, ma non gli aprì nessuno.

«Mamma... ma... magari si è addormentata.»

«Probabile, tesoro» mormorò Ana guardandosi intorno. «Starà facendo il pisolino e non si è accorta dell'ora.»

A quel punto squillò il cellulare di Ana. Era Carolina. Dopo che le ebbe raccontato l'accaduto, la giovane, spaventata, le disse che sarebbe partita in quel preciso istante e che sarebbe arrivata da lì a dieci minuti. Quando riagganciò, Álex la stava guardando e le mostrava una chiave.

«E questa da dove l'hai tirata fuori?»

«Da qui» disse infilando le mani tra dei rami secchi.

«Po... possiamo entrare. Questa è la chiave di e... emergenza.»

Prendendogli le chiavi di mano, Ana aprì e, non appena entrata, disse subito: «Álex, mi porteresti un bicchiere d'acqua?»

Quando il ragazzo se ne fu andato in cucina, Ana entrò con cautela in sala e fece un respiro di sollievo nel constatare che la stanza era a posto. Voltandosi, trovò il ragazzo e bevette l'acqua in un solo sorso.

«Siediti qui in sala. Vado a vedere se tua madre sta facendo la siesta.»

Álex obbedì e lei salì le scale. Non appena si trovò davanti alla porta della stanza di Úrsula, bussò, ma non rispose nessuno. Quindi aprì la porta e si affacciò per guardare e non si stupì affatto di ritrovarsi con una donna stesa sul letto. Si avvicinò in fretta e, dopo averle controllato il polso, respirò sollevata. Viva era viva, ma ubriaca fradicia. Due secondi dopo, la porta della camera si aprì ed entrò Carolina che, vedendo la madre in quello stato, scoppiò a piangere.

«No... no... no» disse subito Ana abbracciandola. «Adesso non puoi piangere. Álex è di sotto e se vede tua madre in queste condizioni si spaventerà molto. Vieni. Andiamo a metterla sotto la doccia. Quello e litri e litri di caffè la faranno riprendere.»

La portarono insieme in bagno e la misero con attenzione nella vasca senza spogliarla. Poi aprirono la doccia. Qualche minuto dopo, Úrsula reagì. Andarono avanti due ore per farla riprendere e tornare a essere una donna. In quell'intervallo di tempo, il cellulare di Ana squillò diverse volte. Era il numero del lavoro di Rodrigo. Ma lei non rispose. Non avrebbe saputo cosa dirgli. Alla fine, verso le nove e mezzo di sera, riuscirono a far scendere Úrsula in sala. Álex, quando vide la madre, sorrise e la abbracciò.

«Mamma! Che razza di sie... siesta che hai fatto!»

La donna, imbarazzata, annuì e lo abbracciò. Poi si sedette sul divano. Carolina, vedendo lo sguardo della madre, prese la mano del fratello e gli disse: «Vieni, andiamo a preparare qualcosa per cena».

Quando rimasero da sole in sala, Úrsula fissò Ana con i suoi occhi azzurri.

«Ti ringrazio per quel che hai fatto» mormorò. «Sono così imbarazzata che...»

Commossa per le parole pronunciate da quella donna che aveva trovato ubriaca, si avvicinò a lei e, senza pensarci su, le si sedette accanto.

«Probabilmente non sono affari miei, ma posso soltanto dirle che o fa qualcosa per cambiare la situazione o questo distruggerà lei e la sua famiglia.»

«Non so di cosa stai parlando» balbettò la donna.

«Ascolti, signora, io sono l'ultima persona a dovergliene parlare, ma immagino quel che sta succedendo e, prima che mi insulti a modo suo, voglio che sappia che conosco bene la spirale in cui si trova; soltanto lei ne può uscire, perché se andrà avanti così, la porterà alla distruzione. E questo non è un bene né per lei né per i suoi figli. Non sono degli stupidi e prima o poi si accorgeranno di quello che sta succedendo. Oggi è stata fortunata perché non aveva nessun livido sul corpo, ma la prossima volta, se Carol la dovesse vedere...»

Assolutamente sconvolta, la donna si coprì il viso con le mani e iniziò a singhiozzare. Non voleva chiedere ciò che era evidente, ma sentendo la mano di lei sul suo braccio, si asciugò le lacrime e sussurrò: «Per favore... non voglio che Rodrigo lo venga a sapere».

«Tranquilla, manterrò il segreto, ma se non risolve la cosa, alla fine glielo dovrò raccontare. Cerchi di immaginare come mi sento nel sapere quel che so; se un giorno dovesse mai succedere qualcosa, passerei il resto della vita a sentirmi in colpa per non avere detto nulla. Pensi ai suoi figli. Soprattutto a Carol e ad Álex. Vivono con lei. E non dimentichi Rodrigo. Anche se non sa cosa sta succedendo, lo scoprirà e se sapesse quel che so io, signora, le assicuro che...»

«Lo so... lo so...»

Il cellulare di Ana squillò di nuovo. Era il numero di casa ed era sicuramente Rodrigo. Questa volta rispose.

«Cazzo, Ana! Ti ho chiamata mille volte. Sono preoccupato. Dove sei finita? Stai bene?»

Allontanandosi qualche metro da Úrsula che la osservava, si scostò i capelli dal viso e si toccò l'orecchio.

«Ohhh, mi dispiace! Ho appena visto le tue chiamate perse. Stavo bevendo una cosa con un'amica e si vede che non prendeva. Tra l'altro, ho il tuo cellulare. L'hai dimenticato sul divano.»

«Fantastico! Pensavo di averlo perso.» E a quel punto ricordò qualcosa. «Mi hanno detto che mi hai cercato al lavoro. Tutto bene?»

Ana guardò Úrsula e, sicura di non dover dire nulla, rispose: «Era per dirti che... che ero rimasta con questa amica e che non ti spaventassi quando tornavi a casa. Ma comunque tutto a posto, tra poco sarò lì».

«Vuoi che venga a prenderti?»

«No... Rodrigo... non venire: ho la mia macchina. Prepara qualcosa per cena che arriverò con una fame da lupi.»

«Che novità!» esclamò lui ridendo. E prima di riagganciare, disse: «Fai attenzione in macchina».

Ana spense sorridendo il cellulare.

«Era mio figlio?» chiese Úrsula.

Non aveva intenzione di mentirle per cui la guardò e annuì. Nel frattempo tirò fuori dalla borsa il cellulare di Rodrigo e cancellò le chiamate in entrata e in uscita. Doveva eliminare tutte le prove dell'accaduto se non voleva che lui lo scoprisse.

«È un bravo ragazzo... molto bravo.»

Ana sorrise.

«Sì, signora. È stupendo.» Una volta cancellate le chiamate, rimise il cellulare in borsa. «In questi giorni la mia coinquilina non c'è e lui si preoccupa che io stia bene. Ma stia tranquilla, tra me e suo figlio c'è soltanto amicizia.»

Úrsula annuì.

«Rodrigo è sempre stato speciale, attento e meraviglioso con tutti noi e io... io l'ho deluso come madre.»

Ana non volle entrare nella questione perché sapeva che la donna aveva ragione; gliel'aveva detto lui.

«Dovrebbe essere orgogliosa di lui per quello che è. Sa cosa ha detto mio padre quando Rodrigo mi ha difesa davanti a un problema?» Úrsula fece cenno di no con la testa e Ana proseguì: «Che gli era grato perché mi trattava come una principessa e che questo significava che era stato educato da una regina. E io credo sia stato così, soltanto che questa regina ha perso il timone della sua vita e lo deve recuperare. E sa perché lo deve recuperare? Perché nella vita è permesso inciampare ma è obbligatorio rialzarsi».

Quelle parole commossero la donna, soprattutto poiché provenivano da quella ragazza che lei aveva trattato con tanto disprezzo. Stava per rispondere quando entrò Carol e, guardando la madre, le chiese titubante: «Ti dispiace se invito Ana a cena?»

La giovane non aspettò la risposta; la anticipò e prese la borsa.

«Ti ringrazio, ma no. È tardi e non vedo l'ora di tornare a casa.»

A quel punto salutò con la mano Úrsula, e Carol la accompagnò fino alla porta. Quando la donna rimase da sola in sala, si mise a piangere, commossa dalle parole di Ana. La coerenza di quella ragazza, che l'aveva paragonata a una regina quando lei si sentiva una merda, era un soffio di aria fresca di cui intendeva fare buon uso.

17

A Rodrigo, nelle sere in cui non lavorava, piaceva preparare la cena con Ana per poi guardare insieme a lei la sua serie televisiva preferita: *Grey's Anatomy*. La norma prevedeva che Ana piangesse durante la puntata, che lui si mettesse a ridere e che lei lo prendesse a gomitate per farlo smettere. Ana aveva omesso quel che era accaduto con Úrsula giorni prima. Non voleva creare problemi.

Quel giovedì, Rodrigo arrivò alle nove del mattino da lavoro. Aveva avuto un turno difficile e, dopo aver riposato e aver mangiato qualcosa, la accompagnò al controllo. In ospedale rimase senza parole quando le fecero l'ecografia e vide il viso del bambino; e anche quando la fecero passare in una saletta per monitorarla e lei gli spiegò che quello che sembrava il trottare di un cavallo era il cuore del suo fagiolino, Rodrigo rimase davvero di stucco. Era un mondo nuovo per lui e si sorprendeva di tutto, proprio come un padre alle prime armi. Quando la dottoressa confermò che era tutto sotto controllo e che il bambino stava bene, decisero di andare a fare una passeggiata al Parque del Retiro. Assetati, si comprarono delle bibite e si stesero sull'erba a prendere il sole.

Tutto ciò che Ana faceva, per lui era nuovo e divertente. Improvvisamente, la sua priorità era diventata stare con lei e la cosa, in un certo senso, lo spaventava. Cosa gli stava succedendo? Perché preferiva stendersi sul divano con lei a guardare un film piuttosto che passare la serata con altre donne? Ma, deciso a non farsi domande, si lasciava trasportare e si godeva il momento.

Quella sera, mentre erano distesi sul divano, lui lì a leggere una rivista di motori e lei un libro, improvvisamente Ana fece un balzo.

«Che succede?» le chiese, guardandola.

«Ahia!!! Che calcione!» mormorò alzandosi. «Credo che il piccolo abbia fame.»

Rodrigo sorrise, ma quando la vide comparire con i barattoli di Nutella e cetriolini, si portò le mani alla testa.

«Ti prego, Ana, ma come fai a mangiare quella roba?»

«La adoro. Ne vuoi?»

«Neanche morto.» Trovava quell'accostamento ripugnante.

«Peggio per te. Meglio per me. Tra l'altro mi prepari il mio chupito di Cola Cao? Credo che tra poco me ne andrò a letto.»

«Ma non pensi che ti farà male?» commentò lui sconvolto che mischiasse il cibo in quel modo.

«Ma no...» Poi si sedette accanto a lui e scoppiò a ridere. «Allora, intendiamoci, lo so che è una maialata, ma mi fa impazzire il gusto. Immagino che sia una questione di ormoni.»

«Ma perché dai sempre la colpa agli ormoni?»

«Perché ce l'hanno.» E, mostrandogli il libro che stava leggendo, *Sono incinta e mi sento strana*, aggiunse: «Qui dice che gli ormoni sono...»

«Sì, i responsabili di tutto» scherzò lui.

«D'accordo. Non dico più niente. Non ho voglia di discutere.»

Lui le scompigliò allegramente i capelli.

«Pescolina matta, nemmeno io voglio discutere.»

«D'accordo. Allora lasciami leggere e maledire i dannati ormoni mentre mi mangio cetriolini e Nutella.»

Senza più fiatare, ciascuno riprese a fare quel che stava facendo, fin quando lei, alzandosi, mormorò, mentre si dirigeva in bagno: «Me la sto di nuovo facendo sotto. Che palleeeeeeee, finirò per disidratarmi se continuo a fare tutta questa pipì!»

Rodrigo sorrise. Ana aveva delle uscite così divertenti che era impossibile non ridere.

Quella notte, come tutte le precedenti, ognuno andò a dormire nel proprio letto, ma verso le quattro del mattino, Ana sentì le gambe bagnate. Si svegliò di scatto e pensò: *Dio mio! Mi sto pisciando addosso*. Si alzò in tutta fretta e, sconvolta perché non riusciva a trattenersi, corse in bagno. Ma una volta lì scoprì che le si erano rotte le acque. Spaventata, si sedette sul water e ci rimase un bel po' senza sapere bene cosa fare. Stando alle previsioni, il bambino sarebbe dovuto nascere da lì a tre settimane.

«Dio mio! Ma questo non finisce mai» mormorò vedendo che il rigagnolo non aveva fine.

Si guardò la camicia da notte, bagnata anche quella, e si tolse le mutande. Erano fradice. Di colpo un'improvvisa contrazione le fece spalancare gli occhi. Quando il dolore si placò, fregandosene del suo aspetto, si alzò dal bagno ed entrò nella camera di Rodrigo che si svegliò subito per il rumore.

«Oh, mio Dio!»

«Che succede?»

«Credo… credo che il fagiolino voglia uscire.»

«Cosa?» urlò allucinato accendendo la luce.

«Si devono essere rotte le acque perché non riesco a fermare questo rigagnolo e… e… Oh, mio Diooooo che maleeeeeeee!»

Si alzò in fretta, sconvolto, e vedendo la sua espressione di dolore, la sostenne e la fece sedere sul letto.

«Che ti prende?»

«Credo… credo che siano le contrazioni. Dobbiamo andare in ospedale.»

Rodrigo si vestì in fretta, con le pulsazioni a mille. Dopo essersi messo le scarpe, guardò Ana e le diede la mano.

«Andiamo.»

«Non penserai mica che uscirò così di casa?» rispose lei lasciandogli la mano.

«Ma non hai detto che dobbiamo andare in ospedale?»

«Sì ma non così» chiarì.

Nervoso nel vederla di colpo rilassata in un momento del genere, sussurrò: «Ana… stai per partorire! Andiamo».

«Non urlare.»

«Non sto urlando» si difese lui. «Ti sto soltanto dicendo che dobbiamo andare in ospedale.»

«Perfetto» grugnì riprendendosi dalla contrazione. «Ma non intendo andarci con la camicia bagnata e senza mutande, chiaro?»

«D'accordo, d'accordo… cosa vuoi che faccia?»

«Aiutami a raggiungere la mia camera.»

Camminarono lentamente fino alla stanza e, appena arrivati, un'altra contrazione paralizzò Ana.

«Sto diventando isterico» borbottò lui guardandola.

«Be' vedi di rilassarti perché mi devo vestire» rispose quando il dolore acuto fu passato. Ma non riuscendosi ad alzare disse, indicando il comodino: «Apri il cassetto e passami delle mutandine».

Lui eseguì gli ordini e, tirando fuori delle mutandine con i cuori che, una volta aperte, si trasformarono in mutandoni alti, chiese ironico: «E tu queste le chiami mutandine?»

Lei gliele strappò di mano e lo guardò con aria arrabbiata mentre le indossava.

«Se provi a dire un'altra stupidaggine, ti faccio vedere io!»

Lui annuì cercando di non ridere.

«Adesso apri l'armadio e passami una maglietta e i jeans appesi a destra.»

Rodrigo fece subito quel che le chiedeva.

«Merda... mi sono di nuovo bagnata le mutande!» esclamò lei mentre lui le stava passando la roba. «Ma cosa ho qui? Le cascate del Niagara?»

Senza guardarla, Rodrigo andò nel suo bagno e, dopo aver rovistato tra le sue cose, uscì con degli assorbenti. Poi aprì di nuovo il cassetto con le mutande e, dopo aver visto la pancera e aver sorriso, disse: «Tieni, eccoti delle *mutandine* asciutte».

«Fai meno l'ironico, bello.»

Lui, senza darle retta, aggiunse: «Ti ho anche portato degli assorbenti, nel caso ti servissero».

«E chi te l'ha chiesto?»

Desideroso di farla fuori per le sue risposte e notando la sua calma nonostante lo spavento dipinto sul viso, mormorò: «Ti vuoi finire di vestire una cazzo di volta così andiamo in ospedale?»

«Vedi di parlarmi bene, hai capito? Che qui la partoriente sono io!» urlò, isterica.

«D'accordo...» sbuffò e, notando la paura nella sua espressione, ripeté: «Per favore, Ana, sbrigati così possiamo andare in ospedale».

Lei provò a sfilarsi la camicia da notte, ma era talmente nervosa e bloccata che a malapena aveva la forza di farlo. Rodrigo la aiutò, e quando rimase totalmente nuda davanti a lui e notò come lui le fissava il seno enorme, urlò: «Smettila di guardarmi i capezzoli! Lo so già da me che sono orrendi, scuri ed enormi, ma fa parte della gravidanza».

«Cazzo, Ana! La vuoi smettere di brontolare e finire di vestirti?»

«E tu la vuoi smettere di guardarmi con quella faccia della serie Mio-Dio-che-grassa?»

Continuò a vestirla senza risponderle e, quando riuscì a farla uscire in corridoio, un'altra fitta le fece contrarre il viso.

«Prendi la borsa del fagiolino» disse Ana prima di uscire.

Rodrigo la prese subito e uscirono di casa. In macchina guidava agitato. Accelerava ogni volta che lei si contraeva per via del dolore e passava con il giallo.

«Sappi che non intendo pagare io le multe» protestò Ana.

«Chiudi il becco, puoi?»

Arrivati all'ospedale La Milagrosa, si fermò al pronto soccorso e la aiutò a scendere. L'infermiere che la accolse, lo invitò ad andare a parcheggiare bene la macchina. All'inizio Rodrigo si rifiutò; non aveva nessuna intenzione di lasciarla da sola. Ma vista l'insistenza di lei, pur di non sentirla, alla fine andò.

«In effetti si sono rotte le acque e ti sei dilatata di quasi tre centimetri» le disse la dottoressa di turno quando la riconobbe.

«Ma... ma...» sussurrò sconvolta. «Mancano ancora tre settimane alla data prevista e...»

«Non preoccuparti. Di sicuro il tuo bambino nascerà forte e sano. Se fossimo tanto in anticipo mi preoccuperei, ma tre settimane non sono molto.» Poi, voltandosi, la ginecologa disse a una giovane infermiera: «Ricoverala e falla preparare per il parto perché secondo me questo bambino non vede l'ora di nascere. Sei venuta da sola?»

«No» riuscì a balbettare.

«Meglio.» Poi, consegnandole dei fogli, le spiegò: «La persona che ti ha accompagnato dovrebbe passare dalla reception a compilare i fogli del ricovero. E coraggio, avrai un bellissimo bambino».

Con la paura dipinta in volto, Ana si lasciò guidare dall'infermiera mentre in testa le passavano centinaia di domande; ad esempio se era il caso di chiamare i suoi genitori. Si cambiò e indossò una camicia da notte e, quando arrivò Rodrigo, l'infermiera gli disse che doveva passare dalla reception per le pratiche del ricovero. Lui andò via di nuovo. Quando salì, venti minuti dopo, Ana ansimava e sudava come una pazza.

«Come stai?»

«Di merda» mormorò tra gli sbuffi. E con gli occhi pieni di lacrime, disse sconsolata: «E in più mi hanno detto che non possono farmi l'epidurale».

«Perché?»

«La dottoressa dice che mi sto dilatando così in fretta che non ne avrò bisogno.»

Rodrigo annuì. Non ne sapeva nulla di parti, epidurali e tutte quelle cose, ma le prese la mano e sorrise.

«Dai... sorridi.»

«Sì, è facile a dirsi. Ti vorrei vedere al mio posto» protestò Ana mentre gli stringeva forte la mano.

Convinto dall'espressione di lei che doveva fare parecchio male, cercò di calmarla.

«Pensa in positivo. Oggi conoscerai il fagiolino.»

«Sìììììììì» sbuffò contorcendosi dal dolore.

Qualche secondo dopo, il male si placò, ma la paura sul suo viso rimase visibile. Rodrigo, deciso ad aiutarla in ogni modo, le passò un panno umido sul volto.

«Hai deciso il nome?»

«No... non ho avuto tempo!» e prendendogli in fretta la mano gli fece intendere che il dolore stava tornando. «Ahiaaaaaaaaaaaa, che maleeeeeeeee!»

A quel punto, vedendo come sbuffava e si contorceva, spaventato, chiamò l'infermiera e questa, dopo aver controllato la dilatazione, disse: «Andiamo, tesoro... ti porto in sala parto».

E dopo aver parlato al telefono chiedendo due infermieri per la stanza 323, guardò Rodrigo e gli chiese: «Sei il marito, vero?»

Ana e Rodrigo si guardarono e lui, senza titubare, rispose: «Sì».

«Allora seguimi che ti faccio travestire di verde.»

Un paio di minuti dopo arrivarono i barellieri, tirarono il letto fuori della stanza e lo portarono fino al montacarichi. Lì Ana, che ancora teneva la mano di Rodrigo, gli diede uno strattone e bisbigliò: «Il tuo è puro masochismo. Perché vieni con me?»

Lui sorrise e, dopo averle dato un bacio sulla punta del naso, si toccò l'orecchio, cosa che fece sorridere Ana e, davanti all'infermiera e ai barellieri, disse: «Lo sai, *tesoro mio*, è per quella promessa pronunciata sull'altare, nella buona e nella cattiva sorte».

Quattro ore e mezzo più tardi, dopo averla incoraggiata a spingere e dopo che lei ebbe obbedito, protestato, riso, pianto, venne al mondo un bellissimo bambino di due chili e ottocentosettanta grammi. Rodrigo era sbalordito. Quel piccolo che strillava in braccio all'infermiera mentre questa lo lavava e lo vestiva era appena venuto al mondo e lui ne era stato testimone diretto. L'infermiera l'aveva addirittura incoraggiato a tagliare il cordone ombelicale.

Ana era mezza addormentata sul lettino e lui osservava tutto quello che avveniva lì intorno. Lei era stata fantastica e quel che era successo in quella stanza gli aveva ottenebrato i sensi. Non riuscì a evitare di guardarla di nuovo e, nel ripercorrere il suo viso stanco e bello, qualcosa dentro di lui si scosse. Quella bellissima ragazza e le circostanze gli stavano aprendo il cuore. Improvvisamente un primitivo istinto di protezione lo attraversò e desiderò soltanto prendersi cura di lei e del bambino. Il cuore iniziò a battere all'impazzata e sentì svolazzare liberamente migliaia di farfalle nello stomaco. Era ancora sotto shock quando l'infermiera che gli aveva fatto indossare il camice verde lo raggiunse e gli mise in braccio il bambino.

«Tanti auguri, papà. Ecco tuo figlio. Come lo chiamerete?»

«Non lo so» riuscì a malapena a balbettare. E notando come lo guardava l'infermiera, aggiunse: «Lei, mia... mia moglie sceglierà lei il nome».

Quando la donna si allontanò, impalato, vestito di verde e con il bambino in braccio, Rodrigo lo guardò. Quel piccolo pelatino con la pelle morbida e un dolce profumo muoveva le braccine e gli faceva delle smorfie mentre da dentro gli uscivano degli strani rumorini. Lo avvicinò con affetto al viso per dargli un bacio su quella piccola testolina e, quando sollevò lo sguardo, si accorse che Ana li stava osservando. Dopo aver scambiato con lei un'occhiata di adorazione allo stato puro, intenerito dal momento, si avvicinò alla donna.

«Ana... ti presento il fagiolino.» Poi, sorridendo, mormorò: «Fagiolino, questa bella brunetta che piange è tua madre. Ma non farti ingannare, è una vera strega criticona».

Emozionata come mai era stata in tutta la sua vita, ad Ana le lacrime scivolavano lungo le guance. Quel piccolino era il più bel bambino del mondo e, allungando la mano, gli toccò con delicatezza il viso e sussurrò: «È bellissimo, anche se con quel cappellino che gli hanno messo sembra la punta di un prosciutto».

Rodrigo sorrise per le battute di Ana e, avvicinandosi di nuovo al bambino, mormorò: «Ti avevo avvisato. Sta già iniziando a criticarti».

Ridendo per quel commento, Ana avvicinò le labbra alla fronte del piccolino e, dopo avere chiuso gli occhi, aspirò il suo profumo e lo baciò.

«Ciao, Dani. Sono la tua mamma.»

Sorrisero entrambi nel sentire pronunciare quel nome per la prima volta e Rodrigo, non potendolo evitare, si avvicinò di più a lei e, chinandosi, le diede un dolce e tenero bacio sulle labbra. Il brivido che Rodrigo sentì a quel contatto, lo lasciò estasiato e riuscì a uscire dalla trance soltanto quando lei, toccandogli il viso con affetto, gli disse: «Grazie, Rodrigo. Grazie di essere qui».

La follia si impossessò di tutti quando, qualche ora dopo, Rodrigo, orgoglioso, chiamò per avvisare che il piccolo Daniel era nato prima del previsto. Era emozionato come ben poche volte in vita sua. Sentirsi una parte importante di quel che era accaduto in quella sala parto l'aveva sconvolto. Non avrebbe mai immaginato che in un momento così teso e dolce al tempo stesso si sarebbero risvegliati i suoi sentimenti sorprendendolo.

Guardava Ana in un modo così intenso che si stupì. Rodrigo con lei era sempre stato molto gentile e attento, ma lì, in quel momento, sentì con lei un legame così profondo che quasi si spaventò. Non riuscendo a farne a meno, non appena smise di parlare al telefono con Esmeralda, le prese la mano.

«Stai bene?» chiese lei.

La guardò sorpreso e le si sedette accanto sul letto.

«Certo!» Poi, scostandole i capelli dal volto in un gesto intimo e troppo possessivo, le chiese: «E tu? Stai bene?»

«Sì, anche se devo ammettere che sono stanca» rispose battendo le ciglia, confusa nel sentirsi oggetto di quell'indescrivibile sguardo.

Continuando a toccarle i capelli, e poi il viso, Rodrigo sussurrò: «Sei bellissima, Ana. Più bella che mai».

Lei si schiarì la voce. Cosa gli prendeva?

«Sono dopata e quindi una facile preda» disse sorridendo mentre anche lui lo faceva. «Come mai tutti questi complimenti?»

Rendendosi improvvisamente conto di come si stava comportando, Rodrigo si alzò dal letto e, corrugando la fronte sconcertato, riuscì a dire: «Dai, chiamiamo Nekane e Calvin per dargli la notizia».

Come entrambi immaginavano, quando telefonarono in Messico, Nekane urlò e imprecò per non essere stata presente in un momento tanto cruciale. Ma alla fine, quando si rassicurò sul fatto che fosse tutto andato bene, scoppiò a piangere come una pazza tenendo per mano Calvin. Quella sera, dopo aver ricevuto la visita di vari amici, in ospedale apparvero, appena arrivati dall'aeroporto, due orgogliosi nonni: Frank e Teresa.

Quando entrarono e videro la figlia con il piccolo in braccio, Teresa si portò le mani alla bocca e, con il mento arricciato iniziò a piangere.

Frank, vedendo l'emozione sul volto della moglie, la abbracciò.

«Non adesso, tesoro. O vuoi che la prima immagine di te che avrà tuo nipote sia di una nonna che piange?»

«Mamma, per favore, non piangere.»

«Esatto, Teresa, non piangere» la incoraggiò Rodrigo dopo averla baciata e aver stretto la mano a Frank. «Che tua figlia ha già pianto per te, per me e per il mondo intero.»

Intenerita, la donna si avvicinò al letto della figlia e le diede un emozionato bacio sulla guancia. Nel vedere il piccolino, mormorò, commossa: «Oh, mio Dioooooooooo! Oh, mio Diooooooooo!»

«Che succede, mamma?» chiese Ana spaventata.

«Per l'amore del cielo, Ana Elizabeth! Questo bambino è identico a suo padre. Rodrigo, figliolo, è la tua fotocopia!»

«Mamma!» protestò Ana. Ma come poteva dire una stupidaggine del genere?

«Ma Ana Elizabeth, tesoro, non lo vedi?»

«Be' no, mamma, io non lo vedo.»

«Guardagli il mento e la forma del viso» insistette la nonna emozionata. «Identico a Rodrigo. Hai gli occhi azzurri?»

«Sembra di sì» annuì Rodrigo ottenendo un'occhiataccia da parte di Ana.

Felice, sorrise di fronte al disagio di Ana e, facendole l'occhiolino, le chiese di sorridere. Teresa, prese con affetto il piccolo e lo sbaciucchiò. Poi, avvicinandosi commossa a Frank, disse: «Guarda, nonno, che bel nipotino che hai».

«È bellissimo» rispose lui ridendo con piacere.

«Vero che è identico a Rodrigo?» insistette Teresa.

L'uomo guardò il neonato e fece spallucce.

«Teresa, amore, io non me ne intendo di queste cose.» Poi, prima che lei potesse dire qualcosa, chiese: «Tra l'altro, posso sapere come si chiama mio nipote?»

«Daniel» risposero all'unisono Ana e Rodrigo.

«Oh... ma che bel nome che ti hanno dato, amore mio!» mormorò Teresa coccolando il piccolo.

Dopo una giornata lunga e stancante in cui vari amici erano andati a trovarla in ospedale, Ana prese Rodrigo dalla mano e, mentre i suoi genitori si godevano il neonato, gli disse: «Va' a riposare. Sarai stanchissimo».

«Pensavo di restare qui con te» commentò lui, guardandola.

«Non se ne parla» chiarì lei. «Resterà mia madre. Se non glielo permetto, mi odierà per il resto dei miei giorni. E poi credo che tu abbia già fatto tutto quel che potevi per me e per Dani.»

Sorrisero entrambi, ma il sorriso di Rodrigo non riusciva a essere sincero. Avrebbe voluto restare lì con lei a coccolarla. Tuttavia, notando il suo sguardo, si diede per vinto.

«Ho la mia roba a casa tua. Ti spiace se passo a prenderla?»

«Ma che domande fai?» rispose lei ridendo e dandogli una manata sulla coscia. «Certo che puoi passare. Non soltanto, resta a dormire lì. Domani lavori, no?»

«Sì, ho il turno del mattino.»

«Ma come sarebbe che domani va a lavorare?» protestò Teresa sentendoli. «È appena diventato padre e come minimo gli devono dare un paio di giorni liberi per...»

«Mamma» la interruppe Ana. «Rodrigo non può fare assenze sul lavoro.»

«Ma...»

Frank, vedendo il viso della figlia e l'espressione di Rodrigo, si inserì nella conversazione: «Teresa, se deve andare, deve andare. Quindi stiamo calmi, d'accordo?»

«Mamma, perché non scendi a mangiare qualcosa con papà prima che Rodrigo vada via? Tra l'altro, papà, vuoi dormire a casa?»

«Ti ringrazio, tesoro» rispose Frank. «Ma abbiamo una stanza all'hotel Villa Magna. Quando Rodrigo ci ha chiamati e ci ha detto che eravate in questo ospedale, la mia segretaria ha cercato un albergo vicino.»

«D'accordo. Forza... forza, andate a mangiare qualcosa.»

«Va bene» annuirono e, dopo aver messo il bambino nella culla, se ne andarono.

Rimasti soli in camera, squillò il cellulare di Rodrigo. Ana, che l'aveva sul tavolino accanto al suo, glielo passò, anche se prima riuscì a leggere il nome di Alicia. Quando lo prese e vide quel nome, Rodrigo lo spense e, sedendosi sul letto, mormorò, toccando la manina del piccolo: «Però... però... e così Dani mi assomiglia».

«Non darle retta!» esclamò Ana ridendo. «Le stupidaggini di mamma. Ascolta, tra l'altro, davvero puoi restare a casa tutto il tempo che vuoi. Casa mia è casa tua e a maggior ragione dopo tutto quello che hai fatto per noi.» E, guardando il bambino, mormorò: «Non riesco ancora a credere che il fagiolino sia qui. Se non ci fossi stato tu a casa con me, *puf*! Dio mio! Non so cosa ne sarebbe stato di noi».

«Adesso non piangere più» disse lui allegro vedendo che stava per riprendere. E, asciugandole con il pollice una lacrima che stava scendendo lungo la guancia, aggiunse: «È andato tutto bene, ed è quello che conta. Tra l'altro, cercherò di montare la culla prima del tuo ritorno. Era ancora da montare».

«Cavoli, è vero. Sai dov'è?»

Ripercorrendo con i suoi occhi azzurri il volto stanco di lei, annuì.

«Sì. Non preoccuparti. Cercherò di decifrare le istruzioni e farò in modo che sia pronta per quando sarete dimessi.»

Ana si intristì improvvisamente e gli prese le mani.

«Quanto ai miei genitori, ti prometto che...»

«Non adesso» la interruppe lui. «Questo non è il momento di dirgli assolutamente niente. Lascia passare un po' di tempo e, quando sarai più in forze, glielo dirai. Io non ho fretta e per me non è questione di vita o di morte, d'accordo?»

«Ma perché sei così buono con me? Se continui così alla fine non riuscirò più a staccarmi da te e...»

«E perché ti devi staccare da me?» chiese, sorpreso. «Non siamo amici?»

Ana avrebbe voluto essere sincera con lui, ma ebbe paura della sua reazione e quindi decise di lasciar perdere.

«Fammi capire» rispose riuscendo a sorridere. «Se ti è tanto piaciuta l'esperienza che hai vissuto, sai no, il parto, l'isteria, il bambino, perché non ti metti d'impegno per conoscere una ragazza e darle l'occasione di far breccia nel tuo cuore? Non credi che potrebbe essere bello innamorarti di qualcuno e...?»

«No» la interruppe lui. «Una cosa è quello che ho vissuto con te come amico; quella di cui parli tu è ben diversa.»

«Hai intenzione di fare il Casanova per tutta la vita? Toccata e fuga?»

«Forse sì» disse lui allegro.

«Be', è un vero peccato.» Gli passò affettuosamente una mano tra i capelli, trattenendo la voglia di baciarlo: «Saresti un buon compagno e credo anche un padre eccellente. Da come ti sei preso cura di me in questi giorni e dal modo affettuoso con cui guardi Dani, so che saresti meraviglioso». E, non riuscendo a stare zitta, proseguì: «Sei tenero, protettivo, responsabile e, parlando dell'intimità, mi pare di ricordare un uomo appassionato e un eccellente amante...»

«Ecco, le tue ultime parole sì che mi piacciono.»

Lei sorrise, ma cercando di non far emergere i suoi sentimenti, cambiò argomento.

«Quando ti ho passato il cellulare ho visto che era Alicia. Perché non la chiami e domani non vai a cena con lei?»

«Adesso fai l'organizzatrice di incontri?» chiese, divertito.

«Diciamo che faccio l'amica.» E mandando giù un nodo di emozioni che desideravano uscirle dalla gola, aggiunse: «E tra l'altro, ora che ho avuto il bambino e che recupererò la mia forma, forse sarai tu a dover fare da organizzatore di incontri per me».

«Il tuo organizzatore?» scherzò lui.

Ana si scostò la frangetta dal volto e lo guardò.

«Del resto mi hai conosciuta incinta e senza la possibilità di flirtare con un uomo per trascorrere una pazza serata. Ma questa ormai è acqua passata. Finalmente la mia astinenza sessuale si è conclusa. Non appena avrò perso qualche chilo mi riprenderò la mia vita e spero di rifarmi di tutti questi mesi in stile monacale.»

Rodrigo la guardò seccato. Perché mai doveva vedere altri uomini? Ma non riuscendo a capire cosa gli stesse accadendo e non potendoci pensare, replicò: «Be', adesso non ci pensare. L'importante è che...»

«Rodrigo, ci voglio pensare. Ho bisogno di pensarci. Voglio uscire, divertirmi, conoscere qualche uomo, fare del buon sesso e divertirmi. Sono cinque mesi che nessuno mi bacia, che nessuno mi tocca, a parte la ginecologa e, detto tra noi, ho parecchia voglia di provare quello che un uomo sa farmi provare quando mi bacia e mi tocca. Capisco che per un uomo non sia facile sentirsi dire questo da una donna, soprattutto se ha appena partorito, ma sai una cosa? Uomini e donne abbiamo bisogni molto simili, e il sesso è uno di questi.»

Per un po' l'ascoltò parlare di cose che mai nessuna donna gli aveva raccontato e lui, inebetito, non parlò quasi. Ana era franca e diretta e la cosa gli era sempre piaciuta; ma in quel momento, tutta la sua franchezza lo stava angosciando. La conversazione, o meglio il monologo, finì quando tornarono in camera i genitori di lei.

«Abbiamo cenato» disse Teresa correndo a sbaciucchiare la figlia.

Confuso, Rodrigo si alzò dal letto e andò in bagno. Una volta dentro, chiuse a chiave. Si appoggiò al lavandino e, guardandosi allo specchio, sussurrò: «Che cazzo ti succede, idiota! Riprenditi!»

Si bagnò la nuca e si asciugò con l'asciugamani, poi uscì dal bagno con il suo miglior sorriso e si avvicinò al letto in cui Ana e i suoi genitori cullavano il bambino. Il cuore gli svolazzò all'impazzata nel sentire Ana ridere. Gli era sempre piaciuto il suo sorriso, ma… cosa gli stava succedendo? Senza scostare lo sguardo da lei, desiderò passarle la mano tra i capelli e scostarglieli dal viso. Era bellissima. Poi prese coraggio e disse: «Bene, io vado a riposare. Frank vuoi che ti accompagni in albergo?»

«Non preoccuparti, ragazzo. Resterò ancora un po' qui con loro.»

Non riuscendo a smettere di guardare Ana che sorrideva felice con in braccio il suo bambino, si avvicinò a lei e le prese una mano per attirare la sua attenzione.

«Tesoro, domattina ti chiamo per sapere come stai e poi passerò appena finito il turno.»

Poi si chinò e la baciò sulle labbra. Quel bacio, improvvisamente, durò più degli altri e lui si sorprese a desiderarlo. Ma cosa stava succedendo? Quando riuscì a staccarsi da lei, sorrise e, dopo averle fatto l'occhiolino, se ne andò.

Quando quella notte Rodrigo arrivò a casa di Ana, la prima cosa che fece fu andare a cercare la culla e mettersi lì delle ore a montarla e si sorprese quando, dopo aver preso una birra, mise un sottobicchiere sul tavolino per non lasciare segni. La cosa lo fece sorridere. Poi raccolse il mucchio di roba che avevano lasciato lì quando erano andati via e alla fine si mise a dormire nel letto di lei. Aveva improvvisamente bisogno di sentirla vicina e le lenzuola avevano il suo dolce profumo di pesca.

18

Quando Ana uscì dall'ospedale, sua madre insistette nel dire che doveva andare con loro a Londra per rimettersi in forze. Teresa passò una settimana a ripeterle fino allo sfinimento quanto fosse importante per lei che tornassero insieme a casa. Voleva far conoscere a tutte le sue amiche il suo bellissimo nipotino e, soprattutto, prendersi cura di sua figlia. Ma Ana rifiutò. Desiderava soltanto stare a casa sua, e i suoi genitori, dopo venti giorni, tornarono a Londra. Ana promise che sarebbe presto andata a trovarli con il piccolo.

In quel periodo Rodrigo era più attento che mai con lei e con il bambino. Li accompagnava dal pediatra, si prendeva cura di lei e viziava Dani. Spuntava di continuo a casa portando cose per il bambino o, con i suoi fratelli, Álex e Carolina arrivava in visita. Persino Úrsula le fece avere un regalino. Improvvisamente Rodrigo era al cento per cento parte delle loro vite e fu quello a farle aprire gli occhi. Sebbene lei adorasse quell'uomo e immaginasse di condividere con lui romantiche e sexy scene d'amore, non poteva fare tutto quello a Dani. Non voleva che il bambino si affezionasse troppo a lui e che poi, di colpo, l'amico scomparisse alla ricerca di una famiglia sua.

Una di quelle sere in cui a Rodrigo squillò il cellulare, prima che riagganciasse, come faceva sempre quando era con lei, Ana lo prese e glielo allungò.

«Rispondi. Dice Sofía.»

Con il bambino in braccio, la guardò e replicò: «Dopo la chiamo».

Vedere come dava teneramente il biberon al suo piccolo le intenerì il cuore, ma qualcosa in lei si ribellò e, togliendogli di mano prima il biberon e poi il bambino che posò nella culla, disse davanti all'aria stupita di lui: «Allora, voglio che chiami questa Sofía e che ti organizzi per uscire con lei a cena, a ballare o a fare quel che vuoi. Ne hai bisogno!»

«Ne ho bisogno?» scherzò lui. Poi, sorpreso, la guardò e chiese: «Ma ora che ti prende? Hai ancora gli ormoni in tilt?»

«No. Non ho gli ormoni in tilt e non mi prende niente. Voglio soltanto che tu riprenda la tua vita. Soltanto questo.» E in una spinta di sincerità, aggiunse. «Vuoi spiegarmi cosa ci fai oggi, venerdì sera, che non lavori, qui a casa mia a dare il biberon a mio figlio?»

«Cosa c'è di male? Mi preoccupo per voi.»

«Ma io non voglio che ti preoccupi per noi» insistette. «Voglio che le nostre vite tornino alla normalità e per farlo ho bisogno che tu chiami Sofía, prendi appuntamento con lei e te ne vai da casa mia.»

«Mi stai cacciando?»

«Sì... Be'... no... Voglio soltanto un po' di normalità e con te sempre intorno non ci riesco. E ora mi chiederai perché, vero?» Lui annuì e lei, sconvolgendolo, confessò: «Certo che voi uomini avete proprio bisogno di un manuale delle istruzioni per relazionarvi con le donne. Vediamo, Rodrigo, oggi come oggi non sono cotta di te, ma averti così vicino mi provoca certi idioti e stupidi sentimenti di possesso che non voglio provare e che non voglio nemmeno che Dani provi. Quindi prendi quel dannato cellulare e chiama Sofía, Alicia o chi diamine vuoi, esci con una di loro e riprendi la tua vita da Casanova di modo che io possa concentrarmi sulla mia vita».

Turbato dal discorso, si alzò dal divano.

«Ho capito tutto, tranne una cosa.» Vedendo che sollevava le sopracciglia, chiese: «Cosa vuol dire non essere cotta?»

«Cazzo, Rodrigo! Non essere cotta vuol dire che non mi piaci, non mi attizzi, così è più chiaro?»

Annuì, scoraggiato, ma non aveva intenzione di allontanarsi da lei fin quando non avesse capito cosa stava davvero accadendo. Si avvicinò in tutta la sua altezza e la strinse contro il divano.

«Sono un tale peso nella tua vita?»

Ana avrebbe voluto dirgli di no, che la sua presenza era come una fresca brezza ogni volta che compariva e le sorrideva, che averlo vicino era la cosa che la faceva sentire meglio, ma con tutto il dolore del mondo, mormorò: «Sai che ti stimo molto e che ti sarò sempre grata per come ti sei occupato di me e di Dani, ma credo...»

«Hai detto che eravamo amici.»

«E lo siamo. Voglio continuare a essere tua amica, ma a una distanza di sicurezza.»

Rodrigo avrebbe voluto protestare, ma avvicinando la bocca all'orecchio di lei, sussurrò, facendole venire la pelle d'oca: «Tranquilla, piccola. Riprenderò la mia vita e continueremo con la nostra amicizia a una distanza di sicurezza. Ti va bene così?»

«Sì, sì... mi sembra fantastico.»

Pervaso dal suo dolce profumo di pesca, le prese con delicatezza il collo e posò la sua fronte su quella di lei, ma quando stava per baciarla, il cellulare squillò di nuovo.

«Ti stanno richiamando» sussurrò lei.

Guardandola dritta negli occhi a pochi centimetri di distanza, prese il cellulare e, senza spostarsi né lasciarla andare, rispose: «Ciao Sofía!»

Ana, sull'orlo dell'infarto, ascoltò la conversazione. Quella donna, la tale Sofía, gli stava proponendo di cenare insieme e lui aveva accettato. Quando chiuse la telefonata, Rodrigo lo mise nella tasca della camicia.

«Contenta adesso?»

Ana annuì meccanicamente e lui, facendo un passo all'indietro, si allontanò da lei. Poi la guardò e, prima di sparire dalla porta, disse forte e chiaro: «Buonanotte Ana. Prenditi il tuo chupito di Cola Cao prima di andare a dormire».

Rimasta sola in salotto, Ana respirò e, dopo essere andata in cucina a prendere quel che lui le aveva detto aprì il freezer, estrasse un'enorme vaschetta di cioccolato belga e, guardando il suo gatto, disse: «Miau... o la smetto con tutto questo una volta per tutte o diventerò una balena».

Dopo quell'episodio, Rodrigo decise di rendere un po' più sporadiche le visite a casa di Ana, ma faceva fatica a non vedere lei e il piccolo, e passava l'intera giornata a pensare a quella donna dal profumo di pesca che improvvisamente era diventata essenziale nella sua vita. Tuttavia, non aveva intenzione di aprire il suo cuore a chiunque, per cui decise di darle retta. Prendere le distanze era la cosa migliore.

Nekane, quando Dani compì il secondo mese, incoraggiò Ana a tornare in palestra. Un po' di movimento, unito alla dieta che aveva iniziato, sarebbe stato utile a farle perdere quei cinque chili in più. Siccome era settembre, iniziò ad andare molta gente nuova e, dopo sei giorni, uno degli allenatori la invitò a una festa. La cosa la sorprese. La stavano di nuovo guardando come si guarda una donna! Ma con un sorriso rifiutò l'invito. Per ora doveva occuparsi del suo bambino.

La sera del suo compleanno, Ana organizzò una cena in casa con Nekane e Calvin, Rocío e Julio, Esmeralda e Popov, Encarna e Rodrigo che si unì all'ultimo minuto con Sonia, la sua nuova fiamma. Stavano mangiando il dolce in allegria quando Ana, ricordandosi di quel che era accaduto in palestra, lo raccontò. Risero tutti tranne Rodrigo che, guardandola con aria molto seria, disse: «Certo che quel tipo è una bella faccia tosta. Avrai rifiutato mi auguro, no?»

Calvin guardò l'amico. Ma come mai stava reagendo così? Ed Encarna, che stava guardando i ragazzi più silenziosa del solito, scoppiò a ridere. L'aveva sempre immaginato e ora si dimostrava essere vero.

«Una faccia tosta coraggiosa!» aggiunse Julio.

Sorprese, le ragazze si guardarono e Ana rispose: «Ovviamente gli ho detto di no». E vedendo le facce delle ragazze, aggiunse, mentre dava il biberon a Dani: «Non mi piace. Ma se a invitarmi fosse stato l'altro allenatore, quello biondo, be' sarebbe stata un'altra storia!»

«Dici davvero?» chiese Calvin divertito.

«Eccome. Certo che dice davvero» intervenne Esmeralda ridendo.

«Non ci posso credere» mormorò Rodrigo sorridendo ma infastidito.

Accorgersi che Ana si allontanava da lui giorno dopo giorno non era affatto semplice da digerire, e meno ancora sentirla parlare in modo malizioso di altri uomini.

«E l'altro allenatore, quello biondo, è fico?» chiese Rocío.

Ana le fece ridere gesticolando con il bambino in braccio.

«Fico no, di più. L'altro giorno l'ho visto uscire dallo spogliatoio maschile senza maglietta e... oh, mio Dio! Oh, mio Dioooooooo! Ha una tartaruga che non vi dico! Avrei proprio avuto voglia di dirgli: 'Ehi bellezza, non esagerare o qui ci stendi tutte'.»

«Wow!» esclamò Sonia.

«Ma che sfacciata che sei!» disse Encarna.

«Concordo con lei» affermò Nekane. «Arturo ha certi muscoli da paura, tra le tante cose.»

«Sarà gay.»

«Ehiiiiiiiiii» protestò Rocío sentendo il marito. «Ma perché quando un uomo attira la nostra attenzione dovete subito pensare che sia gay?»

«Tesoruccio, per la stessa ragione per cui voi, quando succede con una donna dite che è una poco di buono! E questo... per usare un eufemismo.»

«Un punto per Julio» disse Popov divertito.

Piegate in due dalle risate, le donne continuarono a parlare davanti alle espressioni arrabbiate degli uomini.

«Arturo ha tutto» aggiunse Ana. «Bello, sexy, un corpo da schianto, è simpatico. Insomma, sto pensando di proporgli una sessione fotografica privata.»

Gli uomini si stavano guardando senza parole quando Rocío applaudì e disse: «Vengo anch'io!»

«E anch'io» si aggiunse Sonia.

«Be', io mi propongo di spruzzargli l'olio» scherzò Nekane.

«Io ti reggo la macchina fotografica» aggiunse Esmeralda.

«E io porto delle frittelle» concluse Encarna.

Di certo quella conversazione li aveva colti di sorpresa e si guardarono attoniti. Da quando le donne erano così sfacciate?

«E in quale palestra andate?»

«E a te cosa importa, tesoruccio?» protestò Julio.

«Non fare così, amore, è sempre utile sapere quale palestra è valida e quale no.»

«Certo che siete proprio!» disse Calvin, piegato in due dalle risate, vedendole ridere senza freni.

«Ma questo è incredibile» mormorò Rodrigo con gli occhi sbarrati. «Siete peggio degli uomini!»

«Ah tu lo sai bene.» Ana gli fece l'occhiolino e, alzandosi, guardò Nekane e le disse: «Fai vedere alle ragazze le foto che abbiamo fatto l'anno scorso in Germania per la Vodka Pruset. Io devo andare a cambiare il pannolino a questo futuro latin lover».

«Annina, se vuoi vado io.»

«No, Encarna» rispose Ana. «Tu guarda le foto che Neka vi fa vedere e poi bevi acqua perché conoscendoti ne avrai proprio bisogno.»

Quando arrivò in camera e posò il bimbo sul fasciatoio, sentì le risate provenienti dalla sala e sorrise. Adorava stare insieme agli amici e vederli felici. Poi, dimenticando il resto del mondo, si concentrò sul suo piccolo. Gli cambiò affettuosamente il pannolino mentre cantava:

Tú, y tú y tú y solamente tú…
Haces que mi alma se despierte con la luz…
Y tú… y tú… y tú…

Improvvisamente alle sue spalle percepì una presenza che riconobbe dal profumo.

«Adesso fai la spia?»

Sentendosi scoperto, Rodrigo si spostò su un lato e le chiese sorridendo: «Cosa gli canti?»

Ana baciò affettuosamente il suo bambino e rispose: «La sua canzone preferita, vero puffettino? Ogni volta che gliela canto sorride e io adoro vederlo sorridere».

Paralizzato per quel che provava quando stava con lei e con il bambino, Rodrigo non sapeva cosa fare. Non si era mai trovato in una situazione del genere e non aveva idea di come comportarsi. Si sentiva sciocco e ridicolo. Lui, l'uomo che riusciva sempre a tenere le situazioni sotto controllo, con Ana all'improvviso lo perdeva completamente. Non riusciva a smettere di pensare a lei e questo lo stava distruggendo. Non rendeva bene sul lavoro, non riposava e non si godeva la compagnia delle donne che gli mostravano ogni loro incanto pur di renderlo felice. La sua vita si stava trasformando in un caos e non sapeva come frenare quel disastro. E mentre lei stava riuscendo a superare la dipendenza da Rodrigo, senza che lui ne sapesse nulla, a Rodrigo stava succedendo l'esatto opposto.

«Va già a nanna il campione?»

«Eh sì... è ora.»

«Posso prenderlo?» le chiese con quei suoi occhi fantastici.

«Ma certo.»

Con attenzione e con un'abilità che mesi prima non aveva, Rodrigo prese in braccio il piccolino e, dopo avergli dato un bacio in fronte, mormorò con dolcezza: «Hai lo stesso profumo di pesca di tua madre».

Ana sbuffò. Non voleva ascoltare o si sarebbe inebetita. Quindi si mise un po' di acqua di colonia sulle mani e, dopo averle sfregate energicamente, le passò sul pigiama del bambino. Si avvicinò al piccolo e chiarì: «Be', adesso profuma come un bambino, sa di Nenuco».

Per qualche minuto, Ana e Rodrigo coccolarono insieme il piccolo fin quando lei disse: «Coraggio, dammelo e torna in sala. Sonia ti sta aspettando».

Ma Rodrigo sembrava non avere fretta e, con ancora il neonato in braccio, chiese: «Che ne pensi di Sonia?»

In un altro momento quella domanda, o la sola presenza di Sonia, le avrebbero spezzato il cuore; ma grazie al muro di indifferenza che stava riuscendo a costruire, lo guardò con calma e sorridendo rispose: «Mi sembra bella e sexy. Il tuo tipo insomma».

«E tu come fai a sapere qual è il mio tipo?»

Mosse il capo con un fare così sensuale e malizioso che Rodrigo rimase senza fiato, poi avvicinandosi a lui sussurrò: «Allora, Rodrigo, che tu ci creda o no, ti conosco abbastanza da sapere che tipo di donna ti piace».

«Ah sì?»

«Sì, tesoro, sì. A volte voi uomini siete molto scontati.»

«E che tipo di donna mi piace, secondo te?» chiese un po' confuso.

Decisa a porre fine a quell'assurdo interrogatorio in cui si era andata a cacciare da sola, si portò le mani ai fianchi e rispose, sicura di se stessa: «Alte. Magre. Capelli lunghi. Non ti importa di che colore, non sei molto esigente in quello».

Lui arcuò un sopracciglio.

«Preferisci che siano un po' snob nel modo di vestire e una cosa che non deve mancare mai è che abbiano delle grandi tette. Sono queste le donne che ti piacciono.»

Rimase attonito per quella descrizione; ci aveva azzeccato in pieno.

«Be', mi conosci proprio bene.»

«Te l'avevo detto. Per me sei un libro aperto!»

Rodrigo si sentì un po' a disagio perché lui invece non la conosceva così bene da un punto di vista intimo.

«E posso fartela io adesso una domanda?»

«Certo.»

«A te che tipo di uomini piace? Come quello della palestra?»

Sorpresa da quella domanda, sorrise.

«Uff, Arturo è incredibile! Ma in realtà non ho un prototipo di uomo, anche se devo riconoscere che mi attraggono quelli alti, muscolosi magari con qualche tatuaggio e...»

«Insomma, come me.»

Accorgendosi che in un certo senso aveva descritto proprio lui, fece spallucce cercando di non ridar vita a qualcosa che aveva faticosamente archiviato nei suoi ricordi.

«Be', ora che me lo fai notare, hai ragione. Ma prima di trarre conclusioni affrettate lascia che aggiunga una sfumatura. Mi piacciono tutti gli uomini con quelle caratteristiche, tranne te.»

«E perché?»

«Perché tu sei soltanto un buon amico, nient'altro. Qualche altra domanda?»

Si guardarono negli occhi per qualche secondo, e alla fine Rodrigo, avvicinandosi a lei, le consegnò il bambino.

«Ehi non fare così la seria. Stavo soltanto scherzando un po'.» E poi, dopo averle dato un bacio sulla guancia, mormorò, scompigliandole i capelli corti: «Ti aspetto in sala, devi soffiare le candeline».

Stordito, borbottò in silenzio, ma deciso a non pensarci più, tornò in sala e si sedette accanto a Sofia. Era la sua nuova conquista e doveva concentrarsi su di lei.

Quando Ana rimase da sola con Dani in braccio, lo baciò e, mettendolo nella culla, sussurrò: «Non fare mai soffrire una donna, o sarai un cretino».

19

A ottobre la vita lavorativa di Ana e Nekane riprese a girare intensamente. Dovevano occuparsi di varie campagne entro Natale e si misero subito al lavoro, sebbene prima fecero un'indagine per trovare la baby-sitter più adatta a Dani. Dopo due giorni in cui tennero dei colloqui con alcune ragazze, alla fine giunsero a una conclusione: Encarna, la vicina, era la più affidabile di tutte. Dopo avergli̇elo proposto, la donna, felice, accettò e tutti i giorni dalle nove del mattino si dedicava al piccolo.

«Lunedì ho mandato un'email alle caserme di pompieri di tutta la Spagna lasciando i dati per il casting di venerdì per il calendario» disse Nekane. «E al momento ho ricevuto settantadue conferme. Hai già trovato le modelle?»

«Sì.»

«Tra l'altro, sai che ci saranno quattro pompieri della caserma di Calvin?»

«Davvero?»

«Esatto! Ovviamente il mio Calvin che è un raccomandato» disse ed entrambe scoppiarono a ridere. «E poi Julio, Jesús e Rodrigo.»

Divertita, Ana annuì con fare allegro.

«Wowwwww! Sarà un casting che passerà alla storia. E ti dico già che quei quattro sono super-raccomandati!»

Nekane si tolse gli occhiali e, facendo sorridere l'amica che era piegata in due dalle risate, mormorò: «Ehhhhh certo che questo lavoro a volte è davvero difficile. Un tale sforzo!»

«Non dirmelo, Neka… non dirmelo.»

Quella sera, verso le nove, Ana era lì che mangiucchiava

qualcosa con Popov, Esmeralda e il suo bambino nel dehors di un bar di calle Arenal quando si mise a guardare una ragazza che, insieme a un gruppo ridanciano, stava bevendo fiumi di birra. Come mai le sembrava di conoscerla? Il suo aspetto era come quello del resto del gruppo, ma quando la sentì parlare la riconobbe. Quella era Carolina, la sorella di Rodrigo.

La osservò incredula. Dove era andata a finire la ragazza che lei aveva conosciuto? Non riuscendo a toglierle gli occhi di dosso, sorrise. Se sua madre l'avesse vista seduta a terra con quel giubbino di pelle rossa piena di borchie e lì a bere dalla bottiglia le sarebbe venuto un colpo. Ma il sorriso si raggelò quando vide che la ragazza, tranquilla e paciosa, iniziò a rollare uno spinello che poi si mise serenamente a fumare. Per un istante pensò se dovesse o meno attirare la sua attenzione. Alla fine decise di no. Si sarebbe fatta gli affari suoi.

«Mamma mia! Com'è messa questa gioventù» mormorò Esmeralda guardando quel gruppetto.

«Se uno di quelli fosse mio figlio...» rispose Popov. «Ti assicuro che gli avrei rifilato un bel paio di sberle. Ma come possono bere così?»

Non volendo dire che la biondina con i capelli cotonati era la sorella di Rodrigo, Ana smise di guardare in quella direzione e disse: «Però... come se voi non foste mai stati giovani».

«Certo, Plumcake, lo siamo stati» chiarì Popov. «Ma posso assicurarti che a venti e venticinque anni, l'età che avranno quelli lì, avevo già la testa sulle spalle. Certo che mi sono fumato anch'io i miei spinelli, ma un conto è quello, un altro è comportarsi come stanno facendo loro.»

Cinque minuti dopo, quel gruppo che aveva attirato su di sé gli sguardi di tutti i passanti, levò le tende e se ne andò. Carolina, inconsapevole di tutto, si avvicinò a un ragazzo e, sorprendendo di nuovo Ana, gli si lanciò tra le braccia e lo baciò selvaggiamente. *Cavolo, ragazzina,* pensò lei, poi vedendo che si allontanavano si dimenticò di loro.

Per un paio d'ore, Ana, con il suo bambino e i suoi amici, si godette la splendida serata madrilena e poi alle undici decise di tornare con Daniel a casa. Dopo aver salutato gli altri, si mise a camminare felice spingendo il passeggino quando, arrivata alla Puerta del Sol, notò una ragazza buttata lì a terra accanto alla fermata della metropolitana. Dal giubbotto riconobbe subito Carolina. Dov'erano i suoi amici? Guardò l'orologio. Mezzanotte meno venti. Era troppo tardi per lasciarla lì da sola, quindi si avvicinò a lei, si chinò e disse: «Carol, sono Ana. Stai bene?»

Carolina, riconoscendo la voce, la guardò. Aveva un aspetto deplorabile. Doveva aver pianto, perché il mascara le era colato sulle guance rigandole il volto.

«Ma tesoro, cosa ti è successo?»

La aiutò ad alzarsi da terra e, dai suoi movimenti goffi, capì che era ubriaca. Cercò alla bell'e meglio di reggere con una mano il passeggino del figlio e con l'altra la ragazza. Casa sua non era lontana, si poteva raggiungere a piedi, ma Carolina riusciva a malapena a camminare. Quando vide la fermata dei taxi non ebbe alcun dubbio e si diresse subito lì. Dopo aver fatto sedere Carolina nell'auto, tirò Daniel fuori dal passeggino, lo piegò e il tassista lo mise nel portabagagli. Una volta dentro, Ana guardò l'uomo e disse, senza lasciarlo parlare: «Plaza de Santa Ana. E prima che si lamenti, so bene che il percorso è troppo breve per farla muovere, ma non si preoccupi, se ci porta le pagherò venti euro».

Il tassista annuì. Non avrebbe certo rinunciato a venti euro per portarla così vicino. Cinque minuti dopo, il taxi si fermò e Ana, dopo aver aperto il passeggino di Dani e aver messo lì il bambino, pagò il tassista, afferrò Carolina dalla vita e si incamminò verso casa.

Una volta dentro, fece sedere la ragazza sul divano mentre metteva Dani nella culla. Ritornata in sala, Carolina, pallida come un cencio, la guardò e lei capì subito senza bisogno di parlare. Ana la accompagnò in bagno dove questa vomitò l'anima. Mezz'ora dopo, vedendo in che stato era ridotta la ragazza, non ebbe alcun dubbio e la infilò vestita sotto la doccia. L'acqua fredda la fece reagire e urlare mentre le tracce di mascara sparivano e compariva la Carolina che lei conosceva. Ana affrontò stoicamente quel difficile momento, fin quando la ragazza si rilassò. Verso le due del mattino la fece stendere sul letto della camera degli ospiti e la coprì e, proprio in quel momento, Carolina le prese la mano.

«Ana... grazie.»

«Cos'è successo, tesoro?»

Quella, con gli occhi gonfi dal tanto piangere, la guardò e mormorò: «Ho lasciato Rafa».

«E chi è Rafa?»

«Il ragazzo con cui stavo uscendo da otto mesi» disse gemendo. Poi, sedendosi sul letto, aggiunse: «Mi piace, mi piace molto, ma non voglio una persona come lui nella mia vita. Non voglio che nessuno mi dia ordini e lui oggi mi ha detto che se non avessi portato tutto il gruppo a casa mia mi avrebbe lasciata, e così sono stata io a lasciare lui e si è arrabbiato molto, ha iniziato a urlare e a dirmi che ero... ero... Ha detto cose orribili davanti a tutti e...»

Non riuscì ad andare oltre. Iniziò a piangere e Ana la abbracciò.

Quando riuscì a calmarla, le accarezzò con affetto il viso.

«Da quel che mi racconti, quel ragazzo non ti merita, e anche se adesso ti sembra tutto nero e pensi di aver sbagliato, credimi, hai agito benissimo. Il ragazzo che si innamorerà davvero di te non farà mai una cosa così orribile come umiliarti perché sarai così speciale per lui che non potrà che amarti e cercare di renderti felice.»

«Lo so... ed è per quello che l'ho lasciato. Non voglio al mio fianco un uomo come il marito di mia madre. Io... io non voglio che nessuno mi tratti così.»

Dalle parole di Carolina, Ana capì che nessuno sapeva sulla madre niente di ciò che a lei era parso di intuire.

«Tesoro, a volte nella vita è davvero meglio essere soli che male accompagnati. Ma ci sono persone che non sanno stare da sole.»

«Mamma è una di quelle» affermò la ragazza. «Il suo rapporto con Ernesto la sta devastando ma io non posso fare niente. Lei non vuole che faccia niente. Nega quello che vedo e quando le parlo si arrabbia con me e...»

«Sstt, tesoro, stai tranquilla» sussurrò Ana abbracciandola.

La sofferenza della ragazza la opprimeva e preferì non andare oltre.

«Vuoi che chiami tua madre per dirle che sei qui?»

«Mamma, Ernesto e Álex sono nella casa di Cercedilla. Qui non c'è nessuno.»

«D'accordo. Allora, riposa. Ma ascolta, chiamo Rodrigo per avvisarlo che sei qui, va bene?»

La ragazza annuì e Ana, non sapendo se Rodrigo era a casa o sul lavoro, se era sveglio o se stava dormendo, prese il cellulare e digitò: *Chiamami quando puoi*. Un minuto dopo, il telefono squillò.

«Ana, sono Rodrigo. Che succede?»

Sentì risate e musica in sottofondo.

«Ascolta, mi dispiace disturbarti ma...»

«Che succede?» insistette preoccupato.

«Tranquillo, niente di grave.»

«Tu e Dani state bene?» domandò allontanandosi dalla donna che aveva accanto.

«Sì, sì... ascolta, tua sorella è qui da me e...»

«Mia sorella è lì?»

«Sì, ma stai tranquillo, va tutto bene.»

«Ana, cosa succede?» insistette.

«Era con degli amici, si è ubriacata e io l'ho trovata.»

Alzandosi dalla poltrona del pub in cui era seduto con la bella Brenda e alcuni amici, li salutò e, mentre si dirigeva verso la macchina, disse prima di riagganciare: «Mezz'ora e sono da te».

Ci impiegò venti minuti. Alle due e mezzo, Rodrigo entrò in casa dove Ana lo aspettava morta di sonno. Andò fino alla camera degli ospiti dove Carolina dormiva placidamente. Dopo aver constatato che la sorella stava bene, le diede un bacio sulla testa e uscì. Passando davanti alla stanza di Ana, entrò a vedere Dani e sorrise vedendolo dormire abbracciato all'orsetto vestito da pompiere che lui gli aveva regalato. Guardarlo e sentire la pace che irradiava era davvero molto rilassante, ma sapendo di non poter rimanere lì, uscì. Arrivato in sala, Ana era seduta, al buio, davanti alla televisione e sorrise nell'accorgersi che stava guardando il concerto di Luis Miguel, considerando che lui, ridendo, le aveva regalato il DVD il giorno del suo compleanno. Si sedette accanto a lei, sospirò e appoggiò la testa al divano.

«Grazie per averla portata qui.»

Ana si accorse della preoccupazione nel suo sguardo.

«Di niente, e stai tranquillo che già ti vedo agitato.»

Toccandosi il petto e aggrottando le sopracciglia, il pompiere la guardò.

«Ma senti, cosa le è preso a 'sta ragazzina? Come le è venuto in mente di fare quello che ha fatto? Non sa che può soltanto causarle dei problemi? La mia famiglia mi farà impazzire.»

«Vedi? Lo sapevo.» Poi, sedendosi sulla spalliera del divano, gli mise le mani sul collo e sussurrò: «Dai, lascia che ti faccia un massaggio. Ti rilasserà».

«No, Ana. Adesso no.»

«Sì, Rodrigo. Adesso sì.»

Appesantito da tutto, si sfilò la maglietta bianca che indossava e la lanciò da parte. Ana, ritrovandosi di colpo con davanti quella massiccia schiena abbronzata e la visione del tatuaggio, sospirò.

«Perché è tutto così difficile con la mia famiglia?»

«Stai tranquillo, Rodrigo... È giovane e le cose non sono così facili. Mi ha raccontato...»

«Cosa ti ha raccontato?» chiese voltandosi per guardarla.

Per un istante fu tentata di dirgli tutto quel che sapeva, ma preferì non farlo. Lanciare certe bombe in un momento del genere avrebbe soltanto complicato le cose.

«Mi ha raccontato che ha rotto con un ragazzo con cui usciva.»

«Usciva con un ragazzo?»

«Sì.»

«E con che razza di idiota usciva quella pazza di mia sorella?»

Ana trovò divertente l'istinto di protezione che filtrava da quelle parole.

«Non ho intenzione di parlarne. Domani sarà lei a raccontarti quel che crede. Adesso stai zitto, rilassati e lascia che ti faccia il massaggio.»

Decisa a non pensare ad altro a parte il massaggio, Ana iniziò a toccargli affettuosamente il collo mentre si sentiva la virile voce di Luis Miguel.

No sé tú
pero yo te busco en cada amanecer
mis deseos no los puedo contener
en las noches cuando duermo
sí de insomnio, yo me enfermo
me haces falta, mucha falta
no sé tú.

Cazzo, cazzo, cazzooooooo! Avrei dovuto togliere Luismi, pensò Ana quando entrambi rimasero in silenzio.

Rodrigo fece come lei gli aveva chiesto, ma il silenzio della notte e la calma gli fecero percepire il testo della canzone. Averla accanto a lui e sentire le sue mani dolci su di sé lo confortava più di quanto nessuno dei due potesse immaginare. Per dieci minuti, Ana gli massaggiò delicatamente le spalle e il collo, mentre risuonavano le dolci e romantiche melodie di Luis Miguel. Ma ogni volta che passava le mani sul tatuaggio che finiva sul collo, qualcosa si scioglieva nel cuore della ragazza. Desiderava quell'uomo con tutta se stessa, ma la prudenza le suggeriva di essere cauta e, quando non ne poté più, gli diede un colpetto sulla schiena.

«E voilà! Finito.»

Rilassato dal massaggio, eccitato dalla vicinanza del suo corpo e steso dai testi delle canzoni che stavano ascoltando, lui girò lo sguardo e, quando lei gli si sedette accanto, mormorò: «Adesso te lo faccio io un massaggio».

«No, Rodrigo, non è il caso» rispose, spaventata. Era già stata una tortura toccarlo, ci mancava soltanto che ora lo facesse lui.

Ma deciso a portare avanti le sue intenzioni, non la lasciò parlare, la prese dai fianchi e la fece sedere sulle sue gambe mentre le sussurrava all'orecchio: «Sì Ana, è il caso».

Quelle parole pronunciate così vicino a lei e il suono della sua risata la scombussolarono. Comunque non si mosse e lui appoggiò le sue mani su di lei. Sentire il tocco di Rodrigo sul collo e sulla schiena le fece chiudere gli occhi e sospirare. La sua espirazione sonora lo fece sorridere, mentre Luis Miguel continuava a cantare.

Te extraño cuando camino, cuando lloro, cuando río.
Cuando el sol brilla, cuando hace mucho frío.
Porque te siento como algo muy mío.

Ma questo è surreale... non è possibile che mi stia succedendo, pensò Ana spaventata nel sentire la canzone e il respiro di lui sempre più vicino.

Dal canto suo, Rodrigo si godeva quella piccola intimità tra loro mentre ascoltava la melodica canzone. Ana era morbida, dolce e delicata, molto più morbida e attraente delle donne con cui decideva di andare a letto. E quando la tentazione gli annebbiò la mente, avvicinò il naso al suo collo e, facendole venire la pelle d'oca, sussurrò: «Profumi sempre di pesca».

Ana non riuscì a rispondere. Non riuscì a parlare. Improvvisamente le labbra calde e carnose di Rodrigo si posarono sul suo collo e non fu in grado di fare altro che non fosse godersi quella sconvolgente sensazione mentre sentiva che la pelle andava a fuoco e migliaia di farfalle svolazzavano nel suo stomaco. Qualche secondo dopo, quelle labbra scottanti passeggiarono affettuosamente sulla sua nuca e sul suo collo fino a raggiungere la spalla destra. Sconvolta com'era, si limitò a sorridere. Le mani di Rodrigo scesero lentamente e in contemporanea sulle sue braccia, per poi risalire e a quel punto lei, non riuscendo più a starsene immobile, guardò verso destra e i loro occhi si incrociarono in un lungo e intenso sguardo.

«Avevamo detto che...» mormorò Ana.

«Avevamo detto tante cose» rispose lui, stregato da ciò che quella donna riusciva involontariamente a fargli provare.

Ana cercò di opporsi, ma l'uragano Rodrigo era sconvolgente e il suo corpo si ribellò. Lo desiderava. Ne aveva bisogno. La bocca di lui la fece sua e pretese baci appassionati e carichi di desiderio che lei gli restituì. Una voce dentro di loro urlava che di fermarsi, di non andare avanti, ma le loro menti si annullarono e i corpi, carichi di desiderio, presero in mano la situazione.

Senza fretta ma senza fermarsi, Rodrigo le sfilò la canottiera verde che indossava, lasciando in vista i suoi seni per poterseli godere. Abbracciandola, la stese sul divano e, deciso a proseguire in un atto di possesso, si sdraiò su di lei e strinse i fianchi. A quel punto, Ana gemette. Lo odiava per quel che stava facendo, ma lo desiderava talmente tanto da non poter fare niente, assolutamente niente, per frenarlo.

«Rodrigo non po...»

«Sstt!» sussurrò lui delirante, appoggiato alle labbra del suo sesso, mentre faceva l'amore con la bocca.

Rodrigo ardeva di desiderio e, prendendola dai fianchi, strinse di nuovo la sua erezione contro di lei mentre Ana si arcuava in cerca di piacere. Per qualche minuto lottarono entrambi per prendere in mano la situazione. Si tentavano l'un l'altra. Volevano di più. Ana lo attrasse a sé e gli baciò avidamente il collo e alla fine gli morse una spalla dolcemente sentendo come lui le succhiava un capezzolo. L'ansia, l'impazienza e l'agitazione che provavano l'uno nei confronti dell'altra stava trasformando la situazione in un contatto quasi selvaggio. Ma improvvisamente dall'interfono si sentì il pianto di Dani ed entrambi, come tirati da un elastico, ritornarono alla realtà.

Palesandosi la situazione in cui si trovavano, Rodrigo imprecò e, dopo aver visto lo sconcerto nello sguardo di lei e aver sentito il suo stesso respiro ansimante, si spostò da sopra Ana. Lei, dal canto suo, preoccupata per l'urgenza del momento, prese la canotta verde che era buttata a terra, la indossò e, senza dire nulla, andò da suo figlio. Quando raggiunse la stanza, Dani si riaddormentò placidamente. Con le gambe che tremavano per quel che era quasi capitato, si sedette sul letto e si appoggiò alla culla. Cosa era stata sul punto di fare? Come aveva potuto buttare giù dalla finestra tutto il suo autocontrollo? Si fece aria con la mano. Aveva bisogno d'aria o sarebbe esplosa. Quando si sentì più tranquilla, tornò in sala, dove ancora risuonava la musica di Luis Miguel. Rodrigo la aspettava in mezzo alla stanza in piedi e con l'aria corrucciata e con di nuovo addosso la sua maglietta bianca. La guardò, ma senza avvicinarsi a lei.

«Mi dispiace» mormorò. «Non so cosa mi sia preso.»

Ana lo vide sconvolto e decise di prendere in mano la situazione.

«Tranquillo» scherzò. «Daremo la colpa ai miei ormoni e a Luis Miguel.»

Sebbene fosse teso, sorrise; avrebbe voluto riprendere quel che avevano interrotto.

«No... questa volta sono stato io.» E, senza permetterle di dire nulla, si avvicinò a lei e le diede un casto bacio sulla guancia. «Vado a casa. Tornerò a prendere Carolina domani verso le undici, d'accordo?»

Ana annuì e lui, mostrandosi sensato, se ne andò. La mattina successiva, puntuale, arrivò a prendere sua sorella e nessuno parlò di quel che era accaduto la notte prima.

Tre giorni dopo quel che era capitato con Rodrigo, Ana partì per Londra. Doveva andar via per lavoro e non si sarebbe potuta occupare di suo figlio come voleva. Quindi, con il cuore spezzato, aveva deciso di separarsi da lui e portarlo dai suoi genitori. Dani sarebbe rimasto con loro quindici giorni, ed era certa che il piccolo sarebbe stato benissimo.

«Frank, per l'amor del cielo, tienigli la testolina» brontolò Teresa vedendo suo marito con il piccolo.

«D'accordo... d'accordo non fare così.»

«Mamma, non ti stancare» la avvertì Ana ridendo.

«Oh, figliola... siamo così fuori allenamento che ho quasi paura.»

Frank sorrise a sua moglie e, sedendole accanto nel salone, con il bambino in braccio, le disse: «Tranquilla, tesoro. Se siamo riusciti a tirare su Ana e Lucy, di certo potremo occuparci di Dani per quindici giorni».

Teresa annuì emozionata e guardò il piccolo con tenerezza.

«Ma quanto è bello il nostro nipotino!»

«Sì, lo è» affermò Ana felice.

«E ha i bellissimi occhi azzurri di suo padre, che meraviglia! Spero che prenda anche l'altezza da lui. Perché con quegli occhi e quell'altezza il mio piccolino sarà un vero rubacuori.»

«Lo sarà... lo sarà» assicurò Frank ridendo.

Contenta per la gioia che Teresa vedeva in suo marito, chiese: «Ana Elizabeth, quando tornerà a trovarci Rodrigo?»

«Non lo so, mamma. È molto preso dal lavoro».

«Devo dirtelo, sono davvero felice che sia entrato nella tua vita. Da quel poco che lo conosco mi sono accorta che quel ragazzo vuole molto bene a te e a Dani, si prende cura di voi e questo, tesoro mio, per me è importantissimo.» A quel punto si emozionò ripensando a come Rodrigo avesse dato il benservito a quel bastardo di Warren Follen. «Ah! E devi sapere che la mia amica Molly è rimasta sconvolta dalla sua bellezza quando l'ha visto al matrimonio. Rodrigo è molto più bello di suo genero, George Sinclair.» Frank sorrise e Teresa proseguì: «Sinceramente, amore mio, credo che avrete dei bellissimi figli. Basta guardare Dani per capire che tutti quelli che arriveranno dopo, se ne arriveranno, saranno splendidi».

Ana sospirò. Da quando era arrivata, i suoi genitori (in particolare sua madre) non avevano fatto altro che parlare e parlare di Rodrigo e la cosa la stava stremando.

Dopo quel che era accaduto a casa sua giorni prima, quella notte, Ana era in piena confusione e non sapeva cosa pensare. Perché l'aveva baciata così? Ma siccome nei giorni successivi non l'aveva cercata, dedusse che era stato per lui uno dei tanti momenti di eccitazione. L'aveva trattata come una qualsiasi delle sue fidanzatine e, se non era stato per Dani, avrebbe fatto l'amore con lei per dimenticarsene il giorno successivo. Quindi, decisa a porre fine una volta per tutte a quella enorme bugia e a tutto il casino, si sedette bella dritta e si schiarì la gola.

«Adesso che siamo tutti e tre qui belli tranquilli, devo dirvi una cosa.» I suoi genitori si guardarono e lei proseguì: «So che ciò che sto per dirvi non vi piacerà per niente e di certo vi arrabbierete con me, ma quel che è fatto è fatto e non ci sono alternative. Inoltre, il risultato finale è Dani e per lui lo rifarei altre mille volte».

«Oh, figliola, mi stai spaventando! Sembra che tu stia per dirci che hai comprato Dani al mercato nero.»

Il commento della madre la fece sorridere.

«No, mamma. Questo posso assicurartelo.»

E improvvisamente Teresa, la grande regina del dramma, tirò fuori il fazzoletto di cotone che aveva in tasca e, portandoselo alla bocca, gemette: «Oh, mio Dio… oh, mio Dio! Immagino già quello che stai per dire!»

Frank, vedendo sua moglie, intuì ciò che sarebbe accaduto.

Ma la donna, corrugando il mento, chiese con un filo di voce: «Non dirmelo. Hai rotto con Rodrigo, vero?»

Confermare quella versione avrebbe reso tutto più semplice, ma sarebbe stata un'altra bugia e non voleva che andasse così. Loro conoscevano Rodrigo di persona e sentiva il bisogno di dire la verità. Quindi, prendendo aria, fece cenno di no con la testa.

«No, mamma. Non è quello.»

«Per l'amor del cielo, Ana Elizabeth, ma allora di cosa si tratta?»

A quel punto era assolutamente convinta che la cosa migliore fosse essere totalmente sincera.

«Quando ho saputo di essere incinta ho pensato di abortire e…»

«Ohhh, mio Dio!» urlò Teresa toccando la manina del nipotino.

Ana, non riuscendo più a tenersi dentro quel che aveva da dire, proseguì: «Mamma, ma come avrei fatto con un bambino? Il mio lavoro mi porta via molto tempo e… e… mi sembrava l'unica soluzione. Ma quando sono venuta qui a Natale e tu hai iniziato a piangere perché non avevi nipoti, io… io… non so cosa mi è preso, ma ho cambiato idea e vi ho detto… vi ho detto che ero incinta. Poi mi avete chiesto chi era il padre e io… io… ero così confusa che… che… » Vedendo l'espressione dei genitori, alla fine aggiunse: «Rodrigo non è il padre di Dani».

Come c'era da aspettarsi, Teresa arrovesciò gli occhi e cadde svenuta sul divano.

«Per l'amor del cielo! Questa donna non cambia mai» borbottò Frank che, senza perdere tempo, posò Dani nel passeggino mentre Ana apriva il cassetto con i sali.

Dopo che le ebbero passato quel vasetto sotto il naso, Teresa aprì gli occhi e Ana mormorò: «Mamma, perdonami».

Teresa si sedette sul divano sotto lo sguardo attento di suo marito e di sua figlia, con gli occhi pieni di lacrime.

«Ma… ma com'è possibile. Rodrigo è una persona così affascinante e si prende tanto cura di te... Basta vedere come ti guarda per capire che ti adora. E vuol bene a Dani e...»

«Una cosa è adorare, un'altra ben diversa è amare, mamma.»

«Ma figliola» insistette Teresa. «Rodrigo è un uomo che...»

«Mamma, Rodrigo è un amico che ho messo nei casini quando vi ho raccontato quella bugia. Lui è stato il primo a sorprendersi di tutto questo e... e quando sono rimasta incinta mi ha semplicemente aiutata a rivestire il ruolo che gli avevo chiesto. E per favore, non vi arrabbiate con lui. Ha soltanto cercato di far sì che la mia gravidanza andasse bene e...»

«Ma tesoro, Dani gli assomiglia così tanto. Ha persino i suoi occhi azzurri!» insistette Teresa.

Con un sorriso triste e sotto l'attento sguardo del padre, Ana annuì e, scostandosi i capelli dal volto, mormorò: «Mamma, anche il padre di Dani aveva gli occhi azzurri».

«Ma allora chi è il padre di Dani?» chiese Teresa con il mento tremante.

Era assolutamente convinta di non volere continuare a mentire, ma faticava molto a rivelargli i dettagli della sua vita intima, quindi sospirò e rispose: «Uno svizzero che avevo conosciuto e...»

«Uno svizzero?!»

«Sì, mamma, uno svizzero di nome Orson. Ma la relazione era chiusa, non eravamo in contatto e...»

«E non sa dell'esistenza di Dani, giusto?» Frank concluse la frase.

«Esatto, papà» annuì, un po' imbarazzata.

In quel preciso momento, il piccolo iniziò a piangere e Teresa, dimenticandosi di tutto il resto, si alzò a prendere il nipotino. Quel piccoletto era l'unica cosa importante in quel momento.

«Deve prendere il biberon» disse Ana guardando l'orologio.

«Glielo darò io» si offrì Teresa e, baciando la testolina del piccolo, si diresse alla porta. «Andrò in cucina con lui.»

Quando la porta si chiuse, Ana guardò suo padre. Frank, che fino a quel momento era rimasto in silenzio, vedendo l'espressione confusa della figlia, sussurrò: «Mi spiace che ti sia sentita costretta a mentirci di nuovo».

«Papà, se c'è qualcuno che è dispiaciuto, quella sono io. Ma temevo la reazione della mamma e per questo vi ho mentito inventando tutto. Mi sento male. Malissimo. Ma all'epoca non me la sono sentita di dirvi la verità e io… io… Oh Dio! Ma perché vi ho mentito? Perché ho dovuto coinvolgere Rodrigo in tutto questo?»

«Spesso, nella vita, tutto ha un suo perché» mormorò Frank.

«Sì, papà» annuì decisa a non piangere. «Ma non voglio pensare al passato o ai perché delle azioni. Voglio soltanto andare avanti con la mia vita e adesso che sapete tutta la verità, forse lo potrò fare.»

Dopo un teso silenzio, l'uomo si alzò, andò fino al mobile bar e, dopo essersi servito un brandy, guardò sua figlia.

«Provi qualcosa per Rodrigo?»

Nervosa per via della domanda, si scostò i capelli dal volto e, toccandosi l'orecchio, rispose: «No. C'è stato qualcosa tra noi, ma non si è trattato di nulla di serio».

Frank sorrise nel notare quel gesto che faceva sua figlia e che Rodrigo gli aveva rivelato.

«Ma c'è stato qualcosa tra voi?»

«Oh, papà, sì. C'è stato qualcosa, ma non ha funzionato. Invece devo riconoscere che come amico è stato fantastico. Il migliore.»

«Quel ragazzo merita tutto il mio rispetto per come si è preso cura di te e ti ha protetta in tutto questo tempo.» Poi guardando con i suoi occhi color nocciola la figlia, aggiunse: «Ma credo che…»

«Papà, mi stava soltanto aiutando. Quindi non prendertela con lui. Se vuoi prenditela con me, ma non con lui.»

«Tranquilla, non sono arrabbiata con lui. Anzi, ho molto di cui essergli grato.»

Ana sorrise.

«E quanto a voi due» insistette il padre. «Non c'è proprio nessuna possibilità?»

«Papààààààààà!» protestò lei.

«Allora, figliola, se te lo dico è perché proprio come voi donne avete un sesto senso per molte cose, anche noi uomini abbiamo un linguaggio corporeo che svela molto, e ti assicuro che quell'uomo è…»

«Papà, no!»

Frank avrebbe voluto imprecare per quanto testona era sua figlia, ma si trattenne.

«D'accordo... d'accordo... ma sappi che Rodrigo è un uomo con la testa sulle spalle. Da quel poco che ho potuto vedere quando è stato qui, da come si è preso cura di te in ospedale e anche dopo, ha dimostrato di essere un uomo con dei principi e, sebbene non sia il padre biologico di Dani...»

«Ma papà, da quando sei diventato così da telenovela? Sembra che a parlare sia la mamma...»

«Il fatto è che quel ragazzo sembra un bel partito per te» affermò e si lasciò scappare un sorriso nel vedere la reazione di sua figlia.

«Tra noi due non c'è e non ci sarà mai niente» aggiunse, angosciata. «A lui piace un altro tipo di donna, più prosperosa, gambe chilometriche, capelli lunghi e io non sono così» disse indicando i suoi capelli corti. «Credimi, non rientro nei suoi standard.»

A quel punto entrò Teresa con in braccio il bambino e Frank, dopo essersi alzato e aver considerato momentaneamente chiusa la conversazione, guardò la figlia e aggiunse: «Ana... in questa vita gli standard posso cambiare se si tratta di amore».

Ana rientrò a Madrid due giorni dopo. Quando entrò in camera e vide la culla di Dani vuota, scoppiò a piangere come una sciocca, con Nekane che la consolava. Quel piccolo calvo di appena tre mesi le aveva sconvolto la vita e non poteva più vivere senza di lui. Quella sera telefonò Rodrigo, ma Ana, vedendo il suo nome sullo schermo, spense il cellulare. Non voleva parlare né con lui né con nessun altro. Alle undici, mentre si stava preparando il suo sorso di Cola Cao con il naso rosso come un peperone, suonò il citofono. Aprì senza chiedere chi fosse. Immaginò che Nekane avesse di nuovo dimenticato le chiavi. Ma ebbe una grande sorpresa quando vide entrare Rodrigo. Si guardarono per qualche secondo, fin quando lui non riuscì più a stare zitto.

«Ma dove ti eri cacciata?»

«Ero a Londra.»

Rodrigo annuì e, guardando il divano e non vedendoci sopra la cesta del bambino, si accorse contemporaneamente degli occhi gonfi e del naso rosso come un peperone di Ana.

«Dov'è Dani?»

Quella domanda fu la goccia che fece traboccare il vaso e Ana si appoggiò al piano della cucina e scoppiò a piangere. Rodrigo, spaventato nel vederla in quelle condizioni, si avvicinò a lei.

«È successo qualcosa al bambino?»

Lei fece cenno di no e si soffiò il naso.

«È a Londra con i miei. Domani parto per la Germania e non potevo portarlo con... con me.»

Le bastò dire quello che l'espressione cambiò di nuovo e scoppiò a piangere. Le mancava il suo bambino e stare senza di lui per quindici giorni sarebbe stata una vera e propria tortura. Rodrigo, abbracciandola, la accompagnò fino al divano e, dopo averla fatta sedere, vide il DVD di *Sweet November* sul tavolino. Lo prese e glielo mostrò.

«Questo col piffero che lo rivedi. Ma come fai a essere così masochista?»

Lei sorrise e lui, asciugandole le lacrime che le bagnavano il viso, le scostò i capelli dal volto e le sussurrò con affetto: «Allora, supermamma, smettila di piangere. Sono certo che Teresa e Frank lo tratteranno come un principe. Lo coccoleranno e quando lo andrai a prendere sarà bello cicciottello e felice».

«Lo so... ma... mi mancaaaaaaaaaaaaaaaa.»

Rodrigo sorrise prendendo un fazzoletto di carta dalla scatola che di solito era lì sul tavolino.

«So che loro se ne occuperanno meglio di me» disse lei «ma... è così piccolo che mi sono spaventata all'idea di portarmelo in Germania. Neka viene con me e non mi fido a lasciarlo a Encarna e...»

«L'avresti potuto lasciare a me. Me ne sarei preso cura io in tua assenza.»

«Sì, certo, quindici giorni sul groppone. E quando sei al lavoro?»

«Ana... a tutto c'è soluzione. Quindi, la prossima volta, conta su di me, d'accordo? In fondo mi considero parte della vita di Dani.»

Quel commento la fece di nuovo scoppiare a piangere come una forsennata e, quando Rodrigo la calmò, si soffiò il naso e, guardandolo, confessò: «Ho detto ai miei che non sei il padre di Dani. Quindi non devi più fingere».

«Ana...»

«D'accordo...» disse lei posandogli una mano sulla bocca. «So che mi avevi detto che non c'era fretta. Che adori Dani. Ma dovevo essere sincera con loro e non permettere che continuassero a essere così felici della nostra relazione. Quindi, da oggi in poi, puoi sentirti libero di non dover più essere il padre del mio piccolo calvo né il mio fidanzato. E tranquillo, l'hanno presa molto bene. Sia mamma sia papà ti sono molto riconoscenti per quanto mi hai aiutata in questo periodo.»

Commosso per essere improvvisamente escluso da qualcosa che all'inizio non gli era piaciuto, si sentì strano. Ma cosa diamine gli stava succedendo? Perché ultimamente paragonava ogni donna ad Ana? Perché guardava tutti i bambini e sorrideva pensando a Dani?

«So che adesso posso farmi un bagno di un'ora invece di una doccia veloce» proseguì Ana. «Che posso uscire e ubriacarmi senza pensare a preparare i biberon dell'alba, ma... ma non riescooooo...» riconobbe ridendo. «Mi manca quel piccolo cagone e il suo profumo di pesca.»

Rodrigo fece un sorriso davanti a quell'ultimo commento.

«Ana, dobbiamo parlare di quel che è successo l'altro giorno.»

Lo guardò spaventata e con gli occhi pieni di lacrime.

«Non è successo nienteeeeeeeee. È stata soltanto l'eccitazione del momento e...»

«No, non è stato quello» la interruppe lui.

A quel punto si aprì la porta di casa e comparvero Nekane e Calvin con una borsa. Furono felici di vedere lì Rodrigo, e Nekane, notando che l'amica aveva di nuovo pianto, le mostrò la borsa per farla ridere.

«Se la smetti di piangere per almeno cinque minuti, ti do quello che ho portato.»

Calvin si avvicinò a salutare l'amico.

«Non avevi un appuntamento questa sera?»

«L'ho annullato» rispose lui serio. Voleva vedere Ana, e l'ultima cosa che desiderava era trovarla in quello stato. Lei era così allegra e vitale che vederla in quelle condizioni gli aveva spezzato il cuore.

Il suo amico Calvin era sorpreso, ma preferì star zitto e non fare altre domande. Tuttavia, quella era la conferma di ciò che pensava da mesi: Rodrigo provava qualcosa per Ana.

Inconsapevole degli sguardi altrui, la madre in lacrime sorrise nel vedere il contenuto del sacchetto di Starbucks.

«Fantastico!» esclamò Nekane. «Grazie a quel piccolo sorriso hai appena vinto un cappuccino al cioccolato bianco.»

Ana, prendendo quel che l'amica le porgeva, bevve un sorso.

«Grazie, Neka.» Poi il mento iniziò a tremolare e mormorò: «Ti voglio beneeeeeeeeeeeee».

Vedendola di nuovo in lacrime, l'amica sorrise e, facendola sedere sul divano, disse guardando i ragazzi scioccati: «Mettete il gelato in freezer, credo che sarà una lunga notte».

La mattina dopo, molto presto, le due donne partirono per la Germania. Dovevano occuparsi di un lavoro.

Al dodicesimo giorno senza notizie di Ana, Rodrigo era molto confuso. Calvin parlava con Nekane ogni giorno, ma sembrava che Ana non volesse parlare con lui. Improvvisamente, sentire la sua voce era diventata una necessità, e la cosa lo iniziava ad angosciare. Uscire con altre donne era noioso e senza senso, e voleva soltanto che lei rientrasse per vedere il suo volto abbronzato e i suoi occhi allegri. Voleva ridere delle sue follie e coccolarla quando piangeva. E se a questo aggiungeva la nostalgia che provava verso il bambino, c'era davvero da uscirne pazzi.

Quel pomeriggio, in palestra, Rodrigo stava correndo sul tapis roulant quando Calvin si avvicinò a lui. Non gli chiese niente. Sapeva che aveva appena parlato con Nekane, ma si trattenne dall'investigare. Calvin, tuttavia, che lo stava osservando da diversi giorni, si sedette davanti a lui.

«Ho appena parlato con la mia principessa.»

«Tutto bene?» chiese Rodrigo.

«Sì.»

Poi rimasero in silenzio per dieci minuti. Rodrigo correva e Calvin faceva esercizio con i pesi finché non squillò il cellulare di Rodrigo che rispose. Quando ebbe riagganciato, Calvin gli chiese: «Stasera esci?»

«Sì.»

«Con chi?»

«Con Katrina.»

Si sorprese di quel nome che non aveva mai sentito prima.

«E chi è Katrina?»

Infastidito dal dover dare tante spiegazioni, Rodrigo si rimise a correre.

«Una hostess che Javi mi ha presentato l'altra sera.»

«Ed è bella?»

«Sì» annuì Rodrigo con l'aria corrucciata.

Piombò di nuovo il silenzio. Si sentiva soltanto il suono meccanico del tapis roulant e il respiro affannato di entrambi. Cinque minuti dopo, Calvin, stanco del mutismo dell'amico, si avvicinò a lui e spense il macchinario.

«Quando intendi ammettere che Ana ti piace? E quando ti deciderai a fare qualcosa?»

«Non dire stupidaggini.»

«Non dico stupidaggini, Rodrigo. Credi forse che sia cieco e che non me ne renda conto? Non vedi l'ora di parlare con lei, di vederla, e sei lì a correre come un cretino lasciandoti scappare l'unica donna di cui davvero ti importi qualcosa, mentre esci con altre per divertirti e non ci riesci. Ammetti che lei e Dani sono importanti per te. Ammettilo una dannata volta e sarai felice.»

L'altro lo guardò attonito, poi, rimettendo in azione la macchina, si mise a correre. Ma il suo amico, deciso a non interrompere così la conversazione, la bloccò di nuovo.

«Allora, amico, stammi a sentire...»

«Vuoi stare zitto e lasciarmi correre?» grugnì, seccato, Rodrigo.

Calvin, nel vederlo in quello stato, accese la macchina e, quando questa riprese a funzionare, disse: «Ok amico...! Ma al posto tuo io farei qualcosa. Perché è evidente che lei non intende fare la prima mossa».

Notando che l'altro non lo degnava nemmeno di uno sguardo, si sedette vicino ai pesi e mormorò: «Alla fine vuoi vedere che la mia principessa ha ragione e che lei sta riuscendo a dimenticarti?»

Sentendo quella parola, qualcosa si mosse nel petto di Rodrigo che fermò di colpo la macchina.

«Cosa hai detto?»

«Quello che hai sentito, amico.» Poi, sdraiandosi per riprendere l'allenamento, aggiunse: «E adesso, se non ti dispiace, a non volere parlare sono io».

Scosso come poche altre volte in vita sua, Rodrigo scese dal tapis roulant e, piantandosi davanti a Calvin, gli tolse di mano i pesi.

«Lei era innamorata di me?»

«Sì.»

«Davvero?»

«Ho detto di sì, noioso.»

«Mesi fa mi aveva detto che gli piacevo e...»

«Vedi? Te l'aveva anche detto. Ma non c'è peggior sordo di chi non vuol sentire, né cieco di chi non vuol vedere.»

Senza parole e confuso, Rodrigo si sedette per terra. Come aveva fatto a non rendersene conto? Calvin, sorpreso dal modo in cui Rodrigo lo guardava, disse, battendogli con le nocche sulla testa: «Toc, toc... c'è qualcuno in casa?»

«Mi hai appena lasciato senza parole. Io pensavo che lei si fosse soltanto presa una cotta per me e...»

«Ma fammi capire, Rodrigo, non ti sei reso conto di come quella ragazza ti guardava e di come sorrideva quando arrivavi?» Lui non rispose, e Calvin proseguì: «D'accordo... non me ne ero reso conto nemmeno io, ma me l'ha confermato la mia principessa un giorno in cui si era bevuta una birretta di troppo. Mi ha anche detto che Ana, tempo fa, in un moto di sincerità, ti aveva confessato che le piacevi, ma tu le avevi detto chiaramente che tra voi non ci sarebbe mai stato niente perché lei non rappresentava nulla di ciò che cercavi in una donna. E questo è stato come firmare la tua sentenza di morte».

«Cazzo...!»

«Sì, cazzo!» ripeté Calvin. «Ma questo, caro amico, l'hai detto *tu, e tu, e solamente tu.*»

Rodrigo sorrise nel sentire quelle parole e si toccò la testa.

«Quelle parole fanno parte del testo di una canzone di Pablo Alborán che lei e Dani adorano.»

«Oooohhhh canzoncine romantiche? Sei fregato...» Rodrigo rise e Calvin proseguì: «Sarai anche nella top ten in quanto a conquiste, ma in quanto a conoscere le donne e i loro sentimenti sei un vero disastro».

«Hai ragione.»

«E prima che inizi a compiangerti perché sei un autentico idiota, voglio che tu sappia che sono mesi che ho intuito che stava succedendo qualcosa. Ma in questi giorni hai proprio esagerato. Sei veramente incazzato perché non ti chiama, vero?»

Rodrigo non rispose.

«Ascolta, tra quattro giorni saranno di ritorno a Madrid. Sabato! Se quella ragazza ti piace davvero riconquistala perché ne vale la pena. Ma se non vuoi niente di serio con lei, dimenticatela. Ana merita di avere al suo fianco qualcuno che la ami davvero.»

Confuso dalle parole di Calvin, Rodrigo lo guardò.

«Perché non me lo hai detto prima?»

«Come direbbe la mia principessa, punto uno: perché non sono indiscreto e nemmeno pettegolo; punto due: perché non ho mai pensato che un giorno ti saresti innamorato.»

Risero entrambi e Rodrigo, battendo un cinque con l'amico, commentò: «Sai che abbiamo appena fatto una terapia dello zucchero?»

Quel sabato alle sei e venti del pomeriggio l'aereo proveniente dalla Germania atterrò alla T-4 di Barajas. Ana e Nekane, stanche, sbarcarono insieme ad altri colleghi. Le sessioni fotografiche nella Foresta Nera con le modelle non erano state facili, ma tornavano a casa con un gran bel lavoro e sapevano che sarebbe piaciuto al cliente.

Quando si aprirono le porte dei passeggeri, Nekane urlò e si allontanò dal gruppo. Ecco lì il suo Calvin con un bellissimo mazzo di fiori di campo. Non vedersi per quindici giorni era stato difficile e Nekane, ritrovandoselo lì davanti così bello e sorridente, non ebbe alcun dubbio e gli si lanciò tra le braccia.

«Ehiiiiiiiiiiiiii, torni bella focosa!» scherzò Calvin sentendo i suoi baci appassionati.

Ana, dopo aver salutato un paio di colleghi che avevano viaggiato con loro, guardò i due piccioncini e sorrise. La gioia di Nekane la rendeva felice, sebbene provasse una fitta di tristezza vedendo che lei non era attesa da nessuno. Quando i due piccioncini la smisero di sbaciucchiarsi e coccolarsi, Calvin salutò Ana e i tre si misero in moto.

«Com'è andata?»

«Benissimo» rispose Nekane sorridendo. «Le modelle due palle, i tedeschi seri e professionali, e noi stravolte. Ma a parte questo, fantastico!»

Ana annuì sorridendo. Aveva soltanto voglia di arrivare a casa, farsi una doccia, telefonare al suo bambino, dormire e il giorno dopo prendere un volo e andare da Dani.

Calvin pagò il biglietto del parcheggio e disse, afferrando la sua ragazza dalla vita per darle un bacio: «Ana, la macchina è proprio lì. A destra».

Capendo che volevano stare due secondi da soli, Ana annuì e si incamminò verso dove l'amico le aveva detto. Era immersa nei suoi pensieri quando, svoltando a destra, rimase senza parole: appoggiato alla macchina di Calvin c'era un sorridente Rodrigo con in braccio Dani. Nel vedere lì il suo piccolo fu sconvolta dall'emozione e, dopo aver emesso un urletto simile a quello che Nekane aveva fatto prima, lasciò il trolley per andargli incontro. Raggiunse di corsa Rodrigo e, senza togliergli di braccio il piccolo, lo abbracciò mentre delle grosse lacrime le bagnavano il viso. Quando smise di tremare, guardò il bambino, che la osservava con il ciuccio in bocca e, mentre Rodrigo glielo consegnava, gli sussurrò: «Ciao amore mio, ma quanto sei bello tesoro, e come sei cresciuto!»

Nekane e Calvin, che avevano osservato la scena a pochi metri di distanza, si guardarono emozionati. Rodrigo, che non aveva parlato in tutto quel tempo, desiderò abbracciarla, ma si trattenne. Capiva che in quel momento le attenzioni erano tutte rivolte a Dani e decise di aspettare.

«Ma... ma cosa ci fa qui Dani? Perché è con te? È successo qualcosa? È successo qualcosa ai miei genitori? A Nana?»

Rodrigo, sentendo tutte quelle domande e notando la sua preoccupazione, sorrise e poi, dandole un bacio sulla guancia, la tranquillizzò: «Ana, va tutto bene. Soltanto che Dani voleva venire a prenderti e...»

«Ma da quando è a Madrid?»

«Da ieri.»

«Da ieri? Ma... io pensavo di andarlo a prendere domani a Londra e...»

Rodrigo la zittì posandole un dito sulle labbra.

«Ho parlato con i tuoi genitori, gli ho chiesto di portarmelo e loro l'hanno lasciato ieri a casa mia.»

«A casa tua? E perché?»

Rodrigo avrebbe voluto dirle tutto, ma sapeva che l'avrebbe spaventata; quindi, dopo aver scambiato uno sguardo con Calvin che stava arrivando insieme a Nekane, le disse: «Perché sono stato io a chiederglielo. Dani mi mancava molto e ho immaginato quanto saresti stata felice di vederlo oggi. Il resto lo puoi immaginare».

Confusa di avere suo figlio tra le braccia e, soprattutto, che i suoi genitori avessero accettato una richiesta del genere, chiese, stupita: «Ma scusa, i miei genitori ti hanno lasciato il bambino e se ne sono andati?»

«Tua madre ha fatto fatica ad andare via» rispose Rodrigo facendola sorridere. «Non so se mi perdonerà mai di averle tolto il bambino qualche giorno prima del dovuto, ma tuo padre l'ha convinta che sarebbe stato bene con me. E ti posso assicurare che siamo stati come dei pascià a casa mia. Si è fatto una dormita unica, gli ho fatto il bagnetto con il gel che mi ha dato tua madre, si è bevuto senza protestare i suoi biberon e, per farlo sorridere, gli ho cantato la tua canzone.»

Ana lo guardò senza parole. Le aveva detto di avergli cantato la sua canzone? Quella di Pablo Alborán?

Calvin, divertito da come l'amico si stava comportando, si inserì nella conversazione.

«E non dimenticarti la passeggiatina che gli abbiamo fatto fare ieri al parco. Lui se l'è spassata e noi ci siamo conquistati un sacco di mamme.»

«Che facce toste...» commentò Nekane ridendo.

«Usare il mio bambino per i vostri fini» intervenne Ana piegata in due dalle risate.

Felice, emozionata e allegra perché aveva tra le braccia il suo piccolo, Ana iniziò a coccolarlo mentre il bambino le sorrideva. Nekane, che ormai non poteva resistere un solo secondo di più, le tolse di braccio il piccolo per iniziare a sbaciucchiarlo.

Ana, liberata dal figlio, si voltò verso Rodrigo e lo abbracciò.

«Grazie Rodrigo... Non la finirai mai di stupirmi.»

Mio Dio quanto mi sei mancata, pensò lui nel sentire il suo dolce profumo.

«È quello che mi auguro... di continuare a sorprenderti.»

Ana non voleva pensare a nient'altro. Vederselo lì davanti così imponente le mozzava il fiato, ma sorrise, cercando di non farci caso. Quella era la più bella sorpresa che le avessero mai fatto ed era felice di avere lì il suo bambino. Cinque minuti dopo, i quattro e Dani salirono sull'auto di Calvin e si diressero a casa delle ragazze.

20

Erano trascorsi due giorni dall'incontro in aeroporto quando una mattina Rodrigo telefonò a casa di Ana per informare che Julio e Rocío erano diventati genitori. Emozionata, gli fece mille domande cui rispose come poté e rimasero d'accordo che sarebbe passato a prenderla nel pomeriggio per andare in ospedale con lei e il piccolo Dani.

Più tardi, quando arrivarono in ospedale con palloncini e fiori, il neopapà si emozionò. La cosa fece ridere Rodrigo che, abbracciandolo, se lo portò al bar a prendere qualcosa. C'era proprio da festeggiare. Una volta rimaste sole Rocío e Ana con i rispettivi figli, si guardarono felici.

«Che meraviglia! Sono splendidi!» esclamò Rocío.

«Sì, siamo fortunate. Abbiamo figli sani e bellissimi.»

«Ma ci credi che Julio non fa altro che piangere?» disse la donna ridendo. «La piagnucolona dovrei essere io, non lui, per via degli ormoni. Ma niente... Gli basta guardare me e la piccola, e Mister Pompiere si squaglia come un gelato.»

«Ti credo. Dovresti vedere Rodrigo con Dani... Sbava per il piccolo e non ti sto a dire Calvin!»

«E allora... alla fine, tra voi c'è qualcosa o no?»

«Tra chi?» chiese Ana, sebbene avesse capito bene la domanda.

«Oh, Ana! Ma tra te e Rodrigo.»

«No... no. Tra noi c'è soltanto una bella amicizia. Nient'altro.»

«Uffa, che peccato. Siete una bella coppia e Rodrigo è così felice con Dani che è un peccato che tra voi non scocchi l'amore...»

«Sei un'inguaribile romantica» la prese in giro Ana.

Risero entrambe e Ana guardò subito il figlio in cerca di un po' di forza. Ne aveva bisogno quando si trattava di Rodrigo. La visita durò fin quando non arrivarono altri parenti di Rocío, e Ana e Rodrigo decisero di andarsene. Camminarono per ore per le strade di Madrid con il piccolo nel passeggino. A vederli così chiunque avrebbe pensato che fossero una bella coppia felice. Ridevano di continuo ed era evidente la complicità che li univa. Verso le nove arrivarono a casa di Ana e lei fece il bagno al piccolo mentre Rodrigo preparava una frittata di patate con cipolle. Una volta finito, gli diede il biberon, lo mise nella culla dove il piccolo si addormentò.

«Perché non mangi altra frittata?»

«Devo ancora perdere due chili e...»

«Ma se sei bellissima» disse Rodrigo ridendo.

Ana annuì e si avvicinò a lui.

«Sono i tuoi occhi che mi vedono così. Ma sì dai, mettimene ancora un pezzetto che domani riprendo ad andare in palestra e di sicuro Arturo mi mette in riga.»

Sentendo le parole «palestra» e «Arturo» a Rodrigo venne l'orticaria, ma non volendo rovinare la bella giornata che stavano condividendo, le servì un altro pezzo di frittata e si sedette sul divano a osservare come Ana la mangiava. Improvvisamente squillò il cellulare di lei e, vedendo di chi si trattava, fece l'occhiolino a Rodrigo e, con una voce melensa che a lui non piacque per niente, disse: «Ciao, Mario! Come va?»

Mario? E chi è Mario? pensò Rodrigo, ma rimase lì immobile, senza cambiare di una virgola la sua posizione.

«Davvero?!» Ana saltò sul divano. «Quando hai detto che vieni?» E nel sentire la risposta, disse: «Oh... quel giorno Neka ha un impegno, ma non preoccuparti, troverò una baby-sitter per Dani così usciamo a cena. Ogni promessa è un debito».

Per quindici minuti ascoltò Ana ridere e parlare con il tale Mario, mentre lei si muoveva da un'estremità all'altra della sala. Sembrava felice di quella telefonata, proprio all'opposto di come si sentiva Rodrigo. Quando finalmente lo salutò e agganciò, si sedette di nuovo accanto a lui e chiarì: «Era Mario». Lui sollevò le sopracciglia. «Un amico fotografo che ho rivisto in Germania e con cui mi trovo benissimo.»

Per quanto Rodrigo avesse voluto indagare sulla faccenda, non volle sembrarle disperato, quindi disse: «Ho sentito che andrai a cena con lui».

«Sì.»

«Se vuoi ci resto io con Dani» aggiunse, nascondendo la rabbia.

Ana lo guardò.

«Davvero?» chiese, felice. «Lo faresti?»

«Certo.»

Felice per quella proposta, si lanciò su di lui e lo abbracciò.

«Fantastico! Fantastico! Preferisco sapere che Dani è con te che con chiunque altro.»

Siccome averla tra le braccia lo confondeva, si allontanò.

«E questo Mario è qualcuno di speciale?» le chiese quando si risedettero sul divano.

«Forse.»

«Forse?!»

Ana annuì e, dopo aver preso da tavola una banana, mise le gambe sul divano. Si sedette a mo' di indiano e iniziò a sbucciare la frutta mentre diceva: «Mario è un fotografo del *National Geographic*. Ci conosciamo da quattro anni e ogni volta che ci troviamo da qualche parte ci divertiamo un sacco. Ci siamo visti in Germania e, oh mio Dio, è sempre più fico». Posò la buccia sul tavolo e addentò la banana. «È alto, bruno, ha un tatuaggio sul fianco e, uff! Mi eccita da morire!»

A disagio, ma stregato da come lei mangiava la banana, riusciva a malapena a respirare.

«E voi… tu e questo Mario… c'è stato qualcosa?» non riuscì a evitare di chiederle.

Ana annuì con la banana in bocca.

«Uhmmmm sì, e posso soltanto dire che è stato colossale!»

Quei suoni che emetteva e vederla con quel frutto in bocca gli fecero venire un'erezione. Ana era sexy, diretta e affascinante. Come aveva fatto a non rendersene conto prima?

«Te lo presenterò la sera che ceniamo insieme. Tra l'altro dovrebbe essere giovedì, ti va bene?»

Rodrigo annuì mentre lei muoveva la banana in bocca. Sembrava lo stesse provocando, ma Ana non era così, o almeno non lo era mai stata. Alla fine, percependo che il respiro riprendeva il suo corso normale, Rodrigo si alzò.

«Vado in bagno.»

Lei annuì e continuò a mangiare la sua banana. Una volta in bagno, Rodrigo si bagnò i capelli. Doveva raffreddare un po' la testa e il suo interno coscia o si sarebbe lanciato su di lei per fare l'amore appassionatamente. Uscito dal bagno, trovò Ana a sparecchiare e, non riuscendo a resistere un solo secondo di più senza baciarla, disse: «Io vado. Domani inizio presto».

«Bene» annuì lei, riempiendo la lavapiatti.

Lui si avvicinò per salutarla e la ragazza, voltandosi, si mise sulla punta dei piedi e gli baciò il naso.

«Grazie per la frittata. Era fantastica!»

Annuì e, dopo aver sorriso, prese le chiavi dell'auto e uscì. Tutto quello non faceva bene alla sua salute.

Quel giovedì, proprio come da accordi, Rodrigo si presentò a casa di Ana alle sette per fare da baby-sitter. Era a disagio, ma cercando di sembrare normale, sorrise quando lei gli passò il bambino per andarsi a preparare. Un'ora dopo, mentre lui guardava la televisione con il piccolo addormentato in braccio, Ana uscì dalla stanza.

«Sii sincero. Come sto per il mio appuntamento?»

Quando Rodrigo la vide, gli tremarono le gambe e gli si seccò la bocca. Ana era bellissima. Sexy e tentatrice. Quel vestito nero aderente che lasciava scoperte le sue splendide spalle e quelle scarpe con il tacco gli stavano molto bene. Troppo bene. Senza parole, rimase lì seduto.

«Sei splendida» mormorò.

Lei sorrise e, guardandosi nel piccolo specchio del tinello, chiese, più nervosa del solito: «Cosa faccio con i capelli? Mi lascio la frangetta sul viso, tipo femme fatale, o mi metto una forcina?»

Attonito, osservò come si raccoglieva i capelli per poi lasciarli ricadere e alla fine non riuscì a far altro che balbettare come un ebete: «Non importa. Sei bellissima».

«Grazieeeeeeeeeeee!»

A quel puntò squillò il citofono e Ana rispose subito.

«È Mario» annunciò entrando in sala.

Due minuti dopo, un tizio alto quanto Rodrigo e, secondo lui, troppo attraente, entrò in casa. Quando lo vide, Ana sorrise e gli diede due baci sulla guancia.

«Mario, ti presento Rodrigo, un mio caro amico. Farà lui da baby-sitter a Dani.»

Si salutarono cordialmente e Ana, togliendogli di braccio il bambino, disse: «E questa meraviglia è il mio piccolo Dani. Non è bellissimo?»

Mario guardò il piccolo e sorrise, poi toccandogli la guancia cicciottella, rispose con grande irritazione di Rodrigo: «Bello come la sua mamma».

Il modo in cui si guardarono irritò Rodrigo. Come si permetteva quel cretino di toccare la guancia di Dani e di sorridere ad Ana in quel modo? E non riuscendo a rimanere impassibile, disse: «Ana... vieni un momento in camera. Devo chiederti un paio di cose prima che tu vada via».

Lei guardò Mario e, dopo avergli chiesto a cenni di aspettarla soltanto un secondo, seguì l'altro.

Una volta in camera, Rodrigo chiuse la porta.

«Ma sei impazzita?»

«Perché?»

«Quel cretino ce l'ha scritto in faccia che si sente un fico.»

«Ma il fatto è che è vero» sorrise, felice.

«Ana... a me quel tipo non piace per niente. Assolutamente.»

«Normale. A te piacciono le tipe. Sarebbe strano se lui ti piacesse» rispose seccata. Ma chi era lui per parlarle così?

«Ma non ti rendi conto del tipo di uomo che è e di cos'è l'unica cosa che vuole?»

Quando capì a cosa si stava riferendo, Ana spostò il peso del corpo da un piede all'altro e rispose decisa: «È semplicemente lo stesso tipo di uomo che sei tu. E quanto a quel che vuole, a me va molto bene. E sai perché? Perché è proprio lo stesso che voglio io».

Poi, decisa a non dire né ascoltare oltre, Ana aprì la porta e uscì dalla stanza. Rodrigo la seguì. Una volta in sala, senza guardarlo negli occhi, gli consegnò il piccolo che prima baciò sulla guancia. A quel punto prese la borsa e una pashmina e, guardando Rodrigo con una serietà cui lui non era abituato, gli disse, prima di aprire la porta: «Per qualsiasi cosa su Dani, chiamami!»

Quando la porta si chiuse, la rabbia di Rodrigo era ai massimi livelli e, dopo aver lasciato il bambino addormentato nella culla, imprecò disperato. Poi, guardandosi nello stesso specchio in cui si era riflessa lei, sussurrò: «Cavoli tuoi, così impari».

Da quel giorno la vita di Rodrigo si trasformò in un inferno. Per una settimana sopportò la presenza di Mario intorno a sé e non poté lamentarsi. A qualsiasi ora andasse a casa di Ana, quell'imbecille era lì. E il peggio non era quello. Il peggio erano i sorrisi che Ana gli rivolgeva e vedere come lui giocava con Dani. Non lo sopportava. Ma perché doveva toccare il bambino? E soprattutto, perché doveva sempre essere a casa di Ana? Quindi, il giorno in cui arrivò da lei e trovò Encarna che gli disse che la ragazza era andata in aeroporto a salutare il suo amico, tirò un sospiro di sollievo. E dopo aver preso Dani ed essersi seduto a sbaciucchiarlo sul divano, gli fu chiaro che doveva trovare una soluzione.

Encarna, che in tutti quei giorni era stata testimone di come Rodrigo guardava il fotografo, si sedette accanto a lui e gli offrì delle frittelle. Lui si avventò subito sul piatto.

«Sono ottime, Encarna. Le adoro.»

«Credi che siano le frittelle migliori che tu abbia mai mangiato?»

Sorpreso da quella domanda, Rodrigo rispose: «Credo di sì».

La galiziana si alzò muovendo le mani e borbottò allontanandosi: «Credo... credo... credo... Questo tuo credere non basta».

Stupito e senza riuscire a capire cosa stesse dicendo la donna e meno ancora cosa le stesse prendendo, lasciò Dani e si avvicinò a lei.

«Che ti prende, Encarna?»

Dopo essersi asciugata le mani su uno strofinaccio, la vicina di Ana lo guardò.

«Lo sai che stai perdendo tempo?»

«Cosa?!»

«Sì, stai perdendo tempo in questa casa. So che Ana ti piace. Lo so perché ho visto come la guardi e perché ho notato quanto sei stato male in questi giorni in cui c'è stato Mario. Sono vecchia, ma non sono scema. Ma credimi, ormai non c'è più nulla da fare. Quindi, come dici tu stesso, *credo* che dovresti dare un bacio a Dani e andartene per permettere ad Annina di essere felice. Perché, ragazzo mio, se fai così con tutto quello che adori, non va per niente bene!» borbottò lei.

Sorpreso da quella risposta, Rodrigo guardò la donna e chiese: «Perché dici così?»

«Niente... niente.» Ma non riuscendo a starsene zitta, aggiunse, arrabbiata: «Come fai a essere così stupido? Se non ti dai una mossa arriverà qualcun altro più sveglio di te e ti ritroverai senza questo piccolino e senza sua madre!»

Poi, dandogli un pizzicotto, la donna aggiunse: «Sciocco... avevi tutto per conquistarla, ma sei talmente goffo che stai per perdere tutto».

Stupefatto per quelle parole, riuscì soltanto a farfugliare: «Parlerò con lei e...»

«E allora svegliati, cavolo, svegliati. Perché è un po' come le frittelle, se continui a toccarle e ad annusarle non saprai mai davvero se ti piacciono sul serio. Perché, figliolo, anche se sono all'antica e non ho mai conosciuto sul serio un uomo, so bene che se qualcosa ti piace devi metterci impegno per degustarla, osservarla, averne cura, conoscerla, godertela e mille altre cose. E questo è proprio quello che tu non fai. E il giorno in cui penserai: *Ah quella frittella che avevo provato mi era piaciuta davvero*, magari qualcun altro se la sarà già mangiata e tu te ne resterai lì come uno stoccafisso.»

«Stai paragonando un rapporto con una frittella?» scherzò divertito.

La donna, scostandosi un ricciolo dalla fronte, guardò quel pompiere che tanto le sarebbe piaciuto per la sua Annina e sussurrò: «Sì. E a buon intenditor poche parole».

E poi non poterono andare oltre. La porta si aprì e Ana comparve con uno dei suoi fantastici sorrisi in compagnia di un altro dei suoi tanti amici. E, come c'era da aspettarsi, la tortura di Rodrigo continuò.

21

Il casting per il calendario di Intimissimi scatenò grandi aspettative. Arrivarono pompieri da tutta la Spagna e si riunirono all'hotel NH della Ciudad de la Imagen, e Ana e Nekane, in una sala adibita apposta, chiedevano loro ciò che era necessario per valutarne la sensualità. Li fecero posare davanti alla macchina fotografica in uniforme e poi nudi dalla cintola in su.

«Oh, vergine santissima, ma anche tu vedi quel che vedo io?» sussurrò Nekane.

«Sì... lo vedo, lo vedo. È in questi momenti che mi ricordo perché adoro il mio lavoro.»

«Anch'io» rispose ridendo Nekane con una boccetta di olio in mano.

I pompieri resero davvero facili le cose. Erano tutti simpatici e, in un certo senso, sembrava fossero nati per posare. Abituati a ogni tipo di lavoro, quella giornata fu per loro divertente e persino originale. A un certo punto, Ana vide arrivare Rodrigo, Calvin, Julio e Jesús. Dopo quel che era accaduto la notte in cui era uscita con Mario e in cui lui aveva fatto da baby-sitter, non avevano più parlato della faccenda, e lei gliene era grata. Meno rivangavano e meglio era.

All'ora di pranzo avevano già fotografato e raccolto i dati di più di cento di quei bellissimi pompieri e gliene mancavano pochi prima di finire.

«Incredibile!» esclamò Nekane sorridendo. «Ma Ana, tu hai visto che razza di materiale abbiamo qui?»

«Sì, e noi che non lo sapevamo.»

Stavano entrambe ridendo quando Calvin, con il suo solito sorriso, si avvicinò.

«Ciao bellezze, come sta andando?»

Le due si guardarono e Nekane rispose: «Posso soltanto dirti stancanteeeeeee!»

La sua espressione maliziosa e il modo in cui la guardavano alcuni suoi colleghi, fecero sì che Calvin la facesse alzare dalla sedia, la prendesse dalla vita e, dopo averla attirata a sé in modo possessivo, la baciasse. Quando si staccò da lei, Nekane lo guardò fisso.

«Calvin, perché l'hai fatto?»

«Diciamo che è il mio modo per rendere chiaro a tutti questi lupi feroci che vi guardano con desiderio che *tu* sei la *mia* principessa.»

Lo sguardo di Nekane faceva presumere che non avrebbe detto nulla di bello, ma incredibilmente affermò: «Stupidotto, ma se per me tu sei il migliore...»

Sconvolto, Calvin le mordicchiò il collo mentre le sussurrava: «Ti mangio, principessa, ti mangio!»

Ana alzò gli occhi al cielo. Le smancerie tra quei due erano arrivate all'apice e, ridendo, disse, perché si allontanassero: «Coraggio, andate... a immergervi nella vostra lussuria lontano da me, per favoreeeeeeeee».

Quando si allontanarono, abbozzando un sorriso, si portò alla bocca un cucchiaio di riso. A quel punto qualcuno attirò la sua attenzione.

«Ana, vero?» lei annuì. «Mi chiamo David. Posso sedermi?»

«Sì... sì, certo» disse non appena ebbe mandato giù il riso.

L'uomo che le si era seduto accanto era bellissimo.

Doveva avere circa trentacinque anni. Era alto, attraente, e dal modo di sorridere sembrava molto simpatico.

«Dimmi» disse Ana.

«Volevo soltanto che sapessi che siamo molto contenti di questa iniziativa. Quella percentuale che verrà donata ai pompieri per un anno sarà utile a tutti noi per comprare il necessario al nostro lavoro.»

«Grazie.» Poi, guardandolo, chiese: «Hai già fatto il casting?»

Lui sorrise e, avvicinandosi a lei, fece cenno di no.

«Ma lo farai, vero?»

A quel punto arrivarono Rodrigo e Julio e si sedettero accanto a loro. Dopo essersi salutati con un cenno del capo, David si avvicinò di nuovo ad Ana.

«No.»

Divertita e ignorando lo sguardo serio di Rodrigo, guardò di nuovo il pompiere.

«E perché no?» chiese.

«Perché è parecchio brutto e ti romperebbe la macchina fotografica» scherzò Julio ottenendo un sorriso dall'altro.

«Ana» aggiunse David. «Sono soltanto venuto ad accompagnare degli amici e a vedere come andava.»

Lei sorrise e, indifferente al fatto che gli altri due stessero ascoltando la conversazione, continuò a chiedere.

«Di dove sei?»

«Della caserma quattro di Madrid. Tetuán.»

«Molto bene, David della caserma quattro di Tetuán, sappi che ti voglio fotografare. Ti voglio avere davanti al mio obiettivo.»

Rodrigo sbuffò, ma prima che potesse dire qualcosa, David si alzò e, tirando fuori della tasca un biglietto da visita, lo posò sul tavolo. Poi, prima di andarsene, guardò Ana e disse: «Lo farò soltanto se prima mi chiami e accetti di cenare con me stasera».

Una volta rimasti da soli loro tre, Ana prese il biglietto e lo guardò. Rodrigo, seccato dalla sfacciataggine di David, le strappò il biglietto di mano.

«Che non ti venga in mente di chiamarlo» la avvertì per suo dispiacere.

«Ci risiamo?» protestò lei guardandolo seriamente. «Perché non dovrei chiamarlo? Non ti piace nemmeno questo?»

Julio li guardò sorpreso. Cosa gli prendeva? Ma rimase lì seduto, deciso a capirci qualcosa per poi raccontarlo a sua moglie.

Rodrigo, senza farsi alcun problema, si lanciò in avanti sul tavolo e si avvicinò a lei.

«Semplicemente perché te lo sto dicendo io.»

Quell'atteggiamento fece andare Ana su tutte le furie e lo guardò arrabbiata.

«Dammi il biglietto» pretese.

«No.»

Julio, a disagio davanti a quel duello tra titani, decise di alzarsi e di andarsene. Non riusciva a capire a che gioco giocassero, ma pensò di andar via perché si potessero chiarire da soli.

«Rodrigo… stai esagerando.»

«Quel tipo…»

«Lalalalalalala. Non voglio starti ad ascoltare!» disse Ana per disperazione di lui.

«Cazzo, Ana, ascoltami! Ti sto soltanto proteggendo.»

«E chi ti ha chiesto protezione?»

«Mi hai nominato tuo angelo custode, lo hai dimenticato? Ed è per questo che non voglio che tu ceni con lui.»

«Perché? È anche lui un dongiovanni come te e come Mario?»

«Peggio» sibilò, seccato. «E quindi non fa per te.»

Vedendo che Rodrigo si infilava il biglietto nella tasca della camicia, grugnì arrabbiata: «Ma sei scemo o cosa? Ho forse chiesto il tuo parere?»

«No. Ma sono tuo amico e non voglio che…»

«Dammi quel biglietto se non vuoi che te lo prenda io e diamo un bello spettacolo.»

«Scordatelo.» E, con un sorriso burlone, mormorò aprendo le braccia: «Ma se proprio ci tieni, coraggio, vieni a prenderlo. Mi lascio toccare se hai così tanto bisogno di sesso».

«Ma sei scemo?»

«Forse» rispose rendendosi conto che si stava comportando come uno stupido.

Nervosa, mosse il piede sotto il tavolo e, guardandolo con un sorriso diabolico, gli sferzò un calcio negli stinchi.

«Ahia! Che bestia che sei!» protestò dolorante.

«Se non mi dai quel biglietto da visita non ti rivolgerò mai più la parola.»

«Allora, Ana, se vuoi uscire a cena, ti invito io.»

«Ma smettila. Non è la stessa cosa» protestò.

«E perché non è la stessa cosa?»

«Rodrigo, per favore… cosa stai blaterando? Mi stai forse dicendo che una cena con David è come andare con te da Burger King?»

«Che io sappia il Whopper al formaggio, patatine e Coca-Cola ti piacciono. Ah! E per dolce, ovviamente, un Sandy al cioccolato. Quello non può mancare!» scherzò.

Ana non riuscì a non ridere. Sospirò e si avvicinò a lui.

«Certo che mi piace, lo adoro! Ma la mia cena con David avrà un dessert che con te non posso avere.» E vedendo come sbuffava, aggiunse: «Ascolta, Rodrigo, un tizio molto sexy mi ha appena invitata a cena e io ci voglio andare. Non so cosa ti capiti ultimamente, ma credo che tu stia prendendo un po' troppo sul serio la nostra amicizia».

Confuso, non rispose.

«Allora» continuò lei. «Io voglio riprendere in mano la mia vita. Mio figlio è sano, ben coccolato ed è un bambino felice. Non merito forse qualche diversivo?»

«Non con lui.»

«Ma cavoliiiiiiiiiiii!»

E poi, senza girarci intorno, disse lasciandola di stucco: «Se vuoi divertirti nel modo in cui immagino...»

«Sesso» lo interruppe lei. «Si chiama sesso.»

Infastidito da come lei diceva le cose come stavano, alla fine le disse: «Se quello che vuoi è sesso, allora ci sono io. È evidente che noi due, quando vogliamo, ci divertiamo».

Sconvolta da quella proposta e sbattendo le ciglia, cercò di offenderlo: «Tu hai detto quando *vogliamo*. Ma è evidente che io non voglio nulla con te. Assolutamente nulla».

Non riuscendo più a trattenere la rabbia dovuta a quel che lei diceva, decise di essere chiaro una volta per tutte.

«Devo parlarti» le sussurrò molto vicino. «Ho bisogno di dirti che...»

«Lalalalalala. Non voglio ascoltarti!» riprese a cantare.

«... non riesco a smettere di pensare a te perché credo di essere innamorato e vedere che esci con altri e non mi calcoli mi sta uccidendo.»

Ana smise subito di cantare e gli tappò la bocca con la mano. Poi, alzandosi lentamente dalla sedia, disse con un filo di voce: «Farò finta di non aver sentito. Non farmi questo, Rodrigo. Non è possibile. Non ora... è stato troppo difficile dimenticarti e non posso accettare quello che mi stai dicendo. Quindi toglierò lentamente la mia mano dalla tua bocca, me ne andrò e porterò avanti il mio lavoro e finisce qui, hai capito?»

Rodrigo non disse nulla. La osservò andare via e, vedendo che si girava a guardarlo, pensò: *Ma l'hai sentito, Ana, so che l'hai sentito.*

Emozionata e confusa, Ana andò avanti con il suo lavoro. Ma la testa faceva mille giri. Rodrigo innamorato di lei? Passarono davanti all'obiettivo vari pompieri, fin quando la sua amica, vedendola così confusa, le chiese: «Si può sapere cosa ti prende?»

«Niente.»

«Oh sì! Certo che ti prende qualcosa. Sputa il rospo. Allora?»

Ana lasciò la macchina fotografica e, dopo aver chiesto un istante di pausa al pompiere che stava aspettando di essere fotografato, si avvicinò all'amica. Vide che Rodrigo stava parlando con altri lontano da loro.

«Oh, Neka, me ne succedono di tutti i colori.»

«Chissà... anche a me capitano cose ben strane» replicò l'amica ridendo, ma poi notando l'aria sconvolta di Ana, cambiò atteggiamento. «Coraggio, parti dall'inizio.»

Ana prese fiato.

«Uno di questi strafichi mi ha dato il suo biglietto da visita perché vuole che lo chiami. Mi vuole invitare a cena ed è uno schianto.»

«Davvero? E chi è?»

Ana si guardò intorno per cercarlo, ma prima incrociò lo sguardo di Rodrigo che la stava guardando. Smise subito di guardarlo e scorse David che parlava con altri.

«Quello là, quello con i jeans e la camicia cachi.»

«Cavolo! Che fico!» esclamò Nekane sorridendo. «Perfetto!»

«No. Perfetto no!»

«Perché? Che succede? Quel tipo è uno schianto e a te piace. Dov'è il problema? Se lo dici per Dani... stai tranquilla che c'è qui zia Neka per lui.»

«Rodrigo mi ha strappato di mano il suo biglietto da visita perché non vuole che lo chiami.»

«E perché l'ha fatto quel guastafeste?»

«Secondo lui David non fa per me, e il grande stronzo, perché non saprei come altro definirlo, mi ha detto con una bella faccia tosta che non devo cenare con lui.»

Nekane, non capendoci più nulla, vide che Rodrigo le stava guardando e chiese, con aria corrucciata: «Ma fammi capire... E a lui cosa gliene frega con chi ceni?»

«Neka... ha detto che non riesce a non pensare a me e che crede di essere innamorato di me e che non sopporta che esca con altri e non guardi lui.»

«Cos'ha detto?»

Vedendo che Ana annuiva, guardò Rodrigo che annuì a sua volta. Gli avrebbe voluto urlare qualcosa, ma poi disse: « Ma come cavolo si fa a essere così... così...?» E guardando l'amica, le chiese: «E tu cosa gli hai detto?»

«Che non lo volevo ascoltare... che... che... Cazzo! Mi stava per venire un infarto. Come gli viene in mente di dirmi una cosa del genere adesso? No, non ci posso pensare. Non ora.»

«Sarebbe da suonargliele dove non batte il sole. Ma che egoisti che sono i maschi» affermò Neka che decise di prendere in mano la situazione. «Allora, fammi capire, tu vuoi cenare con quell'altro?»

Guardò l'amica sconvolta.

«Non lo sooooooooo!»

«D'accordo. No panic. Ho un piano. Chiedo io il numero di telefono a quel tale David, gli dico che sono la tua assistente e che hai perso il biglietto da visita e...»

«Oh Neka...! Non so.»

«Ma certo, ma certo... che ne pensi?»

«Una follia.»

«Sarà una splendida follia per te. Ti vuoi divertire?»

«Sì. Ne ho bisogno.»

«Allora non se ne parli più.»

Ana cercò lo sguardo di Rodrigo, che continuava a osservarla e si sentì improvvisamente crudele.

«Procedi con il piano» disse rivolgendosi all'amica.

Dopo quella conversazione, ripresero a lavorare. Rodrigo, che le osservava dalla sua posizione, era soddisfatto. La conosceva molto bene e sapeva che era nervosa a causa sua. Quando fu il suo turno di essere fotografato, Ana era piuttosto confusa e la cosa lo portò a sorridere di gusto. Ma il suo sorriso venne subito cancellato quando, dopo di lui, a mettersi davanti all'obiettivo fu David, e Ana, riprendendo in mano la situazione, lo fotografò. Cosa significava? Lo scoprì dieci minuti dopo quando ricevette un messaggio sul cellulare che diceva: *Scelgo la bistecca al posto del Whopper*.

La cena con David fu meravigliosa. Quell'uomo era realmente affascinante e si comportò come un vero cavaliere. Il telefono di Ana squillò una decina di volte. Era Rodrigo. Siccome aveva deciso di non rispondere, alla fine mise il silenziatore. Non gli avrebbe permesso di rovinare il suo appuntamento. Dopo cena andarono a bere qualcosa in un pub di Argüelles e fu allora che David si lanciò e la baciò. Ad Ana piacque sentire quelle labbra tiepide e sensuali sulle sue. Accettò i suoi baci più volte, ma quando lui le propose di andare in un albergo, qualcosa la bloccò e la fece rifiutare. Riusciva a malapena a evitare di pensare a Rodrigo e a quello che le aveva detto quel pomeriggio, perciò l'ultimo suo desiderio era andare in un albergo con un altro.

Verso le tre e un quarto del mattino, David fermò la macchina davanti al portone di casa e Ana, dopo avergli dato un bacio fugace, scese. Quando l'auto si allontanò, si incamminò verso la porta, ma il cuore le andò in gola quando vide che Rodrigo si stava avvicinando alla sua destra. A differenza delle altre volte, la sua espressione non era sorridente. Anzi era piuttosto arrabbiata e in effetti fu quello che le confessò quando la raggiunse.

«Ma come sei potuta uscire con lui? Sei pazza?»

Seccata dal suo tono di voce e soprattutto per quella intromissione nella sua vita privata, lo guardò furiosa.

«Da quando in qua ti devo rendere conto di quel che faccio o che non faccio?»

«Ti ho telefonato mille volte, non hai visto?»

«Oh, mio Dio! Che stress! Certo che ho visto, ma ero impegnata.»

Tuttavia, come ogni volta che lui le era vicino, il suo stomaco fu preso da un calore piacevole ed eccitante. Vederselo lì davanti, bello e sexy, e percepire com'era geloso di lei, la stavano eccitando. Ma non aveva alcuna intenzione di tornare sui suoi passi.

«Cosa diavolo ci fai qui?»

«Ti aspettavo per sapere se ti eri divertita con la tua bistecca.»

«Sì» rispose lei sorridendo e sollevando il mento. «Sono stata benissimo. David è un uomo molto gradevole e...»

«Vorrai dire un coglione.»

«Be', no... non userei quell'aggettivo per definirlo. E adesso, se non ti dispiace, sono stanca e voglio andare a dormire.»

Non intendeva ascoltare oltre per cui inserì la chiave nella toppa del portone.

«Credimi, Ana» mormorò lui alle sue spalle. «È un coglione. Ti ha detto che è sposato?»

Quella rivelazione le fece cadere le chiavi a terra. *Sposato?* Lei non usciva con uomini sposati. Rodrigo si chinò subito a raccoglierle. Non c'era dubbio che quell'informazione avesse colto Ana di sorpresa. Bastava guardarla in faccia per avere la conferma che non ne sapeva niente. E prima che lei potesse dire qualcosa, le prese il mento e, sollevandoglielo per guardarla negli occhi, sussurrò: «Ho cercato di metterti in guardia».

«Sposato?»

«Esatto. E con tre figli.»

Arrabbiata con se stessa per non essersene accorta, o averlo almeno intuito, si appoggiò al portone e chiuse gli occhi.

«Sono una cretina... una grande cretina. Perché non l'ho capito quando mi ha detto dell'albergo?»

«Quel bastardo voleva portarti in un albergo?» grugnì lui fuori di sé. Il solo pensare Ana tra le braccia di un altro lo mandava in tilt.

«Avrei dovuto immaginarlo...» mormorò Ana senza dargli retta. «Ma come ho potuto essere così stupida!»

Pensare ad Ana che varcava la soglia di una stanza insieme a David fece ribollire il sangue a Rodrigo, ma siccome non voleva angosciarla oltre, le consegnò le chiavi.

«Adesso non stare lì a darti addosso.»

«Perché non me l'hai detto?»

«Ana... io ci ho provato, ma...»

«No» lo interruppe lei. «In verità mi pare di ricordare che tu mi abbia detto ben altre cose.» Poi, vedendo che la guardava con i suoi occhi azzurri, sollevò un dito e aggiunse: «Quanto a quello che noi due sappiamo, dimenticatelo. Non sono disposta a...»

Ma non poté aggiungere altro. Rodrigo la afferrò dalla vita e, attraendola a sé, la baciò con ardore. La strinse contro il suo corpo per farle percepire il suo desiderio e la sua fantastica erezione. Quel semplice bacio fece subito capire ad Ana quello che era mancato in quelli di David. Il desiderio. Un desiderio irrefrenabile di stare con lui e di godersi un momento di vera e propria passione. Non riuscendo a evitare quell'improvviso attacco diretto dello tsunami Rodrigo, Ana lasciò andare la borsa e, cingendogli il collo, si lasciò sollevare fino a rimanere appoggiata al portone. A quell'ora di notte non c'era quasi nessuno per strada, ma un rumore le fece aprire un occhio. Il camion della spazzatura stava girando l'angolo e a breve sarebbe stato lì davanti a loro. Con le pulsazioni a mille e il desiderio ormai fuori controllo, sussurrò poco convinta, mentre Rodrigo le stava mordicchiando un orecchio: «Lasciami andare...»

Vedendo che lui non le dava retta, si scostò un po' e, guardandolo negli occhi disse, mentre quelle fossette che la facevano impazzire si evidenziavano con il sorriso: «Non possiamo andare oltre. Lasciami!»

«No.»

«No?!»

«Io ti desidero tanto quanto tu desideri me.»

«Bugiardo.»

«No, tesoro, non sono bugiardo. Sai che è vero quello che dico, ma non vuoi ammetterlo perché vuoi punirmi per tutto il male che ti ho fatto.» Ana non parlò, e lui le sussurrò vicino alla bocca: «Non so cosa sia successo e nemmeno quando sia successo, ma non riesco a non pensare a te e...»

«Stammi a sentire, Rodrigo, io non sono il tipo di donna che ti piace, quindi dimenticami, d'accordo?»

«Tu sei perfetta così come sei. Il cretino sono stato io che non mi sono reso conto prima di quanto bella, splendida, affascinante e meravigliosa tu sia.»

Compiaciuta da ciò che Rodrigo le stava dicendo e che lei

avrebbe sempre desiderato sentire, ma spaventata dalla determinazione che leggeva nei suoi occhi, si tirò indietro e disse: «Mi dispiace, ma ormai è tardi. Io...»

«Ana, quello che provo per te mi ha fatto capire che il bello della vita è avere accanto qualcuno che ti ami e che ti conosca, e non una donna diversa ogni notte, una che non ti conosce e non ti capisce.»

«Le persone non cambiano, Rodrigo...»

«Ti sbagli. A volte le persone cambiano per amore.»

Quella frase la colpì. Aveva lo stesso senso di quella pronunciata da suo padre quando era stata a Londra per lasciare Dani. Ma non aveva intenzione di darsi per vinta.

«No, non mi sbaglio, e non penso che...»

«Ti convincerò. So che hai provato qualcosa per me e...»

«Chi ti ha detto una sciocchezza del genere? Al massimo mi piacevi, nient'altro. Sei proprio un mitomane...!»

Rodrigo non ribatté; si limitò a dire, usando il linguaggio di lei: «Farò di tutto perché ti torni di nuovo la cotta per me, proprio come quella che io ho per te».

Sempre più sconvolta dalle sue parole e sentendo che le forze iniziavano a cedere, mormorò, incantata da quei suoi bellissimi occhi azzurri: «Non sognarlo nemmeno. Non fanno per me le seconde occasioni e...»

«Sarebbe la nostra prima occasione.» E vedendo che lei non negava ciò che le aveva appena detto, chiarì: «Noi due non ci siamo mai dati un'occasione. Non abbiamo mai fatto coppia. I nostri incontri precedenti sono stati soltanto sessuali. Poi siamo stati soltanto amici perché tu me l'avevi proposto e io ho accettato. Ma adesso permettimi di invitarti a cena e...»

«Credimi, non è una buona idea, e non complicare di più le cose.»

Quella risposta gli parve divertente proprio come gli parve tentatore il turbamento che vedeva nel suo sguardo.

«Ana, voglio un appuntamento con te. Nient'altro.»

«Scordatelo.»

Ma da come lo guardava, intuì che qualcosa del passato era ancora vivo in lei. Eppure quella piccola testarda avrebbe opposto resistenza e la cosa lo eccitava sempre di più. Così decise di cambiare tattica e le sussurrò vicino alla bocca: «Apri la porta se non vuoi che ti spogli qui».

Spaventata dalla determinazione che lesse nei suoi occhi e vedendo che il camion della spazzatura era sempre più vicino, con le mani tremanti infilò le chiavi nella serratura e, due secondi dopo, erano dentro. Senza permetterle di parlare, Rodrigo la baciò di nuovo e schiacciò il pulsante dell'ascensore. Quando arrivarono al piano e uscirono dall'ascensore, lui le tolse le chiavi di mano e aprì la porta di casa.

Senza guardarsi intorno, si diresse verso la stanza di Ana e, vedendo che non c'era la culla di Dani, sorrise e la fece stendere sul letto.

«Rodrigo è una follia.»

«No, tesoro, non lo è.»

In estasi per quel momento e per tutto quello che di colpo provava di nuovo per lui, lo lasciò fare. Per prima cosa la spogliò, sfilandole il delicato vestito di cotone arancione, e non appena l'ebbe nella posizione in cui la voleva, si tolse i pantaloni e si sdraiò su di lei. La sua bocca vogliosa andò dritta verso i seni e, tirando fuori la lingua, le leccò i capezzoli. La cosa fece gemere Ana e le venne la pelle d'oca. Sentire come lui le mordicchiava i capezzoli e li tirava dolcemente la stava facendo eccitare e alla fine gemette.

«Sì... Ana... sì.»

Il suono elettrizzante della sua voce le faceva perdere la ragione. Aveva tutti i sensi a fior di pelle e, a ogni sua carezza, dentro sentiva esplodere il piacere.

Rodrigo, non riuscendo a fermare ciò cui aveva dato inizio, si sfilò la camicia e la gettò in un angolo. Voleva godersi Ana e, sentendo che lei gli metteva le mani tra i capelli per attrarlo a sé, si sentì percorrere da un brivido. Il suo profumo di pesca lo faceva impazzire. Capendo che lei desiderava essere baciata, non tentennò un solo secondo. Introdusse la lingua in quelle dolci labbra e la baciò con veemenza. E, desideroso di penetrarla, le separò le gambe con le ginocchia.

«Ascolta... io...» mormorò lei. «Da quando ho avuto Dani non...»

Capendo a cosa si riferiva, annuì, felice di sapere che nessuno dei tizi con cui era uscita fosse arrivato dove intendeva arrivare lui. E dopo averla baciata appassionatamente, sussurrò, mentre con la mano destra le accarezzava il clitoride: «Stai tranquilla, tesoro... farò attenzione. Vuoi che vada avanti?»

Lei fece cenno di sì e lui, sollevandosi, si tolse in fretta e abilmente le mutande. Stare lì sul letto in ginocchio con Ana davanti a lui, nuda e completamente disponibile, gli fece pulsare alla massima potenza il sangue nel membro eretto. Tirò fuori dal portafoglio un preservativo e, dopo averlo aperto con disinvoltura con i denti, se lo infilò. Si stese su di lei e le fece aprire le gambe e poi entrò dolcemente.

«Se ti fa male, dimmelo e mi fermo.»

Ana annuì, ma a differenza di ciò che aveva pensato, non le fece male e fu anzi lei che, agitata e desiderosa, spinse con più forza. Volevo sentirlo dentro e sentirsi posseduta da lui. Quando Rodrigo fu del tutto dentro di lei, sospirò e, percependo il movimento di fianchi di Ana, le sussurrò: «Tranquilla, tesoro...»

Ma la tranquillità di Ana era sparita e non voleva alcuna tenerezza, soltanto passione e piacere, per cui senza smettere di muoversi, disse: «Va' avanti; non mi fai male e voglio che continui».

Da quel momento in poi, quella si trasformò in una notte folle e torrida per entrambi. Fecero l'amore sul letto per tre volte, e Ana sarebbe voluta esplodere di gioia. Improvvisamente Rodrigo, l'uomo che in passato l'aveva ossessionata, era lì pronto a fare tutto quello che lei voleva. Con irrefrenabile piacere, dimenticò le sue paure e si diede del tutto a lui, mentre la passione trattenuta da entrambi si scioglieva e inondava la stanza di libertà e sfrenatezza.

Alle sette e dieci del mattino, Rodrigo guardò l'orologio. Doveva andare. Iniziava il turno alle otto e mezzo. Dopo aver bevuto un caffè, la baciò e le disse, lasciando l'orologio sul piano della cucina: «Vado a fare una doccia».

Ana annuì e lo seguì con lo sguardo. Indossava soltanto dei boxer bianchi ed era l'immagine di quel che ogni donna avrebbe desiderato avere almeno una volta nella vita. E sorrise. Ma dopo quel sorriso fu presa da un'amarezza che la fece di nuovo imprecare. Cosa stava facendo? Perché gli aveva di nuovo permesso di entrare nella sua vita e soprattutto nel suo cuore come uno tsunami? Dopo essersi detta che era una causa persa, andò in camera e lo aspettò. Lui uscì dal bagno senza fare rumore e si vestì.

«Devo andare.»

«Sì, o farai tardi» annuì lei.

«Avrei tanto voluto vedere Dani.»

«Lo vedrai poi in un altro momento, adesso credo stia dormendo.»

Si diressero verso la porta di casa senza quasi sfiorarsi. La aprirono con cautela. Non volevano svegliare Nekane. Quando arrivò l'ascensore, Ana, con un sorriso goduto, senza pensare a quel che doveva o non doveva fare, lo baciò. Rodrigo, felice di quella sua iniziativa, le fece una proposta: «Domani ti chiamo e parliamo, ok?»

«Non c'è niente di cui parlare.» Poi, entrando con lui in ascensore, gli disse, con un sorriso che Rodrigo non fu in grado di decifrare: «Ti accompagno al portone».

Seccato dal suo rifiuto e deciso a raggiungere il proprio obiettivo, entrò in ascensore. Quando lei schiacciò il pulsante di discesa, le disse: «Quanto a David, credo che...»

«Stai tranquillo» lo interruppe lei corrugando la fronte. «Quando mi chiamerà gliene canterò quattro.»

«Non è necessario che parli con lui. Non chiamarlo. Lo farò io» protestò, seccato.

Sorpresa da quell'ordine, Ana lo guardò.

«Senti, bellezza, so bene quello che devo fare. Adesso non è il caso che arrivi tu a dirmi cosa devo o non devo dire a un tipo.»

Improvvisamente Rodrigo schiacciò un pulsante e l'ascensore si fermò. Confusa da quell'azione, lo guardò e chiese: «Cosa stai facendo?»

«Fermo l'ascensore per parlare con te.»

«Non stressarmi, Rodrigo» protestò incredula. «Ho dei vicini di casa che probabilmente stanno per uscire di casa per andare a lavorare.»

Lui non le diede retta e la attirò a sé, poi sollevandole la maglietta che le arrivava alle cosce, le posò le mani sulle natiche, la abbracciò e, dopo averla appoggiata al vetro dell'ascensore, rispose: «Ti desidero così tanto che...»

«Rodrigo, siamo in ascensore» gli ricordò.

Divertito dall'imbarazzo di lei, la baciò.

«Non l'hai mai fatto in ascensore?»

«Be' no, ho una casa e uno splendido letto fatto apposta.»

«Non essere così all'antica» sorrise lui, ricordando il giorno in cui l'avevano fatto in macchina.

E senza girarci intorno, si sbottonò i pantaloni e le scostò le mutandine. Poi, sicuro, le ordinò con dolcezza: «Afferrati alle mie spalle e guardami».

Sconvolta dalla situazione, gli obbedì mentre lui con una mano le accarezzava le natiche e con l'altra dirigeva il membro nell'umido centro del suo piacere. Quando lei percepì la forza e la potenza che le entravano dentro, gemette, e lui, avvicinando la bocca a quella di lei, sussurrò: «Non chiamare David».

«Oh sì...!» disse lei conficcandogli le dita sulla schiena.

Entrando qualche centimetro più a fondo, Rodrigo aggiunse: «Né David... né Mario... né... nessun altro a parte me».

Ana, appoggiata al vetro dell'ascensore, chiuse gli occhi mentre gemeva. Ma, non dandosi per vinta, rispose: «Chiamerò chi voglio».

Baciandola sulle labbra con vera passione, spinse ancora di più.

«Non lo farai e domani ci vedremo...»

Ma Ana non voleva darsi per vinta.

«No.»

Seccato per la sua testardaggine e al tempo stesso eccitato, si mosse un po' cercando di farsi più spazio dentro di lei.

«Ana... non farlo.»

«Chiamerò chi mi va, proprio come fai tu» sussurrò sentendo che lui entrava un po' di più. «Siamo liberi...»

«Ti desidero» la interruppe lui che, in preda al piacere, entrò in lei con una spinta e le appoggiò contro il proprio corpo mentre continuava a baciarla.

Rodrigo iniziò a muovere in fretta i fianchi, entrando e uscendo da lei, e l'ascensore si muoveva a ogni movimento. In preda al piacere per come sentiva che l'interno di Ana palpitava accogliendolo, gemette mentre lei si appoggiava al vetro e alle sue spalle per riceverlo meglio. Presa dalla passione del momento, dopo varie spinte che le parvero elettrizzanti, fu colta da un incredibile orgasmo mentre lui le sussurrava, a pochi centimetri dalla bocca: «Voglio essere l'unico a occuparmi di te e del tuo corpo».

«So... occuparmi di me... da sola.»

«Ma Ana... cazzo!»

Dopo aver sentito come lui usciva in fretta da dentro di lei per non eiacularle dentro, Ana lo baciò e, tra gli spasmi, l'ascensore smise di barcollare. Lui la rimise giù in silenzio ed entrambi si sistemarono i vestiti. Ana, senza guardarlo, schiacciò di nuovo il pulsante per far ripartire l'ascensore. Arrivati al pianoterra, Rodrigo aprì la porta e, arrabbiato per la sua testardaggine, uscì.

Quando fu davanti alla porta che dava sulla strada, si guardarono. Poi Rodrigo girò sui tacchi deciso ad andare via; ma Ana, afferrandolo dalla camicia, lo attrasse a sé.

«Sono stata molto bene» gli disse a bassa voce. «E ti chiamerò se dovessi averne di nuovo bisogno.»

Lui rimase senza parole e proprio quando stava per replicare, lei gli chiuse la porta sotto il naso. Poi fece un sorriso malizioso e, salutandolo con la mano, entrò nell'ascensore mentre lui la guardava con aria imbronciata.

Quando arrivò al suo piano ed entrò in casa, Nekane, che stava uscendo dalla camera con il piccolo Dani in braccio, la guardò con un sorriso sulle labbra.

«Tutto bene, Mata Hari?»

Ana annuì e prese il piccolo.

«Più che bene. Eccellente.»

Nekane, vedendola così felice, applaudì. Poi però, di colpo, notò un orologio sul piano della cucina e lo riconobbe.

«Non può essere vero quello che sto pensando.»

Guardando l'orologio, Ana fece un sorriso che sconvolse Nekane.

«Se vuoi azzeccare, allora pensa male.»

22

Le cose non furono così facili come Rodrigo aveva pensato all'inizio. Ana non gli semplificò la strada e, anche se a quella notte ne seguirono altre di passione e sesso fantastico, lei non si dava per vinta. Ma non lo allontanava nemmeno. Nekane e Calvin, senza dire nulla, osservavano la situazione e ne parlavano tra loro. Calvin propose di fare qualcosa per aiutare l'amico, ma Nekane si rifiutò. Se Ana voleva procedere in quel modo e l'aveva dimenticato, era un suo diritto farlo. Era il momento che fosse lei a divertirsi. Improvvisamente i ruoli si erano invertiti, Rodrigo soffriva e Ana si divertiva. Encarna osservava in silenzio senza dire niente. Che strana era la gioventù!

Un pomeriggio, mentre Ana stava uscendo dalla doccia, squillò il telefono. Dopo aver visto che non era Rodrigo, rispose e sorrise nel sentire la voce di sua sorella.

«Patooooooooooooooooooooo! Tesoro, come stai?»

«Bene.»

«E il mio cicciottello?»

Ana guardò con affetto verso la culla dove Dani stava dormendo.

«Il tuo cicciottello è bellissimo e sta dormendo.»

«Ohhh, piccolo, non sai che voglia che ho di vederlo! E anche te! Non sto nemmeno a dirti quanto ho bisogno di vederti. Quando vieni? Devi venire il prima possibile.»

Ana intuì subito che c'era qualcosa che non andava. Sua sorella era abbastanza indipendente e, sebbene si volessero molto bene, Lucy aveva bisogno di lei soltanto quando stava succedendo qualcosa. Quindi le chiese subito, sedendosi sul letto: «Sputa il rospo. Che succede?»

Poco dopo, la sorella, tra singhiozzi, lacrime e crisi isteriche sempre più simili a quelle della madre, le raccontò di non sopportare che il marito scherzasse con tutte le donne che incontrava. Mentre la ascoltava, Ana si portò una mano alla testa. Quello sarebbe stato un altro dispiacere per la madre.

«Ma fammi capire, Nana, non ti sei accorta di com'era fatto prima di sposarlo?»

«Sì.»

«E allora?»

«Pensavo che sarebbe cambiato e che si sarebbe accorto che io valgo più di tutte le donne che guarda. Uff… Pato… dovresti vedere come guarda Sybila Thomson! Lo fa con una tale sfacciataggine che persino le mie amiche iniziano a mormorare e… e credo che abbiano una relazione. E io questo non intendo permetterlo. No, no, no. Io sono una donna che può avere qualsiasi uomo. Sono bella, ho classe e… e…»

Ana ascoltò tutte le virtù che la sorella snocciolava, poi quando non ne poté più, la interruppe: «Adesso basta, Nana, per favore! Quanto sei superficiale!»

«Io superficiale?»

«Sì.»

«Ma come puoi dirmi una cosa del genere in un momento così?» si lamentò.

«Per il semplice fatto che non reggo più di sentirti dire quanto sei bella, fantastica, e tutte le idiozie varie. Non ti rendi conto che ti stai rovinando la vita? Non ti rendi conto che dicendo tutte quelle stupidaggini il tuo problema perde di credibilità? Ma, cazzo, Nana, perché ti sei sposata? Non è forse meglio avere tutte le storie che vuoi senza dover sempre organizzare un matrimonio della madonna per poi capire dopo pochi mesi che non lo amavi e che lui non ti amava e dare di nuovo un altro dispiacere a mamma? Hanno ragione a chiamarti Lady Scandalo. Come fai a pretendere di non essere soprannominata così?»

La sorella crollò e scoppiò di nuovo a piangere. Quando alla fine Ana riuscì a calmarla, la sentì dire: «Voglio divorziare».

«Cosa?!»

«Ne sono certa. Voglio il divorzio! E non mi interessa cosa

ne pensiate tu, la mamma o papà o il resto del mondo. Voglio il divorzio!»

«Oh, santocielo, Nana, la mamma ne sarà distrutta.»

«Lo so, ma cosa vuoi che faccia?»

«Quello che voglio che tu faccia è che pensi meglio alle cose prima di farle e di lasciarti trascinare da impulsi e sensazioni, perché ecco dove ti portano.»

«Verrai a casa e mi aiuterai a dirglielo?»

«No, questo glielo dirai sola soletta. Mi sono stancata di appoggiare le tue pazzie.»

«Patoooooooooo!»

«Né Pato né niente». Dopo averlo detto, si accorse che era suonato come se a pronunciarlo fosse stata Nekane. «E quanto alla mamma, assicurati che sia seduta, prima di dirglielo, così eviti che caschi stesa a terra.»

Dieci minuti dopo e con la testa piena, Ana salutò la sorella e agganciò convinta che Lucy non sarebbe mai cambiata.

Si vestì e, immersa nei suoi pensieri, prese il bambino e uscì con lui in sala. A cena raccontò a Nekane la telefonata e l'altra non poté evitare di riderci su. Quando finalmente quella sera Ana fece addormentare il piccolo, andò di nuovo in sala. Ana era più silenziosa del solito e Nekane sapeva perché. La conosceva molto bene e, nonostante la freddezza che voleva dimostrare, qualcosa non le permetteva di sorridere. Quindi si sedette accanto a lei sul divano.

«Chiacchieriamo?»

«Vedi tu.»

«No bellezza. Vedi tu! Allora, a che gioco stai giocando?»

«A cosa ti riferisci?»

Nekane si sorprese dell'aria spaventata di Ana e le tolse di mano il barattolo di crema.

«A tuo cugino! Ma cavolo, a cosa posso riferirmi? A Rodrigo, ovvio.»

«Basta, Nekane, adesso non mettertici anche tu con questa storia, ne ho già abbastanza con i problemi di mia sorella.»

«*Ana Elizabeth*» la prese in giro Nekane. «Guarda che non mi prendi in giro. Anche se vuoi fare la Crudelia Demon con quel pompiere, ti conosco e so bene che dietro quella facciata di freddezza, batte un cuoricino tenero e sciocco che non vede l'ora di aprirgli le braccia e accoccolarsi vicino a lui. Quindi… almeno in casa togliti quella maschera e dimmi cosa succede prima che sia costretta a imbavagliarti o a lanciarti addosso un secchio pieno di formiche rosse.»

La scena immaginata da Nekane era senza dubbio divertente e Ana la guardò con aria allegra. D'altro canto sapeva bene che prima o poi avrebbero affrontato quella conversazione.

«Niente, ho semplicemente deciso di godermi la vita ed evitare di innamorarmi di un uomo che non potrebbe mai offrirmi altro che non sia del buon sesso. Cosa c'è di male?»

«Non sei innamorata di Rodrigo?»

«Ma non dire sciocchezze, Neka, per favore» mentì sicura. «Sai benissimo che ora come ora l'unica cosa che provo per lui è desiderio e passione. A letto è fantastico, tutto qui.»

«Sì, d'accordo… e adesso raccontami pure la storia della passione» scherzò Nekane.

«Neka…»

«Né Neka né niente» grugnì. «Sono una tipa del Nord e sai che mi piace dare il nome giusto alle cose. E credo che quella santa donna di tua madre, perché alla fine secondo me non potranno che santificarla a Roma, non poteva avere due figlie più diverse. Tua sorella dà occasioni a chiunque e si sposa con chiunque. Tu invece sei l'opposto. Ma fammi capire, cosa ti hanno fatto in passato perché il tuo cuore sia così blindato?»

«Per favore… non adesso.»

Neka, rendendosi conto che la sua tattica non era la più adatta al momento, fece silenzio. Voleva capire se Ana provava qualcosa per Rodrigo e chiarirsi le idee. Rimasero a guardare la televisione in silenzio per dieci minuti.

«Guardi qualcosa in TV?» chiese alla fine Nekane.

«No, oggi non danno niente di interessante.»

Nekane annuì e, alzandosi, cercò tra i DVD e ne scelse uno.

«Ti spiace se metto un film?»

«No, certo.»

Ma dopo cinque minuti, Ana imprecò vedendo che si trattava di *Sweet November*. Pensò di alzarsi e non guardarlo. Quel film le risvegliava molti ricordi e il peggio era che la rammolliva troppo. Ma quando iniziò, non riuscì a evitare di guardarlo e si accoccolò sul divano. Mezz'ora dopo le due amiche, consapevoli di quel che stava accadendo, iniziarono a piangere e, alla fine del film, un'ora e mezzo dopo, singhiozzavano come delle matte sul divano. A quel punto Nekane si alzò e andò in cucina. Tornando le mostrò una coppetta di gelato.

«Terapia dello zucchero?»

Ana annuì e prese il cucchiaino che le porgeva l'amica, poi lo infilò nella vaschetta e si portò alla bocca una dose di gelato.

«Perché adesso Rodrigo mi perseguita giorno e notte? Perché mi vuole di nuovo fare soffrire? Perché dice di aver bisogno di me e che è innamorato?» Nekane stava per rispondere, ma lei proseguì: «Ho lottato con tutte le mie forze per non deprimermi: prima perché ero incinta e il mio bambino ne poteva risentire, e adesso che sto meglio, che finalmente mi pare di intravedere la luce in fondo al tunnel, non so cosa diavolo gli è preso e ha iniziato a dirmi le cose più dolci e belle che mai mi sarei aspettata di sentire uscire dalla sua bocca. Ma nooooo!» singhiozzò. «Non va bene. Mi aveva detto che non ero il suo tipo di donna. E io non voglio dargli un'occasione, innamorarmi perdutamente di lui, permettere che Dani si affezioni a lui e poi rischiare che passi una tettona con meno neuroni di un maccherone e lasci me e il mio bambino come due ebeti. No, mi rifiuto. Per quante cose belle mi dica, non intendo inciampare una seconda volta nella stessa pietra. Ho il terrore di fare del male a Dani e...»

«Lo sapevo. Ti piace. Ti eccita» disse Nekane ridendo.

«Neka, certo che Rodrigo mi piace. Ma lo hai visto? Però è ben diverso da quel che tempo fa provavo per lui» mentì, questa volta non avrebbe esposto i suoi sentimenti. «Adoro i nostri appuntamenti, ma mi stressa che parli d'amore e di tutte quelle cose che io so che lui non prova. Ma sì... lo ammetto: continuo a pensare che Rodrigo sia un fico allucinante.»

Rendendosi conto che la tattica dell'amica aveva funzionato, fece una pausa e poi concluse: «Sei incredibile, lo sapevi?»

Dopo essersi portata alla bocca un cucchiaio di gelato, Neka sorrise. Quindi la sua amica non era più innamorata di Rodrigo?

«Sì, riconosco di essere un genio del Nord che conosce bene i tuoi punti deboli proprio come tu conosci i miei. E quanto a Rodrigo cosa posso dirti che tu già non sappia? Hai ragione, in parte. È un dongiovanni, ma in te ha trovato un fiorellino di campo o, come dice lui, la sua pescolina matta. Chi ha detto che tra voi non potrebbe funzionare?»

«Lo dico io, e per me è sufficiente.»

«D'accordo, ma credo che lui involontariamente si sia innamorato di te come un idiota, con la differenza che sembra Don Juan de Marco lì a ripeterti belle frasi e tu invece sembri la Strega Cattiva che accende candele nere. Ma Ana ti sei accorta di come si prende cura di Dani e di come lui gli sorride? Io resto senza parole quando lo prende in braccio e inizia a parlare con lui. Ti giuro che non avrei mai immaginato Rodrigo sotto questa veste. Ma se Calvin mi ha addirittura detto che in caserma, appena ha un po' di tempo, si mette a parlare con Julio di pannolini, biberon e tettarelle. Ma ti sembra possibile?»

«Davvero?» chiese incredula.

«Eccome. Mi ha raccontato che l'altro giorno Julio e Rodrigo sembravano due ebeti lì con i rispettivi portatili a mostrarsi reciprocamente le foto di Rocío e Dani. Se uno diceva la mia bimba dice 'ue', l'altro partiva con il mio bambino canta *I tre porcellini*. Insomma, patetici!»

La cosa fece sorridere Ana. Era la prima ad aver notato come il suo bimbo di quattro mesi sorrideva a Rodrigo e lui non capiva più niente. Ma era proprio quello a spaventarla, che un giorno quei sorrisi smettessero di esserci e che a soffrirne fosse il piccolo.

Rodrigo cercò di vedere di nuovo Ana, ma fu impossibile. Faceva i salti mortali in caserma per liberarsi e poter stare con lei, ma nemmeno così riusciva a vederla. Quando non era in viaggio aveva da scattare delle foto o non le andava di vedere nessuno. Improvvisamente Ana iniziò a uscire con amici che Rodrigo non conosceva e la cosa lo mandava su tutte le furie. Ma non poteva farci niente, salvo vedere come giorno dopo giorno si allontanava da lui.

Un pomeriggio, di ritorno da Toledo dove avevano scattato

foto per il catalogo di Amichi, le ragazze si sorpresero di trovare il padre di Ana seduto sul divano con in braccio il piccolo Dani ed Encarna lì di fianco.

«Papà, che ci fai qui? È successo qualcosa?» chiese spaventata quando lo vide.

Quando sentì la voce della figlia, Frank si voltò e sorrise. Alzandosi con il bambino in braccio, salutò le ragazze e poi, scrutando la figlia, rispose: «Non succede niente, tesoro. Sono soltanto venuto a trovare te e mio nipote».

Rimase attonita. Stava giusto per dire qualcosa quando Nekane prese Encarna da un braccio.

«Noi andiamo, mi sono appena ricordata che ci mancano latte e zucchero.»

Encarna annuì, intuendo che dovevano togliersi di mezzo. Il piccolo Dani, sentendo la voce della madre, sorrise e, allungando verso di lei le piccole braccia, si fece notare. Ana, intenerita, lo afferrò e, dopo averlo sbaciucchiato con amore, guardò il padre.

«Allora papà, non venirmi a dire che non succede niente perché non ci credo. Cosa ci fai qui?»

Frank si sedette e suggerì alla figlia di fare lo stesso.

«Dobbiamo fare un discorso molto serio.»

«Uh papà, così mi spaventi.»

«Ana, c'è qualcosa che mi devi dire?» le chiese fissandola.

Lei non riusciva a capire dove volesse andare a parare, quindi fece spallucce.

«Papà… non credo. Ma…»

«Pensaci Ana… pensa a qualcosa di cui sei al corrente e che non hai detto né a me né alla mamma.»

«Davvero, papà, non capisco.»

«Pensaci, figliola, pensaci.»

Ana alzò gli occhi al cielo quando le venne in mente di cosa poteva trattarsi.

«D'accordo papà, lo confesso. So di Nana. Mi ha chiamata per dirmi che voleva divorziare e le ho detto che era una follia, ma…»

«Tua sorella vuole divorziare?!» urlò Frank.

In quel preciso istante, Ana si accorse di aver fatto un casino e suo padre, sconvolto da quelle parole, si toccò i capelli.

«Per l'amore del cielo, ma che problemi ha tua sorella con gli uomini? Ma quella ragazza non si fermerà mai?! Non posso nemmeno pensare a cosa succederà quando lo verrà a sapere tua madre.» Poi, guardandola, sussurrò: «Spero che quella pazza di tua sorella metta giudizio e non le venga in mente di dirle nulla fino al mio ritorno».

Commossa dalla preoccupazione che leggeva negli occhi del padre, stava per parlare, quando lui proseguì: «Quando siete nate, prima tu e poi tua sorella, ricordo che mio padre mi ha detto 'Frank, figliolo, preparati perché con tre donne nella tua vita, e in casa, non avrai un istante di tregua'. E quanto aveva ragione...! Tra tutte e tre finirete per farmi uscire di testa. Tua madre con il suo fare melodrammatico, tua sorella con i suoi scandali e tu con la tua testardaggine nel non dare un'occasione a un ragazzo in gamba come Rodrigo».

Adesso quella sorpresa era lei. Come faceva a sapere suo padre di Rodrigo? Furibonda e non riuscendo a trattenersi, lasciò Dani, che si era addormentato, e si piantò davanti al padre.

«Papà, ma tu cosa c'entri con Rodrigo?»

«Ho parlato con lui e...»

«Hai parlato con lui?»

«Sì.»

«Ma papààààààààà!»

«Stammi a sentire, Ana, da quando mi ha telefonato per chiedermi di portargli Dani in Spagna per farti una sorpresa al tuo ritorno dalla Germania, l'ho chiamato diverse volte. È un ragazzo riservato e non mi parla mai dei suoi sentimenti, ma dal modo in cui si rivolge a te e a Dani, io so che...»

«Ma scusa, perché devi parlare con Rodrigo? Sono io tua figlia, non lui.»

«Lo so, tesoro, lo so. Ma...»

«Mio Dio! Si sta trasformando in un vero incubo» mormorò Ana coprendosi il viso con le mani. «Mi fate tutti pressione e...»

«Forse perché tutti vogliamo che tu sia felice, e io più di chiunque altro. Sei la mia bambina e ho bisogno di sapere che un uomo con la testa sulle spalle, come Rodrigo, si prenda cura di te e ti tratti come una regina e ti protegga. Lo so, sarò fatto all'antica, ma so distinguere bene un vero uomo da uno dei dandy problematici che piacciono tanto a tua sorella.»

«Papà...»

«Ma non voglio stressarti; voglio soltanto che tu sappia che dovresti aprire il tuo cuore e dare un'occasione a un uomo che ti ama per come sei e che, senza raccontarmi nulla, mi ha fatto capire quanto ama te e mio nipote.»

Ana sarebbe voluta scappare. Quelle parole erano belle, ma difficili da accettare. Quando cercò di alzarsi, suo padre la afferrò da un braccio.

«Ana non scappare. Dobbiamo parlare.»

Dopo la visita del padre e la loro lunga conversazione, qualcosa continuava a rigirare nel cuore di Ana senza che lei lo potesse evitare. Sapere che ciò che Rodrigo provava per lei era autentico, la confondeva. Era ciò che aveva sempre voluto, ma provava una strana paura che non le permetteva di godersi la situazione.

In quei giorni, Rodrigo la chiamò per sapere come stavano lei e il bimbo, ma Ana non accennò alla visita del padre e non accettò nemmeno di vederlo. Non le era mai piaciuto che la gente si immischiasse nella sua vita, e in quel periodo lo stavano facendo tutti quelli che la circondavano.

Un giorno Rocío le telefonò sul cellulare per invitare lei e il bambino a una cena a casa sua. Accettò felice.

Quando Rodrigo la vide, l'impatto fu fortissimo. Ana era più bella che mai e vederla con Dani in braccio gli causava una tenerezza e un'ansia fino ad allora sconosciuti. Ma quando la salutò, percepì la sua freddezza e la cosa lo ferì molto. Cosa stava succedendo? Come mai non riusciva a farla innamorare di nuovo di lui?

La cena fu perfetta e i commensali si divertirono molto. Rodrigo, senza stressarla, si godette la compagnia di Ana e rise molto nel vedere come aveva ingannato tutti dicendo di non saper giocare a poker. Proprio mentre gli altri erano così sicuri di se stessi, li aveva battuti alla grande. Era così la sua pescolina matta. Incredibile e sorprendente.

Verso l'una del mattino, le donne andarono in cucina a preparare qualcosa da bere.

«Che bello che siete venuti!» disse Rocío, mentre metteva via la carne avanzata. «Era da un po' che volevo organizzare una cosa del genere. Da quando è nata la mia puffetta sono isolata dal mondo, immersa tra pannolini e tettarelle e avevo proprio bisogno di un po' di casino.»

«Be', eccoci qui» rispose Nekane ridendo «io ho tutte le intenzioni di divertirmi e Ana di farci secchi a poker.»

Rocío mise nel frigorifero quel che aveva in mano, tirò fuori dalla tasca dei jeans un fazzoletto e, guardandole, mormorò con gli occhi pieni di lacrime: «Non so cosa mi prende... ma adesso piango più di quando ero incinta e io... io...»

Ana sorrise. Vedendola così stressata per via della piccola, si ricordò di come si era sentita lei alla nascita di Dani e la abbracciò.

«Piangi tutto il necessario. E stai tranquilla, passerà. Te lo dico per esperienza. Gli ormoni si calmeranno e tu tornerai a essere la stessa di sempre.»

A quel punto la porta si aprì e comparve Rodrigo con in braccio Dani. Ad Ana si strinse il cuore nel tentativo di nascondere quel che provava. Rodrigo era bellissimo con quella maglia bianca di lana e i jeans.

«Il nostro campione ha fatto la cacca. Ti spiace se gli cambio il pannolino?» si offrì lui.

«Noooooooooo! Ma certo che no» rispose Ana decisa. «È tutto tuo.»

«Vai in camera della bambina» disse Rocío. «Lì c'è il fasciatoio e starete più comodi.»

«Ho lasciato nell'ingresso la borsa dei pannolini» disse Nekane. «È quella...»

«Azzurra con l'orsacchiotto fotografo» la interruppe Rodrigo. Poi, guardando il bambino che lo fissava senza prestare attenzione a nessun altro, mormorò: «Andiamo a cambiarci, campione, o intossicherai tutti».

Senza aggiungere altro, Rodrigo se ne andò dalla cucina, lasciando un'Ana sconvolta. Non voleva pensare a quel che era accaduto a letto giorni prima, ma era inevitabile.

«Non capiscoooooooooo» confessò Rocío gemendo.

«Cosa?» chiese Ana.

Nekane comprese subito a cosa si stesse riferendo Rocío e si avvicinò a quella madre in lacrime.

«Metto in frigo anche la salsa?» intervenne cercando di cambiare argomento.

Ma Rocío, fingendo di non aver sentito la domanda, guardò Ana.

«Non capisco perché tu e Rodrigo non stiate insieme. Julio mi ha detto che...»

«Ehi ehi ehi!» disse Nekane vedendo l'espressione dell'amica e, prendendo l'altra da un braccio, ne attirò lo sguardo. «Per il tuo bene e per quello di tutti noi, lascia perdere l'argomento.»

«Ma....»

«No, Rocío» sibilò Ana seccata. «Non c'è nessun *ma*. Adesso basta! Ma perché tutti dovete dare un'opinione sulla mia non-relazione?»

«Forse perché vediamo che stai facendo la finta tonta?» chiese Nekane.

La rabbia di Ana andò aumentando e quando Rocío fu sul punto di parlare, sbuffò indignata: «Sono stufa delle vostre maledette opinioni! Volete per favore lasciarmi in pace e farmi andare avanti con la mia vita?»

Arrabbiata, Ana uscì dalla cucina e si diresse direttamente nella stanza dove Rodrigo stava cambiando suo figlio. Una volta lì dovette appoggiarsi allo stipite quando vide il ragazzo con due calzini infilati nelle mani a fare il buffone a Dani che, divertito, rideva come un pazzo.

Per un istante si godette quell'intimo momento tra i due. Rodrigo guardava il piccolo inebetito e lui gli prendeva il viso con le sue manine e sorrideva. Era tutto perfetto. Stupendo. Ma lei era furiosa.

«È finita, Rodrigo. Da adesso in poi tutta questa stupida storia è finita!»

Lui rimase senza parole nel vederla così arrabbiata.

«Ma adesso che ti prende?»

Spingendolo da una parte, mise via i pannolini e il talco nella borsa del bambino.

«Non so come spiegarti che tra noi non ci sarà mai niente. Cazzo, ma se è venuto persino mio padre da Londra per dirmi che devo farmi amare da te!»

«Tuo padre?»

«Sì.»

«Frank ti ha detto così?»

«Sì. Non so cosa diavolo gli hai detto a mia insaputa.»

«E io parlerei alle tue spalle?» ripeté attonito.

«Sì.»

«Non è vero. L'unica cosa che...»

«Sai?» lo interruppe lei. «Non ti è andata bene. Quindi fattene una ragione. Posso vivere senza di te. Non sono una tettona che fa impazzire il traffico, nemmeno una supermodella di quelle che tanto ti piacciono, ma ho qualcosa che loro non hanno e si chiama buonsenso per rendermi conto che tu non vai bene né per me né per mio figlio, perché prima o poi ti stancheresti di noi e ci lasceresti per andare avanti con la tua vita da dongiovanni.»

«Ma di cosa stai parlando?» Era davvero sorpreso e non ci capiva più nulla.

«Lo sai molto bene. Tutti parlano di noi due alle mie spalle. E mancava soltanto che lo faceste anche tu e mio padre. E non... non voglio che tu lo faccia, perché mi pare scortese e denigrante e...»

Mettendole una mano sulla bocca, Rodrigo la zittì e sussurrò, seccato: «Io non telefono a tuo padre. È lui che mi chiama e ti assicuro che cerco soltanto di essere cortese con lui perché mi pare una brava persona. Ma fammi capire, Ana, cosa ti prende? Forse la ragione per cui ti comporti così è dovuta al fatto che ti ho confessato di essere pazzo di te, che ti amo e che amo Dani? Forse non sei in grado di accorgerti che le persone per amore possono cambiare? Perché credi che questo possa succedere nei film e non a te? Riconosco di essere stato, come dici tu, un dongiovanni, ma perché nessuna donna aveva riempito la mia vita come fai tu». Lei non rispose e lui proseguì: «Adesso so che in passato ti ho fatta soffrire, ma io non lo sapevo. Io non sapevo che fossi innamorata di me. E voglio che tu sappia che quello che più mi ferisce è sapere che mi ami, che pensi a me, ma per via della tua fottuta testardaggine non vuoi darmi una possibilità. Non capisco cosa ti prende. Piangi come una pazza davanti a film di amori frustrati per varie ragioni e ora, quando ti offro il mio amore, quando voglio renderti felice, ti comporti come la persona più fredda e insensibile del mondo». Notando come lei lo guardava, continuò: «Non so cosa posso fare perché tu ti fidi di me e mi dia una dannata volta la maledetta occasione di dimostrarti che tutto quello che provo per te è vero. Non lo so, Ana, da come ti comporti mi fai avere la sensazione che tu abbia bisogno per amarmi, che io sia una pessima persona e ti tratti male».

«Sei un idiota» sussurrò Ana e, prendendo in braccio suo figlio e la borsa, se ne andò.

A quel punto, Rodrigo capì di aver detto qualcosa di sbagliato.

23

Una settimana dopo, di venerdì alle cinque del mattino, ebbe inizio la sessione fotografica per Intimissimi in un capannone inutilizzato dell'aeroporto di Madrid. Le modelle e i pompieri si stavano godendo l'esperienza mentre Ana, Nekane e un gruppo di stilisti controllavano che fosse tutto a posto.

Ana osservò frustrata come Rodrigo e altri pompieri facevano delle flessioni, nudi dalla vita in su, per mettere in risalto i loro muscoli. Dalla sera della cena a casa di Rocío non si erano più parlati, anche se lui ci aveva provato. Ma era stato tutto inutile. Ana si era negata. Era arrabbiata e non intendeva darsi per vinta.

«Credo che oggi, per la prima volta in vita mia, non mi sto comportando da professionista» brontolò Nekane vedendo come una di quelle stiliste spalmava l'olio sul corpo abbronzato del suo Calvin. «Ti giuro che sto per andare là e cavare a lei gli occhi e cancellare a lui quello stupido sorrisetto.»

Ana annuì. Capiva bene quel che stava dicendo Nekane. Aveva già notato come le stiliste godessero a spalmare l'olio sul corpo di Rodrigo. Ma siccome non voleva far vedere quel che provava, disse: «Neka, smettila di dire stupidaggini. Stiamo lavorando».

La ragazza sorrise e si sedette accanto a lei.

«Va bene, lo confesso, sono terribilmente gelosa. Perché mai ho pensato che fosse una buona idea che Calvin facesse questo lavoro?»

«Perché sai che ci sarà utile e perché in fondo ti fa piacere averlo vicino» mormorò guardando Rodrigo con la coda dell'occhio.

Alle sei, la luce era perfetta per ottenere l'effetto che Ana voleva in alcune foto e così iniziò la sessione. Dopo aver schiacciato PLAY e aver fatto partire la musica degli Aerosmith, Ana sorprese tutti quando disse che nelle foto voleva cogliere la sensualità e nei loro sguardi il desiderio. Gli uomini dovevano essere maschili e bruschi, e le donne selvagge e sexy. Voleva catturare l'essenza del momento e l'avrebbe fatto in quella sessione fotografica. Qualche minuto dopo, le modelle entrarono subito nel ruolo, cosa cui erano ben più abituate dei pompieri che invece faticarono di più a concentrarsi. Per quegli uomini non era facile avere davanti bellissime donne seminude che si muovevano sinuose con sguardi seducenti e in posizioni provocanti. A tratti, Ana e la squadra si fermavano per ridere come dei pazzi. I commenti dei pompieri e quel che capitava ad alcuni di loro dopo aver sfiorato le modelle era davvero da piegarsi in due dalle risate. Ma quando si fermarono per la pausa pranzo, il risultato ottenuto era davvero incredibile. Guardarono tutti le foto sul computer di Ana e rimasero senza parole nel vedere cosa fosse riuscita a cogliere.

Quando ripresero, fu il turno di Rodrigo e dei suoi colleghi. Dopo aver posizionato un divano di velluto scuro e aver detto alle modelle cosa dovevano fare, Ana parlò con Calvin, Julio e Jesús per farli mettere in posizione e poi si rivolse a Rodrigo che la stava guardando.

«Tu sdraiati sul divano. La modella si lascerà cadere su di te e a quel punto dovete entrare in contatto. Voglio che mi guardiate in modo sensuale. Coraggio, sdraiati.»

Lui annuì. Era tutto il giorno che la osservava, sebbene non si fosse mai avvicinato a lei; era felice di averla accanto, anche se non gli rivolgeva la parola. Senza dire nulla, Rodrigo, con indosso soltanto la parte inferiore della tuta da pompiere e il torso nudo come i suoi compagni, fece quel che lei voleva. Quando la modella si stese su di lui, Ana ripeté: «Adesso guardatevi. Ingrid, devi lasciar cadere i fianchi su di lui e girarti leggermente perché si veda la biancheria intima. E tu, Rodrigo, posa la mano destra sui suoi fianchi e l'altra mettigliela tra i capelli».

Senza farselo ripetere, fece tutto ciò che lei gli chiese mentre le stiliste e le truccatrici gli applicavano della polvere brillante su alcune parti dell'addome e dei bicipiti perché risaltassero di più.

A quel punto, Nekane si avvicinò.

«Aspetta, Ingrid. Vai a cambiarti la calza destra perché ha una smagliatura.»

La modella di alzò e andò subito in cerca di una calza nuova. A quel punto, Rodrigo, non riuscendo a trattenere il bisogno che aveva di sentire Ana vicina, pur rischiando che lo prendesse a ceffoni lì davanti a tutti, la prese dalla vita e la fece stendere su di lui.

«Quindi la mano la devo mettere così? Giusto?» le chiese mentre tutti li guardavano.

Ana avrebbe voluto ucciderlo. Come osava? Poi, notando tutti quegli sguardi su di loro a pochi centimetri, si comportò da professionista.

«Esatto. Lei lascerà cadere i fianchi così, si girerà un po' e tu le poserai questa mano sulla vita con le dita ben aperte e l'altra invece la terrai tra i capelli.» Poi fissandolo, mormorò: «Quando sarete in posizione voglio che vi guardiate con desiderio. Poi lei poserà le labbra sulle tue e dovrai tendere i bicipiti per farli notare di più. Io e la macchina fotografica dobbiamo cogliere l'eccitazione del momento».

Quello sfregamento erotico cui Ana lo stava sottoponendo fece gonfiare il suo membro in una frazione di secondo, ma felice di averla così vicino dopo tutti quei giorni in cui gli era mancata, le sussurrò accanto all'orecchio, mettendole una mano tra i capelli: «Vuoi che la guardi così?»

«Sì» annuì lei con le pulsazioni a mille mentre percepiva la sua erezione in quel capannone dell'aeroporto di Barajas.

«Credo che sarà impossibile» mormorò lui.

«Perché?» chiese lei con un filo di voce.

«Perché desidero soltanto te.»

Sconvolta da quelle parole, osservò di sottecchi se qualcuno li stava ascoltando. Ma la musica e il fatto che ognuno stesse pensando alle proprie cose le diedero la certezza che non avessero sentito la conversazione.

«Le tue stupidaggini mi tormentano, Rodrigo» sussurrò.

«E tu mi fai impazzire, tesoro.» Poi, senza perdere un solo secondo, aggiunse: «Dobbiamo parlare».

«No».

«Ana...»

Con la gola secca, lei stava per rispondere quando arrivò di corsa a modella e urlò: «Ci sono!»

Rodrigo e Ana si guardarono ancora per qualche secondo e a quel punto lui la lasciò andare. Ana, stordita, si alzò alla bell'e meglio e prese la macchina fotografica che Nekane, con un sorrisetto, le stava consegnando. Allontanandosi di qualche metro, raggiunse un tavolino per bere un po' d'acqua. Accaldata, quando si voltò, vide come le stiliste lavoravano sui corpi di quelli che stavano posando.

«Che ti prende?» chiese all'amica. «Perché mi guardi così?»

«Nienteeeeeeeeeee» rispose Neka. «Ti dirò soltanto che ti ho scattato qualche foto stupenda. Credo che saranno le migliori del calendario.»

Lasciando la bottiglietta d'acqua, Ana andò sul menu della sua macchina fotografica e, quando vide le foto scattate da Nekane a lei e Rodrigo stesi sul divano mentre si guardavano, bofonchiò qualcosa. L'unione di chimica, sensualità e desiderio riflessa in quelle immagini, era proprio ciò che stava cercando.

«Sono belle, vero?»

«Neka... certe volte ti ammazzerei.» E voltandosi verso quelli che l'aspettavano stesi sul divano, si avvicinò a loro e iniziò a scattare.

Quella notte, quando Ana e Nekane arrivarono a casa e constatarono il risultato del duro lavoro della giornata, sorrisero compiaciute. Il calendario sarebbe stato un successo. Ma quando Ana si infilò a letto, sospirò nel rendersi conto che la sua vita personale era un vero disastro.

24

Due giorni più tardi, dopo una stancante giornata di lavoro con Raúl e altri fotografi per la marca Bucarestiang, quando arrivò a casa Ana aveva soltanto voglia di farsi una doccia, infilarsi il pigiama e godersi il suo bambino. Dani era bellissimo.

«Uhm... me lo mangio, me lo mangiooooooo questo piccolino!» urlò Encarna guardando il bimbo.

Ana osservò felice come suo figlio rideva davanti ai gridolini della sua vicina e, battendo le mani per attirare la sua attenzione, disse: «Che bravo il mio bimbo, e che bellooooooooooo!»

«Com'è andata la giornata, tesoro? Tanto lavoro?»

«Uff, Encarna, una follia. Ho dovuto fotografare duecentotrentasette ragazze per scegliere i migliori volti angelici per un lavoro per una ditta di cosmesi.»

«Che bel lavoro il tuo» scherzò la donna. «Tra l'altro, ho visto le fotografie scattate ai pompieri e volevo chiederti una cosa. E se si può mi dici di sì, se no mi dici di no senza problemi, chiaro?»

«Certo, dimmi» annuì Ana sorpresa.

La donna, toccandosi i capelli, si guardò attorno e si avvicinò a lei.

«Ma deve restare tra me e te, d'accordo?»

«Certo, Encarna» confermò decisa.

«Insomma, l'altro giorno ho pensato che mi piacerebbe avere una foto di Calvin e Rodrigo per metterle in due cornicette molto carine che ho visto nel negozio del cinese Juancho, e vorrei metterle accanto alle vostre e a quella di Dani. Siete tutti così bravi con me che vorrei avervi vicini.»

«Ma stai parlando sul serio?»

«Ma certo, ti sembra di no?» E, vedendo la sua espressione, chiese: «Pensi che a loro darebbe fastidio?»

«Noooooooooo» rispose subito. «Affatto. Anzi, ne saranno felicissimi. Non preoccuparti, te le farò avere.»

«Oh, diamine, che bello!»

Nekane si fermò quando, passando di lì, le vide bisbigliare.

«Coraggio, coraggio... vai a sistemarti che stasera prima di andare a dormire non berrai il solito Cola Cao» disse Nekane.

«Ma davvero non ti dispiace restare di nuovo con Dani?» chiese Ana a Encarna per la diciottesima volta.

«Ma no tesoro, no, io con questo amorino ci passerei la vita.»

«Encarna, non voglio approfittare di te!» esclamò Ana, compunta.

«Non ne approfitti. Lo faccio molto volentieri. Così almeno non sento la sua mancanza. È così beeeeeeeeeello il mio piccolino.»

«Fantastico!» applaudì Nekane che guardò l'amica. «E tu vedi di fare una faccia un po' più felice, che stasera ci divertiamo.»

«Ceni con Rodrigo?» chiese Encarna che si stupì di come le due la guardarono. «Che succede? Ho detto qualcosa che non va?»

«No, niente, Encarna. Ma no, non cenerò con Rodrigo.»

Encarna, consapevole dei sentimenti che Ana aveva sempre nutrito nei confronti del pompiere, e percependo come ancora più chiari quelli di lui verso di lei, la guardò perplessa.

«E se non è con lui con chi diavolo hai un appuntamento?»

Ana stava per rispondere quando Nekane la precedette.

«Con un gran fico, un modello iraniano di nome Amir che, come dice Macarena, la fruttivendola, 'ti manda fuori di testa'. Tra l'altro Amir in persiano vuol dire principe... Pensa un po' quanto è fico, Encarna, da mangiarselo!»

Ana, pensando ad Amir, sussurrò: «Oh, Neka! Mi sto già pentendo. Preferisco quasi restare qui con Dani».

«Col cavolo. Vai subito a metterti il vestito bianco che ti sta benissimo, poi ti infili le scarpe scure con tacco dieci e usciamo pronte a spassarcela. Dammi Dani e vai a prepararti!»

«Diamine... cosa mi tocca sentire» protestò Encarna. «Ma se lei non ha voglia di andarci, perché è costretta?»

«Perché lo dico io e basta. Ho prenotato al ristorante di Esmeralda e voglio che si diverta. Quindi… vai a prepararti!»

«Quanto comanda questa qui» brontolò Encarna. E poi, facendogli fretta, mormorò: «Dai, datemi il bambino e fate quel che dovete».

Quando la donna le lasciò da sole, Ana guardò l'amica e disse: «Ma, Neka…»

«No… oggi esci con noi perché lo dico io e basta.»

Un'ora dopo, Ana uscì dalla sua stanza con passo deciso e quando raggiunse la sala trovò lì Calvin che era già arrivato. Quando la vide, l'uomo fischiò.

«Ehi ma da dove è uscita questa meraviglia?»

«Mio Diooooooo, Ana!» urlò l'amica quando la vide. «Sarà un successo!»

«Oh, figliola, quanto sei bella» applaudì Encarna.

Ana sorrise. Quel vestito corto e bianco alla moda di Ibiza era sempre stato un grande successo; le piaceva molto. Faceva risaltare la sua pelle scura e i capelli.

«Ti piace come mi sta?» chiese all'amica indicando le scarpe lilla abbinate alla borsa.

«Perfetto.»

«Anche tu sei molto bella con quel nuovo vestito» affermò Ana. «Ma è della collezione di Fred Perry?»

Facendo un giro su se stessa, Nekane annuì. Adorava quella collezione Fred Perry pensata per la scomparsa Amy Winehouse.

«La mia principessa è bella anche con una lattuga in testa» precisò Calvin.

Encarna sorrise e Nekane, dopo averle mandato un bacio con la mano, si avvicinò all'amica.

«È da così tanto tempo che ti vedo soltanto con jeans, salopette e pigiami che vederti vestita così, bellissima, mi emoziona. Cavoli, ragazza! Quando decidi di darti una sistemata mi lasci senza parole.»

«Senza parole ha lasciato me» disse Calvin ancora sorpreso.

Dieci minuti più tardi, dopo aver sbaciucchiato affettuosamente Dani, i tre amici se ne andarono. Ana aveva un appuntamento.

Quando arrivarono al ristorante, un locale minimalista in cui l'arte e la cultura si fondevano alla gastronomia, la sua amica Esmeralda, proprietaria e chef, andò a riceverli. Dieci minuti dopo, mentre bevevano un cocktail, arrivò Amir, un bellissimo, scurissimo e strabiliante modello, cosa che fece sorridere Ana come un'ebete. Era davvero un fico!

Mentre bevevano qualcosa e chiacchieravano animatamente, un giovane cameriere si avvicinò per avvisarli che il tavolo era pronto. Ma quando lo raggiunsero, si sorpresero.

«Un tavolo per otto?» chiese Nekane. «Ma siamo soltanto quattro.»

«No, siamo otto» rispose all'improvviso Rodrigo, avvicinandosi a loro insieme a Julio, Rocío e a una giovane bionda.

«Ciao ragazzeeeeeeeee!» le salutò felice Rocío. «Non sapete quanto piacere mi ha fatto sapere che ci saremmo viste questa sera!»

Amir salutò tutti felice. Più erano meglio era! Ana, sorpresa di ritrovarsi lì Rodrigo a braccetto di quella donna, avrebbe voluto andarsene a gambe levate, ma nel sentire la mano dell'amica che la tratteneva, fece un sospiro. Senza cambiare espressione, Rodrigo li salutò e gli presentò la sua accompagnatrice. Si chiamava Katrina. Poi batté un cinque con Calvin che gli fece l'occhiolino.

Rendendosi conto di quel gesto, Nekane si avvicinò al suo fidanzato.

«Ma perché gli hai dovuto dire dove eravamo?»

Lui la guardò attonito.

«Principessa, ti giuro che io non gli ho detto niente.»

«Sì, come no, e secondo te io ci credo» protestò Nekane sedendosi mentre Calvin sorrideva.

La cena ebbe inizio come ci si sarebbe aspettati. Divertente e amena. Le quattro coppie ridevano e parlavano un po' di tutto e i piatti, preparati direttamente da Esmeralda, erano prelibati e abbondanti. Durante la cena, Ana e Rodrigo non si scambiarono una sola parola che non fosse collegata a ciò di cui parlava il resto del gruppo, ma a nessuno dei due sfuggiva il minimo movimento dell'altro.

Verso mezzanotte furono raggiunti da Popov e, dopo aver

parlato con la moglie, si accordarono con Esmeralda per vedersi in un locale alla moda, Clapsia. Una volta lì, le ragazze andarono tutte alla toilette e, mentre Katrina faceva le sue cose, le altre tre si guardarono e bisbigliarono tra loro.

«E questa da dove è uscita?» chiese Nekane.

«Non ne ho idea» mormorò Rocío. «La prima a essersi sorpresa nel vederla sono stata io. Ma sembra simpatica.»

«L'uragano *Katrina*» sibilò Ana seccata.

Rocío, notando che Nekane le faceva cenno di non rispondere, disse: «L'unica cosa che so è che è una hostess. Avete visto che razza di fisico?»

«Eccome... è una gran gnocca» sussurrò Nekane. «E sia chiaro che a me piacciono i maschi. Ma bisogna dare a Cesare quel che è di Cesare.»

«Certo che anche quell'Amir...» disse Rocío. «Da dove è uscito un bocconcino del genere?»

«È l'amico di un amico» rispose Nekane ridendo. «Diciamo che è un bocconcino per rallegrare la serata di Ana.»

Ana non rispose; si limitò a guardarsi allo specchio mentre le altre due spettegolavano sul modello iraniano. Cinque minuti dopo, le quattro donne raggiunsero gli altri. Ana, passando accanto a Rodrigo, non lo guardò nemmeno ma lui le fece lo sgambetto e un secondo dopo l'aveva tra le braccia.

«Un giorno mi dovrai dire che profumo usi per odorare così tanto di pesca.»

«Ma tu ci sei o ci fai?» grugnì osservando l'espressione di Katrina.

«Ricorda, sono un idiota. È quello che mi hai detto l'ultima volta, in mezzo a una delle tue tante perle linguistiche» dichiarò senza lasciarla andare e indifferente a chi li stava osservando.

«Toglimi di dosso le tue zampacce se non vuoi che tiri fuori il peggio di me.»

«Peggio di quel che stai facendo?» brontolò consumato dalla gelosia. «Credi che sia facile per me stare a guardare come quel tipo ti sbava dietro dopo che ti ho detto che sono pazzo di te e ti ho chiesto un'occasione?»

«Questo non è niente in confronto a quello che ho dovuto sopportare io. Niente!»

«Ana... io non sapevo che stavi soffrendo a causa mia. Se mi avessi detto che...»

«Lasciami andare!» lo interruppe seccata.

Lui la lasciò andare controvoglia. Avrebbe voluto portarla via di lì, in qualsiasi altro posto in cui potessero chiacchierare a tu per tu. Ma lei non gli avrebbe reso le cose facili. Non appena fu libera dal suo abbraccio, lo guardò con aria di sfida e gli chiese: «Ma si può sapere cosa ci fai qui?»

«Mi diverto, come te.» E poi, non riuscendo a evitarlo, aggiunse: «E tu cosa ci fai qui con quel cretino?»

«Vuoi che ti dica cosa mi sembra la tua accompagnatrice? Non credo, vero?! Allora fammi il piacere di stare zitto e smettila di intrometterti nella mia vita o alla fine mi farai arrabbiare e sarò costretta a dirti cosa ne penso delle tue conquiste.»

Detto questo, si voltò e raggiunse Amir che stava chiacchierando con Julio. Nekane, che era stata testimone di tutta la scena, guardò Rodrigo, ma quando lui sollevò un sopracciglio a mo' di domanda, si passò soltanto la mano lungo il collo e Rodrigo sbuffò in modo ironico vedendo l'espressione incredula del suo amico Calvin.

Verso le due del mattino, le ragazze erano ormai un po' alticce, soprattutto Ana che, felice di poter bere qualcosa di più forte di un succo d'ananas, decise di farsi un piccolo regalo. Se lo meritava e soprattutto ne aveva un gran bisogno per non continuare a pensare che Rodrigo, l'oggetto dei suoi desideri più profondi, era lì. Via via che la serata andava avanti, Amir si mostrava sempre più attento e vicino a lei e la cosa infastidiva incredibilmente Rodrigo. Quando poi vide che la baciava, fu sul punto di saltargli al collo, ma uno sguardo di avvertimento di Calvin lo costrinse a controllare i suoi istinti e non si mosse da dov'era.

Vedere come quell'individuo la baciava, gli fece capire cosa aveva potuto provare lei mesi prima e la cosa lo fece soffrire. Katrina, la giovane hostess, cercava di attirare la sua attenzione, ma Rodrigo non le dava retta; cercando di farlo ingelosire, iniziò a chiacchierare con il tipo del bancone, ma il pompiere nemmeno se ne accorse. Verso le tre del mattino, dagli altoparlanti incoraggiarono i presenti a cantare il karaoke. E le ragazze, eccitate dalla serata e dall'alcol – a parte l'hostess che non volle unirsi al gruppo – si misero a cantare come delle pazze la canzone del momento di Michel Teló.

Nossa, Nossa, Assim você me mata… Ai se eu te pego, ai ai se eu te pego.
Delícia, delícia, assim você me mata… Ai se eu te pego, ai ai se eu te pego.

La gente che riempiva velocemente il locale si unì al coro e iniziarono tutti a ballare muovendo mani e corpo tra risate e applausi. Rodrigo, dalla sua posizione, guardava Ana senza sapere se ridere o arrabbiarsi. Era parecchio ubriaca, e anche se era divertente e bella mentre ballava in quel modo così disinibito sul palco, non gli fece piacere vederla così e ancora meno notare come la guardava il suo accompagnatore, Amir.

Quando la canzone terminò, le ragazze scesero dal palco tra gli applausi del pubblico. Ana, assetata, andò direttamente verso Amir e, con uno slancio dovuto alla felicità, lo afferrò e gli diede un bacio appassionato, cosa che fece ben sperare il modello circa la notte che avevano davanti, e che invece distrusse Rodrigo.

Quest'ultimo, senza muoversi dalla sua posizione, la guardò con aria di rimprovero e lei, come se niente fosse, notando il suo sguardo, camminò verso di lui con sfacciataggine, finse di inciampare in modo da rovesciargli addosso tutto il contenuto del suo bicchiere.

«Ohhhhhhhhhhh… quanto sono goffa!» scherzò Ana vedendo che gli aveva infradiciato la camicia e parte dei pantaloni.

Ma lui rimase immobile. Si limitò ad afferrarla da un braccio e, avvicinandola a sé, le disse: «Smettila di bere o domani ti scoppierà la testa».

«Tu *creeeeeedi*?» scherzò lei.

«Certo, non stai mica bevendo del Cola Cao.»

«Fammi capire, Rodri, perché non mi *laaaaasci* perdere e non ti concentri sull'uragano *Katrina*?»

«Uragano *Katrina*?» esclamò lui ridendo.

Ana, vedendo che non riusciva a farlo arrabbiare, si voltò

e, guardando Amir che non capiva cosa ci fosse tra quei due, disse forte e chiaro: «Bellezza, ordinami altri due di *queeeeeee-esti*, che l'ultimo senza volere l'ho buttato addosso a questo dongiovanni».

Poi prese la birra che Rodrigo aveva accanto, la tracannò e, salticchiando, iniziò a ballare al suono della voce di due ragazze del karaoke che intonavano *Chica yeyé*.

Rocío, che aveva visto l'accaduto, prese dal bancone un po' di tovaglioli e li portò subito a Rodrigo. Era fradicio e quella pazza non se n'era nemmeno preoccupata.

«Ma cosa prende ad Ana?» chiese Esmeralda vedendola così fuori di sé.

«Non lo so, tesoro, ma credo che l'alcol non le faccia bene... anzi» mormorò Popov.

«Mamma mia se è sbronza! Ma cosa ha bevuto?» chiese Nekane vedendola in quello stato.

«Credo di tutto» rispose Calvin ridendo quando notò l'aria corrucciata di Rodrigo.

A Nekane non fece piacere vedere l'amica in quelle condizioni. Quello era il risultato di tutta la confusione che aveva in testa per via di Rodrigo. Per questo disse a Popov: «Portiamola via di qui prima che faccia qualcosa di cui poi si pentirebbe».

Esmeralda, guardando Amir, quel possente modello iraniano, bisbigliò: «Secondo me le passerà tutto quando se ne andrà con quel gran pezzo di ragazzo. Mamma mia, quanto è sexy! Quello lì le farà di sicuro passare la sbronza e...» Ma vedendo come la guardava Popov, cambiò subito opinione: «Sì, giusto... portiamola via così prende un po' d'aria».

Tuttavia, all'improvviso, dei fastidiosi colpetti sul microfono del karaoke attirarono l'attenzione di tutti verso il palco e rimasero a bocca aperta nel vedere lì sopra Ana che sorrideva.

«Cazzoooooooo...!» esclamò Popov.

«Io la uccidoooooooo...» sussurrò Nekane andando verso di lei.

Ma prima che riuscisse a raggiungerla, Ana iniziò a parlare: «Ciaoooooooooooo! Mi chiamo Ana e questa canzone la voglio dedicare a un uomo bellissimo». Amir sorrise, orgoglioso, ma poi si raggelò quando sentì cosa diceva: «Si tratta di un pompiere sexy e davvero fico che rispecchia perfettamente le più nascoste e perverse fantasie femminili. Sì, sì, Rodrigo, non nasconderti, questa è per te!» E, indicandolo con il dito, proseguì con il suo discorso: «Per vostra informazione, *ragazzeeeeeeeee*, Rodrigo è quel tipo lì con la camicia nera fradicia, con i capelli scuri e gli occhi azzurrissimi, lì appoggiato al bancone. Vero che è uno schianto?» Si sentì un apprezzamento da parte di tutte le donne del locale e Ana proseguì: «Ma attenzione... attenzione... è tanto bello quanto idiota, e vi posso assicurare che vi spezzerà il cuore».

«Ohhhhhhhhh...!» riecheggiò in tutto il locale.

«Plumcake, scendi subito di lì!» urlò Popov cercando di farla smettere.

Ma era impossibile. Ana si muoveva sul palco mentre continuava a parlare e a parlare.

«Allora... *viiiiii* racconto... proprio come la canzone inglese che vi canterò, voglio che sappiate che dirò a quel fantastico corpo più eccitante di un esercito di marine chiamato Rodrigo che è una merda e un egoista perché mi ha fatta *sentiiiiiire* la donna meno desiderabile del mondo, del mondo *inteeeeero*.»

Le donne che erano nel locale iniziarono a rimproverarlo e alcuni uomini anche, ma Rodrigo non si mosse. Sopportò quella tempesta da vero campione.

«Mio Dio che le tolgano il microfono!» urlò Nekane, ma nessuno le diede retta.

«Ohhh povero...!» mormorò Rocío vedendo come lo rimproveravano.

«Lui *èèèèèè*» – proseguì Ana – «la tipica scopata che poi non si ricorda nemmeno chi sei. È il tipico pompiere sexy che spegne in modo fantastico il tuo *fuooooooco* e... e... e quello amiche è Rodrigo!» La gente lo guardò male ma lui continuò imperterrito. «E oggi... oggi voglio rinfacciargli *quaaaaaaanto* mi ha fatta star male mentre ero incinta. Sì... sì, incinta e *graaaaassa* come una balena! E adesso quell'*idiotaaaaaaaa* mi vuole *conviiiincere* a fidarmi di nuovo di lui. Voi lo fareste?»

Le ragazze del locale urlarono «Nooooooooooooo!»

Ana, scuotendo la testa, concluse: «Esatto, *ragazzeeeeeeeee*, è quello che gli ho detto io. Quindi caro pompiere, questa canzone è per te, pezzo di merda!»

Il locale intero fischiava e le urla contro di lui erano sempre più forti. I suoi amici si guardarono consapevoli che o tiravano fuori di lì Rodrigo o l'avrebbero linciato ma lui, dopo aver ascoltato e calmato Calvin e Julio, rifiutò di farlo. Non sarebbe uscito di lì se prima non l'avesse fatto quella che tanto lo stava disprezzando al microfono.

«Ana... scendi subito da lì» le chiese Nekane afferrandola da un piede.

Ubriaca, lei rise e, guardando l'amica, mormorò, dopo averle mandato un bacio con la mano: «Ma se sto per *cantareeeeeeeee...*»

Le narici di Rodrigo si aprivano e si chiudevano sentendo su di sé tutti gli sguardi del locale. Non era mai stato sottoposto a un'umiliazione del genere e sarebbe voluto salire su quel palco e strangolarla. Perché lo stava facendo? Amir, che aveva appena avuto la conferma di ciò che aveva sospettato tutta la sera, si avvicinò a lui e gli chiese: «Ma è vero quello che dice?»

Dopo aver bevuto un sorso di birra, Rodrigo lo fissò e rispose, guardando un tizio che lo stava insultando: «Se lo dice lei, sarà vero».

«Incinta?» chiese Amir sconvolto.

«Certo, superincinta» annuì Rodrigo deciso a non rivelare altro.

Katrina se ne andò via molto arrabbiata, ma Rodrigo non si mosse. Non gli importava che andasse via e nemmeno che alcuni uomini del locale parlassero male di lui. L'unica cosa che voleva era parlare con quella brunetta ubriaca persa che dava spettacolo.

«Qui ci sarà un casino» mormorò Calvin.

«Sì... credo anch'io» annuì Julio divertito.

Amir, che non aveva nessuna intenzione di infilarsi in problemi che non lo riguardavano, diede un ultimo sorso alla sua bibita e se ne andò dopo Katrina. Non voleva casini.

«Amore, Ana è impazzita» mormorò Rocío. Ma vedendo il marito piegato in due dalle risate, gli chiese: «Cos'hai da ridere?»

«Ma se è la situazione più divertente che abbia mai vissuto in vita mia! Hai visto che faccia ha Rodrigo?» Tuttavia, vedendo che l'amico si toglieva di dosso un tipo che aveva voglia di rissa, cambiò espressione e aggiunse: «Tesoro… fai attenzione, perché credo che dovremo svignarcela di corsa».

Improvvisamente si sentirono le prime note della canzone *Me and Mr Jones*, nella versione di Amy Winehouse e Ana iniziò a cantare con una voce e una sicurezza che lasciò tutti basiti:

Nobody stands in between me and my man, it's me and Mr Jones. What kind of fuckery is this? You made me miss the Slick Rick gig. You thought I didn't love you when I did. Can't believe you played me out like that. No you ain't worth guest list. Plus one of all them girls you kiss. You can't keep lying to yourself like this. Can't believe you played yourself out like this.

…

Nessuno sta tra me e il mio uomo. Siamo Io e Mr Jones. Che stronzata è questa? Mi hai fatto saltare il concerto di Slick Rick. E pensavi che non ti amassi quando invece sì. Non posso credere che mi hai fatto questo. No, non sei degno della lista degli ospiti. Continua a uscire con tutte quelle ragazze che baci. Ma non puoi continuare a mentire a te stesso così. Non posso credere che ti stai facendo questo.

…

Spinta dall'alcol e dalla situazione, Ana si muoveva sul palco come una vera diva del soul, anche ubriaca. Mentre cantava, Rodrigo, sempre più arrabbiato per via del testo, non riusciva a toglierle gli occhi di dosso. Non ascoltava quello che gli urlavano contro i tizi del locale. Aveva occhi e orecchie soltanto per Ana. Anche se lei lo insultava di continuo attraverso la canzone, indicandolo, anche se tutto il locale lo guardava e lui l'avrebbe voluta strozzare per quell'umiliazione, i suoi piedi non si muovevano. Non poteva far altro che starsene lì, fradicio, a sopportare quella bufera e a reggere gli insulti di quella piccola brunetta così sfrontata.

Finita la canzone, l'intero locale, entusiasta per come Ana aveva cantato, si lasciò andare agli applausi mentre lei, felice come una pasqua, salutava comicamente, senza rendersi conto dell'ostilità che aveva alimentato in certi individui. Nekane e

Popov, allucinati per quel che aveva appena fatto, la presero da un braccio e, tra gli applausi, riuscirono a trascinarla via prima che continuasse a insultare in quel modo Rodrigo.

Non appena la ebbero nelle loro mani, Popov la guardò e disse: «Cazzo, Plumcake! Canti da Dio, ma sei impazzita?»

«Popov, chiudi il becco e usciamo subito tutti da qui» disse Nekane. Poi, vedendo come l'amica sorrideva a tutti quelli che l'applaudivano al suo passaggio, sibilò: «*Overginesanta*, Ana, ma come hai potuto farlo?»

«Fare cosa?» E aggiunse, guardando l'amico che la reggeva dal braccio destro: «A Popov è piaciutoooooooooo».

Quando raggiunsero Rodrigo, mezzo locale aveva gli occhi puntati su di loro e lui le chiese, con aria seria: «Sei contenta, adesso?»

«Ti ho appena *dedicaaaaaaato* una canzone. Ricordo che un giorno me l'avevi chiesto. Ti è piaciuta?» balbettò divertita.

«La mia pazienza con te ha raggiunto il limite» sibilò lui, arrabbiato.

«Ohhhhh... che pauraaaaaaaaaa!» ironizzò Ana che si avvicinò e gli sussurrò, sconvolgendolo di nuovo: «Sei uno stronzo, anche se devo riconoscere che sei uno stronzo moooooolto sexy, con cui me la spaaaaaaaasso a letto. Però non è che ora ti devi sentire una specie di re delle lenzuola.»

Era talmente sconvolto e furioso con lei che non si accorse che si stava avvicinando una specie di gigante con l'aria davvero poco affabile. E, senza alcun preavviso, l'uomo gli affibbiò un destro in pieno occhio e lo fece cadere all'indietro. Calvin, quando lo vide, si mise subito in mezzo e poco dopo fecero così anche Julio e Popov. Rocío, vedendo che il marito dava e riceveva colpi, si mise a urlare e iniziò a colpire con la borsa chiunque si avvicinasse. Esmeralda non ci pensò su due volte e fece lo stesso, mentre Ana, divertita e inconsapevole di quel che aveva scatenato, rideva a crepapelle, fin quando non la spinsero, perse l'equilibrio e cadde a terra. Rodrigo, furibondo, iniziò a colpire a destra e a manca e Nekane, spaventata, si lanciò contro il tizio che stava colpendo il suo Calvin e continuò a morsicarlo finché non riuscì a toglierglielo di dosso. Qualche secondo dopo, dato il caos che si era creato, arrivarono i buttafuori del locale per sedare la rissa. Nekane, assicuratasi che Calvin stesse bene, decise di sollevare da terra la sua amica un po' sopra le righe e di portarla fuori del locale.

«Sei la degna erede dei Corleone!» urlò furibonda non appena furono in strada. «Ma hai visto che casino hai fatto?»

«Una vera disgrazia. Mi si è rotto un tacco!» rispose Ana con una scarpa in mano.

«No, quello che ti si è rotto è il cervello» protestò Nekane angosciata.

Due minuti dopo, i buttafuori fecero uscire dei malridotti Rodrigo, Calvin, Popov e Julio e delle eccitate Esmeralda e Rocío. Ana, vedendo le loro facce, scoppiò di nuovo a ridere a crepapelle, estranea a tutto, mentre si incamminavano verso un bar vicino per bere qualcosa e rimettersi in forze. Mezz'ora più tardi, di ritorno al parcheggio del locale, rimasero tutti senza parole, eccezion fatta per Ana che scoppiò di nuovo a ridere quando vide la bella macchina di Rodrigo ridotta a pezzi.

25

La mattina successiva, al risveglio, ad Ana girava tutto. Stava per alzarsi dal letto per andare a vedere suo figlio, ma lo stomaco era talmente sottosopra che la prima cosa che vide fu il WC.

«Però... la signorina Winehouse Corleone si è svegliata» scherzò Nekane appoggiata allo stipite del bagno con in mano una tazza di caffè.

Guardandola con uno sguardo vitreo per come si sentiva, Ana si sedette a terra.

«Neka, non sono in vena di battute. Dov'è Dani?»

«Con Encarna. Ha mangiato e l'ha cambiato e poi sono usciti a fare una passeggiata.»

«Che ore sono?»

«Le quattro e mezzo del pomeriggio.»

«Cosa?!»

«Hai sentito bene.»

Nekane, con un'espressione burlona, bevve un sorso del suo caffè e si sedette intenzionata a parlare con l'amica, ma questa la precedette: «Non dirmelo... Non dirmi cosa ho fatto ieri».

«Oh certo! Eccome se te lo dirò.» Poi, passandole la tazza di caffè perché ne bevesse un po', aggiunse: «A parte esserti bevuta l'impossibile e aver cantato come la mia amata Amy Winehouse, sei riuscita a far sì che Amir se ne andasse con l'uragano *Katrina* e che spaccassero la faccia a Rodrigo, Calvin, Popov e Julio e, quando ormai non ci aspettavamo altro, evidentemente i tizi del locale sono usciti e hanno distrutto l'auto di Rodrigo. È da rottamare. Ti sembra poco?»

«Come?»

«Proprio come hai sentito. Ti sei presa una bella sbronza ieri.»

«Non ci creeeeeeedo.»

«E invece credici, tesoro, sì sì. Credici. E tra l'altro sei più pericolosa ubriaca con un microfono che Steve Wonder ai comandi di un F-16.» Poi, ridendo, mormorò: «Corleone… non sai cosa ti sei persa e il casino che hai fatto con le tue parole. Incredibile!»

«Ma cosa è successo?» chiese sempre più sconvolta e senza capirci niente.

«Di tutto.»

«Io… io ricordo soltanto che… Mio Dio! Stanno tutti bene?»

«Sì, non preoccuparti» annuì Nekane. «I lividi…»

«Lividi?!»

«Sì, tesoro… lividi, male alle costole, mandibole dolenti e, nel caso di Rodrigo, si può anche aggiungere un occhio nero e un labbro rotto. Poveraccio, non ci siamo accorti del tipo che si è avvicinato a lui e questo gli è saltato addosso come un toro.»

«Oh, mio Dio!» gemette coprendosi il viso.

«Ma fammi capire come diavolo ti è venuto in mente di dire quel che hai detto su quel palco. Ma tu…»

«Neka… non so cosa ho detto e nemmeno cosa sia successo. È come se mi avessero resettato il cervello e ricordo soltanto che siamo arrivati al locale e… e… ma cosa ho detto?»

Quando l'amica le riprodusse parola per parola le stupidaggini che aveva detto e come la folla aveva reagito contro Rodrigo, Ana non soltanto impallidì… divenne traslucida e sarebbe voluta sprofondare. Nekane, notando lo sguardo spaventato, aggiunse: «Ma tranquilla, siamo tutti vivi. Anche se non so cosa sarebbe successo a Rodrigo se i buttafuori del locale non l'avessero aiutato a uscire di lì».

«Ohhhhhh Dioooooooo!»

«Esatto. Ohhhhhh Dioooooooo!» ripeté Nekane.

«Devo chiamarli tutti e scusarmi» disse gemendo angustiata. «E Rodrigo prima di chiunque altro.»

«Ecco, quello no magari. È meglio se Rodrigo non lo chiami. Chiama tutti gli altri, ma non lui.»

«Perché?»

Nekane, smettendo di sorridere, sospirò.

«Ascolta, Ana, è meglio se lasci passare un po' di tempo.

Lascialo respirare e aspetta che dimentichi quel che è successo. È la cosa migliore, credimi.»

«Perché non posso chiamarlo?» chiese di nuovo.

«Così? A bruciapelo?»

«Sì... chiara e concisa» le chiese Ana.

«Molto bene. Allora te lo dico.» Nekane si sentì rinvigorita. «Ieri sera, mentre tu ridevi come una pazza di Rodrigo e continuavi a far uscire dalla tua boccuccia perle su perle e rimproveri, lui ha iniziato a irritarsi e quando siamo arrivati a casa mi ha detto di dirti che era tutto finito, che si dava per vinto e che per favore non lo chiamassi più perché lui non ti avrebbe più chiamata e...»

«Ma ho bisogno di scusarmi.»

«Ripeto: non vuole parlare con te.»

«Non mi importa quel che vuole. Lo chiamerò lo stesso.»

«E invece, maledetta testarda, dovrebbe importarti. Dovresti capire che è molto arrabbiato e devi lasciarlo un po' in santa pace o se no farai di nuovo casino.»

«Ma Neka non posso non chiamarlo per scusarmi. Ma siamo pazzi?»

«Ana, per favore, ascoltami» disse Nekane cercando di convincerla. «Stanotte ho visto qualcosa nei suoi occhi e nel suo modo di guardarti che mi ha fatto capire che era davvero molto arrabbiato e che aveva bisogno di staccare un po' con tutto.»

Ma Ana, non dando retta all'amica, si alzò dal pavimento, andò in camera sua e digitò il numero di Rodrigo. Due secondi dopo, il suo corpo si contrasse quando lo sentì dire: «Avevo detto che non volevo parlare con te».

«Lo so. Neka me l'ha riferito, ma... Rodrigo, mi dispiace. Stai bene? Davvero io...»

«No, Ana, non ti dispiacere e ascoltami bene una maledetta volta perché sono al limite della sopportazione!» urlò in preda alla collera. «Tra noi due è tutto finito. E mi dispiacerà per tutta la vita per Dani perché gli voglio bene, ma è tutto finito! Da quando ci conosciamo mi hai umiliato, mentito, avvelenato, aperto la testa, utilizzato come un idiota e alla fine mi hanno anche pestato e distrutto la macchina. E tutto questo perché? Perché non mi sono innamorato di te quando tu l'hai fatto di me. Cazzo, Ana! Accetta che non tutti seguiamo il tuo ritmo. Accetta che a volte le persone possano meritare delle seconde occasioni, o anche delle terze o delle seste, e quando l'avrai accettato, forse allora potrai guardarti allo specchio e capire che ti sei sbagliata sul mio conto e di certo anche su molta altra gente.»

«Ma Rodrigo, ascolta. Io...»

Lui riagganciò e Ana, sconvolta, chiuse gli occhi. Da quel giorno, lui sparì dalla sua vita.

26

I mesi passarono e arrivò Natale. Quell'anno era tutto magico e speciale per Dani, e sebbene Ana si mostrasse davanti agli altri come una donna forte, in realtà piangeva in silenzio per la mancanza di Rodrigo. Stare con Calvin e Nekane, Rocío e Julio o Popov ed Esmeralda le spezzava il cuore. Vedere la complicità di quelle coppie, nei loro sguardi o nei loro sorrisi, le palesava quanto fosse sola e soprattutto quanto le mancassero la presenza e le attenzioni di Rodrigo. Lui era specializzato nel farla sentire bene e nel semplificarle la vita e ora, per colpa del suo stupido orgoglio, non l'avrebbe più rivisto.

Proprio come l'anno prima, Nekane andò in Navarra per trascorrere le festività con la sua famiglia, anche se questa volta ci andò in compagnia del suo felice Calvin. Ana, insieme al piccolo Dani, decise di andare a Londra. Ma il giorno in cui era seduta in aeroporto, nella sala d'imbarco insieme al bambino, sentì una fitta al cuore quando sentì urlare all'improvviso: «Anaaaaaaaaaaaaaaaaaa!»

Quando si voltò a guardare, il cuore le balzò in gola vedendo lì davanti Álex, Carolina e Úrsula. Si alzò subito per accogliere gli abbracci affettuosi dei ragazzi che non appena la videro le si lanciarono addosso. Úrsula, a differenza di altre volte, le diede due baci e, guardando il piccolo, sussurrò: «Ma che bello il tuo bambino! È splendido!»

«Molte grazie.»

«Dove stai andando?» chiese Carolina curiosa. Non sapeva cosa fosse successo tra lei e suo fratello, ma sapeva che ormai non si vedevano più.

«Vado a passare il Natale a Londra dalla mia famiglia.»

«La tua famiglia vive lì?» chiese Úrsula sorpresa.

«Sì.»

«Mi... mi lasci prendere Da... Dani» chiese Álex.

«Ma certo, tesoro» disse Ana sorridendo.

«Siediti però» gli ordinò Úrsula. «Da seduto lo prenderai più comodamente.»

Quando Ana lasciò il bambino in braccio al ragazzo, il piccolo sorrise e l'altro disse: «Ha... ha gli occhi... come Rodrigo e mamma. Azzurri... azzurri».

«Mamma, vado a comprare delle riviste» mormorò Carolina sentendo quel commento e decisa a togliersi di mezzo.

Úrsula, notando il disagio della ragazza davanti alle parole del figlio, affermò: «Hai ragione, ha degli occhi azzurri bellissimi».

Ana non riuscì a rispondere. Non appena sentiva il nome di Rodrigo si bloccava e non poteva più dire nulla. Ma tirando fuori da qualche parte le forze, mandò giù il nodo di emozioni e chiese: «E voi dove andate?»

«A Disneyland Paris!» urlò Álex emozionato.

«Ma davvero?» applaudì felice. «Che bello!»

«Sì. Mamma, Carol, Rodrigo e io... and... andiamo a festeggiare lì il Natale.»

Sentendo di nuovo il nome di Rodrigo, si irrigidì. Era lì? Non riuscì a evitare di guardarsi intorno e fu a quel punto che Úrsula le si avvicinò e mormorò: «Non cercarlo, non è qui. Ci raggiungerà direttamente là».

Tentando di rimettersi dall'emozione, respirò sollevata. L'ultima cosa che voleva era trovarselo lì e con tutta la sua famiglia. Úrsula, notando che la giovane era un po' confusa, la prese da un braccio e, allontanandola da Álex e dal bambino, le chiese: «Ti senti bene?»

«Sì, sì, certo» annuì e cercò di cambiare argomento. «Ed Ernesto?»

«Ho seguito il tuo consiglio e... mi sono separata da lui».

Quell'informazione bomba la fece tornare in sé.

«Ma, signora, è fantastico... Sono così felice di sapere che...»

«Per cortesia, Ana, chiamami Úrsula.» E prendendola per le mani, mormorò emozionata: «Non vivrò così tanto a lungo per poterti ringraziare per tutto quello che hai fatto per me e per i miei figli senza raccontarlo a nessuno». Poiché aveva tutta l'attenzione della ragazza, Úrsula sussurrò: «Carolina mi ha raccontato parecchie cose e non posso che dirti grazie. Mi sento una vera strega per come ti ho trattata. Ma grazie a te e alle tue parole ho aperto gli occhi e...»

«Tranquilla, Úrsula. Non devi dire altro. Quel che conta è che tu abbia preso la decisione giusta e che i tuoi figli stiano bene. È l'unica cosa importante.»

«Sto seguendo una terapia per risolvere tutti i miei problemi, che non sono pochi, ma sono certa di farcela. Ho ripreso in mano la mia vita, proprio come mi avevi detto tu. Mi sento malissimo al pensiero di quanto ho fatto soffrire i miei figli e di quante idiozie ho detto a te...»

«Ascoltami, il passo che hai fatto è molto importante per tutti, soprattutto per i tuoi figli. Soffrivano molto e di certo questa iniezione di adrenalina positiva gli avrà fatto benissimo. Hanno recuperato la loro madre e ora devi soltanto dimostrare che ci sei al cento per cento per loro, e loro ti renderanno il mille per mille. E quanto a me, non preoccuparti. È tutto dimenticato.»

«Ana, Rodrigo mi preoccupa. Sono mesi che è sempre arrabbiato, e sebbene sia felice per il cambiamento della mia situazione personale, so che gli succede qualcosa ma non mi lascia entrare nel suo cuore. Tu sai cosa gli prende?»

Cosa poteva rispondere? Poteva solamente dirle che era lei la colpevole. Tuttavia, con il suo sorriso migliore, mormorò: «Non lo so, Úrsula. È da tanto che non parlo con lui. Ma non preoccuparti, vedrai che starà bene».

«Eccomi qui!» disse Carolina avvicinandosi a loro.

A quel punto l'imbarco del volo di Ana cominciò e, decisa a sfuggire da domande angoscianti, annunciò: «Devo imbarcarmi».

Dopo aver preso Dani dalle braccia di Álex e dopo che questi l'ebbe salutato con baci affettuosi, baciò Carolina e Úrsula e, con il suo piccolo in braccio, s'imbarcò senza voltarsi indietro.

Teresa era la nonna più felice del mondo. Poter andare in giro con il passeggino di suo nipote per le strade di quella splendida città, la emozionava. Nei giorni in cui rimase a Londra, Ana riposò e uscì anche qualche sera a divertirsi con sua sorella e i suoi amici. Ma non ci riuscì molto.

Sembravano tutti felici, ma nonostante quell'apparente normalità, Frank e Teresa, senza dire nulla, osservavano la loro figlia ed erano preoccupati dalla tristezza che le scorgevano nello sguardo. Ana cercava di essere allegra, ma i suoi occhi parlavano al posto suo. Lucy provò a parlarle ma lei si negò. Si vergognava all'idea di raccontare quanto si fosse comportata male con Rodrigo. Quindi decise che, finché fosse stata a Londra, avrebbe cercato di dimenticare tutto. Ma era impossibile. Ogni volta che Dani faceva qualcosa di buffo, si ricordava di lui e pensava a quanto Rodrigo si sarebbe divertito a guardarlo.

La notte dell'Epifania, mentre Ana, seduta davanti al camino, osservava nel buio della sala l'infinità di regalini per suo figlio, suo padre entrò senza far rumore.

«Ciao piccola!» E, sedendosi accanto a lei, mormorò: «Ma lo sai che se non vai a dormire i tuoi magici regali non arriveranno mai?»

Ana sorrise, ma aveva gli occhi pieni di lacrime. Non riusciva a parlare. Aveva appena ricevuto da Nekane una foto di lei insieme agli amici di Madrid mentre festeggiavano, e tra loro aveva visto Rodrigo. E, non potendolo evitare, si era ricordata di quel che era accaduto quella stessa notte di festa un anno prima. In quei mesi il suo mondo era crollato e adesso che non c'era nessuna soluzione si rendeva conto di quanto fosse stata stupida. Non volere accettare l'affetto e l'amore che Rodrigo le aveva offerto era stato il suo più grande errore e se ne sarebbe pentita per il resto della vita.

Frank si alzò, non voleva chiederle direttamente cosa avesse, ma ne intuì la ragione.

«Ti va qualcosa da bere?»

«No.»

«Vuoi parlare?»

«No, papà.»

L'uomo andò fino al mobile bar, si servì un whisky liscio e si sedette di nuovo accanto a sua figlia. Avrebbe voluto parlare con lei, chiarire molte cose, ma sapeva che quello non era il momento giusto. Rimasero in silenzio per più di mezz'ora ad ascoltare il crepitio del fuoco. E quando Frank si alzò per andare a dormire e la salutò con un bacio, Ana gli disse, guardandolo: «Grazie, papà».

«Per cosa, figliola?»

«Per aver rispettato il mio silenzio.»

Commosso, Frank sorrise e, sebbene le avesse voluto chiedere molte cose, si limitò a un cenno della testa e andò via.

La mattina dopo, il salone silenzioso della notte prima era rumoroso e felice. Il piccolo Dani riceveva i suoi regali circondato dai nonni, dalla zia e da sua madre. Emozionata, Ana apriva i pacchetti e applaudiva nel trovarci dentro dei giocattoli.

«Ana Elizabeth, a che ora deve prendere lo sciroppo?»

«Manca ancora parecchio, mamma» rispose Ana sorridendo, con in braccio il bambino.

Era da un po' di giorni che Dani aveva il naso intasato e qualche linea di febbre, ma il medico aveva detto che si trattava di un semplice raffreddore.

«Uff, non mi piace affatto vedere così il mio piccolino.»

«Mamma» si lamentò Lucy. «Ma non vedi che il nostro cicciottello sta benissimo? E poi non è il primo bambino al mondo a non star bene.»

«Lo so, lo so, ma mi preoccupo.»

«Una moto elettrica?» chiese Ana aprendo un enorme pacchetto.

«Le pazzie di tua madre» scherzò Frank.

«Ohhh, tesoro, l'ho vista e non sono riuscita a resistere» annuì Teresa felice. «So che è ancora molto piccolino, ma il mio cucciolo si merita questa moto e qualsiasi altra cosa io veda. Voglio che tu sappia che io e papà abbiamo visto su Internet dei fantastici castelli gonfiabili. Ho pensato di comprarne uno da mettere nell'altra casa, quella di campagna. La prossima estate il nostro Dani compie un anno e avrà il suo castello personale.»

«Uhmmmm! Gonfiabile? Ma chissà che ricerche stavate facendo voi due su Internet» scherzò Nana.

«Esatto... esatto...» annuì Ana divertita.

Frank scoppiò a ridere, ma Teresa, più conservatrice, fece un'espressione d'orrore.

«Siete proprio delle sfacciate, lo sapete vero? Ma come potete pensare una stupidaggine del genere?» E indicando Lucy che rideva a crepapelle, aggiunse: «E sappi che sono arrabbiata con te. Ho saputo che l'altra sera ti hanno vista a cena con l'attore Ricardo Bestroniani».

«Mamma, ma è soltanto un amico! E io sono una donna che sta divorziando.»

Teresa cambiò espressione e tirò fuori dalla tasca un fazzoletto e, quando tutti pensavano che si sarebbe messa a piangere o magari che sarebbe persino svenuta, si piegò in due dalle risate sconvolgendo tutti: «Bestroniani è un bocconcino. Magari!»

«Teresa!»

«Mamma!» urlarono all'unisono Ana e Lucy mentre Frank osservava ammutolito.

«Figliole» spiegò la donna ridendo. «L'altro giorno, dopo aver pensato a lungo a voi e alle vostre vite, ho deciso che era giunto il momento di modernizzarmi un po' o di morire. E ho optato per la prima. Modernizzarmi! Quindi, Lucy, goditi la tua storia con Bestroniani o chicchessia, e lascia perdere i matrimoni. Io e tuo padre te ne saremmo grati.»

Scoppiarono tutti a ridere e ancor di più quando Frank la baciò. Teresa, felice di quella dimostrazione di amore da parte del marito, lo guardò fisso.

«Tra l'altro, Frank, si può sapere dove hai portato Dani ieri pomeriggio?»

Notando come le tre donne della sua vita lo guardavano in attesa di una risposta, l'uomo balbettò e poi rispose: «L'ho portato a vedere i cavalli».

Ana sorrise e, rivolgendosi al bambino dai grandi occhi azzurri, gli chiese: «Hai conosciuto *Caramelo de Chocolate*?»

Il piccolo, che era la gioia di sua madre, sorrise e lei lo coccolò felice. Qualche secondo dopo, Ana aprì un altro pacchetto e trovandoci dentro una micromaglia di Dolce&Gabbana abbinata a dei jeans e a un cappello pieno di strass, guardò la sorella ed esclamò: «Nana, ma questa è moda allo stato puro!»

Lucy, con il piccolo in braccio, gli infilò il cappello e ridendo, aggiunse: «Il mio tesoro è bellissimo e la sua zietta si assicurerà che non gli manchi mai un guardaroba da urlo. Questo bambino sarà una vera icona della moda infantile».

Quelle risate e quel caos erano una splendida terapia per Ana.

27

Il 10 gennaio, di rientro dopo aver spento un incendio in una casa di Madrid e mentre Rodrigo parlava con un collega, Calvin ricevette un messaggio sul cellulare e sorrise.

Passò tutto il pomeriggio a chiedersi se dovesse o meno mostrare il messaggio a Rodrigo e alla fine, dopo averne parlato con Julio, decisero di sì. Si avvicinarono a lui mentre usciva dalla palestra e lo chiamarono.

«Ana è arrivata da Londra circa un paio d'ore fa» disse Calvin.

Rodrigo, senza cambiare espressione, indurì il tono di voce e chiese: «E allora?»

«Guarda la foto di Dani che mi ha appena mandato la mia principessa. Dimmi se non è irresistibile.»

L'altro prese il cellulare che l'amico gli porgeva e osservò la foto. C'era un Dani bello cicciottello mentre sorrideva alla macchina fotografica. Rodrigo, inespressivo, restituì il cellulare a Calvin.

«Dani è cresciuto parecchio.»

«Stasera ceno a casa della mia principessa, vieni anche tu?» suggerì pur sapendo che la sua fidanzata se la sarebbe presa.

Stando a Nekane, la sua amica non ne voleva sapere nulla di Rodrigo, ma lui non capiva bene se fosse così anche per Rodrigo.

«Anche io, Rocío e la piccola ci andiamo» insistette Julio. «Dai, coraggio, vieni! Sarà bello stare tutti insieme.»

Intuendo le loro intenzioni, Rodrigo corrugò la fronte.

«Cosa cazzo state facendo?» chiese con aria poco incoraggiante. «Volete fare i cupidi?»

«Prima di arrabbiarti, ascoltami» rispose Calvin. «Sappiamo tutti cosa è successo, ma crediamo che...»

«Non mi importa un cazzo di quel che sapete e credete» grugnì Rodrigo.

«Ma perché sei così testardo? Non ti rendi conto che...?»

«Julio» lo interruppe Rodrigo. «Perché non ti fai gli affari tuoi e lasci perdere i miei?»

«Senti, Rodrigo, è...»

«Calvin, chiudi la bocca!» urlò. «Non fate conto su di me per niente. E poi stasera ho un appuntamento che non intendo far saltare.»

«Ma dai, amico» insistette Julio. «Non credo che questo appuntamento sia così importante da...»

«Al momento lo è» lo interruppe arrabbiato.

«Rodrigo» disse Calvin mantenendo i nervi saldi. «Credo che dovresti rivalutare la situazione e pensare a una cosa tipo 'anno nuovo, occasione nuova'.»

Rodrigo li guardò con un sorriso amaro e, prima di voltarsi per andarsene, sibilò furioso: «Direi che è meglio 'anno nuovo, vita nuova'».

I pompieri, vedendolo andar via, si guardarono e Calvin commentò preoccupato: «Rodrigo non sta bene, cavolo! E non so cosa fare».

Julio vide che Rodrigo sbatteva forte la porta.

«No, non sta bene, ma se avesse accettato l'invito di questa sera, a stare male saresti stato tu non appena Ana e la tua principessa l'avessero visto entrare.»

Quella sera, quando Rodrigo uscì dal lavoro, diluviava. Dopo essere salito in macchina, accese la radio e, mentre guidava, si sorprese nel rendersi conto che stava canticchiando una canzoncina romantica di quelle che piacevano tanto ad Ana. Ma perché diavolo la stava ascoltando? Infilò subito un CD e iniziò ad ascoltare gli Aerosmith. Nei venti minuti di viaggio si sforzò di non pensare alla foto che quel cretino di Calvin gli aveva fatto vedere, ma non ci riusciva. Gli occhi di Dani sembravano seguirlo.

Quando parcheggiò, aprì il cellulare e guardò la fotografia che aveva come sfondo: Ana e il piccolo che sorridevano. Ricordava ancora l'istante in cui l'aveva scattata. Erano tutti e tre sul divano che si divertivano. E, dopo averla osservata per qualche secondo, frustrato, mise via il cellulare. In quel periodo, lei aveva provato diverse volte a mettersi in contatto con lui, ma lui non le aveva mai risposto. Era talmente ferito e arrabbiato con Ana per quel che aveva fatto che non riusciva a cedere. Quando si fu calmato un po', uscì e chiuse la macchina mentre saliva le scale di casa di sua madre. Entrato, sorrise nel trovare suo fratello che cantava davanti alla televisione.

«Menomale che sei arrivato!» disse Úrsula vedendolo entrare. «Per l'amor del cielo, togli il cavo del karaoke perché tuo fratello la smetta di cantare. Mi sta facendo impazzire.»

Allegro, cercò di convincere il fratello a smettere, ma siccome lui rifiutò deciso, andò in cucina dove la madre stava preparando la cena e si scusò: «Mi dispiace, mamma. Mi ha detto che adesso vuole diventare cantante e che quindi si deve esercitare».

La donna alzò gli occhi al cielo, ma vedendo la faccia del figlio maggiore, sorrise. Rodrigo si sedette sullo sgabello della cucina e lei tirò fuori dal frigorifero una Coca-Cola, la aprì e gliela passò.

Rodrigo la prese e bevve un sorso mentre la madre lo osservava.

«Che ti prende? Perché mi guardi così?»

«Sei molto magro, mangi abbastanza?»

Lui sospirò con espressione giocherellona a quelle parole della madre.

«Mamma, ma ti sei resa conto che ogni volta che mi vedi ripeti la stessa cosa?» E vedendo che rideva, aggiunse: «E tanto per tua informazione, ho esattamente lo stesso peso da tre anni a questa parte; quindi tranquilla che mangio bene».

A quel punto entrò in cucina Carolina e, vedendo lì il fratello, commentò scherzosa: «Ehi… ma guarda chi c'è, il cocco di mamma». Rodrigo scoppiò a ridere e la sorella aggiunse: «Sappi che mamma ha organizzato una cenetta in famiglia per preparare il tuo arrosto preferito».

«L'invidia ti consuma, vero Carol?»

A quel punto la ragazza si lanciò sul fratello e iniziarono a fare la lotta mentre la madre li osservava e sorrideva. Vedere i suoi figli felici e uniti accanto a lei era una vera benedizione.

Cinque minuti dopo, la ragazza raggiunse Álex e si mise a cantare con lui.

«Per l'amor del cielo! Mi faranno impazzire!» si lamentò. Poi però aggiunse, emozionata: «Ma lo adoro. Adoro vederli così felici a casa propria e mi sento talmente in colpa per quel che è successo che io...»

«Mamma» la interruppe lui abbracciandola. «Avevamo deciso di partire da zero. Il passato è passato e vogliamo essere di nuovo felici. E noi lo siamo se lo sei tu; quindi datti da fare e sorridi.»

Commossa dalle parole di Rodrigo, annuì.

«Dai, mamma, il medico ti ha detto che devi essere positiva e non pensare a cose che ti possano ferire.»

«Lo so, figliolo, lo so. Ma penso a tutti questi anni persi e a quanto male vi ho fatto e...»

Prendendola in braccio per farla tacere, fece l'unica cosa che poteva far cambiare argomento alla madre: la fece volteggiare sul posto.

«Fermati... fermati... pazzo!» gridò lei. «Mi gira la testa!»

La lasciò andare allegramente e, vedendola sorridere, si sedette di nuovo sullo sgabello. A quel punto lei disse qualcosa che lo sconvolse.

«Quella ragazza, Ana, aveva ragione quando mi ha detto che ero peggio di Úrsula, la strega della *Sirenetta*.» Rodrigo era talmente sorpreso che non seppe cosa dire e la madre aggiunse: «In quel momento non ho capito, ma l'altro giorno ho guardato il film di quella povera Sirenetta e, quando ho visto la perfida strega, ho capito cosa voleva dirmi quella ragazza».

Il commento lo fece sorridere e ricordò con amarezza alcune cose.

«Ana e i suoi bizzarri commenti. Soltanto lei sarebbe capace di dire una cosa del genere.»

E improvvisamente la donna capì. Come aveva fatto a essere così sciocca? E prendendogli le mani, chiese, sapendo la risposta: «Figliolo, stai bene?»

«Sì.»

Non era vero e, decisa a comportarsi da madre con il suo fantastico figlio, gli accarezzò l'ovale del volto e aggiunse: «So che c'è qualcosa che non va e che non vuoi parlarmene. E anche se intuisco di cosa si tratta, non voglio parlarne con te né chiederti nulla perché visto il caratteraccio che hai tirato fuori ultimamente guai a chi prova a dirti qualcosa».

Stupito da quella dichiarazione, la prese dalle spalle e disse, ancora confuso per aver sentito pronunciare il nome di Ana: «D'accordo, mamma. Ti prometto di non arrabbiarmi. Cosa vuoi chiedermi?»

Dopo averlo guardato per qualche secondo con quegli occhi azzurri così simili ai suoi, la donna sospirò.

«Ho parlato con tua sorella e mi ha confessato che sebbene apparentemente tra te e Ana non ci sia mai stato niente, lei ha sempre pensato che ci fosse più di quello che dicevate e io ho appena visto un'ombra sul tuo viso quando ho fatto il suo nome e questo mi ha fatto pensare...» Vedendo che il figlio posava la Coca-Cola sul tavolo e cambiava espressione, gli ricordò, indicandolo con il dito: «Rodrigo, hai promesso che non ti saresti arrabbiato. Quindi non rompere e rispondi alla mia domanda».

«Allora, mamma...»

«Ehi!!! Questo *allora, mamma* non mi piace» lo interruppe. «Sono tua madre, ragazzino, e voglio la verità. Quindi non provare a mentirmi o ti diseredo.»

Non poté non sorridere dopo quest'ultima affermazione. Davanti a lui c'era di nuovo la madre che aveva sempre adorato.

«Mamma» rispose incapace di non farlo. «Tra me e Ana non c'è stato nulla. Siamo stati soltanto amici.»

Ma vedendo come il figlio corrugava la fronte, si avvicinò a lui e gli sussurrò: «Rodrigo... mi stai mentendo».

«Ma come fai a dirlo?»

«Perché ti conosco» sorrise lei. «E quando menti corrughi la fronte in un certo modo. Forse non mi capisci ma ci sono dei tuoi gesti che mi fanno intuire delle cose e adesso ho appena avuto la conferma che tra te e quella ragazza c'è stato esattamente l'opposto di quello che mi stai raccontando e stupida sono stata a non rendermene conto prima. E guarda che da qui non ti alzi fin quando non mi hai detto la verità.»

«Mamma... non stressare» protestò lui.

«Te l'avevo detto, mamma; te l'avevo detto che avevo intuito che tra lui e Ana c'era qualcosa, ma non ho mai avuto la conferma» puntualizzò a quel punto Carolina, appoggiata alla porta.

«Carol, non dire stupidaggini» protestò Rodrigo.

«Ah no, non dico nessuna stupidaggine. Noi donne abbiamo un sesto senso e ho sempre visto qualcosa nel vostro rapporto, anche se lo nascondevate entrambi. Adesso capisco molte cose» ammise la ragazza, ottenendo uno sguardo infuocato del fratello.

«Ana… è mi… mia amica» disse Álex entrando in cucina seguito da Bau. «E… io voglio che sia la fidanzata di Rodri perché mi porti Dani.»

Stupito dai commenti della sua famiglia riunita lì in cucina, stava per alzarsi quando la madre, afferrandolo dalla mano, lo guardò fisso.

«Siediti e raccontami cosa è successo con Ana e con quello splendido bambino dagli occhi azzurri.»

28

Non appena Ana mise piede in Spagna, fu completamente travolta dal lavoro. Doveva occuparsi di concludere vari contratti ormai firmati e, in certe occasioni, questo significava prendere la macchina e andare a Valencia o a Siviglia in giornata per poi tornare a dormire a Madrid con suo figlio. Con il passare dei giorni la cosa divenne sempre più stancante. Non riposava a sufficienza e aveva a malapena il tempo di recuperare le forze. A Dani stavano spuntando i denti e spesso lei passava la notte in bianco accanto a lui. E sebbene Nekane l'aiutasse, lei era sua madre e doveva occuparsene al cento per cento.

In quei giorni cercò anche di risolvere un problema che non la lasciava più vivere in pace. E armandosi di coraggio, telefonò a Rodrigo perché aveva bisogno di parlare con lui, ma questi non rispose. Gli inoltrò centinaia di email scusandosi, ma lui non rispose a nessuna e alla fine lasciò perdere. Era evidente che aveva voltato pagina e, che le piacesse o no, doveva rispettare la sua decisione.

Un pomeriggio in cui era immersa in una sessione fotografica per l'azienda telefonica Marax, entrò Encarna con in braccio il piccolo Dani. Ana sorrise nel vederla comparire, ma l'espressione della donna la preoccupò.

«Che succede?»

«Oh! Forse è soltanto una stupidaggine, ma gli ho messo il termometro nelle orecchie e ha qualche linea di febbre. E poi gli sento dei rumorini nel petto che ieri non aveva e non mi piacciono niente.»

«Ma cosa succede al mio cuccioletto?» chiese Nekane avvicinandosi.

Allarmata, Ana interruppe quel che stava facendo e prese in braccio il figlio. Gli avvicinò le labbra alla fronte e notò che era un po' più caldo del solito.

«Che ti prende fagiolino?» chiese con affetto e il bambino sorrise. Ma notando che le modelle la stavano guardando, consegnò il piccolo a Encarna e disse: «Ne ho ancora per un paio d'ore. Dagli del paracetamolo, è in cucina. Per la dose controlla quello che ho scritto con la penna rossa sulla scatola».

«D'accordo.»

Quando Encarna uscì dallo studio con il bambino in braccio, Nekane guardò l'amica e la vide con l'aria corrucciata.

«Dai, mammina» mormorò. «Non preoccuparti, sarà un po' di catarro, niente di che.»

«Lo so, Neka, ma è che ultimamente c'è sempre qualcosa che non va e io sono davvero al limite.»

«Mi pare ovvio. Sei una testarda e non dormi abbastanza» brontolò. «Sono giorni che ti dico che devi riposare. Ma no... la signorina deve fare tutto! E non mi ascolta. E che tu lo voglia sentire o no, sappi che le tue occhiaie iniziano a essere preoccupanti. Ma se stai diventando trasparente come un'ostia!»

«Guarda...» scherzò. «Per una volta non mi interessa. Dimagrisco senza privarmi di niente.»

«Vuoi che stasera porti il piccolo piagnone a dormire a casa di Calvin così ti riposi?»

«No, *principessa*.»

«Ma ti farebbe proprio bene. Pensaci!» insistette. «Un'intera notte per dormire come un pascià. Domani è sabato, non lavoriamo e...»

«Nooooooooooo.»

«Mio Dio! Non mi vengano poi a dire che i testardi siamo noi navarresi.»

Ana sorrise e le diede una pacca sul sedere.

«Sai come si dice no? 'Ne riparliamo quando sarai madre'. Dai, torniamo al lavoro. Prima finiamo e prima potrò andare dal mio piccolo piagnucolone.»

Nekane annuì e, senza aggiungere altro, si mise sotto. Sapeva bene, proprio come Ana, che dovevano finire quella sessione con eccellenti risultati o avrebbero terminato il lavoro in ritardo. Ma la cosa andò più avanti del previsto e, quando entrambe raggiunsero Encarna, la donna era seduta sul divano.

«Dani si è addormentato e con quelle gocce che mi hai detto di dargli la febbre è scesa, ma dovresti portarlo dal dottore.»

«D'accordo...» annuì, esausta. «Domani lo porto.»

«Lo farà, Encarna. Ma non lo sai che lei è la signorina faccio tutto io?» scherzò Nekane entrando in camera sua.

Alle dieci se ne andò a dormire a casa di Calvin, e Ana rimase da sola. Si preparò controvoglia un panino con del tacchino, che mangiò non appena Dani glielo permise. Poi finalmente riuscì a farlo addormentare e si stese sul divano decisa a guardare un film, ma era talmente stanca che pochi secondi dopo si addormentò.

Non sapeva da quanto stava dormendo finché all'improvviso non fu svegliata dal pianto di Dani. A quel punto si aprì la porta di casa ed entrò Encarna con i bigodini e la vestaglia imbottita.

«Ma Annina, non senti come piange Dani?»

Ana saltò su dal divano come se le avessero messo un petardo nel didietro e corse verso la sua stanza. Una volta entrata, vide il bambino congestionato da tanto che aveva pianto. Con il cuore in una morsa, lo prese subito in braccio per calmarlo, ma non appena gli posò le labbra sulla fronte dovette trattenere un urlo da tanto era caldo. Senza fermarsi a pensare a Encarna che la seguiva, corse fino al comodino da notte e, preso il termometro, glielo infilò nell'orecchio fin quando questo non suonò.

«Trentanove e mezzo!» urlò spaventata.

«Oh, il mio tesoro!» gridò Encarna angosciata.

Non riuscendo a muoversi, perché era bloccata dal nervosismo, controllò l'ora. Le quattro e dodici minuti del mattino. Poi guardò la vicina e, correndo verso la porta, disse: «Vado al pronto soccorso».

Encarna la trattenne quando le passò accanto.

«Sì, tesoro, andiamo al pronto soccorso. Ma prima vestilo, coprilo o avete intenzione di uscire entrambi in pigiama?»

«Oh, Encarna!» esclamò terrorizzata. «Ha più di trentanove di febbre!»

Sebbene fosse piccolina, la donna riuscì a far sedere Ana sul divano e prese le gocce di paracetamolo.

«Dagli questo così si rilassa un po'. Poi ti vesti e, nel frattempo, io sarò tornata con indosso qualcosa. Ti accompagno in ospedale.»

Senza controbattere, Ana fece tutto ciò che la vicina le aveva chiesto mentre Dani, nonostante la febbre molto alta, la guardava e addirittura sorrideva. Encarna, prima che lei avesse finito di vestirsi, era già lì con il suo cappotto e un foulard in testa che nascondeva i bigodini.

Quando Ana raggiunse la macchina, diede il bambino a Encarna, ma la vicina vedendo come tremavano le mani della ragazza, senza dire nulla, fermò un taxi.

«Se vogliamo arrivare in ospedale è meglio prendere un taxi. Nel tuo stato rischiamo che non ci arrivi nessuno dei tre.»

A quell'ora non c'era traffico e venti minuti più tardi le due donne e il bambino entrano al pronto soccorso de La Milagrosa. Spaventata, Ana vide come una giovane dottoressa spogliava Dani mentre lui piangeva e, dopo averlo auscultato e aver richiesto delle lastre al petto, disse: «Date le attuali condizioni del bambino, lo farò ricoverare».

«Ricoverare?» mormorò Ana con un filo di voce. «Ma cos'ha?»

La dottoressa, notando che quella giovane sarebbe potuta svenire da un momento all'altro, la fece sedere e, dopo aver guardato la donna con i bigodini che era lì con lei, aggiunse: «Ha una bronchiolite troppo grave per la sua età».

«Ecco perché piangeva, il mio tesoro» annuì Encarna.

«Ma che cos'è?» E, senza lasciare alla dottoressa il tempo di rispondere, la madre aggiunse nervosa: «L'ho portato dal pediatra e mi ha detto che era un semplice raffreddore».

«Probabilmente è iniziato così, ma il raffreddore si è un po' complicato» aggiunse la dottoressa che la vide agitata. «La bronchiolite è un'infiammazione dei bronchioli, che sono quei piccoli condotti alla fine dei bronchi, a contatto con i polmoni. Il bambino ha questi piccoli condotti infiammati e questo gli rende difficile respirare. Ecco perché lo fa in modo affannato ed ecco il perché di quei fischi. Dobbiamo tenerlo bene sottocontrollo perché non si predisponga a soffrire d'asma in futuro.»

Ad Ana sembrava che la dottoressa le parlasse in cinese. In vita sua non si era mai preoccupata delle malattie, ma stava ascoltando tutto quel che la donna le diceva con gli occhi spalancati.

«Quindi il piccolo deve restare qualche giorno ricoverato qui in ospedale. Ma stia tranquilla, anche se dovrà stare in una stanza particolare, potrà passare a trovarlo quando vorrà, d'accordo?»

Ana annuì e, incoraggiata da Encarna, si alzò, prese il suo bambino che reclamava le sue braccia e lo abbracciò.

Verso le sette del mattino, Ana convinse Encarna a tornare a casa. Inizialmente la donna si oppose, ma quando vide arrivare Nekane e Calvin e quest'ultimo si offrì di accompagnarla, cedette. Alle nove, quando le ragazze erano da sole nel corridoio dell'ospedale, Ana guardò l'amica e, con gli occhi pieni di lacrime, le chiese: «Neka, credi che io mi prenda bene cura di Dani?»

«Ma certo. Che stupidaggini dici?»

Disperata per quel che stava accadendo, si scostò la frangetta dalla fronte.

«E allora perché non mi sono accorta prima di quel che aveva?»

«Perché non sei un medico; soltanto una mamma al primo figlio» rispose Nekane cogliendo il malessere dell'amica.

Camminando avanti e indietro, la giovane madre sussurrò: «Avrei dovuto portarlo dal medico ieri sera quando Encarna mi ha parlato dei fischi e...»

«Allora» la interruppe l'amica. «Due giorni prima il tuo pediatra ti aveva detto che Dani era raffreddato ma che era tutto a posto. Quindi non stare lì a tormentarti perché non è colpa tua. Ti conosco e so cosa stai pensando. Queste cose succedono a molti bambini e poteva succedere anche a Dani.» Poi, con affetto e trattenendo le lacrime, sussurrò: «Dai, dai, smettila di piangere che a volte sei più molle di un melone a marzo».

Ana sorrise e Nekane poté lasciare andare un po' di tensione e fece così scendere le lacrime sulle guance.

«E adesso chi delle due è un melone molle?»

Per qualche istante rimasero entrambe in silenzio, fin quando Ana, desiderosa di raccontarle qualcosa, le disse: «Ho chiamato più volte Rodrigo».

«Lo hai chiamato?» chiese Nekane asciugandosi le lacrime.

«Sì. Gli ho anche mandato delle email, ma niente, non ne vuole sapere niente di me. Mi ha persino cancellata dai suoi amici di Facebook. E se devo essere sincera, non mi stupisce» sospirò. «Con lui mi sono comportata come la persona più rancorosa del mondo.»

«Sì... l'hai fatto, non si può negare.» E sorpresa, sussurrò: «Oh, Ana! Ma come hai potuto nascondermelo?»

«Neka...»

«Ma fammi capire, perché non me l'hai detto? Se l'avessi fatto, io e Calvin avremmo potuto provare a farvi incontrare. Calvin me ne aveva parlato, aveva proposto di tendervi una trappola ma io pensavo che...»

«Neka, mi vergognavo così tanto per quello che avevo fatto che...» E, scostandosi la frangetta dal viso, continuò, dopo una piccola pausa: «Il mio orgoglio mi ha reso cieca e non mi ha permesso di vedere la realtà com'era e credo che non troverò mai più nessuno che amerà me e Dani come faceva Rodrigo, né nessuno in grado di capirmi con un semplice sguardo. Come ho potuto essere così stupida?»

«Noi esseri umani siamo così. E come dice il proverbio: soltanto gli stupidi non cambiano mai opinione!»

«Certo, se te lo permettono» sospirò, stanca. «Vorrei che mi desse l'occasione di parlargli, ma mi ha chiuso tutte le porte e...»

«Non puoi far altro che incassare e accettare» la interruppe Nekane.

«Ma mi manca così tanto che...»

«D'accordo... ora basta con questo tormentone. Ti conosco e adesso andrai avanti con i lamenti e tra dieci minuti starai piangendo come una fontana. Quindi stop!» insistette Nekane.

«Neka, io lo amo e ho bisogno di lui. So che sono una donna forte e che sarò in grado di portare avanti la mia professione e di prendermi cura di mio figlio da sola, ma so anche che ho bisogno che mi sorrida e mi dica che sono una grezzona perché mi piace la musica di Luis Miguel.» Sorrisero entrambe. «O che si arrabbi con me perché piango quando rivedo per l'ennesima volta uno dei nostri film. E non sto a dirti cosa darei perché mi abbracciasse e mi dicesse che so di pesca e...»

«*Santavergine*, ma tu sei proprio cotta persa! Ma perché non me ne hai parlato prima? Certo Ana che ti strozzerei» protestò su tutte le furie.

Dopo aver sospirato, Ana, certa di quel che diceva, aggiunse: «Credo di essermi innamorata di lui il primo giorno che l'ho visto. Il giorno che ha salvato Encarna. Quando ho visto avvicinarsi quel pezzo di ragazzo vestito da pompiere e lui ha sorriso con quelle fossette che gli vengono, ti giuro che ho provato qualcosa di strano e di speciale. Il mio problema è stato non accettare che lui potesse non provare le mie stesse sensazioni in quello stesso momento e adesso che vedo le cose con calma e a distanza, mi accorgo di aver proprio agito male».

«Dimenticalo, Ana. È la cosa migliore che puoi fare.»

Sentendo quella sentenza tranchant dell'amica, Ana la guardò e le chiese, curiosa: «Tu l'hai visto ultimamente, vero?»

«Sì.»

«E come l'hai trovato? Sta bene?»

A disagio per quella conversazione, Nekane sospirò: «L'ho visto soltanto in due occasioni e in entrambe mi è parso normale. Come sempre. Silenzioso e osservatore. Anche se Calvin mi ha detto che ultimamente ha un umore pessimo».

«Esce con qualcuno?»

«Ascolta, Ana» rispose Nekane. «Sai bene che Rodrigo non è uno stinco di santo e le due volte che l'ho visto era in buona compagnia. Vuoi che continui a tormentarti o è sufficiente quel che ti ho detto?»

Con il cuore a pezzi, Ana sbuffò.

«È sufficiente.»

Avvisati da Ana, quel pomeriggio Frank e Teresa arrivarono da Londra insieme a Lucy e si calmarono soltanto quando poterono passare a trovare Dani. Teresa non riuscì a trattenere le lacrime nel vedere il suo piccolino addormentato, con la flebo nel braccio e l'apparecchio per il controllo dell'ossigeno nel sangue su una delle sue piccole dita. Ana la fece uscire e al suo posto entrò la sorella, mentre il padre rimaneva a consolare la nonna in lacrime.

«Teresa, per l'amor del cielo» si lamentò Frank. «Siamo qui per sostenere Ana, non perché si debba anche preoccupare di noi.»

«Oh, Frank!» annuì lei asciugandosi le lacrime. «Lo so, tesoro. Ma vedere il mio amore, così piccolo, attaccato a quelle macchine, io... io...»

«Teresa» disse Nekane appoggiandosi a Calvin «Dani è un bambino forte e questo è soltanto un contrattempo. Tranquilla, da qui a due giorni sarà di nuovo a casa a farci impazzire.»

Frank, convinto che sua moglie non fosse mai stata forte in quel tipo di circostanze, la abbracciò e le baciò la nuca.

«Ascolta, Teresa. Ana ha bisogno di noi e dobbiamo essere forti.»

Quindici minuti dopo, Ana uscì dalla camera di Dani. Era stanca e con le occhiaie ma nessuno riuscì a convincerla ad andarsene a casa a riposare. Dopo che suo padre l'abbracciò e la coccolò, Calvin la prese da un braccio e le disse: «Andiamo al bar a mangiare qualcosa. Ne hai bisogno».

«Non ho fame.»

«Hai bisogno di mangiare, Ana» insistette Nekane preoccupata.

Con un'espressione infantile che spezzò il cuore a tutti, mormorò: «Preferisco rimanere con Dani. Nana è dentro e...»

«Ana» insistette Calvin prendendole la mano. «Non hai buttato giù niente in tutto il giorno e, se non ti prendi cura di te, non potrai prenderti cura di Dani. Quindi andiamo a mangiare qualcosa.»

Teresa annuì e, prendendo tra le mani il viso della figlia, le diede un bacio e sussurrò: «Hanno ragione, Ana Elizabeth. Devi mangiare qualcosa, tesoro, o ti ammalerai. Quindi vai con loro. Io e papà rimaniamo con il piccolo».

«Vai tranquilla, figliola» la incoraggiò Frank dopo essersi scambiato uno sguardo con Calvin. «Scendi al bar e rilassati un po' mentre ceni. Stiamo noi qui con Dani.»

Rendendosi conto di non poter combattere contro tutti, alla fine accettò, e insieme con Nekane e Calvin scesero al primo piano e si sedettero al bar intenzionati a ordinare qualcosa. Mezz'ora più tardi, Ana vide entrare Elisa, la madre del bambino che era nella culla accanto a Dani, insieme con alcuni parenti. La donna si avvicinò a lei e le sussurrò, facendola sorridere: «Eccomi qui. Sono scesa a mangiare qualcosa perché così almeno mi lasceranno un po' in pace».

«Ma dovete pur mangiare» annuì Nekane con affetto.

«Tutto bene di sopra?» chiese Ana.

Elisa annuì e se ne andò, anche se, prima di raggiungere il bancone dove c'erano i suoi accompagnatori, si voltò e disse: «Tra l'altro tuo padre è davvero un signore educato e affascinante. E non mi stupisce che Dani abbia quegli occhi fantastici; sono identici a quelli del papà».

Detto questo, la giovane si voltò e andò via. A quel punto, il cuore di Ana si fermò e, guardando Calvin, che cambiò espressione, chiese con un filo di voce: «Rodrigo è qui?»

«Cazzo!» sussurrò lui toccandosi la testa.

«*Masantavergine*, sei proprio un traditore!» sibilò Nekane stupefatta.

«Calvin, per favore, rispondi: Rodrigo è qui?» insistette Ana.

Sentendosi messo alle strette, alla fine annuì e, quando vide che lei si alzava dalla sedia, la afferrò dalla mano e le ordinò: «Non salire. È venuto soltanto per Dani».

Stordita e confusa, Ana si sedette di nuovo mentre Nekane sibilava: «Calvin, ma chi ti ha detto di chiamarlo?»

«Nessuno.»

«E allora perché l'hai fatto?» chiese Neka vedendo lo sguardo perso dell'amica.

«Mi dispiace, principessa. Ana, mi dispiace. Ma se non l'avessi fatto non avrei dormito sogni sereni per il resto della vita. So quanto Rodrigo vuole bene a quel bambino e non potevo non dirgli che era ricoverato in ospedale.»

I pensieri di Ana viaggiavano a mille all'ora. Rodrigo era venuto. Era di sopra con suo figlio e lei lo voleva vedere. Aveva bisogno di vederlo. Quindi, ignorando quel che Calvin le aveva detto, saltò oltre l'amica e corse verso la scala, riuscendo per un colpo di fortuna a entrare nell'ascensore. Neka e Calvin la seguirono ma non fecero in tempo a raggiungerla.

«Cazzo!» protestò Calvin prendendo il cellulare. «Rodrigo mi ucciderà. Gli ho promesso che avrei distratto Ana perché lui potesse vedere il bambino.»

«Stai tranquillo che, se non ti ammazza lui, lo faccio io. Casinista!» borbottò Nekane. Anche se, dopo qualche istante, aggiunse sorridendo: «Sei il migliore, tesoro. Il migliore».

Calvin la guardò attonito e compiaciuto, e la baciò mentre diceva: «Te proprio non ti si capisce, ma devo riconoscere che mi piaci ogni giorno di più».

Quando l'ascensore si fermò al secondo piano, Ana, con le pulsazioni a mille, uscì e corse lungo il corridoio. Aveva bisogno di vedere Rodrigo. Sua madre e sua sorella la guardarono in silenzio, Ana entrò di corsa nella stanza in cui c'era suo figlio. Vide in lontananza suo padre, ma quando lo raggiunse rimase senza parole nel vedere che c'erano soltanto lui e Dani. Frank, notando l'espressione della figlia e capendo chi stava cercando, stava per dirle qualcosa ma lei, dopo essersi voltata, uscì di lì e, ripassando davanti alla madre e alla sorella, che la guardarono allucinate, corse verso le scale. Rodrigo non poteva essere lontano e doveva trovarlo. Scese gli scalini cinque alla volta e corse a perdifiato lungo il corridoio fino a raggiungere l'uscita dell'ospedale. Una volta in strada, accaldata, guardò in fretta da una parte e dall'altra, cercandolo tra la folla. Ma pochi minuti dopo, non vedendolo, imprecò in silenzio e desistette.

Sfinita per quella corsa, appoggiò le mani alle ginocchia, mentre le scendevano lungo le guance lacrime di frustrazione per non essere riuscita a vederlo. A quel punto sentì dietro di lei la voce di suo padre.

«Ana... tesoro...»

«Papà, perché non vuole vedermi?» esplose senza guardarlo. «Io... io ho bisogno di dirgli che sono stata una cretina, un'idiota e che aveva ragione quando mi diceva che guardando indietro mi sarei resa conto di come avevo agito male. L'ho chiamato. Gli ho scritto. L'ho cercato. Ma niente, papà, non vuole saperne niente di me. E io ho bisogno di dirgli che lo amo e che mi perdoni. Muoio dal desiderio che faccia parte della mia vita e di quella di Dani, ma temo che non potrà succedere. Rodrigo non ne vuole sapere niente di me.»

Frank, che era alle sue spalle e si era commosso per le parole di Ana, guardò l'uomo emozionato che aveva alla sua destra e gli diede una pacca sulla spalla. Poi, allontanandosi da sua figlia e senza dire altro, si girò e andò via. Stanca e arrabbiata per non essere riuscita a vedere Rodrigo, Ana si stava asciugando le lacrime quando all'improvviso sentì accanto all'orecchio: «Il tuo profumo di pesca mi fa impazzire».

Quando sentì quella voce, si voltò e si ritrovò davanti l'uomo che desiderava vedere. Senza pensarci e senza che le importasse che li stessero guardando, gli si lanciò al collo e lo abbracciò.

«Mi dispiace... mi dispiace. So che sono un disastro e che da quando mi hai conosciuta ti sono successe cose che non ti sarebbero mai successe se non ci fossi stata io di mezzo, ma perdonami.» E, senza lasciarlo parlare, proseguì: «Sono stata una cretina a non cedere e so bene che quel che è accaduto quella notte in quel locale con quei tipi è stata tutta colpa mia. Non sapevo cosa stavo facendo e non ho mai pensato che ti potessero picchiare. Oh, mio Dioooooooooo! Ero così arrabbiata che ho fatto un casino e ho detto cose terribili su di te. Ti giuro, Rodrigo, non ho mai immaginato che quei tizi potessero fare del male a te o agli altri, né che ti potessero distruggere la macchina, né...»

«Ana...» la interruppe lui.

Ma lei proseguì: «E quando il giorno dopo Neka mi ha detto il casino che avevo causato con i miei insulti, sarei voluta morire. Ti avevano picchiato per colpa mia! Ti ho chiamato, ma tu eri così arrabbiato che...»

«Dimentichiamo tutto.»

«Mi devi perdonare» lo pregò con gli occhi spalancati. «Mi hanno perdonata tutti, tranne te, e io ho bisogno che tu mi perdoni.»

«Tesoro, non ho mai avuto bisogno di perdonarti» mormorò pazzo d'amore.

Ana corrugò la fronte e, senza allontanarsi da lui, gli chiese: «Ma allora perché...?»

Rodrigo, intuendo la domanda senza bisogno che lei la portasse a termine, le chiuse la bocca con la mano e sussurrò: «Ero ferito nell'orgoglio e, sebbene abbia cercato di odiarti e dimenticarmi di te per via di tutto quello che era successo da quando ti avevo conosciuta, mi è stato impossibile perché sono pazzo di te».

Ana sorrise.

«Come dice la canzone del tuo amato Luis Miguel, ti sei trasformata in parte della mia anima. Mi piacciono il tuo sorriso, il tuo profumo, i tuoi occhietti quando trami qualcosa e la tua faccia congestionata quando piangi rivedendo uno dei tuoi polpettoni romantici. Mi esalta vedere quando ti tocchi l'orecchio perché stai mentendo e come arrossisci quando mi avvicino a te. Ormai non posso più essere felice se non ti vedo fare una qualsiasi di queste cose.»

«Non dimentichi niente...»

«No, quando si tratta di te.»

Emozionata, Ana non sapeva cosa rispondere. Rodrigo le stava dicendo le cose più belle del mondo e, confusa, mormorò guardando quelle fossette che tanto le piacevano: «Credevo che mi odiassi e non volessi più saperne niente di me».

«Tesoro, non potrei mai odiarti. E mi sono sempre tenuto aggiornato su te e Dani.» E, facendole l'occhiolino, mormorò: «Ho i miei informatori».

«Davvero?»

«Eccome. Tre persone mi hanno sempre tenuto aggiornato su di voi.»

«Una posso immaginare chi sia» disse Ana ridendo e pensando a Calvin. «Ma le altre due?»

Il pompiere, felice di averla così vicino e così affettuosa, avvinghiò le sue enormi mani tra i capelli corti e scuri di lei che tanto gli piacevano.

«Una fantastica galiziana che...»

«Encarna?»

«Esatto!» esclamò lui sorridendo e ricordando l'esempio delle frittelle. «Questa mattina mi ha chiamato al cellulare, dopo che l'aveva già fatto Calvin, per avvisarmi che Dani era in ospedale e che la smettessi di fare l'idiota perché se ti amavo davvero allora dovevo darmi una mossa: tu avevi bisogno di me.»

«Ah però!» scherzò allegra pensando alla sua vicina.

«Se non sono arrivato prima è perché ero a Cadice con mia madre e i miei fratelli.» E vedendo che lei sorrideva, aggiunse: «Encarna è sempre stata la mia grande alleata nascosta nell'ombra. È stato grazie a lei che ho scoperto dove avreste cenato quella sera con il modello iraniano. Poi è stato sufficiente telefonare a Esmeralda per far aggiungere dei posti».

Toccandogli affettuosamente il viso ripensando a quella fatidica sera, Ana sussurrò: «Mi dispiace, tesoro; mi dispiace molto per quel che è successo quella notte».

Sentire come lei usava l'appellativo *tesoro* per riferirsi a lui era ciò che più desiderava al mondo e le diede un dolce bacio.

«Lo so, non preoccuparti. Ma d'ora in poi farò in modo che tu beva soltanto Cola Cao e soprattutto ti terrò alla larga dai karaoke.» Vedendola sorridere, chiese: «E immagini chi è il mio terzo informatore?» Lei fece cenno di no e lui, sorprendendola, rispose: «A Natale ho trascorso un pomeriggio a Londra con tuo padre e Dani».

«Mio padre?»

«Sì, amore.»

«A Londra?» E, poi ricordando qualcosa, gli chiese: «Sei stato con loro dai cavalli?»

Rodrigo annuì felice.

«Sì. Io e tuo padre abbiamo fatto una bella chiacchierata e poi abbiamo portato Dani a conoscere *Caramelo de Chocolate*. Tra l'altro, gli è piaciuto da matti!»

Stupita da ciò che Rodrigo le raccontava, ma compiaciuta, stava per rispondere quando lui, fissandola con i suoi bellissimi occhi azzurri, disse: «Ascolta, amore. Sai che non sono un tipo da canzoni romantiche, ma ho bisogno di dirti che ti amo e che amo Dani. E oggi quando ho saputo che il mio piccolo era in ospedale e io non ero al tuo fianco, sarei voluto morire. E sai perché?»

Lei fece cenno di no con la testa e lui sentenziò: «Perché tu sei il mio amore e lui è il mio bambino». Ana, emozionata, non sapeva se ridere o piangere. Decise di ridere mentre lui proseguiva: «E la mia vita senza di voi ha smesso di avere un senso e ha iniziato a essere irreale. Avevo bisogno di avervi accanto per prendermi cura di voi e coccolarvi, e ogni volta che ti vedevi con qualcun altro mi veniva una gelosia incontrollabile e…»

«Da quel che ne so io, sei stato in buona compagnia.»

Senza scostare i suoi occhi da lei, le accarezzò i capelli e le labbra. La sua dolcezza e quegli occhi verdi lo facevano impazzire. Lei era il suo mondo e aveva bisogno di farglielo sapere. Quindi, dopo averla baciata con passione, le mormorò vicino alla bocca: «Ana, avevo bisogno di ricostruirmi una vita dopo di te. Ma il giorno in cui tuo padre mi ha detto di essere certo che provavi ancora qualcosa per me, è di nuovo cambiato tutto. E anche se il mio orgoglio mi ha rallentato, ora eccomi qui! Disposto ad amarti e a coccolarti come meriti con la speranza che tu accetti e mi dia una possibilità». Vedendo come lei lo guardava, prese il suo volto e aggiunse: «Tesoro, se vuoi, questa volta faremo le cose per bene. E non appena Dani sarà uscito dall'ospedale avremo il nostro primo appuntamento. E poi il secondo, il terzo e tutti quelli che vorrai. Prometto di comportarmi da vero cavaliere per farti sentire una regina e che in un futuro non troppo lontano ti trasferirai a vivere da me perché se non lo fai...» disse convinto. «Sarò io a venire a vivere da te e dal mio bambino, che piaccia o no a quella fuori di testa di Nekane».

«Ma questa è una proposta?» chiese Ana contenta.

«Sì, una proposta assolutamente decente.»

«Accetto tutte le tue proposte» affermò lei sospirando e avvicinandosi di nuovo a lui. «Ma sono disposta a trasformare quel decente in assolutamente indecente. Sai che i miei ormoni sono ballerini quando sono vicina a te.»

Rodrigo sorrise. Quello era l'inizio di qualcosa che desiderava molto e, felice, la baciò ancora. Sentire di nuovo le sue tiepide labbra e tutto ciò che in quelle trovava, era qualcosa di cui aveva davvero bisogno. Rimasero un po' a coccolarsi, fin quando il suono stridente di un'ambulanza fece sì che si rendessero conto che erano in mezzo alla strada e decisero di rientrare dal loro piccolino abbracciati.

Quando furono dentro l'ospedale, con la gioia dipinta sul viso, mentre aspettavano l'ascensore Rodrigo ricordò qualcosa e, guardandola, le chiese: «Tra l'altro, è vero che hai detto a mia madre che era peggio della strega della *Sirenetta*?»

Ana contrasse la faccia alla ricerca di una risposta. Sapeva quanto Úrsula fosse importante per Rodrigo e l'ultima cosa che voleva era un nuovo fraintendimento. Non adesso. Ma quando stava per rispondere, il pompiere felice, pazzo per la tenerezza che provava accanto a quella piccola brunetta, la sollevò in braccio e, posando le labbra sulle sue, mormorò: «Pescolina matta, ti amo così tanto che niente potrà rovinare il nostro amore».

Epilogo

Londra, qualche mese dopo

«Ana, se non la smetti di muoverti non riesco ad abbottonarti l'ultimo bottone» disse Rocío ridendo.

«Neka... cade!» urlò Ana vedendo che il figlio scendeva dalla poltrona.

«Dai piccolino... dai» Neka incoraggiò il piccolo che stava muovendo i suoi primi passi.

Il bambino, felice, camminò fino a Nekane, e Ana, emozionata, applaudì. Quel giorno il piccolo Dani compiva un anno e lei era molto emozionata.

«Oh, ma quanto sei bello tesoruccio! Vieni qui che ti mangio in un boccone!» urlò Encarna come una pazza quando vide il piccolo che camminava traballando.

Carolina, la sorella di Rodrigo, era con la bambina di Rocío e stava guardando fuori della finestra.

«È appena arrivata una macchina da urlo.»

Ana si affacciò e, vedendo la Rolls-Royce di suo padre, disse nervosa: «Questo significa che dobbiamo darci una mossa». Poi, guardando l'amica, aggiunse facendosi aria con la mano: «Neka... ho paura che mi venga un colpo».

«E col cavolo, bellezza» protestò l'altra avvicinandosi. «Cerca di non fare la regina dei drammi come tua madre e respira o mi diventi subito cianotica.»

Rocío, Encarna e Carolina si guardarono, ma vedendo che Ana iniziava a ridere a crepapelle, si rilassarono. Poi Nekane chiese: «*Ossantocielo*, Ana, perché ridi così? Non avrai mica bevuto?»

Divertita, Ana stava per rispondere quando la porta si aprì e davanti a lei apparvero due eleganti e ingioiellate Teresa e

Úrsula. Le due consuocere si erano trovate benissimo tra loro fin dal primo momento e Ana ne era contenta. Emozionata dalla felicità dipinta sul volto della figlia, Teresa la abbracciò.

«Ana Elizabeth, tesoro, sei strabiliante!»

«Grazie mamma. Anche tu sei molto bella.»

Úrsula, soddisfatta per la felicità che leggeva sul viso di suo figlio e data la splendida giornata che li aspettava, si avvicinò alla giovane e, prendendola per mano, disse: «Sei bellissima. Quando Rodrigo ti vedrà rimarrà senza parole».

«Grazie, Úrsula. Me lo auguro! Tra l'altro anche tu sei molto bella» rispose per elogiarla.

Mentre Teresa raggiungeva il suo nipotino decisa a coccolarlo, Úrsula prese la mano di Ana per attirare la sua attenzione.

«Rodrigo non vede l'ora di vederti. Io sono soltanto passata un secondo per consegnarti questo.» E mettendole in mano un fine braccialetto di cristalli bianchi, aggiunse: «Questo braccialetto me lo ha regalato la madre di Ángel quando ci siamo sposati e mi ha fatto promettere che un giorno l'avrei consegnato a mia nuora proprio come lei aveva fatto con me. Ora devi promettermi che il giorno in cui Dani si sposerà, farai lo stesso. È una tradizione di famiglia».

Emozionata da tutto l'affetto che quella donna tutta d'un pezzo stava offrendo a lei e a suo figlio, Ana annuì e la abbracciò.

«Te lo prometto.»

Úrsula sorrise e, approfittando del momento, le disse: «Ana… che lezione di umiltà ci hai dato! Ricordo ancora quando mi avevi domandato se pensavo che fossero i soldi a dare la classe e io, come una cretina, ti ho risposto di sì. Quanto mi sbagliavo, figliola… quanto.»

«Úrsula» rispose Ana sorridendo con affetto. «Ho sempre pensato che le persone vadano amate per quello che sono, non per quello che hanno.» E allungandole il braccialetto le chiese: «Mettimelo tu. Se è una tradizione famigliare, allora va fatto così».

La donna annuì, commossa, e mentre glielo metteva, mormorò: «Questo matrimonio e tutto il resto sono una meravigliosa sorpresa per me».

«Bene, allora preparati» scherzò Ana pensando agli invitati. «Perché ti aspetta una giornata piena di incredibili novità.»

La porta della stanza si aprì di nuovo ed entrò Lucy con un incredibile vestito color champagne. Quando vide la sorella, urlò: «Patoooooooooo! Ma quanto ti sta bene il vestito di Gucci. Sapevo che saresti stata bellissima. Quando quel fico di un pompiere che sta per diventare tuo marito ti vedrà, gli cadrà la mascella a terra».

«Grazie, Nana.»

Ana, sorridente, si guardò allo specchio e, lisciandosi la gonna di tulle del suo bel vestito da sposa, sospirò. Eccola lì con indosso un costoso e splendido abito, pronta a sposare l'uomo che la rendeva felice ogni istante della sua vita.

La porta si aprì di nuovo e apparve Frank che, guardando Úrsula, disse: «La macchina ti aspetta per portarti in albergo».

«Sì, cara» la incoraggiò Teresa. «Devi andare a prendere quel meraviglioso sposo e portarlo in chiesa.»

Úrsula sorrise.

«Ti assicuro, Teresa, che anche se non arrivassi io, Rodrigo in chiesa ci andrebbe comunque.»

Poi la donna diede un bacio affettuoso ad Ana e se ne andò a braccetto di Carolina. Dovevano andare a prendere Rodrigo in hotel per portarlo fino alla cattedrale di Saint Paul. Quando se ne furono andate, Teresa guardò la figlia e sussurrò: «Che donna fantastica! E la figlia, Carolina, è un bijoux».

Nekane, Encarna e Ana si guardarono e, non rivelando tutto ciò che sapevano, sorrisero e annuirono. Úrsula stava cambiando e si meritava un'occasione. Mezz'ora più tardi, dopo aver scattato centinaia di fotografie nel salone, Frank guardò l'orologio e disse: «Ragazze! È ora di andare».

Teresa, isterica, fece fretta alle altre perché salissero sulle macchine e insieme si incamminarono verso la cattedrale. Poi guardò suo marito e sua figlia e aggiunse: «Andiamo… c'è un matrimonio che ci aspetta!»

Quando arrivarono a destinazione, Ana uscì dalla macchina sottobraccio al padre ridotta a un fascio di nervi mentre sentiva una strana emozione che le percorreva il corpo. Non si sarebbe mai immaginata un matrimonio così sfarzoso, ma eccola lì, che camminava accanto a suo padre e pronta a sposare l'uomo che amava.

«Tesoro mio, sei la sposa più bella che abbia mai visto e so che Rodrigo ti renderà molto felice» mormorò il padre notando com'era tesa.

Ana annuì e, come ogni volta che si innervosiva, faticò a controllarsi. Quando entrarono nella cattedrale, rimase senza parole nel vedere Rodrigo insieme a sua madre, più bello che mai con quel tight scuro e, ipnotizzata dalle sue fossette, sorrise. Mentre camminava lungo la navata sottobraccio a suo padre, il suo sguardo incrociò quello di centinaia di persone in un certo senso a lei sconosciute, e quando raggiunse la prima fila, il sorriso si aprì. C'era Calvin accanto a delle emozionate Nekane e Encarna, con il piccolo Dani. Di fianco, felici come delle pasque, c'erano Popov, Esmeralda, Julio, Rocío e la sua piccola Rociito. Nella panca davanti, insieme a sua madre, c'erano il padre di Rodrigo, Ángel, e degli entusiasti Álex e Carol. E poi vide Lucy con il suo fidanzato nuovo di zecca. Vedere lì riunite tutte le persone che le erano sempre state accanto la fece emozionare.

Quando suo padre le lasciò il braccio e consegnò la sua mano a Rodrigo, lui la strinse con forza e, dopo averle dato un casto bacio sulla guancia, le sussurrò: «Sei più bella che mai».

Ana sospirò e, dopo avergli dedicato uno splendido sorriso, commentò: «Sono talmente nervosa che non riesco nemmeno a parlare».

Rodrigo sorrise e facendole l'occhiolino le trasmise sicurezza.

Una volta terminata la bella cerimonia, nell'aria aleggiava la felicità. Gli sposi novelli erano radianti e posarono per centinaia di foto fin quando gli ospiti non si diressero verso la casa estiva che i genitori di Ana avevano a Wembley, l'unica condizione posta da Ana. Una volta lì, si godettero tutti i manicaretti che Teresa si era occupata di supervisionare, e Úrsula a malapena riuscì a mangiare vedendosi circondata da persone tanto influenti.

Quando arrivò il momento di aprire le danze in quell'enorme e ben decorato giardino di Wembley, gli sposi si guardarono con rassegnazione, ma andarono in pista sorridendo felici. Non appena si sentirono i primi accordi di *Usted*, un bellissimo bolero che di solito cantava Luis Miguel, Ana, stupita, guardò suo marito e lui con un sorriso le chiese: «Ti ho sorpresa?»

«Sì...»

Felice per la sua espressione e contento di averle fatto piacere con quel semplice dettaglio, sorrise e, avvicinando la bocca all'orecchio della sua splendida moglie, mormorò, eccitandola: «Come dice la canzone, mi fai disperare, mi fai impazzire, mi uccidi, ma darei la vita per baciarti altre mille volte».

Indifferente ai tanti occhi che li stavano guardando, Ana si mise in punta di piedi, portò le labbra verso quelle del suo stupendo marito e lo baciò. Sentirlo così vicino la rendeva felice e percepire la sua sensualità la faceva impazzire. Gli invitati applaudirono a quel gesto di affetto così passionale, loro sorrisero, e Rodrigo, dopo essersi scambiato uno sguardo con Úrsula, sussurrò: «Oggi è uno dei giorni più felici della vita di mia madre. Non vedi come sorride?»

Ana osservò Úrsula e Teresa che chiacchieravano con la moglie del primo ministro e, lasciandosi trasportare dal momento, disse: «Ti posso assicurare che lo è anche per la mia. Guarda che razza di matrimonio ci hanno organizzato».

Contenti di vedere le loro madri così felici, scoppiarono a ridere. Tre ore più tardi, dopo aver ballato con quasi tutti gli ospiti, Ana cercò suo marito, lo prese per mano e lo trascinò via.

«Vieni...»

Lui la seguì senza capire dove lo stesse portando e, quando lei lo infilò in un piccolo sgabuzzino sotto le scale d'ingresso di quell'enorme magione e chiuse dall'interno, chiese: «Cosa ci facciamo qui, signora Samaro?»

Piena di desiderio ed eccitata dal momento, Ana si lanciò tra le sue braccia e lo baciò come desiderava fare da ore e, sorprendendolo, sussurrò: «Stiamo realizzando una delle fantasie che ho da quando siamo arrivati insieme in questa casa».

Senza parole perché sentiva come la gente saliva e scendeva dalle scale, la guardò e le chiese: «Ana... non vorrai...»

«Esatto! Lo voglio» lo interruppe togliendogli affannosamente la giacca.

«Ma adesso?»

«Sì.»

«Qui?»

Sempre più divertita dall'espressione di lui, sussurrò facendolo ridere: «Ohhhh, ma come sei all'antica!»

Pazzo per tutto quello che quella donna gli faceva provare, Rodrigo annuì e, buttando la giacca a terra, prese la sua bella moglie per avvicinarla a sé e, tirando su in fretta e furia il suo pomposo vestito da sposa, mormorò, deciso ad accettare la sfida: «Pescolina matta, adesso ti faccio vedere io come sono all'antica».

Fotocomposizione: La Composizione, Milano

Finito di stampare
nel mese di maggio 2018
per conto della TEA S.r.l., Milano
da ELCOGRAF S.p.A. - Stabilimento di Cles (TN)
Printed in Italy